KB265865

증편 한국구비문학대계

7-19

경상북도 청도군

이 저서는 2008년도 정부(교육과학기술부)의 재원으로 한국학중앙연구원(한국학진흥사업단)의 지원을 받아 수행된 연구임(AKS-2008-AIA-3101)

증편 한국구비문학대계
7-19
경상북도 청도군

천혜숙·이균옥·박동철·김유경

한국학중앙연구원

역락

발간사

민간의 이야기와 백성들의 노래는 민족의 문화적 자산이다. 삶의 현장에서 이러한 이야기와 노래를 창작하고 음미해 온 것은, 어떠한 권력이나 제도도, 넉넉한 금전적 자원도, 확실한 유통 체계도 가지지 못한 평범한 사람들이었다. 이야기와 노래들은 각각의 삶의 현장에서 공동체의 경험에 부합하였으며, 사람들의 정신과 기억 속에 각인되었다. 문자라는 기록 매체를 사용하지 못하였지만, 그 이야기와 노래가 이처럼 면면히 전승될 수 있었던 것은 그것이 바로 우리 민족의 유전형질의 일부분이 되었기 때문이며, 결국 이러한 이야기와 노래가 우리 민족을 하나의 공동체로 묶어 주고 있는 것이다.

사회와 매체 환경의 급격한 변화 가운데서 이러한 민족 공동체의 DNA는 날로 희석되어 가고 있다. 사랑방의 이야기들은 대중매체의 내러티브로 대체되어 버렸고, 생활의 현장에서 구가되던 민요들은 기계화에 밀려 버리고 말았다. 기억에만 의존하여 구전되던 이야기와 노래는 점차 잊히고 있다. 한국학중앙연구원이 1970년대 말에 개원함과 동시에, 시급하고도 중요한 연구사업으로 한국구비문학대계의 편찬 사업을 채택한 것은 바로 이러한 시대적 상황에 대한 우려와 잊혀 가는 민족적 자산에 대한 안타까움 때문이었다.

당시 전국의 거의 모든 구비문학 연구자들이 참여하였는데, 어려운 조사 환경에서도 80여 권의 자료집과 3권의 분류집을 출판한 것은 그들의 헌신적 활동에 기인한다. 당초 10년을 계획하고 추진하였으나 여러 사정으로 5년간만 추진되었으며, 결과적으로 한반도 남쪽의 삼분의 일에 해당

하는 부분만 조사하게 되었다. 그럼에도 불구하고 한국구비문학대계는 주관기관인 한국학중앙연구원의 대표 사업으로 각광 받았을 뿐 아니라, 해방 이후 한국의 국가적 문화 사업의 하나로 꼽히게 되었다.

21세기에 들어서면서 한국학중앙연구원에서는 미완성인 채로 남아 있는 구비문학대계의 마무리를 더 이상 미룰 수 없다는 생각으로 이를 증보하고 개정할 계획을 세웠다. 20년 전의 첫 조사 때보다 환경이 더 나빠졌고, 이야기와 노래를 기억하고 있는 제보자들이 점점 줄어들고 있었던 것이다. 때마침 한국학 진흥에 대한 한국 정부의 의지와 맞물려 구비문학대계의 개정·증보사업이 출범하게 되었다.

이번 조사사업에서도 전국의 구비문학 연구자들이 거의 다 참여하여 충분하지 않은 재정적 여건에서도 충실히 조사연구에 임해 주었다. 전국 각지의 제보자들은 우리의 취지에 동의하여 최선으로 조사에 응해 주었다. 그 결과로 조사사업의 결과물은 '구비누리'라는 이름의 데이터베이스에 탑재가 되었고, 또 조사자료의 텍스트와 음성 및 동영상까지 탑재 즉시 온라인으로 접근할 수 있는 시스템을 갖추었다. 특히 조사 단계부터 모든 과정을 디지털화함으로써 외국의 관련 학자와 기관의 선망의 대상이 되고 있다.

이제 조사사업의 결과물을 이처럼 책으로도 출판하게 된다. 당연히 1980년대의 일차 조사사업을 이어받음으로써 한편으로는 선배 연구자들의 업적을 계승하고, 한편으로는 민족문화사적으로 지고 있던 빚을 갚게 된 것이다. 이 사업의 연구책임자로서 현장조사단의 수고와 제보자의 고귀한 뜻에 감사를 표하지 않을 수 없다. 아울러 출판 기획과 편집을 담당한 한국학중앙연구원의 디지털편찬팀과 출판을 기꺼이 맡아준 역락출판사에 감사를 드린다.

2013년 10월 4일

한국구비문학대계 개정·증보사업 연구책임자 김병선

책머리에

구비문학조사는 늦었다고 생각하는 지금이 가장 빠른 때이다. 왜냐하면 자료의 전승 환경이 나날이 달라지고 있기 때문이다. 전승 환경이 훨씬 좋은 시기에 구비문학 자료를 진작 조사하지 못한 것이 안타깝게 여겨질수록, 지금 바로 현지조사에 착수하는 것이 최상의 대안이자 최선의 실천이다. 실제로 30여 년 전 제1차 한국구비문학대계 사업을 하면서 더 이른 시기에 조사를 했더라면 하는 아쉬움이 컸는데, 이번에 개정·증보를 위한 2차 현장조사를 다시 시작하면서 아직도 늦지 않았다는 사실을 실감했다.

구비문학 자료는 구비문학 연구와 함께 간다. 자료의 양과 질이 연구의 수준을 결정하고 연구수준에 따라 자료조사의 과학성이 결정되기 때문이다. 실제로 1차 조사사업 결과로 구비문학 연구가 눈에 띠게 성장했고, 그에 따라 조사방법도 크게 발전되었다. 그러나 연구의 수명과 유용성은 서로 반비례 관계를 이룬다. 구비문학 연구의 수명은 짧고 갈수록 빛이 바래지만, 자료의 수명은 매우 길 뿐 아니라 갈수록 그 가치는 더 빛난다. 그러므로 연구활동 못지않게 자료를 수집하고 보고하는 일이 긴요하다.

교육부에서 구비문학조사 2차 사업을 새로 시작한 것은 구비문학이 문학작품이자 전승지식으로서 귀중한 문화유산일 뿐 아니라, 미래의 문화산업 자원이라는 사실을 실감한 까닭이다. 따라서 학계뿐만 아니라 문화계의 폭넓은 구비문학 자료 활용을 위하여 조사와 보고 방법도 인터넷 체제와 디지털 방식에 맞게 전환하였다. 조사환경은 많이 나빠졌지만 조사보고는 더 바람직하게 체계화함으로써 누구든지 쉽게 접속하여 이용할 수 있는 데이터베이스를 구축했다. 그러느라 조사결과를 보고서로 간행하는 일은 상대적으로 늦어지게 되었다.

2차 조사는 1차 사업에서 조사되지 않은 시군지역과 교포들이 거주하는 외국지역까지 포함하는 중장기 계획(2008~2018)으로 진행되고 있다. 한국학중앙연구원 어문생활연구소와 안동대학교 민속학연구소가 공동으로 조사사업을 추진하되, 현장조사 및 보고 작업은 민속학연구소에서 담당하고 데이터베이스 구축 작업은 한국학중앙연구원에서 담당한다. 가장 중요한 일은 현장에서 발품 팔며 땀내 나는 조사활동을 벌인 조사자들의 몫이다. 마을에서 주민들과 날밤을 새우면서 자료를 조사하고 채록하여 보고서를 작성한 조사위원들과 조사원 여러분들의 수고를 기리지 않을 수 없다. 조사의 중요성을 알아차리고 적극 협력해 준 이야기꾼과 소리꾼 여러분께도 고마운 말씀을 올린다.

구비문학 조사를 전국적으로 실시하여 체계적으로 갈무리하고 방대한 분량으로 보고서를 간행한 업적은 아시아에서 유일하며 세계적으로도 그 보기를 찾기 힘든 일이다. 특히 2차 사업결과는 '구비누리'로 채록한 자료와 함께 원음도 청취할 수 있는 데이터베이스를 구축해서 세계에서 처음으로 인터넷과 스마트폰으로 이용할 수 있는 디지털 체계를 마련했다. '구슬이 서 말이라도 꿰어야 보배'인 것처럼, 아무리 귀한 자료를 모아두어도 이용하지 않으면 소용이 없다. 그러므로 이 보고서가 새로운 상상력과 문화적 창조력을 발휘하는 문화자산으로 널리 활용되기를 바란다. 한류의 신바람을 부추기는 노래방이자, 문화창조의 발상을 제공하는 이야기주머니가 바로 한국구비문학대계이다.

2013년 10월 4일

한국구비문학대계 개정·증보사업 현장조사단장 임재해

한국구비문학대계 개정·증보사업 참여자 (참여자 명단은 가나다 순)

연구책임자

김병선

공동연구원

강등학 강진옥 김익두 김헌선 나경수 박경수 박경신 송진한 신동흔

이건식 이인경 이창식 임재해 임철호 임치균 조현설 천혜숙 허남춘

황인덕 황루시

전임연구원

장노현 최원오

박사급연구원

강정식 권은영 김구한 김기옥 김월덕 노영근 서정매 서해숙 유명희

이균옥 이영식 이윤선 조정현 최명환 최자운

연구보조원

강소전 구미진 김보라 김성식 김영선 김옥숙 김유경 김은희 김자현

문세미나 박동철 박은영 박현숙 박혜영 백계현 백은철 변남섭 서은경

송기태 송정희 시지은 신정아 오세란 오정아 유태웅 이선호 이옥희

이원영 이진영 이홍우 이화영 임 주 장호순 정아용 정혜란 편성철

편해문 한유진 허정주 홍현성 황진현

주관 연구기관 : 한국학중앙연구원 어문생활사연구소

공동 연구기관 : 안동대학교 민속학연구소

일러두기

■ 『증편 한국구비문학대계』는 한국학중앙연구원과 안동대학교에서 3단계 10개년 계획으로 진행하는 "한국구비문학대계 개정·증보사업"의 조사 보고서이다.

■ 『증편 한국구비문학대계』는 시군별 조사자료를 각각 별권으로 간행하는 것을 원칙으로 한다. 서울 및 경기는 1-, 강원은 2-, 충북은 3-, 충남은 4-, 전북은 5-, 전남은 6-, 경북은 7-, 경남은 8-, 제주는 9-으로 고유번호를 정하고, -선 다음에는 1980년대 출판된 『한국구비문학대계』의 지역 번호를 이어서 일련번호를 붙인다. 이에 따라 『증편 한국구비문학대계』는 서울 및 경기는 1-10, 강원은 2-10, 충북은 3-5, 충남은 4-6, 전북은 5-8, 전남은 6-13, 경북은 7-19, 경남은 8-15, 제주는 9-4권부터 시작한다.

■ 각 권 서두에는 시군 개관을 수록해서, 해당 시·군의 역사적 유래, 사회·문화적 상황, 민속 및 구비 문학상의 특징 등을 제시한다.

■ 조사마을에 대한 설명은 읍면동 별로 모아서 가나다 순으로 수록한다. 행정상의 위치, 조사일시, 조사자 등을 밝힌 후, 마을의 역사적 유래, 사회·문화적 상황, 민속 및 구비문학상의 특징 등을 중심으로 설명하고, 마을 전경 사진을 첨부한다.

■ 제보자에 관한 설명은 읍면동 단위로 모아서 가나다 순으로 수록한다. 각 제보자의 성별, 태어난 해, 주소지, 제보일시, 조사자 등을 밝힌 후, 생애와 직업, 성격, 태도 등을 중심으로 서술하고, 제공 자료 목록과 사진을 함께 제시한다.

■ 조사자료는 읍면동 단위로 모은 후 설화(FOT), 현대 구전설화(MPN), 민요(FOS), 근현대 구전민요(MFS), 무가(SRS), 기타(ETC) 순으로 수록한다. 각 조사자료는 제목, 자료코드, 조사장소, 조사일시, 조사자, 제보자, 구연상황, 줄거리(설화일 경우) 등을 먼저 밝히고, 본문을 제시한다. 자료코드는 대지역 번호, 소지역 번호, 자료 종류, 조사 연월일, 조사자 영문 이니셜, 제보자 영문 이니셜, 일련번호 등을 '_'로 구분하여 순서대로 나열한다.

■ 자료 본문은 방언을 그대로 표기하되, 어려운 어휘나 구절은 ( ) 안에 풀이말을 넣고 복잡한 설명이 필요할 경우는 각주로 처리한다. 한자 병기나 조사자와 청중의 말 등도 ( ) 안에 기록한다.

■ 구연이 시작된 다음에 일어난 상황 변화, 제보자의 동작과 태도, 억양 변화, 웃음 등은 [ ] 안에 기록한다.

■ 잘 알아들을 수 없는 내용이 있을 경우, 청취 불능 음절수만큼 '○○○'와 같이 표시한다. 제보자의 이름 일부를 밝힐 수 없는 경우도 '홍길○'과 같이 표시한다.

■『증편 한국구비문학대계』에 수록된 모든 자료는 웹(gubi.aks.ac.kr/web)과 모바일(mgubi.aks.ac.kr)에서 텍스트와 동기화된 실제 구연 음성파일을 들을 수 있다.

차례

● 근현대 구전민요

2. 각북면

▌조사마을

● **설화**

● 현대 구전설화

● 민요

4. 이서면

▌조사마을

▌제보자

● 설화

● 현대 구전설화

● 민요

6. 화양읍

▌조사마을

▌제보자

● 설화

● 민요

청도군 개관

청도군은 경상북도의 최남단에 위치하여 경상남도와 도계를 이룬 만큼, 두 도를 아우르는 영남문화의 특징을 지니고 있는 지역이다. 국도 20, 25호가 통과하는 데다 경부선 철로가 일찍부터 군의 중앙을 관통하고 있는 곳이기도 하다. 최근에는 대구부산간 고속도로까지 개통되어 도로, 철로, 고속도로를 겸비한 교통의 요충지가 되었다. 특히 고속도로가 개통된 후로는 대구와 부산이 거의 이곳의 생활권으로 들어오게 되었다. 이러한 변화 속에서도 청도군은 지명처럼 청정한 자연이 살아있는 곳으로 알려져, 귀촌과 귀농을 원하는 도시인의 발길이 끊이지 않고 있다.

군내에 산재한 지석묘군이나 무문토기 등의 유적 및 유물들은 먼 선사시대부터 이곳에 사람들이 살았던 흔적이다. 삼한 초기의 성읍국가들 가운데 우유국(優由國)이 이 지역으로 비정되기도 한다. 신라 유리왕 19년(42년) 신라에 항복하였다는 이서국(伊西國)의 존재는 고대 이 지역에도 소국 규모의 정치 세력이 있었음을 말해 준다. 『삼국사기(三國史記)』 신라 유례왕 14년(297년) 때 이서고국(伊西古國)이 신라 금성을 공격하였다는 기록이 다시 나타나는 것에 대해 여러 가지 해석이 있지만, 강력한 중앙집권이 어려웠던 당시에는 이서국이 비록 항복하였지만 지역의 독자적인 세력 집단으로 여전히 존재했을 가능성도 있다. 결국 이 공격이 실패로 돌아간 후 이서국은 부근의 구도성, 오산성, 솔이산성 등과 병합되어 신라 대성군(大城郡)으로 편입되었다. 그러다가 신라 경덕왕 16년(757년)의 지방제도 개편시, 다시 구도성은 오악현, 솔이산성은 소산현, 경산성은 형산현이 되어 밀성군의 영현이 되고, 대성군만 따로 분리되었다. 또 『삼국사기』 잡지(雜志, 제1 제사)에 의하면 이 지역의 혈례산(穴禮山)은 대사(大祀)를 행했던 신라 3산의 하나로 신라국 최고 성역 중 하나였음을 알 수 있다.

고려 태조 23년(940년)에는 경주대도독부가 성립되면서 대성군은 다시 오악, 형산, 소산의 3현과 통합하여 청도군(青道郡)이 되었다. 고려 건국 당시에도 이곳은 신라 수도 경주와 인접한 지리적 조건으로 인해 불가피하게 정치적 세력 다툼의 장이 되었다. 특히 후삼국시대, 이 지역은 견훤의 세력권에 흡수되어 신라 또는 왕건의 세력을 공략하는 전진기지 역할을 하기도 했다. 당시 왕건이 보양선사의 도움으로 견훤의 세력을 물리쳤던 역사가 지방지와 전설로 전하고 있다. 그에 대한 보답으로 고려 태조 왕건은 보양이 중창한 작갑사를 운문선사로 사액(賜額)하였으며, 상당한 규모의 토지를 사원의 전결(田結)로 내려 주었다. 현종 3년(1012년)에는 도주(道州)로 주치(州治)가 시행되면서 청도군은 경주도호부 산하의 도주가 되었다. 청도가 도주(道州)란 지명으로도 불리게 된 유래이다. 고려 현종 9년(1018년) 청도군은 격하되어 다시 밀성군의 속현이 되었고, 1109년(예종 4년)에는 이곳에 감무(監務)가 설치되었다. 그 후에는 김사미란(1183년)에 동조하였다는 이유로 경주군에 속한 부곡(部曲)으로 강등되기도 했다. 1343년(충혜왕 복위 3년)에는 이곳 출신인 김선장(金善莊)이 세운 공로로 지군사(知郡事)로 승격되었다가 이듬해 다시 현으로 강등되었고, 1366년(공민왕 15년)에는 이곳 출신인 김한귀(金漢貴)의 공훈으로 다시 군으로 승격되어 밀양부에 속하게 되는 등, 대몽항쟁기의 청도는 여러 가지 정치적 사건과 연루되면서 부침을 거듭하였다.

고려시대에는 특히 운문산을 중심으로 집권층의 불의에 항거하는 김사

미란(1183년)이 일어나는가 하면, 삼별초의 대몽항쟁에 지역 주민들이 대거 가담하는 등, 이곳이 정치적 저항 세력의 집거지가 되기도 했다. 특히 운문의 호거산(虎居山)을 중심으로 활약한 운문적(雲門賊)은 경주를 중심으로 신라부흥운동을 도모하던 무리와 합류하거나, 고려 명종~고종 년간에 각처에서 봉기한 민란 집단과도 연합하면서 고려 무신집권기 동안 무력적 항거를 계속했던 집단이다.

조선조의 청도군은 대체로 고려 후기의 읍격을 유지하였다. 밀양부에 속했던 것이 태조 7년 경상도가 좌도와 우도로 분리됨에 따라 경상좌도에 속하게 된다. 또 1413년에는 대구도호부에 속했다가, 1433년에는 다시 밀양도호부로 환원되었다. 『경상도지리지』에 의하면 이 지역은 고려 후기 이래로 대성(大姓)이 많아 다스리기 어려운 곳으로 이름이 나 있었다. 청도 김씨의 시조로 성황사에 모셔진 김지대(金之岱) 외에도, 의성 김씨 김일손(金馹孫), 김대유(金大有) 등이 사림파 유학자로 이름을 떨쳤다. 임진왜란 때 왜적의 소탕에 큰 공로가 있었던 이운룡(李雲龍) 장군도 이 고장 출신이다. 또 임란 때 청도의 밀성 박씨 문중에서 창의(倡義)하여 의병 활동을 한 14의사의 충렬도 기억할 만하다. '14의사록판목'이 지금도 밀성 박씨 문중에 전하고 있다.

1985년 갑오개혁과 더불어 전국이 23부로 나누어지면서 청도군은 대구부에 속하였다가, 다음 해 13도제가 실시됨에 따라 경상북도에 속하였다. 1906년의 행정구역 개편시에는 대구군에 속했던 풍각면, 각남면, 각북면 등이 청도군으로 편입되었고, 1912년 다시 밀양군과 부분적인 조정을 거쳐서 현재 청도군의 영역이 확정되었다. 1914년 이루어진 일제의 행정구역 개편에 따라 대성면(청도면), 화양면, 각남면, 풍각면, 각북면, 이서면, 운문면, 금천면, 매전면의 9개 면이 되었다. 해방 후인 1949년에는 청도면이 읍으로 승격되었고, 1974년에는 청도읍 유호출장소와 화양면 남성현출장소가 설치되었으며, 1979년에는 화양면이 읍으로 승격되어, 2개 읍

7개 면 212개 리로 오늘에 이르고 있다.

태백산맥의 남단에 자리잡은 청도군은 동으로는 경주시와, 서로는 대구광역시 달성군, 경남 창녕군과, 남으로는 경남 밀양시, 울산광역시 울주군과, 북으로는 대구광역시 달성군, 경주시, 영천시와 접하고 있다. 전체 면적은 696.53㎢이며, 동서가 길고 남북이 짧은 지형을 하고 있다. 군 중앙의 곰티재와 용각산맥을 경계로 산동과 산서로 나누어진다. 산동은 운문면·금천면·매전면이, 산서는 청도읍·화양읍·각남면·각북면·풍각면·이서면이 자리잡고 있다. 산동은 산악지대인 데 비해, 산서는 들이 넓은 편이다. 그리고 군계를 따라 높고 낮은 산들이 병풍처럼 이 지역을 감싸는 분지 모양을 하고 있다. 군 동쪽의 군계를 따라서는 태백산맥의 지맥인 운문산(雲門山), 가지산(加智山), 문복산(文福山) 등이 솟아 있으며 이들 산지 사이를 동창천(東倉川)이 남류한다. 밀양강의 상류인 셈이다. 서쪽 군계에는 비슬산(琵瑟山)·수봉산(秀峰山)·천왕산(天王山) 등이, 남쪽 군계에는 억산(億山)·구만산(九萬山)·철마산(鐵馬山)·화악산(華嶽山) 등이 솟아 있다. 북쪽 군계를 따라 솟아 있는 삼성산(三聖山)·상원산(上院山)·선의산(仙義山) 등지에서 발원한 청도천(淸道川)은 청도읍 유호리에서 동창천과 만나고 밀양강을 이루어서 낙동강에 합류한다. 대개 청도천과 동창천의 들을 중심으로 마을이 형성되었으며, 읍면 소재지 외에는 혈연 중심의 동성촌이 많은 편이다. 청도에서 집성촌을 이루고 있는 문중이 약 70여 개 정도라고 한다. 특히 청도 김씨, 밀양 박씨, 김해 김씨, 밀양 박씨, 고성 이씨, 여흥 민씨, 의흥 예씨 등의 문중들이 입향 또는 이주해 온 역사가 전하고 있다.

청도 지역의 근대사에서 특기할 만한 사실은 1970년대 제 3~4차 경제개발5개년 계획 하에 전국의 농어촌을 대상으로 새마을운동이 추진되면서, 청도읍 신도1리가 새마을운동 발상지로 널리 이름이 얻게 된 것이다. 신도마을에서는 새마을운동이 시작되기 전인 1966년, 자발적으로 마을 잘살기 3대 목표를 설정하고 주민 모두가 그 실천에 동참하기로 결의했다. 1969년 수해를 당한 신도리 주민들이 총동원되어 제방복구와 마을 안길 보수를 위한 공동작업을 하고 있었는데, 마침 수해지역을 시찰하던 박정희 대통령이 이 마을을 찾아 주민 모두가 한 마음이 되어 일하는 모습을 보았다. 그리고 다음해인 1970년 4월 자조와 자립의 정신을 바탕으로 한 새마을운동을 제창하면서 신도마을을 모델로 지시했고, 그렇게 해서 농촌 근대화의 전기를 마련한 새마을 운동의 물결이 전국으로 퍼져 나간 것이다. 당시 모범사례를 배우고자 신도리를 방문한 전국 새마을지도자 및 관계 공무원이 8,000여 명이 되었으며, 지금도 해마다 국내외에서 온 연수생의 발길이 끊이지 않는다. 마을에는 새마을운동발상지기념관이 들어서 있으며, 신도정보화마을로도 지정되었다.

청도군의 인구는 1965년의 124,174명을 정점으로 하여, 1980년 85,550명, 1989년 67,102명, 2007년 45,984명으로 계속 감소하는 추세이다. 세대 당 인구도 1968년의 6.3명을 정점으로 하여 현재는 2.3명으로 줄어들었다. 대신 65세 이상의 고령자는 1992년 7,383명에서 계속 늘어나 2007년 현재 12,159명으로 늘어났다. 인구는 청도읍에 집중되어 있고, 동 서쪽의 군계로 갈수록 희소한 편이다.

청도군의 기후는 내륙 산간 분지에 위치하여 대륙성 기후의 특성이 강하게 나타난다. 한서의 차가 커서, 여름에는 고온과 가뭄이, 그리고 겨울에는 저온과 삼한사온의 특징을 드러낸다. 동일 위도 지역에 비해 여름에는 더 덥고 겨울에는 더 춥다. 2011년의 연 평균기온은 12.7℃이며, 1월 평균기온 영하 4.3℃, 8월 평균 기온 25.7℃인 것을 보더라도 알 수 있다. 2011년의 연 평균 강수량은 1,395.8mm로 여름, 특히 7월 또는 8월에 집중하여 비가 내린다. 그리고 2011년 기준으로 연중 맑은 날이 281일, 흐린 날이 84일, 비온 날이 89일 등으로 나타나고 있어, 일기가 청명한 날이 많은 편이다. 태백산맥과 소백산맥 사이에 위치한 관계로, 이곳은 남부 지방에서 비교적 비가 적은 지역에 속한다. 강우 유형도 여름의 우기와 겨울의 건기로 확연히 구별되는 것이 특색이다.

군 전체 면적의 70%가 산지와 임야인 한편, 농경지는 17% 정도에 불과하다. 그러나 청도천과 동창천의 풍부한 수자원과 함께 하천유역에서 발달한 평야를 지닌 이곳의 농업은 다른 어느 지역보다 뒤지지 않았던 것으로 보인다. 총 인구 대비 농업 인구의 비율이 76%에 달할 정도로 농업 의존도가 높은 곳이다. 고래로 풍부한 수원을 이용한 저수지와 보(洑)가 많았던 것도 이곳에서 농사가 일찍부터 발달했음을 말해 준다. 평야는 주로 청도천과 동창천 유역에 발달하였는데, 청도천변의 평야가 훨씬 넓은 편이다. 특히 청도천변에 있는 화양의 고침들, 이서의 하건지들, 풍각의 송서들은 이 지역의 곡창으로 알려졌다. 동창천 유역은 농지가 많이 발달하지 못한 대신 골이 깊고 물이 맑기로 유명하다. 사시사철 맑고 푸른 동창천에 갖가지 물고기들이 자란다. 특히 깨끗한 물이 아니면 살지 않는다고 하는 이 강의 은어(銀魚)는 오래 전부터 청도 명산물으로 알려졌다. 또 동창천 유역의 산에서는 봄이 되면 갖가지 산채가 나고, 가을이 되면 맛있는 산과일이 나서 인근 마을 주민들의 소득원이 되어주고 있다.

논농사 외에도 농경지 가운데 밭면적이 40%를 점유할 정도로 밭작물을 많이 재배한다. 청도천과 동창천의 하천부지를 이용하거나 산지를 개간한 땅에서 사과, 복숭아, 사과, 감, 밤, 대추 등을 생산하고 있다. 감, 복숭아, 사과는 청도 3과로 알려졌다. 청도는 특히 감이 풍부한 곳으로, 집집마다 감나무가 없는 집이 없을 정도이다. 특히 씨가 없는 '청도반시'는 전국적으로 유명하다. 청도반시는 예로부터 궁중에 진상했던 청도 특산물로, 둥글납작하고 크고 수분이 많고 달며 씨가 없는 것이 특징이다. 50여 년 전까지만 해도 잡종 감들이 생산되었으나, 지금은 수종 개량을 하여 대부분의 마을에서 청도반시를 집중적으로 생산하고 있다. 서울, 대구, 부산 등의 대도시에서 수요가 폭등하여 생산과 출하가 해마다 늘고 있다.

과거에는 감과 곶감만을 생산했으나, 최근에는 감와인, 감말랭이, 아이스 홍시 등 반시를 활용한 상품을 많이 개발하였다. 감 생산자를 보호하기 위해 청도감협동조합을 결성하였고, 3년 전부터는 청도반시축제도 개최해 왔다. 청도의 사과와 복숭아도 맛이 좋기로 유명하다. 자갈이 많은 토질 덕분이다. 사과는 일제 강점기부터 많이 재배하기 시작했다. 온난화와 더불어 사과산지가 점차 북상하여 의성, 청송, 안동 사과가 유명해졌지만, 그 전에는 대구와 청도 사과가 이름이 나 있었다. 지금도 청도천과 동창천 유역의 하천부지에는 과수원이 많다. 청도복숭아도 그 생산량이 전국에서 상위에 들 만큼 중요한 작물이다. 주로 낮은 언덕이나 산비탈을 개간하여 재배하여, 청도군의 산들은 봄이 되면 마치 분홍색 허리띠를 두른 듯한 장관을 연출한다. 그 밖에도 지역의 특화된 고소득 작물로 풍각 고추, 한재 미나리 등이 있다. 특히 풍각면 일대에서 재배되는 풍각고추는 널리 알려진 특용작물로, 크고 맛과 빛깔이 좋아 인기가 높다. 1980년대부터는 비닐하우스 재배가 늘어나 풋고추, 오이, 딸기 재배도 증가하여, 특용작물로 인한 소득이 주곡의 곱절을 넘을 정도로 농가 소득의 상위를 점유하고 있다.

농업에 비해 다른 산업은 크게 발달하지 못했다. 조선조 이전의 공업으로 운문면 신원리 일대에 운문솥(속계솥) 공장이 있었는데, 전국에 판로망을 가졌을 정도로 유명했다. 신라와 고려시대를 이어 군사가 주둔했던 역사가 무기 제작으로 이어진 것으로 보인다. 각 면마다 대장간이 여러 개씩 있었던 것은 철기 제작의 기능인들이 이 고장에 다수 거주했음을 말해주는 사실이다. 운문솥은 6·25 전까지 제작되었다고 한다. 잠업도 성행하였다. 각종 지리지류(地理誌) 류에 견포(絹布)가 토산품으로 빠지지 않는 것을 보더라도 알 수 있다. 정책적으로 잠업을 권려 육성한 일제강점기에는 군내 여러 곳에 잠업소가 있을 정도로 성행하였으나, 해방 후 노동력 부족과 값의 하락으로 그 세가 크게 약화되었다. 지난 날의 상전(桑田)은 이제 대부분 복숭아, 감, 사과를 위한 과수원으로 변하였고, 청도군청 동편에 남아 있는 잠령(蠶靈) 석탑만이 당시의 영화를 떠올리게 할 뿐이다. 또한 일제 강점기에는 화양 소라리에 자연한천 공장이 있었다. 한서의 차가 많은 청도에서 특히 일조량이 많은 소라리가 한천을 얼리고 말리기에 최적의 조건을 갖추고 있었기 때문이다. 지금은 130여 개 업체와 두 곳의 농공단지가 청도의 산업을 주도하고 있다. 청도읍과 풍각면 2개소에 들어선 농공단지에는 기계, 섬유, 전자, 농산물 가공을 주로 생산하는 40여 개 업체가 입주해 있다.

청도군내 전통 상권의 중심지였던 청도읍장은 1912년에 개시되었다. 『청도읍지(淸道邑誌)』(1834)에 의하면 화양면 동상리와 서상리 일대에 있던 청도읍장이 본군의 중심 시장으로 거래물량도 가장 많았다고 한다. 당시 화양에는 산성장과 성현장도 있었는데, 군내의 7개 시장 가운데 3개소가 이곳에 있었던 셈이다. 당시는 화양면이 행정, 상업, 교통의 중심지였기 때문이다. 일제 강점기 청도읍장이 청도읍 고수리로 옮겨지면서 상권의 중심도 점차 청도읍으로 옮겨졌다. 해방 후에는 청도 중앙부의 청도장, 산서의 풍각장, 산동의 동곡장으로 크게 3분되었고, 다른 여러 곳에서도 시장이 신설되거나 폐시되었다. 1925년 개시한 풍각장은 1970~80년대 특히 번성하였으나 지금은 쇠퇴 일로에 있다. 생필품 외에도 지역특산인 풍각고추, 청도반시, 복숭아, 양파 등을 주로 거래했다. 아직도 상거래가 활발한 곳은 청도장(4, 9일), 동곡장(2, 6일), 화양장(5, 10일) 등이다. 청도읍에는 사설 일반시장도 한 군데 있다. 전통 정기시장이 쇠퇴하고 있는 원인은 벽지까지 버스가 자주 운행하여 교통이 편리해진 데다 저렴한 상설시장과 다를 바 없는 농협연쇄점, 슈퍼마켓이 점차 늘어나고 있기 때문이다. 대구부산고속도로가 나면서 대구, 부산의 대도시 상권에 흡수되어 가는 경향도 나타난다.

교육기관은 초등학교의 경우, 1906~1907년경에 이미 신명학교, 청도학원, 도주학교, 문명학교, 도동학교 등과 같이 문중이나 마을에 의해 사립학교가 설립되었다. 일제가 보통학교 교육을 강화하기 이전에 이미 사립 초등학교들이 여럿 세워졌다는 것은 지역민들의 민도와 근대적 교육에 대한 열의를 말해 준다. 일제강점기에 이르러 일부가 보통학교로 전환하였고, 점차 1면 1교제, 1면 2교제가 추진되면서 초등학교는 19개교로 늘어났다. 청도학원에서 공립으로 전환한 청도초등학교는 적어도 100년이 넘는 역사를 가지고 있는 셈이다. 또한 문명학교는 운문면 신원리 일대 5개 마을에서 솥공업의 이익금으로 설립한 문명재단이 민족 교육을 위해 세운 학교이다. 3·1운동 당시 군내에서 가장 먼저 만세 운동이 일어난 곳이라고도 하니, 교육의 힘이 그 빛을 발한 것이다. 중등교육기관으로는 해방 이후 1군 1개교 방침에 따라 1947년 청도초급중학교(현 모계중학교)가 개교한 이래로 중학교 8개교, 고등학교 6개교로 늘어났다가 다시 줄어들었다. 이서고등학교처럼 도시에서 역유학을 오는 명문고교도 생겨났지만, 대도시간 교통이 원활해지면서 대구나 부산에 있는 중·고등학교로 유학을 보내는 집이 많아졌기 때문이다. 소수는 서울로도 유학을 보냈다. 그래서 2008년 현재 교육기관의 수는 유치원 17개, 초등학교 14개교(분교 1개교 포함), 중학교 7개교(분교 1개교 포함), 고등학교 5개교가 전부이다.

청도군에는 유적과 문화재도 많은 편이다. 청도석빙고, 운문사대웅보전을 비롯한 보물 16점, 청도향교, 자계서원 등을 비롯한 경상북도유형문화재 14점, 운남고택, 십사의사판목을 비롯한 문화재 자료 14점, 운강고택을 비롯한 중요민속자료 3점, 청도읍성, 범곡리 지석묘군 등의 경상북도 기념물 9점이 청도에 분포되어 있다. 신라에 편입되어 사라진 고대 이서국의 존재는 이서면, 진터, 은왕봉(隱王峰) 등의 지명과, 백곡리의 토성터, 소라리의 이서산성터의 자취로 남아 있다. 폐성(吠城)으로도 불리는 이서산성은 후삼국 시대 고려 태조가 보양선사의 도움을 받아 견훤의 무리를 물리친 곳으로도 알려졌다.

종교 유적으로는 불교 관련 유적이 많다. 특히 557년(진흥왕 18) 창건되어 937년(고려 태조 20) 보양선사에 의해 중창된 운문사는 전국적으로 알려진 조계종 사찰이다. 고려 말 충렬왕 때는 일연선사가 이 절의 주지로 있으면서 『삼국유사(三國遺事)』를 저술한 것으로도 유명하다. 그 밖에도 청도읍 원정리의 적천사(磧川寺), 화양읍 소라리의 덕사(德寺), 금천면 박곡리의 대비사(大悲寺), 각북면 오산리의 용천사(湧泉寺) 등이 있다. 운문사의 대웅보전 (보물 제835호), 대비사의 대웅전(보물 제318호), 적천사 괘불(경상북도유형문화재 제152호)를 비롯한 많은 불교 관련 유적과 유물들이 보물과 문화재로 지정되어 있다. 국방 관계 유적으로는 화양읍의 청도읍성, 이서산성, 청도읍의 오례산성, 철마산성, 운문면의 호거산성 등 이서면의 팔조령봉수대, 각남면의 남산봉수대 등이 있다. 유교 관련 유적으로는 화양 교촌리의 청도 향교(경상북도유형문화재 제207호) 외에도, 이서면 서원리의 자계서원(紫溪書院, 경상북도유형문화재 제83호), 금천면 신지리의 선암서원(仙巖書院, 경상북도유형문화재 제79호), 각북면 남산리의 남강서원(南岡書院) 등 9개의 서원이 남아 있다. 고건축물로는 1713년(숙종 39)에 만들어진 화양읍 동천리의 청도석빙고(보물 제323호) 외에, 금천면 신지리의 청도운강고택(淸道雲岡古宅, 중요민속자료 제106호), 임당리의 청도임당리김씨고택(경상북도민속자료 제76호) 등이 있다. 그 밖에도 청도 풍각면 차산리의 청도차산농악(경상북도무형문화재 제4호), 청도삼베짜기(경상북도유형문화재 제24호)도 도지정 문화재로 지정되었다.

고을 단위 민속신앙과 관련하여 청도군에는 사직단(社稷壇), 성황사(城隍祠), 여제단(厲祭壇), 부군당(府君堂)이 있었던 기록이 『오산지(鰲山志)』(1673), 『청도군읍지』에 전한다. 또 고사동(현 고수리), 용연(龍淵), 이목담(璃目潭) 등에 기우단(祈雨壇)이 있었다고 한다. 성황사에는 청도 김씨 시조인 영헌공(英憲公) 김지대(金之岱)를 모셨는데, 『오산지』에 남아 있는

‘사적기’(事蹟記)에는 “영헌공의 정신과 혼백이 비상하여 신령한 권능이 있었기 때문에 고을 사람들이 추대하여 성황당의 신으로 삼았다”고 기록되어 있다. 당사는 1935년까지 화양읍 교촌리 남산 중턱에 자리잡고 있었으나 지금은 터전만 남아 있다.

청도군을 대표할 만한 민속행사로는 화양의 줄당기기, 달집태우기, 소싸움 축제를 들 수 있다. 특히 화양의 줄당기기는 오랜 전통을 가진 민속놀이이다. 화양에 청도군 관아가 있었던 것을 고려하면, 고을 단위로 행해진 큰 규모의 민속놀이였을 것으로 짐작된다. 18세기까지만 해도 여러 마을이 참여했고, 이방과 호장이 각각 패장이 되었다. 줄당기기는 화양읍 동상리와 서상리의 경계에 있었던 형장터에 떠도는 원혼을 위로하기 위해 매년 정월 보름 이곳에서 줄당기기를 했다는 기원설이 전하고 있지만, 군의 안녕과 기풍(祈豊)을 위한 것이 더 우선이었을 것이다. 점차 규모가 커져 인접한 밀양, 창녕, 현풍 주민까지 참여하여 군 대항 줄당기기로 발전하였으나, 일제 강점기와 6·25동란을 거치면서 약화되었다. 1970년대 들어와서 복원되어 지금은 정월 보름 청도천변 둔치에서 달집태우기와 함께 군 단위의 정월대보름민속놀이로 행해지고 있다. 모두 한 해의 평안과 풍년을 기원하는 행사이다. 정월대보름민속문화축제라는 이름으로 행해지는 이 행사에서는 달집태우기는 매년, 줄당기기는 격년으로 하고 있다. ‘도주줄다리기’로도 불리는 줄당기기는 지금도 1천 여 명이 참여하고, 줄 제작에 3만여 단의 볏짚이 요구될 정도로 규모가 크다. 격년으로 하는 것은 그 규모 때문이다. 달집태우기도 전국 최고 규모의 달집을 만드는 것으로 유명하다. 마을에서 소규모로 행해지던 줄당기기들도 모두 군 단위의 정월보름행사로 통합된 것으로 보인다.

청도소싸움 축제는 이제 전국 단위의 행사가 되었다. 마을에서 가장 힘세고 싸움 잘 하는 소를 뽑아 마을의 냇가나 백사장에서 겨루던 판의 결승전이 점차 커진 것이다. 추석이면 싸움 잘하는 소들끼리 지금의 이서면

서원리 앞 백사장이나 화양읍 비석리 앞 한냇가에서 또는 청도읍 청도천
변 등에서 결승전을 벌였다고 한다. 소싸움은 일제 강점기 식민지민들의
단합을 저지하려는 일제에 의해 폐지되었다가 광복 후 부활되어, 1970년
대 중반부터 고유한 민속놀이로 자리잡았다. 1990년부터는 3·1절 기념
행사로 자계서원 앞의 천변에서 소싸움이 행해졌는데, 점차 그 규모가 커
져서 이제는 한국 최대 규모를 자랑하는 소싸움축제로 거듭났다. 행사 시
기가 10월로 바뀐 것 외에도, 현재는 화양읍 삼신리에 청도상설소싸움장
이 마련되어 이곳에서 축제가 개최되고 있다.

　그 밖에도 마을과 가정에서 정월부터 12월까지 여러 가지 세시의례와
민속놀이가 행해졌으나 지금은 대부분 사라졌거나 축소되었다. 정월 보름
에는 마을 단위로 동제와 지신밟기도 행했으나, 남아있는 마을이 많지 않
다. 경상북도 유형문화재(제4호)로 지정된 '차산농악'도 원래 차산마을의
정월보름 행사였다. 이때 차산마을에서는 풍년과 안녕을 기원하며 인근
마을들과 기싸움을 펼치는 천왕기놀이도 했다. 2월이 되면 농사의 신인
영등을 모시는 집들이 많았다. 또 2월에는 쑥떡이나 쑥국을 해 먹고, 농
사일로 들어갔다. 또 3월이 되면 '봄희초'라고도 부르는 화전놀이가 여러
마을에서 이루어졌다. 그리고 모심기가 끝난 7월에는 '풋구(풋굿)'도 놀았
다. 일단 논농사의 힘든 절차가 끝나고 수확을 앞둔 시점에서 벌이는 풋
구는 맛난 음식과 놀이로 농사꾼들의 노고를 위로하는 행사였다. 그래서
머슴들의 잔칫날, 농사꾼들의 생일로 일컬어지기도 했다. 이때 마을의 공
동우물 치기, 도로보수 등과 같은 공동노동을 하거나, 경로잔치를 벌이는
곳도 있었다. 그 밖에 단오, 유두, 칠석에 행하던 세시풍속은 거의 사라졌
고, 추석에도 마을 그네를 매는 일은 보기 어려워졌다. 세시의 특별한 음
식 해먹기나 명절의 성묘와 기제사처럼 개인 집 단위로 행해지는 풍속 가
운데 경조나 오락적 기능을 가진 것들은 변화 속에서도 명맥이 유지되는
한편으로, 농경문화의 전통을 기반으로 공동체 단위로 발달해 온 민속행

사는 대부분 사라진 것처럼 보인다. 그런 현실에서 청도군은 정월 보름 세시의례나마 군단위로 통합하여 행함으로써, 현대사회에서 민속 전통의 계승을 모색하고 도모해 온 것이다.

한편으로 도주문화제와 청도반시축제처럼 오늘날에 와서 만들어진 축제도 있다. 도주문화제는 1983년부터 매년 10월 청도문화원 주최로 이루어지는 향토축제이다. 청도군내 중등교사들로 결성된 청도예술문화연구회는 청도의 전통문화를 계승하고, 나아가 청도의 문화와 예술을 더욱 발전시키자는 취지로 군민 전체가 참여하는 문화축제를 구상하였고, 그렇게 해서 출범한 것이 도주문화제이다. 가장행렬, 서예전, 미술전, 사진전, 음악제, 연극제와 같은 예술행사 외에도 5회 째부터는 농악과 화양줄다리기 시연이 포함되었다. 청도반시축제는 청도반시가 전국적으로 유명해지면서, 1997년 청도감축제로 시작했던 것이 청도반시축제로 거듭났다. 청도군이 후원하고 청도반시축제준비위원회가 주관하며, 감상품과 감 이야기, 그리고 음악이 어우러져 사흘 동안 계속되는 축제이다. 청도유등축제도 1000년 이상 지속된 이 고장의 불교사를 배경으로, 유호리 연지(蓮池)에서 벌어지는 관등축제이다. 2006년부터 청도문화원에서는 토속민요경창대회도 개최해 왔다. 군단위로 토속민요경연이 행해지는 곳은 많지 않은데, 전통문화에 대한 지역의 각별한 관심을 말해 주는 행사이다. 2009년 현재 4회째 열렸으며, 이 대회 입상자들 가운데는 지역의 소리꾼으로 활동하는 사람도 있다.

본군의 구비문학 조사는 2009년 1월부터 7월까지 공동연구원 천혜숙과 박사급 연구원 이균옥을 중심으로, 조사보조원 박동철(박사과정), 김유경(석사과정), 이선호(석사과정), 김보라(학부), 백민정(학부)이 참여하여 총 8회에 걸쳐 이루어졌다. 1월 예비답사에서는 청도군청과 청도문화원을 방문하여 군지 및 통계자료 등의 참고자료를 구하였고, 조사지 및 제보자에 대한 자문을 구하였다. 그리고 총 2개 읍과 7개 면을 대상으로 산동과 산서, 읍내, 산간촌, 평야촌을 고려하여 읍면당 1개 혹은 2개 마을을 선정하여 조사가 이루어졌다. 조사 일정은 아래와 같다.

1. 2009. 1. 29 사전답사
2. 2009. 2. 7~2. 9 매전면 두곡리, 청도읍 원정2리
3. 2009. 2. 17~2. 18 이서면 학산2리
4. 2009. 2. 23~2. 25 각남면 화리, 청도읍 원정1 · 2리
5. 2009. 4. 24~4. 26 금천면 동곡리, 운문면 신원리
6. 2009. 6. 22~6. 24 각북면 남산1리
7. 2009. 7. 16~7. 18 화양읍 소라리, 운문면 신원리, 금천면 박곡리 · 오봉2리
8. 2009. 7. 23~7. 25 금천면 박곡리 · 오봉2리, 풍각면 송서리 · 봉기1리, 운문면 신원리, 각북면 남산1리

다음은 조사지를 지도상으로 표시한 것이다.

청도군 조사지 현황

　총 조사자료는 설화 162편(현대 45편 포함), 민요 119편(현대 7편 포함)으로, 모두 271편이다. 조사자료가 중복된 경우는 대표적인 것만 보고하였고, 같은 자료라도 마을별로 조사되었거나 흥미로운 변이를 보이는 경우는 모두 다 보고하는 것을 원칙으로 했다. 다만 이 책에서는 188편을 채록하여 보고한다. 지면관계상 두곡리, 신원리, 동곡리, 송서리·봉기1리의 자료를 빼고, 그밖에도 중복되는 자료들을 제외한 편수이다. 아래의 표는 채록 보고하는 자료 편수를 마을별, 장르별로 보인 것이다.

청도군 자료 보고 현황

자료별 편수 / 조사마을	설화	현대 구전설화	민요	근현대 구전민요	합계
각남면 화리	3	2	19	4	28
이서면 학산2리	8	9	·	·	17
청도읍 원정리	17	16	9	·	42
각북면 남산1리	11	·	2	·	13
화양읍 소라리	10	·	11	·	21
금천면 박곡리	25	6	9	·	40
금천면 오봉2리	11	2	14	·	27
	85	35	64	4	188

　청도군은 이서국, 운문사와 관련된 역사가 이미 잘 알려져 있는 만큼, 역사적 전설들이 많이 채록될 것으로 기대하였는데, 실제 조사에서도 이서산성, 운문사의 이목소, 대비사의 이무기에 관한 전설들로 확인이 되었다. 후백제왕 견훤이 쌓은 성으로 알려진 지룡산성이 위치한 운문면 신원리에는 견훤의 출생과 연관된 야래자(夜來者) 전설이 전승되고 있어 역사와 전설의 밀접한 상응을 읽을 수도 있었다. 지명전설과 인물전설도 다수 조사되었지만, 전체적으로는 전설보다는 민담과 경험담이 우세한 편이었다. 무엇보다 『청도군지』에 수록된 흥미로운 전설들을 해당 마을에서 온

전히 구연할 수 있는 분들을 만나기가 어려웠다. 이는 전설이 망각 일로에 있음을 말해 주는 사실이 아닐 수 없다. 마을 이야기판이 마을의 전설들을 전승하는 장(場)으로서 기능을 더 이상 하지 않게 된 현실을 반영하는 것이기도 하다. 한편, 가문의 선조에 관한 인물 전설이 여전히 활발한 전승을 보이는 것은 문중과 문중의식이 현대사회에서도 여전히 중요한 기능을 갖고 있기 때문일 것이다. 그래서 밀양 박씨 선조 전설이나, 만석꾼 죽산 박씨 선조의 치부담 등은 비교적 온전한 각편을 얻을 수 있었다. 한편으로 귀신, 지킴이, 도깨비, 풍수 등과 같은 민속신앙 관련 주제들에 관한 경험담들을 풍부하게 들을 수 있었는데, 전통과 현대의 충돌이 어떤 설화적 형상으로 나타나는가를 살필 수 있는 흥미로운 경험이었다.

생활현장과 유리된 것이기는 하지만 민요에 대한 기억은 설화보다는 나은 편이었다. '모심기 소리', '지신밟기', '상여 소리'와 같은 중요한 민요 항목 외에도, '각설이 타령', '징금이타령'의 희귀한 각편들을 얻을 수 있었다. 그런데 전용봉 씨와 같이 민요소리꾼으로 나선 사례를 빼고는 민요 또는 잡가의 우수한 창자가 대부분 여성이었던 점이 주목된다. '모심기 소리'도 여성들이 오히려 더 잘 기억하여 불러주었는데, 해방 후 모심기 노동의 현장에서 여성들이 남성 못지 않은 큰 역할을 했던 사정과 무관하지 않을 것이다. 또한 7~80대 분들은 '노랫가락', '청춘가', '창부타령'을 섞어서 교환창으로 불렀다. "내가 메길 테니 받으라"고 누군가 시작하면 몇몇이 서로 주고받으며 노래가 계속 이어졌고, 노래판의 신명과 열기는 점점 고조되었다. 남녀가 함께 모인 자리에서도 이런 집단창은 흔히 접할 수 있는 광경이었다. 적어도 70대 이상의 세대가 모이는 놀이판에서는 이런 형태의 교환창이 익숙하였던 것을 짐작케 한다. 노동요나 의식요의 중요한 항목들이 현장에서 거의 사라진 대신, 이런 형태의 잡가 메들리가 놀이판에서 여전히 불리고 있음은 특기할 만한 사실이다. 대신에 긴 서사민요를 기억해서 부르는 사람은 거의 만날 수 없었다. '시집살이 노래’, ‘나물캐는 노래’ 등을 창부타령 곡조로 부르거나, ‘모심기 소리’ 등의 전통민요 사설을 차용하여 ‘노랫가락’류를 부르는 경우가 있었는데, 이는 민요의 근대적 변화를 보여주는 의미있는 사례로 보인다. 민요의 절멸이 아니라, 더 새로운 노래인 잡가와 접맥, 변용된 양상을 보여주고 있기 때문이다. 물론 이런 노래들도 60대 이하 세대에 오면 대중가요 특히 트로트에 밀려난다. 이 분들에게 잡가는 더 이상 ‘중년소리’가 아니라, 옛날소리이다. 따라서 이러한 접맥의 양상마저 머지않아 사라지지 않을까 우려된다. 민요의 전통을 살리려는 노력으로 본군에서는 토속민요경창대회를 개최해 왔으니, 거기에 기대를 가져볼 일이다.

조사 결과를 전체적으로 검토하자면, 조사지의 안배가 계획대로 잘 이루어지지 않아서 청도군 전체의 구비문학 분포와 전승의 양상이 제대로 파악되기에는 한계가 없지 않다. 조사 및 보고 일정이 너무 쫓긴 데다 지면이 충분치 않아서 다섯 마을의 자료가 빠지게 된 것도 아쉬운 일이다. 전승현장의 사정도 부정적 요인으로 작용하였다. 구비문학에 대한 인식의 부재, 나아가 유능한 화자 및 청자의 부재가 심각한 현실로 다가온 마을들이 많았다. 그럼에도 불구하고 근·현대의 사회 문화적 변화에 대응하여, 또는 근대 이후의 새로운 장르와 만나서 구비문학이 어떻게 변화해 왔는가를 보여주는 흥미로운 자료들을 다수 채록할 수 있었던 것은 소중한 성과로 생각된다. 설화와 민요는 결코 사라지는 것이 아니라 단지 모습을 바꾸는 것이라는 명제를 다시 한 번 되새기게 해 준 답사였다.

1. 각남면

경상북도 청도군 각남면 화리

조사일시 : 2009.2.23~2009.2.24
조 사 자 : 천혜숙, 박동철, 김유경, 이선호, 김보라

　　청도군 3차 조사 첫날(2009년 2월 23일) 마을로 들어가 노인회관에 모인 분들을 중심으로 조사를 시작하여, 이튿날까지 계속했다. 대구부산 고속도로의 청도IC를 빠져나와 20번 국도를 풍각 방향으로 달리다가 보면 도로변으로 펼쳐진 넓은 들을 지나서 화리 마을이 보인다. 웃마, 아랫마, 바깥마실로 이루어져 있다. 주민은 116호, 216명으로 기록되어 있으나, 비어있는 집이 있어 실제 거주는 100여 호를 넘지 않는다. 대부분 70대 이상의 고령층이며 50대 이하의 주민은 12명에 불과하다. 인구 및 경지 면에서 각남면 18개 마을 중 가장 대촌으로 알려졌다. 도로와 접한 마을 앞쪽으로는 넓은 들이 펼쳐져 있고 마을 뒤쪽은 무학산과 남산이 마을을 둘러싸고 있는 형국이다. 무학산은 산의 형세가 학이 춤추는 모양이라고 하여 유래된 이름이다. 산정에 있는 '구무바우'(구멍바위)와 '비틀바우'(베틀바위)가 주민들에게 친숙한 것으로 보아 무학산이 마을 주민의 실제 삶과도 연관이 깊었음을 알 수 있다.

　　『청도읍지』(1834년)에 '마곡'(麻谷)의 명칭이 나타나는 것으로 미루어 마을의 역사가 적어도 200년 이상은 되었을 것으로 추정된다. 마곡은 현재 아랫마에 해당되며, 마골이라고도 불리었다. 마을 부근에 마(麻)밭이 많아 삼농사를 주로 하였고 삼이 많이 났다고 하여 마골 또는 마곡이 되었다고 한다. 웃마의 옛이름은 구랑(九郞)이다. 옛날 경주 최씨 문중에서 랑(郞)자 붙은 벼슬을 한 사람이 아홉이었다고 하여 붙여진 이름이라고 한다. 웃마와 아랫마 두 마을은 화 1,2리로 수차례 분동과 합동을 거듭하

였다가 지금은 합동된 상태이다. 개촌조는 파평 윤씨로 알려졌으나 모두 마을을 떠났고, 현재는 다음으로 입향한 영일 정씨와 동래 정씨가 주성을 이루고 살고 있다. 밀양 박씨와 김해 김씨도 3~4호 정도 살고 있으며, 나머지는 각성이다.

정월 보름에는 무학산의 상당과 동구 마을회관 옆의 하당에서 동제를 지내 왔다. 각각 할아버지당, 할머니당으로도 불린다. 제사는 상당, 하당 순으로 치르는데, 지금은 정월 보름 전날 하루 정도 금기를 지키고 보름 당일 밤에 제관들만 모여 동제를 지내는 것으로 간소화되었지만, 과거에는 그 규모가 대단했다. 과거의 동제는 음력 정월 초사흘날 대를 잡고 풍물을 치면서 천왕을 받는 것으로 시작하여 동민들이 모두 참여하는 큰 행사였다고 한다. 대잡이를 하여 처음으로 대가 들어가는 두 집이 각각 다음 해 동제의 제관과 유사를 맡았다. 제관과 유사는 음력 정월 9일부터 술, 담배, 부부관계를 일절 금하며 정성을 들이고, 13일에는 장에 가서 제수를 장만한다. 이렇게 모든 준비를 갖춘 후, 14일 밤 12시경 두 곳의 신당에서 차례로 제사를 지내고, 각성받이 문중별로 소지를 올렸다. 그리고 제사를 끝낸 보름날 아침에는 동민들이 함께 모여 음복을 하고 대동회를 열었다. 이때 마을 단위로 줄당기기를 하였는데, 13년 전 쯤 군 단위 정월대보름 행사로 통합되었다.

벼농사 외에도 지역 특산인 감 농사를 많이 짓는다. 이 마을의 감도 유명한 '청도반시'이다. 복숭아, 딸기 농사도 짓고 있다. 딸기작목반이 있으며 복숭아작목반은 있다가 없어졌다. 마을의 사회조직으로는 동회 외에 부녀회, 노인회, 상여계가 있다. 상여계는 두 개의 조직으로 운영되며 전체 성원이 60여 명 정도 된다.

마을 입구에는 효열각이 있다. 신행 전 남편을 잃고도 시집을 와서 평생 시부모를 효성으로 봉양하고 살았던 능성(綾城) 구씨(具氏) 부인을 기리기 위해 동래 정씨 문중에서 세운 것이다. 세워진 지 30~40년가량 되

었다고 하는데, 덤불이 많이 우거져 있는 것으로 보아 거의 사람의 발길
이 끊어진 것처럼 보인다.

청도군 주최의 토속민요경연대회에서 수상한 전용봉 씨가 산다면서 청
도 군청에서 추천한 마을인데, 막상 가 보니 훌륭한 구비문학 보유자들이
많았다. 현재 소리꾼으로 활동하는 전용봉 씨 외에도 노래와 총기로 유명
한 정춘화 씨, 다량의 민요 사설을 기억하고 있는 이금분 씨가 특히 돋보
였다. 고령의 정춘화 씨는 근대구비문학의 산 증인이라 할 만한 분이었다.
그리고 '모심기 소리'와 '노랫가락'을 교환창으로 길게 이어준 할머니들
은 농촌 여성집단의 노래문화의 현재를 여실하게 보여준 사례이다. 정춘
화, 정손화 씨 등이 민요 가사를 적은 노트들을 보유하고 있는 것으로도
강한 인상을 남겼던 마을이다.

화리 마을 전경

이금분, 여, 1932년생

주 소 지 : 경상북도 청도군 각남면 화리
제보일시 : 2009.2.23~2009.2.24
조 사 자 : 천혜숙, 박동철, 김유경, 이선호, 김보라

　　1932년 경산시 남천면 협석리 새밤마을에서 태어났다. 택호는 경산댁이다. 친정은 머슴을 부리고 살 만큼 부유했으나, 부모님이 일찍 돌아가셔서 올케 손에서 자랐다. 길쌈을 못하게 하여 바느질만 하다가, 16세 되던 해 일제의 '처녀공출'을 피해 이곳 화리로 시집 왔다. 20세에 첫 아들을 낳았고, 슬하에 모두 3남 3녀를 두었다. 시할머니, 시어머니, 자신의 삼대 고부가 살았는데, 특히 시할머니의 시집살이가 심했다. 그러나 피하지도 도망하지도 않고 그저 시할머니가 시키는 일을 묵묵히 해냈다. 시어머니는 주로 밭일을 하였고, 시할머니는 길쌈을 했다. 자신도 시할머니로부터 길쌈일을 배워서, 호롱불 밑에서 밤낮없이 한정없이 베를 짰다고 한다. 삼베는 하루 열댓 자씩 짜서 사나흘이면 1필을 완성했고, 명주는 하루 대엿자씩 짰다고 했다. 시집이 너무 가난하여 몇십 년 동안 오두막집에 살았을 정도이다. 남편은 남의 집 머슴을 살았고, 제보자와 시할머니가 길쌈을 하여 가계에 보탰다. 그래도 먹고 살기가 힘들고 또 자녀들 교육비도 턱없이 부족하여, 삼십이 넘어서는 길쌈도 그만두고 장사일을 시작했다. 40년을 고추 장사를 하여 자식들 키우고 공부시키고 성가도 시켰다. 지금은 생업에서 물러났다.

　혼인 전에는 마을 어른들로부터 노래를 배웠으며, 혼인 후에는 모심기 현장에서 노래를 배우고 불렀다. 혼인 후에 주로 배운 노래가 '모심기 소리', '시집살이 노래' 등이다. 모심기를 하면서 노래를 부르니 일이 지겨운 줄 모르고 그저 흥겨웠다고 기억한다. 그 당시 자신은 노래를 잘 해서 모심기의 앞소리를 맡았다고 자랑한다.

　민요를 11편 제공했다. 조사 첫날에는 3편의 민요를, 둘째 날은 8편의 민요와 생애담을 구연했다. 구연한 민요가 '모심기 소리' 등의 농업노동요를 비롯하여 길쌈노동요, 여성유희요, 잡가에 걸쳐 있어, 이 분이 보유한 노래의 폭을 짐작할 수 있다. 설화는 구술하지 않았다. 노래판에서도 처음에는 조용하게 있다가, 차츰 뛰어난 기억력을 드러내면서 조심스럽게 참여했다. 작지만 또렷한 음성을 지녔다. 고운 목청으로 노래를 썩 잘 하는 분이다. 사설에 대한 기억도 훌륭한 편이다. 노래 몇 편을 부른 후 기억이 잘 안 난다고 하면서 멈추었다가, 기억을 되살려 다시 부르는 모습이 인상적이었다. 노래에 대한 관심이 남달라 할아버지방으로 건너와서 정춘화, 전용봉이 구연하는 것을 열심히 지켜보기도 했다. 왜소한 체구이나 단정한 용모를 지녔다. 조사 과정에서 조사자들을 따뜻하게 배려했으며, 다음에 방문하면 다른 노래를 기억했다가 들려주겠다고 약속했다.

제공 자료 목록
05_19_FOS_20090223_CHS_IGB_0001 모심기 소리 1
05_19_FOS_20090223_CHS_IGB_0002 시집살이 노래
05_19_FOS_20090223_CHS_IGB_0003 모심기 소리 2
05_19_FOS_20090224_CHS_IGB_0001 서처자 남도령 노래
05_19_FOS_20090224_CHS_IGB_0002 담방구 타령
05_19_FOS_20090224_CHS_IGB_0003 사돈 노래
05_19_FOS_20090224_CHS_IGB_0004 화투풀이
05_19_FOS_20090224_CHS_IGB_0005 모심기 소리 3
05_19_FOS_20090224_CHS_IGB_0006 쌍금쌍금 쌍가락지

05_19_FOS_20090224_CHS_IGB_0007 치마 노래
05_19_FOS_20090224_CHS_IGB_0008 노랫가락 2

이설이, 여, 1932년생

주 소 지 : 경상북도 청도군 각남면 화리
제보일시 : 2009.2.24
조 사 자 : 천혜숙, 박동철, 김유경, 이선호, 김보라

　재령 이씨로 17세에 화리의 동래 정씨 집안으로 시집왔다. 남편과는 사별했고 지금은 농사를 짓고 있는 장남과 함께 살고 있다. 마을에서는 원동댁으로 불린다. 마을 입구의 효열각 유래를 듣기 위해 만났다. 청중들이 원동댁이 잘 알고 있을 것이라며 추천했다. 효열각의 주인이 제보자의 시조모이다. '효열각 유래' 한 편을 제공했다. 시어머니로부터 들은 이야기라며 시조모의 효행과 힘든 삶에 대해 자긍과 감탄이 섞인 어조로 구연했다.

제공 자료 목록
05_19_MPN_20090224_CHS_WDD_0001 효열각 유래

전용봉, 남, 1933년생

주 소 지 : 경상북도 청도군 각남면 화리
제보일시 : 2009.2.24
조 사 자 : 천혜숙, 박동철, 김유경, 이선호, 김보라

　본동 출생이며, 이서중학교 중퇴의 학력을 지녔다. 27세의 나이에 중매

로 혼인했다. 혼인 후 경산에서 직장을 다니
다 그만두고 여러 가지 직업에 종사하다가
40세에 귀향했다. 현재는 농사를 지으면서
부인과 살고 있다. 각남면 경로회장을 2년
째 맡고 있다. 2006년부터 청도군 토속민요
경연대회에 참가하여 세 차례 입상한 후로
소리꾼으로도 활동하고 있다.

어린 시절부터 전통문화에 관심이 많았
으며 특히 민요를 좋아했다. 형 전용철이 마을과 인근 지역에서 알려진
소리꾼이었다. 그래서 형이 부르는 '상여 소리', '지신밟기' 등을 많이 들
으면서 자랐고, 또 형을 통해서 다른 소리꾼들의 소리도 들을 기회가 많
았다. 형처럼 소리꾼이 되고 싶었으나, 집안 형편이 어려워 꿈을 이루지
못했다. 대신 TV나 라디오에서 민요가 들리기라도 하면 열심히 듣고 익
혔다.

2006년 청도군 토속민요경연대회에서 입상한 후, 화양읍 풍물단 상쇠
김석순에게 소리 자문을 해 준 것을 계기로 소리꾼의 길로 들어섰다. 영
남민요보존회 회원으로 구미, 안동, 봉화 등의 경로잔치에 가서 소리를
하였으며, 몇 해 전부터는 팀을 꾸려 진주, 마산, 창원 등으로 성주풀이
공연도 다니고 있다. 그 외에도 공장, 식당 등의 개업 행사에서 일정한 수
고비를 받고 공연을 해주고 있다. 얼마 전에는 불교대학 행사에도 참가하
였고, TBC 방송 출연도 했다고 자랑했다. 청도군국악협회, 청도군민요보
존회의 고문으로 활동하며, 군 여성농악단도 지도하고 있다.

청도문화원 사무국장으로부터 소개를 받아 미리 전화로 약속을 잡고,
본동 조사 둘째 날 만났다. 북과 뒷소리꾼들을 대동하고 온 모습에서 이
분의 활동 이력을 짐작할 수 있었다. 조사 취지를 설명하자 바로 연행을
시작했으며, '상여 소리', '망깨 소리', '달구 소리'를 연달아 불렀다. 가창

력은 좋은 편이었다. 다만 사설이 적힌 종이를 간간이 보면서 불렀다. 사설 대부분을 자신이 직접 지었음을 강조하는 것으로 보면, 민요 소리꾼으로서 '전통'에 대한 인식이 다소 부족한 것이 아닌가 하는 느낌을 받았다. 실제로 이 분이 부른 민요 사설은 '전통사설'에다 중국고사의 인물이나 고사성어로 이루어진 '창작사설'이 덧붙어 있다. 이 분은 특히 고사성어 부분에 대한 강한 자긍심으로 자신의 창작임을 주장하는 것이 아닌가 생각되었다. 민속경연대회나 문화재정책 이후 생겨난 지역 소리꾼의 한 전형에 해당되는 분이다.

제공 자료 목록

05_19_FOS_20090224_CHS_JYB_0001 상여 소리
05_19_FOS_20090224_CHS_JYB_0002 망깨 소리
05_19_FOS_20090224_CHS_JYB_0003 달구 소리

정손화, 남, 1937년생

주 소 지 : 경상북도 청도군 각남면 화리
제보일시 : 2009.2.24
조 사 자 : 천혜숙, 박동철, 김유경, 이선호, 김보라

본동의 이장으로 마을 개관을 듣기 위해 만났다. 선조 대대로 이 마을에서 살아온 토박이로 마을의 사정을 잘 알고 있었다.

이 분도 노래를 하고 살고 싶었던 꿈이 있었다. 그래서 마을 소리꾼이었던 가동어른(전용철)에게 노래를 배우고자 했지만 생활고로 여의치 못했다고 한다.

집에 노래방 기계와 손수 꾸민 노래가사집이 있을 정도로 지금도 노래에 대한 애착이 강하다. 곡조보다 가사에

관심이 많아 마음에 드는 가사를 베껴 두기를 즐긴다. 그 기록들을 모아 둔 노래가사집을 가지고 있다.

기억하고 있는 민요자료가 많은 듯 보였지만, "다 못할 바에 안 하느니 못하다."며 자신의 노래가사집을 보고 '강씨편'이란 제목의 서사민요 한 편을 구연했다. 가동어른으로부터 배운 노래라고 했다.

자신을 내세우고자 하지 않는 차분한 성격의 소유자로 감수성이 풍부한 편이다. 진지하고 슬픈 표정으로 '강씨편'의 내용에 대한 애틋한 마음을 드러내기도 했다.

제공 자료 목록
05_19_FOS_20090224_CHS_JSH_0001 화초땅에 화처녀

정춘화, 남, 1920년생

주 소 지 : 경상북도 청도군 각남면 화리
제보일시 : 2009.2.23
조 사 자 : 천혜숙, 박동철, 김유경, 이선호, 김보라

연일 정씨로 본동 태생이다. 24세에 혼인하여 슬하에 2남 2녀의 자녀를 두었다. 장남은 현재 제주대학교 교수로 재직 중이다.

집안 살림이 어려워 정규 교육은 받지 못했고 대신 야학에 다녔다. 어린 시절부터 이야기와 노래를 특히 좋아했다. 그래서 사랑방 어른들이 모여 담소를 즐기거나 노래판을 벌이기라도 하면 늘 한쪽 자리를 차지하고 뜨지 않았다. 학교를 다니고 싶은 마음에 형이 다니는 청도공립보통학교(현 청도초등학교)에 자주 놀러갔다. 학교 운동장에서 일본인 선생이 부

르는 노래를 듣고 와서 다른 친구들에게 가르쳐 주기도 했다. 13세 되던 해에 축음기를 접했고, '이팔청춘가' 등이 실려 있는 양판을 모으기 시작했다. 그 때부터 모은 양판들을 지금까지 소장하고 있으며, 요즘도 즐겨 듣고 있다. 현재도 라디오에서 좋은 노래가 나오면 녹음해 두고 즐겨 듣는다. 소장하던 유성기음반 가사집을 잃어버렸지만, 지금도 그 가사집의 노래 중 스무 곡 정도를 기억한다.

노래를 좋아해서 가수가 되고 싶었지만 집안 어른들의 반대가 만만치 않았다. 마을에서는 이 분이 어른들 몰래 바께스를 덮어쓰고 노래연습을 했다는 에피소드가 전해지고 있다. 몇 해 전에는 가사가 망실된 '청도가'의 가사와 곡조가 이 분의 기억을 통해 복원된 사실이 <청도신문>에 기사화 되기도 했다.

26세 때 일제의 강제징용에 끌려가 일본에 머물 때도 이야기꾼의 면모를 자랑했다. 일을 마친 고단한 저녁 시간에 이야기를 들려주면 자리에 모인 인부들이 탄복을 했다고 한다. 그래서 늘 이 분의 방은 사람들로 넘쳐났다. 당시는 사나흘 밤동안 이야기를 해도 또 할 이야기가 남아 있었다고 했다.

이야기 4편, 노래 7편을 구연했다. 이 분이 제공한 자료들은 전통과 현대를 넘나든다. 가수지망생이었던 만큼 제보자의 노래 레퍼토리는 일제강점기의 창가, 신민요, 트로트 위주이다. 설화는 일제강점기 신문기사에서 본 것이거나 징용 갔을 때 보고 들었던 경험담이 대부분이다.

한번 들은 것은 절대 잊어버리지 않는다고 하며, 기억력이 좋다는 것을 강조하였다. 또한 이야기와 노래를 잘하려면 무엇보다 남의 말을 잘 듣는 것이 중요하다고 했다. 자신의 재능에 대한 자부심도 강한 편이다. 다만 고령으로 발음이 불분명하고 난청인 탓에 조사에 다소 어려움이 있었다. 그러나 이 분이 이야기와 노래를 구연하자 마을 사람들의 반응은 대단했다. "공부를 했으면 청도를 팔아먹었을 사람"이라거나, "허담으로 며칠

밤을 새워도 더 이야기할 것이 있다"는 평도 했다. 또 연세 든 마을어른
들은 바께스를 덮어쓰고 노래연습을 하던 이 분의 젊은 시절 이야기를 익
히 들었거나 기억하고 있었다.

제공 자료 목록
05_19_FOT_20090223_CHS_JCH_0010 능탱감투 쓰고 도둑질한 스님
05_19_FOT_20090223_CHS_JCH_0011 낚시밥 되려다 지략으로 살아난 여자
05_19_FOT_20090223_CHS_JCH_0012 귀신이 준 글로 과거에 급제한 박문수
05_19_MPN_20090223_CHS_JCH_0009 담뱃대 도둑 잡은 학생
05_19_FOS_20090223_CHS_JCH_0003 남매지
05_19_FOS_20090223_CHS_JCH_0006 노랫가락 1
05_19_FOS_20090223_CHS_JCH_0007 청춘가
05_19_FOS_20090223_CHS_JCH_0008 양산도
05_19_MFS_20090223_CHS_JCH_0001 청도가
05_19_MFS_20090223_CHS_JCH_0002 금강산이 좋을시고
05_19_MFS_20090223_CHS_JCH_0004 처녀 한숨가
05_19_MFS_20090223_CHS_JCH_0005 심청가

능탱감투 쓰고 도둑질한 스님

자료코드 : 05_19_FOT_20090223_CHS_JCH_0010
조사장소 : 경상북도 청도군 각남면 화리 354-1번지 마을회관
조사일시 : 2009.2.23
조 사 자 : 천혜숙, 박동철, 김유경, 이선호, 김보라
제 보 자 : 정춘화, 남, 90세
구연상황 : 앞 이야기 '담뱃대 도둑 잡은 학생'를 마친 제보자에게 청중 중 한분이 '능탱감탱이 이야기를 해보라'고 권유했다. 청중들이 웃음을 터뜨리는 것으로 보아 마을 분들이 제보자와 이야기 레퍼토리를 이미 알고 있는 듯 했다. 조사자가 이야기를 청하자 바로 시작했다.
줄 거 리 : 아침마다 부처에게 공들이는 스님에게 상좌가 무엇을 비느냐고 물었더니, 능탱 감투를 달라고 빈다고 했다. 상좌가 마을에 시주하러 갔다가 예사 감투를 하나 얻어 와서 몰래 부처 앞에 갖다 놓았다. 부처님이 자신의 요구를 들어주었다고 생각한 스님은 그 감투를 쓰더니 상좌에게 자신이 보이느냐고 물었다. 안 보인다는 상좌의 거짓말을 믿은 스님이 그 감투를 쓰고 상점으로 가서 돈을 훔치다가 실컷 두들겨 맞았다.

어떤 총각이 절에 갔는 기라. 가가, 저 뭣이라 하노? 고거 인자 총각들 그 절에 가가 있는 사람은, 저거카만 안 다리나. 저거 뭐고, 보통 어른들, 절에 있는 사람카마 안 틀리나. (젊은 상좌중은 노스님들과 다르다는 의미이다.)

그래가주고 저 뭐고, 만달(만날) 보이께네, 그 인자 저거 스님이 아침을 로(아침으로) 부처 앞에서 여, 만달 이래 엎디리가 있드란다.

[목소리가 커지며]

뭐로 요굴(요구를) 하든동, 부처님한테 아직알로(아침으로) 자고 나만 막 부처님 앞에 딱 엎디리가 이래가 바라꼬(기다리고) 있는데, 그래 인자

상자가(상좌가), 요 인자 총각 상자가 밥을 해놓고,

"스님, 아침 잡수로 오이소." 이카마,

"오야." 카매,

인자 이래 고개를 들고 와여 잡숫는데, 그래 총각이 물어봤어.

"스님 그래, 부처님 앞에 거,

[헛기침을 하면서]

아침을로 자고 식전에 만날 그 공을 딜이는데, 뭐로 공을 딜입니꺼?"

물으이께네,

"능탱감탱이('감투'로 도깨비감투를 말하는 듯하다.) 하나 대령해 돌라꼬 부처님한테 빈다." 카는 기라.

"그래요?" 이카매,

[청중 웃음]

그래가주고, 여 상자가(상좌가) 저, 저거하러, 시주하러 부락에 가가주고, 누가 이거 관, 갓, 갓 안에 씨는 거(것) 있거든. 그거 뭣이라 카노?

(청중 : 맹건)

그거 씨고 만댕이('머리꼭대기'의 의미이다.) 갓 없는 거 있는데, 그거 뭣이라 카노? 그거를 하나 구해가 인자 갖다 놓고.

(청중 : 맹건 하고 탕관(탕건) 하고)

이튿날 아직알에(아침에) 인자 그 스님이 부처 앞에 똑 포고한다고, 엎디리가 이래가 뜩 있고. 고고로(그것을) 살채기(살짜기) 부처 앞에다가 딱 하나 갖다놓고. 여 사람들 씨는 거, 그 능탱감탱인가 모르지. 갖다놓고 그래,

"스님, 아침 잡수로 오이소." 이카이께,

"오야." 카매,

고개 드이꺼네 능탱감탱이가 하나, 부처 앞에 하나 나타난 기라.

"아이고 인자 내 맘 문(먹은) 데로 됐다. 이 참, 부처님한테 비이께네, 능탱감탱이 내 요구를 했는데, 온 아침에 저, 저 능탱감탱이 인자 하나 나

타났다.”

이카매, 이거를 뜩 씨고(쓰고),

“날 보이나 봐라.” 이카드라.

“안 보입니더.” 카이,

씨고 또 벽에 뜩 붙어서여,

“날 한번 찾아보래.” 이카이꺼네,

그래 엉뚱 데 더듬더듬 카미(하며),

“스님, 여 있십니꺼?” 카매,

엉뚱 데 더듬더듬 하고 이래싸이끼네, 안 보이는 게 틀림없는 기라.

그래가주고 이 또 스님이, 그 인자 사람, 그거 씨만(쓰면) 안 보인다고 그거로 씨고 바랑을 짊어지고 시내를 니리갔어. 시내 니리가이꺼네, 큰 상점 채리난(차려놓은) 사람이, 돈, 돈 담는, 돈 담는 그릇을 여 놔두고, 물건 판다고 이래 앉았는데. 거 드가여(들어가) 뭐, 돈을 늘늘늘늘 막 줏는다(줍는다). 조오(주워) 훔치 옇는다(넣는다.).

(청중 : 조오 담어. 조오 담아.)

그러이께네,

“당신 와 돈을 와 내 가는교?” 카이꺼네,

그냥 옇어가(넣어서) 나오이께네 막 치도 질까지(무슨 의미인지 알 수 없다.) 따라 나왔어. 나와도 때리이께네 막, 디기(‘심하게’의 경상도 방언이다.) 때리이께네,

“아이구야.” 카매,

군더러지미(넘어지며) 때리미,

“앗따, 어정대고 때리도 한정없이 맞네.”

이카미, 시가(혀가) 빠지게 맞고. 맥지(괜히) 도둑질할라고 인자, 능탱감탱이 그거 요구를 했는 기라.

그기 인자 능탱감탱이 이바구야.

낚시밥 되려다 지략으로 살아난 여자

자료코드 : 05_19_FOT_20090223_CHS_JCH_0011
조사장소 : 경상북도 청도군 각남면 화리 354-1번지 마을회관
조사일시 : 2009.2.23
조 사 자 : 천혜숙, 박동철, 김유경, 이선호, 김보라
제 보 자 : 정춘화, 남, 90세

구연상황 : '능탱감탱이 이야기'가 끝난 후 다른 이야기를 청하자, "이야기를 할라카믄 마이 있지만은 언제 할 여가가 있습니꺼?"라며 짐짓 사양했다. 조사자가 "지금 하면 된다"고 거듭 청했더니, 청중들이 이야기도 하고 노래도 많이 했다며 다른 마을로 가보라고 권했다. 노인회장 김석이씨가 다시 조사 취지를 설명하였고, 청중 한분이 "이 분 이야기야 일본 돈 벌러 가가주고 인부들에게 밤새도록 사흘 나흘해도 그냥 할 게 있다"고 제보자를 추켜세웠다. 그러자 "사람을 잡아가주고 낚시밥 했다는 이야기를 들은 적이 있는데……"라며 이 이야기를 시작했다.

줄 거 리 : 부산의 배낚시꾼들이 식당에서 일하는 새댁에게 품삯을 더 줄 테니 배에서 밥을 해 달라고 꼬드겼다. 낚시꾼들을 따라 섬으로 간 새댁은 큰 고기가 쉽게 잡히는 것을 이상하게 여겨 낚시꾼들이 낮잠을 자는 사이 낚시밥통을 열어보았다. 낚시밥통에 사람의 허벅지가 들어 있는 것을 본 새댁은 자신이 곧 고기밥이 될 것을 알아채렸다. 새댁은 식수통을 쏟아버리는 꾀로 낚시꾼들이 부두로 돌아가도록 해서 자신의 목숨을 구했다.

부산에, 오새(요새) 겉으면 뭐, 뭐 여관이라 카까(할까), 어데 식당이라 카까, 식모로 이래 있으이께네, 고기 낚는 뱃사람들이 거 마이(많이) 식당와 가주고, 고 새댁이로 인자 꽂는(꾀는) 택이지. 그래,

"아주머이, 여 한달에 월급 여, 식모살이 하믄 얼매 받노?" 물으이,

"이십, 이십 원 받는다."

인제, 왜정시대 때 돈 받는다 카이끼네, 오 원 더 줄라꼬(주려고),

"아이고 우리 배에 오마, 서이(셋이) 고기 낚는 데 밥만 해주믄 되는데."

그래가주고,

"갈랑가?" 물으이께네,

돈 오 원에 눈이 어둡아여 이 색시가 갈라 캤는 기라. 갈라 카이 그래,

부산 바다에 저 짜아(쪽에) 나가가, 부산도 안 보이는 데 가가,

첫날 가이끼네 버여(벌써) 고기를 낚는 데 보이, 저거는 보만 머리 좋은 사람 보는 거, 머리 둔한 사람 보는 거, 듣는 것도 다 다리고. 대반에(단번에), 첫날 대반 가보이,

'하〇〇〇만은 대관시(대관절) 고기밥을, 낚수밥을 뭐까('무엇으로'의 뜻임.) 하긴데(하길래) 고기가 저러침(저렇게) 잘 낚어지노?'

이기 머리에 그 싹 돌오는 기라. 머리 좋은 사람은 여사로(예사로) 안 봐. 그래가주고 미칠(며칠) 잡았는데,

'이늠우 낚수밥을 함(한번) 봐야다.'

'내가 낚수밥 될라고 왔지 싶으다.'

그래가주고 한날은 바람도 불어싸이께네 막, 술 한잔 묵고 오늘 놀자카미 낮잠 자드란다.

들시이께네 허벅다리 그게 하나 낚수밥통에 남았드라.

'하하 요거, 다 해씨고 나만 내 낚수밥 할라 카는구나.'

거서요 살라꼬, 저녁을 해먹고 밤새두룩 연구를 하이, 거서 우예 살겠노?

새북에(새벽에) 딱, 딱 생각하기로, 밥해먹는 민물통 고거를(그것을) 살짝이 털었봤어(식수용 물통을 쏟아버렸다는 뜻이다.). 털었부고 난 뒤에 인자, 날 새고 난 뒤에 일나가주고,

"아이고 아침 못 하겠구매." 이카이,

"와요?" 카이꺼네,

"엊(어제) 지녁에 저녁을 하고 물통을 잘 몬 잠가가 물이 빠졌봤다." 카이,

"헤헤이, 그거를 와, 그래 잘못…"

"오분에(이번에) 인자 매칠(며칠) 고기 잘 잡았는데, 부산 가가주 하루 쉬가 오구로(오게), 나가자." 카는 기라.

인자 살았는 거 아이가, 허허. 그래, 부산 부두, 부산 부두에 한 쭉(쪽) 다리는 배에 있고 한 쭉 다리는 육지에 대미(대며),

"사람살리라."고.

과음을(고함을) 지르미 나군더러지이께네(나자빠지니까), 경찰들도 오고 이래가 그래 됐는데 잽했다(잡혔다) 카는 말이 있고. 서울서 여(여기) 열여섯 살 묵은 아아들이 둘이 와가 하나는 고기밥 됐붔고, 하나는 부산이 저 보인 따문에(때문에) 돛대 말래이(꼭대기) 가(가서) 우와기('윗도리'의 일본어이다.)를 흔들어가 살았다 카는 이런 말도 있는데.

사람, 머리 좋은 사람 살아 나오는 거 보믄 희한하지 다.

귀신이 준 글로 과거에 급제한 박문수

자료코드 : 05_19_FOT_20090223_CHS_JCH_0012
조사장소 : 경상북도 청도군 각남면 화리 354-1번지 마을회관
조사일시 : 2009.2.23
조 사 자 : 천혜숙, 박동철, 김유경, 이선호, 김보라
제 보 자 : 정춘화, 남, 90세
구연상황 : 제보자에게 암행어사 박문수 이야기를 청하자 화투를 치고 있던 청중 몇 분
　　　　　이 "이제 더 이상 없다."며 다시 거들었다. 그러나 제보자는 구연을 즐기는
　　　　　듯이 보였다. "도어사 아인교? 팔도 도어사라 안 카나?" 하면서 잠시 생각하
　　　　　더니 이 이야기를 시작했다.
줄 거 리 : 박문수가 과거 보러 가던 중 흰등 가마를 타고 가는 색시를 지나쳤는데, 그
　　　　　눈초리가 남달랐다. 조금 더 가다가 남루한 차림을 한 남자를 만났는데, 박문
　　　　　수에게 이번 과거에서 급제한 글귀라며 낙조(落照)에 대해 가르쳐 주었다. 과
　　　　　거장에서 그 글귀로 급제한 박문수는 바로 흰등 탄 가마의 색시를 닦달하여,
　　　　　간부와 짜고 신랑을 죽인 사실을 자백 받았다. 억울하게 죽은 신랑이 박문수
　　　　　에게 나타나 글귀를 가르쳐 주었고, 박문수는 그 보답으로 신랑의 원한을 풀
　　　　　어준 것이다.

박문수 과거하러 간다꼬 가이께네, 저게 중간에 어데든동 풍천이든동 어데든동 오이께네, 가매(가마) 흰등 타고 이래 오는데. 흰등타는 거는 인자 죽으, 가매(가마), 여자들이 인자 태아가(태워서) 가기 때문에.

자기 남편이 죽었이이꺼네, 친정에 있다가 부산('부고'의 의미인 듯하다.) 만내가 가는 모양인데, 우에 그 뭐, 흰 비로(베로) 가 두르고 이라는 갑데.

그래 미고(메고) 가는데, 박문수가 보이꺼네, 요 가매문(가마문), 문이 째매(조금) 요래, 빼두름한 데 보이꺼네, 고 색시 눈초리가 다린(다른) 기라.

대반 보이, 머리 좋은 사람은 수상시럽운(수상쩍은) 거는 내 그에(그것에) 싹 돌오는 기라(머리에 들어왔다는 의미임.) 대반(대번).

'그 이상시럽다.' 싶어 그라고 얼마, 걸어 올라가이께네,

동네도 없고, 어데 산비알에(산비탈에) 있는데, 우짠(어떤) 한 사람이 내복을 입고, 오새 뭐, 내복이나 있지, 얄궂은 거 갖다 내복 입고, 상토도(상투도) 없고, 흘끈도(허리끈도) 안 매고 중우는(바지는) 우두바(움켜) 쥐고, 우에도 속은 얇은 거 입고, 인자 버선도, 다비도('양말'도, 'たび'로 양말을 뜻하는 일본말이다.) 안 신고, 하나 뜩 나타나디,

"당신 어데 가시는교?"

이래 묻드란다.

(조사자 : 예. 그래서?)

그래, 어데 가시는고 묻더란다.

"서울 과게한다 캐여(해서), 그래 인자 과게보러 간다." 카이끼네,

"과게, 아래(그저게) 봤븠는데(보았는데), 무슨 일이 ○○○○ 가는교?" 카드란다.

"날짜가 아무 날이라 캐 가는데, 날짜가 지내갔븠던가요?" 카이,

"뭐, 어진가(어젠가) 뭐 지내갔븠다." 카는 기라.

"지내갔븠으믄 오분에(이번에) 글 지어가지고 과게 된 사람, 글귀가 어떤 글귀인공?" 물으이,

"낙조(落照)라 카데. 낙조. 해가 다 져갈 곡에(무렵에) 목동들은 소 믹이고, 산 만대기 올라 앉아 피리 불고 니리오고. 소가는 자기 남편 어데 가

가 안 온다고 이마 손을 얹고 이래 보고 있는 고기(그것이) 낙조라 카데. 해 다 져갈 곡에."

그래가주고,

"당신 어뎄소?" 이래 물으이,

"난 수창동 있소." 카드란다.

수창동, 물 수(水)자 여가(넣어서) 수창동.

그래가 뭐, 없어졌붔는데(사라져버렸는데).

아이고 올라가이께네, 과거를 아이(아직) 안 했어. 그래가,

[목소리가 커지며]

그 앞에 하나, 더 달았는 거는 박문수가 뭐라고 달았는고 몰라도, 그 시꿔로(詩句를) 인자 적어 올리이께네, 그 대반(대번) 과게에(과거에) 됐는 기라.

"요거 두 낱은 뭐, 귀신이 지었지 사람이 지은 거는 아이고(아니고), 요고는(이것은) 똑 사람이 지은 걸다."

이카매, 배후의 말이.

그래가주고 내나 부관급제를 해가주고, 삘랄라이 불고('호적을 불고'의 뜻임.) 자판치고 막 니리와가 가가, 흰등타고 내나 거, 가매(가마) 타고 드가는 집에 거어 가가주고,

"이 집 자부 매가지(모가지) 끄잡아내가, 마당 취조 받어라."

대반 캤어. 카이꺼네, 들고 때리이께네 바린(바른) 말 하는데,

여 처자 때부텅 친정곳에서 서당에 댕기는 총각을 알고 있다가 여 시집 왔부놓으이꺼네, 설(서로) 여, 연락하기가 머이꺼네, 서당아(서당에), 시가집 있는 근처 서당아 저 총각이 댕기는 거야.

댕기 그래, 의논해가 한날 저녀어(저녁에) 누워 자는데, 때리죽여가주고(간부인 서당총각과 공모하여, 신랑을 죽였다는 의미이다.) 못에 옇어(넣어) 놨다 카데.

그래, 박문수가 그 저 발견했다 하는 거, 그 고것만 내 알지.

효열각 유래

자료코드 : 05_19_MPN_20090224_CHS_WDD_0001

조사장소 : 경상북도 청도군 각남면 화리 354-1번지 마을회관

조사일시 : 2009.2.23

조 사 자 : 천혜숙, 박동철, 김유경, 이선호, 김보라

제 보 자 : 이설이, 여, 78세

구연상황 : 마을 입구에 있는 효열각의 유래에 대해 묻자, 청중들은 원동댁이 잘 알고 있
다고 했다. 효열각의 주인이 원동댁의 시조모였기 때문이다. 원동댁은 시조모
가 능성(綾城) 구씨(具氏)라면서 이 이야기를 해주었다.

줄 거 리 : 원동댁 시조모는 신행 전 남편을 잃어, 흰등 가마를 타고 신행해 갔다. 재행
온 남편이 위독했을 때 단지를 하기도 했다. 남편이 세상을 뜨고 신행 와서도
평생을 수절하면서 시어머니를 극진히 모셨다. 혼자 늙은 것이 억울하여 가끔
광증을 내기도 했으나 한 평생을 효자와 열녀 노릇을 했으므로 이를 기리기
위해 동래 정씨 문중에서 효열각을 세웠다.

그 할매가 신항(신행) 전에 저게, 신항(신행) 참,

(청중 : 신랑 죽고)

신랑 죽었거든. 죽어가주고 그 신항 전에 인자 참, 그 할매 집에 인자
재, 재이걸음(재행걸음) 갔다가 세상 떴는 기라, 할배는. 그래가 그 인자
흰등 타고 인자 여, 이 시집을 왔어.

(청중 : 그래도 왔다.)

와놔놓으이께네, 그러구로 아무것도 참 뭐, 그래 되든 뭐, 놓을 기 있
나. ('낳을 게 있나'의 뜻으로, 남편이 없으니 출산을 할 수 없었다는 의미
이다.) 아무도 안 놓고(낳고) 그저 그 핑상을(평생을) 한 평상을 늙었다 카
는 기라.

늙어가주고 막 골이 나믄(나면) 막 까짓 막, 막 화리도(화로도) 집어떤

지고 뭐 그릇도 집어떤지고 그륵('그렇게'를 짧게 발음한 것이다.) 광증을 지기드란다. 한 평상을 살미(살면서).

그래가주고, 그래도 그 할매가 어른한테 너무너무 잘했어. 암만 그래도 그런 따문에(때문에) 효자 열녀라. 그러이께네 인자,

(청중 : 그 할매 신랑한테 했는…)

신랑한테는 떡 와가주고 인자 흰등타고 와가주고. 신랑은 죽었는, 재행 걸음갔다 죽었거든. 죽어나놓으이께네, 그래, 이거 대반(대번) 와가주고 손가락 이거를 뚝 끊어가주고 그래 인자,

(청중 : 혈서를 냈는(썼던) 모영이지.)

입에 물리가주고 그래 잿물 참, 흰 피를 디루이께네(떨구니까) 그래 쪼금 살더란다. 살디만 그 질로(길로) 갔볐는 기라.

그래, 그지, 그래 인자 세상 베리고 나여, ('신랑이 세상을 떠나고 나서'의 뜻임.) 참, 뭐 장사를 하고. 그러구로 그 인자, 그래 되믄 인자 한 평상을 안 늙었는가배. 늙어가주고 어른한테 너무너무 잘해가주고,

암마 참, 지녁에 그 중참을 또 그라만 누룽밥을 눌라가 났다가 또 구들목에 묻어났다가 또 디리고. 감을 그 하만 감을 디리고.

어느 날 밤에,

(청중 : 글 때는 감도 귀했다.)

뭐, 중참 안 드린 때가 없는 기라. 그렇기 효자 노름을(노릇을) 해, 열녀.

(청중 : 시어마시로(시어머니를),)

인자 시어른, 시어른으로(시어른에게) 그래했다 카데. 그렇기 잘했는데, 그래 인자 한 평상을 내가 늙고 나이 그, 그로 했다 하는 기라 마.

막 어떤 지는(때는) 광증이 나는 기라. '이러구로 한 평상 늙었다' 싶어 가주고 광증이 나, 막 화리도(화로도) 집어던지뿌고 마, 뭐 담배로 폈다가 담뱃대도 뿔라뿌고(부러뜨리고) 마, 이랬다 카는 기라.

그래가 그 할매가 지금 그 굿이라 카데(무슨 의미인지 알 수 없다.) 그래가 그 참 한 평상을 그래구로 넘가가주고.

그러이 우리 시아바님이 되는 기야. 거어서 인자 양재로(양자로) 갔어. 우리 시아바씨 된 이가 그리 양재로 가가, 그래 인자 그 모도(모두) 집안에 너무 참 잘했다고, 열녀 효자라고 그래 인자 거, 비 씨아(세워) 났다고.

(보조 조사자 : 효자 노릇도 하시고, 열녀이기도 하고.)

그 열녀는 인자 가장 밑에 또 그래가 피 디루고 했는 기, 그 좀 그거 해가주고 지끔 사람, 그 와가주고 흰등타고 와 여 누웠다고 여.

아이 뭐 정이 들었나, 뭐했노?

손가락 떡 끊어가주고 문지방에 딱 놔가 탁 끊어가주고 입에 디뤘다(떨궜다) 카데. 그래나놓이, 열녀 효자가 됐어.

(청중 : 열녀는 열 손 끊어가주고 입에 옇는(넣는) 그기 열녀고, 효자는 어른한테 잘 했기 따문에(때문에) 효잔 기라.)

담뱃대 도둑 잡은 학생

자료코드 : 05_19_MPN_20090223_CHS_JCH_0009
조사장소 : 경상북도 청도군 각남면 화리 354-1번지 마을회관
조사일시 : 2009.2.23
조 사 자 : 천혜숙, 박동철, 김유경, 이선호, 김보라
제 보 자 : 정춘화, 남, 90세
구연상황 : 제보자가 '양산도'를 부른 후에 청중들이 "이야기도 잘 한다."고 한 마디씩 했다. '이야기를 사흘 나흘 해도 더 할 게 있는 분'이라고도 했다. 조사자가 이야기를 요청했더니 이 이야기를 들려주었다.
줄 거 리 : 어떤 땔나무꾼이 태극기가 그려진 담뱃대를 지니고 있었다. 나무꾼이 담배를 피우려다 보니, 아주 점잖은 어른이 와서 담뱃대를 빌려달라고 했다. 나무꾼의 담뱃대로 담배를 피운 어른이 그 담뱃대가 자기 것이라며 돌려주지 않았다. 두 사람이 서로 자신의 담뱃대라고 싸우자 한 중학생이 담뱃대의 설대를

메운 재료를 물어서, 나뭇꾼이 담뱃대의 진짜 주인임을 밝혔다.

옛날에 여, 상토(상투) 쫒고 수건 매고, 나무로 한짝 세와가(세워서) 지게다 뀌이가지고, 그래가주고 시장에 인자 팔로 가는데, 뜩 받치놓고 이래가 있는데.

이 어른이 땔나무꾼이라도 인자, 상토 쫒고 수건 씨고 나무 팔러 와도, 대는 산동대, ○○○지만 양산동대에 고게 보만, 우리 태극기 고거 우리 왜늠들이 그렇게 눈 밝은 ○○도 고거 금지 못 했다 카믄, 몰랐는 기라.

요 태극기, 있다.

대설대에도 있고 태구바리 밑에도(곁에도) 있는데, 내나 태극기 고거를 옇어 놨는데. 그 대로 맞출라 카만, 옛날에 그 쌀 귀할 때 쌀 한 말 값 조야(줘야) 맞추는데. 그러이 이 어른이 일하고 이래 하는 사람이라도 그, 그런 대로 징깄는(지녔던) 기라.

그러이 나뭇짐 뜩 받치놓고 담배를 한 대 푸이꺼네, 아주 막 갓 씨고(쓰고) 두루마기 해입고 아주 점잖은 어른이라. 그런 사람이 하나 젙에(곁에) 오디, 그 어른 담배 푸고(피우고) 나이끼네,

"대 그거 좀 빌리주소. 내 담배 한 대 퍼울랍니다(피우럽니다)." 이카는 기라.

그래가 줇는 기라. 담배 한 대 푸고 줄라 하는 거, 푸우라고 내 주이, 한 대 퍼어고 툭툭 대로 떨미, 뭐 일나서가 가는 기라.

"넘우(남의) 대로 와 가가는교(가지고 갑니까)?" 카이게,

"이 양반이 뭐카노? 이거 내 댄데."

인자 나무 팔로 간 사람은 내 대라 카고, 아무가 봐도 두루마리(두루마기) 입고 갓 씨고 하는 그 어른은 저런 대로(대를) 징길(지닐) 사람이 되고. 수건 질끈 매가 나무 팔러 왔는 사람,

[손으로 바닥을 툭툭 치며]

그런 대로 징기지를(지니지를) 모 해가주고(‘못 하게 보여서’의 의미이다.).

(청중 : 나(나이) 차이가 안 되고 그런갑다.)

그러이 그 사람들이 꽉 모이, 누가 거 판단해 줄 꺼요? 인자 보기만 해도 그렇지.

“두루막 입은 저 사람 대지 싶은데, 나무 팔로 온 저 사람이 자기 대라고 와 이카노?” 카고.

그럴 때, 중학생인가 고등학생인가 몰라도 여학생이 책보 들고 가다가 인자 묻는 기라. 대로 안 주고 쥐고 있거든.

“그래, 대가 어르신네 대 겉으만……”

섯대(설대) 그 미울(메울) 때 그 포독을 해야 되거든. 뭐까(무엇으로) 포독했는ㅡ고 딱 안 맞거든. 내나 거 뭐 대캉, 대 모출개캉 딱 안 맞거든.

“뭐까 포독했는고?” 물으이께네,

“문종오(문종이) ○○○○다.” 하거든.

“감어가 찡갔다(감아서 끼웠다).” 이카이께네.

나무 팔러 왔는 사람은,

“어르신네 대 겉으만 뭐까 했노?” 카이,

우리 만날 여 마실에 사랑 노는 데, 지꼬때기라 카는 거 있구마, 지꼬대기. 한정 없이 찔기다(질기다). 그 내나 거 노름하는 그긴데.

“그거까(그것으로) 감었다.” 카미,

“요 빼보면 알 거 아이겠는교?”

딱 빼이꺼네 지꼬때기 감은 기 맞는 기라.

그래 상대해.

모심기 소리 1

자료코드 : 05_19_FOS_20090223_CHS_IGB_0001
조사장소 : 경상북도 청도군 각남면 화리 354-1번지 마을회관
조사일시 : 2009.2.23
조 사 자 : 천혜숙, 박동철, 김유경, 이선호, 김보라
제보자 1 : 이금분, 여, 78세
제보자 2 : 박순덕
제보자 3 : 박재영
구연상황 : 경로당의 할머니 방으로 자리를 옮겼다. 방안에 할머니들이 많이 모여 계셨
다. 옛날 노래를 청하니 갑작스런 일이라 여러 가지 노래를 떠올리며 몇 구절
씩 주고 받았다. 기억을 환기시키던 도중에 제보자가 갑자기 노래를 부르기
시작했다. 청중들은 잡담을 멈추고 제보자의 구연에 집중하였다. 박순덕 씨와
박재영 씨도 참여하여 주고 받는 방식으로 구연이 이루어졌다. 청중들은 함께
부르기도 하고 웃기도 하면서 노래와 관련된 잡담을 주고 받기도 했다.

짜부야(자부야) 짜부야 울지 마라

죽어난 게 우리나라 [정확히 알 수 없음.]

아가야 아가야 울지 마라

죽은 엄마 젖이 나나

[보조 제보자 박순덕이 받아서 구연하였다.]

모시야 적삼 안섶 안에

분통 겉은(같은) 저 젖 봐라

많이 보마(보면) 병 날 끼고

쌀낱 만치(만큼) 보고 가소

찔레야 꽃은 장가로 가고
석노야(석류야) 꽃은 요각을(요객을) 가네
만인간아 웃지 마라
씨종자 하나 바래 간다

[보조 제보자 박순덕이 받아서 노래를 불렀다.]

이 물끼(물꼬) 저 물끼 푹 파놓고
쥔네 양반 어데 갔노
문어야 대장북(대전복) 손에 들고
첩의야 집에 놀러갔네

가래야 장구 둘러미고(둘러메고)
첩의 방에 놀로 갔네

[보조 제보자 박재영이 받아서 구연하였다.]

해 다지고 다 저문 날에
임의 행상이 떠나가네

[제보자와 보조 제보자 박순덕이 함께]

이태백이 본처 죽어
임의 행상이 떠나가네
해 다 지고 저문 날에
골골이도 연기 나네
우리야 부모님 어더로(어디로) 가고
연기 낼 줄을 모리던고(모르던고)

[청중의 잡담으로 잠시 구연이 중단되었다.]

　　빈대야 비룩(벼룩) 끓는 방에
　　구신겉은(귀신같은) 저 임(님) 보소
　　함 때('끼니'를 의미함.) 두 때 굶더람도
　　다른 님캉(님과) 살아 볼래

[청중 웃음]

　　찔레야 꽃틀(꽃을) 살꿈 뒤쳐(데쳐)
　　임의 버선 볼 걸었네
　　임을 보고 버선 보니
　　임줄 뜻이 전이(전혀) 없네

[청중의 잡담으로 다시 구연이 중단됨.]

　　이들 저들 꽃이 피어
　　필 직에는(적에는) 곱게 피네
　　필 직에는 곱게 피어
　　질 직에는 슬피 지네

시집살이 노래

자료코드 : 05_19_FOS_20090223_CHS_IGB_0002
조사장소 : 경상북도 청도군 각남면 화리 354-1번지 마을회관
조사일시 : 2009.2.23
조 사 자 : 천혜숙, 박동철, 김유경, 이선호, 김보라
제 보 자 : 이금분, 여, 78세
구연상황 : '모심기 소리'가 끝난 후 다른 제보자가 '청춘가'(채록하지 않음.)를 부르는

동안 기억을 떠올린 경산댁이 부른 노래이다. 재미있는 노랫말로 좌중이 웃음
바다가 되었다.

높고 높고 높우더라
백두산이 높우더라

백두산이 지(제) 높다 해도
시아바씨가마는(시아버지보다는) 덜 높으요
꼬치국이(고추국이) 맵다 해도
시어마씨카마는(시어머니보다는) 덜 맵으요
바깥에라 수수를 심어 맵고

[잠깐 멈춤]

수수를 심어
끈들근들 시동상아
뒷밭에라 꼬치를 심어
맵고 지는 맏동시야
보름달이 지 밝다 해도
시누부(시누이) 눈까리카마(눈깔보다)

[제보자 및 청중 모두 웃음]
(청중 : 같은 값이면 눈이라 카만(하면) 더 좀 낫겠는데.)
(청중 : 그때는 그캤다 와(왜). 그캤어.)

사랑 앞에 국화를 심어
범나비 겉은 우런 님아

(청중 : 지랄한다 카이.)

얼씨구 좋다 절씨구 좋다

지화자 정 좋구나

(청중 : 좋긴 좋다. 눈가리야.)

모심기 소리 2

자료코드 : 05_19_FOS_20090223_CHS_IGB_0003

조사장소 : 경상북도 청도군 각남면 화리 354-1번지 마을회관

조사일시 : 2009.2.23

조 사 자 : 천혜숙, 박동철, 김유경, 이선호, 김보라

제 보 자 : 이금분, 여, 78세

구연상황 : '시집살이' 노래가 끝난 후 청중 한 분이 경산댁에게 '신선이야기'를 하라고
권유하자, 불러 준 노래이다. 잡담을 하던 청중들은 노래가 시작되자 따라 불
렀다.

저게 가는 저 구름은

어느 신선이 타고 가노

등천하고 천자봉에

높은 신선이 타고 간다

(청중 : 잘한다. 최고다.)

서월이라(서울이라) 낭기(나무가) 없어

시접바늘 영 못끄네

서월이라 슬피없어

연지분을 날래 쥐네

서처자 남도령 노래

자료코드 : 05_19_FOS_20090224_CHS_IGB_0001
조사장소 : 경상북도 청도군 각남면 화리 354-1번지 마을회관
조사일시 : 2009.2.24
조 사 자 : 천혜숙, 박동철, 김유경, 이선호, 김보라
제 보 자 : 이금분, 여, 78세

구연상황 : '서처자 남도령 노래'를 불러달라는 조사자의 요청과 다른 청중의 권유에 처음에는 잊어버렸다고 주저하다가 마지못해 구연하였다. 구연 도중 다른 청중의 등장으로 구연이 잠시 중단되었다.

성문 밖에 서처자야
남문 밖에 남도령아
나물 뜯으러 가자시고
나물 뜯으러 가세가
저슴(점심) 때가 되었는데
저그릉(자기) 밥으는('밥은'의 의미임.) 허써 놓오니('남도령이 싸온 밥을 열어보니'의 뜻이다.)
삼년 묵은 살밥이라(쌀밥이라)
삼년 묵은 더덕이라

[청중 한 분의 등장으로 구연이 잠시 중단되었다.]

서처자 밥으는 허써 놓오니
삼년 묵은 꼬랑장에
삼년 묵은 깽보리밥이라(꽁보리밥이라)
그 밥을 묵고

뭐꼬?

[가사가 막혀 주변에 물었다.]

헐건(허리끈) 벗어 평풍(병풍) 치고

처매(치마) 벗어 치할 치고('치마 벗어 차일치고'의 뜻으로 신방을
차렸다는 의미이다.)

백년하례(백년해로) 하더랍니다

담방구 타령

자료코드 : 05_19_FOS_20090224_CHS_IGB_0002
조사장소 : 경상북도 청도군 각남면 화리 354-1번지 마을회관
조사일시 : 2009.2.24
조 사 자 : 천혜숙, 박동철, 김유경, 이선호, 김보라
제 보 자 : 이금분, 여, 78세
구연상황 : '서처자 남도령 노래'를 구연한 후에 자신의 노래에 청중이 즐거워하자, 하나
더 하겠다고 자청해서 구연이 이루어졌다.

구야 구야 담방귀야

너거(너의) 고지(곳이) 좋다더니

요내야 곳에 왜 왔느냐

너거 곳에 내 올 때는

씨 뿌릴라고 내가 왔소

이리 저리 씨를 뿌리

그 나무가 자라나서

[가사가 막혀 잠시 중단되었다.]

씨를 뿌리 그 나무를

[순간적으로 목소리를 작게 줄였다.]

올라가도

니발금에다가(무슨 말인지 분명치 않다.) 사리가주(썰어서)

시아바씨 쌈지도 한 쌈지 주고

시숙 쌈지도 한 쌈지 주고

시어마씨 삼지도 한 쌈지 주고

내 쌈지도 한 쌈지라

사돈 노래

자료코드 : 05_19_FOS_20090224_CHS_IGB_0003
조사장소 : 경상북도 청도군 각남면 화리 354-1번지 마을회관
조사일시 : 2009.2.24
조 사 자 : 천혜숙, 박동철, 김유경, 이선호, 김보라
제 보 자 : 이금분, 여, 78세
구연상황 : '담방구 타령'을 구연한 후 하나 더 부르겠다고 이금분 씨가 자청했다. 구연
하려는데 변순분 씨가 트로트 '소양강 처녀'를 부르기 시작했다. 그 노래가
끝나기를 기다려서 이 노래를 불렀다.

사돈 사돈 내 사돈아

등너메라 오실 직에(적에)

굵은 돌은 비끼(비켜) 오고

잔 돌은 비시('비스듬하게'의 의미인 듯하다.) 오고

쑥떡에라 공굴('구를'의 의미로 말한 듯하다.) 사돈

인절미에 붙은 사돈

시리떡에(시루떡에) 지친 사돈

씬티(무슨 말인지 알 수 없다.) 내라 나(내) 사돈아

호박 덤불에 걸린 사돈

칠기 덩쿨에 엉킨 사돈

친 사돈아 저 사돈아

많이 묵고 많이 노자(놀자)

[순간적으로 목소리를 높였다.]

얼싸구나 좋다 지화자 좋네

아니 노지는 못하리라

화투풀이

자료코드 : 05_19_FOS_20090224_CHS_IGB_0004
조사장소 : 경상북도 청도군 각남면 화리 354-1번지 마을회관
조사일시 : 2009.2.24
조 사 자 : 천혜숙, 박동철, 김유경, 이선호, 김보라
제 보 자 : 이금분, 여, 78세
구연상황 : '사돈노래'의 구연이 끝나고 청중들과 잠시 이야기를 주고 받다가 이어서 구
연했다.

정월 속가지 속속한 맘은

이월 매자에(매조에)

[숨을 고르고 다시 부른다.]

맺어놓고

삼월 사쿠라('さくら'로 벚꽃을 의미함.) 산란한 맘은

사월 흑싸리 흩어지고

오월 난초 노던(놀던) 아이

유월 목단에 춤을 추고

칠월 홍돼지는 홀로 누워

팔월 공산 달 받아가네

구월 국화 굳은 맘은

시월 단풍에 떨어지고

우중년 나무는 우산을 들고

오동나무 숲 속으로 임 찾아 가네

임을 찾어 가이끼네(가니까)

캄캄한 그믐밤에

앉았으니 임이 오나

누웠으니 잠이 오나

임도 잠도 아니나 오고

모진 강풍에(강풍이) 날 세긴다(속인다)

임아 임아 우런(우리) 임아

너와 나와 만날 직에(적에)

백년을 사자꼬(살자고) 만냈는데

백년은 허사되네

모심기 소리 3

자료코드 : 05_19_FOS_20090224_CHS_IGB_0005
조사장소 : 경상북도 청도군 각남면 화리 354-1번지 마을회관
조사일시 : 2009.2.24
조 사 자 : 천혜숙, 박동철, 김유경, 이선호, 김보라
제보자 1 : 이금분, 여, 78세
제보자 2 : 변순분
구연상황 : 이금분 씨가 짧게 모심기노래를 부르고 이어 청중 한분이 트로트 '삼다도'를
　　　　　 열창하자, 노래판의 분위기가 무르익었다. 청중의 응원과 박수에 못이겨, 이

금분 씨가 아까 부르다 만 '모심기 노래'를 시작하였다. 변순분 씨와 주고받는 형태로 소리가 길게 이어졌다.

초롱 초롱 양사 초롱
임오(임의) 방에 ○○○○

[가사가 막혀 말하듯이 한다.]

드가니께
임도 눕고 나도 눕고
저 초롱불 누가 끄꼬

(제보자 : 그렇겠지예? 누벘으만(누웠으면) 저 서리(서로) 불 끄라 안 카겠니껴?)
(보조 제보자 : 아이 한지댁이 모노래도 하라고. 모노래도 하나?)
[보조 제보자가 손뼉을 치며 구연한다.]

이청 저청 광청들에
모 숭구고(심고) 김 매어라
주눅이사 든다만은
주눅대로 숭가(심어) 볼세

[보조 제보자의 노래가 끝나자마자 바로 이어 제보자가 받아서 구연하였다.]

서른 시칸(세칸) 대청 끝에
침자질하는 저 처녀야

[목청이 안 넘어간다며 3초 정도 끊었다가 다시 불렀다. 보조 제보자가 받으려다 가사를 몰라 중단하고 제보자가 계속 구연하였다.]

침자질이사(침자질이야) 좋다만은
고개나 살꿈(살금) 들어 보소

[제보자의 노래가 끝나자마자 바로 이어 보조 제보자가 받아서 구연하였다.]

저게 가는 저 구름은
어데(어디) 신선이 타고 가노
봉천하고도 천자봉에
노던(놀던) 신선 타고 가네

[노래를 받으라는 조사자의 요청에 제보자가 같은 가락으로 구연하였다.]

알곰삼삼 곱은(고운) 독에
누룩은 버물러(버무려) 백화주요
기름을(그림을) 기맀다(그렸다) 유리잔에
청춘 남녀가 권주하세

(보조 제보자 : 그런 노래는 안 들어 봤을 낀데.)
(조사자 : 귀한 노래죠.)
(제보자 : 이 이런 뭐 들어 봤겠나? 모를 숭가야(심어야).)
(보조 제보자 : 모노래 그런 거 오세(요새) 저어가(지어서) 무슨 생뙤겠노?[1] 오세는 전부.)
(조사자 : 이거 주고받고 주고, 이래 하셨어요? 모심을 때?)
[조사자의 질문이 끝나자 마자 바로 이어서 제보자가 받아서 구연하였다.]

---

1) 무슨 말인지 정확하지 않으나 '무슨 쓸모가 있겠는가'의 의미로 말한 듯하다.

서월이라 왕대밭에
금비둘키(금비둘기) 알을 낳네
그 알 한개 내 조았으만(줬으면)
금년 가게로(과거를) 내 할 낀데(건데)

[제보자의 노래가 끝나자 마자 보조 제보자가 손뼉을 치면서 이어서 구
연하였다.]

낭창낭창 저 비러(벼랑) 끝에
무정하다 울(우리) 오라바(오라버니)
나도 죽어서 후승(후생) 가여(가서)
낭군님부텅(낭군님부터) 섬기(섬겨) 볼세

[보조 제보자가 쑥쓰러운 듯이 웃자, 제보자가 받아서 구연하였다.]

유월달이 두 달인데
첩을 바라 부채 사네

[제보자가 구연을 멈추고 손뼉을 친다.]

구시월이 닫치오니(다가오니)
첩의(첩의) 생각이 절로 난다

[구연이 10초가량 중단되었다.]

애기야 도련님 병이 나서
순금씨 불러 배 깎어라
순금씨라(순금씨가) 깎은 배는
맛도 좋고 연할쏘냐

[가사 확인을 위한 조사자의 질문과 제보자의 답변이 이어져, 30초가량 구연이 중단되었다.]

담방담방 찰수지비(찰수제비)
사우아(사위야) 반에(盤에) 다 올렀네(올랐네)
이놈우(이놈의) 할마이 어더로(어디로) 가고
딸을 동기로 맽깄던고('딸에게 부엌일을 맡겼던고'의 의미이다.)

(조사자 : 아 딸을 동기로 맽기가지고, 하아, 사우상에 다 올라.)
(제보자 : 사우가 다 올보고 영감은, 저거 아부지는 안 주더라는데.)
[사설 내용에 대한 대화가 오간 뒤, 조사자가 다른 사설을 요청하자 제보자가 구연하였다.]

서월이라(서울이라) 남정자야
저슴참이(점심참이) 늦어온다
방실방실 웃는 아기
젖 주다가 더디도다
서월이라 남정자야
저슴참이 늦어온다
간지(젓가락) 닷단 수저 닷단
챙기다가 늦었도다

서월이라 남정자야
저슴참이 늦어온다
열두 칸 정지(부엌) 안에
도다(돌다) 보니 늦었도다

쌍금쌍금 쌍가락지

자료코드 : 05_19_FOS_20090224_CHS_IGB_0006
조사장소 : 경상북도 청도군 각남면 화리 354-1번지 마을회관
조사일시 : 2009.2.24
조 사 자 : 천혜숙, 박동철, 김유경, 이선호, 김보라
제 보 자 : 이금분, 여, 78세
구연상황 : '모심기 소리' 구연이 끝나고 이금분씨가 10분가량 자신의 생애에 대해 이야기했다. 조사자가 '쌍금쌍금 쌍가락지' 노래를 아는가 묻자 구연해 주었다. 노랫가락 곡조가 섞여 있다.

쌍금쌍금 쌍가락지

호작질로 닦어 냈네

잩에(곁에) 보니 달일레라

멀리 보니 처잘레라

그 처자라 자는 방에

숨소리를 듣컬었네(무슨 뜻인지 정확하지 않다.)

숨소리로 들어보니

숨소리가 둘일레라

(제보자 : 뭐라 카노?)

(조사자 : 홍달복숭?)

(제보자 : 그래, 그카이께네 밍지전대(明紬纏帶) 목을 미이(매니) 자는 듯이 죽고 잡다(싶다) 캤나 그카더라.)

치마 노래

자료코드 : 05_19_FOS_20090224_CHS_IGB_0007
조사장소 : 경상북도 청도군 각남면 화리 354-1번지 마을회관

조사일시 : 2009.2.24

조 사 자 : 천혜숙, 박동철, 김유경, 이선호, 김보라

제 보 자 : 이금분, 여, 78세

구연상황 : '쌍금쌍금 쌍가락지' 노래를 구연한 후 노래를 다 잊어버렸다고 덧붙였다. '치마 노래'는 부르지 않았냐는 조사자의 물음에 모른다고 하다가 기억이 난 듯 그런 노래가 있었다고 하면서 이 노래를 불렀다. 처음에는 말로 읊다가, 노래로 불러달라는 조사자의 요청에 응하여 노랫가락 곡조로 구연했다.

이팔팔 이칠칠 여덟 폭 처마(치마)

걸음을 걸어도 상내가(향내가) 난다

앵개라 눈가리어라 못 노리로다

능지를('凌遲'로, '능지처참'의 준말이다.) 하여도 못 노리로다

노랫가락 2

자료코드 : 05_19_FOS_20090224_CHS_IGB_0008

조사장소 : 경상북도 청도군 각남면 화리 354-1번지 마을회관

조사일시 : 2009.2.24

조 사 자 : 천혜숙, 박동철, 이선호, 김보라

제보자 1 : 이금분, 여, 78세

제보자 2 : 변순분

구연상황 : 치마 노래'의 구연이 끝나고 바로 이어서 구연했다. 청중들이 온갖 노래를 다 한다고 감탄했다. 이금분 씨가 구연을 시작하자 변순분 씨도 참여하여 두 제보자가 번갈아가며 구연하였다. 제보자들이 실제 노래를 불렀던 시절에 대한 경험담으로 노래의 의미를 풀이해 주었다. 같은 사설을 두 분이 조금씩 다르게 부르기도 했다.

시오마씨(시어머니) 죽으라고 축언을(祝願을)

(청중 : 오만(온갖) 노래 다 나온다.)

해 노이(놓으니)

친정엄마 죽었다고 부고(訃告)가 온다

에라 눈가리어라 못 노리로다

능지를 하여도 못 노리~로다

[다른 가사에 대한 이야기로 30초가량 구연이 지연되었다.]

시어마씨가 얼매나 싫어놓이께네 그래놓이께네 그카지(그러지).

온갖 공출은 다 받어도

시어마씨 공출은 왜 안 받노

[제보자가 재미있다는 듯이 웃었다.]

(제보자 : 시어마씨가 얼매나 그해가(그래서, '지독해서'의 의미임.) 그러겠노?)

(조사자 : 시어마씨 공출은 왜 안 받노?)

(보조 제보자 : 옛날에 와 서른 시(세) 가지 공출은 나와도 시어마씨 공출은 안 나온다 캤다.)

[제보자와 보조 제보자의 대화로 10초가량 지연되었다가 제보자가 다시 구연을 시작했다.]

이청 저청 마루청 우에(위에)

빙빙 도는 장모님아

빌립시다 빌립시다

탁배기 한잔을 빌립시다

잘 빌리만(빌리면) 금청 주고

몬(못) 빌리만 탁배기라

얼씨구 좋고 지화자 조네(좋네)

[구연이 5초가량 멈추었다.]

　　　몹씰(몹쓸) 년아 대실 년아
　　　대동강에 목 빌(벨) 년아
　　　어른(어린) 자슥(자식) 배 골리놓고(골려놓고)
　　　병든 가장 밀치놓고(밀쳐놓고)
　　　새빅바람(새벽바람) 찬바람에
　　　도망가는 저 잡년아

(보조 제보자 : 옛날 노래는 "나비 없는 동산에 꽃피면 뭣하리" 이런 것도 했다.)

(조사자 : 한번 해보시죠.)

　　　나비 없는 동산에
　　　꽃 피마 뭣하리
　　　임 없는 요 세상에

[손벽을 치기 시작한다.]

　　　살면은 뭣하겠노

(보조 제보자 : 그거 저 십팔년에, 소화 십팔(1943)년에 우리 여○○○에 했다. 또 그때 저 우리 시집와가 신랑도 저 군에 가고, 어 인제 정기정에(정거장에) 저 가 콱~모이가지고 막 그래 군에 갔는데, 그거 석탄 차 폭폭 그거 그는 거 그거 사람 실러 오데. 근데 그거 노래가, "간다 못 간다 얼매나(얼마나) 울었노.")

[보조 제보자가 손뼉을 치면서 구연을 시작했다.]

　　간다 못 간다~ 얼마나 울었노~

　　정기정(정거장) 역장수~ 한강이 되었네

(조사자 : 할머니, 감사합니다.)

(보조 제보자 : 그래도 부리고(부르고).)

[보조 제보자가 이어서]

　　낙동강 칠백 리에 뚝 떨어져 살아도~

　　우런(우리) 님 떨어지고~ 못살겠더라

(보조 제보자 : 그래서 그 십팔년 소화 십팔년 다 떨어져 살았다 카이. 죽어 온 사람도 있고, 살아온 사람도 있고. 고때(그때) 노래다.)

(조사자 : 징병 가셨어요?)

(보조 제보자 : 고때 노래다.)

(조사자 : 징용 가셨어요?)

(보조 제보자 : 모도(모두) 그때 군에 갔고, 우리도 영감 군에 스물두 살 묵어여(먹어서) 군에 가고, 내 열여섯 살 묵어여 시집오고. 그때는 처자 뽑는다고('종군위안부로 뽑혀 간다고'의 의미이다.), 전부 다. 어, 일찍이 치아가(일찍 치워서, 일찍 결혼을 시킨다는 의미이다.), 혼인 신고를 했부마(해버리면) 그 저 처자 뽑히(뽑혀) 가지를 안 했어. 천부(전부) 열여섯 살 무여(먹어) 시집왔구마. 고럴 때(그럴 때), 고럴 때 가, 우리들 열여엇(열여섯) 살 물(먹었을) 때, 처자 조역해가('징용으로'로 말한 듯하나, 확실하지 않다.) 간다고, 그래가 부모들이 다했지. 그래가 뭣한 사람은 참 나찬 사람, 우리는 나가(나이가) 애리가(어려서) 옳기 모리고(모르고). 나가 열여덟 열아홉 스무살 먹은 사람은 마 신랑 생각도 나고, 노래도 부르고, 만날(매일) 그런 노래했다고. 그게 오래 됐다. 우리 열여섯 살 묵어여(먹어서) 그런 노래했다고.)

(보조 제보자 : 아이고 그래 서른 시(세) 가지 공출(供出)이 나와도 시어 마이(시어머니) 공출은 안 나오고 신랑은 가삐리뿌고(군에 가버리고). 키 크고 곧은 신랑 다 군에 다 가뿌고(가버리고). 청춘을 닝길라 카이(넘기려 고 하니) 오만(온갖) 노래 다 했다. 그런 노래 다 불렀다.)

(보조 제보자 : 그래놓이 참, 나비 없는 동산에 꽃 피만 뭣하노. 나비 없 는 동산에 꽃피만 뭣하노, 임 없는 요세상 살면은 뭣하노. 그런 노래도 하 고, 많이 했다 카이. 그래 그 노래도 하고, 참 간다 못간다 얼매나 울었노. 정기정 역장수 한강이, 한강이 되었다 카이.

(보조 제보자 : 그때는 이동아들도(외동아들도) 가고, 삼○○도 가고, 우 리도 이동, 시아바씨 이동, 여 우리 신랑도 이동, 그래 군에 보냈부고. 우 리 할매가 한 팔십 넘었는데 참 마이 울고 그때는 말도 다 몬했다. 참 살 아 나왔는 기, 하이고 아득하다. 그래 참 살아나와가.)

[보조 제보자의 이야기를 끊으며 제보자가 노래를 불렀다.]

지가 날 만침(만큼)~ 사령을(사랑을) 준다면은
가시밭이 천리라도 어이 좋다

[손벽을 치고 추임새를 넣었다.]

맨발로 가자

(보조 제보자 : 그런 노래 마이 했다 카이.)
[제보자가 방금 부른 노래를 보조 제보자가 다시 박수치면서 불렀다.]

니가 나를 사령을(사랑을) 준다면~
가시밭이 천리라도 맨발로 가~노라

(보조 제보자 : 노래도 노래로 가 시월로(세월을), 그런 노래 시월로. 언

자(이제) 오세는(요즘은) 인제 십팔 곡 노래 나왔지만 옛날에는.)

[보조 제보자의 말을 끊으며 제보자가 다시 구연했다.]

　　간다 못간다 얼마나 울었노

[손벽을 한차례 치며]

　　정기정 마당이 에헤이 좋다

[제보자가 추임새를 넣으며]

　　한강수(漢江水) 되었구나

(보조 제보자 : 그럴 때 전부 소화 십팔년이라. 해방되고 우리 열 여섯 살 묵을 때. 고럴 때. 그래 참 간다 못 간다 얼매나 울었노. 정기정 갈라카이 군에 가고 따라갈 수가 있이야제. 다 우리 겉은(같은) 사람 다 혼자 살고, 그래 다 해방되고 만났다 카이.)

[제보자가 자리에서 일어나 몸을 들썩거리며]

　　술과 담배는~

[손벽을 치며]

　　나 심정을 아는데~
　　한품에 드는 님은 에헤 좋다

[제보자가 추임새를 넣으며]

　　내 심정 모린다(모른다)

(제보자 : 인제 갑니다. 갑니다. 갑니다.)

(조사자 : 할머님 너무 감사합니다.)

[제보자가 문을 열고 나가려고 하다가]

(제보자 : 또 하께?(할까요?))

[제보자가 문 앞에서 몸을 들썩거리면서]

천리나 만리나 뚝 떨어져 살아도~

우런(우리) 님 떨어지고 어이 좋다

[제보자가 스스로 추임새를 넣으며 부른다.]

내 몬(못) 살레라

상여 소리

자료코드 : 05_19_FOS_20090224_CHS_JYB_0001
조사장소 : 경상북도 청도군 각남면 화리 354-1번지 마을회관
조사일시 : 2009.2.24
조 사 자 : 천혜숙, 박동철, 김유경, 이선호, 김보라
제 보 자 : 전용봉, 남, 77세 외 3인
구연상황 : 오후 2시경 미리 약속이 돼 있었던 소리꾼 전용봉 씨가 마을회관으로 왔다. 이어 뒷소리꾼인 정용화 씨와 정태화 씨 등도 합류했다. 조사자가 전용봉 씨에게 '상여 소리'를 청하자 일어서서 가져온 북을 치며 구연하였다. 정용화 씨 등 세 분도 일어나 발로 박자를 맞추며 뒷소리를 했다. 전용봉 씨는 구연 도중 막히면, 사설이 적힌 종이를 참고하기도 했다. 할머니방에 계시던 분들이 마루로 나와서 구경했다. '상여 소리'가 긴 탓에 잠시씩 쉬면서 구연을 마무리했다. 옛날 마을 어른들이 하던 것을 참고하여 자신이 지은 사설임을 강조했다.

[선소리꾼이 북을 치며 구연을 한다.]

어화 어화 어화남차 어화

에홈 에홈 에화남차 에홈

인생일세 어화 탄생하여 어화

에홈 에홈 에화남차 에홈

백년장을 어화 못다하고 어화

에홈 에홈 에화남차 에홈

북망산천이 어화 멀다더니 어화

에홈 에홈 에화남차 에홈

저 건너 앞산이 어화 북망산천 어화

에홈 에홈 에화남차 에홈

동네사람 어화 다 모였는데 어화

에홈 에홈 에화남차 에홈

하직인사나 어화 하고 갑시다 어화

에홈 에홈 에화남차 에홈

은아동아(은자동아) 어화 잘 있거라 어화

에홈 에홈 에화남차 에홈

이제 가면은 어화 언제 오나 어화

에홈 에홈 에화남차 에홈

메말라 죽은 어화 고목나무가 어화

에홈 에홈 에화남차 에홈

잎 피고 꽃 피면 어화 다시 오나 어화

에홈 에홈 에화남차 에홈

병풍에 어화 그린 달키(닭이) 어화

에홈 에홈 에화남차 에홈

홰를 칠 때면 어화 다시 오나 어화

에홈 에홈 에화남차 에홈

부뚜막에 어화 엎은 박이 어화

에홈 에홈 에화남차 에홈

싹이 트면은 어화 다시 오나 어화

에홈 에홈 에화남차 에홈

슬프고도 어화 슬프구나 어화

에홈 에홈 에화남차 에홈

[5분 40초 정도 휴식을 한 뒤 다시 노래를 하였다.]

어화 어화 어화남차 어화

에홈 에홈 에화남차 에홈

이세월이 어화 견고할 줄을 어화

에홈 에홈 에화남차 에홈

태산같이 어화 바랐더니 어화

에홈 에홈 에화남차 에홈

백년 장을 못 다하고 백발되니 슬프도다

에홈 에홈 에화남차 에홈

죽은 듯이 어화 늙은 것이 어화

에홈 에홈 에화남차 에홈

한심하고도 어화 가련하다 어화

에홈 에홈 에화남차 에홈

어화청춘 어화 소년들아 어화

에홈 에홈 에화남차 에홈

백발노인을 어화 웃지 마소 어화

에홈 에홈 에화남차 에홈

덧없이도 어화 가는 세월에 어화

에홈 에홈 에화남차 에홈

낸들 아니 어화 늙을소냐 어화

에홈 에홈 에화남차 에홈

소문없이 어화 오는 백발은 어화

에홈 에홈 에화남차 에홈

정좌 없이도 어화 오는 백발은 어화

에홈 에홈 에화남차 에홈

털끝마다 어화 점고하네2) 어화

에홈 에홈 에화남차 에홈

[선소리꾼이 잠시 머뭇거리자 사설을 적은 종이들 들고 있던 뒷소리꾼이 알려주었다.]

이래저래 어화 생각한들 어화

에홈 에홈 에화남차 에홈

오는 백발을 어화 막을소냐 어화

에홈 에홈 에화남차 에홈

권력으로 어화 막아 보면은 어화

에홈 에홈 에화남차 에홈

겁을 내어서 어화 아니올까 어화

에홈 에홈 에화남차 에홈

드는 칼로 어화 낼다치면은 어화

에홈 에홈 에화남차 에홈

혼이 나서 어화 아니올까 어화

에홈 에홈 에화남차 에홈

---

2) ‘漸高’는 점차적으로 높아진다는 의미로 머리카락이 점차 백발이 되어간다는 의미이다.

휘장으로(揮帳으로) 어화 가리우면은 어화

에홈 에홈 에화남차 에홈

보지를 못해 어화 아니올까 어화

에홈 에홈 에화남차 에홈

좋은 술을 어화 많이 부어 어화

에홈 에홈 에화남차 에홈

권해보면은 어화 아니올까 어화

에홈 에홈 에화남차 에홈

만반진수를3) 차려놓고 빌어 보면은 아니올까

에홈 에홈 에화남차 에홈

소진장에4) 어화 구변으로 어화

에홈 에홈 에화남차 에홈

달래나 보면은 어화 아니올까 어화

에홈 에홈 에화남차 에홈

석숭이의5) 어화 억만 재물로 어화

에홈 에홈 에화남차 에홈

인정을 쓰면 어화 아니올까 어화

에홈 에홈 에화남차 에홈

할 수 없구나 어화 저 백발은 어화

에홈 에홈 에화남차 에홈

사람마다 어화 다 겪는데 어화

에홈 에홈 에화남차 에홈

---

3) '滿盤珍羞'는 상 위에 가득히 차린 귀하고 맛있는 음식을 이르는 말이다.
4) '蘇秦張'은 중국 춘추전국시대 산동 6국의 합동연횡술책을 내놓은 정치가로, 구변이 좋은 사람을 비유적으로 일컫는다.
5) '석숭'은 중국 진나라 때의 관리이자 부호로, 부자의 대명사로 일컬어지는 인물이다.

인생부득 하소연은 풍월 중에 명답이라

에홈 에홈 에화남차 에홈

삼천갑자6) 어화 동방삭은 어화

에홈 에홈 에화남차 에홈

전생후생에(前生後生에) 어화 초문이요(初聞이요) 어화

에홈 에홈 에화남차 에홈

팔백 년을 사는 팽조 고문금문에(古文今文에) 또 있는가

에홈 에홈 에화남차 에홈

[선소리꾼이 잠시 머뭇거리자 뒷소리꾼이 사설을 알려주었다.]

유수와 같은 어화 이 세월에 어화

에홈 에홈 에화남차 에홈

초목같은 어화 이 인생이 어화

에홈 에홈 에화남차 에홈

물 위에 어화 거품이요 어화

에홈 에홈 에화남차 에홈

위수에7) 어화 부평초라 어화

에홈 에홈 에화남차 에홈

칠팔십을 살지라도 일장춘몽의8) 꿈이로다

에홈 에홈 에화남차 에홈

(보조 제보자 : 요까지 하고 쉬자.)

---

6) '삼천갑자(三千甲子)'는 육십갑자의 삼천 배, 곧 18만 년을 이른다.

7) '위수(渭水)'는 중국의 웨이수이 강[Weishui江]을 가리킴. 중국 황하의 큰 지류로 감숙성(甘肅省) 남동부에서 시작하여 陝西省을 거쳐 황허 강으로 흘러 들어간다.

8) '일장춘몽(一場春夢)'은 한바탕의 봄꿈이라는 뜻으로, 헛된 영화나 덧없는 일을 비유적으로 이르는 말이다.

에에 에이홈 어화남차 어화

에홈 에홈 에화남차 에홈

[뒷소리가 맞지 않자 선소리꾼이 '다시'라고 하면서 다시 노래를 시작
하였다.]

에에 에이홈 어화남차 어화

에에 에이홈 에화남차 어화

[5분 40초 정도 휴식을 한 뒤 다시 노래를 하였다.]

어화 어화 어화남차 어화

에홈 에홈 에화남차 에홈

창일이가9) 어화 글자낼 적에 어화

에홈 에홈 에화남차 에홈

가중하다 어화 늙을 노자(老字) 어화

에홈 에홈 에화남차 에홈

진시황(秦始皇) 어화 분서시에(焚書時에) 어화10)

에홈 에홈 에화남차 에홈

타지 않고 어화 남아있어 어화

에홈 에홈 에화남차 에홈

의미 없고 어화 사정없이 어화

에홈 에홈 에화남차 에홈

세상 사람을 어화 다 늙게 하네 어화

---

9) '창힐(倉詰)'은 중국 황제(黃帝)의 신하로 새의 발자취에서 착상을 얻어 처음으로 문자
를 발명한 것으로 알려진 사람이다.
10) '진시황 분서시'는 진시황의 분서갱유(焚書坑儒) 때라는 뜻으로, 시황제가 학자들의
정치적 비판을 막기 위하여 의약(醫藥), 복서(卜筮), 농업에 관한 것을 제외한 민간의
모든 서적을 불태우고 수많은 유생을 구덩이에 묻어 죽인 사건을 이른 것이다.

에홈 에홈 에화남차 에홈

늙기조차도 어화 서러운데 어화

에홈 에홈 에화남차 에홈

모양조차 어화 늙어지니 어화

에홈 에홈 에화남차 에홈

꽃같이도 어화 곱든 얼굴 어화

에홈 에홈 에화남차 에홈

검버섯이 어화 왼 말이며 어화

에홈 에홈 에화남차 에홈

백옥같이 어화 희던 살결이 어화

에홈 에홈 에화남차 에홈

광대 등걸이 어화 되었구나 어화

에홈 에홈 에화남차 에홈

삼단같이 어화 기던(길던) 머리는 어화

에홈 에홈 에화남차 에홈

불한당이 어화 채갔으며 어화

에홈 에홈 에화남차 에홈

볼따귀에 어화 많던 살은 어화

에홈 에홈 에화남차 에홈

마귀할미가 어화 꾸어갔나 어화

에홈 에홈 에화남차 에홈

샛별같이도 어화 밝은('밝던'을 잘못 말한 것이다.) 눈은 어화

에홈 에홈 에화남차 에홈

반(半) 장님이 어화 다 되었고 어화

에홈 에홈 에화남차 에홈

거울같이도 어화 밝든 귀는 어화

에홈 에홈 에화남차 에홈

절벽강산이 어화 되었구나 어화11)

에홈 에홈 에화남차 에홈

부럽도다 어화 소년들아 어화

에홈 에홈 에화남차 에홈

에에 에홈 어화남차 어화

에에 에홈 어화남차 에홈

[2분 정도 휴식을 한 뒤 다시 노래를 계속했다.]

어화 어화 어화남차 어화

에에 에홈 에화남차 에홈

부럽도다 어화 소년들아 어화

에에 에홈 에화남차 에홈

젊었을 적에 어화 덕을 쌓고 어화

에에 에홈 에화남차 에홈

빈객삼천 어화 맹산군(孟嘗君)도 어화12)

에에 에홈 에화남차 에홈

죽어지면은 어화 허사로다 어화

에에 에홈 에화남차 에홈

백자천손13) 어화 곽분양도(郭汾陽도)14) 어화

---

11) 귀가 먹었다는 의미의 절벽을 절벽강산으로 표현한 것이다.

12) '빈객삼천(賓客三千)'을 거느렸던 맹산군(孟嘗君)도'의 의미임. 맹상군(孟嘗君)은 제나라 재상 전문(田文)으로, 특출한 인재 삼천 명을 빈객으로 후하게 대접하면서 세상사를 경영한 인물이다.

13) '백자천손(百子千孫)'은 헤아릴 수 없이 많은 자손이라는 뜻이다.

14) '곽분양(郭汾陽)'은 당 현종 때 안록산의 난을 토벌하였던 무장 곽자의(郭子儀)를 가리킨다.

에에 에홈 에화남차 에홈

죽어지면은 어화 허사로다 어화

에에 에홈 에화남차 에홈

에에 에홈 에화남차 에홈

영웅인들 어화 늙지를 않고 어화

에에 에홈 에화남차 에홈

호걸인들 어화 죽지를 않나 어화

에에 에홈 에화남차 에홈

영웅들도 어화 자랑을 말고 어화

에에 에홈 에화남차 에홈

호걸들도 어화 말을 마소 어화

에에 에홈 에화남차 에홈

만고영웅 어화 진시황도 어화

에에 에홈 에화남차 에홈

어화 어화 어화남차 어화

에에 에홈 에화남차 에홈

여산주초에 어화 잠들어있고 어화

에에 에홈 에화남차 에홈

참 잘 웃던 어화 이태백도[15] 어화

에에 에홈 에화남차 에홈

기경산천(騎鯨上天) 어화 하여있고 어화

에에 에홈 에화남차 에홈

천하에 명장 어화 초패왕도[16] 어화

에에 에홈 에화남차 에홈

---

15) '이태백(李太白)'은 당나라 때 사람으로 중국 최고의 시인으로 꼽힌다.
16) '초패왕(楚覇王)'은 중국 초나라 때 장수인 항우(項羽)를 높이어 이르는 말이다.

호강월야 어화 흔적이 없고 어화
에에 에홈 에화남차 에홈
만고일부(萬古一富) 어화 석숭이도 어화
에에 에홈 에화남차 에홈
할 수 없이 어화 돌아를 가니 어화
에에 에홈 에화남차 에홈
억조창생 어화 만민들아 어화
에에 에홈 에화남차 에홈
이내 일신 어화 젊었을 적에 어화
에에 에홈 에화남차 에홈
선한 공덕을 어화 어서 하소 어화
에에 에홈 에화남차 에홈

(청중 : 잘한다.)

일생일사 어화 공한 것을 어화
에에 에홈 에화남차 에홈
어이하여 어화 면할손가 어화
에에 에홈 에화남차 에홈
가련하고 어화 한심하다 어화
에에 에홈 에화남차 에홈
오는 일을 어화 어이하리 어화
에에 에홈 에화남차 에홈
백-발이 어화 재촉하니 어화
에에 에홈 에화남차 에홈
갈 길을 어화 생각하소 어화
에에 에홈 에화남차 에홈

칠팔십을 어화 살지라도 어화

에에 에홈 에화남차 에홈

지은 공덕이 어화 없어지면은 어화

에에 에홈 에화남차 에홈

좋은 일을 어화 많이 하여 어화

에에 에홈 에화남차 에홈

속절없이 어화 지내다가 어화

에에 에홈 에화남차 에홈

세상일을 어화 몰랐구나 어화

에에 에홈 에화남차 에홈

북창청풍(北窓淸風) 어화 명월하여(明月하에) 어화

에에 에홈 에화남차 에홈

다 된 백발을 어화 어이하리 어화

에에 에홈 에화남차 에홈

어젯날엔 어화 청춘 몸이 어화

에에 에홈 에화남차 에홈

오늘날에 어화 수족을(手足을) 못 써 어화

에에 에홈 에화남차 에홈

한 구석에 어화 앉았으면 어화

에에 에홈 에화남차 에홈

어느 누가 어화 알아주나 어화

에에 에홈 에화남차 에홈

집을 잃고 어화 떠나간들 어화

에에 에홈 에화남차 에홈

어디 가서 어화 의지하리 어화

에에 에홈 에화남차 에홈

○○○을 생각하니 청춘시절이 뉘우친다

에에 에홈 에화남차 에홈

천만년을 어화 살줄 알고 어화

에에 에홈 에화남차 에홈

걱정 없이 어화 지내다가 어화

에에 에홈 에화남차 에홈

이제 와서 어화 생각하니 어화

에에 에홈 에화남차 에홈

세상일이 어화 가소롭다 어화

에에 에홈 에화남차 에홈

이말 저말 어화 도시(도무지) 말고 어화

에에 에홈 에화남차 에홈

후생노자 어화 장만하여 어화

에에 에홈 에화남차 에홈

(청중 : 잘한다.)

극락세계 어화 들어가서 어화

에에 에홈 에화남차 에홈

구품연대[17] 어화 구경가세 어화

에에 에홈 에화남차 에홈

이 세월을 어화 허송타가 어화

에에 에홈 에화남차 에홈

무관옥이 어화 나타나면은 어화

---

17) '구품연대(九品蓮臺)'는 극락세계에 왕생하는 사람이 앉는 연꽃 대좌(臺座)를 뜻함. 평
생 지은 업이 깊고 얕은 데 따라 상품상생(上品上生)부터 하품하생(下品下生)까지 아
홉 등급으로 나눈다.

에에 에홈 에화남차 에홈

처자권속도 어화 쓸 데가 없고 어화

에에 에홈 에화남차 에홈

일가친척도 어화 쓸 데가 없네 어화

에에 에홈 에화남차 에홈

친구벗도 어화 쓸 데가 없고 어화

에에 에홈 에화남차 에홈

칠팔십을 어화 살지라도 어화

에에 에홈 에화남차 에홈

지은 공덕이 어화 없어지면은 어화

에에 에홈 에화남차 에홈

부귀광명을 어화 바라보며 어화

에에 에홈 에화남차 에홈

자손영달을 어화 희망할까 어화

에에 에홈 에화남차 에홈

악한 죄를 어화 짓지 말고 어화

에에 에홈 에화남차 에홈

마음 닦아 어화 선심을 써도 어화

에에 에홈 에화남차 에홈

극락세계에로 어화 들어가면은 어화

에에 에홈 에화남차 에홈

청춘백발이 어화 도시(도무지) 없고 어화

에에 에홈 에화남차 에홈

생로병사가 어화 끊어지면은 어화

(청중 : 잘한다.)

에에 에홈 에화남차 에홈

상생불사 어화 하신단다 어화

에에 에홈 에화남차 에홈

다 갔구나 어화 다 갔구나 어홍

(보조 제보자 : 이제 그만하자.)

에에 에홈 에화남차 에홈

음역귀택(陰域鬼宅)에 어화 다 왔구나 어화

에에 에홈 에화남차 에홈

(보조 제보자 : 이만하고 끝냅시다.)

망깨 소리

자료코드 : 05_19_FOS_20090224_CHS_JYB_0002
조사장소 : 경상북도 청도군 각남면 화리 354-1번지 마을회관
조사일시 : 2009.2.24
조 사 자 : 천혜숙, 박동철, 김유경, 이선호, 김보라
제 보 자 : 전용봉, 남, 77세 외 3인
구연상황 : '상여 소리'를 마치고 잠시 휴식을 한 후에 조사자가 '망깨 소리'를 청했다. 선소리꾼 전용봉 씨가 일어서서 선창을 하고 정용화 씨와 정태화 씨 등의 뒷소리꾼들이 소리를 받았다. 이번에는 북 없이 사설이 적힌 종이를 보면서 구연하였다.

어이 여라 차아~

어이 여라 차아~

천근 망깨는 공중에 놀고

어이 여라 차아~

열두자 말목은 땅 밑에 논다

어이 여라 차아~

키 큰 사람은 앞에 서고

어이 여라 차아~

키 작은 사람은 뒤에 서소

어이 여라 차아~

먼데 사람은 소리를 듣고

어이 여라 차아~

옆에 사람은 구경하소

어이 여라 차아~

십장양반 고가 매길 때

어이 여라 차아~

망깨를 높이 들고

어이 여라 차아~

골고루 다려주소

어이 여라 차아~

저기 가는 저 아주머니

어이 여라 차아~

딸이 있거든 사위를 보소

어이 여라 차아~

딸이야 있건만은

어이 여라 차아~

나이가 어려서 못 보겠네

어이 여라 차아~

아주머니 그 말씀 마소

어이 여라 차아~

뱁새가 작아도 알을 낳고

어이 여라 차아~

노고지리가 작아도 상투를 쫓네

어이 여라 차아~

망깨 소리가 작아진다

어이 여라 차아~

동해에는 청제용왕(靑帝龍王)

어이 여라 차아~

서해에는 백제용왕(白帝龍王)

어이 여라 차아~

남해에는 적제용왕(赤帝龍王)

어이 여라 차아~

북해에는 흑제용왕(黑帝龍王)

어이 여라 차아~

사해에(四海의) 용왕에는

어이 여라 차아~

수궁지왕이 제일인데

어이 여라 차아~

농사짓게 비 내려주소

어이 여라 차아~

사서에 토왕에는

어이 여라 차아~

토지왕이 제일인데

어이 여라 차아~

이 못 둑이 터지지 않게

어이 여라 차아~

여기 여기 살펴 주소

어이 여라 차아~

이 못 막아서 농사지을 때

어이 여라 차아~

년년세세 풍년이 들어

어이 여라 차아~

조상님께 감사하고

어이 여라 차아~

우리 부모님 섬길라네

어이 여라 차아~

이만하고 마칩시다

어이 여라 차아~

달구 소리

자료코드 : 05_19_FOS_20090224_CHS_JYB_0003

조사장소 : 경상북도 청도군 각남면 화리 354-1번지 마을회관

조사일시 : 2009.2.24

조 사 자 : 천혜숙, 박동철, 김유경, 이선호, 김보라

제 보 자 : 전용봉, 남, 77세 외 3인

구연상황 : '망깨 소리'를 마치고 잠시 휴식을 취한 뒤 조사자의 부탁으로 '달구 소리'를
구연하였다. '상여 소리'를 할 때처럼 전용봉 씨는 서서 북을 치며 선소리를
하였고 정용화 씨 등 세 분의 뒷소리꾼들도 서서 소리를 받았다. 구연은 약 2
분 정도 이루어졌다. 이 노래 역시 사설을 적은 종이가 있었다.

오 호오 달구야~

오 호오 달구야~

인생 인생 고생하여 백년 정을 못 다하고

오 호오 달구야~

빈손 빈몸을 태어나가 빈손 빈몸을 가는 인생

오 호오 달구야~

꿈도 탐욕도 부질 없구나

오 호오 달구야~

춘풍에 놀던 세상 명년에나 다시 보랴

오 호오 달구야~

왕소 방초는 푸르 있고 역역 같은 이 세상에

오 호오 달구야~

초로 같은 이 인생이 놀던 친구 하직하고

오 호오 달구야~

만장같은18) 집을 두고 문전옥답

오 호오 달구야~

십이군정19) 어깨 빌어 만첩청산을 찾아가니

오 호오 달구야~

구척광산 깊이파고 칠성으로 요를 삼고

오 호오 달구야~

엿장으로 이불하여 황토 흙을 밥을 삼고

오 호오 달구야~

여산주초에 묻혔으니 어느 누가 나를 찾나

오 호오 달구야~

두건 접동을 벗을 할까

오 호오 달구야~

구천에20) 고이 누워 명복을 받으소서

---

18) 만장은 사람들로 꽉 찬 방이나 강당을 뜻하는 '만당(滿堂)'을 만장으로 발음한 것이다.
19) 십이군정(十二軍丁)은 '열두장정'을 뜻하는 말로 상여꾼을 가리킨다.

오 호오 달구야~

이만하고 마칩시다

오 호오 달구야~

화초땅 화초녀

자료코드 : 05_19_FOS_20090224_CHS_JSH_0001

조사장소 : 경상북도 청도군 각남면 화리 354-1번지 마을회관

조사일시 : 2009.2.24

조 사 자 : 박동철, 이선호, 김보라

제 보 자 : 정손화, 남, 73세

구연상황 : 조사자가 구연을 청했더니 잘 못한다며 선뜻 응하지 않았다. 거듭 요청하자, 손수 적어 놓은 노래가사집을 보며 사설을 읽었다. 노래로 불러주기를 거듭 요청하자 가락을 넣어 구연하였다. 신행 전 남편을 잃은 여성을 그린 서사민요로, 이분의 노래가사집에는 '강씨편'이란 제목이 붙어 있었다. 약 6분 정도 구연했다.

가리다가 가리다가

삼사 연을(년을) 가리다가

진주땅에 강씨 대주

글씨 좋다 소문 듣고

화초땅에 화처녀가

인기 좋다 소문 듣고

앞집에라 구함(궁합) 보고

뒷집에라 책력 보니

일구구함(일등궁합) 너로구나

---

20) '구천(九泉)'은 땅속 깊은 밑바닥이란 뜻으로, 죽은 뒤에 넋이 돌아가는 곳을 이르는 말이다.

날이라고 빼여보니

진진 삼월 삼짓 날에

일기 좋다 빼였드니

저 건너라 뒤안길에

미리 섰는 거동보소

대막대를 꺾어 짚고

대문간을 들어서며

받아보소 받아보소

편지 한 장 받아보소

왼손에다 받아쥐고

오른손을 뜯어보니

한 줄 읽고 두 줄 읽어

삼사 줄을 읽어보니

애고 답답 내 팔자야

아이고 답답 내 신세야

진주 땅에 강씨 대주

죽었다고 부고 왔네

허락했는 울 아부지

반발했는 울 엄마야

사성받은 울 오빠야

이런 일이 어데 있소

옆집에라 육촌오빠

요내(이내) 요각(요객) 가실런가

가기사야 가지만은

너를 두고 어이가나

애고 답답 내 팔자야

앞에는 흰등 타고

뒤에는 백말 타고

첫째 모래이(모롱이) 돌아가니

산도 설고 물도 설어

둘째 모래이 돌아가니

까막까치 진동하네

셋째 모래이 돌아가니

오네 오네 비가 오네

하늘에서 비가 오네

빗물인가 눈물인가

그럭저럭 가다보니

시가(媤家) 마을 당도하네

첫째 대문 들어서니

밍정대가(명정대가)[21] 비는구나(보이는구나)

둘째 대문 들어서니

상두꾼이 줄을 이어

목을 놓고 슬퍼하네

마작대문 들어서며

사랑방에 아버님요

큰방에라 어머님요

이내팔자 웬일이요

아가 아가 울지 마라

니가 그리 슬피 우니

이 가슴이 타는구나

---

21) '명정대(銘旌帶)'는 장례 행렬에 앞세우던 도구로 붉은 바탕에 흰 글씨로 성씨나 관직, 품계 등을 적은 깃발을 말한다.

초상 방을 들어가니

중매부모 막아서네

중매부모 거동보소

세상천지 만물 중에

이런 팔자 또 있던가

비켜 주소 비켜 주소

강씨 대주 어데 있소

내가 왔소 내가 왔소

화초땅에 화처녀가

아홉 가닥 땋안(땋은) 머리

깻단 겉이 늘어졌네

애고 답답 내 팔자야

애고 답답 내 신세야

인지(이제) 가면 언제 오나

둘러쳤다 화촉평풍(화촉병풍)

평풍 안에 그린 나비

날거들랑 일어날래

평풍밖에 그린 닭이

홰를 치면 오실랑가

동솥에라 안친 밥이

싹이 트면 오실랑가

그럭저럭 울다 보니

칠성판이[22] 들어오네

여보시오 쌍두꾼아(상두꾼아)

---

22) '칠성판(七星板)'은 소렴한 시신 밑에 까는 얇은 널조각을 말한다.

칠성판이 웬말이오

스물 여덟 쌍두꾼아

부디부디 잘도 가소

부디부디 잘도 가소

스물 여덟 쌍두꾼아

과부 이름 짓지 말고

처자 이름 지어주소

남매지

자료코드 : 05_19_FOS_20090223_CHS_JCH_0003
조사장소 : 경상북도 청도군 각남면 화리 354-1번지 마을회관
조사일시 : 2009.2.23
조 사 자 : 천혜숙, 박동철, 김유경, 이선호, 김보라
제 보 자 : 정춘화, 남, 90세
구연상황 : 앞의 '금강산이 좋을시고'에 이어 구연했다. 열 살 즈음 집에 놀러 온 손님들
이 자주 불렀던 불쌍한 남매의 노래라고 한다. 제보자가 제목을 '남매지'라고
했다. 한 청중이 작은 목소리로 따라 부르기도 했다.

복남아 울지 말고 어서 자거라

너 다리고(데리고) 배 우리는('주리는'으로 배를 곯는다는 의미이
다.) 나도 있단다

전일에는 니가 울면 엄마 젖주지

금기부터('지금부터'의 의미인 듯하다.) 문경걸시('門前乞食'으로
이 집 저 집 돌아다니며 빌어먹는 것을 의미한다.) 이내 신세야

노랫가락 1

자료코드 : 05_19_FOS_20090223_CHS_JCH_0006
조사장소 : 경상북도 청도군 각남면 화리 354-1번지 마을회관
조사일시 : 2009.2.23
조 사 자 : 천혜숙, 박동철, 김유경, 이선호, 김보라
제 보 자 : 정춘화, 남, 90세
구연상황 : 조사자가 '노랫가락'을 청하자 부른 노래이다. 두 번째 절은 모심기 노래 사
　　　　　설을 차용한 것이다.

꽃 꺾어 머리 꼽고(꽂고)

잎은 뚝 따서 입에 물고

산에 올라 들 구경 하니

길 걸은 행인이 길 물어간다

아마도 천하일색은 나뿐인가

[잠시 멈춤]

연못 꽃 지은 당안에

연밥 따는 저 처녀야

연밥은 내 따주게

내 품안에 잠들어라

잠들기사 어렵지 않으나

연밥 따기가 늦어가네

청춘가

자료코드 : 05_19_FOS_20090223_CHS_JCH_0007
조사장소 : 경상북도 청도군 각남면 화리 354-1번지 마을회관
조사일시 : 2009.2.23

조 사 자 : 천혜숙, 박동철, 김유경, 이선호, 김보라
제 보 자 : 정춘화, 남, 90세
구연상황 : 앞 노래(‘금강산이 좋을시고’)를 마친 제보자는 ‘노랫가락’ 가사 구십여 편이
기록된 책자가 있다는 말을 덧붙였다. 청중 한 분이 ‘노랫가락’(채록하지 않
음.)을 불렀다. ‘청춘가’와 ‘노랫가락’이 어떻게 다른가 조사자가 물었더니, 다
르다면서 먼저 ‘청춘가’를 불러 주었다. 청중 한 분이 ‘이팔청춘’을 청하기도
했다.

부연 저 달이 창 밖에 밝아서

산란한 내 마음 더 산란하게요

떴다 보아라 안창남 비행기

날다 보아라 엄복동 자전거

부연한 저 달이 창 밖에 밝아서

산란한 내 마음 음~ 더 산란하구나

양산도

자료코드 : 05_19_FOS_20090223_CHS_JCH_0008
조사장소 : 경상북도 청도군 각남면 화리 354-1번지 마을회관
조사일시 : 2009.2.23
조 사 자 : 천혜숙, 박동철, 김유경, 이선호, 김보라
제 보 자 : 정춘화, 남, 90세
구연상황 : 앞의 ‘청춘가’를 구연한 제보자에게 다시 조사자가 ‘양산도’와 ‘노랫가락’은
어떻게 다른가 물었더니, 이번에는 ‘양산도’를 불러보겠다며 이 노래를 구연
했다.

에헤히이요 당변황에 양물귀라도~

죽어지면은 허사로~다

에허라 놓아라 못 놓겠구~나

능지를 하여도 못 놓겠구~나

청도가

자료코드 : 05_19_MFS_20090223_CHS_JCH_0001
조사장소 : 경상북도 청도군 각남면 화리 354-1번지 마을회관
조사일시 : 2009.2.23
조 사 자 : 천혜숙, 박동철, 김유경, 이선호, 김보라
제 보 자 : 정춘화, 남, 90세
구연상황 : 제보자가 조사취지를 듣고 집으로 가서 가져 온 자료 중에, 몇 해 전에 제보자
가 <청도신문>에 제공하여 사진과 함께 실린 이 노래가 있었다. 80여 년 전
에 청도국민학교를 다녔던 형과 친구들이 부르는 것을 듣고 배웠다고 한다.
"이거, 내 뺎에(밖에) 몰라."라며 자신의 기억력에 대한 강한 자부심을 드러냈
다. 창가 가락으로 구연했다. 기사보다, 이 날 부른 노래를 중심으로 채록했다.

선명하고 수려한 우리 청도군

천년터전 이서국고 도로서서

남북은 육리요 동서 십오리

중첩은 산맥고로 외로되었네

동부는 경주화산 남 밀양이요

서로는 달성창녕 북 경산이라

토수청감하고 가거빈존중

적시적시 물산이 풍부하도다

중천에 솟아있는 저 화학산

천고에 종줄인지(젖줄인지) 몇몇리면

구곡으로 흘러오는 산동냇물은

주야불심 용진하는 기상일세

백년일편 걸려있는 약수폭포는

필유지화(필유지경) 삼천석은 이 아닌가

중천에 솟아있는

[웃으며] "아구, 그게 아니다.23)"

(청중 : 저거 다, 아까 했다 카이.)

구름 속에 젖어있는 운문사에서

새벽종소리로 소리로 깨운다

사위에 날이 들고 물 맑아오니

여비어야 탁견 선생 높아서라

청천에 삭줄인지 고향삼백은

뉘기뉘기(뉘이뉘이) 음산에 수장지터면

용각산에 구름 같고 절로 비개니

범범주유 유천어화 잠깐이로세

금강산이 좋을시고

자료코드 : 05_19_MFS_20090223_CHS_JCH_0002
조사장소 : 경상북도 청도군 각남면 화리 354-1번지 마을회관
조사일시 : 2009.2.23
조 사 자 : 천혜숙, 박동철, 김유경, 이선호, 김보라
제 보 자 : 정춘화, 남, 90세
구연상황 : 앞의 '청도가'에 이어서, 참 잘 지은 노래라며 이 노래를 구연하였다. 축음기
　　　　　를 듣고 배웠다고 했다.

금강산이 좋을시고

---

23) 신문 기사에 의하면 '추월추풍 기특한 한몫 경치야 군자정에 올라가서 나도 사랑할
　　세'의 가사를 구연할 차례이나 빠졌다.

금강산이 좋을시고

동해 끼고 솟은 산이

일만 이천 봉오리를

그림같이 벌었으니

천하명산이 아니냐

장한시를 구경하고

만경대에 발 멈추고

만경대를 올라가니

마애태자 어데 갔나

바위 우에(위에) 얽힌 몸은

일천년에 사적이라

처녀 한숨가

자료코드 : 05_19_MFS_20090223_CHS_JCH_0004
조사장소 : 경상북도 청도군 각남면 화리 354-1번지 마을회관
조사일시 : 2009.2.23
조 사 자 : 천혜숙, 박동철, 김유경, 이선호, 김보라
제 보 자 : 정춘화, 남, 90세
구연상황 : 노래집에서 본 것이라며 구연하였다. 청중들은 "저 어른이 청도군 팔아먹을
사람이다. 초등학교도 안 나왔다"며 제보자의 총기와 기억력에 감탄하였다.
창가가락으로 불렀다.

좋아서 술잔을 들며 세울까

이 목숨 ○○○○ ○○를 위해

쓰라린 이 가슴도 우는 데 다시

행복의 그 날을 생각하므로

구비구비 슬픈 마음 웃음에 숨겨

상사 믿고 호록호록 비우(비위) 맞출 때

눈물의 젖은 손목 누가 알까요

비단옷 치맛자락 단장한 얼굴

손님들의 손님에게 돌림 노리개

취하야 손님들은 웃기는 하여도

이 마음 언제든지 쓸쓸하여요

기다리는 그 양반은 보기도 어렵고

난데없는 손님의 흔턴(허튼) 그 수작

이것도 생활이라 팔자로 치니

환하던 전등불도 침침하여요

심청가

자료코드 : 05_19_MFS_20090223_CHS_JCH_0005

조사장소 : 경상북도 청도군 각남면 화리 354-1번지 마을회관

조사일시 : 2009.2.23

조 사 자 : 천혜숙, 박동철, 김유경, 이선호, 김보라

제 보 자 : 정춘화, 남, 90세

구연상황 : 노래를 마친 제보자에게 다시 '심청가'를 아느냐고 물었다. "심청가 다 알지
요."라며 클레멘타인 곡조를 붙인 '심청가'를 구연하였다. 청중 한 분이 작은
목소리로 따라 불렀다.

백도하도 한 가정에 그의 식구 세 사람

기집아해(계집아이) 심청이요 그의 부친 심봉사

그 모친은 심청이를 낳으신지 칠일에

눈 먼 아비 홀로 두고 이 세상을 떠났네

젖 좀 주소 젖 좀 주소 불쌍하고 가련한

이 어린 것 살려주소 이와 같이 구걸해

2. 각북면

경상북도 청도군 각북면 남산1리

조사일시 : 2009.6.22, 2009.7.24
조 사 자 : 이균옥, 박동철, 김유경, 이선호, 김보라

각북면 노인회관 이야기판

　남산(南山)1리는 각북면(角北面) 면사무소 소재지 마을이다. 각북면은 청도군의 가장 서쪽에 위치하며, 비슬산(琵瑟山)을 경계로 대구와 인접하고 있다. 현재는 비슬산과 헐티재를 통하는 도로가 나서 대구로도 쉬이 오갈 수 있게 되었지만, 그 전에는 비슬산에 가로막혀 매우 고립된 지역이었다. 각북면은 신라시대에는 상부촌으로서 풍각현에 속해 있다가, 조선 숙종 10년(1884년)에는 대구부에 귀속되었다. 광무 10년(1906년)에는 청도군으로 이속되어 각북면이 된 이래, 1914년 일제 행정구역 개편시 상

북면과 합병하여 현재에 이르고 있다.

면소재지 마을인 남산1리에는 모두 61세대, 113명이 거주하고 있다. 통점령(通店嶺), 원계령, 헐티재와 같은 비슬산 봉우리들이 즐비하게 이 마을의 삼면을 에워싸고 있다. 이 마을은 동저서고(東低西高)의 지형으로 고지대인 산기슭에 자리하고 있다. 헐티로(902번)를 달리다가 남산교가 놓인 청도천을 건너서 만나게 되는 마을이다.

남산1리의 자연마을명은 '소말'이다. 1579년경 밀성(密城) 박씨인 박원영(朴遠永)이 처음 입향하여 고고히 안락하면서 산다고 하여, '소촌'(小村), '소리'(小里)라고 한 데서 유래했다고 하나 정확히 알 수 없다. 여러 지역에서 마을 이름으로 친숙한 '소말', '쇠말'의 견강부회인 것처럼 보인다. 밀성 박씨 다음으로 소말에 입촌한 경주 이씨가 주위의 산세를 살펴보니 음산(陰山)과 양산(陽山)의 형세가 상통하므로 마을이 번창할 것이라고 하여 '남양'(南陽)이라 개칭했다는 설도 있다.

풍각중학교 각북 분교가 있고, 우체국과 농협이 소재한 마을이어서 교육 여건이나 생활 여건이 좋은 편이다. 전승되던 민속은 많이 사라졌다. 벼농사 외에도 감, 사과, 복숭아 농사를 짓는다. 각북면 단위의 감작목반과 능금작목반이 이 마을을 중심으로 구성되어 있다.

남산1리는 산간지역의 특성을 지닌 설화 또는 민요를 채록할 수 있을 것으로 기대하고 조사지로 선정했다. 2009년 6월 22일에 각북면사무소를 방문하여 면 소재 마을에 대한 기초 정보를 듣던 중 면사무소에 업무를 보러 온 중년의 남성에게 면사무소 인근에 노인회 분회가 있다는 말을 들었다. 그래서 바로 대한노인회 각북면 분회를 방문하여 할아버지들을 대상으로 조사를 했다. 면 단위의 노인회 분회이기 때문에 인근의 여러 마을에서 할아버지들이 모여 담소를 나누거나 화투놀이를 하고 있었다. 민요와 설화를 다수 수집했으며, 제보자 가운데 곽정식 씨의 설화 구연능력이 특히 뛰어났다.

  재조사를 위해 2009년 7월 24일 오전 다시 대한노인회 분회를 방문했다. 이른 시간이어서 할아버지들이 많지 않았지만, 다행히 곽정식 씨를 다시 만나서 많은 설화를 채집할 수 있었다. 주로 오성과 한음, 정만서, 박문수, 최치원, 사명대사, 풍수 등과 관련된 인물전설을 풍부하게 채록할 수 있었다.

곽문규, 남, 1927년생

주 소 지 : 경상북도 청도군 각북면 남산1리
제보일시 : 2009.6.22
조 사 자 : 이균옥, 박동철, 김유경, 이선호, 김보라

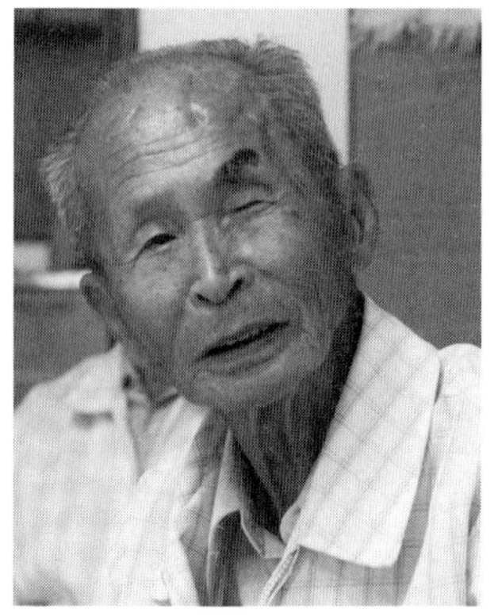

　7대째 각북면 오산2리에서 살고 있는 토박이다. 국민학교 졸업 후, 농사를 지으면 사는 게 편하다는 부모의 권유로 농사를 짓고 살았다. 중매로 전북 임실군 후천리 출신의 부인과 혼인하였고, 2남 2녀를 두었다. 맏아들은 현재 서울에 거주하며, 둘째 아들은 중학교 교감이다. 현재는 부인과 함께 거주하고 있으며 벼 농사와 감 농사를 짓고 있다.

　외모는 작은 체구에 마른 편이다. 소란한 분위기 속에서 청중들의 권유로 '모노래' 두 편을 구연했는데, 중간에 막혀서 잘 부르지는 못했다. '모노래 1'는 오산2리에서 여럿이 부르는 것을 듣고 배웠다고 했다. '모노래 2'를 구연한 후에 바로 자리를 떴다.

제공 자료 목록
05_19_FOS_20090622_IGO_GMG_0001 모노래 1
05_19_FOS_20090622_IGO_GMG_0002 모노래 2

곽정식, 남, 1927년생

주 소 지 : 경상북도 청도군 각북면 남산1리

제보일시 : 2009.6.22, 2009.7.24
조 사 자 : 이균옥, 박동철, 김유경, 이선호, 김보라

포산(苞山) 곽씨(郭氏)로, 각북면 남산1리 태생이다. 부친이 이 마을에서 수백 석의 농사를 짓는 부농으로, 부유한 가정형편에서 자라났다. 각북국민학교를 졸업한 후, "대학교도 시킬 수 있지만 학교에 가면 더러운 왜놈들에게 종질한다."는 부친의 반대로 중학교 진학을 포기하고 3년 동안 조부로부터 한학을 배웠다. 조부는 인근에서 유명한 한 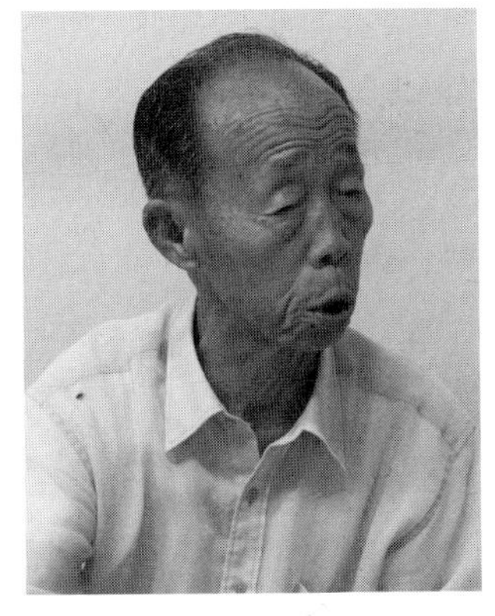 학자로 수십 명의 제자를 가르쳤다고 한다. 부친의 권유로 철학 공부도 했다. 또 어릴 적부터 책읽기를 좋아하여 『삼국지』를 다섯 번이나 읽었다. 『옥단춘전』 같은 고소설도 즐겨 읽었다고 한다.

열여섯 살 때 각북면 상평리 출신의 부인과 혼인하였고, 이듬해 분가했다. 한국전쟁 때는 자형이 있는 포항으로 가서 피난생활을 하였고, 종전 후에는 고향으로 돌아와 3년 8개월 동안 각북 지서 특공대 부대장을 역임하기도 했다. 이후로는 농사를 지으며 살았다. 5남 1녀의 자녀를 모두 성가시켰다.

'못 파고 망한 용천사', '석태골 지네굴의 유래', '오성과 한음의 일화', '무주구천동에 간 어사 박문수', '정만서가 못 당한 여자' 등 아홉 편의 설화를 구연했다. 모두 조부로부터 들은 것이거나 책에서 본 것이라고 했다. 박문수에 관한 이야기를 워낙 좋아하여 시장에서 파는 박문수 이야기 책은 모두 사서 읽었다고 한다. 구연한 박문수 이야기도 그 때 읽은 책 내용 중 일부이다. 책에 있는 이야기를 모두 실화라고 인식하는 분이다.

연세에 비해서 정정한 외모를 하고 있고, 기억력이 아주 좋은 편이다.

카랑카랑한 음성에 발음도 분명하다. 또 한학을 공부하였지만 유식한 문자에 집착하는 고루함이 없었다. 이 마을에 오래 살아서 지역이나 가문에 관한 전설에 정통할 뿐 아니라, 이야기 자체에 관심이 대단해서 우스개 민담도 내치지 않았다. 이야기 솜씨가 대단하여 어떤 이야기를 구연하든지 좌중의 웃음을 이끌어냈고, 자신이 실제로 경험한 것처럼 실감나게 구연했다. 줄거리 라인이 분명하고 묘사가 살아있는 이야기를 스스로 신이 나서 구연하니 청중들이 전혀 지루해하지 않았다. 한편 다른 사람이 이야기할 때는 집중해서 듣고, 자신이 아는 부분은 보태기도 하는 훌륭한 청중 역할을 했다. 이 분은 조사 목록에 있는 이야기들을 대부분 알고 있는 것처럼 보였는데, 시간관계로 충분히 조사하지 못한 것이 못내 아쉽다. 재조사가 요청되는 분이다.

제공 자료 목록
05_19_FOT_20090622_IGO_GJS_0001 못 파고 망한 용천사
05_19_FOT_20090622_IGO_GJS_0002 석태골 지네굴의 유래
05_19_FOT_20090622_IGO_GJS_0003 무주 구천동에 간 어사 박문수
05_19_FOT_20090724_IGO_GJS_0001 도깨비가 지어준 이항복의 호
05_19_FOT_20090724_IGO_GJS_0002 오성과 한음의 일화
05_19_FOT_20090724_IGO_GJS_0003 수탉 울음소리를 낸 오성의 재치
05_19_FOT_20090724_IGO_GJS_0004 정만서도 못 당한 여자
05_19_FOT_20090724_IGO_GJS_0005 천지개벽 때 남은 비슬산
05_19_FOT_20090724_IGO_GJS_0006 죄인은 명당에 못 간다 2(명풍 성기도사 이야기)

이창환, 남, 1932년생

주 소 지 : 경상북도 청도군 각북면 남산1리
제보일시 : 2009.6.22
조 사 자 : 이균옥, 박동철, 김유경, 이선호, 김보라

성주(星州) 이씨(李氏)이며, 각북면 오산1리에서 4남매 중 둘째로 태어

났다. 초등학교 졸업 후 가정형편이 어려워
져 상급학교에 진학하지 못하고 조부에게
한학을 배웠다. 스물한 살이 되던 해 군에
입대하여 4년 10개월 복무를 마치고 스물여
섯 살에 제대를 하였다. 스물여덟 살 때 각
남면 예리리 출신의 부인과 교회에서 혼인
하였다. 기독교 신자이다. 서른여덟 살부터
마을 이장을 4년, 새마을 지도자를 6년 동

안 역임했다. 쉰여덟 살에는 교회 장로가 되었다. 2남 3녀를 두었고, 현재
는 부인과 단 둘이 살면서 감 농사를 짓고 있다.

　'팔대 손(孫)을 살린 유서', '죄인은 명당에 못 간다 1'를 구연했다. 구
연한 이야기는 열여덟 살 무렵 조부로부터 들은 것이라 한다. 조부는 손
자인 제보자에게 교훈적인 이야기를 많이 들려주었던 이야기를 시작하기
전에 "죄를 지으면 그 죄가 반드시 자손에게 간다."고 하는 등, 이야기의
주제를 먼저 일러주었다고 기억한다.

　뼈대가 굵고 약간 마른 체구의 외모이다. 분명한 발음과 큰 목소리로
빠르게 구연했다. 조부에게 배운 것처럼 이 분도 구연에 들어가기 전에
먼저 이야기의 제목과 주제를 밝혔다. 마무리 부분에서도 이야기가 지닌
교훈을 거듭 설명했다. 제보자 스스로 이야기가 주는 교훈에 큰 감동을
받았으며, 살아가면서 그 교훈을 실천하려 애썼다고 한다. 그래서 구연시
에는 자신감과 확신이 넘치는 태도를 보였다. 전반적으로 조사에 협조적
인 분이었다.

제공 자료 목록
05_19_FOT_20090622_IGO_ICH_0001 팔대 손(孫)을 살린 유서
05_19_FOT_20090622_IGO_ICH_0002 죄인은 명당에 못 간다 1

못 파고 망한 용천사

자료코드 : 05_19_FOT_20090622_IGO_GJS_0001
조사장소 : 경상북도 청도군 각북면 남산1리 289번지 노인회관
조사일시 : 2009.6.22
조 사 자 : 이균옥, 박동철, 김유경, 이선호, 김보라
제 보 자 : 곽정식, 남, 83세
구연상황 : 앞의 이야기(채록하지 않음.) 구연이 끝나자 청중들은 서로 이야기 거리를 생
각하는 듯했다. 제보자가 먼저 조사자들에게 '용천사의 유래'를 아느냐고 물
으면서 이 이야기가 시작되었다.
줄 거 리 : 옛날 용천사는 중들이 하도 많아 근처 산 이름이 '중댕이바래미' 로 불릴 정
도였다. 자연 손님들이 끊이지 않았다. 이를 귀찮게 여긴 중들이 절 밑에 못
을 파면 손님이 끊어진다는 말을 듣고 그대로 따랐다. 후로 용천사가 망했다.

거 나오신 분들 저 용천사 유래를 아는교?

우리 각북(각북면) 고찰인데. 용천사라고, 이름이 솟을 용(湧) 자, 샘이
천(泉) 자, 집 사('절 寺'를 잘못 말함.) 자거든.

(청중 : 절 사(寺)자)

그래 여, 그게 유래가 가부간(可否間) 지꿈(지금) 햇수로 본다면은, 어른
들하는 말씀에 한 천 삼백년 됐어요, 우리 용천사 유래가.

그래 거게서(거기서) 한참 그 절이 드실(드셀) 때. 표시가 인자(이제) 중
들이 하도 많고, 돌어가매 암자가 한 여덟 개 있었는 기래. 용천사에 암자
가, 여덟 곳에 있는데. 하도 절에 손님이 많이 오이꺼네(오니까).

및(몇) 해 있다가,

"이 절에 손님이 안 오두록 할라(하려) 카면은 우예(어떻게) 해야 되느
냐?" 카이꺼네,

"허, 그 어렵지 않다. 저 밑에 내려가여 주지들이 조그만한 못 파 놓오만 손님이 끊어진다."이카거든.

그래가주고 용천사라카는 기(것이) 그 질로(길로) 참 실패로 봤는데.

한창 성할(盛할) 때는 그 오릿대에 가만(가면) '중댕이바래미'카는 기(게) 있어요. 산허리에 주욱 이름이 중댕이바. 중이 하두 많애여(많아서), 그 바래미 질에(길에) 사람이 안 떨어졌거든. 그래노이 그기 이름이 중댕이바래미가 됐고.

[지명에 대한 설명과 해석으로 좌중이 소란해졌다.]

바람질이라(바람길이라), 바람질이라.

그래 돼가주고 결국 참 용천사가 그만침(그만큼) 드시게(드세게) 했는 표시는, 저 풍각 시장 가면, 요거는(여기는) 각북면이거든. 풍각 시장 드가는(들어가는) 머리에(입구에) 부디를(부처를) 시와(세워) 낳는 기라. 고기(그게) 용천사 표시래. 아, 이 저 부디잖애(부처가 아니라)

(청중 : 탑.)

탑, 탑을,

"용천사 절이 유명하이꺼네 이리 오시오."

카는 탑이 고오(거기) 섰고. 그라고(그리고) '남바대이' 못, 고 파고, 그 용천사가 암자도 다 찌그러지고 마 가이(가히) 망하듯이 망핸(망한) 거 유래가 있구만은.

석태골 지네굴의 유래

자료코드 : 05_19_FOT_20090622_IGO_GJS_0002
조사장소 : 경상북도 청도군 각북면 남산1리 289번지 노인회관
조사일시 : 2009.6.22
조 사 자 : 이균옥, 박동철, 김유경, 이선호, 김보라

제 보 자 : 곽정식, 남, 83세

구연상황 : '용천사' 이야기가 끝난 후 그 근처에 있다는 지네굴 이야기를 바로 이어서
했다. 청중들도 구연에 적극적으로 참여했다. 한 청중은 이야기 방향을 바로
잡아주기도 했다. 지네굴은 용천사 너머 석태골에 있다고 했다.

줄 거 리 : 비슬산에 사냥다니던 포수가 밤중에 지네굴 앞을 지나다 만난 고운 색시와
함께 그 굴에서 며칠을 보냈다. 사나흘쯤 지난 후 포수가 집에 가려 하자, 색
시가 자신과 함께 있었던 일을 발설하지 말라고 당부했다. 포수가 집에 돌아
와 보니 부인의 머리가 하얗게 세어 있었다. 부인이 닦달을 하자 포수가 그동
안 있었던 일을 말해버렸다. 다시 굴로 돌아온 포수에게 색시는 자신이 천년
묵은 지네로 인간이 되어 함께 살 수 있었는데, 그가 발설한 때문에 실패했다
고 말하고 죽었다. 그래서 이름이 지네굴이 되었다.

그라고 또 고 앞에(옆에) 가만, 오릿대에 가만 지네굴이라고 있어요.

(조사자 : 지네굴요?)

지네굴. 지네굴은 왜 지네굴이냐 할 꺼 겉으면은.

한 포수가 비슬산에, 저 옛날에는 노루도 잡고 뭐 포수가 사냥하러 댕
기다 보이, 그 지네굴 앞에 오다가 보이꺼네, 아주 곱운 색시가 어, 참 옷
을 곱게 입고 밤인데,

"질(길) 가는 손님은 어더로 가요?" 이래 묻디만은,

아, [정정하여] 질 가는 손님은 저 지네굴 앞에서 '어데 가만 밤을 세우
꼬(세울까)' 싶어여. 오다가 보이 그 곱은(고운) 손님이 거어 여자가 딱 있
는데.

'아이구 이거 야밤중에 갈 수도 올 수도 없으이 큰일났이꺼네, 저 여자
한테 물어볼 빾이는(밖에는) 없다' 싶어여. 그래,

"당신은 부인인데, 이 밤, 밤에 우예 여게(여기) 홀로 섰냐?" 이카이꺼
네,

"나는 가도 오도 몬해가지고 지금 손님 구할라고 이래가 섰다." 아 카
이꺼네,

"아이구 역시나 그러만 더 좋다." 카미.

그래 그 지네굴이라 카는 거는 사람 열, 굴, 방구 밑에, '칭석(청석)' 밑에 굴이 하나 있는데, 그 이름이 지네굴이거든.

하나 있는데, 거 열 누버도(열 명이 누워도) 자고 해도 되고, 안에는 물이 하나 물 만치(먹을 만큼) 물이 있거든 또. 붓도 안 하고(불어나지도 않고), 굴 밖으로도 안 나오고, 고오서(거기서) 샘이가 있는데, 고 자리 싸거리(한 자리에 모여 있는 모양을 뜻하는 방언이다.) 있는 기라. 그래서 고거는 지네굴이고.

그 뭐꼬, 고 표시가 또 한 군데 더 있다.

(청중 : 여자가 그래 구했는 그 결말…)

아, 구했는 그 결말을 봐야 되겠다. 참, 고 다른 데 갔붔다.

[잠깐 멈칫 했다가]

(청중 : 그래야 이얘기가 잇기지(이어지지).)

[제보자가 다시 청중의 말을 끊으며 이야기를 잇는다.]

그래 여자가, 포수가 거게서 자고 한 아이 미칠 됐지 싶운데, 그래 갈라카이꺼네, 부인이 카거든.

"그래 집에 가면은 깜짝 놀랄 터이니까, 부인, 부인이 놀랄 터이니까 말이지, 우옛기나(어쨌거나) 여게 와여 나캉(나랑) 같이 살었다 소리를,

[목소리에 힘을 주어 강조하듯이 말하며]

일절 하지 마라." 카는 기라.

그 자기는 한 사날(사나흘) 된 줄 알았는 기라, 포수가.

집에 가이 부인의 머리가 보하이(보얗게) 쉬뻣는 기라. 햇수가 얼매나 갔붔던 동 그것도 모리고, 하도 어이가 없어요.

그래 부인이 맞이하기를,

"당신은 그때 나가가 소석도(소식도) 없디, 어데 가여 살다가 이래 다 늙어가지고 오느냐?" 이카이꺼네.

[잠시 멈추었다가]

이거 바린(바른) 말 안할 수도 없고.

"산에서 그래 부인을 만내가주고 날 구해조여, 한 사날 된 줄 알았디이
(알았더니) 임자가 그렇기 늙었네."

이래 막 공포로(公表를) 했뿠는(해버린) 기라 고마, 카저(말하지) 마라
카는 거를.

"하이구 그기 어데, 어데냐?"꼬,

부인이 묻거든.

"지금 가마 찾을 수는 있지만도, 함 찾아보기나 하지." 이카고,

"내 갔다가 온다." 카고 오이꺼네,

부인은 간 곳 없고. 부인이 거 섰으미 맞이로 하고,

"임자가 말을 안 했으만 내가 천년 문(먹은) 지넨데, 인동환상할라고(인
도환생하려고) 내가 캤디만은. 고게(거기) 가여(가서) 말만 안하고 돌아왔
으만 내가 인동환상해가 사람이 참 돼가주고 살 낀데, 당신하고 살 낀데,
당신이 말했뿠는 머리, 내가 인동환상을 못하고 내가 언자 죽는 길이라."

카는데 보이, 지네가 큰 뭐만한 기 쫙 뻐져가주고. 고 굴 이름이 지네
굴이라. 포수가 거서 한평생 늙었뿠다고. 그래 거 오릿대 가만 지네굴이
라 카는 굴이 있다 카이.

무주 구천동에 간 어사 박문수

자료코드 : 05_19_FOT_20090622_IGO_GJS_0003
조사장소 : 경상북도 청도군 각북면 남산1리 289번지 노인회관
조사일시 : 2009.6.22
조 사 자 : 이균옥, 박동철, 김유경, 이선호, 김보라
제 보 자 : 곽정식, 남, 83세
구연상황 : '모노래'의 구연으로 못했던 이야기를 제보자께 다시 청해서 '7산 5바대 피난
　　　　　 지 이야기'를(채록하지 않음.) 들었다. '정감록' 속의 이야기라고 했다. 청중들

의 적극적인 개입이 있었다. 그 후에는 마을의 입향성씨, 당제, 도깨비불에 대한 이야기들이 오고 갔다. 조사자가 청중들에게 정만서나 방학중 이야기를 아느냐고 물었더니, "그런 이야기는 유식한 사람이나 한다"며 제보자를 가리켰다. 제보자는 조금 망설이다가 바로 이 이야기를 시작했다. 어릴 시절 박문수의 행적으로 기록한 『어사 박문수선생 평생기록』이란 책에서 읽은 것이라고 한다.

줄 거 리 : 어사 박문수가 전라도 무구 구천동에 가던 중 길가에서 천씨 일가족이 울고 있는 것을 보았다. 이유를 물어보니 권세 있는 구씨네에서는 상처하면 무조건 천씨 여자를 데리고 가는데, 마침 이 집에서 그 일을 당하게 된 것이었다. 이를 부당하다고 여긴 박문수는 고을 원에게 어사패를 보여주고 힘 있는 장정들을 구해와서 구씨들을 혼내준 한편으로, 글에 밝은 천씨 어른을 구씨네의 훈장으로 보내도록 했다. 그 후로 양가는 화목하게 잘 살았다.

우리 이조 때 박문수가 참 좋은 참, 마이(많이) 아는 어른이다. 그래가주고 어사를 시 분(세 번), 니 분(네 번) 받아가주고 니려(내려) 왔는데.

한 쪽 마을에는, 한 군 데는 헌 두디기 옷을 입고. 어사 포를(표를) 안 내거든, 다닐 때는. 시찰하로 댕길 때는. 가이꺼네, 전라도 가믄 무주 구천동이(茂州 九千洞이) 있는 기라. 걸이 세갠데, 요 짝은 구가가(具家가) 살고 요 짝은 천가가(千家가) 사는 기라.

그래가주고 그래 우예 가다가 보이 늦가(늦게) 갔는데, 질가에서(길가에서) 아이, 우는 소리가 나, 자꾸 나는 기라.

'이상하다, 이기?'

그러이 부부간에 저 아들하고 이래 전부 살짝 살짝 드가여.

'이 집이 무슨 원인이 있다.' 싶어요.

드가이꺼네, 마 서로 안고, 식구대로 안고 울고 있는 기라. 그러이 아들하고 언자 아부지하고 울고. 고부찔에(고부끼리) 또 우는 기라. 미느리하고(며느리하고) 시오마시하고 우는데.

그래 막 체면을 무릅쓰고 그 집에 쑥 드가여.

"아이고 죄송하지만은 내가 이때꺼정(지금까지) 요구를(요기를) 못 하고 있는데, 조그만한 누룸밥이라도 있으만, 한 술 얻어 묵고 갔으면 좋겠다.”
이카이꺼네,

“하이고, 밥은 디리지만은 우리가 지금 그거 내줄 정이(마음이) 없다.”
이카거든.

“그 이유가 뭣이냐?”고 물으이꺼네,

내일이면은 인자 여 구가들이 천가들 집에, 구가들이 건네 구씨네들이
호수도 많고 아주 저, 좀 부랑했던 모양이라, 천가들 카만(보다).

이래놓으이, 거는(‘구가들은’을 가리킨다.) 인자 저 짝에(쪽에) 상채했부
고(상처해버리고), 가사(가령) 아들이나 시아바시나 만약에 부인이 죽었부
마 천가들 집에 와가 여자를 무조건 디리고(데리고) 갔부는 기라. 뺐기뿌
는(뺏겨버리는) 기라. 그래놓으이 인자 부자간에 울고, 고부찔에 우는 기
라.

‘어허이’ 속으로 ‘이런 늠우(놈의) 무법천지가 어딨노?’ 싶우거든. 그래
가주고,

“그래요? 그래, 및 시에 오느냐?”고 이래 물으이꺼네,

(청중 : 이야기 아주 잘 한다. 구가, 천가.)

“내일로 한 사, 시 되마, 오때가(오시가) 되마, 업운을(‘업혀간다’는 뜻
임.).” 이기라.

“아 그래, 걱정 말고 계시라.”꼬,

이카고 마, 대반(단번에) 그 박어사, 박문수 어사가 그 고을에 뜩 드가
가 고을 원한테,

“큰 장정, 키 크고 제일 힘 좋은 장정을 너이(넷)를 구해 돌라.” 이기라.

그리고 어사패를 뜩 내이꺼네 고을원이야 그거 벌벌 떨 꺼(것) 아이가
(아닌가) 말이지.

그래, 구해가주고 하나는 푸른 옷 입고, 하나는 붉은 옷 입고, 색색으로
인자 동서남북을 옷을 바까(바꿔) 입고. 창을 지다란(기다란) 거 쥐고, 구

가들 색시 업으로 올 때까지 고 동서남북을 숨카(숨겨) 놨는 기라. 그거 인제, 숨카 놓고 구씨네들이 그 인자 박어사가 가만 보이, 막 사람이 우우시(우루루) 천가들 사는 동네에 와가주고 사람을 업고 갈라 카는 기라. 중단을 시킸는 기라.

"여봐라, 너거 무례한 짓을 하지 말고 거 좀 있어 봐라." 이카이꺼네,

막 구가들이 말 들을 리가 있나 말이지.

[헛기침을 하며]

"그렇지 안하면 너거 구, 구씨네들 종족을 조지뿔라('조져버리겠다'의 뜻으로, 신세를 망쳐버리겠다는 뜻이다.)." 이카거든.

그 때는 귀가 좀 밝거든. 그래 버떡 서여(서서),

"동해신장 나오라." 카이까네,

막 활 쥐고, 칼 쥐고 막 시퍼런 옷을 나오디, 사방 동서남북 신장을 다 불러가, 저 놈들 업고 막 우는 판인데, 쫓으이꺼네, 구가들이 아무리 업고 가구 집어도(싶어도) 갈 수 있나 말이지.

그래가, 내가, 그 때는,

"내가 아무다." 카매,

패를 내놨는 기라. 내이께 구가들이 발발 떨었붔네.

그래, 화해로 부치기로 우예 부쳤는 기 아이라. 구가들은 잘 살고 천가들은 좀 못 살았는 기라. 그래도 글은 또 천가들이 마이 봤는 기라.

"그래, 이 어른을 보이, 참 글도 마이 일렀고(읽었고) 한데, 너거가 이런 짓을 말고, 이 어른은 모시가주고(모셔서) 너거 자녀를 공부를 시키라. 응?"

"그래 좀, 묵을(먹을) 꺼(것) 좀 디리고, 그래가주고 거릴(거리를) 사이에 두고 말이지, 불쌍한 사람끼리 정답게 지내야 되지 이런 짓을 해가 되느냐?"

이카고 시키주이, 구가들이 그 때는 어사라노이 감당을 할 수가 있나?

"예. 그라겠심더."

그래 그 참, 우는 그 분을 그 동네에 인자 접장으로(接長으로) 갔는 기
라. 예전에 글 갈친(가르치는) 접장으로 가가주고.

"우옜기나 정답게 지내라."고 카고,

인자 화해로 부치가주고 참,

"안 업히 가고 이래 무도한 짓은 하지 말고 새로 재추(재취) 장개를 가
도 되는데, 왜 해필(하필) 너거 권세 좀 쥐고 동네 크다꼬 이런 짓은 해서
는 안 된다."

화해루 부치가주고 선생을 뜩 가가, 한 삼년 있다 오이, 아주 참 정답
게 잘 지내거든. 그래나노이 구가들도 핀코(편하고), 천가들도 핀는데(편
한데).

전라도 가마(가면) 무주 구천동이라 카는 데 고 동네가 있는 유래라.

도깨비가 지어준 이항복의 호

자료코드 : 05_19_FOT_20090724_IGO_GJS_0001
조사장소 : 경상북도 청도군 각북면 남산1리 289번지 노인회관
조사일시 : 2009.7.24
조 사 자 : 이균옥, 박동철, 김유경
제 보 자 : 곽정식, 남, 83세
구연상황 : 1차 조사를 한 후 이야기를 잘 한다는 곽정식 제보자를 만나기 위해 다시 노
　　　　　인회관을 방문했다. 마침 곽정식 씨와 몇 분의 할아버지들이 담소를 나누고
　　　　　있었다. 마을 유래 등을 이야기하다 오성과 한음에 대한 이야기를 물으니 기
　　　　　다렸다는 듯 구연을 시작하였다.
줄 거 리 : 이항복이 열 살 무렵 심부름을 하고 오던 중 도깨비를 만났다. 도깨비들은 이
　　　　　항복을 보고는 오성대감이 오느냐고 하면서 고기를 한 자루 잡아주었다. 그
　　　　　때 도깨비들이 이항복을 오성대감이라고 불러, 등과한 후에도 호가 '오성'이
　　　　　되었다.

한음이하고 오성하고, 오성, 오성이가 저어 톳재비가 져어준(지어준) 이
름이래요.

왜냐 할 것 겉으만, 그 고을에 오성이 조그만할 때 말이지, 열 살 터럭
('터울'로, '남짓'의 의미로 말한 것이다.) 먹어갈 때 자기 어른이 심바람
을(심부름을) 시깄거든(시켰거든). 이름 나기 전에 심바람을 시기이(시키
니),

"아무 선생님한테 가여 이거 뭐 좀 전해 줘라." 이카다가.

그래 뜨윽 갖다 주고 오는데, 앞에 강이 있는 기라. 강이 있이이꺼네,

예전 톳재비 카는 거, 강가에 톳재비, 날씨 꾸리무리('구름이 많고 흐리
다'는 뜻임.), 하미(벌써) 저녁나절 되만 불이 왔다 갔다 하거든.

그래 인제 뒤에는 인자 또 대감, 그 집, 그 고을에서 이름나는, 참 분인
데. 아아(아이) 무섭을 꺼 아이라.

"니가 앞에 서거라." 카이,

"아이고 어른, 지가 뒤에 갈랍니데이." 이카거든.

'이거 아가(아이가) 저 불로 보고 안 놀래겠나.' 싶어가.

그래 그 강가에 뜨윽 가이꺼네, 톳재비들이 뭐라 카는고 아이라, 불은
없어지고, 불이 오디만(오더니만) 다 삭어져가(사그라져서),

"아이고 오성대감 오십니껴?" 이카는 기라.

조그마한 아아(아이)한테.

놀래뿄는 기라.

'저기 저섯 아아가(아이가) 크여 큰 사람 안 되만 저 구신이(귀신이) 오
성대감 칼(할) 리가 만무하다.'

이래됐는 기라.

그 짐작을 하고,

"아이고 어른 여 좀 쉬입시더. 느그 저…"

"오성대감, 우리 고기 좀 잡아 드리겠심더." 카미,

쉬라 카거든.

그르이,

“어른, 여 좀 쉬입시더. 고기 잡어가 옵니데이.”

그래 막 강가에 불이 왔다갔다 하디만은, 자리로(자루로) 고기를 잡어 가주고 질질 끄어가(끌어서) 오는데, 한 자리(자루) 잡았거든. 큰 자리에는 못 잡고. 이래가 뜨윽,

“이(이거) 가이, 가주 가여(가서) 잡수이소.” 이카거든.

과연 참 이 늠이 톳재비로 부렸단 말이다. 열 살 남짓한 기, 고기 잡어 돌라 캐가주고. 그 때 인자 오성이라고, 톳재비가 고 아이 이름을 오성이 라고 불렀는데. 그기이 인자 등과(登科)하고도 그 호가 오성이라, 오성.

오성과 한음의 일화

자료코드 : 05_19_FOT_20090724_IGO_GJS_0002
조사장소 : 경상북도 청도군 각북면 남산1리 289번지 노인회관
조사일시 : 2009.7.24
조 사 자 : 이균옥, 박동철, 김유경
제 보 자 : 곽정식, 남, 83세
구연상황 : 오성에 관한 다른 일화를 이야기한 후 바로 이어서 오성과 한음에 관한 이야
　　　　　기를 구연하였다.
줄 거 리 : 오성과 한음이 어린 시절에 새를 서로 가지고 놀려고 다투는 중에 새가 그만
　　　　　죽어버렸다. 죽은 새를 애도하기 위해 한음이 제문을 짓고 오성이 그것을 읽
　　　　　었다.

성은 유명했어, 한음캉(한음과) 선생이거든. 두, 한음은 영의정이고, 오 성은 참, 좌의정 했는데.

생긴에(생전에) 오성을 선조때, 대왕하고, 오성이 하도 알어싸여(‘많이 안다’는 뜻의 지역 방언임.), 알면서 오성은 유식기로(유식하게) 붙이가주

고(유식한 문자를 섞어서) 얘기로 하고, 한음은 점잖거든 또.

둘이 어릴 적에 새로(새를) 가주고 놀다가,

(보조 조사자 : 뭘 가지고 논다구요?)

아들(아이들), 나는 새로 한 마리 잡어가, 가주고 노다가(놀다가) 둘이 서로 가주고 놀라 카다가 마, 새가 죽어뿄는 기라.

한음은 뭐라 카는고 하이,

"아, 이, 우리가 새를 너무 무리하기(무리하게) 쥐있는 갑다(쥐었는가 보다)."

"그러거들랑 지문(祭文) 져어라(지어라). 일르긴(읽기는) 내 이르꾸마(읽으마)." 이카거든.

[웃음]

그래, 새 한 바리 죽었는데 하나는 지문 젓고(짓고) 하나는 이리고(읽고) 그래가 초상을 쳐주고.

[웃음]

그카더란다. 그 다 유명한 사람들이다.

수탉 울음소리를 낸 오성의 재치

자료코드 : 05_19_FOT_20090724_IGO_GJS_0003
조사장소 : 경상북도 청도군 각북면 남산1리 289번지 노인회관
조사일시 : 2009.6.22
조 사 자 : 이균옥, 박동철, 김유경
제 보 자 : 곽정식, 남, 83세
구연상황 : 오성과 한음이 새가 죽자 제문을 지어 장사지냈다는 일화를 이야기한 후 바로 이어서 이 이야기를 구연했다.
줄 거 리 : 뛰어난 오성에게 당해낼 수 없다고 생각한 선조대왕은 오성이 없는 자리에서 신하들에게 다음 조회 때 달걀을 가져오게 했다. 조회에서 대왕이 신하들에게

달걀을 하나씩 구해오라고 했다. 자기만 달걀이 없음을 안 오성은 그 자리에서 닭 울음소리를 내며 자신은 수탉이라 알을 가지오지 못했다고 둘러댔다. 오성의 재치에 임금과 신하들은 웃고 말았다.

오성은 참 잘났어. 그래가 하문은(한번은) 도저히 오성한테 못 이기겠는 기라. 자아, 영의정이다, 우의정이다 전부다가.

그래 선조가 가만 보이, 다른 비슬아치카만(벼슬아치보다) 말이지. 저기, 그래도 자기 아는 치는(체는) 안 하고 전부 거게다가 격담을(格談을) 섞어가 얘기로 하이, 전부다가 웃는 기라.

'그래도 저거 너무 뛰이나는 기(게) 좀 뭣하다.' 싶어여,

선조대왕이 약속을 했는 기라.

"닐 아침에 조회할 때 전부 달걀로 한 개쑥(개씩) 가와주고(가져와서) 보게뜨(pocket) 옇어가 오라." 이기라.

전부다 오성 없을 때 의논을 따악 해가주고,

"옇어가 오라." 카이,

"예. 그라겠심더." 이래가,

먼저 옇어가 온 사람 대충 그, 선조가 얘기해도 매 아는 기라. 오성 언제 한번 조질라꼬(혼내려고).

그 조회 뜨윽 하다가 다 하, 하고 난 뒤에,

"그 여게(여기) 기신(계신) 고 분들은 다아 이름난 분들인데, 요 자리에 앉아여 계랄쑥, 계랄로 한 개쑥 구해가 오라." 카이꺼네,

아이 저,

[큰 목소리로]

"저도 있심더. 저도 있심더." 쭈욱 내는데,

오성은 가망(가만) 생각해보이, 계랄을 안 가왔거든, 안 캐나놓이. 버뜩 서디만은 궁디이를,

[엉덩이를 두드리며]

툭툭 이래 뚜디리미,

[닭소리를 내며]

"*꾸욱 꾸꾸.*" 카는 기라.

"여기는 전부 암탉이고 나는 수탈(수탉) 아입니꺼?" 캤부나놓이,

[청중과 제보자 모두 웃음]

선조대왕이 하도 기가 차이, 맞다 소리 할라 캐도,

[웃음]

저 늠 기(氣) 도우는 겉고. 그래가 마, 만조백관이 윗고(웃고) 말더란다.

정만서도 못 당한 여자

자료코드 : 05_19_FOT_20090724_IGO_GJS_0004
조사장소 : 경상북도 청도군 각북면 남산1리 289번지 노인회관
조사일시 : 2009.7.24
조 사 자 : 이균옥, 박동철, 김유경
제 보 자 : 곽정식, 남, 83세
구연상황 : 오성과 한음 이야기 몇 편을 구연 한 후에 글을 많이 배운 것과 관계없이 사
　　　　　람은 지혜가 있어야 한다는 말을 하였다. 정만서나 방학중 이야기를 아시는가
　　　　　여쭈었더니, '대동강 팔아먹은 정만서'라며 웃으면서, 구연을 시작했다.
줄 거 리 : 길을 가던 정만서가 어떤 부인이 수채에 붓는 물을 뒤집어 썼다. 정만서가 부
　　　　　인에게 '그 년 물도 많이 싼다'고 하자, 부인은 금방 난 아기가 '빵' 운다고
　　　　　응수했다. 그래서 정만서가 여자에게 졌다.

정만서가 한 동네 가여(가서), 길을 걷고 골목을 나가는데. 마츰(마침)
그 집 안주인이 예전에 쌀로 씻고 보쌀로 씻고, 물로 수채, 물 나가는 수
채에 확 부었부이, 정만서가 포옥 덮어썼붔는 거야.

[이야기를 망설이면서]

허, 허,

[조사자와 청중의 눈치를 살피며 웃음]

(청중 : 이야기해도 괘않애(괜찮아).)

이런 분인데(분에게) 그런 이야기,

(조사자 : 괜찮심더.)

(보조 조사자 : 그런 거 들으러 공부하는 사람이에요.)

[빠르게]

그래 안 하믄 인자 정만서가,

"에이 그 년 물도 마이 싼다." 이카거든.

그카이꺼네,

"그거 참, 금방 낳았는데 아아(아기) 소리가 '빽' 우노?" 카는 기라.

여자한테 못 이깄봤는 기라. 그렇기 말 잘하고 이래도.

[웃음]

그래가 대동강 물 팔아무운(팔아먹은) 사람이라.

천지개벽 때 남은 비슬산

자료코드 : 05_19_FOT_20090724_IGO_GJS_0005
조사장소 : 경상북도 청도군 각북면 남산1리 289번지 노인회관
조사일시 : 2009.7.24
조 사 자 : 이균옥, 박동철, 김유경
제 보 자 : 곽정식, 남, 83세
구연상황 : 인물 전설을 더 청했더니, 서산대사와 사명당 이야기, 최고운 선생이야기(채록하지 않음.)를 해주었다. 다시 인근 지역의 지명 유래 전설에 대해 물었더니, 다음 이야기를 하였다. 청중들이 인근의 이런 저런 지명 유래에 대해 언급했지만, 단편적인 설명이어서 채록하지 않는다.
줄 거 리 : 천지개벽 때 비둘기만큼 물이 남은 곳이라 하여 비슬산, 개 한 마리만큼 남았다고 개산, 황새만큼 남았다고 황산이라 지었다고 한다.

기 저어, 비들산이다, 비들산이다, 저 성주 개산. 비슬산이다, 성주개산,
여 황산 카는 거는,

천지개복(天地開闢) 할 때 물에 다 담겼부고 비들캐만침(비둘기만큼) 남
았다고 비슬산이라 캤거든.

저어 개산은 개 한 마리만치, 개산이 쪼끔 높으거든, 비슬산카만(비슬산
보다). 개 한 마리만치 남아여 개산이고.

(청중 : 성주 가야산이다, 가야.)

응. 가야산이다, 그래.

황산 카는 거는 황새만치 남았다고 황산이다.

전부 그래, 그래 이름 다 백힜는('박힌'의 방언으로 '지어진'의 의미임.)
기라.

죄인은 명당에 못 간다 2

자료코드 : 05_19_FOT_20090724_IGO_GJS_0006
조사장소 : 경상북도 청도군 각북면 남산1리 289번지 노인회관
조사일시 : 2009.7.24
조 사 자 : 이균옥, 박동철, 김유경
제 보 자 : 곽정식, 남, 83세
구연상황 : 인근 지역에 있는 산 이름 유래에 대해 들은 후, 청룡과 황룡이 싸운 이야기
　　　　　를 해달라고 하자 모른다고 했다. 문득 좌청룡 우백호를 언급하면서 명당과
　　　　　관련된 다음 이야기를 시작하였다. 클 때 들은 이야기라고 했다.
줄 거 리 : 옛날 성지도사가 길을 가던 중 허기가 져 길가에 쓰러져 있었다. 가난한 총각
　　　　　이 자기 밥을 먹여서 살아났다. 성지도사는 총각에게 보답의 의미로 명당을
　　　　　알려주고 그 곳에다 아버지의 묘를 쓰라 일렀다. 3년 후 성지도사는 그 총각
　　　　　이 아주 잘 살 것이라 여기고 마을을 다시 방문했는데, 예상과 달리 총각은
　　　　　나병환자가 되어 있었다. 다시 보니 용 아홉 마리가 득천하는 터가 구렁이 아
　　　　　홉 마리가 용 한 마리를 잡아먹는 터로 바뀌어 있었다. 성지도사가 자기의 잘
　　　　　못이라 여기고 풍수질을 그만두려 하자, 산신령이 나타나 총각 아버지가 살인

자라 명당의 좌향을 바꾸었다고 했다. 3년 죄값을 치르고 산신령이 다시 좋은
터로 바꾸어 주어 총각은 잘 살게 되었다.

미터(묘터) 암만 잘 써도 부자 안 돼요.

(보조 조사자 : 그래요? 그 이야기 좀 해주세요.)

그 망령이 좋은 일로 했으만 부자 되지만은 망령이 죄를 졌고(짓고) 살
인했기나 하만 산신령이 좌를 바꿨부는(바꿔버리는) 기라.

무슨 도사고, 미터 보던?

(청중 : 서산대사?)

아, 어언지요,24) 서산대사는, 저, 저, 미터 잘 보고 나중에 '고씨네' 했
는 어른.

(보조 조사자 : 그 사람이 풍수가네요.)

풍수지, 그기. 풍순데, 그 풍수가 재 넘어 가다가 허기로 만내가여('만
나서'의 의미임.) 눕어가 있는데.

한 총각이 참 자기 어른은 가난키 살았는데. 참, 나무 한 짐쓱 해다 팔
어가주고 묵고 사는데. 올라가다가 보이, 운(웬) 노인이 질까(길가) 눕어가
가만 있는데 보이,

숨은 수는데(쉬는데) 기진맥진한 기라.

자기 밥을 싸가 가던 거로 인자 놔놓고 종지기를 비아가(비워서) 나무
잎에 반찬을 비아(비워) 놓고, 그 종지기로 가주고 물로 떠가 와여 밥 좀
물에 말어가주고 입을 벌리고 밥을 떠옇으이꺼네, 오막오막 묵디만은(먹
더니만은) 깨나는 기라.

그 성지도사, 성지도사.

(청중 : 성지, 그렇다.)

아, 이름이 성지다, 성지도사.25)

---

24) '아니요'의 뜻으로, 부정할 때 쓰는 경상도 방언이다.
25) '성지(性智)'는, 조선조 광해군 때 풍수지리에 밝아서 여러 궁궐을 짓게 하고, 권세를

"그래, 하이고 내가 자네 때문에 살았는데 내가 자네 공을 해가 되겠는데, 그래 자네 어른 산소, 저어 어른이 살았나, 죽었나?" 카이꺼네,

"아이고 별세해가주고, 뭐 저는 땅도 한 평 내 기이라고는(것이라고는) 없어가주고 토감 해 났심더." 이카거든.

(보조 조사자 : 토감이요?)

토감이라 카는 거는 옛날에 어른들 별세하만 미터 구할 딴에 임시로 이래 나무 토맥이 놓고 곽 짜가주고, 곽 없는 사람은 그지(그저) 묵까가주고(묶어서) 고 엎어놓는 기라, 내 장사할 딴에(동안에) 그저꺼정.

"그 토감해났심더." 카이,

"아 그러만, 아 내가 자네한테 공을 해야 된다. 산 사람, 죽은 사람을 자네가 밥을, 자네 무을(먹을) 밥을 말이지, 날로(나를) 믹이놨으이 내가 살어났는데, 이 산을 한번 둘러보자." 카미,

그래, 둘러보이꺼네 삼정승 육판사 자리가 나는 기라.

(보조 조사자 : 아, 삼정승 육판서 자리, 예.)

응. 그 저, 좋은 자리라.

(청중 : 좋은 터고.)

그래 뜨윽 언자(이제) 둘이 그 날은 못 씨고(쓰고) 이튿날 언자 그, 참 오래 토감 해나놓이꺼네 많이 상했거든. 그랬는데, 가가주고 미터를 따악 좌향을 봐가 났는데.

'한 삼년 있다가 오만 설마더러 개와집이 자잘편 안 하겠나, 이 동네에.'

이래 이기고(여기고) 떡 와여 보이꺼네, 개와집이 하나도 없고 아무것도 표도 없는 기라.

그래 동네사람한테 물으이꺼네,

누린 승려이다.

"아, 그 사람 자기 어른 산소 씨고(쓰고) 우연히 그 나병환자가 돼가, 저 지금 산, 동네캉 거에(가에) 저어 우막(움막) 쳐놓고 있다." 이카는 기라.

'아이쿠! 이거 내가 참, 넘우(남에게) 최악을('죄악을'의 의미로 말한 것이다.) 했구나.' 싶어여,

산소 가여(가서) 뜨윽 보이, 그 전에는 용 아홉 바리가(마리가) 득천을 해가주고, 용, 저어, 구리이(구렁이) 아홉 바리가 용이 변해가주고 득천해가 하늘로 올라가는 턴데, 구리이 아홉 바리가 용 한 바리 자아묵는(잡아먹는) 터로 바깠뿠는 기라.

'아이고 이거 내 치악(죄악) 했다.'

그래 마, 인자 그 질로 성지도사가 인자 산 둘러보고 묘터 안 잡을라고 돌 우에다가, 그거 요새 나침반이라 카나?

(청중 : 시로(쇠를).)

응. 시로(쇠를) 뜨윽 얹어놓고 돌을 들고 집어던지 깼뿔라고(깨어버리려고) 버뜩 들고 놓올라 가이,

"성지야." 카미,

부르는 소리가 나는 기라. 히뜩 치다(쳐다) 보이,

"니가 잘못 본 게 아이고 거게 묻힌 망령이 살인했다. 그 죄 값을 받아야 되이, 인제 곧 내가 곧 바까(바꿔) 주꾸마(주마). 삼 년 죄 값을 살았으이, 고마(그만) 놔두고 가게."

"아. 이런……."

성지도 그렇게 알어도 산신령님이 카이꺼네 '이럴 수도 있는강' 싶우거든.

"고마 가게."

그래 여 할 수 없어여 니러와가주고 그 질로(길로) 거어(거기) 찾어가도 안하고, 인자 그 나병환자가 돼가 있는 것만 봤고 이래가 가이.

삼 년 있다가 오이꺼네 개와집이 자잘편한 기라.

그래, 망령이 잘 사다가 죽으만 터에 꼭 좌가 안 바뀌도, 망령이 죄를 졌고(짓고) 좋은 자리에 갔부면 터를 산신령이 바까(바꿔) 옇는(넣는) 기라.

팔대 손(孫)을 살린 유서

자료코드 : 05_19_FOT_20090622_IGO_ICH_0001
조사장소 : 경상북도 청도군 각북면 남산1리 289번지 노인회관
조사일시 : 2009.6.22
조 사 자 : 이균옥, 박동철, 김유경, 이선호, 김보라
제 보 자 : 이창환, 남, 78세
구연상황 : '새마을 노래'로 청중의 관심을 집중시킨 제보자가 흥이 나서 "옛날이야기도 담아가나?"며 이 이야기를 구연했다. '죄는 죄값을 받는다'가 이야기의 주제라고 했다.
줄 거 리 : 옛날 한 정승이 밤에 감나무에 올라간 도둑을 보고 누구냐고 물었는데, 그 소리에 놀란 도둑이 그만 나무에서 떨어져 죽었다. 자신의 살인으로 인한 앙화가 팔대 후손에게 미칠 것을 안 정승이 유서를 남기면서 팔대 손에게 어려운 일이 있으면 뜯어보라고 했다. 세월이 흘러 정승의 팔대 손이 모함을 받게 되었을 때, 팔대 손은 왕에게 선조가 남긴 유서를 보고 죽겠노라 청했다. 왕이 그 유서를 확인하기 위해 밖으로 나오는 순간 왕실의 대들보가 무너졌다. 유서의 글귀에는 바로 그 사건에 대한 예언이 담겨 있었다. 유서 덕분에 죽음을 모면한 왕이 결국 팔대 손을 살려주었다.

옛날에는 참 아주 오랜 인자, 우리나라에 여 고열대에('고대'의 의미로 말한 것이다.) 인자 참, 풍수지리 있을 때인데.

옛날에는 참 이래 사랑방 카는 기 있거든. 사랑방 있는 데, 나(나이) 많은 사람이 사랑을 지키고 아주 양반의 가정이라. 양반의 문환데. 아주 점잖은 이 뭐, 학자고, 또 이 저 글 씨로 인해 글로 인해가주고 사리를 분별하는 인자 그런 어른인데.

한날 밤에 사랑방에서 이래 잠을 자다 떡 잠을 떠억 깨보이께네, 자기

사랑방 앞에 나무가 하나 있는데, 감나무가 하나 있었어요. 감나무가 하나 있는데, 보이게 달빛이 훤한데 보이께네, 문구녕이를(문구멍을) 처억 보이께네, 달그림자에 감낭게(감나무에) 올라가가주고 감 따는 사람 쓰윽 보이거든. 도둑놈이 와가주고 감을 따는 거를 보고,

참 양반입장에서 '저 도둑놈 봐라' 소리는 못하고 뭐라 그랬나 그믄,

[느리게]

"저 감낭귀에 뉘고-?"

이랬다 말이다.

"뉘고?" 이라이께네,

마, 감 따던 놈이 깜짝 놀래가주고 자기 귀에 '뉘고?' 카는 그 소리에 깜짝 놀래가 마 감낭기서 뚝 떨어졌붰다 말이다.

[청중 웃음]

뚝 떨어졌붰는데, 아침에 나와 보이 죽었붰더라 이기라. 죽었붰어.

이 어른이 학자 어른이요, 양반이고 참 어의도(예의도) 바린(바른) 사람인데, 가만히 생각해보니께, 내 말 마디의 사람을 죽있다는 기라.

'내 말 한마디에 사람이 죽었이니,

(청중 : '뉘고', '뉘고' 카는 바람에.)

저 사람의 살인죄가 내게 틀림없이 내 자손 대에 대를 받겠구나.' 싶어가주고 풀이를 하이께네.

자기가 말 한마디에, '감낭귀 저 뉘고?'

카는 그 소리 한마디가 자기 팔대 손자가 그 죄를 받기 돼가 있는 기라. 그 죄를, 살인죄의 그 죄를 받게 돼가 있다 이기라.

'아하 이거 큰일 났구나.' 싶어가주고 자기가 인자 쪽자를(족자를) 하나 썼어. 지단하이(길다랗게) 써가주고 자기 아들에게 주며,

"요 쪽자는 팔대, 내의 팔대 손자 대에 전해 조라. 전해주면서, 제일 어렵울 때에 제일 어려운, 낙망시럴(낙망스러울) 때에 이거를 뜯어 봐라."

카미,

팔대 손에 물려주라 그라거든. 그래서 그 어른이 팔대 손자까지 그 참 유서, 유서를 가지고 넘어갔는데. 팔대 손자에 떡 이렸는데(이르렀는데). 팔대 손자도 아주 훌륭한 사람이고 국가에 충신하는 사람이고 똑똑한 사람이다 이기라.

근데 우연한, 참 일에, 국가의 모음을(모함을) 받았다 이기라. 국가에 모음을 받아가주고, 모음으로 죽게 된, 사형선고를 받게 됐다 이기라.

옛날에는 어, 임금이 나와가 직접 사형선고를 시깄다(시켰다) 이기라. 시깄는데 상기로 그랬는데(무슨 뜻인지 알 수 없다.). 참 저 왕궁에 끌려 갔어요. 왕궁에 끌려가가주고, 의자 앉차(앉혀) 놓고 하는 말이,

"니 지꿈(지금) 이런 죄로 인해가주고 지금 사형을 받게 돼가 있는데, 그래 마지막으로 할 말이 없느냐?"

물었다 이기라. 물었을 때에 이 사람이,

"한 가지 부탁이 있다."

"무엇이냐?"

"내 웃대의 팔대조가 나에게 전해주는 유서가 있는데, 내가 오늘 죽는 마당에 이보다 더 급한 기 있겠는가? 그래, 유서를 한 번 내가 왕에게 보이주고 죽겠다."

그래 됐다 이기라.

그래서 이 유서를 가주고 왕에게 갖다 보이께, 왕이 떡 보이께네, 거죽을 떡 보이께네, 뜯어보지는 안하고 보이께네,

'참 옛날 훌륭한 학자 어른이고, 참 그 참, 팔대 손자 겉으마 우리 상운지가(무슨 뜻인지 알 수 없다.) 우리 백년 가까이 됐는데, 가마이 보있을(보았을) 때 이걸 함부러 뜯어보는 기 아이구나.'

싶어가 임금이 뭐라 캤나 겉으만,

"밖에 정화수를 띠놓고(떠놓고) ○○상을 피이놓고 유서를 갖다 얹이놓

으라." 그라거든.

그래 엎이놓고. 임금이 인자 참, 자기관복을 떡 입고 유서를 띠러(떼러) 밖에 나왔단 말이다. 이런 궁궐이라 가가주고 봤을 때에 밖에 나왔다 이기라. 밖에 나오자 마자 왕궁에 있는 기들보가(대들보가) 탁 뿌러지미, 뿔러지면서(부러지면서) 재석이(在石이) 팍 주저앉았부는 기라.

(청중 : 니러앉았다.)

응, 앉었붔다 이기라.

그래서 임금이 '하도 이상하다' 싶어서 그 인자 참 그거 뜯어봤어. 유서를 뜯어보이 뭐라고 써있냐 할 거겉으면은,

"대들보의 찡겨(치여) 죽을 너를 살리(살려)주니 내 팔대 손자를 살리조라."

고래 딱 써 있거든. 그래서 임금이,

"하하 이거 참, 훌륭한 참 비슬(벼슬) 어록이라."

이 과거의 사람이 이만치 아는, 누가? 그래서 그거를 보고 자기 팔대 손자를 살리 줬다, 구해 줬다 카는 그런 옛날이야기 있어요.

죄인은 명당에 못 간다 1

자료코드 : 05_19_FOT_20090622_IGO_ICH_0002
조사장소 : 경상북도 청도군 각북면 남산1리 289번지 노인회관
조사일시 : 2009.6.22
조 사 자 : 이균옥, 박동철, 김유경, 이선호, 김보라
제 보 자 : 이창환, 남, 78세
구연상황 : 계속해서 제보자가 자청했다. "선이 악을 이기는 세상이 되어야 한다."고 하
　　　　　면서 서두를 꺼냈다. 다소 빠른 어조로 구연했으며, 인물의 심리를 실감나게
　　　　　표현하였다. 청중들은 이야기에 거의 개입하지 않고 귀기울여 들었다.
줄 거 리 : 한 머슴이 산에 나무를 하러 가서 한참 깔비를 모으고 있는데, 허기진 풍수가

나타나 요기를 청하였다. 머슴의 점심으로 허기를 면한 풍수는 보답의 의미로 머슴에게 명당을 알려주고 아버지 묘를 그 곳으로 이장하라 했다. 삼년 후 풍수는 머슴이 큰 부자가 되어 있을 것이라 여기고 찾아와 보니, 문둥이가 되어 마을에서 쫓겨난 후였다. 이에 상심한 풍수는 이제 풍수질을 하지 말아야겠다고 마음먹고 쇠를 부수려고 했다. 순간 그러지 말라는 목소리가 들렸다. 풍수가 잘못한 것이 아니라 머슴의 아버지가 살인자라 명산에 묻힐 수 없어 그렇게 된 것이었다.

어떤 참, 젊은 사람이 참 아무 긋(것도)도 없어가주고, 없어가주고. 밑에 크은 동네, 어는 동네에 부잣집에 넘우(남의) 집 머슴살이를 해요. 옛날에 공용, 공용, 고용으로 살았는, 머슴살이로 살았는데. 머슴을 살다 보이,

옛날에는 산에 나무를가 했다 카이, 나무를. 나무를 했는데, 인자.

깔비26) 카마 알랑가 모르겠다 와(왜)? 낙엽송이라, 그 때에. 깔비를 끌어가주고 해다 나르는데.

한날은 저 산만대이에(산마루에) 올라가가주고 낙엽 깔비를 이래가 끌어, 모퉁이, 한 짐 해가 오는 모퉁인데.

산에 가면은 부잣집에서 싸주는 도시락이 있어요. 도시락을 인자, 이 도시락을 싸가가 점심 도시락을 싸가 갔는데.

참, 한참 깔비를 끌어모으고 있는데, 산 밑에서 어떤 참, 일등 아주 선비가 올로오디만은 뭐라고 그라는 기 아이라, 깔비 끄는 총각을 부리거든.

"여보오 총각아, 총각." 하거든.

"예."

"내가 지금 허기를 만내가 있는데, 그래 혹시나 도시락을 싸가 왔으면은 나 요구(요기) 좀 시기(시켜) 줄 수 없느냐?" 그라는 기라.

이 머슴이 가마이 보이께네 '하하, 얼마나 저 어른이 배가 고프겠노?' 싶어가, 자기는 먹도 안한 도시락 채로 갖다 줬단 말이라. 줬으니까 이 선

---

26) '솔가리'의 방언인데, 말라서 땅에 떨어진 솔잎이나 나뭇잎을 끌어모은 땔감을 말한다.

배가(선비가) 배는 참 고픈데 다 먹어도 되겠는데, '내가 다 먹고 나면은 저 일꾼이 배고파 되겠나?' 싶어가주고, 반틈만(반만) 먹고 반틈 남가(남겨) 줬다 이기라. 남가 놓고 나서는,

'하하 내가 이 사람 때문에 내가 큰 은혜를 받고, 참 이거 허기를 안 만냈는데, 이거 죽을 고비를 면했는데, 무엇을 가지고 보답을 하꼬?' 싶은 생각이 들었어요. 생각이 들어가주,

이 사람이 누구날 거 겉으만, 참 전국에서 아주 참 유망한(유명한) 풍수라 풍수. 미터(묘터) 보는 사람, 산신에 미터 보는 신, 풍순데. 자기가 가주고 있는 미터를 보는 시라(쇠라) 카는 기(게) 있어요.

요 기계가 요오 있는데. 시를(쇠를) 떡 요기 놔 보니까, 자기가 먹던 그 장소가 아주 사람이 죽으면은, 거기 묻으면은, 삼 년내에, 삼 년내에 참 큰 부자가 될 그런, 참 미터 좋은 장소, 명산이라. 일등 명산이라요.

그래서 인자 '하하 이 참 이렇기(이렇게) 좋은 명산이 있구나.' 생각을 하고 그 머슴을 불렀어.

"여보게 여어(여기) 좀 오라." 그랬는 기라.

"그래, 당신이 어른이 있는가?" 물으이께네,

"어른이 죽었다." 그라거든

"아 그래? 그럼 내가 다른 거는 갚을 길이 없고, 요게 보면 요기 요기 참 요 명산인데, 요게 명산인데, 내가 말떡이를(말뚝을) 요기 딱 이래 꼽어(꽂아) 줄 모양이끼네 요게 파고, 요게 딱 파고 자네 어른을, 아버지를 갖다 요게 갖다 이장을 하라." 카거든. 요놈 갖다가 가서 파다가 딱 공적을 하고.

어찌 고맙다 이기라.

"아이고 그라겠심니더."

"그라면은 삼 년만 지나면은 자네가 넘의 집 사는 고용 머슴, 머슴살이 면할 기다."

그래 하고 참, 이 풍수 선비는 떠났븠는데.

그래 이 사람이 도로 니러 가가주고, 그 우옛날(어쨌냐고 할) 거 겉으면, 참 아무도 모르게 밤에 가서 자기 어른을 묘를 파가주고, 꼭 그 말뚝이 꿉는(꽂힌) 고대로 갖다가 묘를, 산소를 썼단 말이다. 딱 써놨어. 써놓고 갔는데,

이 풍소가(풍수가) 한 삼 년이 떡 돼가,

'아하, 한만(무슨 뜻인지 알 수 없다.) 전에 날 도시락을 싸줬던 그 머슴이 어예든지 인제 하마 삼 년이 지났으니까, 인자는 큰 기와집 밑에 집을 짓고 잘 살 것이다.' 생각하고 그 부락을 찾어 갔어. 그 부락을 떡 찾어가주고,

"아무 데 어는 집에 넘우 집 사는 아무것이가 여기 있느냐?" 카이끼네,

그 동네 사람들이 뭐라 카는 기 아이라,

"헤헤이, 그 사람이 여기 없다." 그라거든.

"와 그렇노?" 카이끼네,

"그 사람이 어떠한 참 고약한 사람, 선배를(선비를) 만났다 카미 좋아가주고 적(자기) 아부지를 명산이라꼬 산소를, 적 아부지 거어(거기) 잉기라(옮기라) 캐가주고 그래 묘를 가주고 썼다." 이기라.

"묘를 써놓고 나이끼네, 차차 차차 눈썹이 빠지고 얼굴이 볶어가주고 하루만에 마, 흰 백, 문둥이가 돼가주고 쫓기(쫓겨) 났븠다." 카거든.

쫓기났븠다 카는 기라.

그래서 이 선배가 가마 생각하이,

'아하, 내가 큰 죄악을 지었구나, 남에게. 나는 미터를(묘터를) 봐가 그 사람 잘 살 수 있도록 은혜를 갚아줄라고 미터를 봐가 미터를 써 줬는데.'

삼년 만에 문디가 되가 그 동네 마, 쫓기났븠다 그라니까 어떻게 되겠어요? 얼마만춤(얼마만큼) 죄를 지있는 기라.

'하아, 내가 남을 오늘날까지 이 시를(쇠를) 통해가주고 많은 죄악을 시

깄다(지었다).’

그래가주고 이, 참 선비가 그 산에 올라갔어 도로. 올라가 시를 척 이래 놔 보니까, 아무리 놔 봐도 이거는 마 큰 명산이라. 마 그렇기 큰 명산인데, 그 문둥이가 나가주고 갔다 카이끼네,

‘아하 이 시(쉬), 이거는 순 엉터리고 내가 남을 죄악을 너무 마이 시깄다. 이제는 이런 짓을 안 해야 되겠다.’

그런 생각하고 시를 갖다가 바위 만든다고 돌 밀어가주고 홀배마, 홀배 따불라 그러니까 이상, 궁시렁하는 소리가 난다. 음성이 들긴다 말이다.

“여봐라.” 그라거든.

껌쩍 놀래가주고 그래 쳐다보이끼네,

“그 시를 부시지(부수지) 마라. 시가 잘못이 아니고 거기 묻힌 사람이 평생에 살면서 사람을 죽인 살인자다.” 그라거든.

“살인자가 아무리 명산에 드갈라 캐도 명산에 드갈 수 없다.”

그래가 그라면서 인자, 그래서 인자 참 시를 안 빠수고(부수고).

그래서 이 도사가 생각할 때,

‘하아, 인간은 명산을 찾기 보담도, 명산을 찾기 보담도, 산(살) 적에 우리의 생활 자체가, 자체가 경건하고 겸손하고 온유하고, 남에게 선을 베풀고, 자기 베풀미 사는 것이, 이것이 인간의 도리요 복 받는 길이구나.’

길이다 카민서 자기가 깨닫고, 그 길로 물론 풍수질은 하겠지만 사회에 댕기면서 자기의 패는 그렇기 됐다는 사실을 전부다 홍보를 하면서, 앞으로 생활하는 데는 아무리 명산에 가도, 잡아 조도(줘도) 죄인들은 명산에 못 옇는다 하는 것을 가르치 줬다 카는 그런 이야기, 이야기가 내 한 번 들어봤어요.

이상입니다.

모노래 1

자료코드 : 05_19_FOS_20090622_IGO_GMG_0001

조사장소 : 경상북도 청도군 각북면 남산1리 289번지 노인회관

조사일시 : 2009.6.22

조 사 자 : 이균옥, 박동철, 김유경, 이선호, 김보라

제 보 자 : 곽문규, 남, 83세

구연상황 : 청중들이 제보자가 구연하기 전에 잘 하라고 북돋아 주고, 주변을 조용히 시
켰다. 그리고 노래가 끝나자 '잘 한다'고 모두 박수를 쳤다. 제보자는 노래의
의미에 대해서도 설명해 주었다.

　　능청휘청 저 비라(벼랑) 끝에 에이

　　무정하다 저 오라바(오라버니)

　　나도 죽어 후승 가서 어이

　　낭군님부텀 싱기(섬겨) 볼래

끝이라 고기(그게). 고기 끝이라. 두 절이라.

(청중 : 달아가주 해라.)

　　해 다 지고 다 저문 날이 에이

　　산골마중(산골마다) 연기나네

　　우런(우리) 님은 어데를 가구 으이

　　연기낼 줄 모르던고

모노래 2

자료코드 : 05_19_FOS_20090622_IGO_GMG_0002
조사장소 : 경상북도 청도군 각북면 남산1리 289번지 노인회관
조사일시 : 2009.6.22
조 사 자 : 이균옥, 박동철, 김유경, 이선호, 김보라
제 보 자 : 곽문규, 남, 83세
구연상황 : 한 분이 '어사용'과 '노랫가락' 단편을 불렀다. '소말'의 유래담도 나왔다. 곽
　　　　　 정식 씨가 '오바대' 이야기를 구연하려는데, 제보자가 갑자기 노래를 부르기
　　　　　 시작했다. 옛날에 '모노래' 부르면 허리 아픈 것도 배고픈 것도 잊을 수 있었
　　　　　 다고 청중들은 입을 모았다.

　　모야 모야 노랑모야

　　니(네) 언제 커서 열매 열래

　　이 달 가고 훗달 가고이

　　칠팔 월에 열매 여지(열지)

　(조사자 : 할아버지 또 생각나는 거 없으세요?)

　　탱자캉 유자캉 의논이 좋아이

　　한 꼭대기 둘이 여네

　　처녀캉 총각캉 의논이 좋아이

　　한 비개에(베개에) 둘이 눕네

3. 금천면

경상북도 청도군 금천면 박곡리

조사일시 : 2009.7.18, 2009.7.23~2009.7.24
조 사 자 : 천혜숙, 박동철, 김유경, 이선호, 김보라, 백민정

청도군 금천면소가 있는 동곡 삼거리에서 919번 지방도로로 바꿔 타고 신지리를 지나노라면 억산(億山)의 산정이 차츰 그 기묘한 형상을 드러낸다. 그리고 곧 오봉리와 박곡리로 나누어지는 갈래길을 만나게 되는데 여기서 오봉리로 꺾어들지 않고 곧장 더 들어가면 개천 너머로 박곡리 마을 회관이 보인다. 성난 이무기가 치고 가는 바람에 쪼개졌다는 억산이 급경사로 비탈진 곳에 형성된 오지 마을이다.

마을 뒤편에는 운문사와 더불어 신라의 오작갑사(五鵲岬寺) 가운데 하나였던 대비사(大悲寺)가 있다. 대비사의 창건 연대로 미루어 보면 마을에 사람들이 정착한 역사는 아주 오래 되었을 것으로 짐작된다. 사찰 주변에 남아있는 부도들, 그리고 박곡리 하지각단 마을의 북편 야산 능선을 따라 형성된 소형 고분군의 존재들도 마을의 오랜 역사를 말해 주고 있지만, 이곳과 관련된 고대사 부분은 기록이 불비한 가운데 여러 가지 설들이 난무하여 그 복원이 쉽지 않다. 또 이 마을 한가운데는 통일신라시대로 추정되는 석가여래석불좌상 1구가 안치된 불당이 있다. 이 석불좌상은 조선 중엽에 중건된 것으로 보이는 대비사의 대웅전과 더불어 각각 보물 제203호, 제834호로 지정되어 있다.

지금의 박곡리 마을은 1500년 경 평택 임씨가 개촌한 것으로 알려졌다. 그 후로 밀양 박씨(선암 박씨), 김해 김씨, 경주 최씨가 차례로 입촌해서 살았다고 하며, 지금도 세 성씨는 100여 호 가까운 이 대촌을 대표하는 집성들이다. 특히 마을에서 가장 대성인 밀양 박씨들은 이웃 신지1리에

세거해 온 선암 박씨와 동족으로, 이 문중을 대표하는 선암서원, 운강고택, 그리고 왜장을 안고 죽었다는 10대 선조 박승지공에 대한 강한 자긍심을 공유하는 집단이다. 박곡의 지명에 관해서는 마을의 형상이 박과 같아서 박곡이라 했다고 하기도 하고, 원광법사가 대비사를 창건하고 보니 이곳의 계곡이 백여 개가 넘을 정도로 많아서 백곡(百谷)이라 했는데, 1914년 일제 행정구역 조정시에 박곡(珀谷)으로 바뀌었다는 전설이 전한다. 박곡에는 골안[谷內], 사기점, 점촌, 하지각단 등의 자연마을들이 있었다. 골안은 대비사가 있던 깊숙한 골 안에 위치한 마을을 가리키는 이름이고, 사기점, 점촌 등은 과거 이곳에 도요지(陶窯地)가 있었던 데서 유래한 이름이다. 마을 내 석가여래석불좌상이 안치된 주변을 특별히 '미륵당거랑'이라고 부르기도 한다.

대비사 앞에 있는 대비지(大悲池) 못둑에서 동제 및 기우제를 행했다고 하나, 지금은 없어졌다. 대비지는 1700년 경 8만 톤 규모로 완공되었다고 하며, 지금까지도 넓은 몽리면적과 큰 저수량을 자랑하는 마을의 관개시설이다. 대비사의 상좌였던 이무기가 막았다는 전설이 서린 못이기도 하다. 또 골안마에 조산이 하나 있었는데 새마을 운동 때 기독교 신자들이 앞장서서 없앴다는 말도 전한다. 마을회관 옆에는 박곡교회가 위치해 있으나, 정작 교회를 다니는 주민은 많지 않다. 오히려 대비사나 영취사를 다니는 불교도가 많은 편이다.

논농사와 더불어 복숭아, 감 등의 과일농사를 많이 짓고 있다. 주민들은 신지리의 금천초등학교를 다녔고, 동곡리의 금천중고등학교를 다닌 분들도 더러 있다. 주로 버스나 자가용을 이용하여 이동하며, 시장은 가까운 금천장을 이용한다.

『삼국유사』의 '보양이목'과 비슷한 이목의 이야기가 대비사를 중심으로 전승되어 온 바, 마을별로 설화 전승양상을 비교하기 위해서 대비사과 대비지가 자리 잡고 있는 박곡리를 조사지로 택했다. 기대대로 마을 주민들은 '이무기' 전승에 관한 한, 다양한 전설과 경험을 보유하고 있었다. 아울러 불교설화와 풍수담도 다량 채록되었다. 춘향이놀이, 도둑잽이와 관련된 흥미로운 민속도 조사할 수 있었던 마을이다.

박곡리 이야기판

경상북도 청도군 금천면 오봉2리

조사일시 : 2009.7.18, 2009.7.24
조 사 자 : 천혜숙, 박동철, 김유경, 이선호, 김보라, 백민정

금천면소가 있는 동곡 삼거리에서 919번 지방도로를 타고 달리다가 신지리를 지나면 마침내 오봉리와 박곡리로 나누어지는 두 갈래 길이 나타난다. 이무기가 쳐서 쪼개졌다는 억산(億山)이 더욱 뚜렷하게 시야에 들어

오봉2리 전경

오는 지점이다. 여기서 오른편으로 꺾어들어 한참 숲길을 지나 오봉1리 진입로로 더 들어가면 오봉2리가 나타난다. 가히 천 년은 되어보이는 동구의 느티나무 뒤로 1989년에 지어졌다는 마을회관이 서 있다. 동구 주변으로 꽤나 넓은 마당이 있어 마을사람들이 자연스럽게 이곳으로 모여든다. 마을로 들어오는 버스도 여기서 돌아나가니, 출입하는 사람들과 앉아 쉬는 사람들간의 인사나 대화가 끊이지 않는 곳이다. 이곳을 중심으로 길들이 몇 갈래로 나 있고, 그 길들 사이 사이로 전답과 과수원, 그리고 집들이 편재(遍在)해 있다. 동구의 느티나무 주변을 제외하고는 반반한 평지가 없어 보이는 것은 마을이 억산을 넘어 밀양으로 가는 새재[乙嶺]에 위치한 탓이다. 깊고 높은 산중턱에 위치한 전형적인 오지 산촌 마을이다.

오동나무가 무성하고 봉황이 서식하는 곳이라고 하여 마을이름이 오봉(梧鳳)이 되었다고 한다. 마을을 다섯 봉우리가 둘러싸고 있다고 오봉(五峰)이라고 했다고도 하는데, 지금의 한자 이름과는 맞지 않은 민간부회설에 가깝다. 위쪽에 위치한 웃마을과 응달에 자리잡은 응달각단이 있다. 이를 웃각단, 아랫각단이라고도 부른다.

마을에는 절터가 많고 고분군도 남아 있다. 절터는 박곡리에 있었던 신라 고찰인 대비사의 속사(屬寺)이거나 암자였을 것으로 추정된다. 지석묘로 보이는 고분군까지 있는 것으로 미루어 마을 정착의 역사는 아주 오래되었을 것으로 보이나, 자세한 사정은 알 수 없다. 마을 뒤편에 있는 억산의 산허리에 넓은 도요지(陶窯址)의 흔적이 있다고 하고, 더러 발견되는 자기의 파편들이 조선조 중 후기의 것으로 보인다고 하니, 그것으로도 현재 마을의 역사를 추정해 볼 수는 있겠다. 마을의 박판헌 씨(남, 76세)에 의하면 순천 안씨, 경주 최씨, 밀양 박씨, 재령 이씨, 경주 김씨 순으로 입향하였다고 한다. 밀양 박씨의 경우 고조부 대부터 이 마을에서 살아 왔다고 하니, 적어도 조선조 중기 무렵에 지금의 마을이 이루어진 것이 아닌가 짐작된다.

지금은 40여 호 남짓 살고 있으며, 밀양 박씨 12호, 재령 이씨 11호, 경주 김씨 5호, 광주 노씨 3호 외에는 각성으로 구성되었다. 복숭아, 배, 대추 등의 과일농사가 주업이다. 특히 복숭아 농사가 대부분 주민들의 주수입원이다. 벼농사를 짓는 집은 몇 집 되지 않는다. 오봉양수장이 있다고 하나 규모가 크지 않은 데다, 남향을 포함한 삼면을 태산들이 가로막아 응달이 많은 이 마을의 입지 때문일 것이다.

동곡리에 있는 금천장을 주로 이용하는 등, 생활상의 편의는 동곡리에 크게 의존하는 편이다. 그리고 남성 어른들의 경우는 주로 신지리의 금천초등학교를 다녔고, 동곡리에 있는 금천중고등학교에서 중등교육을 받은 분들도 더러 있다.

억산이 바라다보이는 박곡리와 서로 인접해 있어서 조사하게 되었다. 박곡리와 마찬가지로 마을분들은 억산에 대한 전설을 알고 있었지만, 대비사와 대비지의 전설적 증거물을 지니고 있는 박곡리만큼 강한 전승력을 보이지는 않았다. 이 마을에서는 봄이 되면 동구의 느티나무 아래에서 화전놀이를 하기도 했다. 요즘은 10월의 날을 받아 마을사람들이 관광여행을 하는 것으로 대신하게 되었지만, 마을 단위의 놀이 전통이 있어서인지, 마을 어른들은 함께 노래하기를 즐겼고, 서로의 레퍼토리에 대해서도 어느 만큼 알고 있었다. 마을 안어른들로부터 민요와 민담을 다수 채록할 수 있었다.

강희예, 여, 1934년생

주 소 지 : 경상북도 청도군 금천면 오봉2리
제보일시 : 2009.7.24
조 사 자 : 천혜숙, 이선호, 김보라, 백민정

　본동 두 번째 조사에서 만난 분이다. 진주 강씨로 충남 부여에서 생장하였다. 그래서 택호가 부여댁이다. 초등학교를 졸업하고 집안 살림을 돕다가 스무 살 때 이 마을로 시집을 왔다. 집안이 엄하여 어렸을 때는 친구들과 놀지도 못하고 집에만 있었다. 바깥사돈들끼리 혼약하는 바람에 이렇게 먼 곳까지 시집을 오게 되었는데, 시집이 너무 가난하여 거처할 방조차 없었다. 그래서 남편의 외가인 매전면으로 가서 담배농사를 짓고 살다가 다시 오봉2리로 들어왔다. 아들과 딸들은 모두 성가하여 서울과 대구 등지에 나가 산다. 현재는 남편과 농사를 지으며 살고 있다.

　총기있는 이야기꾼이었던 조모가 밤마다 이야기를 들려주어 이야기를 많이 알고 있었는데, 나이가 많아 기억이 잘 나지 않는다며 무척 아쉬워했다. '훔친 시신을 묻어주고 잘 된 형제', '범이 된 효자', '익모초 먹고 임신한 며느리' 설화 3편을 구연하였다. 조모에게 들었던 이야기라고 하는데, 모두 본격 민담에 준하는 오래된 이야기들이다. 좌중은 내용이 생소한 듯 집중하여 들었다.

김우현, 여, 1941년생

주 소 지 : 경상북도 청도군 금천면 박곡리

제보일시 : 2009.7.23～2009.7.24

조 사 자 : 천혜숙, 이선호, 김보라, 백민정

경주 김씨로, 경주시 월성동에서 생장했다. 친정은 간신히 끼니를 때울 정도로 힘들게 살았다. 열일곱 살 때 중매쟁이에게 속아서 이 마을로 시집 와서 지금까지 살고 있다고 했다. 시댁이 부자라는 말을 듣고 왔으나 실제로 와보니 시부모도, 집도, 돈도 없는 가난한 집이었다. 그래서 방 한 칸을 내준 시삼촌댁에서 고된 시집살이를 겪으며 살아야 했다. 살기가 힘들어 도망갈 생각도 했으나 뱃속에 있는 아이 때문에 체념하고 살았다.

남편과 사별한 후로 마을에서 혼자 살고 있다. 슬하에 두 형제를 두었으며 모두 장가를 가서 외지에서 살고 있다. 두 며느리들에게 자신이 고생했던 이야기를 해주며 가끔 신세 한탄을 하곤 하지만, "아들과 며느리가 착하니 고생한 보람이 있다"며 현재 삶에 만족한다고 했다.

여러 편의 이야기를 구연하였는데, 대부분 자신의 경험담이다. 제보자가 구연을 시작하면 "저거 지(제) 이야기다."라고 하며 청중들이 먼저 알아차리고 웃곤 했다. 제보자의 생애담은 이미 마을에 익히 알려져 가히 인물 전설이 된 듯 했다. 두 번째 조사의 첫날 저녁 단연 주 제보자 역할을 한 분이다. 이튿날 제보자는 조사자들에게 아침 식사 초대를 했는데 이때도 밤새 기억해 낸 설화를 구연해 주었다.

이야기하는 것을 좋아하며, 음성이 뚜렷하고 기억력도 좋은 편이다. 구연능력 또한 탁월하다. 대부분의 이야기가 본인의 경험담이어선지, 스스로 이야기에 도취되어 풍부한 손짓과 실감나는 목소리로 청중의 이목을 집중시켰다.

'죽어 뱀이 된 시아버지', '현대판 거타지 설화', '양밥으로 도둑잡기 1' 등의 민담과 더불어, '대비못 옆에 묘 쓰고 부자된 형제', '장군터로 알려진 베틀바우' 등 마을에 직접 있었던 사건이나 전설을 구연했다. '경동댁의 생애담', '산돼지 잡은 이야기'는 자신의 경험담인데, 마치 설화처럼 구연하였다. '모노래'의 구연을 돕기도 했다.

제공 자료 목록

05_19_FOT_20090723_CHS_GUH_0003 장군터로 알려진 베틀바우
05_19_FOT_20090723_CHS_GUH_0004 신행길에 방생한 말괄량이 며느리
05_19_FOT_20090723_CHS_GUH_0005 현대판 거타지 설화
05_19_FOT_20090723_CHS_GUH_0006 죽어 뱀이 된 시아버지
05_19_FOT_20090724_CHS_GUH_0001 '야손'과 '예손'으로 끊은 고기의 차이
05_19_MPN_20090723_CHS_GUH_0002 경동댁의 생애담
05_19_MPN_20090723_CHS_GUH_0005 대비못 옆에 묘 쓰고 부자된 형제
05_19_MPN_20090724_CHS_GUH_0001 양밥으로 도둑잡기 1
05_19_MPN_20090724_CHS_GUH_0002 양밥으로 도둑잡기 2

박경선, 여, 1934년생

주 소 지 : 경상북도 청도군 금천면 오봉2리
제보일시 : 2009.7.18, 2009.7.24
조 사 자 : 천혜숙, 박동철, 김유경, 이선호, 김보라, 백민정

경남 밀양시 초동면에서 7남매 중 첫 딸로 생장했다. 친정이 부유한 편이어서 보리밥을 먹어본 기억이 없다고 했다. 스물두 살 때 오봉2리에 살았던 시숙모의 중매로 당시 군인이었던 남편과 혼인했다. 혼인 당시 시집의 형편은 매우 가난하여 끼니도 잇기 어려웠다. 게다가 남편은 8남매 중 맏이여서 제보자는 열 두 식구를 돌보는 맏며느리의 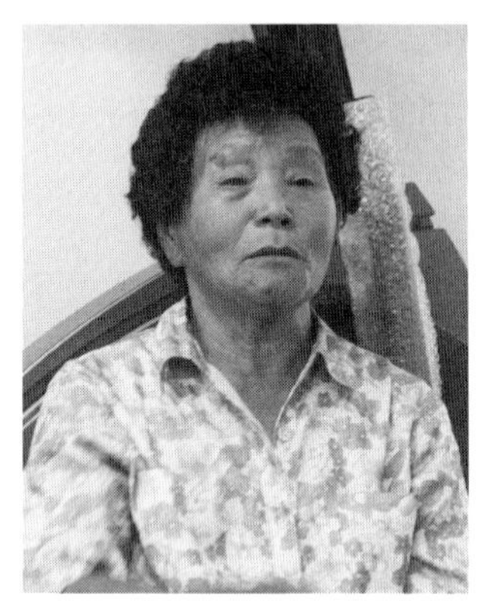 역할을 해내야 했다. 남편의 논농사를 거드는 한편으로 길쌈을 하여 살림에 보탰다. 그러자니 혼자 배를 곯은 적도 많았다. 자식들은 모두 성가하여 외지로 나가 살고, 현재는 마을에서 혼자 살고 있다.

본동 조사 첫날, 마을회관에 놀러 나왔다가 조사에 합류했다. 제보자가 등장하자 좌중은 "노래 잘하는 사람이 왔다."며 박수를 쳤다. 좌중은 제보자가 자리에 앉자마자 '모노래', '시집살이 노래', 신민요 등을 불러보라며 적극 권했다. 마을 분들이 이 분의 평소 레퍼토리를 잘 알고 있는 것 같았다. 기대한 대로 보유한 자료가 많았으며, 제보한 양도 많은 편이다. 그러나 말이 빠르고 발음이 불분명하여 채록이 어려운 부분이 많다. 난청이어서 가사 확인도 용이하지 않았다. 약간 취기가 있는 상태에서 노래를 시작하여 처음에는 신명나게 불렀지만, 점점 취기가 오르면서 다른 제보자들의 구연을 지나치게 거들고 나서는 바람에 결국 조사를 방해하는 데까지 이르게 된 것이 유감이었다.

민요 7편과 설화 3편을 제공했다. 노래들은 대부분 친정 동네에서 친구가 부르는 것을 듣고 자연스럽게 익힌 것이라고 했다. 시조도 한편 구연했는데, 친정 동네에서 웃대 딸네로부터 들었다고 했다. 민요를 구연하면서 사별한 남편 생각에 눈물을 훔치기도 했다. 몸짓을 섞어가며 구연한 '징검이 타령' 외에도, 특이한 사설의 '각설이 타령' 각편을 이 분으로부터 얻은 것은 큰 수확이다.

제공 자료 목록

05_19_FOT_20090724_CHS_BGS_0001 도리깨로 호랑이 잡은 사람

05_19_FOT_20090724_CHS_BGS_0003 여우 신랑 퇴치한 강감찬

05_19_MPN_20090724_CHS_BGS_0002 저승 갔다 온 사람 2

05_19_FOS_20090718_CHS_BGS_0001 시집살이 노래

05_19_FOS_20090718_CHS_BGS_0002 청춘가 1

05_19_FOS_20090718_CHS_BGS_0003 처녀총각 노래

05_19_FOS_20090718_CHS_BGS_0004 징검이 타령

05_19_FOS_20090718_CHS_BGS_0005 각설이 타령 1

05_19_FOS_20090724_CHS_BGS_0001 베틀노래

05_19_FOS_20090724_CHS_BGS_0002 각설이 타령 3

박국현, 남, 1939년생

주 소 지 : 경상북도 청도군 금천면 박곡리

제보일시 : 2009.7.18

조 사 자 : 천혜숙, 박동철, 김유경, 이선호, 김보라

　　밀양(密陽) 박씨(朴氏)로, 매전면 신지리가 고향이다. 6남 1녀 중 맏이로 태어났으며, 경북공고 중퇴의 학력이다. 스물네 살 때 각남면 화리의 경주 최씨와 혼인하여, 슬하에 5남 1녀를 두었다. 혼인 후에는 신지리에서 부친이 하던 정미소를 물려받아 3년 동안 운영했다. 스물 여덟살 되던 해, 박곡리의 정미소가 불에 탔다는 소식을 듣고 이 마을로 들어와서, 20년 동안 정미소업을 계속했다. 정미소업을 그만둔 후로는 농사를 지으며 살고 있다.

현재 박곡리 이장으로, 이 마을에 들어와서 처음 만난 제보자이다. 전통문화의 가치에 대한 인식이 남다르고 조사취지를 정확히 이해해 준 분이다. 조사자들을 안내하고, 이야기판을 조성하고, 자진해서 이야기와 노래를 구연해주었다.

어린 시절부터 시 쓰기를 좋아하였고, 젊은 시절에는 민요에도 관심이 많았다. 마을의 안어른들이 '베틀노래', '시집살이 노래'와 같은 서사민요를 부르면 어떻게든 그 가사를 보존했으면 좋겠다는 생각이 들었다고 했다. 특히 '모노래' 가사는 한편의 시와 같다고 느꼈을 정도로 감수성이 있었다. 젊은 시절 모심기 현장에서 어른들이 부르는 소리를 즉석에서 따라가지 못해 그냥 얼버무렸던 기억을 떠올리기도 했다. 보통의 키에 강단 있는 목소리와 강한 체격을 지녔다.

제공한 자료는 설화 4편이다. 지역전설과 지명 유래담을 주로 구연하였으나, 이 마을과 관련된 이야기는 적고, 마을 주변의 유래나 선암 박씨 선조에 관한 내용이 많다. 선암 박씨에 대한 자부심이 강한 편이다. 어릴 적에 조부로부터 들은 이야기가 대부분이며, '꽝철이가 된 상좌 이목'의 이야기는 중학교 때 운문사의 주지스님으로부터 들은 이야기라고 했다. 안노인들과 함께 스스럼없이 노래를 불렀고, 신명이 나면 춤도 추었다.

제공 자료 목록

05_19_FOT_20090718_CHS_BGH_0001 까치의 현몽으로 지은 운문사
05_19_FOT_20090718_CHS_BGH_0002 꽝철이가 된 상좌 이목
05_19_FOT_20090718_CHS_BGH_0003 용 형상의 선마루에 터 잡은 천석꾼 박진사
05_19_MPN_20090718_CHS_BGH_0004 당나무 베고 동티난 임당 마을

박윤경, 여, 1932년생

주 소 지 : 경상북도 청도군 금천면 박곡리
제보일시 : 2009.7.23
조 사 자 : 천혜숙, 이선호, 김보라, 백민정

청도군 금천면 신지2리에서 외동딸로 생
장했다. 금천초등학교를 졸업하였다. 가정형
편이 어렵기도 했지만, 그 시절에는 일본 순
사가 너무 무서워서 상급학교 진학은 생각
도 하지 않았다고 한다. 스물한 살 때 신지
마을 어른의 중매로 이곳 박곡리로 시집을
왔다. 슬하에 3남 3녀를 두었다. 시집왔을
때 이미 시어머니의 연세가 높았고 곧 세상

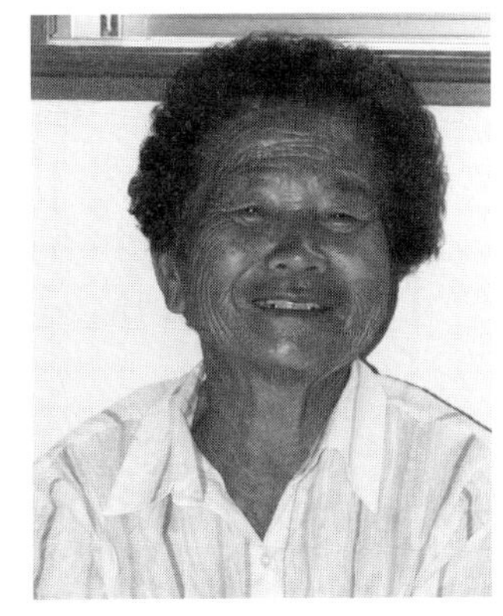

을 떠났기 때문에 시집살이를 힘들게 한 경험은 없다.

민요를 흥겹고도 신명나게 구연했다. 음성이 또렷하고 음색도 좋은 편
이다. '모노래', '청춘가', '장가 노래' 외에, 잘 듣기 힘든 서사민요 한 편
을 구연했다.

제공 자료 목록

05_19_FOS_20090723_CHS_BYG_0001 창부타령 외

05_19_FOS_20090723_CHS_BYG_0002 장가 노래

05_19_FOS_20090723_CHS_BYG_0003 김선달네 맏딸 애기

05_19_FOS_20090723_CHS_BYG_0004 청춘가

박의묵, 남, 1939년생

주 소 지 : 경상북도 청도군 금천면 박곡리

제보일시 : 2009.7.18

조 사 자 : 천혜숙, 박동철, 김유경, 이선호, 김보라

매전면 신지리 태생으로 다섯 살 때 이 마을로 이주했다. 이장인 박국
현 씨와는 숙질간으로, 바로 이웃에 살고 있다. 청년시절까지 서당에서
한학을 배웠다. 풍수가 직업이었지만, 현재는 농사를 짓고 있다.

어릴 적 자신의 집을 방문한 한 풍수의 영향 때문이었다. 유명한 지관

이 자신의 집에서 묵었는데, 제보자의 아버지가 아들이 한학에 능하다고 자랑을 했다. 그러자 그가 풍수이론의 요체를 제보자에게 가르쳐 주었다고 한다. 그 일을 계기로 풍수 공부에 입문하게 되었고, 결국 풍수를 직업으로 삼게 되었다. 풍수이론을 더 다질 수 있었던 것은 이름난 지관이었던 사촌 형 덕분이었다. 사촌 형은 제보자에게 풍수를 가르쳤을 뿐 아니라, 자신의 '패철'과 '산서(山書)'를 물려주었다.

제보자는 지관 일을 하면서, 풍수는 그것을 의뢰하는 집안의 운수에 따라 결정된다는 것을 깨닫게 되었다. 지관이 아무리 잘 알고 잘 하려 해도 그 집안의 운이 없으면 똑바로 놓아둔 패철이 이내 돌아가 버리는 것을 경험도 했다. 그것을 깨닫고 나서는 직접 나서서 풍수 일을 맡은 적도, 스스로 자신을 지관이라고 내세운 적도 없다. 다만 가까운 지인이 의뢰할 때만 풍수를 보고 있다. 제보자는 대학에서 몇 주간 풍수 강의를 듣고 배웠을 뿐 산서에 대해 거의 알지 못하는 가짜풍수들이 횡행하고 있는 요즘의 세태를 한탄하기도 했다.

약간 큰 키에 건강한 체구이다. 이 분은 이 마을에서 누대로 살아온 토박이는 아니지만, 마을 현황이나 유래에 밝은 편이다. 역사와 지리에 대한 지식이 풍부하고, 인근 문중의 보학에도 능한 편이다. 지명 유래나 인물에 대하여 이야기할 때는 손가락으로 한문을 써 가며 했다. 자신이 직접 체험한 도깨비담을 제외하고, 민담은 한편도 구연하지 않았다. 노래도 거의 알지 못한다고 했다. 부드러운 말투와 침착한 태도로 구연했다.

박국현 씨와 번갈아가면서 이야기를 주고 받았는데, 선암 박씨 선조와 관련된 이야기 또는 마을 주변의 지명 유래가 대부분이었다. 역사 이야기와 전설을 선호했다. 그러나 전설을 구연한 후에는 "말도 안 되는 이야기다. 실제로 그러하겠느냐.”고 웃는 것으로 보아, 전설에 대한 역사의 우위를 확실히 견지하고 있는 분이었다.

제공 자료 목록
05_19_FOT_20090718_CHS_BUM_0001 장군이 들고 온 두꺼비 바위
05_19_FOT_20090718_CHS_BUM_0002 기천봉과 회들개의 지명 유래
05_19_FOT_20090718_CHS_BUM_0003 왜장 안고 순직한 여성 성주 박승지공
05_19_FOT_20090718_CHS_BUM_0004 배너미 바위의 지명 유래

박태숙, 여, 1929년생

주 소 지 : 경상북도 청도군 금천면 오봉2리
제보일시 : 2009.7.18, 2009.7.24
조 사 자 : 천혜숙, 박동철, 김유경, 이선호, 김보라, 백민정

　　금천면 임당리에서 오남매 중 둘째 딸로 생장하였다. 무학이다. 일제의 ‘처녀 공출’을 피해 열다섯 살 때 혼례를 했고, 그 이듬해 이 마을로 신행해 와서 지금까지 살고 있다. 결혼 당시 시집의 식구는 무려 16명이었고, 경제사정도 그리 좋은 편이 아니었다. 신행 1년 후 논 한마지기를 받아서 분가했다. 그리고는 곧 남편이 강제 징용으로 끌려간 상황에서 첫 아기를 낳았다. 당시 일제의 수탈이 심해 홀로 아기를 키우고 살기가 무척 어려웠다. 그래서 명주, 삼베, 무명길쌈을 하여 가계를 꾸렸다. 슬하에 여섯 아들을 두었으며, 지금은 남편, 큰 아들 내외와 함께 산다. 노래판에 함께 참여한 방지맥이 며느리이다.

　　마을에 들어가 느티나무 정자에서 처음으로 만난 분이다. 건강해 보이는 체구를 지녔다. 조사취지를 설명하였더니, 조사자들을 회관으로 안내

하고 마을사람들을 모이게 도와주었다. 기억을 애써 더듬으며 민요 두 편을 구연했다. 그러나 청중이 하나 둘씩 늘어나면서부터는 구연을 자제했다. 구연능력은 평범한 편이다. 제공한 자료는 민요 2편과 설화 2편이다.

제공 자료 목록
05_19_FOT_20090718_CHS_BTS_0003 이무기가 쳐버린 억산
05_19_FOT_20090724_CHS_BTS_0001 저승 갔다 온 인색한 사람
05_19_FOS_20090718_CHS_BTS_0001 화투 뒤풀이
05_19_FOS_20090718_CHS_BTS_0002 사위 노래

손옥화, 여, 1933년생

주 소 지 : 경상북도 청도군 금천면 오봉2리
제보일시 : 2009.7.18, 2009.7.24
조 사 자 : 천혜숙, 박동철, 김유경, 이선호, 김보라 백민정

청도 금천면 김전리 태생으로 열아홉 살 때 이 마을로 시집왔다. 남편은 글만 읽고 생계에는 관심이 없어서, 제보자가 보따리 장사를 하여 자녀들을 키우고 출가시켰다. 중년에 남편과 사별하고 지금은 혼자서 농사를 짓고 산다. 아무 것도 모르고 죽기 살기로 살아왔던 자신의 과거에 대해서 한탄도 했지만, 지금은 예전에 비해 살기가 한결 나아졌다고 했다.

얌전한 성격으로 자신에 대해 이야기하기를 수줍어했으나, 노래판에서는 적극적이었다. 일단 노래를 시작하면 쉬지 않을 정도로 구연에 열의를 보였고, 노래도 신명나게 불렀다. 친정에서 클 때는 바깥출입을 못하고 노래 부를 기회도 없었는데, 시집을 와서 비로소 노래를 즐길 수 있게 되

었다고 했다. '청춘가', '노랫가락' 등 민요 5편을 구연하였다.

제공 자료 목록
05_19_FOS_20090718_CHS_SOH_0001 청춘가 2
05_19_FOS_20090718_CHS_SOH_0002 노랫가락
05_19_FOS_20090724_CHS_SOH_0001 노들강변
05_19_FOS_20090724_CHS_SOH_0002 각설이 타령 2
05_19_FOS_20090724_CHS_SOH_0003 애기재우는 소리

손인식, 여, 1941년생

주 소 지 : 경상북도 청도군 금천면 박곡리
제보일시 : 2009.7.23
조 사 자 : 천혜숙, 이선호, 김보라, 백민정

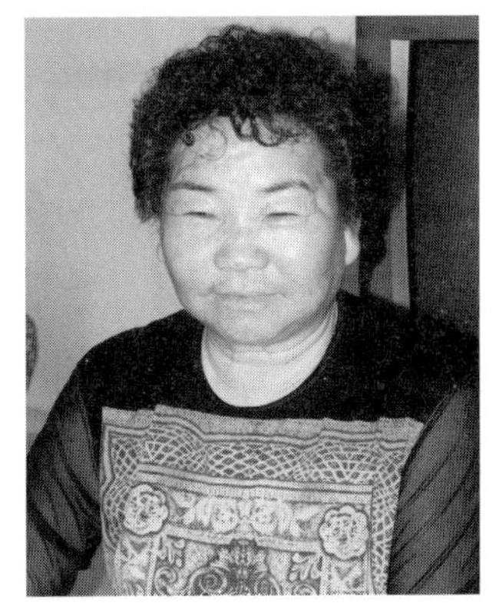

밀성 박씨로 밀양시 교동에서 스무 살에 이 마을로 시집 왔다. 남편과 함께 농사를 크게 짓고 살고 있다. 슬하에 3남 1녀를 두었다. 초당방에 여러 명의 머슴을 두고 살았을 정도로 부유한 친정에서 생장하였는데, 가난한 집으로 시집와서 고생을 많이 했다고 한다. 증시부모까지 모시고 살았다. 양잿물로 빨래를 씻는 법도 몰라 손이 다 벗겨진 일을 평생 잊을 수 없을 것이라며 고된 시집살이 경험담을 들려주었다. 하지만 지금은 "누가 정승 할래, 지금 이 자리에 있을래라고 물으면 지금 이 자리에 있겠다."고 말할 정도로, 고된 삶의 결과인 오늘의 여유에 대해 자부가 강하다.

성격이 털털하고 웃음이 많아 제보자를 보고만 있어도 즐거웠다. 조사 취지에 대해서도 남다른 관심과 이해를 보였다. 조사자들이 이렇게 알고

찾아온 것을 아주 반갑고 신기하게 생각하기도 했다. 구연을 주저하는 할머니들 사이에서 제일 먼저 노래를 시작할 정도로 적극적이었다.

노래와 이야기 보유량이 많은 편이다. 노동요에 대한 기억과 지식도 훌륭한 편이다. 제공한 이야기 대부분은 글이 좋고 언변이 있었던 친정부친으로부터 들은 것이다. 더러 앞뒤가 맞지 않거나 흐지부지한 결말로 끝나는 이야기들도 있어서 청중들 간에 열띤 토론이 이루어지기도 했다. 설화 5편과 민요 2편을 구연했다.

제공 자료 목록

05_19_FOT_20090723_CHS_SIS_0001 복없는 강원도 포수
05_19_FOT_20090723_CHS_SIS_0004 묘 터를 바꿔치기한 며느리
05_19_FOT_20090723_CHS_SIS_0005 어미 때문에 실패한 아기장수
05_19_FOT_20090723_CHS_SIS_0006 도깨비에 눌린 사람
05_19_FOT_20090723_CHS_SIS_0007 소를 배신한 주인
05_19_MPN_20090723_CHS_SIS_0003 두루마기에 말뚝 박은 겁 많은 사람
05_19_FOS_20090723_CHS_SIS_0001 모노래 1
05_19_FOS_20090723_CHS_SIS_0002 모노래 2

안정환, 여, 1930년생

주 소 지 : 경상북도 청도군 금천면 오봉2리
제보일시 : 2009.7.24
조 사 자 : 천혜숙, 이선호, 김보라, 백민정

일제 강점기에 중국에서 생장하였고, 학교도 다녔다. 광복 후에는 경상남도 밀양시 산내면에서 살다가, 열여섯 살 때 이 마을로 시집 와서 지금까지 살고 있다. 슬하에 3남 3녀를 두었다.

뒤늦게 이야기판에 참여했다. 주로 다른 제보자의 이야기를 경청하며 앉아 있다가 '소라각시와 누에총각' 이야기를 구연하였다. 열다섯 살 무렵에 주위 어른들에게 들었다는 이 이야기는 '우렁각시' 유형으로, 뒷부

분의 변이가 흥미로운 각편이다. 고령의 나
이에도 불구하고 장편의 민담을 구연해 주
었다. 다소 떨리고 약한 음성이나, 발음이
또렷한 편이다. 기억이 정확하고 서사적 논
리를 갖추어가는 이야기 솜씨도 상당한 분
이었다. 많은 양의 설화를 보유하고 있으리
란 확신 하에 다른 설화 구연을 요청했으나
더 이상 구연을 하지는 않았다.

제공 자료 목록
05_19_FOT_20090724_CHS_AJH_0001 소라 각시와 누에 총각

이원희, 여, 1947년생

주 소 지 : 경상북도 청도군 금천면 오봉2리
제보일시 : 2009.7.24
조 사 자 : 천혜숙, 이선호, 김보라, 백민정

경북 영주 태생으로, 영주초등학교를 3학년까지 다니다가 중퇴하였다.
강원도 원주시 신림리로 출가하여, 운수업을 하는 남편을 따라 이리저리
옮겨 다니면서 살았다. 주로 강원도와 경기도 일대에 살면서 여러 차례
이사를 다녔다. 이사할 때마다 임신을 하여 첫째 아이는 원주 신림리에서,
둘째는 강원도 영월에서, 셋째는 경기도 천안에서 각각 낳았다. 그러나
살기가 어려워 첫째만 데리고 살았고, 둘째와 셋째는 시댁으로 보내야 했
다. 거기다 알코올 중독자인 남편이 폭력을 행사하여 도저히 견딜 수가
없었다.

마흔 살 무렵, 남편을 피해 홀로 울산으로 왔다. 이후로 자식들과는 소
식을 주고받지 못했으며 현재 자식들이 어디서 무엇을 하고 있는지조차

도 알지 못한다. 그래서 늘 자식들이 그립다고 했다. 지인의 소개로 만난 지금의 남편을 따라 이 마을로 들어와 산 지 8년이 되었다. 마을에서는 경주댁의 택호로 불린다.

원색 의상에다 갈색으로 염색한 짧은 머리, 그리고 빨간 립스틱과 각종 액세서리의 착용이 눈에 띄는 인상적인 분이었다. 조사자들을 환대해주고, 이야기판을 만들고 이끌어가는 데 큰 도움을 주었다. 구연에도 적극 참여하고 싶어했으나 설화 보유량은 그다지 많아 보이지는 않았다.

2차 조사 때에는 어릴 적 어머니로부터 들었던 설화들을 기억하여 열심히 구연해 주었다. '귀신이야기 엿듣고 부자 된 소금장수', '떡장수 할멈과 호랑이', '착한 며느리에게 나타난 인삼동자', '저승 갔다 온 사람 2' 등 4편의 설화를 구연했다. 설화 보유량이 본인의 의욕에는 미치지 못하였음에도 불구하고 다른 제보자들이 설화를 구연하고 있는 동안 혼자서 한참을 생각하다가 대뜸 이야기를 시작하곤 했다. 이야기의 상황에 따라 억양을 달리 하여 생생함을 살리는 등 구연능력은 좋은 편이다.

활발하고 적극적인 성격의 소유자로 마을 어른들과 만날 때도 이 분을 통해서 약속을 잡을 수 있었다. 조사현장에서 커피를 비롯한 간식거리도 제공해주었을 뿐 아니라, 다음에 꼭 다시 오라며 조사단과 헤어짐을 아쉬워하기도 했다.

제공 자료 목록

05_19_FOT_20090724_CHS_IWH_0001 귀신 이야기 엿듣고 부자 된 소금장수
05_19_FOT_20090724_CHS_IWH_0002 떡장수 할멈과 호랑이
05_19_FOT_20090724_CHS_IWH_0003 착한 며느리에게 나타난 인삼동자
05_19_MPN_20090724_CHS_IWH_0004 저승 갔다 온 사람 1

채연교, 여, 1943년생

주 소 지 : 경상북도 청도군 금천면 박곡리
제보일시 : 2009.7.23
조 사 자 : 천혜숙, 이선호, 김보라, 백민정

청도군 매전면 남양동에서 생장했다. 스물세 살 때 박곡리에 있는 밀양 박씨가(家)로 시집 와서 고된 시집살이를 살았다. 특히 시어머니가 출입을 제약하여, 시장 가는 것도 자유롭지 않았다. 시집온 후 몇 해 동안은 친정에도 가지 못했다. 평생 농사를 짓고 살았으며, 슬하에 2남 1녀를 두었다. 친정은 가난하여 굶은 적도 많았지만, 시댁은 웬만큼 풍족한 형편이어서 굶지는 않고 살았다.

자그마한 체구에 시종 웃는 얼굴이다. 기억력과 표현력이 뛰어나고, 풍부한 감성을 지녔다. 제보자는 평소에도 노래를 즐겨 부르는 듯, 대화 도중에 수시로 '노랫가락'을 불렀다. 구연 도중에도 늘 웃음을 잃지 않았으며 밝은 성격으로 이야기판의 분위기를 주도하는 역할을 했다. 가사 '사친가'의 앞 대목을 부르다가 기억이 끊어졌는데, 밤새 기억해 내서 기록한 것을 다음 날 조사자 앞에 내밀었다. 그리고는 '사친가'를 다시 부르면서 틈틈이 가사의 내용과 상황에 대한 설명을 덧붙여 주었다. 또한 '춘향이 놀이할 때 하는 소리', '방망이 점하는 소리'를 몸짓과 함께 구연해 주었다.

풍부한 민요와 설화, 다양한 민속지식의 보유자이다. 그리고 누구보다도 조사취지를 잘 이해하여 적극적으로 조사에 동참해 준 분이다. '방구쟁이 며느리1' 이야기를 해서 좌중을 크게 웃기기도 했다. 제보자는 '댕기 노래'를 비롯한 여러 편의 민요 외에도, '죽은 아내가 낳은 아이', '덜

링이 바보 며느리’ 등 흥미로운 내용의 설화 여러 편을 제공했다.

제공 자료 목록

05_19_FOT_20090723_CHS_CYG_0003 어미 행세 한 호랑이를 죽인 딸의 지략
05_19_FOT_20090723_CHS_CYG_0004 꽝철이가 갈라놓은 억산
05_19_FOT_20090723_CHS_CYG_0005 죽은 아내가 낳은 아이
05_19_FOT_20090723_CHS_CYG_0007 방귀쟁이 며느리 1
05_19_FOT_20090723_CHS_CYG_0008 덜렁이 바보 며느리
05_19_FOS_20090723_CHS_CYG_0001 댕기 노래
05_19_FOS_20090723_CHS_CYG_0002 사위 노래
05_19_FOS_20090723_CHS_CYG_0006 항굴레비 타령

허정문, 여, 1941년생

주 소 지 : 경상북도 청도군 금천면 박곡리
제보일시 : 2009.7.23
조 사 자 : 천혜숙, 이선호, 김보라, 백민정

청도읍 내호동에서 생장하여 스물두 살 때 박곡리 태생인 남편과 혼인했다. 신접살림은 대구시 파동에서 차렸는데, 2년 후 시아버지가 장남이 타지에 있으면 안 된다고 불러들여서 이 마을로 들어왔다. 파동에서 살다가 왔다고 하여 마을에서는 파동댁으로 불린다. 남편이 교육공무원이어서 농사는 짓지 않았다. 슬하에 2남 2녀를 두었다. 10년 전 남편과 사별하고, 지금은 대구로 출퇴근하고 있는 큰아들과 함께 살고 있다.

남자 대학원생 조사자에게 ‘핸썸하다’라고 농담할 정도로 성격이 소탈하다. 또한 몸동작이 크고 익살스러운 면이 있으며, 큰 소리로 자주 웃는

편이다.

조사취지를 잘 이해하였고, 이야기판에도 큰 관심을 보였다. '사리암에 올라가다 소금 꿈꾸고 부자 된 며느리'를 비롯, 불교 설화 외에 흥미로운 내용의 민담을 들려주었다. 다른 사람이 이야기하는 도중에 앞뒤가 맞지 않거나 틀리는 부분을 정정하거나, 적극적으로 맞장구를 쳐주는 역할도 했다.

제공 자료 목록

05_19_FOT_20090723_CHS_HJM_0001 사리암에 올라가다 소금 꿈꾸고 부자 된 며느리

05_19_FOT_20090723_CHS_HJM_0002 공덕 없는 엄마를 극락으로 보낸 아들

05_19_FOT_20090723_CHS_HJM_0003 계략으로 부잣집 명당 빼앗은 머슴

훔친 시신을 묻어주고 잘된 형제

자료코드 : 05_19_FOT_20090724_CHS_GHY_0001
조사장소 : 경상북도 청도군 금천면 오봉2리 1010번지 마을회관
조사일시 : 2009.7.24
조 사 자 : 천혜숙, 이선호, 김보라, 백민정
제 보 자 : 강희예, 여, 76세
구연상황 : 조사자가 '톳재비' 이야기를 아시냐고 묻자, 제보자가 관심을 보였다. 이야기
　　　　　를 청했더니 톳재비와 관련된 이야기 한 편(채록하지 않음.)을 짧게 들려주었
　　　　　다. 청중들의 호응이 별로 없어 조금 멋쩍었는지 제보자가 다시 다른 이야기
　　　　　를 시작했다.
줄 거 리 : 옛날에 가난한 집의 형제가 배가 너무 고파 잠이 오지 않아서 산으로 운동을
　　　　　하러 갔다. 올라가다 보니, 가마니를 엎어 놓은 지게가 있어서 먹을 것인 줄
　　　　　알고 훔쳐 가지고 왔다. 집에 와서 보니 이장을 하려고 파묘해 가지고 가던
　　　　　영장이었다. 날이 밝는 대로 편편한 곳에 가서 묻어준 후로 두 집안이 다 잘
　　　　　되었다.

　　옛날에, 옛날에 머슨(무슨) 시댄가는 몰라도, 옛날에 진짜 몬 살았어.
보릿고개 캤는 거 있잖아요.

　　엄마씨는 인자 돌아가시고 아부지하고 아들 둘이하고 사는데. 인자 배
가 고파갖고 잠을 못 이루고, 형제분이.

　　이것도 올라갈라꼬?

　　[녹음을 하느냐고 물은 것이다.]

　　이거 그냥 얘긴데.

　　형제분이, 아부지는 마 그냥 누버(누워) 게시는데, 형제분이,

　　"아구, 배가 고파."

　　달은 휘양창 밝은데 배가 고파서 잠이 안 드이께.

"우리 마, 요새 말로 저 머거 운동, 운동이나 갔다 오만 잠이 안 들겠나?" 카미,

두 형제가 운동을 갔어. 운동을 간다고 어디쯤 이래 산길인데 가니께, 지게에다가, 옛날 지게 알죠? 지게에다가 반가마이(반가마니), 뭐를 받쳐놓고, 둘러보이 사람도 없더란다.

그래 이 두 형제간이, 배고푸면 무슨 짓을 몬 하나.

"히아(형아), 배고파서 도둑질하는 거는 하느님도 알아주겠지." 카미,

그거를 짊어지고 왔어. 작대기 받쳐놓은 그 반가마이 되는 거를 짊어지고 집에 와서, 이거 틀림없이 인자 곡석이라고(곡식이라고) 해 먹겠다고. 짊어지고 와 갖고, 두 형간, 형제가 짊어지고 와가,

"히아(형아) 히야, 뭐 들었노? 끌러보자." 하이께네.

누가 패매해가(破墓해서) 가다가 빼(뼈), 사람 빼(뼈), 이거 영장을요 팸해(파묘해) 가다가 거 받쳐놓고. 이 사람 어디 갔노 카마, 그 사람들 역시 배가 고파가 주막에 술 먹으러 갔는 여개(여가에) 이 사람 술 한 잔 먹고 나오니 지게가 없거든. 이거 큰 낭패 아니가? 어디가 찾노 그거를? 요새 매로(요새처럼) 방송이 있나, 참 전화가 있나?

[이야기 내용에 대한 문답이 잠시 오갔다.]

패미를 파 가다가 받쳐놓고 배가 고파가 주막집에 술 한 잔 먹고 나이께 없더란다.

그래, 이 두 형제는, 두 형제는 아부지한테 알리면 난리나제.

"이거를, 히야, 이거를 어떻게 해야 되겠노?"

"그게 아이다. 이게 팸인데('파묘한 것인데'를 줄여 말한 것이다.), 우리가 어디 내알(내일) 날 밝거든 어느 골짜기라도 좀 팬팬한(평평한) 데 갖다 묻어주는 게 옳다."

그래 그래가, 새복같이(새벽같이) 그 형제간이 짊어지고 아부지 일나기 전에 가가 묻어주고 왔대요.

그런 경우도 있어요, 옛날에 배가 고파가주고.

(보조 조사자 : 그 잘 묻어줬대요?)

응, 잘 묻어가, 그 팸해 가다가 낸중에(나중에) 어떻기 문슴문슴해가, (물어물어) 끝꺼지 찾어가주고 이 일가분들 가정은 잘 되고.

이 집도 막 그 패매를 해조나노이(파묘한 걸 다시 묻어주었다는 뜻이다.) 형제간하고 아부지하고도 잘 되고. 다 잘됐대, 양쭉집이. 그런 경우도 있더라구, 배가 고프니까.

범이 된 효자

자료코드 : 05_19_FOT_20090724_CHS_GHY_0002
조사장소 : 경상북도 청도군 금천면 오봉2리 1010번지 마을회관
조사일시 : 2009.7.24
조 사 자 : 천혜숙, 이선호, 김보라, 백민정
제 보 자 : 강희예, 여, 76세
구연상황 : 구정댁의 '소라각시' 이야기가 끝나고 잠시 분위기가 어수선해졌다. 이 때 맞은 편에 있던 부여댁이 이야기를 시작하였다. 이야기판이 다시 조용해졌고, 청중들은 부여댁의 이야기에 집중했다. 부여댁은 효자가 범으로 변할 때 구르는 모습 등을 손동작으로 설명하여 이야기에 흥미를 더하였다. 또 구연 도중 마땅한 어휘가 생각나지 않거나 막히는 부분이 있으면 질문을 통해 청중의 개입을 유도했다. 누군가 이 마을 인근에 있는 구마이산에 이야기 속의 효자 호랑이가 있었다고 덧붙였다.
줄 거 리 : 옛날에 어느 가난한 가족이 살았는데, 어머니가 병이 들었다. 노심초사하던 아들의 꿈에 아버지가 나타나 어느 산의 묏등에 있는 책을 보면 병을 낫게 할 방도를 찾을 것이라 했다. 그 책에는 개 백마리의 간을 먹이면 낫는다는 처방과 함께 범으로 변하는 방법도 적혀 있었다. 아들은 밤마다 범으로 변해 개의 간을 구해 와서 어머니께 드렸다. 백일을 하루 앞둔 날, 밤마다 사라지는 남편을 이상히 여겨 뒤를 밟은 부인이 범이 된 남편을 보고 놀라서 그 책을 불태워 버렸다. 결국 백일을 채우지 못한 아들은 어머니의 병을 낫게 하지도, 다시 인간으로 돌아오지도 못했다.

옛날에 아주 아주 못 사는 가족이 하나 있었는데. 어무이가 병이 들었어. 아 없긴 없지, 엄마는, 그래가 엄마를 못 낫우는(낫게 하는) 기라. 돈은 없제 뭐, 그래 참 아들이 엄마 낫울라고(낫게 하려고) 암만(아무리) 해도 못 낫우고, 못 낫우고.

이기 마음 가운데 막 가슴에 채이가 있는데, 한 날 저녁에 자니께 아부지 꿈에,[27]

"니가 너거(너희) 엄마를 그렇게 구할라 카는데(하는데) 힘이 들어 안 되제? 그래 어느 산에, 어느 산에 어디 가면 니 매(뫼) 알지, 맷등(묏등), 거게 가면은 무슨 쪼그만한 책이 하나 있을 꺼다. 아무두 인기척 없을 때 새북에(새벽에) 일나 가가주고, 무섬(무서움) 타지 마고, 그 산에 맷등 앞에 가면 책이 하나 있을 꺼다. 그걸 책을 갖다 신중히 읽어가 공부를 해 가주고 너거 엄마를 구하라." 카거든.

그래가 참 여자도 몰래 새북에 가 책을 갖고 왔어. 아, 그 부탁하면서,

"너거 안식구하고는 성공할 때까지 비밀로 해라."

그래 책을 읽어보이 그걸 다 적은 책이 하나 있어서. 참 옛날에는 내우간에 많이 일 상대 안 했잖아? 그래 남자는 남자, 여자는 여자.

이 책을 읽어보이께 다른 이야기가 아무 것도 없고,

"개를 잡어가, 백(100) 마리를 잡어가 간을 믹이면(먹이면) 너거(너희) 엄마가 낫는다." 카는 거야.

"그래 어떻게 하야 개를 잡냐면은 이 책을 읽고 열두 시 넘어 책을 두 번씩 세 번씩 읽고 마당에 나가가,"

이렇게 뭐지, 이렇게 넘는 거?

(조사자 : 덕석을.)

"덕석을 세 번을 넘으면 니가 변화가 돼가(돼서) 범이 된다."

---

27) 아들의 꿈에 아버지가 나타난 것을 잘못 말했다.

그래 범 눈에는 개도, 개를 잘 잡는다대.

그래 개를, 참 그래, 시킸는 대로 며칫날 저녁에 시작으가(시작해서) 며 칫날까지 마금이라(마감이라) 카는 맴을(맘을) 잡고 했는데. 참 개를 잡어가 이래 개, 범이 돼가(돼서) 온 전신에 개를 잡어가 막 그 간을 내다 엄마를 주고. 또 한 저녁마다 그래 하잖아요.

그럼 백, 백 일을('백 개를'을 잘못 말한 것임.) 맥일라(먹이려) 카면 메 칠이고? 백 일 아이가?

(청중 : 석 달 열흘이다.)

그런데 메칠하고 나이, 여자가 카는 말이, 아침을 뭘 먹으라 카민서,

"당신 엊저녁에 어디 아팠나?" 카이,

"아픈 데가 어딨노?" 카이,

"그럼 와(왜) 꼴이 와(왜) 그래요?"

"어떤데?" 카이,

"쫌 감이(感이) 좀 초지레하이(초췌하니) 이상하다."카거든.

"아무 일 없다. 신경쓰지 마라." 카고.

또 잡아가고, 또 잡아가고 계속 맥있는데(먹였는데). 그 인자 집안이 안 될라 카이, 마자(마저) 잡는 날, 신랑 하는 행동도 좀 여자 느낌에 이상하고 해가(해서) 뒤를 밟으니께. 여자가 어딘강 마 이래 잿간인가(헛간인가) 이런 데 숨어가 잠을 안 자고 뒤를 밟으니께로, 이 남자가 자기 방에서 나오더만은 마 마당 가운데 이 덕수를 세 번 넘더이, 마 범이 되더라네.

하아 놀래 자빠져가. 하이구, 범이 돼가(돼서) 휙 갔부는 기라. 갔부리 는디(가버리는데).

그 책을 인자(이제) 갔다 온 개를 잡아가지고 오만은, 씰개를(쓸개를) 내가(내서) 오마 이걸 또 읽어야 사람이 변화가 되거든. 그런데 여자 이기 마 당돌받게(당돌하게) 신랑 마 쫌 참아주지.

마자(마저) 하는 날 저녁에 범이 돼가 나가는 거 보고,

“아구 마 조놈의 책을 내가 불에 태워야 신랑이 저런 일로 안 하겠다.”
카민서,

그걸, 책을 태와버렸어. 태와버리고 나니 이 양반은 범이 돼가, 개 씰개를 가주, 간을 가주고 왔는디. 책 나둔 디가(데가) 없거든.28) 책도 여자가 안 봤으만 모르는데. 이래 얹어놓고 가가(가서) 그 놈을 또 읽으면 사람이 화하는디. 아무리 범이 돼 와가, 책을 찾으니 없어.

없어놔놓으니 우째(어째)? 날을, 그러구로 새벽 닭 울면 날이 새잖아. 그래가,

“아이, 인자는 파이다(헛일이다).” 카미,

저거 엄마도 못 낫우고 자기도 범이 돼가 사람이 못 되고. 효도할라 카다가 집구적이(집구석이) 망했잖아.

그러이 그 범이, 옛날에 여어(여기) 사람들이 산에 나무 마이(많이) 했잖아요? 이 지게 지고 가. 나무를 하러 갔는데 범이 한 마리가 우연히 사람이 가도 해꼬지를 안 하고 이래 앉았이만 짙에(곁에) 가도 가만히 있고. 눈물을 줄줄 흐른다(‘흘린다’를 잘못 말했다.) 카데. 인제 한이 맺혀가.

그런 이야기 있는디, 나는 보진 않고 들은 이야기다.

익모초 먹고 임신한 며느리

자료코드 : 05_19_FOT_20090724_CHS_GHY_0003
조사장소 : 경상북도 청도군 금천면 오봉2리 1010번지 마을회관
조사일시 : 2009.7.24
조 사 자 : 천혜숙, 이선호, 김보라, 백민정
제 보 자 : 강희예, 여, 76세
구연상황 : ‘범이 된 효자’ 이야기가 끝나고, 이런 저런 잡담이 오갔다. 경주댁이 두 편의

---

28) 책을 놔둔 자리에 책이 없었다는 의미이다.

이야기를(채록하지 않음.) 더 구연한 후, 부여댁이 "정승이야기 한마디 할까?"라며 이야기를 불쑥 시작했다. 이야기 도중 분위기가 어수선해져 잠시 이야기가 중단되기도 했다. 구연이 끝나고 제보자는 "이야기도 안 좋은데 미안해요."라며 멋쩍게 웃었다.

줄 거 리 : 옛날 두 정승 집안간에 혼사를 했다. 신랑이 과거 보러 가고 없는 사이 시댁에서는 며느리 몸보신을 위해 익모초 달인 물을 마시게 하였다. 그 후로 차츰차츰 며느리의 배가 불러와, 열 달 후 아기를 낳았다. 정승은 집안의 수치라여겨 몸종에게 며느리를 죽이라고 했다. 며느리는 마지막 소원이라며 가마솥에 물을 끓여 달라고 하고는 그 물에다 자신이 낳은 아기를 집어넣었다. 그러자 아기는 사라지고 새까만 물만 남았다. 그렇게 해서 자신의 목숨을 구하고집안도 살렸다.

옛날에, 옛날에는 마 정승에 집이라 카면, 참 요새 말로 임금매로(임금처럼) 안 모셨나. 정승 집이 두 집이 들어, 딸하고 아들하고 혼인을 했어예.

옛날에 정승이 딸 아들은 뭐 그거 했잖아. 별, 메누리(며느리) 보면 별장에 옇어놓고 아무것도, 이런 가사일 모르잖아예. 그래 메누리를 봐가 별장에 옇어놓고, 몸종하고 다 있잖아.

그런데 인자 아들은 결혼하고 과게보러 가고 없고. 과게보러 가고 없는디. 이 정승이, 맨날 몸종이 밥도 들라주고 빨래도 다 해주고 하는데. 이 메누리가 아들, 신랑 과게 갔는데 이거 배가 조끔 불러지거든.

메누리, 혼자 있는 메누리 몸보심한다고, 요새는 인삼에 뭐야 있제. 옛날에는 몸보심(몸보신) 뭐가 여자한테 최고 좋나면 육모초(익모초), 육모초 있잖아?

알어예?

(조사자 : 예, 압니다. 익모초.)

옛날에는 그래가 종들 시키가(시켜서) 그거 혼자 과게 하러 갔는 신랑 올 따아(동안에) 그어한다고('보신한다고'의 뜻으로 말한 것이다.) 몸종들 시키가 육모초를 맨날 그거를 보장을 하는 기라. 그거 삶아가 맹물 안 주고 맨날 육무초 물로 자꾸 주는 거 있제.

근데 이 여자가 신랑도 없는데 배가, 몸종이 들어가 보이, 배가 조금 조금 올라오거든. 인자(이제) 소문나면 정승 망하잖아. 그렇기 땜에 몸종도 주인한티만 그래,

"마님, 이렇다."고, 이얘길 했어.

"설마 그럴 리가 있나?" 카고, 지켜 봤어.

지켜 보다가, 지켜 보다가, 말당게, 열 달되면 놓오야(낳아야) 되잖아.

[좌중이 어수선해졌다.]

그래가주고,

[짜증스럽게]

(청중 : 아따, 이얘기하는데.)

그래가 열 달이 다 되이께 배가 쫌(좀) 마이(많이) 부르잖아.

"마님, 암만캐도(아무래도) 저 마님이 안 되겠다. 배가 이래 불러지이께로 무슨 수단을 내야 되겠다." 카이께,

어디 말할 데가 없잖아, 정승이. 몸종들 알면 절단나고 하이께, 함(한번) 지켜보자고 놔뒀는디.

하루 저녁에 애를 낳았어. 그 메누리가, 아들은 과게 가고 없는데 애를 낳으이(낳으니) 그런 기(게) 어딨습니까, 수치가?

그래가 '안 되겠다.'

몸종을 몇이 불러가 저거 죽이라고 시켰어. 그 명령 내리면 안 되잖아, 옛날에는. 그래 죽일라고 날로 받아놓고 시기는데. 이 메누리가,

"내가 죽는 날 죽더래도 아버님, 날 말 한 마디만 들어 돌라(달라)."카거든.

"내 소원을 풀고 가겠다."카면서.

"그래, 니 소원이 뭐꼬? 얘기하라." 카이께,

"저 하인들 시키가(시켜서) 큰 가마솥에 물로 한 솥 낋여(끓여) 주세요."

카거든.

"그래, 물 무슨 필요가 있노, 죽을 끼(게)?" 카니께,

"우쨌기나(어쨌거나) 내 소원입니다." 카거든.

그래 물로 마 장정을 대가(대서) 가매솥에 물로 한 솥을 끓이는디.

이 여자가 대단하지. 그 애기를 그 물 끓는 데 잡아옇었뿄어(잡아넣어버렸어), 자기가 낳는 애기를. 잡아옇었는 결과 어예(어떻게) 났냐 하면, 육무초 그거를 먹고 남자 없어도 애기가 됐는 거라. 그래가 막 그 물이 막 새카매졌부거든. 애기는 뭐 아무 껏도 없고.

그래가 이 여자가 목숨을 기하고, 구하고 살더란다. 정승도 안 망하고, 옛날에.

그런 경우도 있더라고. 육모초 그기 여자한테는 참 좋다.

장군터로 알려진 베틀바위

자료코드 : 05_19_FOT_20090723_CHS_GUH_0003
조사장소 : 경상북도 청도군 금천면 박곡리 미륵당거랑
조사일시 : 2009.7.23
조 사 자 : 천혜숙, 이선호, 김보라, 백민정
제 보 자 : 김우현, 여, 69세
구연상황 : 경동댁이 청중들에게 베틀바위와 관련된 이야기를 해주었냐고 물었다. 다시
　　　　　청해서 들은 이야기이다.
줄 거 리 : 제보자의 밭터에 베틀바위가 있었는데 누군가 가져갔다. 또 그 밭터는 옛날
　　　　　장군과 장군할머니가 살았던 곳이다. 이곳에서 장군할머니는 포크레인으로
　　　　　움직일 수 있을 만큼 큰 돌베틀로 베를 짰고 장군은 창과 칼을 만들어 싸움
　　　　　을 했다. 이 터에는 돌부처도 있었는데, 일제강점기 때 일본인들이 그 부처의
　　　　　머리를 잘랐다고 한다. 또 집채만한 두꺼비 바위가 있는데 장군할머니가 치마
　　　　　로 싸서 올린 것이라고 한다.

베틀방우 카는(하는) 기(게) 있거든요, 저게(저기에). 우리 서나뻩에(제보

자 소유의 밭을 말하는 듯한데 정확하지 않다.). 베틀바우도 있고, 저 저게 우리 밭에 거게, 옛날 고적지 저, 갖다 베틀이 있어예. 베틀 있는 거 도독늠이 도둑키(도둑해) 가가주고 멫(몇) 분(번) 받아가 갖다놓고 그랬는데.

(청중 : 도투마리, 도투마리. 베틀은 없고. 지금은 없지.)

(청중 : 거게 참말로 그 저게 뭐라, 바위에?)

장군이 났거든 거게. 그 아까 캤나?

(청중 : 안 캤어. 그예, 거여 주춧돌 있는데 거어(거기) 파면은 금잔을 담가(묻어) 놨다 카더라.)

그게 우리, 우리 밭에, 산에, 거게 옛날에 거게 장군이 살았거든. 우리 밭에 저 장군이 살았거등예. 장군이 살았는데. 우리 밭에 거어 우리 샀는 산에 거어 밭에 저 장군이 살았는데.

그래 인자(이제) 저 저게 장군 할마이가요, 베를 짠다고 돌베틀 크다는 (커다란) 거, 포쿠래인 와야 움벅거리는 거 그거로 가주고 베를 짰는 기라. 짜고, 아이 거어 있다 카이 우리 밭에 거어. 그게 밭에 있다니깐. 그거를 자꾸 도둑케 갔다 카이.

장군이 거서를(거기서), 칼도 마마 옛날에 두 발 서(세) 발 되는 기 나오고.

그래 우리가 그 언자 그 산을 개간을 했거든. 포쿠레이(포크레인) 불러 가(불러서) 개간을 하이까네, 저게 옛날에 장군 살았던 살림살이, 기왓장 오만(온갖) 기(게) 다 나오고. 저게 또 부채도(부처도) 인자 앉했던 자리도 둘벙하이('둥글하니'로 보이며, 둥근 형태를 묘사한 말이다.) 있었거든. 차다이아 시끼로('자동차 타이어 모양으로'를 뜻함.) 이런 거로 연꽃무늬로 해가 있었는데 그거는 언(왠) 놈이 밤에 도둑키 갔뿠는 기라.

(청중 : 그것도 보물이다.)

그거 보물이 참말로 제 일 보물인 기라.

그런데 저 저 ○○○○○ 모퉁이 채창근 씨라 카는 사람이, 돌아가셨다. 그 사람이 옛날에 저저 저게 저 누가 와가주고,

"여기 보물 있는 데가 어덴교?" 캐나노이께네,

그래 갈차(가르쳐) 줬붰어(줘버렸어).

"그래 내 술 한 비(병) 받아디리끼(받아드릴테니), 한 되 받아디리끼. 소주 한 되 받아디리끼, 갈차(가르쳐) 주소." 캐노이,

소주 한 되 받아 묵고(먹고) 마 갈차 줬는 기라.

(청중 : 술재이 아이가?)

그래나놓으이 마 그 이튿날 밤에 와가주고 마 포크레이 동원해가 가가 가(가져가서) 일본으로 가갔부뤘어('가지고 가버렸어'란 뜻이다.). 한국에 는 한 달로 찾아도 없는 기라. 그 사람도 마 모리고. 이래서 지서서러(지 서에서) 채창근이라 카는 사람을 붙들고 갔다 카이. 붙들어 가가(가서) 마 마 그래도 우야노(어쩌나), 이왕지('已往之事'를 줄여 말한 것이다.) 잃겄는 거로.

그래가 그랬는데.

거어 인자 옛날에 장군이 살았는데. 그래 살미 그래 참 인자 신랑은 인 제 장군이 인자 총, 칼, 창 이런 것도 있었다 카이께네, 있었는데, 그거는,

(청중 : 다 수거해 갔지?)

어데(아니), 저 집에 중묵이, 중묵이. 중묵이하고 우리 군대 가 죽었는 종시숙하고, 둘이더러 거어 놀미(놀며) 그거로 인자 숨키났는 거로 거 가 와가(가져와서) 노다가 마 우옜붰던동('어떻게 해 버렸는지'라는 뜻이다.)

그래가 없어지고. 베틀은 아이(아직) 있을 끼다, 어데(어디). 있고. 부처 앉었던 자리도 아이 그양(그냥) 있고, 거어 있고. 부처님도, 언자 참, 미륵 불도 인자 옛날에 육이오(6·25) 사, 일본 늠들이 와가 다 쳐내빼러뿌고 (쳐내 버리고).

"여어(여기) 장군나는 터라꼬 안 된다." 카매,

쳐내빼러뿌고, 마 저게 저 저 미륵불도 머리 마 날렸붔는 기라, 날렸부고.

(청중 : 그래, 몸띠이만(몸뚱이만) 있다 카데.)

아이(아직) 몸띠만 있는 거를 야관사(어딘지 알 수 없다.) 거어 갖다 났을 끼다.

(조사자 : 머리 날린 게, 일본놈들이 날렸습니까?)

그런가 봐. 그래 거 장군터라고 그랬어. 그래가주고 장군 할마이는(할머니는) 그 돌 포크래이 움직거릴 베틀로 가주고 언자 베로 짜고. 장군은 언자 칼, 총 가지고 싸움하고, 총 맨들고(만들고), 참 저저 창 맨들고 칼 맨들고, 그래가 그 그라고.

뚜끼비 방구(바위)라고 있거든. 똑(꼭) 뚜끼비매로(두꺼비처럼) 생깄는 방구에 거제 장군 할마이가 채매에(치마에) 싸가주고 돌로 우에(위에) 뚝 엎어 놨다니깐. 저어 마 집채겉은 거로 엎어놨다 카이끼네. 아이(아직) 거어 있다 카이.

근데 구무가(구멍이) 요래 나가 있는데, 거 인자, 디기(되게) 아들, 질케(길에) 올로가미(올라가며) 아들 놓을라 카만은, 거 인자 돌로 떤지옇으만(던져넣으면) 세 낱 떤지옇어가 두 나는(낱은) 드가마 아들로 놓고(낳고), 하나 드가마 딸이고. 그래마 세 낱 떤지가(던져가) 두 나만 드가면 성공인 기라. 그래가 그 인제 구무도 아이(아직) 요래 요거 있다 카이께네. 있고. 그래가 인자 하나는 드가면(들어가면) 딸이고 두 나 드가면 아들이고. 시(세) 나 다 드가마 장군아들 놓고. 장군아들로 놓고. 그런 전설이 거 있다 카이께네.

그래가 아이(아직) 그 방구가 묻히가(묻혀서) 있다 카이께. 있고. 그래 거어 인자 내 개간을 하미 보이까네, 향로(香爐)하고 촛대하고, 그래가주고 나오더라고. 나오는 거로.

(청중 : 주춧돌도 인자 없제, 길 닦아가?)

없지. 그거 인자 저거 그거로 인자 집에 가왔데이(가져왔다).

"하이고 이거 참 옛날 그기다." 카매,

갖다 놔나노이, 집에, 또 절에 꺼(것) 집에 안 가간다 캐가주고 서남떡(서남댁) 저 저게 지하실 우에(위에) 거어 싸가주고 떡 달어, 거어 갖다 지하실 우에 떡 얹이나노이.

(청중 : 누가 가(가지고) 갔부고(가버리고) 없더라만.)

옛날 역사 산다 카미(하며) 댕기더라(다니더라). 그래가 팔라고(팔려고) '얼마 줄란공' 싶어가주고 가이, 마 누가 똑 띠가(떼서) 갔부고 없어. 내 옇는(넣는) 거로 봤는가 봐. 그 좋은 유물로 마 잃겄붔다(잃어버렸다).

(청중 : 그기 놋쇠더나?)

놋쉰지 뭣인지 원반(워낙) 오래 돼노이, 시커멓진 안 하고 보쿠무리(뽀얀 색깔을 표현한 것임.), 보핳더라 카이께.

(청중 : 금인동 모린다, 그거.)

우옜기나(어쨌거나) 보꾸무리하더라 카이. 그래 그래가 잃갔뿌고(잃어버리고).

또 도투마리라 하는 그거는, 그 어데 아이 그 구덕에(구석에) 있을 끼다. 돌, 포크레이 와야 움직거린다 카이.

(조사자 : 그건 어르신 밭에서 나온 거예요?)

그렇지요, 예.

(청중 : 거어 너거밭 아이다.)

[유물의 실체와 장소에 대해 논란이 잠시 계속되었다.]

그래가주고 있는데 거기 참 저 저 대학생들, 대학교수는 일 년에 니(네) 다섯 분(번) 씩은 거어(거기) 온다 카이끼네. 오고.

또 도독도(도둑도) 밑에 뭐 들었는가 싶어가 뭐 짊어지고 징징징징 카는 거 가(가지고) 댕기대(다니더라). 그래도 못 찾는가 봐.

(청중 : 장군이 났걸래, 살았걸래 명패라도 있지 그자?)

그래! 장군이 나고.

'쇠질베아' 카는 데 거어 그래 쇠를 캐가주고, 그 서나뻘에 거어 우리 밭 밑에 거어서러(거기에서) 그래 쇠를 굽우가주고, 그래가 인자 창도 만들고 칼도 만들고, 그래 그랬다 아이가.

'쇠질비알' 카는 데 저게 쇠를, 흙을 파가(파서) 여어서(여기서) 굽어가, 그래 쇠를 만들어가주고 그래 창도 만들고 칼을 만들고.

그래 장군이 그만큼 했는 데라 카이끼네. 역사가 참 깊은 데라예, 우리 거어. 그렇다 아이가.

신행길에 방생한 말괄량이 며느리

자료코드 : 05_19_FOT_20090723_CHS_GUH_0004

조사장소 : 경상북도 청도군 금천면 박곡리 미륵당거랑

조사일시 : 2009.7.23

조 사 자 : 천혜숙, 이선호, 김보라, 백민정

제 보 자 : 김우현, 여, 69세

구연상황 : 파동댁의 '공덕 없는 엄마를 극락으로 올린 아들'이 끝나고 회향에 대한 이야기가 오갔다. 이 때 경동댁이 "우리도 절에 이바구 한번 할까"라며 이 이야기를 구연하였다. 청중들은 경동댁의 이야기에 집중하였다. 청중 한 분이 "이야기 잘못하면은 내일 다 붙들리 간다."라며 경동댁을 놀리기도 했다.

줄 거 리 : 옛날 어느 부잣집의 말괄량이 처자가 가난한 양반집으로 시집을 갔다. 신행길에 처자는 어린아이들이 냇가에서 물고기를 잡아 장난치는 것을 보고, 그 물고기를 사서 방생을 해주었다. 시아버지는 우연히 몸 갈무리도 제대로 못하는 며느리의 삳이 남다른 것을 보고, 집안에 삼정승 육판서가 날 것을 예견했다. 과연 시아버지의 말대로 며느리에게서 삼정승 육판서가 났고, 집안도 화목하고 부자가 되었다. 말괄량이라도 제 복은 타고 난다.

옛날에 하도 하도 처자가 언자(이제) 부잣집 처잔데, 똑 남자 겉은 기라. 남자매로(남자처럼) 마 이거는 마 시집을 못 보내는 거라.

(청중 : 순 부랑쟁이구마는.)

순 부랑쟁이고, 이거는 여자라꼬는 그기라꼬는 하나도 없는 기라

(청중 : 가마이땍이다.)

가마이땍이보다도 더한 기라.

그래가주고 인자 '이거를 우야노(어떡하나)' 있으이,

얼매 못사는 집에, 첩첩산골에 참 마, 참 마 근근히 골짜아 어데 막 이어가주 사는 집에 아들이 서이나(셋이나) 있는데, 그래 인자 그 집에 맏아들로, 묵고(먹고) 살 것도 없는데 부자집에서러 그 집에서러, 아들은 인물은 잘났는 기라. 그래 그 집에서는 인자 메눌로(며느리로) 떡 삼을라 캤거든. 그래가 그 집에 가나,

놀래라.29)

그 집에서러 인자 메눌로 삼을라고 소문을 내놓으이끼네,

"우리가 없는 집이지만 보내주마, 우리가 며늘로(며느리로) 삼겠다."

캐놓이끼네,

그래 그 집에서러 저거로 했거든(청혼을 했다는 의미임.).

그래가 인자,

"아이고 마마마 좋다."꼬.

색시 집에는 딸 시집보낸다고 참 마 똑 마마 말광댕이(말괄량이) 겉은 거로 우야꼬(어찌할까) 카고(하고) 있었는데.

그 집에도 암만 없어도 양반은 양반이라. 그런 데에(곳에) 떡 시집을 보냈다. 옛날에 또 양반 상늠을 안 가리나? 그래서 양반은 양반이라노이끼네 그래 인자 시집을 떡 보내는데.

참 마마, 그 집에서러는 마 마 색시, 마 한 보따리를 가오는(가져오는) 기라. 가오, 물(먹을) 꺼로(거리를) 참 가오고.

---

29) 한 청중이 이야기 잘못하면 내일 붙들려간다고 농담을 해서 놀라서 멈칫하며 한 말이다.

이래 골짜기에서러, 근근히 그래가 시집을 오는데 가매를(가마를) 타고 오는데. 이기 오다가 어데 마 아아들이(아이들이) 놀거든. 노이끼네, 고기를 잡아가지고 막 장난치고 놀거든. 지가(자기가) 돈을, 부잣집 딸이라노 이 많이 가지고 안 가나. 가주가이끼네 그래 마,

"아이고 이놈의 종내기들, 괴기를(고기를) 왜 그 저저 잡아가주고 전신에(전부) 쥑이노, 살생을 하노? 그거를 날짙에(나한테) 팔아라."

그래가 자기가 시집을 가는, 가마타고 가는 기 세오가주고(세워서) 고기 그거 사가주고 물에 다부(도로) 떤지주고 아아들 돈 주고 이래 떡 시집을 갔어. 방생(放生)을 해. 그래가 그래가 하고. 그래가 인제 방생을 하고 똑 시집을 갔는데.

이거는 마 마 밥도 옳기 못하고 마, 마 그래가 가가 마 채매도(치마도) 휘떡 걷히도, 마 몸 갈물도(갈무리도) 못하고 이 정돈 기라.

그랬는데 밑에('샅에'를 뜻함.) 거부지이가 지단커던(기다랗거든). 그래 지단커던.

그래 시아바시가(시아버지가) 봤붔는 기라.30)

"아이고, 인지 우리 집에 삼정승 육판사가 나겠다. 삼정승 육판사가 나겠다." 카거든.

그래 그기 질머(길면) 그렇기 인자 큰내기가 나는 기라, 인자.

(청중 : 아 그기 놓는다.)

그래 인자 그래가주고,

"야, 우리 집에 경사났다." 카거든. 그걸,

[목소리를 낮추며]

인자 메느리 그걸 떡 후딱 보고.

(청중 : 이마이(이만큼) 질어가주고.)

---

30) '며느리 샅의 음모가 긴 것을 시아버지가 보았다'는 뜻이다.

응, 질어가주고.

(청중 : 발에 이래 감겼나?)

그래가 마 이거는 몸 갈물도 안 하고 시아바시도 여사로(예사로) 그래 나놓으이, 참 그래 감을 정돈 기라.

이래나노이끼네 마, 시아버시가 보고, 시아바시도 보통내기가 아이지.

“우리 집에 인지 삼정승 육판사 난다.” 카거든.

“그래 뭐로, 저 말광댕이가 뭐로 아아를(아이를) 낳아가(낳아서) 교육을 시키가(시켜서) 그래 나노?”

인자 시어마시하고 모지리(모조리) 그카고 있었는데.

어딨노? 참 마마마 아아를 주리주리(줄줄이) 낳아가 마, 삼정승 육판사가 막 나고 마, 그렇기 부자가 되고, 이거는 참 마마 가정이 잘 돼가(돼서) 화목하기 해가 마 냉제는(나중에는) 그렇기 부자고 잘 잘 되더랍니더. 삼정승 육판사 막 올리고 그랬답니더.

그러이 그거 암만(아무리) 말광댕이라도 지줌(제마다) 복은(福은) 다 징기고(지니고) 댕기는 기라.

[청중 몇 분이 마을의 가마이댁과 비교하는 말을 다시 주고받는다.]

그런데 이거는 이 사람들으는 그래가, 방생을 그때 그래가 생깄다 카대. 그래 생기가(생겨서) 방생을 그래가 그 색시가 인자 시집가매 옇어조가(‘넣어줘서’로, 물고기들을 방생한 것을 의미함.) 생기가.

그래 그래나노이 그래가 인자 저, 저게 참 무슨 배를 타고 가기나 뭐를 타고 가도, 거북이를 사든지 뭐를 사가(사서) 옇어놓으만, 그기 천 년 되도 참,

(청중 : 이 사람 도와준다.)

배를 타고 가다가도 다 파산돼도 그 방생했는 사람이 거북이(‘사람을 거북이가’를 잘못 말했다.), 그래 배꼍에(바깥에) 건져내주는 기라.

(청중 : 거북이 등어리 타고 나온다.)

등어리 타고 확 배꼍에 내준단다. 그래 그 질로(길로) 시작으 방생이 생기가(생겨서) 방생이 그만침 호과가(효과가) 있다 하는 그기라.

현대판 거타지 설화

자료코드 : 05_19_FOT_20090723_CHS_GUH_0005
조사장소 : 경상북도 청도군 금천면 박곡리 미륵당거랑
조사일시 : 2009.7.23
조 사 자 : 천혜숙, 이선호, 김보라, 백민정
제 보 자 : 김우현, 여, 69세
구연상황 : 교동댁의 '소를 배신한 주인' 이야기가 끝나자마자 경동댁은 옛날 경주 땅고개에서 실제로 있었던 일이라며 이 이야기를 구연하였다. 『삼국유사』'거타지'유형 설화의 현대판이라고 할 만한 것이다.
줄 거 리 : 밤중에 산골로 가는 마지막 버스 앞을 호랑이가 막아섰다. 사람들이 옷을 벗어 던져 주었더니 호랑이가 사람들 옷은 도로 던져주고, 오직 삼대 독자 외동아들의 옷만 받았다. 사람들이 그 삼대 독자를 내리게 했다. 차에 타고 있던 한 노인이 삼대 독자를 대신할 마음으로 따라 내렸다. 두 사람이 내리고 출발한 버스가 열 발도 못가서 사고가 났다. 버스 안에 타고 있던 승객들 전원이 죽었으나, 버스에서 내린 삼대독자와 노인은 무사하였다.

그래 전에 참 이거는 옛날에 있었던 얘긴데.

그래 저, 저게, 참 버스를 하리에(하루에) 하문썩(한번씩), 아이모(아니면) 두 번 댕깄는데. 저 어는 산골에 니로(내려), 올라갔다가 인자 막찬데. 아홉 시 열 시 돼가 차가 오는데.

그래 그 참, 사람이 한 차 탔는데, 이 신령님이('호랑이'를 말한 것임.) 앞에서러 차를 못가도록 딱 막는 기라. 차를 막어나나놓이끼네, 다 니리(내려), 인자 니리가 차례대로 니리가주고, 버스는 가야 되는데, 차례대로 니리가 웃옷을 훌렁 벗어 조떤지주이께네(던져주니까).

(청중 : 어데, 차에서 떤짔다 카더라.)

차에서 떤지, 어데('아니'의 경상도 방언이다.) 인자 하나썩 니리가주고.

(청중 : 차례차례 떤졌다.)

떤지주이께네(던져주니까), 그 사람 옷은 턱 받아가 다부('도로'의 경상도 방언임.) 조뿌고(줘버리고),

또 한 사람 옷을 턱 받아가 또 떤지주이, 사람이 마이(많이) 있었는데, 주는 사람마줌(사람마다) 다 받아가 훌쩍 다 조떤졌부는 기라. 떤졌부고.

한 사람, 학생 하나가 여 삼대 독자 외동아들이 떤지주이 그를(그것을) 널름 받는 기라. 마, 턱 안았부는 기라. 그래노이 그거를(삼대 독자 외동아들을 말함.) 니랐부고 차가 가는 기라.

(청중 : 저거 살라꼬.)

저거 살라꼬.

(청중 : 니가 밥이다, 니리라(내려라).)

니리라, 이래 됐붔는 기라.

이래 되나놓이끼네 이기 우알(어쩔) 수가 없어가지고,

노인이 '참, 저 학생을 혼자, 그 집에 삼대 독자 외동자석인데 저거를 니라놓고 우예 가노. 차라리 내가 사정을 해가 참, 밥이 되고 저 학생을 구해 조야지.'커매, 할배가 인자 따라 니맀는 기라. 따라 니리나나놓이끼네 이 할배가 따라니리나이, 따라니리고 나이, 차가 갔붔는 기라, 인자. 갔부고. 그 삼대독자 외동자석을 엄마(얼마나) 공을 들이나노이, 그거 살릴라꼬 니랐는 기라, 인자.

근데 그 할배는 또 마음이 착해가주고 또,

'학생을 우에 쥑기노(죽이노)? 나도, 내가 대로(대신) 가고, 나는 살만큼 살았이이께네, 아무것이 자석(자식) 저거는 구해조야지.' 카미,

그래 니리가,

"우옛기나(어쨌거나) 신령님요, 날로 딜꼬(데리고) 가고 저 집에 학생 저거는 살리주소." 카매, 같이 그카고 있이이께네,

학생도 살고, 영감도 살고.

그 차는,

(청중 : 차는 열 발도 못 가가.)

열 발도 못 가가주고 그 차에 사람 한 삼십 명이 몰살하고, 그 할배하고 학생하고는 살았답니다.

(조사자 : 차 사고가 났군요.)

사고가 나.

그 신령님이, 참 저거 부모가 엄마 공을 딜이고 나놓이 그거 살릴라꼬 그랬는가 봐, 살릴라꼬.

(조사자 : 그 신령님이 호랑이예요?)

예, 호랑이, 호랑이라.

죽어 뱀이 된 시아버지

자료코드 : 05_19_FOT_20090723_CHS_GUH_0006
조사장소 : 경상북도 청도군 금천면 박곡리 미륵당거랑
조사일시 : 2009.7.23
조 사 자 : 천혜숙, 이선호, 김보라, 백민정
제 보 자 : 김우현, 여, 69세
구연상황 : 이야기판이 다소 어수선해졌다. 조사자가 상사뱀 이야기를 청했더니, 순흥댁이 '상사병 걸린 뱀'(채록하지 않음.) 이야기를 시작했다. 이야기가 막히자 "강릉댁이 해봐라"라며 이야기를 떠넘기고 강릉댁은 모른다고 손사래를 쳤다. 그때 경동댁이 이 이야기를 구연하였다.
줄 거 리 : 평생 구경도 안 다니고 인심도 야박했던 시아버지가 죽은 뒤에 뱀이 되어 빈소에 나타났다. 점쟁이의 말에 따라 그 뱀을 짚봉태기에 넣어 다니면서 좋은 곳을 구경시키고, 불사를 드리고, 가난한 사람들도 도와주었더니 마침내 사라졌다.

옛날에 그래 하도 하도 구경도 안 가고, 매일 크흐 참, 마마, 욕심만 채이가주고, 내 이래 산다 마. 아무, 이웃에(이웃에) 갈라(나눠) 물(먹을) 줄도 모르고, 하도 하도 욕심만 채이고 그카다가 구경도 한번 몬(못) 가고 죽었거든. 죽어 놔놓이께네,

옛날에는 저 저게 이래 변수를(빈소를) 헛간겉은 데 져가주고(지어서) 짚을 이래이래 해가 이래 한다 카이께네. 삼년상을 낸다 카이.

그래 내는데 그 인자 그래 그 사람이 인자 욕심 많고 고마 천지 갈라 먹을 줄도 모르고 구경도 안 가고 이래 놔놓이께네, 그기 마 인자 그럭저럭 나이가 들어가 죽었는데.

그래 빈소를 채리놔놓이께네, 빈수에 그 이래 새끼 이래 디디디 해가 이래 해낟데(새끼를 이리저리 엮어 놓은 모양을 말함.), 거어(거기) 와가 인자 칭칭 감어가주고 인자 떡 있거든.

(청중 : 뱀이?)

뱀이. 그래 떡 감어가 있는데. 그래가 인자 아침에는 상 가져가믄 그래 또 인자 변수(빈소) 고 홍백('魂帛'을 잘못 말한 것이다.) 있는 데, 고오 가 가 인자 상 앞에 딱 요래가 있고. 또 인자 상 치우마 또 거 칭칭 감어가 있고.

이래가지고 징글받어(징그러워) 도저히,

"이래가지고 우야꼬?" 커미,

참 어데 가 점을 떡 하이까네,

"우리 집에 이러이러하고, 우리 어른이 변수에(빈소에) 이렇고 이렇고 이런데, 하루 이틀이 아이고 도저히 이래가, 와(왜) 이런공?"

커미(하며) 점을 하이까네, 하도 욕심도 많고 너무 마마마, 존(좋은) 일도 안하고 구경도 안 하고 너무 그래 별나가 그러이끼네, 그래 저게 변수 있일 적에, 삼년상 내기 전에 그래 참 존(좋은) 일도 하고 그 배암으로 그래, 아버님 저게 그 그거 봉태기로(봉지를), 짚 봉태기로 만들어가,

"아버님 여 타이소." 캐가,

그래 봉태기 안에 옇어가주고(넣어서), 그래가 인자 짊어지고 이레, 이레를 댕기미(다니며) 귀경을 시기고, 귀경을 시기고.

돈을 인자, 마 참 부자거든. 인자 여 시아바씨가 여무기(여물게) 해가 돈은 많이 모다(모아) 놨는데, 하나도 존(좋은) 일로 안 했어. 이래놓이 귀경을 시기는 데마줌(데마다), 절마줌(절마다) 댕기미 귀경을 시기고 불사를 하고.

또 몬 사는, 질케(길에) 이래 댕기다가 마 참 거지같은 사람 안 있나?

그 사암들로마 또, 또 그래 이래가,

"뭐 사 무우라(먹어라)." 카매.

(청중 : 그기 저거 아버님인 줄 알았구만은.)

그래가 인자 그래 물으이 그렇더라 카데.

그래가 인자 돈을 또 그 사암들로 언자, 또 좀 인자 못 사는 사람 좀 주고. 절에 가가 또 구경시기고, 온 좋다 카는 데는 다 구경시기고.

(청중 : 양산 통도사도 갔는강?)

돈을, 돈을 그래 인자 저 저게 인자 참 풀었어, 인자.

"우리 아버님이 너무 너무 참 이래가 그래가 좋은 일도 못 하고 모다난 (모아놓은) 돈을 우리 아버님이 이렇고 이래 됐이께네. 그래 참 우리가 그래…"

"아부님요, 오늘 어디 구경합니데이."

"오늘 누인테(누구에게) 좋은 일 합니데이.",

"돈 줍니데이."카매,

그래 이레를 댕기미 좋은 일을 해낳고 와나놓이께네, 마아 세상에 이레만에는 그래 참 없어지고, 그래 잘 돼가 그래 개안터랍니다(괜찮더랍니다). 그래가 마 참 그기 없어지고 괜찮더랍니다.

'야손'과 '예손'으로 끊은 고기의 차이

자료코드 : 05_19_FOT_20090724_CHS_GUH_0001
조사장소 : 경상북도 청도군 금천면 박곡리 180번지 김우현 씨 자택
조사일시 : 2009.7.24
조 사 자 : 천혜숙, 이선호, 김보라, 백민정
제 보 자 : 김우현, 여, 69세
구연상황 : 마을에 있었던 하인들에 관한 이야기, 반상차별이 사라져 다행이란 이야기를
　　　　　하다가 나온 이야기다. 양반과 백정의 흉내를 실감나게 하여 좌중을 웃겼다.
줄 거 리 : 두 사람이 고깃간에 고기를 사러 갔는데, 한 사람은 높임말로, 다른 한 사람
　　　　　은 반말로 주문을 하였다. 그랬더니 고기 덩어리의 차이가 많이 났다. 반말로
　　　　　주문한 사람이 이유를 묻자, 백정은 '야손'과 '예손'이 각각 고기를 끊었기 때
　　　　　문이라고 대답했다.

그래 고기 그래, 고기 그래 저 저게 둘이가 고기 사러 가나놓이께네.

"그래 고기 한 근 주소."

[손으로 큰 크기를 가늠하면서]

카는 고기는 이만땅 하고. 저게,

"고기 한 근 도고(다오)."

[손으로 작은 크기를 가늠하면서]

캤는 고기는 요만땅 하거든.

그래놓으이, 저게 사람이 고기가 똑같은 돈 주고 샀는데 자기 꺼는 작
고 이 사람 꺼는 크거든. 그래가주고 백정잩에(백정에게),

"야, 이놈아, 고기가 내 고기는 돈을 많이 주고, 똑같이 줬는데 와 이래
반도 안 되노? 이 놈! 더 내 놔라." 카이,

"모르겠심더. 저도 모릅니더." 이카고.

"와 그러노? 니가 안 끊었나?" 카이께네,

"요거는 '야손'을 가(가지고) 끊었기 때민에 그렇고, 이거는 '예손'을 가
끊었기 때민에 많다." 이기라.

[웃음]

그카이, 이 손캉 이 손캉 그래 전부.

[웃음]

도리깨로 호랑이 잡은 사람

자료코드 : 05_19_FOT_20090724_CHS_BGS_0001
조사장소 : 경상북도 청도군 금천면 오봉2리 1010번지 마을회관
조사일시 : 2009.7.24
조 사 자 : 천혜숙, 이선호, 김보라, 백민정
제 보 자 : 박경선, 여, 76세
구연상황 : 큰 명포댁의 '미구야시 잡은 이야기'(채록하지 않음.)를 듣고 있던 두암댁이
　　　　　큰 명포댁의 이야기가 끝나가자 기다렸다는 듯이 손가락으로 허공을 가리켰
　　　　　다. 그리곤 '금강산에 호랑이 잡으러 간 이야기'라며 이 이야기를 시작했다.
　　　　　상황에 어울리는 손동작을 섞어가며 구연하여 이야기에 흥미를 더했다.
줄 거 리 : 보리 두들기다 우연히 찾아든 호랑이를 도리깨로 패서 잡은 사람이 그 도리
　　　　　깨를 짊어지고 호랑이를 잡겠다며 금강산으로 떠났다. 금강산 호랑이를 잡
　　　　　으러 들어가는 사람은 있어도 나오는 사람은 없다고 했다. 이 사람도 도리깨
　　　　　를 든 채로 호랑이에게 잡아 먹혔다. 호랑이 배 속에 있다 보니, 소금장수가
　　　　　들어왔다. 소금장수와 함께 도리깨와 집게칼을 이용하여 마침내 호랑이를
　　　　　잡았다.

어떤 사램이 보리 뚜드리다(두들기다) 보이끼네 범이 하나 와가주고,
도리깨로가 막 자꾸 뚜디리(두들겨) 패놓이 죽었부는 기라. 잡았는 기라.

그래 인제 금강산에 호랭이 잡으러 간다고 도리깨 가지고 가이께네, 주
막이 하나 있는데.

"아저씨 신 한 쩍이(짝) 벗이놓고 가라."

거어 인자 금강산 호랭이 잡으러 가면 신 한 쩍이 썩(씩) 거어(거기) 주
막에 벗이놓고 가는 기라. 드가는(들어가는) 사람은 있고 나오는 사람은

없거든.

저게 저 ○○수산은 저게 있는데 사람이 하나 여게 오마 후루룩 마싰부마(마셔버리면) 이거 들어갔부는 기라, 이 호랭이가. 입으로 드갔부는 기라.

그래 인제 도리깨 울러미고(울러메고) 간 사람이 그래 저 가다가 주막에 가다가, 신 한 쩍이 벗어주고 가다가, 훌떡 마싰부는 기라. 도리깨, 도리깨 가주고 속, 그 호랑이 뱃속에 드가가 있는 기라.

드가가 있으이께네, 쫌 있으이께네 소금, 소금 팔러 댕기는(다니는) 소금쟁이가 울러미고 마 거어 마 또 또 거어 날러 들어오는 기라, 호랭이 뱃속에. 그래 인자 칼이 있어가주고.

(조사자 : 집게칼.)

예, 집게칼 있이가. 그거 도리깨로가 이래 탱개를 쳐놓고,31) 몬(못), 몬 우, 몬 우물거리라꼬(우물거리지 못하게). 속으로 울늠, 울멍그런다 아이가? 사람이 들어가 있으마 우물거리마 사람 죽는다 아인교. 탱개를 떡 쳐나놓고 소금쟁이캉(소금쟁이하고), 간을 비가주고(베어서) 소금에 찍어 묵고(먹고).

[청중 웃음]

아프다꼬 호랭이가 펄펄 뛰는 기라. 그러구로 인자 자꾸 인자 살로 비고(베고) 그러다가 인자 저 호랭이가 죽어가주고 잡았는 기라.

(조사자 : 재밌다.)

도리깨 울러미고 간 사람이 잡았는 기라. 총 가(가지고) 간 사람 못 잡고.

[웃으며]

호랭이한테 다 자아(잡아) 맥히고(먹히고).

---

31) 도리깨로 팅겨서 공간을 만들었다는 뜻임.

(조사자 : 이거 참 옛날이야기다.)

호랭이, 호랭이가 총으로 울러미고 간 사람은 다 호랭이한테 재(잡아)
믹혔는데(먹혔는데), 도리깨 울러메 간 사람은 안 잽히고. 호랭이 잡아가.

여우 신랑 퇴치한 강감찬

자료코드 : 05_19_FOT_20090724_CHS_BGS_0003
조사장소 : 경상북도 청도군 금천면 오봉2리 1010번지 마을회관
조사일시 : 2009.7.24
조 사 자 : 천혜숙, 이선호, 김보라, 백민정
제 보 자 : 박경선, 여, 76세
구연상황 : 자리를 비웠던 청중들은 돌아오지 않고, 일부 청중들은 자기네들끼리 모여
　　　　　담소를 나누기 시작했다. 방의 중심에서 벌어졌던 이야기판이 자연스럽게
　　　　　방 구석으로 옮겨졌다. 이때 조사자가 "어르신, 어디 묘 잘 써서 부자 된 이
　　　　　야기 없습니까?"라고 말하자 두암댁이 "감찰 선생 이야기 아는가?"라고 되
　　　　　물었다. 조사자가 이야기를 청하자 구연을 시작했다. 이야기가 중반부에 이
　　　　　를 즈음, 이야기판에 남아있던 서너 분의 청중들마저 자리를 떴고 제보자와
　　　　　조사자들만 남게 되었다. 이 이야기는 클 때 『삼종소리』란 책에서 읽은 것이
　　　　　라고 했다.
줄 거 리 : 옛날 어느 정승 집 하인이 얽고 못생겼지만 행동이 남다른 강감찬을 알아보
　　　　　고, 그를 정승 집안에 중매하기로 했다. 정승은 허락하였으나 혼인 당일, 강감
　　　　　찬의 얽고 못난 외모를 보고 남부끄럽다고 밖에 내놓지 않았다. 둘째딸의 혼
　　　　　인 때도 정승은 사위인 강감찬을 손님들 앞에 내보이지 않았다. 손님들이 떠
　　　　　난 후에 강감찬이 나오니, 막 장가온 새신랑이 배가 아프다고 뒹굴고 난리가
　　　　　났다. 강감찬이 그의 정체를 알아보자, 곧 백여우로 변하여 죽었다. 강감찬은
　　　　　그 여우와 첫날밤을 지낸 둘째 딸의 뱃 속에 든 세 마리의 여우를 없애주고,
　　　　　진짜 신랑을 찾아서 처제의 혼인을 다시 치르게 해주었다. 그 후로 정승은 강
　　　　　감찬을 사위로 인정하였다.

감찰선생이(감찬선생이) 저게,

(청중 : 강감찬 선생 들으면 좋아하겠다.)

종늠이(종놈) 가마 어디 갔다 오다 보이께네 사람은 깍깍 얽고 쪼갠은
(조그만) 기(게) 못나, 못났는데 하는 행동이 다르거든.

그래 인제 정승집에 가가(가서),

“샌님, 그래 딸 치알라 카거든 치우소. 내가 중매를 하께.” 이카는 기라,

그래 이게 중매를 해가 사우로(사위를) 보는데, 사우가 인제(이제) 장개
를(장가를) 오는데 보이, 쪼갠은(조그만) 기(게) 깍깍 얽은 기 못났거든예.
남사시럽어가주고(남부끄러워서) 저 연당 안에 별당 안에 신랑각시 옇어
놓고(넣어놓고) 내놓도 안 하고. 남부끄럽다고 내놓도 안 하고.

언자 그 처지를(처제를) 치아는데(치우는데) 사우를 또 안 내놓는 기라
예, 부끄럽다고. 손님 오는 데 부끄럽다고. 그래가 인자 처지를 인자 치,
치아고(치우고).

이튿날 인자(이제) 손님들 거의 가고 인자 사우가 나오는 기라. 나오이
께네,

“감찰선생 나온다.” 카이꺼네,

이 놈 장게(장가) 온 늠이 마 배, 각중에(갑자기) 배 아프다꼬 디리 구불
고, 마 감찰선생 안 볼라꼬 막 배 아프다꼬 괌(고함) 지르고 이라는 기라.
그래,

“문 열어라.”카이,

문 열고 이란께 막 디디 군불어지이(‘뒹굴고 넘어지니’의 의미이다.).

[가락을 붙여 노래하듯이]

“감찰선생 제자로서 산 범 한 마리 봤구나.” 이카이께네,

이늠은 머라 카노 하만,

[가락을 붙여 노래하듯이]

“금강산 호랭이, 호랭이로서 감찰선생 뵈었네.” 이카거든.

그래 감찰선생이,

“네 이늠, 니 칠룽 니 씨지(‘네 짓이지’를 급하게 말한 것이다.).” 이라

이께,

허연 백야시가 그래,

"니 죽지."카이,

죽었뿌는 기라.

그러이게 그래 저 처지캉(처제와) 하룻밤 잤는데, 야시(여우) 쌔끼가 시(세) 바리(마리) 들었는 기라.

채판 놓고 찌라 카는 기라, 처지로(처제를). 그래 찌이, 찌이거(찌니까), 핏덩거리가 시(세) 낱이 빠지는 기라. 쌔끼(새끼) 시(세) 바리 들었어.

그래 인자 신랑은 오다가 옷하고 옷은 다 뺏기고 그 새다, 다리 밑에 올올올 떨고 옹굴시가(오그리고) 있는데 찾어와가주고.

(조사자 : 본 신랑은?)

응, 원래 장가 오는 신랑을 옷을 뺏들어놓고 백야시가 장게를 온 기라. 그래 인자 장게, 처지한테 장게 갈란가고 물으이끼네 갈라 카더란다. 그래 결혼식을 시키고.

그러고 시작으는('그것을 시작으로 해서'의 의미임.) 언자 그 감찰선생이('선생을'을 잘못 말한 것임.) 언자 ○○○ 억수로(굉장히) 크게 돌봐주는 기라.

(조사자 : 인정을 했다 그죠.)

까치의 현몽으로 지은 운문사

자료코드 : 05_19_FOT_20090718_CHS_BGH_0001
조사장소 : 경상북도 청도군 금천면 박곡리 976-1번지 동회관
조사일시 : 2009.7.18
조 사 자 : 천혜숙, 박동철, 김유경, 이선호, 김보라
제 보 자 : 박국현, 남, 71세

구연상황 : 전날 이장댁에 들러 조사 취지를 설명하고 협조를 부탁하였다. 오전 9시경 다시 마을을 찾았다. 농사일로 바쁜 데다, 여성들은 절에 방생을 가서 마을이 한적하였다. 조사가 어렵겠다고 생각하고 있다가, 우연히 제보자(이장)를 만났다. 자신이 알고 있는 이야기를 몇 마디 하겠다며 조사자들을 마을회관으로 안내했다. 제보자는 대비사가 운문사보다 먼저 건립되었다는 것을 강조하며 이 이야기를 했다.

줄 거 리 : 대비사 주지가 현재의 운문사 자리에 까치가 집을 짓는 꿈을 꾸었다. 주지가 그 곳에 가보니 터가 좋아 운문사를 건립하였다. 그 후로 대비사는 망하고 운문사가 번창했다.

여 절에(대비사에) 저 상제, 주지가 밤에 자이까 꿈을 꾸었는데. 꿈에 까치가, 현 위치 운문사(雲門寺) 있죠이? 운문사 거게 가가주 집을 짓더래요. 그래서 '이상하다' 생각을 하고.

내 들은 바로 고대로 말씀드립니다. 이래가 이 재를 넘어 운문사 그 현지에 갔더래요. 가이까 그 절 자리가 멋지더라.

이래서 거게서 인자 그 절을 짓기 시작한 그 때가 언제냐 하면은 신라, 우리가 중학교 댕길 때 교육 받은 거 고거는 아직까지 내가 확실히는 안 그래도 내가 알기로는, 내가 들은 거로는, 신라 진흥왕, 진흥왕 6년이라 카든가, 4년에 그 인자 건립하기 시작했답니다, 운문사에. 건립하기 시작했는데.

그래서 인제 여(여기) 절은('대비사'를 말한다.) 망하고 그 운문사가 흥성하기 시작했는데.

꽝철이가 된 상좌 이목

자료코드 : 05_19_FOT_20090718_CHS_BGH_0002
조사장소 : 경상북도 청도군 금천면 박곡리 976-1번지 동회관
조사일시 : 2009.7.18
조 사 자 : 천혜숙, 박동철, 김유경, 이선호, 김보라

제 보 자 : 박국현, 남, 71세
구연상황 : 운문사의 연기설화에 이어서 바로 이 이야기를 구연했다. 중학교 때 운문사
　　　　　주지스님으로부터 들은 이야기라고 했다.
줄 거 리 : 청도 운문사에 주지스님과 이목이라는 상좌가 살았다. 저녁만 되면 상좌가 밖
　　　　　으로 나가 목욕을 하고 들어왔다. 한번은 요란한 소리가 나서 주지가 나가보
　　　　　았더니, 이목이 못을 크게 막아서 목욕을 하려고 산의 돌과 나무를 '못바닥'
　　　　　으로 훑어내리고 있었다. 며칠을 지켜보던 주지스님이 이목에게 호통을 쳤다.
　　　　　부정을 탄 이목이 꽝철이가 되어 날아가면서 화가 나서 꼬리로 억산을 쳤다.
　　　　　그래서 억산이 갈라졌다. 이목은 밀양 시레 호박소로 날아갔다고 한다. 또 운
　　　　　문 공암에는 이목의 누나가 살았다는 말도 있다.

인자 이목이라는 게, 상제가(상좌가) 있었어요. 있었는데 그 상제를 디리고(데리고) 있었는데.

이 주지가 저녁만 되면 상제가, 상제가 밖에 나가요. 이래서 이상하다고 생각했는데. 고 앞에 웅덩이 모욕하고(목욕하고) 들오고, 모욕하고 들오더래요.

이러는데 '이 아무래도 이상하다.' 싶어서, 하문은(한번은) 밤에 산에 요란한 소리가 나고 하길래, 산에 올라가이까, 거게 에, 이무기못바닥 카는 데가 있어요, 고게 운문사쪽에. 고 저 넘어가서 그 물어보시면 아시겠지만은, 이메, 이무기못바닥카는 데.

거게 인자 무슨 뜻이냐면 우에서(위에서) 산에 인자 나무 활가지를 끊어가주고, 우에서 막 돌을 훑치니루는(훑어내리는), 돌도 이래 니러오다가 이래 있고. 돌이 어느 정도 살리가(무슨 의미인지 알 수 없다.) 흔적이 그때는 있었어요. 지금은 있는가 몰라도. 고래 인자 살리가 있었고.

고래서 인자 우리가 알기로는 이목이못바닥 카는 거 인자, 앞에 모욕을(목욕을) 하이까, 물이 적어 몸이 보이이까 못을 막아가주고 할라꼬. 그래여 인자 대비지, 대비지 여게도 그때 당시에는 넘어와가주고 모욕을 하이까 몸이 보인대요. 이래서 거게 인자 못을 크게 막아가주고 모욕을 할라

고, 그래 막 훑치니루고 막는데('돌을 훑어내려 모아서 못을 막는데'의 의미임.).

그래 인자 주지스님이 하루저녁 보고, 이틀저녁 보고, 메칠 저녁 보다가. 다시 주지스님이 따라가 하는 말이,

"이목아, 너 거 뭐하노?"

그러면서 꽘을(고함을) 질렀붰대요.

그러이까 이목이가 하는 말이,

"이 요망한 년(주지를 욕한 것으로, '놈'을 잘못 말했다.), 응? 니가 안 나타났으면은 나는 용이 돼서 올라갈 낀데 너 때문에 꽝철이가 돼가 날라간다.

용이 됐으면은 이 운문사가 굉장히 흥성했을 낀데." 이카면서, 마 횡 날라가면서 화가 나서 억산을 꼬리를 때려가주고 깨졌다.

그래서 그 이무기가 날라가서 어디 있느냐면은 에 시레, 밀양 시레 호박소, 호박소에 들어갔다.

그래서 우리 어릴 적에 자기 누나가 여 운문 공암 카는 데 또 있대요. 이목이 누나가, 있었는데. 자기가 인자 늦은 봄쯤 되만, 그걸 나도 두 번 보기는 봤는데.

그 불빛이 없는 불이, 어수('얼추'인 듯하다.)

[양팔을 벌려 크기를 가늠하며]

이만한 기 꼬리가 쫙 달린 게 휙 날라가여. 똑(꼭) 그 옛날에 우리 어릴 적에 와(왜) 저, 별, 별똥별 날라가듯이 그런 식으로 제법 큰 기 이렇기 날라간다꼬요. 날라가면은 옛날 나많은 어른들이,

"아, 금년에는 날이 많이 가물겠구나."

그래 그기이(그것이) 안 날라가면은,

"풍년이 지겠구나."

(조사자 : 농점을(農占을) 쳤다 그죠?)

예, 인자 그런 식으로 이얘기하는 걸 수차례 들은 적이 있어요.

(조사자 : 날라가는 게 그게 이무기 누난가요?)

누나한테. 아이지(아니지).

(조사자 : 자기 누나한테 가는구나.)

예, 그런 그기, 내가 듣기로는 고런 전설밖에 없었어요.

용 형국의 선마루에 터 잡은 천석꾼 박진사

자료코드 : 05_19_FOT_20090718_CHS_BGH_0003
조사장소 : 경상북도 청도군 금천면 박곡리 976-1번지 동회관
조사일시 : 2009.7.18
조 사 자 : 천혜숙, 박동철, 김유경, 이선호, 김보라
제 보 자 : 박국현, 남, 71세
구연상황 : 마을에 큰 부자가 없었느냐고 물었더니, 제보자는 "이 마을에 부자는 없었고, 인근에 부자가 많았다."며, 인근의 "임당 천석, 신지 선마루 천석, 남양 외암 천석이 청도에서 유명하다."고 했다. 박의묵 씨가 "임당 천석이 아니라 임당 만석이다."고 정정하면서, "임당 만석꾼이 내시이기 때문에 임당 만석보다 선 마루 천석집이 낫다고 한다."며 크게 웃었다. 제보자는 손짓으로 그런 이야기 는 하지 말라는 제스츄어를 했다. 조사자가 선마루 천석꾼에 대해 전해 내려 오는 재미있는 이야기를 듣고 싶다고 청했더니, 이 이야기를 들려주었다.
줄 거 리 : 신지리 선암서원에 있었던 용두바위는 용의 목, 서원 주변의 초등학교 자리는 용의 배, 초등학교 위에 있는 우물은 용의 배꼽, 그리고 그 위는 용꼬리에 해 당한다. 원래 불매골에서 생장한 박진사 어른은 용의 형상인 이곳 선마루 마 을에 터를 잡고 살면서 진사가 되고, 천석꾼이 되었다.

그 어른이 천석을 천석을 했는 거는, 원래, 원래 그 신지 그 진사어른 이, 진사어른이 에에, 집이 어디 있었느냐마 고 안에 가면 불매골이라고 있었습니다. 근데 인자 불매골이라는 그 말 그것도 지금 어떠냐면은,

그 저 저 저 옛날에 그와 저 저 핀수들(편수들) 그 저저 그 뭐고 대장간

이요, 거 저저 그 대장간이요. 거어 가마 젓는 거 있지요. 풀무질 하는 이거를 불매라 그랬거든요.

불매골이라 그 뜻은 어디 있냐면은 그 맞은 편 산이 쇠가 났다고 쇠지이라 그랬습니다, 쇠진. 쇠가 났다고 쇠지이라고 그래서, 거게서(거기에서) 쇠를 재가(쟁여) 와가(와서), 거게서 인자 불매를 젓으면서(저으면서) 저 녹혔다는 전설로 인자, 불매골 카는 그 마을에 거게서 인자 집이 있었는데.

에, 천석에 진사 어른이 진사가 되고.

"이거는 여게가 아니다."

이래서 인자, 그 오새(요새) 말하자면 지리학 박사, 지리학 정도 되겠죠. 근데 인제 옛날에 인자,

(청중 : 풍수, 풍수, 옛날에.)

풍수, 예.

그, 그 어른을 모시고 인자 봤는 것이 지금 현 자리, 고 자리라. 고 자리가, 고 자리 가가주고 자기가 저 저 저 진사가 됐는데, 됐는데. 그게 인자 사방, 고 묘하게 돼가 있었습니다.

거 아까, 여 우리 저 저 저, 아재('박의묵 씨'를 가리킴.) 말씀따나, 그 선암서원 카는 데 거게 보면 용두바위라고. 지금 인자 요번에는 작년에 재작년에 큰물에 떠니러 갔부렸어요. 용두바위라꼬 있습니다. 그 인자 용두바위고.

고 조금 우 용두 거 저어 용두고, 용 목이고, 목이고. 거 지금 저 국민학교가 하나 있습니다. 학교 있는데 거기가 인자 그 용 배라 캤거든요, 학교 있는 데서.

그 학교도 우리 그, 박가들이 그 학교를 그 땅을 기증을 했습니다, 정부로. 그래서 그 학교가 생깄는 거고.

그래 인자 인자 그 배라 캤는데, 거게서 조끔 올라가 보, 우물이 하나

있습니다. 하나 있는데.

그 마을 전체가 그때 당시에는 우리 어릴 직엔데(적인데), 한 백여 가구가 살았습니다. 딱 고 우물 한 개 가주고 그 마을이 다 먹었습니다.

그러면은 그 진사 어른이,

"절대 우물을 파지 마라."

못 파구로 했어요. 이래가 집집마다 우물을 절대 안 팠습니다. 이래가 있다가 인제 근래 가다가 인제 우물을 짜드라 파고('근래 와서 우물을 여러 개 파고'의 의미임.) 이래 했는데.

고 우물 한 개가, 고기 우물이 그 용의 그 배꼽이라. 예, 배꼽이라 그래 나오고. 인자 이 위에 끝이 용 꽁지라고 이래 했는데.

그게 인자 사방 보면요, 오르막입니다, 길이. 그 동곡 그 저저 면소재지서도 올라와도 오르막 올라와야 되고. 여게서 내려가도 오르막에 올라가 내려가야 되고. 저 쭈에(쪽에) 그 저저,

(청중 : 임당 명포서 와도 오르막이고, 동서남북이 전부 올라가야…)

명포서 임당 1, 2동에서 와도 오르막이고. 전부 오르막이라. 고래가 오르막 속에 폭 꺼졌는 자리가, 배가 폭 꺼졌다 이겁니다.

그래서, 그래서 그 인자 자리를 잡았는데. 맨 처음은 마을 이름을 선마루라고 졌십니다. 말이 섰다고 선마루라고 지있는데.

고 이후에 인자 선호라고 또 인자 이름을 져어가주고(지어서) 붙있고. 지금 언자 참 언자 신지, 신지라꼬 이름을 인자 져가(지어) 왔는데. 주로 인자 선마루라, 선마루라꼬 마이(많이) 부르죠.

(조사자 : 선마루 박, 선마루 박.)

예. 그 얘기 많이 들었죠?

바로 고 때 인자 그 마을 집중해서 타성은 한 다섯, 여섯이 밖에 없었십니다. 그거는 무슨 뜻이냐 하면 그 타성은 전부,

(조사자 : 하배들.)

예. 그 사람들 밖에 없었고, 전부 인자 우리 박가들 일족이 거어 살았기 때문에, 선마리 박가, 선마리 박가.

내나 카이('이미 말한 것처럼'이란 의미의 이 지역 방언이다.) 박곡에 여게 사는 우리 저 박가들도 저 멀리 나가마,

"아우, 어데 어데 박갑니까?"

아이구, 그양(그냥) 무조건 밀양 박가라 소리 안 하고, 인자 글을 모리이까, 좀 무식하이까.

"아, 나 선마리 박갑니다. 응. 나 선마리 박갑니다."

왜? 선마리서 인자 진사가 났이이까.

(조사자 : 중시조인 셈이다, 그죠?)

예, 이러이까 인자 이름이 나가 있으이께,

"아, 그라만, 선마리 박가면 양반입니다. 양반입니다."

이래 나온다고요.

장군이 들고 온 두꺼비 바위

자료코드 : 05_19_FOT_20090718_CHS_BUM_0001
조사장소 : 경상북도 청도군 금천면 박곡리 976-1번지 동회관
조사일시 : 2009.7.18
조 사 자 : 천혜숙, 박동철, 김유경, 이선호, 김보라
제 보 자 : 박의묵, 남, 71세
구연상황 : 앞 이야기에 이어 이장님이 마을의 입향시조에 대해 짧게 구연했다. 이장님과
　　　　　숙질간인 박의묵 씨가 이야기판에 합류했다. 두 분은 대비사와 박곡리 주변의
　　　　　지명 유래에 대해 서로 논쟁을 벌였다. 오갑사 터에 대한 이야기도 오갔다.
　　　　　조사자가 기암사 부근의 베틀바위에 대하여 물었더니 박국현 씨는 베틀바위
　　　　　에 석이바위라는 조그마한 바위가 붙어있다고 설명했다. 옆에서 듣고 있던 제
　　　　　보자는 "기암사 절 뒤에 가면 두꺼비 바위가 있다."고 운을 뗀 뒤 이 이야기
　　　　　를 했다. 양손을 다 써가며 실감나게 구연하였다.

줄 거 리 : 두꺼비 바위는 큰 바위 위에 바위 두 개가 얹힌 형상인데, 옛날에 장군이 하
나는 머리에 이고, 다른 하나는 옆에 끼고, 나머지 하나는 등에 지고 가져왔
다는 전설이 있다.

기암사 절 옆에 가마(가면) 두꺼비 바위 그거는, 밑에 바위 큰 거 하나
우에(위에), 앞에 머리매로(머리처럼) 작은 거 하나, 몸체매로(몸체처럼) 큰
거 하나, 두 개가 얹히(얹혀) 있어요, 큰 바위 우에.

그, 그게 전설에 뭐, 옛날에 장군이 하나는 이고, 하나는 옆에 찌고(끼
고), 뭐, 뭐 하나는 짊어지고 뭐 시나(세 개) 가와가(가져와서) 났다. 그런
말이 있어요 있기는, 전설이.

(조사자 : 그런 이야기 좋습니다 어르신.)

고 기암사 절, 절터 바로 뒤에 있어요, 고거 바위가. 아직까지 있어요.

기천봉과 회들개의 지명 유래

자료코드 : 05_19_FOT_20090718_CHS_BUM_0002

조사장소 : 경상북도 청도군 금천면 박곡리 976-1번지 동회관

조사일시 : 2009.7.18

조 사 자 : 천혜숙, 박동철, 김유경, 이선호, 김보라

제 보 자 : 박의묵, 남, 71세

구연상황 : 조사자가 마을의 형국에 대해 물었더니, 박국현 씨가 마을의 입향시조에 대해
한 번 더 설명하면서 박곡리가 과거에는 대촌이었음을 강조했다. 박국현 씨의
이야기를 듣고 있던 제보자는 "지명 유래가 한 가지 더 있다."며 이 이야기를
구연했다. 기천봉과 회들개가 있는 방향을 가리키며 이야기했다.

줄 거 리 : 임진왜란 때 왜적의 침입을 알리기 위해 기를 올렸다고 해서 기천봉, 횃불을
올렸다고 회들개로 불렸다.

그 지명 유래가 또 한 가지 있는데.

요 앞산 딱 뿔가졌는데(불거졌는데) 보만(보면), 저 회들개 카는 데 있죠.

그라고 요짜아(이쪽에) 보만 기천봉 카는 게 있어요.

그거는 옛날에 임란 때, 우리 어성산 카고, 우리 이 성이(城이), 어성 가면 성터가 있어요, 임란 때. 그이 오랑캐들이 남해로 침입해가 이리 들어오면은 저기서 진을 치고 보고 있다가 기(旗)를 올리고, 기천봉.

저 짜는(쪽은) 횃불로 올리고 밤에, 회들개.

(조사자 : 회들개.)

그런 지명 유래가 있어요, 이 동네.

왜장 안고 순직한 어성 성주

자료코드 : 05_19_FOT_20090718_CHS_BUM_0003
조사장소 : 경상북도 청도군 금천면 박곡리 976-1번지 동회관
조사일시 : 2009.7.18
조 사 자 : 천혜숙, 박동철, 김유경, 이선호, 김보라
제 보 자 : 박의묵, 남, 71세
구연상황 : 박국현 씨와 제보자가 번갈아가면서 어성터의 유래에 대하여 이야기한 후 제보자가 자연스럽게 이 이야기를 이어갔다. 어성(禦城)의 성주가 제보자의 십대조이자, 청도의 유명한 14의사 중 한분이라고 했다. 박국현 씨도 아는 이야기인 듯 보였으나 개입하지 않았다.
줄 거 리 : 어성의 성주였던 박경선은 왜장을 안고 낭떠러지에서 떨어져 함께 물에 빠져 죽었다. 그 공으로 승지공 벼슬을 제수받았다.

그 성의 성주가 우리한테, 내한테 십 대조예요.

(조사자 : 아 그 성의 성주가?)

예, 그래 인자 함자는 경(慶)자 선(宣)자고.

그 인자 그 거기서 일본 왜장을 안고 뒹굴러가주고 낭떠러지 떨어져가, 물에 같이 빠져 죽었어요, 왜장을 안고.

그래가 순직돼가주고 일등공신으로 해가주고 돌아가시고 난 뒤에 승지

(承旨)입니다, 호가, 벼슬이.

그러이 요새 말하만 장관 아입니까?

(조사자 : 승지 벼슬을 받았군요.)

그래가 지금은 승지공 할배.

배너미 바위의 지명 유래

자료코드 : 05_19_FOT_20090718_CHS_BUM_0004
조사장소 : 경상북도 청도군 금천면 박곡리 976-1번지 동회관
조사일시 : 2009.7.18
조 사 자 : 천혜숙, 박동철, 김유경, 이선호, 김보라
제 보 자 : 박의묵, 남, 71세
구연상황 : 앞 이야기가 끝난 후 마을 이름 유래를 물었더니, "박곡이라 부르기 전에 박
실이라 부르기는 했으나 왜 박실이라고 했는지는 모르겠다."고 했다. 조사자
가 큰 홍수가 져서 떠내려 온 산에 관한 이야기를 들어본 적이 없느냐고 물
으니, 제보자는 "천지개벽 때 아마 그랬을 것인데, 그런 이야기는 아직 전해
지는 게 없다."고 잘라 말했다. 이어 박국현 씨가 "하천이 전답으로 된 것은
일제 말이다."고 말하자 제보자는 갑자기 무언가 생각난 듯 바로 이 이야기를
구연했다. 이야기를 마친 후 웃으면서, "어떻게 물이 차서 배가 넘어가겠냐?"
며 믿을 수 없는 전설일 뿐이라고 덧붙였다.
줄 거 리 : 옛날에 배가 넘어다녔다고 하여 배너미 바위라고 한다.

배너미 바위 카는 골짜기도 있기는 있어요.

저 대비사 산에 올라가마. 근데 옛날에 글로(그리로), 뭐 여기 바달 적
에 글로 배가 넘어갔다고, 뭐 배너미 바위 이칸다('라고 말한다'의 뜻임.)
카는데. 그게 지금 우리 생각으로는 그기 맞는 기 아이거든.

그 어데 물이 채가(차서) 글로 배가 넘어가겠노?

그기 인자 천지개벽 전에 이야기고, 그거는. 그런 기 있어요. 있기는 있
는데 그거는 믿을 수 없는 전설이고.

이무기가 쳐버린 억산

자료코드 : 05_19_FOT_20090718_CHS_BTS_0003
조사장소 : 경상북도 청도군 금천면 오봉2리 1010번지 마을회관
조사일시 : 2009.7.18
조 사 자 : 천혜숙, 박동철, 김유경, 이선호
제 보 자 : 박태숙, 여, 81세

구연상황 : '사위 노래'가 끝나고 옛날이야기를 청했더니, 청중들은 과거에 손자들에게 해준 이야기들이 많았는데 지금은 기억나지 않는다며 사양했다. 회관 마루에 앉아 있던 제보자에게 억산의 유래를 묻자, "기억나는 대로 이야기 하겠다"고 구연을 시작했다. 제보자는 몸짓을 섞어가면서 실감나게 구연했다. 이야기 끝에 아주 오래된 전설이라는 것을 강조했다. 청중의 개입은 없었다.

줄 거 리 : 대비사에 선생과 제자가 살고 있었다. 밤만 되면 나가는 제자를 의아하게 여겨 선생이 뒤를 쫓아가 보았더니, 목욕을 하려고 산에 있는 돌과 나무를 훑어 내려서 못을 만들고 있었다. 선생은 제자가 이무기라는 것을 알고, 날이 많이 가무니 비를 내리라고 했다. 이무기는 그렇게 할 테니 누가 와서 자신을 찾으면 배나무를 가리키라고 하고, 자기를 멍석에 말아서 축담 밑에 두라고 했다. 이무기가 비를 내리는 도술을 부리자, 도사가 와서 이무기가 어디 있냐고 물었다. 이무기가 시킨 대로 선생이 배나무를 이무기라고 말하자, 도사는 벼락을 쳐서 배나무를 재로 만들었다. 그로 인해 이무기는 득천을 못하고 꽝철이가 되어 날아가다가 억산을 꼬리로 쳤다. 그리고 나서 밀양 시레 호박소로 들어갔다.

대비사 절에, 절이라꼬 있는데. 거게 저저저저 저런,

[보조 조사자를 가리키며]

학생이 공부로 하러 절에 왔거든. 와놓으이, 하아두 머리가 좋아가(좋아서), 그 학생이. 머리가 좋아가, 그래 인자 그거를 했거든.

그래 디리고(데리고) 있으이께네, 밤주웅 되이 이 제자가 나가거든. 나가는데, 이 제자가 나가가 어데가 있는고 하만, 여어(여기) 대비못 막었는데 대비사 못이라 카더나. 여게 가가, 아이(아직) 안 막았는데, 회차래(회초리) 가아(가지고) 착착 훌치이('훑어내리니'로, 돌을 아래쪽으로 후려친

다는 의미임.) 못둑이 되고. 다 구부리(굴려) 니러가가(내려가서), 돌이. 그
래 그래 그래하는 기라.

그래 하이, 하루 이틀 지내고 막 들어오는데 보마 막 칩고(춥고) 서느름
하고(서늘하고). 그래 머 선생이 따라, 뒤에 차춤차춤 갔붰어('뒤를 밟았
다.'는 의미이다.). 가가, 그래 그 선생이 가가,

"니, 어데 갔노?"

묻도 안하고, 또 고 날 고 이틀 지녁에 또 가는 기라. 따라가이꺼네 또
그라거든.

그래 그 해라가(해야말로) 디기(몹시) 가물아가(가물어서), 그래 그걸 하
라 캤거든.

"저저, 저 이렇기 가무이꺼네 저 채전밭에 물로 좀 줘야 되겠다."

(보조 조사자 : 어느 밭에요? 채치 밭에? 무슨 밭에 가무니까 어느 밭
에?)

"응응, 그러이께 물로 좀 줘야 되겠다." 카이,

"그래, 하아, 안 된다꼬. 내 말하는 대로 고래(그렇게) 하겠나?" 카이,

선생이,

"아이구, 해 주지." 카고.

"그래 누가, 내가 비를 니루거들랑(내리거든) 와가주고 그래 카거든, 그
래, '이미기가 어디 있노?' 카거든, 배(배나무를 의미함.) 저기 이미기라
캐(말해) 돌라(달라)."꼬.

"그래 날랑 덕식에(멍석에) 똘똘 말아가주고 요오(여기) 축담 밑에 붙이
(붙여) 놓고."

이미기가, 고래 하라 카거든. 이미기가 그래 하라 카거든.

그래, 그래가 이 사람이 참, 이래 먹을 갈아가주고 물로 손을 가아(갖
다) 탱구이꺼네(팅기니까). 각중에(갑자기) 소나기가 와. 소낙비가 막 따라
이래 오는데.

아우, 이 사람이 가마 택, 택대보이(생각해 보니), 그래 비가 오이, '참 기술은 있다.' 싶어가,

그 지자를(제자를) 망칠라고 카지, 놔뒀이만(놔뒀으면) 큰 사람이 될 낀데. 그래가주고 인제 이 사람이, 머 어른들 이야기가 그렇더라. 그래가, 그래, 저 머라 카는고 하마, 그 제자 그거 제자 시기는(시키는) 대로 그래 비는 왔고.

막 덕식에 똘똘 말아가주고 요래 탁 갖다가 축담 밑에 이래 붙이 노이. 니쿠사쿠매로('リュックサック처럼'으로, '배낭처럼' 의미임.) 이런 거 짊어지고 도시가(도사가) 와가주고 그래 묻거든.

"여 이미기가 있나, 없나?" 카거든.

"초군이 니러가미(내려가며) 올러가미(올라가며), 저거 저 배나무 저거를 이미기라고, 이미기라꼬 이름은 거 있지만은 이미기라고는 그 이름뿐이라." 카이,

"요까짓 늠이." 카미시로(하면서).

고마(그만) 베락을(벼락을) 탁 쳤부면(쳐버려) 마 재 됐뿄는,[32] 그 냉기(나무). 그래 가고 난 뒤에 그래 그 사람이 가고 난 뒤에, 거(그) 덕식이를 피이 놓으이 아아가(아이가) 자물씻다(기절했다) 카든가, 머 어옜다 카든가? 그래 그 자물씻다, 죽었다 막 까북해졌는데('깜박 정신을 잃었는데'의 의미임.). 그래 그걸 방에 갖다가 그래 인제 갖다 놓으이께네 그래 살아났거든. 그래 이기 한분(한번) 굳히졌는(굳혀진) 기(게) 천날 만날 꽝철이가 돼가주고. 득천(得天) 해가(해서) 하늘로 올라갈 낀데. 그걸 했뿄는[33] 때밀에(때문에) 몬 해가(해서).

그래, 가미(가며) 저 억산을, 가미(가며) 오미(오며) 억산에.

옛날에 사람 봤다 그러대.

---

32) '돼버린 거라야'의 의미인데, '거야'에 해당되는 '기라'가 들리지 않음.
33) '해버린'으로, 비를 내리는 도술을 부린 것을 의미한다.

광지리, 저 빗자리맨치로(빗자루처럼) 버얼거이(버얼겋게) 나온단다. 저 어서(저기서) 나와가, 오민 가민(오며 가며) 나오고. 막 가다가 꽁지를(꼬리를) 쳤부놓으이께네, 맹 저 산이 떡 벌어졌는 기라.

저거('억산'을 가리킨다.) 안에 우리 나물 뜯으러 가 들아다(들여다) 보이, 무숩아(무서워) 못 들아다 보겠어. 그래가 턱 벌어져가 그래 억산이라 꼬 해 났는 기라.

그래 이거는 어데 가 있는고 하머(하면), 밀양 시레 호박소 아래, 동해 바다 나듣는(드나드는) 호박소 안에 똑(꼭) 징쩩이매로(징짝처럼) 그래 붙어가 있단다.

(보조 조사자 : 징쩩이?)

징, 징쩩이, 징 뚜디리민 지잉 안 카더나? 그거매로(그것처럼) 꽁치꽁치 해가 그래 비룽박에(벽에) 붙었단다. 지금도 있다 이카대요.

그래 뭐 그게 어른들 말이 그렇대. 그래가 있는데, 그래가, 하이구, 저 기 용 못 돼가 꽝철이 돼가주고, 그래 됐붓어. 선생이 지보다가(자기보다) 올라갈까 싶어가.

옛날에부텅 우리 한국이 그기 파이라(나쁘다) 카이께. 지가(제가) 모리고(모르고) 지자가(제자가) 잘 알거든 제자를 키와(키워) 줆으만 지도(자기도) 클 거 아이가?

그래, 그래 돼가 저 억산이 이름이 그렇다 카이. 그래 억산이라 캐.

그래가, 그 아까븐(아까운) 사람이 가도 오도 몬(못)하고 그래, 자꾸 나가미(나가며) 드가미(들어가며).

그 전에는 '꽝철이 나오마 봄 한철, 가을 한철'이라 안 카나? 꽝철이 지나간 데는 어떻기(어떻게) 독해가주고. 근데 오새는(요새는) 그기 없, 안 나든다 카데.

저승 갔다 온 인색한 사람

자료코드 : 05_19_FOT_20090724_CHS_BTS_0001
조사장소 : 경상북도 청도군 금천면 오봉2리 1010번지 마을회관
조사일시 : 2009.7.24
조 사 자 : 천혜숙, 이선호, 김보라, 백민정
제 보 자 : 박태숙, 여, 81세
구연상황 : 이야기판의 청중들이 하나 둘 씩 자리를 떴다. 남은 청중들은 죽음과 저승에 관한 이야기들을 나누었다. 두암댁의 옆자리에 앉아있던 명포댁이 구연한 이야기이다.
줄 거 리 : 옛날에 어느 부잣집 양반이 남에게 베풀 줄을 몰랐다. 죽어서 저승에 갔더니, 조상이 고방을 열어 보였다. 부자 양반의 고방은 텅텅 비어있는 반면 다른 이의 고방은 가득 차 있었다. 조상은 가득 찬 고방 주인의 이름을 적어주면서 깨어난 즉시 찾아가 보라고 했다. 시킨 대로 찾아갔더니, 가진 것 없이 평생 식모살이로 살면서 노인들에게 늘 먹을거리를 베풀고 살아온 여자였다. 여자의 삶을 보고 크게 깨달은 부자는 자신의 재산 반을 내서 남에게 베풀며 살았다고 한다.

그래 옛날에 어떤 사람이 아주 요, 사, 요 이승어(이승에) 살 때는 아주 잘 살았거든. 잘 살고 천지 기럽잖으이(그리울 것 없이) 해가(해서) 사이(사니). 이거는 돈만 모을 줄 알고 생긴에(생전에) 넘카(남과) 갈라(나눠) 무울(먹을) 줄 몰라. 고래 살았는데.

하문(한번) 우얀지(어쩐지) 까뿍(깜박) 자물시고(정신을 잃고) 일나(일어나). 하문 갔다가, 그기 저승갔다 완(온) 택인가(격인가), 까뿍 자물시고. 가가(가서) 저거 웃대(윗대) 조상들이, 조상들이 고방문을 끼라(열어) 비더란다(보이더란다).

"이건 니 고방문이고 이건 딴 사람 고방문이다. 그러이 니가 하문(한번) 기경을(구경을) 해라." 이카미.

이승어 살 때는 지가(제) 아주 댕길하게 살았는데(떵떵거리고 살았는데), 기럽잖으이 살았는데, 저승가이께네 빈 고방이라, 아무 것도 없어. 이

"

래가지고 욕심이 너무 많으만.

그래가 이 고방을 비이(보이니), 이 고방은 꽉 찼거든. 이쪽(이쪽) 고방은 꽉 꽉 찼는데. 그래 요 사람을, 손바닥에다 글로 써 주미(주며), 이름을 써 주더란다.

"요 사람을 깨나던 질로(길로) 니가 함(한번) 찾아가 봐라."

그래가 인자, 인자 찾아갈라꼬 고래 딱 마음을 묵고 있이이. 그래 인자 자고 일난(일어난) 택매로(것처럼) 고래 자고 일났는데, 그래 자고, 자물시가 일났는데.

이 사람이 마 쉰절없이(쉬임없이) 자꾸 걸어가는 기라. 그래 지, 집에 사람이 얼매나 걱정이 돼. 따라가이끼네 그래 이름을가 어데 가 찾으이께네 여자 이름이라.

"당신은 이승어서 머슨 일을 하고 사느냐?" 칸꺼네,

"나는 평소에(평생에) 식모질하고 산다." 카는 기라.

평소에(평생에) 식모질로 이래 해가 살고, 아무 꿋도(것도) 넘한테 궁한 것도 없는데, 아주 있는 집에 식모로 사이(사니), 함때(한끼) 반찬 장만핸 거 고거 지(제) 날 무아(먹어야) 되지, 홉(後) 때는 안 묵거든. 그래 이걸 맨드, 남은 거로(것을) 저기 노인들이 꽈악 노는데 만날 밥하고 반찬하고 그거로 장(늘) 그 노인들을 갖다 싱겠다고(섬겼다고). 싱기놓이께네, 그래 싱기, 싱기고(섬기고) 있더란다.

지금 살어가(살아서) 있는데,

"나는 하는 일이 그 뿐이라, 평소에 그 뿐이라." 이카이.

'야, 내 이래 살어가 안 되겠구나'

집에 와가주고 집에 가가 지(제) 살림을 한 반틈(半을) 추리(추려). 반틈을 팍 줄이가(추려서) 반틈은 묵고 사두룩(살도록) 나뚜고. 반틈은 추리, 자꾸 없는 사람 좋은 일하고 노인당 갖다 좋은 일하고. 그래 하두(하도) 욕심이 많으이 그래 됐는 모냥이라.

그래가 좋은 일로 그래 하더란다. 하고.

이 사람은 마 죽으마 마 묵을(먹을) 것 천진 기라, 식모질 한 사람은. 사시로(四時로) 노인들을 갖다가 믹이가주고, 남었는 거. 온 거 해가(해서) 했으마 하지마는 남은 임석을(음식을) 갖다 믹있다이.

복없는 강원도 포수

자료코드 : 05_19_FOT_20090723_CHS_SIS_0001
조사장소 : 경상북도 청도군 금천면 박곡리 미륵당거랑
조사일시 : 2009.7.23
조 사 자 : 천혜숙, 이선호, 김보라, 백민정
제 보 자 : 손인식, 여, 69세
구연상황 : 어느덧 해가 지고, 저녁 식사가 끝난 마을 사람들이 하나 둘 미륵당거랑으로 모이기 시작했다. 밤참으로 준비한 감자가 익고 있는 여름날 저녁, 미륵당거랑의 정자에서 이야기판이 벌어졌다. 강릉댁이 "옛날부터 내려오는 재미난 이야기를 아는 사람 없냐."며 분위기를 만들었다. 이런 저런 이야기로 술렁이는 분위기 속에서 교동댁이 갑자기 생각났다는 듯이 '옛날에'라고 외치며 이야기를 시작했다. 교동댁의 이야기가 끝나자 청중은 주인공이 복이 없는 사람이라고 입을 모았다.
줄 거 리 : 가난한 포수가 강원도로 호랑이를 잡으러 나섰다. 도중에 시아버지 상을 당한 여자를 만나, 곡절 끝에 그 시아버지의 시신을 지키게 되었다. 여자는 장에 간 남편을 마중하러 갔다. 여자가 돌아오지 않아 찾으러 가 보니, 호랑이에게 잡아먹힌 남편의 시신 앞에서 곡을 하고 있었다. 결국 포수는 그 여자가 시아버지와 남편의 장례를 치르는 것을 도와주게 되었다. 장례 후, 여자는 포수에게 자신의 재산을 보여주며 함께 살자고 하였다. 그러나 포수는 호랑이도 시체도 무서워하지 않는 그 여자가 너무 무서워서 거절하고 떠났다. 여자는 집에 불을 지르고는 지붕에 올라가서 다시 포수를 불렀다. 그래도 포수는 돌아보지 않고 가버렸고 여자는 그대로 타죽었다. 그 재산도 모두 불에 타버렸다.

옛날에예, 옛날 옛날 한 옛날에,

(청중 : 놀부흥부 살었다. 허허.)

아니. 저 뭐꼬, 강원도에 호랑이 잡으로 간다꼬 그 봇짐을 싸고 나서는 기라, 주묵밥을 몇 개 해가(해서).

그 집에는 억수로(굉장히) 못 살았어예. 못살어, 집에, 집에는 물(먹을) 것도 없고 이랬는데.

강원도는 들어가는 그래, 들어가는 사람은 봐도 나오는 사람은 못 본다 카데, 강원도. 어, 호랑이 잡으러 가는 데는. 그래가(그래서) 떡 가이끼네,

그래, 오막살이 집에 길 옆에 하나씩 있잖아요. 물으니까,

"여게는 저 뭐고 저기 드가는(들어가는) 포수는 봐도 나가는 포수는 몬 본다."고,

"가지 마라." 카더래.

가지 마라 카는 거로, 그냥 갔답니다. 호랑이나 잡어가(잡아서) 뭐 껍띠기 팔아 묵고 할라고, 그래 떡 갔더만은. 어데라꼬(어디라고) 가니까 큰 첩첩산중에 갔어.

개와집이(기와집이) 막 날라가는 듯이 한 채가 있더랍니다. 그래, 그 집에 뜨윽 들렀디만은(들렀더니만) 곡소리가 나더래예. 그래가,

"주인장, 주인장."

부르니까, 하이얀 소복을 해가주고, 여자가, 이쁜 여자가 나오더랍니다. 그래가,

"이 집에는 누가 죽어가지고 그래 그하느냐고, 상복을 입었냐?"

고 물으니까,

"시아바시가 죽었다." 그래.

시아바시가(시아버지가) 죽었는데 그래가,

"앉아가 쉬라." 카미(하며), 밥을 채리(차려) 주더라 카던강? 그래가, 묵고

"앉아가(앉아서) 쉬라."

카더란다. 앉아가 쉬미, 색시가 부탁을 하는 기라.

"내가 부탁을 한 가지 하자." 카더란다.

“그래 뭔고 해 봐라.” 카이께네,

“우리 영감이,”

시장이 얼마나 먼고(먼가) 카마(하면) 되기(아주) 멀대요.

“그래 그 첩첩산골에서 니러가가(내려가서) 인자 장을 봐가(봐서) 인자 초상 칠라고 장을 보러 갔는데, 그래 장을 보러 간데 안 온다.” 이기라예.

“장을 보로 가가 안 오는, 안 오이께네, 여어서(여기서) 시체를 지킬랍니꺼, 장 본 마짐이로(마중을) 갈랍니꺼?” 카더란다.

무섭지예(무섭지요)?

(조사자 : 아니요.)

하나도 안 무섭어예, 하하? 얼마나 무섭노 그래. 첩첩산골에 여자 소복 했는 거 하나마 있는데.

“장 본 마짐이로 갈랍니꺼, 시체를 지킬랍니꺼?”

이카이, 어는 거 하겠십니꺼? 나 아무 꿋도(것도) 못하겠다. 그 사람 움직이는 대로 따라,

(청중 : 내야 장 보러, 장 보러 가는 그거 낫겠지.)

그래가주고 가만 생각하이 시체 앞에 있으면은 억수로 무섭잖아예, 넘우(남의) 시체.

그래가 이카더라.

“그라마(그러면) 내가 장 본 데 갈 모냥이이끼네(모양이니까) 시체를 쫌(좀) 지키(지켜) 달라.” 카더란다.

여어는(여기는) 고양이가 많아가(많아서), 고양이가 굴뚝에 드가기나(들어가거나) 지붕에 올라가면은 시체가 꺼꾸리(거꾸로) 서가(서서) 나온대요. 어, 무섭지요?

거꿀러(거꾸로) 서가, 거꿀로 서가 드드득 나온단다. 그래 나오거든, 윈 신쩍이를(신짝을) 벗어가 안가래이에(무슨 뜻인지 알 수 없다.) 귀때기를 지쌔리가(되게 후려쳐서) 이래 하만(하면) 눕는다 카데. 그래 터덕덕 자빠

진단다.

"그렇거든 방에 좀 들라,"

(청중 : 시체로? 어 무시라(무서워라).)

아이 무시라, 하하하.

(조사자 : 예, 그래가?)

그래갖고 그래 가마 생각하이끼네, 그카이끼네 못 있겠는 기라. 그래 내가 마짐이(마중을) 갈라 카거든. 내가 마짐이 갈라 카이께네. 그래 마짐이를 인자 니러간다.

"그 길은 하나밲에 없다" 카미, 가르키 주더란다. 그래 어데라꼬(어디라고), 어데라꼬 니러가이께네.

[말을 바꾸어]

아, 시체 지킬라 캤단다.

그래 소복, 참 그 상주가 인자 여자 그기 니러 니러간다 카미 가더랍니다. 시, 장, 장, 마짐이를 가더란다.

그래 가이끼네 세시('세상에'로 놀라움을 표하는 말이다.), 신랑을 묵더란다.

(청중 : 뜯어묵던강?)

응, 호랑이가. 그래가주고,

"이 짐승아 이 짐승아, 쯧, 아무리 짐승이지만은 저거(자기) 아부지 저거 당해가주고 장 보, 장 봐가(봐서) 오는 거로 우에(어떻게) 그러노, 이 짐승아." 그카이,

호랑이가 눈물로 찔찔 흘리미 마 돌아서더라 카대예.

그래 이거는, 이거는 거게서 집에서 암만(아무리) 기다리도 안 와가주고 왔다 카던가. 그래 니러오이께네 시체 앞에 앉아가주고 곡하고 있는데, 이카더란다.

"그래, 집에, 집에 가가주고 꺼적대기 하나 가오라(가져 오라)."

카더라 카데. 그래 가와가(가저 와서) 그거로,

여자 진짜 간띠이 크제('간이 크지'의 의미임.)?

그래가주고,

"그거로(시체를) 싸가주고 좀 들고 가자." 카더란다.

그래 들고 집에 와가. 인제 시체 둘이 아이가? 그래 둘이 닙히(눕혀) 놓고

그래 그 이튿날, 그 이튿날 인자 초상을 치는데, 여자가 진짜 장사더라

카데. 그래가, 그래가 대안에(뒤안에) 묻더란다. 대안에 하고 앞마당에 하고,

(청중 : 먼 데 못 가고.)

(청중 : 중국에 전신에 마당에 묻어 놨데.)

응 마당에, 아니, 옆에 밭에 묻어놓고.

그래가 장사를 다 치루고 나이께네 마 이 덧정없는 기라예('온갖 정이

다 떨어졌다'는 의미이다.).

'이 범이고 나발이고 마 집에 빨리 가야 되겠다.' 싶어가주고,

그래 단도리를 해가('채비를 차려서'의 의미임.) 나서이끼네 색시가 붙

들더랍니다. 즉성 사정을 하더란다.

(청중 : 살자꼬.)

"내가 돈도 많고 산삼밭도 마 한정없이 큰 거 있는데, 그래가 내하고

살면 안되겠나?" 카더란다.

근데 이거는(포수를 가리킴.) 마 여자 그거 하는 그 짓 보이끼네 무섭어

가 택도 없는 기라. 마 시체, 여사로(예사로) 마.

(청중 : 그거 뭣이지 싶우다.)

나는 뭐 미군가(여우인가) 했는데 미구는(여우는) 아이데.

이거를 누가 이야기 하는공 하마 저 부동떡이 시동상이가, 사촌 시동

생? 그거 우리 여 밑에집에(아랫집에) 살았거든, 교동에 있을 때. 그래 살

았는데, 저녁마다 와가(와서) 이야기 해주대.

(청중 : 그래 결혼해가 결혼해가 잘 살더란다. 그기 끝이다.)

아이다, 에이고, 안 산다. 그 남자는 마 마 메칠로 붙들어, 메칠로 붙들어도 안 있더란다.

(청중 : 아이, 그럼 그 남자 오고 나서 돈 집에 좀 보내줍디다.)

[청중 웃음]

그래가 농을, 돈을 구경을 시기도 안 되고.

농을 몇 개나 여이까네(여니) 거어 이빠이(일본어 'いっぱい'로, '가득'의 뜻임.) 이빠이 다 있더란다.

그래가, 그래도 돈도 눈에 안 비는(보이는) 기라. 그래 인삼밭에 델꼬(데리고) 가더란다. '우에가주고(어떻게 해서) 이 남자가 인자 마음이 그거 할란가' 싶어서 인삼밭에 데꼬(데리고) 가, 그래,

"저게 저 다 인삼밭인데 저기 다 내 끼라(것이다)." 카더라 카데.

그래도 그래도 도래 도래 안 된다 캐. 그래 안 된다 캐도(여자가 자꾸 붙잡았다는 내용이 생략되었다.),

그래도 그냥 나섰는 기라. 집에 간다꼬 나서니까,

얼매나(얼마나) 얼매나 답답했으마 지붕케(지붕에) 올라가가, 불 질러놓고 지붕케 올라가가 부르더란다.

"내 꼴을 보라."꼬,

"이래도 안되겠냐?" 카이께네.

돌아도 안 보고 니러가는 기라.

그래 홀딱 타디 죽었다 카든가?

(청중 : 고마 살지, 그 와(왜) 카노?)

그 왜 그카는데? 그거로 가와가주고.

집에 사람은(포수의 아내는) 호랑인강 뭔강 잡아가주고 뭐 양석이라도(양식이라도) 좀 팔아 올랑강 싶어 눈이 검으이 해가 바라꼬('바래고'로, 기다리고 있다는 의미임.) 있는데. 그 돈 많은 거 좀 가주 오, 돈하고 다 탔붓지(타버렸지) 뭐.

(청중 : 마누라가 둘이가 되나?)

(청중 : 그 사람이 그기다.)

(청중 : 착한 사람이다.)

(청중 : 착한 사람이 아이고 그 자기 저게, 복이 까진('복이 그것이 모두'임을 의미하는 이 지역 방언이다.) 기라.)

그래 복이 까지라.

(청중 : 그 돈 가질 복이 없는 기라.)

그 쫌 가와가(가지고 와서) 마누라 줬으면(줬으면) 그자?

묘 터를 바꿔치기한 며느리

자료코드 : 05_19_FOT_20090723_CHS_SIS_0004
조사장소 : 경상북도 청도군 금천면 박곡리 976-1번지 동회관
조사일시 : 2009.7.23
조 사 자 : 천혜숙, 이선호, 김보라, 백민정
제 보 자 : 손인식, 여, 69세
구연상황 : 교동댁이 며칠 전에 이장한 이야기를 꺼내자, 돌아가면서 묘터에 관한 경험담을 늘어놓았다. 교동댁이 다시 옛날에 있었던 이야기라며 구연을 시작하였다. 청중 한 분(파동댁)이 이 이야기를 듣다가 시아버지와 친정아버지가 바뀌었다며 강하게 개입했다. 그래서 묘의 주인이 친정아버지에서 시아버지로 바뀌는 바람에 줄거리의 앞뒤가 맞지 않고 결말도 흐지부지해졌다. 파동댁은 이야기 중간에 박수를 딱딱 치며 "딸년은 도둑년!"이라고 소리쳐서 좌중의 폭소를 자아냈다.
줄 거 리 : 옛날에 며느리가 시아버지 묘터가 명당임을 알고 거기다 친정아버지를 묻을 궁리를 했다. 마침 친정아버지의 부고가 와서, 밤새도록 그 묘자리에다 물을 갖다 부었다. (친정아버지가 아니라 시아버지 묘를 썼다.) 그 터에다 시아버지를 모시고 삼정승 육판서가 났다.

옛날에 그 저 뭐야, 저 친정, 시아바씨가(시아버지가) 돌아가싰어. 그래 돌아가시가주고 그래 산소를 파는데. 이 사람이 또 좀 큰내기라(큰사람이

라), 여자가, 여자라도. 그래, 가마 보이 그 명산인(名山인) 기라예, 너무 명산이라가주고.

'이거를 갖다가 우예 해가주고 놔뒀다가 우리 친정아버지 돌아가시만 묻으꼬.' 싶어가 연구를 했는 기라.

그래 카는 도중에 친정아부지가 죽었다고 부고가 왔는 기라.

그래가 저 내일은 인자 시아바씨 장사를 해야 되는데, 그 저저, 딸이 밤새두룩 물로 여다 부웠단다. 언자, 이거 인자 명산인데, 파 놨는데.

"이구, 여 인자 마 물이 있어가주고 못 쓴다." 이카만,

저거 아부지 씰라꼬(쓰려고), 밤새두룩. 저거 친정아버지 쓸라고.

아, 시아바씨다.

(청중 : 시아바씨 쓸라고. 시아바씨를 잘 써야 자기 아들이 잘 되지.)

친정아부지.

[박수를 치면서 큰 목소리로]

(청중 : 딸년은 도둑년!)

[웃음]

그래가 밤새도록 물로 여다 부웠대요.

(청중 : 물 부우도(부어도) 신을(신발을), 물을 부우도 오미 가미 안하고 똑 나오는 거만, 나오는 거 봐도 신을 갖다 나올 때도 신을 거꾸리 신고. 나오는 거 말고 드가는 자죽이(자국이) 없는 기라.)

예예예. 그래가 표를 안 내는 기라.

(청중 : 표를 안 내는 기라.)

그래가주고 아침에 인자 저저 저 행상을 해가 갔는데. 하관을 할라 카이끼네, 물이 응건하거든(흥건하거든). 어떻끔 마이(많이) 여다 부어가.

[청중이 다시 이야기를 시작해서 잠시 멈춤]

그래가주고 못 썼단다. 그래가 안 쓰고, 안 쓰고 딴 데 썼는데, 그는 잘 사는 거는 모르겠고. 딴 데 썼는데 그 사, 그 인자 터에는 저거 친, 시아

바씨를 썼대요. 그래가 삼정승 이판서 다 했대요.

(청중 : 삼정승 육판서가 났다 아이가? 그래. 물로 갖다 부어가, 하하하, 딸년 도둑년!)

딸년 도둑년.

[웃음]

어미 때문에 실패한 아기장수

자료코드 : 05_19_FOT_20090723_CHS_SIS_0005
조사장소 : 경상북도 청도군 금천면 박곡리 976-1번지 동회관
조사일시 : 2009.7.23
조 사 자 : 천혜숙, 이선호, 김보라, 백민정
제 보 자 : 손인식, 여, 69세
구연상황 : 앞의 이야기가 끝난 후에도 묘터에 관한 경험담이 이어졌다. 교동댁은 청중들
의 이야기를 들으면서 잠시 생각하다가 슬며시 이 이야기를 끄집어냈다. 청중
의 개입은 없었다.
줄 거 리 : 옛날 가난한 집에 아기장수가 태어났다. 아기장수는 어머니한테 누가 자기에
대해 물어보면 아무 말도 말라고 당부를 하고, 팥과 조 등의 곡식을 얻어서
집을 나갔다. 소문을 듣고 잡으러 온 사람이 어머니에게 아기장수가 간 곳과
탯줄을 자른 도구가 무엇이냐고 다그쳐 물었다. 어미가 마지막 하루를 참지
못하고 발설해 버렸다. 그 사람은 아기장수가 숨어있던 바위를 억새로 열고,
팥과 조가 변하여 된 말과 군사들을 모두 없앴다. 결국 아기장수는 뜻을 이루
지 못하였다.

옛날에 저 어떤 아줌, 참 못 사는 가정집 참, 아줌마가 애기로 낳아 놓
으이. 마, 터덕 터덕 터덕 터덕, 애기를 낳아 놓으이, 머슴아인데, 터덕 터
덕 그러미(그러면서) 마 벌떡 일나더란다(일어나더란다). 그래 장군을 낳
았어, 그래 장군을 낳았어.

그래갖고 마마, 그 옛날에 장군 낳았다 소문났다 카만 잡아가여. 그래

갖고 그래가 실경에34) 담아가, 광지리 담아가 퍼떡(얼른) 실경에 얹이 놨붔다 카데.

그래 얹이 놨부고, 뭐 하니까(하다 보니) 니러가(내려가) 갔부고 없더란다.

(조사자 : 애기가?)

예. 크기는, 더덕더덕 걷더라 카는데 뭐. 그래가 소문을 어예 들었는고, 마 맨날 잡으로(잡으러 와서), 가르치(가르쳐) 내라 카는 기라. 그래 저저 저, 애기가 조고(자기) 옴마한테 하는 말이, 저 머꼬, 뭐, 뭐, 뭐,

"말을 하지 마라." 카더란다.

말 하지 마라 카고,

"팥 한 되, 조비쌀(좁쌀) 한 되, 뭐 한 되, 서(석) 되를 달라." 카더란다.

그래 가주러 왔더란다.

그래 주고. 그래 있어도, 또 인자 마마 마, 찾아내라 카는 기라.

"어데 우옜노(어쨌나), 우옜노? 뭐 까주고(가지고)?"

그래 우옜노 우옜노 카디.

"뭐까(무엇으로) 태를 갈랐노? 태를 뭐까 비있노(베었나)?" 카더란다.

안 갈치 주는 기라. 언제꺼지 참아라 캤는데, 내일꺼지만 참았으만(참았으면) 되는데, 그걸 마 갈치(가르쳐) 줐부가지고. 내일만 참으만 되는데, 인자, 그기이35) 말(馬) 하고 다 되는 기라. 그 나졸, 조비쌀은 인자 나졸인 기라. 따라가는 기라.

그래가주고

"태를 뭐가 갈랐노?"

"거어 아무 데 거어 방구(바위) 밑에 있다."고 캤는데,

방구가 안 열리끼네, 못 찾잖아예.

---

34) '시렁'의 방언으로, 시렁은 방의 벽에 물건을 얹기 위해 가로질러 놓은 나무 선반을 이름.

35) '그것이'로, 가지고 간 팥과 좁쌀을 의미함.

그래 와가주, 다시 와가,

"태를 뭐까 갈랐노?" 카더란다.

태를 속새까36) 갈랐대요.

(청중 : 속새까 우예(어떻게) 비노(베나)?)

그 애기를 낳아가 지가 비있는가 우옜는고, 속새까아 갈랐단다. 속새
그 잘 건니가잖아(베어지잖아). 속새까아 갈랐는데, 그래가,

"옳다!" 캄시(하며),

인자 갔붰는 기라.

그래 가가 속새를 끊어갖고 방구를(바위를) 툭 치니까 갈라지는 기라.
그래 갈라져가(갈라져서) 안에 드가이끼네,

세상에, 팥, 그거는 전부다 말이 돼가주고, 팥 서 되라 카더나, 좁쌀 한
된데, 전부 다 이래 말 우에(위에) 발 한 쪽(쪽), 다리 올라가가 있더란다.

내일마(내일만), 오늘마(오늘만) 안 갈치(가르쳐) 죴이마(주었으면) 내일
은 양 쭉(쪽) 다리 다 올라가가 득천(得天)하는 기라. 다 가는 기라, 인자
전쟁 치로(치러).

(청중 : 어는 거 빼뜰로(빼앗으러) 가노?)

예, 그래 갈치 조(줘). 그래 입이, 옴마(엄마) 입은 못 참는다.

(청중 : 그래 입을 조심하라 이 말이라.)

도깨비에 눌린 사람

자료코드 : 05_19_FOT_20090723_CHS_SIS_0006
조사장소 : 경상북도 청도군 금천면 박곡리 976-1번지 동회관
조사일시 : 2009.7.23
조 사 자 : 천혜숙, 이선호, 김보라, 백민정

---

36) '속새'로, '속새'는 산과 들의 육지에 사는 여러해살이 풀의 이름이다.

제 보 자 : 손인식, 여, 69세

구연상황 : 시간이 꽤 소요되어 볼일이 있는 할머니들이 이야기판을 떠나면서 좌중이 어
　　　　　수선해졌다. 조사가 더 이상 여의치 않아 잠시 중단하였다가 남아있는 몇 분
　　　　　의 할머니들을 중심으로 다시 이야기판을 벌였다. 조사자가 도깨비 이야기가
　　　　　없냐고 묻자 교동댁이 마을 할머니가 겪었던 경험담을 들려주었다. 그 후에
　　　　　교동댁은 자신의 친정아버지가 실제로 겪은 일이라며 이야기를 구연했다.

줄 거 리 : 우리 친정아버지가 해거름에 논에 물을 대러 갔다가 기다리는 사이 바위에서
　　　　　잠이 들었는데, 갑자기 몸을 움직일 수 없었다. 뭣인가 눌러서, 아무리 애를 써
　　　　　도 움직일 수 없었다. 마침 물 대러 온 다른 사람의 인기척이 있어 풀려났다.

　우리 친정 아부지가 음달이라, 음달이라 카는 데 논이 서 마지기 있었
거든. 거어(거기) 물로 대로(대러) 갔는데, 물로 한 불(벌) 댈라 카마(하면)
기다리야 되잖아?

　그래가 방구(바위) 위에 누우(누워)잤대. 누버가(누워서) 있었는데, 저녁
이라 카더라. 저녁때 가가 인자, 물 다 댈라 카이 어두버(어두워) 왔지. 그
래 누버가 있었는데 못 일나겠더란다. 그기 뭣이 눌라킸어.

　(청중 : 딱 붙었다만.)

　그 방구에 붙었붰어. 아무리 아무리 일날라(일어나려고) 캐도 안 되고
이래갖고. 옆에 누가 오면은 일난답니더(일어난답니다).

　마 귀에는 다 인자 정신은 있는데, 몸이 안 움직이키는 기라.
그래가 아부지가 그래 애로 무웄대요(먹었대요).

　그래가 옆에 누가 물 대러 왔더래. 그래 사람 인척이(인기척) 소리만 나
면 일난답니더.

　집에도 그래 된다 카이끼네.

소를 배신한 주인

자료코드 : 05_19_FOT_20090723_CHS_SIS_0007

조사장소 : 경상북도 청도군 금천면 박곡리 미륵당거랑
조사일시 : 2009.7.23
조 사 자 : 천혜숙, 이선호, 김보라, 백민정
제 보 자 : 손인식, 여, 69세
구연상황 : 강릉댁의 '구렁이가 돼서 못된 며느리 복수하는 개'(채록하지 않음.) 이야기가
끝나자 동물담이 화제가 되었다. 교동댁이 들려준 이야기이다.
줄 거 리 : 소를 몰고 밭 갈러 간 농부 앞에 갑자기 호랑이가 나타났다. 소가 주인을 위
해 호랑이와 싸우는 와중에 주인은 겁을 먹고 집으로 도망와서 지붕 위로 올
라갔다. 마침내 호랑이를 죽인 소가 화가 나서 주인을 찾았으나, 지붕 위에
있는 주인을 어찌하지 못하고 주위를 돌다가 기진하여 죽었다.

옛날 옛날에, 아주 아주 옛날에, 아주 아주 옛날에 인자 소를 몰고 인
자 팔, 그 저 산 삐딱한 데 거, 옛날에 저저 밭, 맨들은(만든) 밭이 있잖아.

(청중 : 배알진(비탈진) 데.)

배알진 데 밭을 갈로(갈러) 갔는 기라, 그, 그 집 양반이. 밭을 갈로
갔는데. 한나절 다 돼가이 헐레벌떡, 아니 지녁때 되가이 헐레벌떡 오더
란다.

"그래 당신 소는 우쨌어요?"카이끼네,

마 어디 숨을 데가 없어가 막 돌다가 돌다가, 마 겁을 지(집어) 묵고(먹
고) 마, 지붕케 올라가가 앉아 있더란다, 지붕 만대이(꼭대기). 초가삼간
아이가, 옛날에는.

그래가주고 알아보니까, 팔밭을 가니까 범이 니러와가주고 자아(잡아)
무울라(먹으려) 카이. 소가 막, 주인 자아(잡아) 무울라 카이끼네, 소가 막
싸우는 기라. 호랑이 하고 둘이서 막 싸우는데. 주인을 자아무울라 카는
데 인자 소는 도와주는, 도와주는데,

이 소는, 참 이 주인장은 살, 지만(저만) 살라꼬 소는 냏두고 집에 왔으
니까. 집에 와가 인자 지 안 죽을라꼬 지붕딱 말래이(꼭대기) 딱 올라 앉
아 있으이, 막 인자 그 쥑이놓고(죽여놓고), 소는. 범을 쥑이놓고.

“우리 소 이기라.” 카고,

막 젙에서(곁에서) 이캐야 되는데.

(청중 : 응원을 해야 되는데.)

(청중 : 그런 이야기 있었다.)

집에 떡 니러오이께네 주인 찾는다 아이가 막. 그래 지붕당 만대이 있 거든. 거어는 못 올라가잖아, 소는. 집을 한 막 마 열 바꾸나(바퀴나) 넘기 돌더란다. 돌디만은(돌더니만) 마 죽었부더라 카데, 소가.

(청중 : 분해가.)

숨이 맥히가.

(조사자 : 힘을 다 썼다.)

소는 그래, 주인 자아 물라고 범이 니러왔는데,

(청중 : 자기가 맡아가 싸왔는데.)

어, 자기가 맡아가 막 싸우는 거 보고, 주인은 마 지 살라고 니러왔는 기라, 집에.

(청중 : 의리 없다 이래 돼가.)

소라 각시와 누에 총각

자료코드 : 05_19_FOT_20090724_CHS_AJH_0001

조사장소 : 경상북도 청도군 금천면 오봉2리 1010번지 마을회관

조사일시 : 2009.7.24

조 사 자 : 천혜숙, 이선호, 김보라, 백민정

제 보 자 : 안정환, 여, 80세

구연상황 : 자리를 떴던 청중 몇 분이 되돌아왔다. 이제껏 한마디도 하지 않던 인구정댁 이 옛날이야기가 생각났는지 조심스럽게 “파이면(나쁘면) 지웠뿌면 되제?”라 며 물으면서 마이크를 자기 앞으로 가져오라고 했다. ‘우렁각시’ 이야기로 흥 미로운 변이를 보여주는 각편이다. 어린 시절 친정곳인 충남 부여에서 할머니

께 들었다고 했다. 장편의 이야기였지만 청중은 관심있게 들었다.

줄 거 리 : 옛날에 가난한 노총각이 어머니와 함께 팥밭을 일구고 살았다. 어느 날 노총
각이 밭에서 무심코 신세타령으로 내뱉은 말에 소라고동이 대답을 했다. 이를
이상하게 여겨 집에 가져다 두었더니, 소라 고동 안에서 예쁜 처자가 나와 밥
을 차려놓고 들어가는 것이었다. 숨어서 보던 노총각이 처자를 붙잡아 함께
살게 되었다. 그러던 어느 날 처자가 총각의 점심참을 가지고 가다가 평양감
사 행차와 마주쳐 그만 감사의 부인이 되고 말았다. 노총각은 소라각시를 그
리워하여 황조새로 변해 방방곡곡을 찾아다니다가 감사 집에 있는 소라각시
를 발견하였다. 황조새로 변한 노총각은 소라각시가 있는 집 앞 나무에 걸터
앉아 소라각시와 노래로 화답하다가, 그만 떨어져 죽고 말았다. 처녀가 죽은
황조새의 목에서 나온 벌레에게 뽕잎을 먹여서 기른 것이 누에가 되었다. 그
래서 누에는 사람의 넋이라는 말이 전해진다.

옛날에 노총각이 나(나이), 나 많은 엄마캉(엄마랑) 둘이 노총각이 사는데.

그래 옛날엔 못 살마(살면) 팥밭 쪼자가[37] 살거든. 그래 노총각이 나가
가(나가서) 아들이 나가가 팥밭을 쪼자가주고 엄마캉 이래 사는데. 그래
한날은 또 가가(가서) 팥밭을 쪼즈민 노총각이 하는 말이,

"이 팥밭을 이래 쪼자 누캉(누구와) 묵고(먹고), 누캉 살꼬?"

이래 한심해서 노래로 부르거든. 인자 한심해서. 이래 부리이께 이래
덤풀(덤불) 꿍게이 덤풀 밑에서,

"누캉 먹고 누캉 살아? 내캉(나와) 먹고 내카(나와) 살지." 이카거든.

그래 그 소리가 이상해갖고 또,

"이 팥밭을 이래 쪼자 누캉 묵고 누캉 살꼬?"

"누캉 먹고 누캉 살아? 내캉 먹고 내캉 살지."

세 번을 그카이(그러니) 거어서(거기서) 세 번을 카더래.

그래 덤풀 밑에 암만(아무리) 찾아도 아무 것도 없는 기라. 그래 자꾸
나비이께네[38] 소래고딩이가(소라고동) 커단은(커다란) 기 있는 기라. 소래

---

37) '쫓아서'로 팥밭을 일구고 살았다는 의미이다.
38) '누비니까'로, 좁은 사이로 이리저리 들어가 찾았다는 뜻이다.

구딩이 크단은 기(게). 옹 소래고딩이, 그걸 인제 집에 갔고 왔어. 집에 갖고 와가 인자 모시놓고 이래(이렇게) 있으이끼네.

그래 팥밭을 쪼자놓고 오이께네, 그 소래고딩이가 나와가 밥을 딱 해놓는 기라. 밥을 해가주고 딱 치리놓고 고딩이는 흔적도 없고. 고딩이는 고(그) 자리 있고 사람은 흔적도 없고. 그래 또,

(청중 : 고딩이 껍데기마 있고?)

으으으, 고딩이 속에서 처자가 나왔지. 그래 인자, 나와가 밥을 해놓고 고딩이 속에 또 드갔붓는(들어가버린) 기라.

그래 또 이틀, 그 이튿날 가이께네 또 밥을 그래 맛있구로 반찬해가 또 지이낳는(지어놓은) 기라. 사흘 만에 가도 또 그래 지이낳는 기라.

그래, '에이 빌어물꺼, 이거 붙잡을 뺴이는(밖에는) 없다. 내가 숨어가 함(한 번) 봐야지.' 안 그래 안 싶으겠나, 노총각이.

그래 숨어가 가마(가만히) 보이, 참 그래 고딩이 속에서 처자가 나오디이 인물도 참 좋고, 이런 처자가 커단은 처자가 나와가주고 마 정제에(부엌에) 가가, 밥도 하고 뭐 뭐 오만 것도 하고, 이래 해쌓고 다 해 채리놓고 인자, 음 고딩이 속에 디갈라(들어가려) 카는 거로(것을) 그래 마 이 총각이 붙잡았붰어.

붙잡았부이께네 고디가 하는 말, 처자가 하는 말이,

"열흘만 참아 돌라." 하거든.

열흘만 참아주만, 열흘, 아,

[말을 바꾸며]

"지끔 디가야 된다."카는 기라.

그래 총각이 열흘이고 뭣이고 이 총각이 마 기양(그냥) 놓기 싫버가주고(싫어서) 기냥 붙잡았붰어.

그래 붙잡았붰는데 이기(이게) 이 총각이 그래 되면 살지, 거어서.

사는데, 또 팥밭을 쪼즈러 갔는데. 밥을 해갖고, 엄마는 있어도 나가(나

이가) 많애놓으이 그래,

"아무기가(아무게가) 팥밭을 쫓는데 배가 고픈데 저임을(점심을) 갖다 줘야 될 낀데(텐데)." 이카이께네,

"지가(제가) 갖다 주지요."

이카더라 카네.

"그래, 니가 거길 알겠나?" 하이께네,

"뭐 찾아보만 안 알겠습니꺼?" 이카미,

마 참 밥을 이고 안자(이제) 그 팥밭 쫓는데 거어 신랑 찾아간다고 가이께네. 세상아, 쪼매(조금) 가이 마 감사가 마 참 졸병을 짜더라,39) 옛날에 거 뭐 군사들 짜더라, 피양감사가, 피양감사가 마 니러오는 질이거든(길이거든). 감사가 니러오이 마 옛날에는 감사 니러오만 마 안 야단스럽나 그래?

그래 마 이기(이게) 고딩이 참 고딩이 아이가, 처자가 그자? 그래 마 덤풀 밑에 마 디갔붓어(들어가 버렸어), 무섭아가주고(무서워서). 그래 니러오이 무섭아가 뭔가 니러오이 무섭아가 엉겁질에 덤풀 밑에 디가나 놓이,

그래 감사가 지내가미 보이 그리 가는데 그 먼 데서 윽시(아주) 먼 데 서기(瑞氣)가 비추더란다 거어서. 고딩이 갔는 데 그 자리에, 이 서기가 환하이 확 비치갖고. 그래가 그래 밑에 인제 부하로 언자 가보라 했거든.

가보라 카이, 전신에(전부) 가디만은(가더니만), 아무 것도 없다 카는 기라.

"아무 것도 없습니다."

"아무 것도 없습니다."

한 사람이, 한 사람이 가디만은, 소래고딩이를 하나 조오(주워) 오더라 카는 기라.

---

39) 많은 모양을 이르는 말이다.

“그래, 소래고딩이 이것뱎에 없더라.” 카이,

마 그래 그거로 가아오이(가져오니) 마 서기 비치는 것도 없고 마 없거든.

그래가 소래고딩이가 감사로, 감사가 마치(마침) 상채하고(喪妻하고) 얼매(얼마) 안됐을 때라.

그래 고디를 가져왔거든. 가져와서 자기 집에 갖다, 그래 뭐 갖다 놓으이 참, 고딩이 속에서 참한 처자가 나오이끼네, 이게 상채했는 다음이 돼서 소래고딩이 안에 참한 처자가 나왔으이, 자기 마느래로 삼을 밖이는. 그래 인자 마느래로 삼고.

그래 감사 부인이 되어갖고 이래 감사가 막 좋다고 내(늘) 무르팍에 그 하고 내 집에 이래 있는데.

그래 그래도 한 앒은(켠으로는) 소래고딩이는 못 잊는 기라. 소래고딩이를 못 잊어가 감사캉(감사와) 살아도 소래고딩이를 못 잊어가 내(늘) 가슴 속에 인자(이제) 맺히가 있는데, 그래,

(청중 : 그기 첫사람 아이가?)

그래, 첫사람.

그래 한날은 저 저 방아, 방아 앉아가주고, 저저 옛날에는 남자들도 머리에 그거 하이끼네(상투를 트는 것을 이름.) 이도 있고 안 그러나 그자?

그렇듯이로, 저 감사가,

“내 머리 여어(여기) 뭐 지그럽다(근지럽다) 뭐 좀 봐 도고(다오).”

이카미, 안자(이제) 마누라를 좋아 못 전디가(견뎌서),

(청중 : 이 잡구나.)

머머 이를 잡으미(잡으며) 노는 기지 뭐, 이야 있겠나 그런 사람이. 그래 그거를 하니께네,

그 자기 집 젙에(곁에) 큰 고목나무가 하나 있는데 거어서 새가 주절거리더라 카네.

“보래마는(보련만은) 보래마는 황조새 보래마는.” 이카거든 새가.

그래 다리이는(다른이는) 못 알아듣는데 그 처자는 알아듣는 기라. 그래 이 처자가 하는 말이,

"보래마는 보래마는 아, 보래마는 보래마는 소래고딩이 보래마는." 이카이끼네,

그래 그 황조새가 카이, 아아 처자가, 아 황조새가 카이,

(청중 : 아니 새가 카이께.)

으으으,

[말을 바꾸어서]

"보래만은 보래만은 소래고딩이 보래만은." 이카이끼네,

"보래만은 보래만은 황조새 보래만은." 이카거든.

그래가 그 또 새가 또,

"보래만은 보래만은"

또 시(세) 분을(번을) 그캐(그래). 그카고.

그래 이 이 답을 시 분 해주고 그래 가만히 자이(자니) 인자, 남자한테는 그런 소릴 못하지. 가만히 보이께네 그래 세 번을 노래하디만 새가 톡 널찌더란다(떨어지더란다), 낭게서(나무에서). 톡 널찌는데 그래 이거 참 소래고딩이 아이가 그자?

살째기(살짜기) 인자 살째기 신랑 몰래 살째기 가보이께네,

금상(금방) 고오(거기) 톡 널쩠는데(떨어졌는데) 시상아(세상에), 모가지 요런 데가 팍 썩어가지고 벌거지가(벌레가) 바글바글하더라 카는 기라. 금상 널쩠는데. 그래가 인자 소래고딩이가 하두, 새는 죽었붔고 신랑도 그 맸어 놨다, 그렇고 그래놓으이, 그거로 벌렌따나 씰어가(쓸어서), 여자도 착하지 그자? 그래 벌레를 말쭉(모두) 실어(쓸어) 왔다 카는 기라. 그 새에서 나온 벌레를 말쭉 실어 와가주고,

'이거를 뭐를 먹으면 살리겠노' 싶어가주고,

온 천지, 오만(온갖) 이파리를 다 따 주도(줘도) 안 먹는 기라. 그래, 뽕

이파리 하나 따주보이끼네 깎아 묵거든.

그래가 그 말이 옛날 말은,

"그 뽕, 누에가 사람이 죽어가꼬 누에가 됐다." 이카는데. 그래 그 총각이 죽어가주고 그 목에서 벌레 나오는 그기(그게) 바로 뉘비라(누에라).

그래 이 아가씨가 온 천지.

(청중 : 처자 손길로 볼라꼬 뉘비가 됐다.)

그래가 그거로 인자 뽕이파릴 따가주고 내(늘) 믹이고(먹이고) 내 믹이고 키아이(키우니) 크단, 자꾸 믹이봤겠지, 그래 꼬치도 짓고 그래 하더랍니다.

(청중 : 그래 인제 총각 아이가? 밭 쫇던 총각이지.)

총각이지 뭐, 팥밭 쫇는 총각이지 뭐. 팥밭 쫇는 총각이, 총각이 인자 색시를 잃잤부고(잃어버리고) 원통해서, 원통해서 마 조선 방방곡곡이 온 천지 다 찾아댕기는(찾아다니는) 기라. 온천지 이 색시 찾아로, 온천지 찾아댕기다가 그래 감사 집에 가이끼네 그래 거어 있더라 카데.

그래 거어 있어나놓이 인자 거어 가가 인제 새소리로 그래 하이, 소래 고딩이 인자 곧이 듣고. 그래 그래 그래가 옛날에는 뭐 말이 참말이, 말이 그렇고. 그래가 누에가 사람 넋이라 이칸다 카데에.

귀신 이야기 엿듣고 부자 된 소금장수

자료코드 : 05_19_FOT_20090724_CHS_IWH_0001
조사장소 : 경상북도 청도군 금천면 오봉2리 1010번지 마을회관
조사일시 : 2009.7.24
조 사 자 : 천혜숙, 이선호, 김보라, 백민정
제 보 자 : 이원희, 여, 63세
구연상황 : 앞의 이야기가 끝나자 마자 제보자가 자청하여 "이 이야기 해도 되는가배?"
　　　　　 라며 조심스럽게 이야기를 시작하였다.

줄 거 리 : 가난한 소금장수가 도랑을 건너다 넘어져서 소금을 다 잃고는 밤이 늦어서 제당 안에서 잠을 청했다. 밤에 제당에서 귀신부부가 아들집에 제삿밥을 먹으러 갔다가 정성이 없는 음식에 화가 나 손자를 화롯불에 떠밀었다는 이야기를 들었다. 소금장수는 손자를 낫게 할 약초 처방까지 엿듣고 그 집을 찾아가서 화상을 입은 손자를 치료해 주었다. 아들 부부가 사례를 하여 소금장수는 부자가 되었다.

옛날에 소금장수가 아주 그냥 못 산다. 소금장수가 그래가주고 소금을 지고 인제 가다가, 도랑에 이래 건네가다가는 고만에(그만) 자빠졌부리가주고(자빠져버려서). 소금 방탱이를(바랑을) 옛날에는 가마니니까 소금 방탱이를 물에다 그해가지고(물에 빠뜨렸다는 뜻이다.), 소금이 다 녹아버렸어.

해가 너루주욱하게, 짊어지고 넘어가는데, 잘 데가 없으니까는 길에 이래 건네가다 보마 제당인가 막 이래 져(지어) 놓은 데 있잖는교? 서당 져어(지어) 놓는 데.

옛날에는 호랭이가 많애가주고 산 고개를 넘어가믄 사람을 보마 막 물어 죽였부거든(죽여버리거든). 이래 있는데. 거 제당 있는 데 거 들어가(들어가서) 자면 안 무섭대요. 호랭이가, 문을 딱 걸어 노만 못 들어온대.

그래가주구 들누우 자고 이래 있는데. 돈도 없제, 소금도 다 녹았제. 그래가 이래 있는데 그 뒤에서(묘에서) 그더란다, 영감 할마이가.

"여보, 여보. 오늘 우리 제사 날인데, 아들네가 제삿밥을 해 놓고 기다리고 있을 껜데(건데). 우리 밥 묵으러 가야제." 그니까는(그러니까),

"그래, 여보 갑시더." 그더란다(그러더란다.).

그래 손 붙드고 집을 갔다네. 가가주구 인제 밥을 채리갖고, 다아 이래 해 놨는데, 묵을라꼬(먹을라고) 이리 가 보니께네.

마구 구랭이가(구렁이가) 나오고, 바위 덩어리가 나오고 막 이러더래. 그래가주고, 나도 그 얘기 들었니더. 그래가, 바우덩어리도 나오고 막 이래가.

"와이구, 이거를 세상에 묵어라고. 예끼! 이런 못된 놈들." 거면서(그러면서),

손주가 바깥에 있는 거를 고만(그만) 할마이가 팍 밀어부렀대. 화로불에다가 탁 밀었부리이께(밀어버리니까) 화롯불에서 고마마 손을 탁, 디(데어) 뿌맀어.

그래놓고 인자 영감 할마이가 인제 집에 왔는데,

"아이구 여보, 여보오. 그래 놓고 오면 으야노(어떻게 하나)? 그 자식들이 아('손자'를 말함.) 지금 디(데어) 갖고 얼마나 지금 허둥대고 얼마나 그거 하겠노? 빨리 누가 가가(가서) 어예, 약을 어예(어떻게) 하게 해줘야 되는데, 이래 두면 안되는데." 그이께네,

이게 소금장수가 한 숨 짤(잘) 때, 영감들이 밥 먹고 왔다 그러면서 이얘기 하는 거 인제 듣고. 그럼서,

"머 어데 송악동 어데 머, 어데 어데 골짜기 어데를 가믄, 그래 인제 아들이 디갖고(데어서), 지금 울고불고 지금 한창 솔지기고(소란부리고) 난리지기는데, 빨리 가 이얘기를 해줘야 되겠고 하는데, 어예노?" 그이께네.

"그래, 여보, 머를 그아노?." 이래이께네,

머라 그어더라(그러더라)? 그 먼(뭔) 풀이라 그어더라꼬(그러더라고).

"뭔 풀을 뜯어가, 찍어갖고(찧어서) 빨리 그걸 이래 처발라 갖고 주믄, 그 딨는(덴) 살이 빨리 낫는다꼬. 가가 해줘야 된다."고 이래니까는,

그래 인자 이 집에가, 인제 소금장수가,

"아이쿠, 인제 됐다." 그면서,

날이 인자 훔하기(부옇게) 새이께 문을 여고 인제, 어흠 거고(그러고) 인제 갔다네.

"하이구 이 집에가 와 초상났노? 왜 이렇게 천부들(전부들) 이렇게 ○○노?" 께네,

"하이구, 우리가 시아버지 시어무이 제사지내고 나니까 아가 화롯불에

디(데어) 갖고 있다.” 이께네,

“아구 그랬냐?”고 그럼서,

“어데 어데 이래 가면 풀이 그래 있는데 그걸 뜯어다가 빨리 찍어갖고 아를(아이를) 발라갖고 그거 해주라.” 거민서 이래가,

그래갖고 마 머슴꾼들 내가(내서) 가갖고 그 풀을 뜯어가 왔다네. 그래 갖고 막 절구통에다 막 찧이갖고 그걸 발랐대. 그래 바르고 인제 그하고 나이께네, 아가 그래 죽는다고 우디만은 아가 인제 차츰차츰 인제 우는 기 인제 좀 덜 그거하더래.

고다 보이께네 막 비도 저거 하지(‘비도 내리지’의 뜻이다.) 이래가 고 거서 한 이틀 묵다 보이께, 아도 잘생기, 마 다듬어 보고 고래 질난께(‘상 처가 길이 드니’의 의미인 듯하다.) 해가 부운한께 ○○○ 푸욱 찌더라네 (‘상처가 나았다’는 의미인 듯하다.).

그래가지고는 ○○○○ 민서,

“어디서 왔냐?” 니께네 그래,

“어데서 이래이래 왔는데, 이렇다.” 거민서,

아무 소리도 안 하고 하니까는,

거어서 인제 돈 인제 엽전 돈 하고, 쌀 하고 그래 이래 줘가지고는, 주 는 데다가 소양간에 가서 소도 한 마리 내주고 이쿠(이렇게) 그러더란다. 그래가주구 집에를 건네가지고 왔대요. 부자가 됐대. 그래 부자가 돼, 소 금장수가 그래 부자가 돼갖고 잘 살아갖고(살아가지고) 지금 소금장수가 없대.

(청중 : 잘 한다!)

[웃음]

떡장수 할멈과 호랑이

자료코드 : 05_19_FOT_20090724_CHS_IWH_0002
조사장소 : 경상북도 청도군 금천면 오봉2리 1010번지 마을회관
조사일시 : 2009.7.24
조 사 자 : 천혜숙, 이선호, 김보라, 백민정
제 보 자 : 이원희, 여, 63세
구연상황 : 제보자에게 앞의 '소금장수' 이야기를 어디서 들었는가 묻자 '어렸을 적에 엄
　　　　　마가 재워줄 때 해 주셨던 이야기'라고 했다. 바로 이어서 이 이야기를 구연
　　　　　했다.
줄 거 리 : 옛날에 한 어미가 아이들을 집에 두고 떡을 팔러 간 사이에 호랑이가 집으로
　　　　　왔다. 아이들이 울고 불고 난리가 났다. 떡을 팔고 돌아오던 어미가 집 앞에
　　　　　서 호랑이와 맞닥뜨렸다. 호랑이가 떡을 주면 잡아먹지 않겠다고 하자, 어미
　　　　　는 떡 대신에 돌을 던졌다. 돌을 입에 받아 문 호랑이는 도망을 가고, 세 아
　　　　　이는 살아남았다.

　떡장사가 떡 팔로(팔러) 가갖고, 아들 서이를(셋을) 집에 두고, 떡을 해
가주고 인제 집에를 가가, 인제 갔는데.

　"어예든지 누구든지 와가지고 문을 열어 달라거든 절대로 열어 주지
마라."

　인제 아들한테 그래놓고. 문을, 옛날에는 안에다가 인제 문을 걸어 놓
고는 떡을 이고 인자 몇 수 고개를 넘어갖고 떡을 팔러 가는 거라.

　그래가 거서 인제 떡을 다 팔고 인제 거해갖고 인제 걸음 주춤주춤 걸
어오는데.

　바깥에서 물 튀기는 소리가 펑적펑적 막 나더래.

　그래가주고 방안에서 마, 아들이 마, 어득푸득 울면서,

　"우예냐?" 꼬,

　"엄마도 왜 안 오고, 인제 거 하느냐?"

　그러고 막 날지기고('난리 지기고'를 급하게 말한 것이다.) 이래다니까
는. 그래다보이 어마이가 어두쿰씩(어두워지니) 인제 넘어온 거라.

넘어 인제 오니까는 머가(뭐가) 얼룩덜룩한 게 막, 밖에서 막 이래 보이께네 그게 호랭이라. 물을 인제 꼬리를 추려가지고(축여서) 문풍지에다가 칠기칠기 해갖고 인제, 문종이 순여이 연다고[40] 그러면서,

"할멈 할멈, 떡 하나 주면 안 잡아먹지. 먹지."

그면서 막, 밖에서 막 캐도 사람소리 겉이(같이) 그래 해도, 아아들이 안 열어주고, 울고불고 이래 하니까는. 밖에 있으이께네, 바같에서 있다가,

"예끼! 이늠아, 거(거기) 가서 꼬마들 있는데 떡 달랄 거 뭐 있냐? 떡은 여게 있는데, 예 이늠! 떡이나 먹으라."면서,

그래가지구 입을 벌려 떡 달라 카면서 돌멩이를 갖다가 던지께네 그걸 팍 받아가지고 물었부더래. 글때부터 물라이(물려 해도) 물지도 못하고 그래도 못하고 막 튀마(달아나며) 내빼더란다(도망가더란다).

그래가 아들 서이가 안 잡아먹고('잡아먹히고'를 잘못 말했다.), 그래고.

착한 며느리에게 나타난 인삼동자

자료코드 : 05_19_FOT_20090724_CHS_IWH_0003
조사장소 : 경상북도 청도군 금천면 오봉2리 1010번지 마을회관
조사일시 : 2009.7.24
조 사 자 : 천혜숙, 이선호, 김보라, 백민정
제 보 자 : 이원희, 여, 63세
구연상황 : 앞의 이야기에 이어서 또 이 이야기를 시작했다. 연거푸 세 편의 이야기를 했고, 청중은 조용히 듣고 있었다.
줄 거 리 : 시어머니에게 구박받는 착한 며느리가 살고 있었는데, 새벽에 나가보면 늘 아궁이 불씨가 꺼져 있었다. 하루는 밤을 새워 지키고 있었더니, 한 동자가 나타나 불씨에다 오줌을 쌌다. 며느리가 따라가 보니 몇 고개를 넘어가서 동자가 사라졌는데, 그 자리가 모두 인삼밭이었다. 며느리가 그 인삼을 캐 와서 부자가 되었다. 욕심많은 시어머니가 자꾸 가자고 하여 다시 갔더니, 빈 땅만

---

40) 문종이를 축여서 문을 쉽게 연다는 의미이다.

있었다.

메느리가 시집을 와가 사는데.

물동우를 물을 지고 가가주고, 이고 가가주고 물을 푸게 하면. 이놈의 쌀 씰라면(씻으려면) 바가지가 옛날에 고지바가지가, 이 뚜디리(두들겨) 깰라 그래도 잘 안 깨지는 바가지가, 바가지를 노박(늘) 뚜디리 깨는 거라. 시어머이가 바가지 바가지를 말랴가지고 해나이, 하두 하두 뚜디려 깨이, 마 시집살이를 된통 씨기는(시기는) 거라. 그래지.

아침에 또 밥을 할라 그러면 옛날에는 저게, 불씨를 가주고 불씨를 해 놔 놓으면. 새복에(새벽에) 와 머가 어예 물을 뿌리대는지 우야는지, 노박 (늘) 그거 가 불 꺼졌부고. 불 꺼졌부고 이래면, 밥을 또 보리 퍼트리 밥 을 해야 되는데 불씨가 없어 이랜 거라.

한번은 시어머니인데 하두 집이,

옛날에는요, 며느리 시어머니인데 마이(많이) 맞았어요. 지금은 시어머 니들 안 모실라 글고 지금 그거할라 그러지만, 옛날에는 마이 맞았어. 우 리 엄마도 맞았다 그더라고.

시어머이가 방이,

[손으로 크기를 나타내며]

이마이(이만큼) 높으고, 부엌이 깊으다 그더라고.

그러만, 담배대가 막 이만하대. 이만하는데 저게서 하만, 이래이래 땡겨 갖고 그거 불을 팅길 정도로 담배꽁초 이런 데를 막 물고 이런데. 그래가 주고 방에서 풋고 있으면, 부엌에서 불피고 나락 깨고 막 이래 불을 때면, 그 불을 붙여 달라 그런대. 그래 인자 불을 붙여 주면 그 담배를 피우고 이런 뭐한 시절인데.

아구, 이놈 불이 그냥 자꾸 꺼지고 이라이께.

요런 메느리 있다가,

"내가 오늘은 불씨를 어예든지 잡아갖고 내가, 어예든지 복수를 그거해 야 된다."믄서, 안 자고 있다가 어예 보면 깜박하고 잠들었다 보마 언제 어딘가 날이 샜부고 그래가주고, 또 ○○○데.

한번에는 잠도 안 자고 이래이께네, 새벽에 부움한데 보이께네. 아가(아 이가) 하나가 또르르르륵 오디만은 오줌을 좌아악 깔겨, 오줌을 쌌부더라 네. 고 바깥 불에다가, 불씨에다가 오줌을 쌌부더란다. 고래놓고 고게 막 보로로록 가더라네.

그래가주고 달밤에 마, 온 거들에 막 갔대. 막 따라갔대. 막 따라가주고 가니까는 그래 고개를 몇(몇) 둥(등) 고개를 넘어가 가더라네. 그래 고개를 거 넘어가디만은 마 한 두굴, 두 굴 몇 군데 넘어가디만은 아가 마 간 곳 이가(곳이) 없더래.

그래가주고, '아이고, 요놈 잡지도 못하고 저거하고 이래가주고 어예 나.' 싶어가 했디만은. 낸중에(나중에) 마 한참 있다가 보이 날이 붐하기 새고 본께 그기 처언부(전부) 인삼밭이더래. 인삼이 막 이래 훌친 게 막 전부 인삼밭이더란다.

(청중 : 인삼이 옛날에 아아다(아이다), 아아다.)

그래, 아아가 이게 인삼동자라 그게.

그래가주고 하두 며느리가 구박 받구 하두 그하고, 인제 이러고 집도 막 거하는 데다가 구박 받고 이래니까는. 인제 고만 시어머이가 너무 그 거 하니까는(시집살이가 몹시 고됐다는 뜻이다.) 며느리 이래 해주면 구박 안 받으까 싶어갖고 인제 그랬다 이래데.

나도 이얘기 못 봤고, 옴마한테 이야기 들었어요. 우리 엄마 옛날에 옹 천국민학교 성생질까지(선생질까지) 했거든, 그 당시에. 그래가주고 엄마 가 똑똑더라고. 근데 딸이 넙주죽하이.

많아, 내 이야기 굉장히 많은데, 지금 대충대충하지 잘 모릅니다.

그래가주고 가가, 인삼 있는 걸 막 캐가주고 막 치마에다가 막 캐가,

글때는 치마가 길어야 돼, 짧은 거 어데 입었노? 그래가주고 싸가주고 오니까, 시어머이가 있다가, 들오니까,

"이년! 밥도 안 하고, 어디 가가주고 저거 하냐?"

그면서 막 시어머이가 난리를 지기더란다. 그래가주고,

"어무이예, 도라지 가가주고 한굼(한가득) 캐왔다." 그면서,

그라고 버어가(부어서) 놓디만은. 보이께네, 인삼이 막 빛이 팍 나는 기야. 막 부어노니까 도라지라고 부어났는데, 지는 도라지라고 그랬다네.

부어놓이께네 빛이 확 나더라네.

그러고부텀은 그 집이 또 잘 되고, 거 하고. 저게 뭐야, 시어머니인데 쿠사리도 안 먹고('핀잔도 안 듣고'의 의미이다.). 그래가주고 행복하게 잘 모시고 살았다 이래데.

(청중 : 시어마이 눈에는 인삼이다.)

그랬다대. 그게 인삼이더라네 인삼. 인삼이 크으냥(그냥) 인삼밭이.

그래가주고 날이 저거 해가주고 또 욕심 많아, 고만 안 가야 되는데, 또 그냥 인제 시어머이가 욕심 많으이께,

"가자, 가자." 캐가주고.

거얼 갔는데 가이께네, 맨하게 방막('땅만'을 잘못 말한 것이다.) 파재 껴 놓고 마 있지, 아무 것도 없더란다. 그래 갔다 그냥 왔다 이래데.

그래 사램이 욕심을 너무 지기고('부리지 말고'를 잘못 말했다.) 내 생애 준만큼 복을 받고 마, 그래 살아라. 너무 욕심 지기고 살지 말고 베푸리고(베풀고) 살아라 이래더라고.

우리 엄마가 고러데.

어미 행세 한 호랑이를 죽인 딸의 지략

자료코드 : 05_19_FOT_20090723_CHS_CYG_0003
조사장소 : 경상북도 청도군 금천면 박곡리 976-1번지 동회관
조사일시 : 2009.7.23
조 사 자 : 천혜숙, 이선호, 김보라, 백민정
제 보 자 : 채연교, 여, 67세 외 1인
구연상황 : 더 이상 노래가 나오지 않아 조사자가 '우스개 이야기'도 된다고 하였더니,
사골댁이 "할마이 할마이 니 이고 가는 거 머고? 니 안 잡아먹지."라는 이야
기가 있다고 하였다. 더 자세히 이야기를 해달라고 청했다. 이야기 속의 대화
마다 리듬을 살려 구연하여, 재미를 더했다. 사골댁이 이야기를 마치자, 나실
댁이 다른 결말의 이야기를 덧붙여 구연했다.
줄 거 리 : 산길에서 호랑이가 묵을 이고 딸네집에 가는 할머니를 막아 섰다. "묵 하나주
면 안 잡아먹지."라는 말에 묵을 주었다. 팔과 다리를 차례로 요구하여 할머
니는 결국 몸통만 남게 된다. 할머니의 몸통마저 먹은 호랑이가 딸네집에 가
서 어미 행세를 했다. 그러나 딸은 손을 보고 어머니가 아닌 것을 알아차리고
나무 위로 피했다. 나무 밑까지 쫓아온 호랑이에게 자신이 나무 아래 샘 속에
있다고 말했다. 호랑이는 딸의 모습이 비치는 샘에 뛰어들어 죽었다.

첨부터 자시이(자세히) 모르는데.

할마시가(할머니가) 딸네 집에 가거든.

그래 인자 고개를 넘어가거든, 뭐를 이고.

그래 범인가 뭣이 나타나가,

"할마이, 할마이, 니 어데 가노?" 하이,

"나 딸네 집에 비(베) 매주러 가안다." 이카거든.

"니 이고 가는 건 뭐어꼬?" 카이,

"묵 해가 이고 가안다." 카거든.

(청중 : 떡이라 카더라(할머니 머리에 인 것이 묵이 아니라 떡이라는 의
미임.), 우리는.)

(청중 : 응어어(강한 부정의 뜻임.), 묵, 묵.)

"묵 한 모타리 주면 니 안 자악(잡아) 묵지." 이카거든.

그래가 또,

"니(네) 팔 하나 띠(떼) 주마 니 안 자아(잡아) 묵지."

팔 하나 띠주고 또,

"한 한 짝 팔 띠 주면(떼 주면) 니 안 자아 묵지".

발('팔'을 잘못 말한 것이다.) 다리 다 뗐부고 낸주우는(나중에는) 언자 몸띠이만(몸뚱이만) 도굴도굴(데굴데굴) 구불러 가이, 범이 와가 날람(낼름) 조오(주워) 뭇부더라(먹어버리더라) 카데.

[청중과 제보자 모두 웃음]

[보조 제보자가 이야기를 보충한다.]

집에 드가이,

"야야 문 열어라." 카이께네,

"엄마 이 시간에 와 오노? 와 오노?" 카이께네,

"문 열어라." 카이,

"엄마 손 한번 들라 봐라." 카이,

손이 요래 폭신하거든.

"엄마 손이 와 폭신하노, 까끄리하노?" 카이,

(청중 : 그래 범손을 들라 그렇다.)

"비(베) 매다가 전에 그렇다." 카이,

"엄마 양쪽 손 들라라." 카이,

다 그렇거든.

"엄마 손 그하다." 카미(하며), 문을 여이께네(여니까) 들와가 범이.

(청중 : 자아(잡아) 먹었구나.)

(청중 : 따(다) 자아 묵었부고.)

자아 묵고 범이 인제 딸네집에 갔구나.

[청중들이 모두 크게 웃는다.]

그래가 다 자아(주워) 무뿌고는(먹어버리고는), 그래가 자아 묵잖애('잡

아먹은 것이 아니라'며, 이야기를 정정한다.),

그래가 딸 그기 뒷문을 니리가주 올라가 있이이,

[청중들이 서로 아는 내용을 이야기하여 좌중이 소란스러워졌다.]

밑에서, 낭개(나무에) 올라가가주 피해가 있으이께 밑에서 니러오라 카더래. 이래 하이께네, 그래 낭개 올라가가주고 그래 우얀다(어쩐다) 카더노? 우야고(어찌하고) 그카더만은.

(조사자 : 누가, 누가 낭개 위에 올라갔어요?)

(청중 : 딸이.)

(보조 제보자 : 딸이.)

안 자아(잡아) 믹힐라고(먹히려고) 손 보고, 그래 마 자아 물라(먹으려) 카는데 안 자아 믹힐라고.

[다시 좌중이 소란스러워졌다.]

그래가, 그래 낭개 올라가가주고 이래 있으이께네, 그래 저 밑에 샘이가 하나 딱 있는 기라. 샘이 고 니라보이께네 이래,

"날 잡, 날, 저 나는 샘이 밑에 있다."

우에(위에) 올라 앉아가,

[청중이 웃으며 박수를 친다.]

"샘이 밑에 고(거기) 있다. 샘이 거어 있다. 고오(거기) 들오너라." 카이께네,

그래가 참 밑에 그늘이 딱 보이, 딱 비치거든. 낭개 올라앉아 물에 고래 있이이꺼네.

그래 고고 잡아 묵을라고 폭 들어가이 마 빠져 죽었부고. 그래가 지는 살었고.

(청중 : 그 집 딸은 인자 꾀를 써가주고 범을 직있다(죽였다).)

꽝철이가 갈라놓은 억산

자료코드 : 05_19_FOT_20090723_CHS_CYG_0004
조사장소 : 경상북도 청도군 금천면 박곡리 976-1번지 동회관
조사일시 : 2009.7.23
조 사 자 : 천혜숙, 이선호, 김보라, 백민정
제 보 자 : 채연교, 여, 67세
구연상황 : 시간이 꽤 소요되어 할머니들이 노래판을 뜨기 시작하면서 분위기가 어수선
해졌다. 조사가 더 이상 여의치 않아 잠시 중단하였다가 여전히 자리를 지키
고 있는 분들을 대상으로 이야기판을 벌였다. 억산에 대해 물었더니, 사골댁
이 손으로 꽝철이 흉내를 내며 이 이야기를 구연하였다.
줄 거 리 : 용이 되기 위해 백일기도를 드리던 꽝철이가 구십구 일 만에 들켜 용이 되지
못하였다. 화가 난 꽝철이가 올라가면서 꼬리로 바위를 치는 바람에 억산이
갈라졌다.

(청중 : 여 박곡에 꽝철이가 있었는데, 대비못에.)

꽝철이가 있었는데, 백일기도를 디리는데. 백일로 못 채우고 구십구일
만에 대등킸부렀는(들켜버린) 기라, 기도를 디리다가. 대등키이뿌리나노
이, 꽝철이가 인자, 저, 저게, 용이 돼가 올라갈라 카다가 대등킸부리나노
이까네, 그것이 인자 허사리가 됐븠는 기라.

그래가 부애가(부아기) 나가 꽝철이 돼가 올라가민(올라가면서) 꼬리로
마 바위를 콱 쳤부리놓이 턱 갈라져갖고.

(청중 : 그래 저 억산 갈라졌다.)

그기 지금 갈라진 전설이 있다 카이.

죽은 아내가 낳은 아이

자료코드 : 05_19_FOT_20090723_CHS_CYG_0005
조사장소 : 경상북도 청도군 금천면 박곡리 976-1번지 동회관
조사일시 : 2009.7.23

조 사 자 : 천혜숙, 이선호, 김보라, 백민정
제 보 자 : 채연교, 여, 67세
구연상황 : 운문사 사리암에 대한 단편적인 이야기들이 더 이어졌다. 조사자가 '야래자
전설'을 꺼내자, 사골댁이 안다고 하면서 이 이야기를 시작하였다. 청중들은
이야기에 집중하면서 들었다. 제보자가 끝을 모르겠다고 하자 몇 분이 '나무
꾼과 선녀' 이야기랑 비슷하다고 하기도 했다.
줄 거 리 : 옛날에 처녀와 총각이 사랑을 했는데 처녀가 죽어버렸다. 처녀를 그리워하던
총각의 꿈에 처녀가 나타났다. 총각은 너무 반가운 나머지 처녀의 손목을 잡
았다. 다시 꿈 속에서 처녀를 만났더니, 손목에 깁스를 하고 있었다. 이유를
묻자 그가 손목을 잡은 때문이라고 했다. 그날 처녀는 총각에게 열 달 뒤에 만
나자고 약속을 했다. 열 달 후 처녀는 무덤 속에서 낳은 아이를 총각에게 주고
는 하늘로 올라갔다. 총각이 그 아이를 받아서 키웠는데 끝은 알지 못한다.

또 옛날에, 어떤 처녀하고 총각하고 이래 사랑을 했는데. 마, 처녀가 죽
어뿌렀어(죽어버렸어). 그래가 처녀는 항상, 참, 총각은 늘 이래 그리워하
고, 그리워하고. 이래 죽어가주고 산소에도 갔다 오고.

선몽을(현몽을) 한문(한번) 이래 대고 해가주고. 그래 한문(한번) 산소에
하문 갔다가 그날 밤에 선몽을 대가주고 이래 있는데. 처녀가 이래 떡 나
타났는데 반갑아(반가워) 손목을,

[옆에 앉아 있는 청중의 손목을 잡으면서]

덥석 잡아뺐는(잡아버린) 기라.

[자신의 손목을 잡으면서]

이래 잡았부고.

그래 이튿날은 뒤에 또 그래가 또 하문 선몽을 댔는데. 다음에는 인자
산소에 갔다 와가 그날 밤에 또 선몽을 댔는데 보이, 기브스를('gips'를 의
미함.) 떡 해가(해서),

[깁스를 한 흉내를 내며]

이래가, 처자가 이래가 왔더란다.

"이거 와 이랬어요?" 이카이께네,

“당신이 손을 잡아가주고 부어가주고 지금 기부스를 해가 왔다.” 이카민서.

그래가 그래 그카면서,

“우리가 언자 언자는(이제는) 만내지 마고 열 달 후에 만나자.” 이카더란다.

그래가 열 달 후에 약속, 어느 날 몇 시에 오라 이카거든, 무덤으로.

“몇 시에 오라.” 캐가주,

가니까, 밤중에 가이. 무덤이 탁 갈라지디만은 남자 옥동자 같은 아기를 하나를 안고 나와가주고 남편을 주면서 그래,

“이기 당신의 아들이라.” 이카미(이러면서),

아이를 주고는 그래 그 저 여자는 하늘로 올라, 쑥 올라 갔부거든.

그래가 인자 이 사람 애기를 안고 키운다. 키우이, 이 아가(아기가) 인자 잘 이래 커가지고.

“그래 하문썩(한번씩) 인자 이래 인자 만날라 카거든, 어는 날 하문썩 만나자.” 이카고 이래 하는데.

그래 인자 하문썩 이래 만내기로 했는데. 그래 아부지가 그래 그 아이를 키우면서,

“나는, 너는 하늘에 올라가면은 애비 없는 자식이고, 지하에 내려오면 어미 없는 자식이라.” 카미.

그 끝은 모르겠다. 그래.

(청중 : 나무꾼과 선녀 가간이다(‘비슷하다’라는 의미로 보인다.).)

예. 그래가주고 그래가 애기를 낳은 그런 것도 참, 그 끝이 있는데.

(조사자 : 귀신, 죽은 아내하고 사이에서 애기를 낳은 거예요?)

(청중 : 애기 배가(배서) 죽어가주고 그 안에서.)

아이라, 손목을 하무(한번) 잡고 이랬는데 애기가.

이기 거짓말 이야기라.

방귀쟁이 며느리

자료코드 : 05_19_FOT_20090723_CHS_CYG_0007
조사장소 : 경상북도 청도군 금천면 박곡리 미륵당거랑
조사일시 : 2009.7.23
조 사 자 : 천혜숙, 이선호, 김보라, 백민정
제 보 자 : 채연교, 여, 67세
구연상황 : 밤공기가 차서 이튿날을 기약하고 이야기판을 마무리하려는데, 마을 이장이
나타났다. 이장의 등장으로 이야기판이 이어졌다. '방구쟁이 며느리' 이야기
를 청했더니, 사골댁이 "아 그거는 다 알지."라며 구연을 시작했다. 사골댁은
웃음을 이기지 못했고, 청중들도 웃으며 경청했다. 이야기가 끝나갈 무렵 강
릉댁이 "그거는 몇 방 정도가 아인(아닌) 기라"라고 하여, 좌중을 웃음바다로
만들었다.
줄 거 리 : 며느리가 혈색이 자꾸 노래졌다. 시어머니가 그 이유를 물으니 방귀를 참아서
그렇다고 했다. 시어머니가 방귀를 맘껏 뀌라고 했다. 며느리가 방귀를 뀌니
부엌에 있던 시어머니가 아궁이로 들어가서는 굴뚝으로 나오고, 소죽을 끓이
던 머슴이 부엌으로 들어갔다. 또 집 앞에서 방귀를 끼니 집이 휘청 넘어가버
려서, 다음에는 뒤안에서 끼어 집을 바로 세웠다. 결국 시어머니가 그만하라
고 말렸다.

미느리를 봐놓이 며느리가 노오라이(노랗게) 혈색이 지는 기라.

"그래 야야, 며느리 와(왜) 그러노?" 하이께,

그래,

"방구를 못 끼이 그렇다." 카거든.

[청중 웃음]

"그러마 니가 방구로 끼라." 카이,

"방구 끼마 우리 집이 넘어갈 낀데."

[모두 웃음]

그래가 정제(부엌), 안자(이제), 정제 시어마시가 있는데 방구를 끼이놓
이(뀌어놓으니) 시어마시가 부엌을 쏙 들어갔부고(부엌의 아궁이로 들어
갔다는 의미임.) 부엌을 쏙 드가(들어가).

그래가주고 뭐뭐, 뒤안 뒤에 굴뚝에 가나노이, 굴뚝에 저 나갔부는 기라. 그래 꿀뚝에서(굴뚝에서) 끼이(뀌니) 이래 앞으로 쑥 나왔부고,

[청중 웃음]

[웃음을 애써 참으며]

그래노니 소죽솥 낋이는데, 또 머슴이 소죽을 낋이는데 또 거 가 끼이 나놓이께네, 마 또 머슴이 부엌을 쑥 드갔부거든(들어가버리거든).

(청중 : 방구를 및(몇) 방 끼있노?)

그래가 또, 저짜아 가 끼이 또 앞으로 쑥 나오고.

(청중 : 방구를 그거는 몇 방 정도가 아인(아닌) 기라.)

(청중 : 방구를 몇 년을 참아놓이께네.)

그래가 앞에 끼나놓으이께네 집이 휘딱 넘어갔부는 기라. 그래 또 뒤안에 가이께 또 집이 바로 서는 기라.

[청중 폭소]

난 그거밖에 모린다.

“아이고 고마 해라. 고마해라.” 카더란다.

덜렁이 바보 며느리

자료코드 : 05_19_FOT_20090723_CHS_CYG_0008

조사장소 : 경상북도 청도군 금천면 박곡리 미륵당거랑

조사일시 : 2009.7.23

조 사 자 : 천혜숙, 이선호, 김보라, 백민정

제 보 자 : 채연교, 여, 67세

구연상황 : ‘방구쟁이 며느리’ 이야기가 구연되는 동안 이야기판은 온통 웃음판이 되어버렸다. 이 분위기의 연장으로, 사골댁이 이 이야기를 구연하였다. 청중들은 계속 웃어댔다.

줄 거 리 : 옛날 바보 며느리가 손님상에는 장을 아홉 종지 놓고 신랑 상에는 여덟 종지

를 놓았다. 신랑이 눈총을 주자, 덜렁거리고 가서 장 종지를 하나 더 채워놓
았다. 신랑이 기가 차서 웃는 것을 보고, 며느리는 이제사 좋아서 웃는다며
만족해 했다. 또 김을 부엌 아궁이에 넣고 굽는 것을 보고 시아버지가 김을
좀 멀리서 구우라고 시켰더니, 바보 며느리는 마당으로 나가서 아궁이를 향하
여 김을 들고 서 있었다.

손님이 왔는데, 손님상에는 장(醬)을 아홉 종발이 놓고 자기 신랑한테는
여덟 종발이 났거든.

신랑이 그래 인자(이제) 가마 보이 기가 차거든.

(청중 : 똑같은데.)

장만 고래 쪽 놔났거든.

그래 뭐라 카지는(하지는) 않고 색시 눈을 탁, 요래 꼴았부는(흘겨버린)
기라. 덜렁 덜렁 색, 마느래 가디만은(가더니만) 장을 하나 턱 떠가 신랑
한테 떡 갖다 놔노이, 인자 똑같이 아홉 종발이 되는 기라.

기가 차가 허허 윗었다(웃었다), 신랑이.

[청중 웃음]

"인자(이제) 좋다고 윗는다(웃는다)."

[청중 웃음]

(청중 : 그기 끝이가?)

(청중 : 끝이지.)

[제보자가 이야기를 계속한다.]

미느리가, 미느리가 주방에 왔다 갔다, 정지지(부엌이지) 옛날에는, 왔
다갔다, 왔다갔다가 해.

"야야, 니가 와(왜) 그렇기 바뿌노?" 이칸꺼네,

"김을 저게 부석에다(아궁이에다) 옇어(넣어), 김이 탈라(타려) 캐싸요."

[청중 웃음]

"야야, 김을 그래 꿉어대노? 저 김을 저 멀리 꿉어야(구워야) 되지 그래

가 되나?”이카이,

그래가 이튿날 또 지녁 때 마당가에 김을 이렇기 들고 있는 기라.

[손을 머리 위에 쭉 뻗으며]

(청중 : 멀리 꿉어라 칸다고?)

어(긍정의 의미임.).

“야야 니 거어(거기) 머 하노?” 그카이,

“어얼(어제) 지녁어(저녁에) 아버님, 김을 먼 데서, 먼 빛에 꿉어라(구워
라) 안 카셨습니꺼?”

[청중 웃음]

(조사자 : 재밌네.)

(청중 : 그래가?)

그래, 옛날에는 다 그래.

(청중 : 끝이가?)

사리암에 올라가다 소금 꿈꾸고 부자 된 며느리

자료코드 : 05_19_FOT_20090723_CHS_HJM_0001

조사장소 : 경상북도 청도군 금천면 박곡리 976-1번지 동회관

조사일시 : 2009.7.23

조 사 자 : 천혜숙, 이선호, 김보라, 백민정

제 보 자 : 허정문, 여, 69세

구연상황 : 앞의 이야기를 듣고 교동댁이 절과 관련된 이야기를 한편 구연하였다. 교동댁
　　　　　 이야기가 끝나자 마자 파동댁이 기다렸다는 듯이 이 이야기를 시작하였다. 이
　　　　　 이야기를 듣고 청중들은 부자가 되는 꿈에 대한 잡담을 길게 이었다.

줄 거 리 : 가난한 과부가 사리암에 가면 쌀과 복을 준다는 말을 듣고 그 곳을 찾아 갔
　　　　　 다. 다른 사람들은 시주를 하기 위해서 모두 쌀을 머리에 이고 가는데, 빈손
　　　　　 으로 가는 자신의 모습이 처량해서 머루다래를 따먹으면서 쉬었다. 잠깐 잠이
　　　　　 들었는데, 노인이 주는 소금을 치마로 받는 꿈을 꾸었다. 그 후 과부는 해방

후 쫓겨 가던 일본인의 땅을 얻게 되어 부자가 되었다.

옛날에 부산에, 부산에 자꾸 신도들이 자꾸 사리암에[41] 기도를 가거든.

집에는 신랑은 일찍이 죽었뿄고. 시부모님 모시고 이래 안죽(아직) 청춘과부로 사는데.

'야라리 이거 마 이왕 무울(먹을) 거는 없고, 사리암에 저어 가마 복을 준다 카는데(하는데). 쌀도 주고 복도 준다 카는데, 내가 거 한번 따라 갈 빽이(밖에) 없다.'

(청중 : 사리암은 쌀이 니러 온대요. 그래 사리암이라.)

모도 가는데, 전시이('전부'를 의미함.) 쌀로 이고 가거든. 빙걸로('빈손으로'의 의미임.) 가는 사람은 자기 혼자 빽이(밖에) 없거든.

가만 생각하이께네 마 허무하기도 허무하고, 이래가 내가, 자기가 이래 생각해.

'아이고, 존자님이고 뭣이고 내가 저 머꼬, 복 받으러 왔는데, 쌀 준다 캐가 여(여기) 왔는데 쌀도 하낱도 주지도 안하고.'

아이구 마, 저 밑에 머루 다래가, 덩쿨이 있는데, 머루 다래가 콱 열었거든. 이래저래, 이래저래 뒤훑치가 따묵다가, 따무이께네(따먹으니까) 소내기가(소나기가) 촤르륵 오거든. 그래 방구 밑에 가 딱 이래 딱 요래 있으니께네.

허이연 노인이 꿈이 나타나가주고,

"자네가 부모한테 너무 너무 효도하니까, 그래 내가 소금을 좀 주꾸마(주마)." 카더란다.

빵꾸(구멍) 났는 채매(치마), 채매로 이래저래 이래 아무리가(오무려서) 소금을 한참을 받았답니다.

(청중 : 소금 그기이 얼매나 좋다꼬.)

---

41) '사리암'은 경북 청도군 운문면에 있는 운문사에 속한 암자이다.

그래가 떡 보이께네, 그기라예, 꿈이라.

그래 집에 떡 갔다 카이.

(청중 : 부자되겠다.)

집에 떡 가니까, 인자 글때 인자 저 뭐꼬? 전쟁 나가주고 일본사람은 후지끼(쫓겨) 가고. 거거 머 땅 있는 거,

"머 상(さん), 머 상(さん)." 카더랍니다.

"예." 카이께네,

"이거 전신이(모두) 집이가('집이'로, '당신이'의 뜻이다.) 하라." 카더란다.

이 땅, 부산, 부산에 있는 땅, 집에 다 하라 캐가.

(청중 : 일본사람 어데서 만냈노?)

새댁이, 일본서, 일본 그 셋, 접방살이를(셋방살이를) 했지. 그래가 그거, 그걸 인자 받아가주고.

(청중 : 하아, 소금 꿈을 꿇으이.)

받아가, 만날 사리암 절에 가는 기라, 진짜 복주는 저기.

(청중 : 소금 꿈을 꿨으이 그래 뭐.)

소금을 한 채매를 주더란다('한 치마 가득 주었다'는 뜻이다.), 허이연 노인이.

(청중 : 소금하고, 옛날에 미영, 목화.)

(조사자 : 하아, 목화도. 목화도 부자 되는?)

(청중 : 부자 되는. 돼지꿈은 아무 꿋도(것도) 아이라.)

공덕 없는 엄마를 극락으로 보낸 아들

자료코드 : 05_19_FOT_20090723_CHS_HJM_0002
조사장소 : 경상북도 청도군 금천면 박곡리 미륵당거랑
조사일시 : 2009.7.23

조 사 자 : 천혜숙, 이선호, 김보라, 백민정
제 보 자 : 허정문, 여, 69세
구연상황 : 경동댁이 구연한 '장군터 베틀바위' 이야기가 끝나자 파동댁이 이 이야기를
　　　　　바로 구연했다.
줄 거 리 : 옛날에 아들을 절로 보내고 영감을 자주 갈아치우며 인색하게 살았던 여인이
　　　　　죽어 지옥에 떨어졌다. 이승에서 쌓은 공덕을 통해서만 극락으로 갈 수 있는데,
　　　　　여인은 남에게 파 한 뿌리 준 공덕 밖에 쌓지 못했다. 그래서 파를 꼬아 극락
　　　　　으로 달아 올렸으나 매번 떨어지기만 했다. 중이 된 아들이 안타까워 큰스님들
　　　　　을 불러 모아 정성껏 불공을 드려, 간신히 어머니를 극락으로 천도하였다.

아주 아주 옛날에, 아들을 낳아가주고 절에 중을 보내고, 이 엄마는 하
루 지녁에 마마 영감을 마 및(몇) 나를(낱을) 갈아치우는 기라. 예, 마 이
영감했다가 저 영감했다가 이 영감도 했다가 저 영감도 했다가. 아무리
하지 마라 캐도 기양(그냥) 자꾸 하는 기라.

[청중 웃음]

(청중 : 비아그라 마이 묵었구나.)

할머니가 또 숭악하기로('흉악하기로'로, 여기서는 아주 인색한 것을 이
름.) 마 한정없이 숭악한 기라예. 숭악하기로 마, 파, 파도 한 뿌리 줄라
카면 그거는 마 진사급제를 해야 그거는 한 뿌리 가가고(가져가고).

그래가 떡 죽었는데. 재로(齋를) 떡 하는데 평생에 살면서 아무 것도 베
푼 것이 없으니까 이거 마 지옥에 툭딱 떨어져노이. 이거는 뭐 달아 올릴
수가 없어.

파로 한 뿌리 새끼로 꼬아가주고 달아올리이 툭딱 떨어지고.

(청중 : 와(왜) 파까(파를 가지고) 하노?)

파 한 뿌리밲이 남 존(준) 거는 없으이께네. 공덕이 그것뿐이 없는 기라.

(청중 : 그럼 옷 이래 째가(찢어서) 하지.)

옷도, 그래 남 존(준) 거만 하는 기라, 저승가면은. 남 존(준) 거. 선심을
베풀어야, 인자 그 인자 저 머꼬(뭐고), 지옥에서 인자 극락으로 올라가는데.

또 꼬아가 하노이 또 약해가 툭딱 떨어지고, 자꾸 떨어지거든.

아이고 이래가, '우리 엄마는 천상 이 지옥에서 건지내야 될 낀데.' 아무리 아무리 해도 안 되고 마, 그래가주고 나중에는 마 스님을 큰 스님을, 명산대찰(名山大刹)에 큰 스님을 불러모아가주고 염불로 얼마나 해 놨던지예. 근근히 달아올리가 그래 극락을 보내더랍니다.

[웃음]

그래가 그 날이예 칠월 백중날이라예. 그 날은 조상, 조상 천도하는 날이거든요.

(청중 : 조상천도 캐도, 그럼 칠월 백중 때에만 회향(回向) 안 되겠네.)

왜 회양 안 돼? 원래 백중날 회향한다, 되기나 안 되기나.

계략으로 부잣집 명당 빼앗은 머슴

자료코드 : 05_19_FOT_20090723_CHS_HJM_0003
조사장소 : 경상북도 청도군 금천면 박곡리 미륵당거랑
조사일시 : 2009.7.23
조 사 자 : 천혜숙, 이선호, 김보라, 백민정
제 보 자 : 허정문, 여, 69세
구연상황 : 경동댁의 '말괄량이 며느리' 이야기를 듣고 생각이 난 듯, 파동댁이 이 이야기를 구연하였다.
줄 거 리 : 옛날 어느 부잣집 사랑방에 전국의 유명한 지관들이 모여 명당에 대한 의논을 하였다. 지관들은 머슴에게 계란 세 개를 사오라고 시켰다. 분명히 명당을 찾을 것으로 짐작한 머슴은 계란 하나를 미리 삶아 두었다. 지관들이 머슴에게 계란 세 개를 묻도록 했다. 명당이라면 응당 병아리가 나와야 하는데 아무리 기다려도 나오지 않아 지관들이 의아해 했다. 세월이 지나 머슴은 자기 아버지를 그 곳에 모셨는데, 과연 삼정승 육판서가 났다.

옛날에예, 저 아주 유명한 지관(地官), 풍수 안 있입니까?

지관들이 그 사랑에 큰 부잣집에 마이(많이) 모였어예. 어데가 명산이

고, 어데가 명산이고, 어데가 명산이고, 인자 이래 이논을(의논을) 딱 하고 인자,

"그러면은 머슴을 시키가(시켜서) 계란을 사오너라. 계란을 시(세) 개로 사오라." 카거든.

그래 이 머슴이 인자 시(세) 개를 딱 사가 왔다. 사가(사서) 와가(와서), '이 유명한 지관들이, 전국에 있는 지관들이 다 모였는데, 틀림없이 명산 대찰을 찾알 것이다.'

이 머슴이 무식해도 꿍심이 있었어. 하나를 소죽솥에 폭 쪘다. 쪘어예, 계란을.

(청중 : 사와가?)

응, 사와가.

그래 인자 디리고(데리고) 와가(와서),

"요오(여기) 묻어라."

그기 인자 아주 명산대찰에는 요기 인자 계란이 따뜻해가 삐가리가(병 아리가) 나온단다, 병아리가 나온대요.

(청중 : 쪘붔구나(쪄버렸구나), 지(자기) 할라고.)

그래가주고 시(세) 군데를 딱 묻었는데,

"이상하다. 산 주령을 보면 틀림없이 명산인데 거기가 명산인데, 이 병 아리가 안 나올 택이(리가) 없다. 이상하다."

(청중 : 한 달이 돼도 안 나오고.)

눈이, 눈이 오면은 고오부터(거기부터) 따뜻해가주고 눈이 녹는대요, 녹 는데.

'이상하다, 이상하다.' 고개를 삐딱삐딱 하미, 아무리 생각해도.

가마 있었답니다.

그래가주고 다아 인자 세월이 가고 자기 인자 아부지가 돌아가시가 고 오(거기) 딱 표로 해놨어, 요 머슴이. 딱 갖다 묻었다 카이. 그래놓으이 그

런지 마마 참 삼정승 육판서가 나더랍니다.

(청중 : 머슴 집에?)

응, 머슴 집에. 거로 아부지로(아버지를) 거어 갖다 묻었어.

이 풍수는 속았어.

"아하, 저저 이거 명산이 아인갑다(아닌가 보다). 우리가 잘못 봤는갑
다." 그랬지.

경동댁의 생애담

자료코드 : 05_19_MPN_20090723_CHS_GUH_0002
조사장소 : 경상북도 청도군 금천면 박곡리 미륵당거랑
조사일시 : 2009.7.23
조 사 자 : 천혜숙, 이선호, 김보라, 백민정
제 보 자 : 김우현, 여, 69세
구연상황 : 청중들이 다음 이야기 구연자로 경동댁을 지목했다. 그러자 경동댁은 '임금님 귀는 당나귀 귀'(채록하지 않음.) 이야기를 구연했다. 조사자가 '시집살이 노래'를 불러달라고 청하자, 경동댁은 한참을 생각하다가 어떤 사람 이야기를 해주겠다며 시집살이와 관련된 이야기를 시작했다. 이야기가 조금 진행되자, 청중 중 한 분이 "지(제) 이야기다"라고 외쳤다. 제보자는 쑥스럽다는 듯이 크게 웃었고 이야기판이 웃음바다가 되었다. 경동댁이 고생한 대목에서는 좌중이 숙연해지기도 했다. 마무리 즈음에 다시 이야기판이 시끌벅적해졌고, 경동댁은 청중들과 농담을 주고받으며 훈훈하게 구연을 끝냈다.
줄 거 리 : 경동댁은 부자라는 말에 속아 시집을 갔는데 식구는 많고 끼니도 못 챙길 만큼 가난하였다. 시집살이까지 호되게 겪으며 힘든 시절을 보내야 했던 경동댁은 도망을 칠 생각도 했으나 아이 때문에 가지 못했다. 그 후에로 갖은 고생을 이기며 열심히 살아왔고, 현재는 두 아들 며느리들과 함께 행복하게 살고 있다.

[웃으면서]

옛날에 어떤 사람이 시집을 떠억 갔거든. 시집을 떠억 가나노이께네 속어가주고, 부자라꼬 시집을 떠억 가나노이께네.

이야기다.

부잣집이라꼬 시집을 떠억 가나노이끼네. 천자(천지), 와가(와서) 보이께네, 선도 안보고, 옛날엔 안 그러나? 와가 보이 아무것도 없는 기라. 아무것도 없어가주고 굶어 죽을 지경인 기라. 굶어 죽을 지경이라가주고 부자는 간곳없고 정지가(부엌이) 있나, 방 한 칸에 식구는 서이다(셋이다). 죽을 지경인 기라.

이래가주고(이래서) 묵고 살지를 몬(못) 해가주고.

(청중 : 저거(저희) 이야기다.)

[웃음]

(청중 : 해라 빨리.)

그래가주고 고마 마마마 그래가, 신랑이라카는 거는 넘우(남의) 집 가라 캐도(해도), 안 벌이 들룼코(돈을 안 벌어 준다는 뜻임.).

(청중 : 지(제) 이야기, 다 지 이야기.)

[청중들이 경동댁이 남의 이야기인 척하며 자기 생애담을 이야기하고 있다는 걸 눈치채고 큰소리로 웃기 시작한다.]

죽을 지경인 기라.

이래가주고 그래 우에(어떻게) 우에가 도망을 갈라 카이 그럭저럭 아아는 뱄뿠다('아기를 가졌다'는 의미임.). 그래가(그래서) 아아(아기) 때문에 도망은 못가고 죽지도 못하고 살지도 못하고.

이래가주고 인자(이제) 저게 그래가 산에 인자,

(청중 : 돈 없으면 아는 베지 말도록 하제.)

[안타깝다는 듯이]

그래 말이제.

여름에 꿀밤을 인자 가을에 따가(따서) 와가주고(와서) 얼마나 마이(많이) 따가 와가주고. 한 시누부 올케찌리 인자 꿀밤을 따가주고. 그때 고무신도 없어가주고 미신(짚신) 삵아(삼아) 줐는 거로 신고. 꿀밤 따가 집에 오자이 반도 안 올라와가주고 다 떨어졌뿌는(떨어져버리는) 기라. 칠게이를(칡을) 걷어가주고 이 발로 디가아 쫓아댕기이게께네, 그것도 축 나갔뿌는 기라.

이래가주고 그래 또 집에 오마 저게 신랑하고 시삼촌하고는,

"신도, 옳기 일도 못하는 기(게) 신 다 떨았다(헤지게 했다)."고.

"나물 뜯으로 가도 나물도 모르고 풀 뜯어 와노이 다 갈래(가려) 내삐리뿌고(내버리고) 헛질한다(헛짓한다)."꼬,

막 머라했지요(나무랬지요).

(청중 : 헛지랄하고 돌아댕겼네(돌아다녔네).)

또 꿀밤에 제대로 못 따고 우리 시누부는 이만침(이만큼) 땄는데 나는 요만침(요만큼) 따고. 그래가주고 하, 마마마 머라케이고(꾸지람듣고). 신랑인테 시삼촌 시숙모인테 머라케이고 신랑인테 뚜드러(두들겨) 맞고. 신 마 다 떨았다고.

(청중 : 그래가 잘 살더란다.)

옛날에 인조 신지꾸 유똥 처매 입고 산에 가노이(가니), 물이 질… 옛날에 몸빼가 어딨노? 물이 줄줄줄줄 흐리는데 따라댕기고 나이끼네, 집에 오이꺼네, 채매(치마는) 다 낡어가 다 떨어져 달가뿌고(달아나버리고) 말만 붙었다, 말만('치마말만 남았다'는 의미임.). 신지꾸 인조 신지꾸 유똥 처매(치마) 그거. 말만 붙어가주고, 집에 와나노이(와놓으니).

여어(여기) 남자 있나?

[웃으면서]

명베 꼬장주는 또 뒤로 벌렁 벌렁.

[청중 웃음]

이래가 집에 와나노이 처매, 일도 못하는 기(게) 옷 다 떨아졌다꼬 또 내(늘) 내 머라케이고(꾸지람 듣고), 내 머라케이고. 저 시숙모라 카는 사람이 저게, 지 자기 조카 저게 팔자가 낭패라 카는 기라.

"팔자다. 낭패다. 장게를 잘못 갔다. 등꼴만 빼묵지 팔자가 낭패라."
카는 기라. 기집 잘못 만나가.

이래가 만국(萬古) 고상을(고생을), 만국 고상을, 만국 고상을 하고.

아아를(아기를) 낳아놓으이 젖이 있나? 작은 집의 시숙모인테는 얻어

믹이러(먹이러) 가 노이, 한 방울 줘가(줘서) 하리는(하루는) 잘 전디고(견디고). 고 이튿날 지녁어는(저녁에는) 뒷집 시숙모인데 얻어 믹이러 가노이,

"저거(저희), 아이(아기) 줄 거도 없는데 그 줄 것 어딨노?"커고.

아는 꼬질꼬질 말러가주고.

(청중 : 꼴대 값도 못한다, 젖도 없이이.)

아이고 만국 고상을 하고, 만국 고상을 하고. 묵는 것도 없제, 젖이 나올 끼 어딨노? 그래가 그렇기 그렇게 고생을 고생을, 만국 고생을 하고.

(청중 : 지금은 저 산 전부 다 저거(저희) 꺼(것), 저 버섯 전부 다 저거 꺼, 송이버섯.)

다리이('남'의 경상도 방언임.) 이바구(이야기) 하는데 니는.

(청중 : 인자 이바구 끄칠(그칠) 때 됐네.)

[웃음]

그래, 그래가주고 맨발 벗고 산에 온 천지를 산에 나물 뜯고 꿀밤 따고 삼 년으로 오 년으로 고상 고상하다가, 도망을 갈라고 가마이(가만히) 생각하이 도저히 자석(자식) 때밀에(때문에) 가도(가지도) 오도(오지도) 못하고.

하리는(하루는) 도망을 갔다 마마. 고무공장아 벌이가주고라도 묵고 살라고. 가노이, 자석들 딜꼬(데리고) 가가 살라꼬 가나노이께, 하릿밤을 떡 자고 나이께네 아스팔트 질이(길이) 산, 태산보다도 더 높은 기라. 도저히 안 돼.

"우에(어떻게) 아 내삐리고(내버리고) 가노, 우에(어떻게) 가노?" 칸다.

다부(도로) 왔다 인자. 고생 고생하다가 한 오 육 년 지내고. 그래가 다부 와가주고, 지 날 그 이튿날, 다부 왔다. 다부 와가주고,

그래가 살미 만국(만고) 고상을 하고.

그럭저럭 살아가 나왔는 인생이, 태산도 부족이고 참 마마 한강도 마마 물 다 빨아 땡기도(당겨도) 내 속에 불 안 꺼진다.

그러구러 살아가주고, 뺄가벗고(발가벗고) 사둣이 살아가주고. 옷이나 어딨노? 모자래지.

그래가 살았는데. 마 참 그럭저럭 온 세상 만물님이 날로 도와줬는강, 그래도 뭐 참 언자는 밥은 안 굶는다 카이꺼네. 밥은 안 굶고 아들 잘 있고, 아들 둘이 착하고 메늘 둘이 착하고. 그래가주고 마 오새는 마 행복합니다.

인자 오십(50) 년, 오십일(51) 년을 살았거든. 그래 오새는 며늘 둘이 봐가지고 며늘 둘이가 착하고, 아들도 참 꺼뻑 죽는 듯이 다 말 잘 듣고. 그래가 마 인자는 참 뭐 참 행복하게 삽니다.

(청중 : 잘 산다이.)

잘 사는 거는 뭐.

(청중 : 옛날이야기 끝에는 언제라도 잘 산다.)

[청중 웃음]

그래 누구라도 참 고상한다고 그거 탓하지 말고, 내가 노력을 해야 되는 기라. 노력을 하마 살만.

(청중 : 신랑은, 머슴은 가라 카이(하니) 안 가고 그래가 알았다니까.)

그래, 아 아 델꼬, 나뚜고 살로 가는 것도 미천(미친) 여자. 죽어도 그 집 여자라 카는 기 절개를 지키야 안 되나. 굶어죽어도 그 집에 살아야 되고.

(청중 : 어요, 처물(쳐먹을) 것도 없는데 붙어 있는 것도 미천 년.)

[청중 웃음]

아도 지(제) 낳은 거는 지가 다 해야 되고, 지가 다 책엄을 지고 키워가다 끈을 붙이야 되고. 얻어 무우도(먹어도) 그래.

(청중 : 그 옛날이야기다.)

[청중 웃음]

옛날이야기보다 더 하지.

저게 얻어 무도 저 저게 같이 얻어 묵고 굶어 죽어도 한 구덩우 같이 굶어 죽지. 뭐 좀 그렇다고 살러 가고 이 늠 보고 저 늠 보고 돌아댕기고, 그거 여자가여 가치가 아인(아닌) 기라. 그러이 여자가 절개를 지키고 남자 죽으면 그대로 살아야 되고. 또 지 자석 거두고 살아야 되고. 뭐 아 나 놓고 살로 가고 저리 가고 이리 가고 여 함(한 번) 가보고 저 함 가보고,

(청중 : 이리 갈까 저리 갈까 절대 하지 마라.)

그건 절대로 하는 게 아이라 카이께네.

그러이 사람이 고상고상하면 죽으란 법은 없거든. 그래 지만 착하고 바르기(바르게) 살면은 복을 주고 언젠가는 그기(그게) 온다니까. 행복이 오고. 모든 것이 마 참 안 될 것도 되고 될 것도 되고. 마음만 착하고 바르기 씨면은 만 가지가 다,

(청중 : 옛날에 고생 안 해본 사람이 없다.)

그래, 꿀밤을 자지가주고 다리이는(남은).

(청중 : 고생해도 그마이(그만큼) 고생해가 우에(어떻게) 사노?)

위동댁이 저 집에는 우리 작은 방에 쫌 있었는데, 머슴 살아가(살아서) 보한 쌀밥을 묵는데,

나는 꿀밤 그거 사카리(사카린) 넣고 자지가 요고만한 거 한 덩거리(덩어리) 묵고 물 마시고 그기 끼다(끼니다) 아이가, 끼다.

우리 며느리 봐가 내가 둘이 다 봐가 델꼬(데리고) 눕우가 캤다 카이,

"그래, 내가 그래가 살았다, 너거도(너희도) 너거는 요새 세월이 얼매나 좋오노?"

(청중 : 이 집 메느리 스트레스 많이 받는다. 지 고생했는 거로 메느리한테 이야기하고.)

"등개죽 끓이묵고 등개죽 끓이묵고 밀 그거 맷돌에 갈아가주고,"

(청중 : 이 아가씨들 등개 카면 아나?)

"그거 보리 등개, 보릿등개 보릿등개 그거 쪄가주고 인자 소다 옇고 사

카리 옇고 쪄가 그래가 묵고. 꿀밤 그거 잦이가주고(묵을 빚었다는 의미임.) 요래 한 덤비기(덩어리) 묵고 물 마시만 그게 하리(하루) 끼고(끼니고), 그래가 그래했다.”

그래 했으이,

“너거는 세월이 얼매나 좋오노? 그러이께네 너거는 그런 거는 다 안 그러이께네 여무게 해가 살아라.” 카마,

그래 큰메느리는 아무 말도 안하고 있고, 작은 메느리는,

“아이고, 어머니.”

“그래 와(왜)?”

“저게 억울해서 우에(어떻게) 살았어요?”

“억울하고 우야고 그래 우야노(어쩌나), 그래 죽지도 안 하마, 죽지도 안 하고 살아야지 우야노. 너거 신랑하고 다 키워준다고 만국(만고) 고생하고 살았다, 왜?”

“인지라도(이제라도) 더 늙기 전에 옛날에 고생했는 거 그거 다 그 하구로 언자는(이제는) 즐겁게 마음묵고(마음먹고) 좋은 옷 입고.”

“나는 이만 원짜리 옷 한 분(번) 안 입어보고 욿은 음식 하나 안 무우(먹어) 봤다.”

“인자는 좋은 옷 입고 좋은 옷, 좋은 데 댕기고 전에 못 했는 거 즐겁기 사세요.” 칸다.

“말은 고맙다. 아이(아직) 즐겁게 할라마 차례 멀었다.”

그래 그래가 아아들이 착하이끼네 고생한 보람이 있다 까이끼네.

(청중 : 고마 해라.)

끝났어예, 인제.

대비못 옆에 묘 쓰고 부자된 형제

자료코드 : 05_19_MPN_20090723_CHS_GUH_0004
조사장소 : 경상북도 청도군 금천면 박곡리 미륵당거랑
조사일시 : 2009.7.23
조 사 자 : 천혜숙, 이선호, 김보라, 백민정
제 보 자 : 김우현, 여, 69세
구연상황 : 파동댁의 '부잣집 명당 빼앗은 머슴' 이야기가 끝나자, 풍수담이 화제가 되었다. 제보자가 박곡리에 살았던 부충이네를 기억해 냈다. 이야기가 끝날 무렵 청중들은 부충이네 가족이 어떻게 살았는지, 현재는 어디서 어떻게 살고 있는지에 대해 서로 이야기를 나누었다.
줄 거 리 : 가난한 데다 집안도 한미했던 부충이 형제의 아버지가 죽었다. 형제가 시신을 묻으러 가던 중에 대비못 옆에서 쉬고 있었는데, 시신이 구부러져 그 자리에다 아무렇게나 묻었다. 그 자리가 명당터여서 후에 그 형제는 부자가 되었다. 크게 성공한 형제가 아버지의 묘를 명당이라고 다시 잘 꾸몄는데, 기독교인이라 가릴 것을 안 가리고 해서 오히려 큰 탈이 났다.

저 집에 봐라 그래.

미거리 저 집에, 저 저게 이름 뭐고?

(청중 : 부충이.)

부충이 봐라.

옛날엔 얻어 묵었다(먹었다) 아이가(아닌가)? 얻어묵고 얻어묵고. 할마씨가 물하고,

(청중 : 근데 이야기 끝내야지.)

그래가 얻어묵고 이랬거든예. 얻어묵고 얻어묵고.

옛날에 또 양반 상놈으로 안 있었나? 이랬는데. 그래가주고 저거 아바, 저거 아부지가 죽었는 기라. 아아들은 너이가(넷인가) 다섯이 낳아 놓고 묵고 죽을 것도 없는데. 양반 상늠이 있어나놓으이, 옛날에 아무도 들봐다 볼 사람도 없제. 물(먹을) 것도 없제. 대수가도(대소가도) 없제.

이래가주고 저거 아들 쪼매끔한(조그만) 기 저게 삼 형제가 여 짊어지

고, 저거 아부지를 짊어지고.

(청중 : 그냥 놔뒀으면 더 부자 됐단다.)

그래 저게 짊어지고, 형지간에 전체를('신체를'을 잘못 말한 것이다.)
짊어지고. 아아들이 뭐 힘이 있나? 그래 짊어지고 저 가다가 대비못 안에
여불땍에(옆에) 저어 올라가다가 가다가 쉬고 가다가 쉬이끼네,

그기 참 명산인 기라.

그래가 가다가 쉬고 가다가 쉬다가 그래가 그 저 저 대비못 옆에 거게
가 받치(받쳐) 놓고 쉬거든. 쉬이께네(쉬니까) 마 널이, 그 거적띠기 뚤뚤
쌌는 시체가 거어 뚤 꾸부러졌부는(구부러져버린) 기라. 뚤 구부러졌부러
놔놓으이,

"그 마 여어 마 묻어라 카는갑다." 카매,

아아들이 거 마 아무따나(아무렇게나) 파고(파서) 묻었어. 겨울에 춥기
는 춥고.

(청중 : 얼매나 부자라꼬.)

그래가 아물따나 파고 마마 삼형제가 인자 그 마 꿍꿍 묻어놓고 마마.
툭 꾸부러지는 데, 그 자리 마 탁 나놨부고(나둬버리고) 마. 거꾸러(거꾸
로) 되던동 옳긴동(바르든지) 그냥 마 묻었붔는 기라, 인자 꺼적데기 싸간
거로(것을). 묻었부고 집에 와가주고.

그럭저럭 세월이 흘러가주고 서울에 집이 멫(몇) 채고?(큰 부자가 되었
다는 뜻이다.)

(청중 : 그래가 이거를 찾았단다.)

그렇지.

그래가 뿔뿔이 흩어져가 살았는데, 자꾸 되는 기라(살림이 크게 인다는
의미이다.) 인자. 돼가주고 그래,

"우리 아버지 미가(묘가) 참 잘 됐는가 그래, 그래 해놔놓이?" 카미,

그래 여 와가 찾아와가주고 인자,

"우리 아버지 미(묘) 그때 몬 살아가, 그 참 명산이다. 잘 해야지." 커매, 잘 했는 기라(묘를 다시 꾸몄다는 의미임.) 인자. 잘 해놓이께네, 또 마 그대로 놔뒀이마 될 낀데. 형제간에 더러 죽고 그랬다 카이.

(조사자 : 묘를 건드렸구나.)

건드렀부리가.

(청중 : 그거로 쫌 아는 사람이 보디만은, 아이구, 축(祝)을 안 써야 되는데.)

그래 예수를 믿는다고 안 가린다고 대놓고 했어, 안 가리고. 그래도 날들, 날을 봐야 하는데 예수 믿는다고 날로 안 보고 대놓고 아무 때나 했붔어. 그것도 안 보고.

(청중 : 그래가 부충이 그 양반은 암 걸리가(걸려서) 지금 다 죽어간다 카더라.)

(청중 : 미국 가가주고 수술을 해가 왔다. 개안트라(괜찮더라).)

[이후 부충이네 가족 이야기로 이야기판이 어수선해졌다.]

양밥으로 도둑잡기 1

자료코드 : 05_19_MPN_20090724_CHS_GUH_0001
조사장소 : 경상북도 청도군 금천면 박곡리 180번지 김우현 씨 자택
조사일시 : 2009.7.24
조 사 자 : 천혜숙, 이선호, 김보라, 백민정
제 보 자 : 김우현, 여, 69세
구연상황 : 본동 조사 둘째날 아침, 경동댁이 조사자들을 집으로 초대했다. 식사 후 차를 마시면서 다시 이야기판이 이루어졌다. 경동댁과 사골댁, 그리고 어제 조사에는 참여하지 않았던 경동댁의 동서가 합석했다. 사골댁이 노래를 권하자, 경동댁은 "옛날에는 참 어리석었다."라며 이 이야기를 시작하였다. 실제 있었던 이야기라고 하였다. 이야기를 들을 청중들도 옛날사람들이 참으로 순진하였다고 입을 모았다.

줄 거 리 : 옛날에 베를 도둑맞은 집에서는 양밥을 했다. 마을 사람들을 모두 마당에 불러모아, 숯검정을 칠한 요강에 개구리 한마리를 넣어놓고 일일이 손을 넣어보라고 했다. 그러면 개구리가 도둑질한 사람의 손을 문다고 했다. 도둑질한 사람은 자기 손이 물릴까 두려워 떨면서 손을 넣지 못했고, 그렇게 해서 도둑을 잡았다. 그만큼 어리석었다. 그렇게 잡은 도둑에게 "갖다놔라"고 하면 도둑은 훔친 베를 갖다 주었다.

옛날에는 도둑 겉은 것도 맞이면(맞으면) 어리숙어가주고(어리석어서).

인자 여 이웃에(이웃에) 참, 비를(베를) 한 필 도둑키 갔븄는 기라, 누가. 잃거부리(잃어버려) 놔나놓이니께네. 그래가 찾을, 대충은 알아도 몬(못) 그라고, 인자, 사람을 전부를 모닸는(모았는) 기라. 모다가주고

"양밥한다. 오너라."

이래 됐는 기라. 이래가 떡 가나나놓이,

"모지리(모조리) 늙고 젊고 다 온너라." 이기라 인자.

한 사람만 오라 커는 게 아이고.

요강아다가여(요강에다) 인자 먹물로 풀어 옇어(넣어) 숯검정, 옛날에 먹 갈아 옇고 하는 사람도 있고 인자, 숯검정을 막 치대가 시커멓이 해가 옇어 놓고. 참 개구랭이(개구리) 한 마리 잡아다 옇어 놓고, 요강아다가.

그래놓고 인자 모지리(모조리) 오라꼬,

"언자 손 옇어라." 카거든.

"그 요강에 손 옇어라." 카거든.

안 옇었는 사람으는 괜찮고. 옇었는 사람으는 그래, 저 그기 안에 머가 (뭐가) 들었이께네 포적을(표시를) 내이께네,

"손 옇어라."

(청중 : 아 그기 아이고. 도둑캐 간 사람은 손을 옇으만 손을 문다.)

물고, 안 도둑키 간 사람은 안 무이께네, 아무리 옇어도 괜찮다 카미. 인자 그런 짓도 했거든.

그래가, 그래가 인자 사람을 막 한 스무(스물) 남씩, 서른 키를(사람을) 모지리(모조리) 다, 이웃 사람을 모다(모아) 놓고 인제 주-욱 그래. 우리들도 오라 카더라꼬. 가나놓이 우리는 젊은 기 인자 안 그란다고 그저 마 오너라 이캤고. 비키라 카고. 마 중두리한('중년층'을 가리키는 말이다.) 사람들 인자 전부 인자,

"거어 손 옇어라." 카이,

모지리 풍덩 옇고, 풍덩 옇고. 눈치로가주고.

"도둑키 갔는 사람으는 문다." 캐놓이,

몬(못) 옇고 발발발발 떨고 마, 요강에 손을 못 옇고 막 겁을 내가주고 마 벌벌벌벌 떨거든. 그래가 인자 잡아내가주고. 그래가주고 그래가 그래 인자,

"잡았다. 베 가 온너라."

안 가오거든.

[큰 목소리로]

"갖다 놔라! 갖다 놔라!" 카미,

그러이 마 안 갖다 놓고 되나 인자. 그래가 갖다주고.

전에,

[작은 목소리로]

○○댁이 그래가 베 잃거부리가(잃어버려서). 그래가주고 잡아내고, 옛날에는. 그래 도둑을 잡았다니까.

(청중 : 어리숙은 거 아인교?)

어리숙어가. 요새는 택도 없다(어림도 없다).

(청중 : 순진해가주고, 마음이 인자 그 해나(혹시) 내가 가갰으이(가져갔으니), 여 옇으만 물리만 그거한다고.)

그래, 포(표) 내가 봐. 대반 얼굴을 포를(표를) 냈붔는 기라. 그래가주고 도독을(도둑을) 잡고 그랬다 카이. 한 사십 년 되기 전에. 그래가 도독을

잡았다.

　(청중 : 옛날에 이래 솥에 물로 부놓고, 거어다 이래 바가이로(바가지로)
버어놓고. 언자 불로 때미 내가 이름 성명 옇고. 이래 불로 때만 도둑캐
가만 물이 우글우글 바가이 물 속에 다 드갔부고, 저게 안 도둑캐 간 사
람은 그게 벌벌 끓는다 캐 놓으니께네 그 또 불도 못 때는 기라.)

　또 그래가도(그렇게도) 잡고.

　(청중 : 옛날에는 그래 어리숙은, 그만큼 어리석었다. 그러이꺼네 촌할
마씨들, 지금도 아인따나(아직도) 우리 패들은 다 어리석지.)

양밥으로 도둑잡기 2

자료코드 : 05_19_MPN_20090724_CHS_GUH_0002
조사장소 : 경상북도 청도군 금천면 박곡리 180번지 김우현 씨 자택
조사일시 : 2009.7.24
조 사 자 : 천혜숙, 이선호, 김보라, 백민정
제 보 자 : 김우현, 여, 69세
구연상황 : 앞의 이야기가 끝나고 또 다른 양밥에 대해 기억나는 것이 없냐고 묻자, 경동
　　　　　댁이 들은 적이 있다면서 이 이야기를 시작하였다. 양밥을 잘못하여 손자가
　　　　　큰 탈이 났다는 이야기에 모두 안타까워했다.
줄 거 리 : 옛날에 잔치집에서 놋술잔을 잃어버렸다. 술잔을 가져간 도둑을 잡으려고 고
　　　　　양이를 매달아 놓고 불을 때서 양밥을 했더니, 그 집의 손자가 몸이 비비 틀
　　　　　려 병신이 되었다. 알고 보니 손자가 놋술잔을 가지고 놀다가 그만 술독에다
　　　　　가 빠뜨린 것이었다. 양밥은 함부로 하는 것이 아니다. 옛날에는 그만큼 효과
　　　　　가 컸다.

　옛날에 그래 잔치 찍에(적에) 놋술잔을 잃겄뿠거든(잃어버렸거든.). 그
소리 들었지예? 놋술, 잔채(잔치)하는데, 옛날에는 술로 해가주고, 독띠기
로(독채로) 한 말썩(말씩) 한 말썩 독에 갖다 받어 붓는다 카이.

　요새는 돈 부주(扶助) 하지만은, 전에는 묵 부주, 술 부주, 단술 부주를

했거든.

　　그러이꺼네 놋술잔을 잃겄붓어. 그래놓으이 누가 가(가져) 갔다꼬,

　　"갖다 놔래이, 갖다 놔래이."

　　캐도 안 갖다 놓거든. 그래놓으니께네 막 이 집에서르 양밥을 했붰어. 양밥으로 막, 고내기(고양이) 참 달아놓고 마 빙빙 틀리도록 불로(불을) 때가 막 뜨시이께네, 고냉이가 빙빙 트이께네.

　　그래 마 그래 양밥을 했부리놓으이, 마 손자가여 모리고(모르고) 술단지 그 빠잤부놓이(빠뜨려버렸더니), 손자가 비잉 틀렀부리가주고 빙시(병신) 됐붰더란다.

　　그래가 양밥을 마음대로 몬(못) 하구로 한다 아이가? 그래 됐붰단다.

　　(조사자 : 양밥, 그 집 손자가.)

　　손자가 술단지에 옇었붰어. 그거를 모리고, 누가 가아갔다꼬(가져갔다고) 양밥 했부리가주고.

　　그래도 옛날에는 그것도 그래 효과가 있었어 그래.

　　그런 이야기도 있다 카이끼네.

저승 갔다 온 사람 2

자료코드 : 05_19_MPN_20090724_CHS_BGS_0002
조사장소 : 경상북도 청도군 금천면 오봉2리 1010번지 마을회관
조사일시 : 2009.7.24
조 사 자 : 천혜숙, 이선호, 김보라, 백민정
제 보 자 : 박경선, 여, 76세
구연상황 : '저승갔다 온 사람 1' 이야기가 끝나고 이야기판의 분위기가 다소 어수선해졌다. 이 때 두암댁이 "저승갔다 온 이야기, 해줄까?"라며 청중의 관심을 집중시켰다. 두암댁은 경주댁을 향해 허리를 틀면서 좀 더 가까이 다가와서는 이야기를 시작했다. 자신의 친정곳에서 있었던 이야기라고 했다. 두암댁의 이

야기가 끝나자 방촌댁은 누워서 잠을 청했고 청중들은 하나 둘씩 이야기판을 뜨기 시작했다.

줄 거 리 : 새월 박씨 삼형제가 살았다. 삼형제 중 두 형제는 만주로 가서 살다가 죽고 말았다. 막내가 죽어 저승에 갔더니 잘못 왔다고 하며 배를 타고 이승으로 돌아가라고 했다. 돌아가는 길에 강 복판에서 배가 부러져 물에 빠지는 바람에 놀라서 깨어났다.

우리는 샛터 박가고, 거어는 새월 박간데. 삼형지 살았는데 두 형제가 마 만주 갔는 기라. 만주 가가(가서) 그래 있다가 젤 끈티('끝에'로, 막내를 의미함.) 사람이 그래 죽었어. 죽었는데 인자(이제) 안에서는 인자 상주 짓한다고 머리 풀고 앉아가 이래가 곡을 하고,

힝이(형이) 되는 사람은 널 하로 가고 그래 널 하로 가고 없는데. 염을 해가(해서) 염을 해가 딱 놔뒀는데. 요기(이것이) 저 삼 끄네끼(끈) 아이마(아니면) 그거 칡거이(칡) 끄네끼(끈) 아인교(아닙니까), 그자? 요거 염하는 거, 얼마나 여무는교(여뭅니까)? 요기 톡 터져가 널찌더란다(떨어지더란다).

손에 널찌디이 복판 손가락 요기 까닥 까닥 카디, 그래 물 도라(달라) 물로, 도라 캐가 깨났어. 깨나갖고, 그래 인제 저승 가이, 저승에 가이꺼네,

"저기 이 사람 델꼬(데리고) 오라 소리 안했다. 기경(구경) 시기가(시켜서) 내보내라. 기경 시기가 내보내라." 카는데,

그 사람들이 그래 인자(이제) 참 열두 대왕 기경 다 시기고, 죄인들 추달 받는 거 기경 다 시키고 이래가주고.

그래 인자 저승 저승 올 직에는(적에는) 마상(馬上) 타고 왔는데, 갈 직엔, 집에 갈 직에는,

"배까치 따라가라" 카더라네.

"배까지 따라가라." 캐가,

기경 시기가 그래 내보내라 카이,

대문 밖에 내보내미 배까치 쪼깬한(조그만) 거(것) 따라가라 캐가 따라

간께네. 배까지가 냇물을 건니는데, 지릅댕이 간칠한 거 요런 거를 건니가는데. 고오(거기) 따라 건니이꺼네 복판에 가이 똑 뿔라지미(부러지며) 퐁당 빠지미 깨어났는 기라.

(조사자 : 물에 빠지면서 깨어났네.)

그래 뿔라지인께네(부러지니) 물에 퐁당 빠지미 깜짝 놀라 깼는 기라.

그래가 그래 와가주고 우리 마실에(마을에) 와가주고 멫(몇) 년을 살았어요. 그래 사다가 죽었는데.

저승 간 이얘기 그래 하더라. 죄인 불러 추달받고 또 더 죄 많은 사람 가마솥에 물 끓이가(끓여서) 막 조오 옇었부고, 막○○거를.

그렇더라 카데.

당나무 베고 동티난 임당 마을

자료코드 : 05_19_MPN_20090718_CHS_BGH_0004
조사장소 : 경상북도 청도군 금천면 박곡리 976-1번지 동회관
조사일시 : 2009.7.18
조 사 자 : 천혜숙, 박동철, 김유경, 이선호, 김보라
제 보 자 : 박국현, 남, 71세
구연상황 : 앞 이야기에 이어서 두 제보자는 '식이바위'와 '무진골 등짐바위'의 유래에 대하여 서로 주고받았다. 주로 박의묵 씨가 이야기하고, 박국현 씨가 조금씩 거들었다. 대체로 길이가 짧은 이야기들이었다. 이어서 박의묵 씨는 임당 만석꾼이 내시 집안으로 알려지게 된 배경에 대해 설명했다. 조사자가 "당제를 오랫동안 지내지 않아 발생한 사건이 없었느냐?"고 물었더니, 박의묵 씨가 "그런 거는 없다."고 고개를 저었다. 제보자는 "우리 마을은 없었고, 임당1리에는 있었다."고 하면서 이 이야기를 구연했다. 동제의 전승이 중단된 것이 아쉽다고 하면서 이야기를 마쳤다.
줄 거 리 : 박곡리는 당제를 중단한 뒤 당나무를 그대로 두었지만 임당1리는 당제를 중단하고 당나무도 없애버렸다. 그 후로 당나무를 없앤 경주 최씨 가문에 좋지 않은 일이 많았다.

근데 우리 마을에는 저 당제 안 지내고 벨(별) 그게 없었어요, 없었고.

요기 임당1리 카는 데 거게는 당제를 안 지내고요, 해, 손해를 마이(많이) 봤어요. 마을에 소가 죽고, 사람이 죽고.

근데 거어는, 우리 마을에는 당제를 안 지냄과 동시에 당나무를 그냥 놔뒀거든요. 근데 그 사람들 당나무를 제거를 했는 거요. 제거를 할 때 누구가 제거를 했냐 하면은, 그 인자 저저 경주 최씨네들이 그 마을에 새마을 사업이다 이래가주고 마, 길 넓히면서 막 제거를 했뿠는 거요. 이래노이 그 딱 이상하게도 최씨 가문에마 마 몽땅 손해를 그렇기 봐부렸어요.

그래 인제 그런 이야기는 있더라고.

그런 거는 우리가 느꼈다 카이. 느꼈는데, 우리 마을에는 당나무를 손을 안 대고 그냥 나무를 놔도노이 그런지.

(보조 제보자 : 고대로 오히려 더 보강을 해 났지 뭐 손댄 거는 아무것도)

그래놓으이 그런지 우리는 뭐 손해 보고 그런 건 없었어요.

두루마기에 말뚝 박은 겁 많은 사람

자료코드 : 05_19_MPN_20090723_CHS_SIS_0003

조사장소 : 경상북도 청도군 금천면 박곡리 976-1번지 동회관

조사일시 : 2009.7.23

조 사 자 : 천혜숙, 이선호, 김보라, 백민정

제 보 자 : 손인식, 여, 69세

구연상황 : 교동댁이 자신의 친정집 초당방에서 있었던 실화라면서 이 이야기를 시작하였다. 교동댁이 익살스럽게 그 사람의 흉내를 내자 좌중은 웃음바다가 되었다. 청중 한 분이 구체적인 묘사를 더 보태 주었다.

줄 거 리 : 한밤중에 종들이 초당에서 새끼를 꼬다가, 혼자 공동묘지에 가서 말뚝을 박고 돌아오는 사람에게 술을 사주기로 내기를 했다. 두루마기를 입은 한 사람이 자청하여 공동묘지를 올라가서 말뚝을 박았다. 몇 사람이 뒤따라가 지켜보았더니, 혼자서 '놔라, 놔라'고 소리치며 무언가와 실갱이를 하고 있었다. 너무

무서워 급하게 박느라 자기 두루마기 자락을 말뚝과 함께 같이 박은 것이었다.

우리 집에, 밀양 교동에('교동'은 제보자의 친정곳 지명이다.), 저 우리 집에서 일어난 전설, 초당방.

그 아랫것들이 인자 바깥채에 거어서(거기서) 모이가(모여서) 새끼 꼬고. 종들이 많았거든, 진짜, 글 때는. 그랬는데 거 사랑아서 인자 그때는 무을(먹을) 것도 없잖아. 그래 멫이(몇이) 인자 모이가주고 새끼 꼬고 하는데. 얼마나 묵고 짚어예(싶어요)?

밤중 돼가, 그래 인자,

"우리 술 한말 내기 하자." 이래 됐는 기라.

"그래, 하자." 이카는 기라.

내가 이건 들었어.

"거, 그래 하자." 카이,

하는데, 그래 술내기를 하는데 어떻게 하는가 하만,

그 공동산이(공동묘지가) 있어예. 밀양에 공동산, 유명한 공동산이거든. 억수로(대단히) 무섭다 카이께네 거어는. 그래 그래가,

"공동산에 가가주고 말뚝, 말뚝을 치고 올 사람 있거든 나오너라." 카이께,

술 무울라꼬(먹으려고), 술 한 말 무우만(먹으면) 얼매 좋겠노. 그 때 술이 없었잖아, 마이(많이) 없었잖아? 그래가,

"내가 치겠다."

카미(하며), 어는 놈 나오더란다.

두루매기는 말로('뭐 하러'의 의미임.) 입고 가노? 두루막을 입고 놀러 왔는가 봐. 두루막을 입고 인자 술 얻어 물라꼬 말뚝을 치러 갔는 기라. 망치 들고 말뚝 들고 이래가 혼차 갔는 기라.

뒤에 살살 따라가가 옆에서 숨어가 보니까,

“뇌라, 뇌라.” 캐샀거든.

[웃음]

말뚝을 치디만은,

“뇌라, 뇌라.” 캐샀디이.

(청중 : 토째비다.)

[두루마기 자락을 잡는 시늉을 내며]

“이거 뇌라. 이거 뇌라. 뇌라.”

혼차 막 캐샀드란다. 그래가 가만 보니까 여 두루막 자라기(자락) 그거를 말뚝에다 이래 쳐.

[웃음]

(청중 : 같이 쳤붔다.)

그래 그런 전설이 도깨비라.

(청중 : 도깨비가 아이고.)

[청중이 반론을 제기하며 아래를 이야기한다.]

“나는 절대 무서움을 안 탄다.”

그 사람은 그래가 갔는데,

“그래가, 니는 무서움 타나, 니는 무섬 타나, 나는 안 탄다.”

“그라만 그러마 너 억산의 대비못에 가가(가서) 니(너) 혼차 갔다 오겠나?”

“갈 수 있다.”

이래가 술내기 해가, 그래가주고 갔다는 긴데.

절대 안 무섭다 캐놓고, 가가주고는 겁을 내길래 요래가 어찌나 급하게 두루막을 칠라 카마 좀 엎드리야 되거든. 그래 자래기를(‘자락을’의 의미임.) 쳐가주고.

(청중 : 두루막 자락을 같이 쳤붔구만은.)

[두루마기 자락을 잡는 시늉을 내며]

[웃음]

“놔라, 이 사람아. 놔라, 놔라, 놔라.”

그거는 어데 이야기를 들었는 기 아니고 우리 초당 방에서 났지.

(청중 : 저게 돈 많고 양반은 초당방, 머슴 있는 방 함부러 그 드가면 같은 사람이 되이께네.)

안 드간다, 우리는.

(청중 : 항상 양 두루매기를 입고 표내기 위해서.)

그래 놓으이께네, 그래 두루매기는 와 입고 오노?

(청중 : 그래 겁 안 내는 사람 없다 이기라예. 그래가주구 지는 무섭어 가주, 무섭우민서 안 무섭다 캤는데, 지 두루막을 갖다 첬부고 나이. 뒤로 돌아 보이, 무섭어 몬 돌아보겠거든. 그래놓고 “놔라. 놔라.”)

[청중 폭소]

“이 사람아, 놔라, 놔라, 놔라.”

내겉으면 ‘도깨비야 놔라’ 카겠다.

저승 갔다 온 사람 1

자료코드 : 05_19_MPN_20090724_CHS_IWH_0004
조사장소 : 경상북도 청도군 금천면 오봉2리 1010번지 마을회관
조사일시 : 2009.7.24
조 사 자 : 천혜숙, 이선호, 김보라, 백민정
제 보 자 : 이원희, 여, 63세
구연상황 : ‘도리깨로 호랑이 잡은 이야기’가 끝난 후 조사자가 옛날이야기가 더 없느냐
          고 묻자 경주댁이 “많이 들었는데, 잊어뿌렸어.”라고 말했다. 그러다 생각이
          났는지 이 이야기를 시작했다. 구연 도중 손동작을 섞어가며 부연 설명을 하
          여 재미를 더했다. 청중들은 경주댁의 이야기에 모두 귀를 기울였다. 이야기
          도중 경주댁의 바깥어른이 열쇠를 찾으러 와서 이야기가 잠시 중단되었다. 경
          주댁은 그 사람을 직접 보았다고 강조하면서 이야기를 마무리했다.
줄 거 리 : 어떤 사람이 죽어서 저승으로 가는 열두 문을 넘어가고 있었는데, 백발 노인

이 나타나 피리를 주었다. 그리고 아직 죽을 때가 아니니 피리를 떨어뜨리지
말고 강을 건너 이승으로 돌아가라고 했다. 강을 건너면서 열두 다리를 뛰어
건너다가 마지막 다리에서 물에 빠졌는데 깨어보니 이승이었다. 이 사람이 오
래 살았는데, 팔뚝에 염한 흔적이 잘록하게 남아 있었다.

저게 열두 문 가는데, 사람이 죽었는데예. 죽어가꼬 인제 죽었다고 마
당에다가 염을 해나놔놓고, 마구 집안의 대소가들이고 막 울고불고 이래
하는데, 저어 먼 데 마 머식에서(어딘가에서) 멀리서 그때는 마 이북하고
머하고 이래서 걸어댕기고(걸어다니고) 이랬다 하데요.

그래가 오는데,

거어서(거기서) 인제 집안에서 먼 데서 인제 온 사람들이 아이구 이늠
우 초상났다고 가니까, 방에서 허허허허 웃고 마마 난리 막 지기는(부리
는) 거라.

그래갖고,

"아이고 그래 마 저늠우 초상난 집에는 울디만은 왜 저렇게 웃고 저카
는고?"

들어가니까는, 사람이 죽어가 열두 묶음을 천부(전부) 이거 매디를(마디
를) 다 묶는다 아이요? 그래가주고 울다니까 안에서 막 막 소리가 막 들
리더래. '끙끙끙' 하는 소리가 들리더래.

○○ 날 되가이 나가야 되는데.

그래가(그래서) 방아를(방에), 염을 빨리 뜯어갖고 풀어가주고, 방을 들
어가니까 묶어 난 자리가 전부 잘록잘록 하더란다. 며칠 사흘을 묶어 놨
으이.

근데 그 사람이 인제 이얘길 하더라이더(하더랍니다).

"내가 죽어가주고 저승을 가야 되는, 저 저게 가야 되는데, 문을 열두
문을 넘어가주 가는데 한 전에 문을 떡 열고 가니까는 크흐 달밤 있는 데
가니까 또 열고 가이께네, 또 문을 더, 열두 문을 열고 가니깐은 하얀 백

발의 노인이 서가주고 피리를 하나 주더라이더. 그래 피리를 주는 걸 그 피리를 가주고 이 다리 다리를, 물, 막 강물이 시퍼렇게 내려가는데, 그 피리를 빠뜨리지 말고 넘어가야, 당신이 안직도(아직도) 여('여기'로 저승을 의미함.) 들어올 나이가 멀었다."고,

"쫌 더 있다가 와야 되는데 왜 이리 왔느냐?" 그면서,

"이 피리를 가져가마 중문에서 열어주니까는 이 빠지지(빠뜨리지) 말고 가라." 그더래.

그래가주고 그걸 주는 걸 가주고 여기다 푹 끼고 이래가주고는,

"고맙다." 그면서,

막 달밤 보한(하얀) 날 노인이 서가(서서) 그 피리를 주더래.

그래가주고 여를 해가주고는,

돌다리 이런 걸 이래가주고 돌다리 이래 있는 걸 열두 다리를 경충 뛰넘고 경충 뛰넘고 이래가, 고마(그만) 한 머시기 마지막 다리에 뛰넘다가 피리하고 풍당 빠졌부랬어.

거어서(거기서) 놀래가주고 허둥 허둥 허둥 지끼고(지껄이고) 이래가주고.

인제 그 이얘기 들는다고(듣는다고) 전부다 앉아가주고 하이께네, 웃는 소리가 나고 이래니까는.

밖에서 이래는데.

그 사람이 참 오래도록 살다 죽었거든요.

그랬는데 요기요(여기요),

[팔목을 가리키며]

마 잘록 잘록 하디더, 묶어 놨는 게. 나는 진짜로 봤다니까는. 우리 어릴 때, 진짜 어릴 때 우리 동네 사람 죽은 걸 그래 봤는데. 철도역에 저게 공무원이거든.

(조사자 : 염했다가 되살아난 거네요.)

시집살이 노래

자료코드 : 05_19_FOS_20090718_CHS_BGS_0001
조사장소 : 경상북도 청도군 금천면 오봉2리 1010번지 마을회관
조사일시 : 2009.7.18
조 사 자 : 천혜숙, 박동철, 김유경, 이선호, 김보라
제 보 자 : 박경선, 여, 76세
구연상황 : 오후 2시경이 되자 안노인분들이 회관으로 모이기 시작했다. 조사자가 여러
민요를 예로 들어가며 구연을 청했으나, 전부 모른다는 반응이었다. 구암댁이
와야 한다고 모두 입을 모았다. 이윽고 제보자인 구암댁이 등장하자 좌중은
열렬히 박수를 치며 환영했다. 제보자는 자리에 앉자 말자 트로트 몇 소절을
불렀다. 더 옛날노래를 청했더니 빠르고 구슬프게 '모노래'를 부르기 시작했
다. 조사자가 '시집살이 노래'는 없느냐고 물었더니, 바로 이 노래를 시작했
다. 처음에는 혼자 말하듯이 구연했다. 청중들이 노래로 하라고 권하자, 처음
부터 다시 불러 주었다. 제보자가 중간에 가사가 막혀 당황하자 옆에 앉은 방
지댁이 '진주 낭군' 노래를 보탰다. 조사자가 "시아바시 하시는 말씀 그길사
나(그것도) 일이라고"라면서 거들었더니 다시 기억을 되살렸다. 그러나 끝까
지 구연하지는 못했다. 굉장히 오래된 노래라고 청중들이 입을 모았다.

춘아춘아 시흔춘아

시접살이(시집살이) 어떻더노

도래도래 도래판에

수저놓기 어렵더라

중우(바지) 벗인(벗은) 시동상은

말하기도 어렵더라

시접간 사흘만에

밭매로 가라 하네

밭매로 가니꺼네

미겉이(뫼같이) 지슨밭에

풀겉이 ○○ 사래진 밭에

한골매고 집에 가자

두골매고 집에 가자

삼시골로 거듭 매니

하늘에는 빌이(별이) 총총

땅에는 어드침침

집이라고 찾아가니

[사설을 잊어버렸다고 하며 잠시 멈추자, 청중들이 제각기 아는 가사를 말하느라 좌중이 소란해졌다.]

그것도 일이라고

삼시조속(삼시조석) 찾아드나

밥이라고 주는 거는

입씨에 발라주고

장이라고 주는 거는

삼년묵은 딘장이라(된장이라)

접시끼에(접시끝에) 발라주고

청춘가 1

자료코드 : 05_19_FOS_20090718_CHS_BGS_0002
조사장소 : 경상북도 청도군 금천면 오봉2리 1010번지 마을회관
조사일시 : 2009.7.18
조 사 자 : 천혜숙, 박동철, 김유경, 이선호, 김보라

제 보 자 : 박경선, 여, 76세

구연상황 : 조사자가 방지댁에게 아까 불렀던 '진주 낭군'을 청하는 동안 제보자는 "답답
아서(답답해서)"라고 하면서 이 노래를 불렀다. 제보자는 손으로 가슴을 두드
리기도 하고, 바닥을 치면서 구성지게 불러나갔다. 청중들도 신명이 나는지
박수를 치면서 "좋다"는 소리를 연발했다.

산천초목에~ 불 질러놓고요~

진주야 남강에~ 좋더라 물 실러 가노라

물을랑 실어다 꽃밭에 주고요~

임을랑 실어다 좋더라 내 품에 바치소

[청중 웃음]

우찌 했는교?

(조사자 : 또 하시죠. 계속 하시죠.)

떴다 보아라~ 안창낙이[42] 비행기~

밀어다 부치라~ 부산에 연락선아

[말로 설명한다.]

안창낙이가요. 한국에서 일본 비행기 대회 갔는데, 비행기 대회 갔는데.
저거는(일본을 의미함.) 좋은, 좋은 비행기를 타고, 안창낙이는 고장난 비
행기를 주이, 그 퍼떡(빨리) 같이 갈 수가 있는교?

그래 인자, 곤치가주고(고쳐서) 뜨이께네 또 가도 못하고 총을 택 쏴가
지고 빙빙빙빙 돌미(돌며) 인자 니리오는데 곤치가.

그래 또 떠가 가이께네 그래 떴다 보아라 안창낙이.

우리 사는 곳에 안창, 안가들이 많이 살았거든요. 그래놓이께네 그 노
래 많이 하대예.

---

42) 안창남의, '안창남'은 일제시대 활약한 한국인 비행사이다.

그래가, 일등 했어. 일등 했으이께네 얼마나 좋은교. 이 일본 비행기 대회 가가. 그래 안가들이 많이 한다 카이께네.

처녀총각 노래

자료코드 : 05_19_FOS_20090718_CHS_BGS_0003
조사장소 : 경상북도 청도군 금천면 오봉2리 1010번지 마을회관
조사일시 : 2009.7.18
조 사 자 : 천혜숙, 박동철, 김유경, 이선호, 김보라
제 보 자 : 박경선, 여, 76세
구연상황 : 청중들은 '청춘가'를 마친 제보자에게 "우리는 잘 모르니 줄줄 달아 하라"고 성원했다. 제보자가 노래를 부르기를 망설이자 청중들이 "옛날노래 몇 마디라도 해 봐라."며 거듭 권했다. 그러자 손가락으로 바닥에 동그라미를 그리기도 하고, 청중들을 한 명씩 쳐다보기도 하면서 이 노래를 불렀다. 노래 도중에 청중 한 분이 큰 목소리로 커피가 있냐고 물어 구연이 잠시 중단되었다. 제보자는 약간의 취기가 있는 상태여서 발음이 불분명했고, 목소리도 작았지만 스스로 신명이 나서 열심히 구연했다. 노래 중간에 설명을 덧붙이기도 했다.

홍에땅에 허처자는
솜씨좋다 소문나고
강에땅에 강수자는
문필좋다 소문나고
흘기다가 흘기다가
석 삼년을 흘기다가
날이라고 받아놓고

[잠시 멈춤]

저기날개 띠어다가

양사도복 지어주마

이라이께네, 총각이 그러이께네 처자가 있다가,

왕모래로 실어다가
양사실로 딜이주마(들여주마)

징검이 타령

자료코드 : 05_19_FOS_20090718_CHS_BGS_0004
조사장소 : 경상북도 청도군 금천면 오봉2리 1010번지 마을회관
조사일시 : 2009.7.18
조 사 자 : 천혜숙, 박동철, 김유경, 이선호, 김보라
제보자 1 : 박경선, 여, 76세
제보자 2 : 손옥화, 여, 77세
구연상황 : 제보자에게 '징검이 타령'을 아느냐고 물었다. 청중들이 "한 번 해봐라."고
권하자, "아나 징금아"라고 운을 뗀 뒤 이 노래를 불렀다. 구연 도중 김전댁
이 개입하여 "야 이놈의 징금아"를 먼저 하고, "내 돈 일전 내라"를 "내 돈
석 냥 내라"로 바꾸라고 했다. 가사를 정정하여 처음에는 작은 목소리로 말하
듯이 구연하다가 점차 노래로 불렀다. "니 돈 석 냥을 주꾸마"하는 대목에서
는 큰 목소리를 내며 오른팔을 앞으로 쭉 뻗었다. 돈을 금방이라도 내어줄 듯
한 몸짓이었다. 청중들은 진지하게 들었으며, 노래가 끝나자 박수를 쳤다. 김
전댁이 "목매전에 팔아도"가 빠졌다는 것을 지적하며 자신이 아는 만큼 보탰
다. 다른 청중들도 이 노래를 조금씩 알고 있는 듯 보였으나 제보자만큼 알지
는 못했다.

아나(옛다) 징검아
내 돈 일전 내라
아나 징검아

[한 청중(김전댁)이 가사가 잘못되었다고 정정해 주었다.]

야 이늠우 징검아

야 이늠우 징검아

내 돈 일전 내라

내 돈 석 냥 내라

내 돈 석 냥 내라

내 머리로 팔아

공전에 팔아도

니 돈 석냥을 주꾸마(주마)

오냐 징검아

[박수를 치며]

징검아

내 돈 석냥 내라

내 손을 빼가(빼서)

까꾸리전에 팔아도

니 돈 석 냥 주꾸마

야 이늠우 징검아

내 돈 석 냥 내라

내 창자를 빼서

서밭답줄에[43] 팔아서

니 돈 석 냥 주꾸마

그래, 발 빾이(밖에) 안 남았네.

야 이늠우 징검아

---

43) ‘서답줄전에’를 잘못 말한 것으로, ‘빨랫줄 가게’의 의미이다.

　　　　내 돈 석 냥 내라

　　　　내 다리로 빼서

　　　　깽이전에(괭이전에) 팔아도

　　　　니 돈 석 냥 주꾸마(주마)

그래 다 했지 머(뭐), 또 한 가지 있다.

　　　　야 이늠우 징검아

　　　　내 돈 석냥 내라

　　　　내 눈을 빼가

　　　　구슬전에 팔아도

[한 쪽 팔을 뻗으면서 큰소리로]

　　　　니 돈 석 냥 주꾸마

[청중이 박수를 치며 웃는다.]
(조사자 : 할머니, 새로 해보세요. 처음부터 다시.)
(청중 : 새로 해보라 칸다.)
(보조 제보자 : 내 세로(혀를) 빼가지고 목매전에 팔아도 캐라.)
(보조 조사자 : 할머니, 허리 머요?)
(보조 제보자 : 목매전에 팔아도 목매, 이래 이래 이런 거 목매 안 있노.)
(조사자 : 뭘 목매전에 팔아요?)
[보조 제보자가 구연함.]

　　　　내 허리를 비어다가(베어다가)

　　　　목매전에 팔아도

　　　　니 돈 석냥 주꾸마(주마)

내 배로(배를) 베가

구이전에 팔아도

니 돈 석냥 주꾸마

각설이 타령 1

자료코드 : 05_19_FOS_20090718_CHS_BGS_0005

조사장소 : 경상북도 청도군 금천면 오봉2리 1010번지 마을회관

조사일시 : 2009.7.18

조 사 자 : 천혜숙, 박동철, 김유경, 이선호, 김보라

제 보 자 : 박경선, 여, 76세

구연상황 : 제보자는 '징검이 타령'에 이어서 바로 이 노래를 불렀다. 혼잣말처럼 흥얼거
리면서 노래를 불렀는데, 용산댁이 "머르치(멸치) 찾으러 가는 거 정식으로
하문(한번) 더 하라"고 권유하여 처음부터 다시 불렀다. 처음 부를 때와는 달
리 흥이 나서 시종 웃음을 머금은 채 구연했으며, 청중들도 박수를 치며 장단
을 맞추었다. 제보자가 가사가 막힐 때면 방지댁이 거들기도 했다. 이 노래를
끝으로 본동 1차 조사를 마쳤다.

각설이가 망해도

튀전 하나 징긴다(지닌다)

양반은 망해도

○○ 한 장은 징기고(지니고)

터러럭품마 각설이

어느 전에 들어갈까

[잠시 멈춤]

어느 전을 들어갈꼬

온갖 떡은 다 팔고

고물 차지는 내 차지

터러럭 품마 각설아

각설이가 망해도

뛰전 하나는 징긴다(지닌다)

터러럭 품마 각설아

이 전 저 전 다 지내고

미르치(멸치) 전(廛)을 들어가네

터러럭 품마 각설아

온갖 미르치 다 팔고

대가리 차지는 내 차지

터러럭 품마 각설아

전 마중(마다) 이래(전마다 이렇게 들어간다는 의미이다.).

순사 나으리님 시기는(시키는) 대로

떡쟁이는(떡장수는) 저게 앉고

미르치쟁이는 저게 앉고

순사 날님 시기시는(시키시는) 대로

터러럭 품마 각설아

맞는교? 전 다 찾을라 카만, 일 많고.

(조사자 : 다 찾아 주시소.)

전을 찾을라 카만, 장에 가면 온갖 전 다 안 있는교?

(청중 : 두암떡이요, 정식으로 그 노래 한 번 더 옇으소(넣으세요).)

금마(금방), 며르치 전 찾아가는 거.

(조사자 : 각설이 처음부터 다시 해 주시소.)

[권유하느라 좌중이 소란하다.]

그 전에 저저, 제주도 가가(가서) 안 했나?

(청중 : 아, 박동딕이 했다.)

그 집에 부여떡이가 했다.

(청중 : 다시 하이소. 첨에 뭣이라 캤십니까?)

작년에 갔, 작년에 왔던 각설이
아니 죽고 돌아 왔네
터러럭 품마 각설아
이 전 저 전 다 지나고
미르치전을 들어갔다

이라고.

떡전을 들어갔다

이라고. 생각나는 대로. 온갖 전 다 안 있는교 그자. 그거 다 생각알……

(조사자 : 생각나는 대로.)

구이전을 들어갔다
온갖 고기 다 팔고
대가리 차지는 내 차지
터러럭 품마 각설아

터러럭 품마도 할 줄 모르는갑더라('모르는가 보더라'의 뜻임.). 내마
하고. 만날 내만(나만) 시기고(시키고). 그러이 제주도 가가 내 혼차 다.
[웃음]

터러럭 품마 각설아
양반은 망해도

청부(무슨 뜻인지 정확히 알 수 없다.) 한 짝은 징기고
각설이는 망해도
튀전 하나는 징긴다
터러럭 품마 각설아

[말로 설명한다.]
부여떡이가, 난 각설이 하고 부여떡이는 돈 받고, 처매(치마) 벌리가주고.
"오천원 내소. 오천원짜리 내소." 오천원 내이께로.
"아이고 고맙심더. 아이고 고맙심더."
영감한테 뭐 절을 이렇게 하고.
그 아제, 오빠가 돈을 삼만원 내 놓으니,
"아이고 고맙심더. 고맙심더."
자꾸 절로 여러 분(번) 해놓이 자꾸 윗는다(웃는다) 카이. 그때 그랬다.
그래가 나는 또 술 주전자 하고, 술 주전자 하고.
(청중 : 그런 이야기는 뒤에 하고. 각설이 하는 요고를(이걸) 해가(해서)
요(여기) 나오구로 해라.)
각설이하다가 이얘기 하다가 하마 안 된다.
[청중이 어느 전을 할거냐고 물으면서 유도한다.]

터러럭 품마 각설아
잘한다 품마야
억수로 잘한다 품마야

(청중 : 떡전을 들어갔는데,)
[웃으면서]
(청중 : 머라캅니까, 그래?)
[말로]

떡전을 들어갔네

떡전을 들어가니

온갖 떡은 다 팔고

고물차지는 내 차지

터러럭 품마 각설아

어느 전을 들어갈꼬

칼치(갈치)전을 들어간다

동네 칼치 다 팔고

대가리 차지는 내 차지

터러럭 품마 각설아

이전 저전 다 지내고

○○으로 들어가자

곱운(고운) 옷은 다 팔고

떨어진 거는 각설이 차지

떨어진 거 차지다

터러럭 품마 각설아

이전 저전 지나고

깨이전으로(괭이전으로) 들어가자

어느 전을 들어갈꼬

베틀노래

자료코드 : 05_19_FOS_20090724_CHS_BGS_0001

조사장소 : 경상북도 청도군 금천면 오봉2리 1010번지 마을회관

조사일시 : 2009.7.24

조 사 자 : 천혜숙, 박동철, 김유경, 이선호, 김보라

제 보 자 : 박경선, 여, 76세

구연상황 : 앞의 노래를 끝낸 김전댁이 제보자에게 "요전에 여어(여기) 누워 했던 노래 해보라"라며 구연을 권하였다. 그러자 제보자가 이 노래를 시작했다. 곡조 없이 사설을 빠르게 읊조렸는데, 시간이 지날수록 점점 빨라졌다. 그러다 숨이 차서 잠시 멈췄다가 다시 불렀다. 천천히 노래로 불러보시라고 권했으나, 노래가 나오지 않았고 말은 속도를 따라잡기 힘들었다. 제보자는 아쉬운 듯이 보였지만, 청중들은 잘 한다고 감탄했다.

천하에~ 노던 선녀

[말로]

지하땅에 니러오니(내려오니)

[빠르게]

할일이 전이(전혀) 없어

[아주 빠르게]

금사 한틀(한필) 날어놓오이
베틀 놀(놓을) 데 전이(전혀) 없네
사방산천 둘러보이

[천천히]

옥난강이 비었구나
옥난강에 비틀 놓고

[아주 빠르게]

앞두다리 동해동산
돋기놓고 뒷두다리

서해서산 낮기(낮게) 놓고
비틀다리 사형제요
큰애기다리 두형제요
앉을개라 잣난 거는
그우에라 도듬 놓고
도듬 우에 앉은 애기
우리나라 금상님이
용상 우에 앉은 듯고
부태라 두린(두른) 양은
용문산천 허리안개
두린 듯다
말코라 감은 양은
우엣도다 저 한바늘
북시마루 던진 듯다

[멈춤]
또 그카고 머라 카노 모르겠데이.
(청중 : 잉앳대는 삼형제요 눌림대는 호부래비.)

그래,
잉앳대는(잉앗대는) 삼형제는
관우장비 이양드가
팔만장정 모안(모은) 듯다
눌림대 호부래비
강태공에 낚숫댄가(낚싯댄가)
신질청승 누숫물에

던진 듯다
그럭저럭 금사 한틀
다 짜내여 안 찍어도
넘어가는 용두마리
선기러기 후기러기
짝을 잃고 우는 겉다
큰고철썩 도투마리
백때 한쌍 지는 양은
구시월 시단풍(雪寒風)에
떡가랑잎 지는 듯다

아구, 무시라 내 못하겠다. 숨질이 뒤가(가빠).
[청중들이 웃으면서 천천히 하라고 권유함.]

금사 한틀 다 짜내여
옷을 한감 비고(베고) 나니
줌치 한감 남았구나
남은 줌치 안을 대고
달은 따여(따서) 겉을 대고
조물시기 상침 놓고
무지개라 선 들러가(둘러서)
대구팔사 끈을 달아
사대문에 걸어놓고
올라가는 굴관(구관) 사또
내려오는 신관 사또
줌치구경 하고 가소

줌치는 좋다만은

값이 비싸

값으는 얼마인냐

은도 천냥 돈도 천냥

이천냥이 지(제) 값이요

줌치는 좋다만은

값이 비싸 몬사겠소

각설이 타령 3

자료코드 : 05_19_FOS_20090724_CHS_BGS_0002
조사장소 : 경상북도 청도군 금천면 오봉2리 1010번지 마을회관
조사일시 : 2009.7.24
조 사 자 : 천혜숙, 이선호, 김보라, 백민정
제 보 자 : 박경선, 여, 76세
구연상황 : 앞서 김전댁의 '각설이 타령 2'를 옆에서 듣고 있던 제보자가 "장자나 한자
들고 보마"라며 그 부분을 말로 했다. "인자 나온다"며, 청중이 제보자에게
처음부터 다시 하기를 청했다. 그제서야 제보자는 자기의 '각설이 타령'은 김
전댁이 했던 것과 다르다며 시작했다. 제보자가 너무 빠른 속도로 구송하는
바람에 숨이 차서 끝까지 부르지 못할 것 같아 보였다. 김전댁이 후렴구를 불
러주면서 천천히 부르도록 유도하기도 하였다. 제보자는 완전하게 못한 것을
못내 아쉬워했다. 혼인 전에 친구들과 삼삼기하거나, 놀면서 불렀다고 했다.

일자로 한 장 들고 보니

일일일이 꽃이 피어

만장판에 씨러졌네(쓰러졌네)

이자로 한 장 들고 보니

이와송송 야송송

밤중새별이 완전하다
삼자로 한 장 들고 보니
삼으나 십년 두 십년
외나무다리에 만내서
인사하기도 반갑더라
사자로 한 장 들고 보니
사자향차(사자행차) 가는 차에
정슴참이(점심참이) 늦어오네
오자나 한 장 들고 보니
옥하나 돼지 섬기기 철두

아구 보자, 무슨 과게하기만 힘 씬다(쓴다) 카더나? 다 빠져 내가 안 되
겠다.

육자나 한 장 들고 보니

(청중 : 천천히)

우리 형제 육형제
너거 형제 칠형제
한 서당에 글을 일러(읽어)
과게하기만 힘 씨네(쓰네)
칠자나 한 자 들고 보니

아까 육자 했으니 칠자 해야지.

치럼치럼 많은 머리
옥비네를(옥비녀를) 짝을 지와(지위)

죽전비네를

아구, 머라 카드노? 아유, 그것도 우예 잊었붔데이.

팔자나 한 장 들고 봐라
우리 형제 팔형제
너거 형제 칠형제

(청중 : 그는 아까 캤고.)

한 서당에 공부를 해여
과게하기만 힘 씨네

이카고.

구자나 한 장 들고 봐라
구오청산 늙은 중이
백발염줄 목에 걸고
절로절로 찾아드니
동래하고는 범화사(범어사)
합천하고는 해연사(해인사)
양산하고는 통도사
밀양하고는 포청사(표충사)
청도하고는 운문사

인제, 그게 끝이고.
(청중 : 장자 안 해, 장자?)

장자나 한 장 들고 봐라
작으나 숲에 범 들었네

창부타령 외

자료코드 : 05_19_FOS_20090723_CHS_BYG_0001
조사장소 : 경상북도 청도군 금천면 박곡리 976-1번지 동회관
조사일시 : 2009.7.23
조 사 자 : 천혜숙, 이선호, 김보라, 백민정
제 보 자 : 박윤경, 여, 78세 외 5인
구연상황 : '모노래'가 끝난 후, 모두들 기억이 희미해지고 목청도 옛날 같지 않다고 한
탄하였다. 선호댁이 갑자기 두 손을 들고 어깨춤을 추면서 노래를 시작하였
다. 청중이 박수를 치고 노래에 합류하면서, 흥이 더욱 고조되었다. 앞의 모노
래처럼 제보자와 지수댁, 파동댁, 순흥댁, 나실댁, 박국현 씨가 서로 주고받으
면서 구연이 길게 이어졌다. '창부타령'과 '청춘가'가 뒤섞여 있다.

하해와 같이도 높은 사랑
○○과 같이도 반견(반긴) 사랑
칠년, 아.

[잠시 가사가 막힌 듯 멈추었다가]

칠년 대한(大旱) 가문 논에
빗방울같이도 반견 사랑
작년 한해는 ○○이고
이도령(이도령) 사랑은 춘향이라
일년 삼백 육십 오일
하루만 못 봐도 못 살겠네
얼씨구나 좋구나
지화자 좋다

[청중을 향해 웃으며]
좀 해라 인자.

[보조 제보자가 받아서 '청춘가'를 부른다.]

　　○○ 상상봉에
　　외로이 선 나무야
　　날콰(나와) 같이도 헤이 좋다
　　외로이 섰구나
　　술과 담배는 나 심정 알건만은
　　○○○ 우리 님은 헤이 좋더라
　　나 심정 모르누나

아이고 덥어래이(더워라.)
[보조 제보자가 이어서 '창부타령' 곡조로 부른다.]

　　○○산 구월산 밑에
　　주추캐는 저 큰아가
　　너의 집은 어데다 두고
　　해가 다 져도 아니 가노
　　나의 집으로 오실라거든
　　삼신산 안개 속에
　　초가야 삼간이 나 집이요
　　오신다면은 대장분데
　　못 오신다면은 졸장부라
　　놀다가

[갑자기 구연을 멈추며]
모르겠다, 끄티는(끝은).
(조사자 : 또 받아주세요, 할머니.)
[보조 제보자가 '청춘가'로 받는다.]

세월아 네월아 오고 가지 말어라
세월이 가면은 에헤이 좋구나
니(너) 한차(혼자) 가지요
아까운 우리 인생 에헤이 좋더라
왜 데리고 가나요

[보조 제보자가 '창부타령'으로 이어서 부른다.]

아니 아니 놀지는 못하리라
봄 들었네 봄 들었네
삼천리 강산에 봄 들었네
푸른 것은 버들이요
노란 것은 꾀꼬리라
황금 같은 꾀꼬리는
푸른 숲으로 날아들고

(청중 : 좋다.)

백설같은 흰나비는
장자리 밭으로 날아든다

(청중 : 좋다.)
(조사자 : 하나 받아주세요, 할머니.)
(조사자 : 하나 받으시죠.)
(보조 제보자 : 내 하께, 내 하께. 옛날노래.)
(청중 : 옛날노래, 옛날노래.)
(보조 제보자 : 그래 옛날 노래, 오새 노래 말고 옛날노래 그래.)
[좌중이 다시 소란스러워진 가운데, 보조 제보자가 '청춘가'로 받는다.]

　　○○○○○서~

　　일하기 좋고요~

　　신작로 넓어서 어이 좋더라

　　○○기 좋구나

[청중들이 웃는다.]

　　총각처녀 잘 나라고~

　　화장품 생겼고~

(청중 : 그기 옛날노래가?)
[청중이 따라서 부르기 시작한다.]

　　우리나라 잘 자라고('되라고'를 잘못 말한 듯하다.) 좋다

　　금강산 생겼다 좋다

[보조 제보자가 받아서 '청춘가'를 부른다.]

　　니가 잘나서 일색이 되느냐

　　내 눈이 어두와서

(청중 : 어이 좋다.)

　　바보가 되지요

(청중 : 니 이런 거 잘 불렀네.)
(청중 : 산천이 고와서.)
(청중 : 신랑각시.)
[보조 제보자가 계속 '청춘가'를 부른다.]

ㅇㅇㅇㅇㅇ 백시도 말구요

이 밤중에 오신 손님 좋지럴

괄세를 말으라

[보조 제보자가 ‘청춘가’로 받는다.]

운문산 칠기 넝쿨 산을 안고 돌고요

우리 집에 우리 님은 나를 안고 돈다

(보조 제보자 : 내가 문디인가베.44))

(보조 제보자 : 누가 문디라(문둥이라) 카더나?)

(청중 : 옛날에 그랬다. 우리 집에 저 문디는 날로 안고 돈다 그랬다.)

[청중들이 이야기를 하여 소란스러운 가운데, 보조 제보자가 다시 ‘청춘가’를 부른다.]

경주야 인경은 시내를 울리고

말 못할 상전에 헤이 좋더라

인사를 울린다

장가 노래

자료코드 : 05_19_FOS_20090723_CHS_BYG_0002
조사장소 : 경상북도 청도군 금천면 박곡리 976-1번지 동회관
조사일시 : 2009.7.23
조 사 자 : 천혜숙, 이선호, 김보라, 백민정
제 보 자 : 박윤경, 여, 78세
구연상황 : 앞의 노래가 끝나고 사골댁이 가사 ‘사친가’를 구송하였다. 청중이 거드는 것

---

44) ‘문둥이인가 보다’로, 보조 제보자 중 두 분이 부부여서 이런 말이 오고 감.

으로 보아, 모두에게 내용이 익숙한 것 같았다. 이장이 이 노래를 다른 노래와 착각하자, 제보자가 "그건 장가 노래"라고 정정했다. 그래서 '장가 노래'를 청하였더니, 침착하고 느긋하게 창부타령 곡조로 불러 주었다. 사설이 막힐 때는 좌중에게 묻고, 아는 사설은 청중들도 같이 부르면서 노래판이 구성지게 이어졌다.

장가 장가 못 갈 장가
앞집에 가서 책력을 봐도
책력에도 못 갈 장가
뒷집에 가서 구합을(궁합을) 봐도
구합에도 못 갈 장가
내가 좋아서 가는 장가

[구연 도중 청중에게 농담을 건다.]
사골떡이가 좋겠다.
[제보자의 농담에 청중들 모두 웃는다.]
(청중 : 다 했붓나 그러면.)

한 모 아,
내가 좋아 가는 장가
한 모랭이(모퉁이) 돌아가니
까막까치가 진동하네

(청중 : 좋다.)

또 한 모랭이 돌아가니

[사설로]

질(길) 밑에 야시라(여우라)

[다시 음을 넣어]

　　여우가 질 위에 우뚝 서네
　　또 한 모랭이
　　삼시(삼세) 모랭이 돌아가니
　　부고야 편지가 날라드네
　　왼손을 받아야 쥐고
　　두 쭉(쪽) 손으로 피어보니
　　신부 죽었는 부고다

누가, 사골떡이 좀 해 줘라.
(청중 : 하이구야끼나, 우야꼬 그래가. 못 갈 장가.)

　　또 한 모랭이 돌아가니

회심곡 아이다.
(청중 : 회심곡 아이다.)

　　또 한 모랭이 돌아가니
　　널장사가 널을 짜고
　　또 한 모랭이 돌아가니
　　밥장사가 밥을 하네
　　또 한 모랭이 돌아가니
　　장모님이 아,

[가사를 틀린 듯 구연을 멈춘다.]
(청중 : 맞다.)
곡소리가,

(청중 : 곡소리가 진동한다.)

[다시 제보자가 이어서]

　　　또 한 모랭이 돌아가니

　　　곡소리가 진동하네

[청중에게 묻는다.]

고 누가 머이(먼저) 나오더노? 장모가 나오더나? 처남이라 안 카더나?
집이라고 썩 드가이, 곡소리가.

(청중 : 처남 처남 내처남이다.)

처남 처남.

[제보자가 구연을 끊으며]

(청중 : 에헤이, 장모가 먼저 나온다 카이. 처남이 두 번째 나오고.)

[구술로]

드가이, 장모님이 하는 말이

(조사자 : 노래로.)

[다시 음을 붙여서]

　　　이왕지사 왔거들랑

　　　발채(발치) 잠이나 자고 가소.

(청중 : 앞에 빠자(빠뜨려) 먹었구만. '사우 사우 내 사우야.')

(청중 : 그래 그칸다 카이.)

[청중들이 가사를 서로 이야기하며 구연이 3초간 멈춰졌다.]

(청중 : 사우 사우 내 사우야 어디 갔다 인제 오노.)

발채잠이나 자고 가소. 날 줄라고 해였는('했는'의 의미임.) 떡, 그래.

(조사자 : 날 줄라고?)

날 줄라고 했는 떡은 평도지나(평토제나) 잘 지내고, 날 줄라고 했는 술
과 그거는 상두꾼이나 많이 주라 카데. 많이 주고. 뭐라 카드노?

김선달네 맏딸 애기

자료코드 : 05_19_FOS_20090723_CHS_BYG_0003
조사장소 : 경상북도 청도군 금천면 박곡리 976-1번지 동회관
조사일시 : 2009.7.23
조 사 자 : 천혜숙, 이선호, 김보라, 백민정
제 보 자 : 박윤경, 여, 78세
구연상황 : 앞의 노래가 끝나고 '윤김이' 아지매와 한창 신나게 놀 때 부르던 노래라며
이 노래를 시작하였다. 윤김이 아지매에게 배웠다고 했다. 부채로 무릎을 치
면서 장단을 맞추었다. 잊어버렸다며 끝부분을 다 마치지 못했으나, 청중은
제보자의 총기에 감탄했다. 창부타령 곡조로 불렀다.

김선달네 맏딸 애기가

저 잘났다꼬 소문나여

하문을(한번을) 가도 못 볼래라

두 분을(번을) 가도 못 볼래라

삼시분(삼세 번) 거듭가니

이칸청 대청 끝에

허리야 낭창 나섰구나

뭐, 머슨 댕기드노? 그 때 같이 듣고 같이 놀았는데.
머슨 댕기? 아, 허리야 낭창 나섰구나. 명주야.
[다시 구연을 시작한다.]

명주야 적삼 속적삼을

나비야 구름을 잡아 입고

명주치마 속치마는

석노야(석류야) 주름을 잡아 입고

열두 가치(갈래) 땋았는 머리

허리야 낭창 나섰구나

아니 봐도 대장분데

옥골을 보고서 뭐랄소냐

또 뭐라 카드노?

청춘가

자료코드 : 05_19_FOS_20090723_CHS_BYG_0004
조사장소 : 경상북도 청도군 금천면 박곡리 976-1번지 동회관
조사일시 : 2009.7.23
조 사 자 : 천혜숙, 이선호, 김보라, 백민정
제 보 자 : 박윤경, 여, 78세
구연상황 : 앞의 노래가 끝나고 조사자와 청중들이 잡담을 하는 중에 선호댁이 갑자기
　　　　　이 노래를 시작하였다.

처남 처남 내 처남아

너거야 누부가(누나가) 뭐라드노

(청중 : 좋다.)

모시야 적삼 ○○더나

삼 신던 버선을 ○○더나

(청중 : 좋다.)

연지 찍고 분바르고

　　자형 오기만 기다린다

　　얼씨구나 좋고 기화자 조네

　　아니 놀고서 뭐 할것고

　(조사자 : 더 계속 하시죠.)

　예? 계속 할라이 그러이 밑천이 있어('없어'를 잘못 말한 것이다.) 되나?

　(청중 : 옛날에는 줄줄 자꾸 나오던 기(게) 어더로 갔부고 없는데. 집에 와가 자만, 그것도 했으만 되고, 그것도 했으만 되고.)

　(청중 : 도애띡이 왔으만 잘하는데.)

　(청중 : 오라 카세요.)

　(청중 : 이청 저청 마루 청 그거 하세요.)

　　이청과 저청 마루야 청에

　　뱅뱅 도는 빙모님요

　　빌립시다 빌립시다

　　청주에 약주를 빌립시다

　　약주 한잔에는 양산도요

　　청주 한잔에는 청춘가라

　　얼씨구나 좋구나 기화자 좋다

　　아니 놀지는 못하리라

화투 뒤풀이

자료코드 : 05_19_FOS_20090718_CHS_BTS_0001

조사장소 : 경상북도 청도군 금천면 오봉2리 1010번지 마을회관

조사일시 : 2009.7.18

조 사 자 : 천혜숙, 박동철, 김유경, 이선호, 김보라

제 보 자 : 박태숙, 여, 81세

구연상황 : 오후 1시경 마을회관에 도착하니, 마을 주민 몇 분이 회관 앞 정자나무 밑에
서 담소를 나누며 쉬고 있었다. 인사를 드리고 찾아온 까닭을 말하였더니, 제
보자가 조사자들을 반기며 마을회관으로 안내했다. 제보자는 자리에 앉자 마
자 모노래를 불렀고, "노래를 짧게 해도 괜찮겠냐?"며 쑥스러워 했다. 이어
조사자의 요청으로 '화투 뒤풀이'를 불러주었다. 벽에 몸을 기대고 녹음기만
쳐다보며 불렀는데, 숨이 약간 찬 듯 보였다.

정월 솔가지(솔가지) 속속한 마음

이월 매조(梅鳥) 매달아두고

삼월에 사쿠라('さくら'로 벚꽃을 의미함.) 산란한 마음

사월 흑사리 흩쳐(흐트려) 두고

오월 난초 노던 나이비(나비)

유월에 목단아 춤을 춘다

칠월에 홍돼지 홀로나 늙어

팔월 공산에나 달도나 밝다

구월 국화 굳었던 마음이

시월 단풍에 낙입이(낙엽이) 졌구나

동지섣달 서남풍에

백설만 날아도나 임오(임의) 생각

사위 노래

자료코드 : 05_19_FOS_20090718_CHS_BTS_0002

조사장소 : 경상북도 청도군 금천면 오봉2리 1010번지 마을회관

조사일시 : 2009.7.18

조 사 자 : 천혜숙, 박동철, 김유경, 이선호, 김보라

제 보 자 : 박태숙, 여, 81세

구연상황 : 제보자는 앞의 노래를 끝내고, 조사자에게 녹음해서 책으로도 내는가 거듭 물

었다. 그리고는 다른 청중이 왜 녹음을 하느냐고 묻자, 조사자를 대신하여 "옛날 노래가 사라져 가기에 이렇게 해야 된다"며 설명했다. 한참동안 무엇인가를 생각하던 제보자가 '사위 노래'를 한 번 불러보겠다고 했다. 다 부르고 난 뒤에 "사위 노래가 원래 긴데, 끝에 많지만 기억이 안 난다"며 겸연쩍은 웃음을 지었다. 청중들은 "만날 했으면 안 잊어버렸다"며 한 마디씩 했다.

이청 저청 마루청 우에(위에)

빙빙 도는 장모님요

빌립시다 빌립시다

탁주 한 잔을 빌립시다

매화야 꽃트로(꽃을) 너를 줄까

국화야 꽃틀(꽃을) 너를 줄까

국화꽃도 내사 싫소

매화야 꽃도 내사 싫소

이닫이 저닫이 반다지 안에

자는 처녀를 나를 주소

청춘가 2

자료코드 : 05_19_FOS_20090718_CHS_SOH_0001
조사장소 : 경상북도 청도군 금천면 오봉2리 1010번지 마을회관
조사일시 : 2009.7.18
조 사 자 : 천혜숙, 박동철, 김유경, 이선호, 김보라
제 보 자 : 손옥화, 여, 77세
구연상황 : '처녀총각 노래'가 끝나고, 두암댁이 '청춘가' 몇 소절을 더 불렀다. 그 후, 방지댁, 용산댁, 김전댁 세 분이 나란히 앉아 '모노래'와 '김선달네 맏딸 애기'를 차례로 불렀다. 청중들이 잡담을 나누는 동안 김전댁이 자진해서 이 노래를 시작했다. 용산댁과 방지댁은 박수를 치며 따라 불렀고, 청중들도 흥을 내면서 "좋다!"는 소리를 연발했다.

물 이러 가는 듯이~ 술 받아 이고요~
진(긴) 골목 자진(좁은) 골목
임 찾어가노라

(청중 : 좋다.)

오동동 춘향에~ 달이 방실 밝었네~
임에동동 생각에~ 좋다
실동실 나누나

세월아 네월아~ 오고 가지를 말어라
아까운 내 청춘 좋다
나홀로 가누나

노랫가락

자료코드 : 05_19_FOS_20090718_CHS_SOH_0002
조사장소 : 경상북도 청도군 금천면 오봉2리 1010번지 마을회관
조사일시 : 2009.7.18
조 사 자 : 천혜숙, 박동철, 김유경, 이선호, 김보라
제 보 자 : 손옥화, 여, 77세
구연상황 : 제보자는 "대천바다, 그기(그게) 요새 노래 그래 많다 카데"라고 하면서 이
　　　　　노래를 시작했다. 청중 대부분은 이 노래를 잘 알지 못하는 것 같았다. 제보
　　　　　자는 구연 후 노래에 대한 설명을 했다. 명포댁은 "그 소리 참말로 듣기 좋더
　　　　　라."고 응수했다. 혼인 후 들은 노래라고 했다.

대천바다 한가운데
뿌리 없는 낭기(나무가) 커서
잎은 피어 삼백 육십

그 끝에 열매가 열어서

열매 끝에는

[구술로]

이름일랑가

노들강변

자료코드 : 05_19_FOS_20090724_CHS_SOH_0001
조사장소 : 경상북도 청도군 금천면 오봉2리 1010번지 마을회관
조사일시 : 2009.7.24
조 사 자 : 천혜숙, 이선호, 김보라, 백민정
제 보 자 : 손옥화, 여, 77세
구연상황 : 조사 전날 이원희 씨에게 연락하여 조사협조를 부탁하고 약속한 시간에 마을
회관 앞으로 갔다. 마침 복날이라 할머니들이 단체로 운문댐에 가서 점심식사
하고 오는 길이었다. 차에서 내리는 할머니들께 인사를 하고 함께 마을회관으
로 들어갔다. 둥글게 앉아 안부도 묻고 본동 1차 조사 때 찍은 사진을 드리면
서 조사취지를 다시 설명하였다. 두암댁이 앞 조사시 불렀던 '모노래', '시집
살이 노래'를 불렀다. 노래를 듣던 김전댁이 "노들강변 봄버들 휘휘 늘어진
그거 말고."라며 이 노래를 시작하였다. 작은 목소리로 부른 까닭에 잘 들리
지 않아서 다시 불러달라고 청하였다. 이 노래가 끝나고, 신민요 '노들강변'
이 더 익숙한 청중 몇 분이 '노들강변'을 함께 부르기도 했다.

노들강변에 비들기 한 쌍

암늠은(암놈은) 불러다 마당에 앉고

숫늠은(숫놈은) 불러다가 웃달에 앉어

암늠은 물어다가 숫늠을 주고

숫늠은 물러다가 암늠을 주니

구글구~글 하는 소리에

청춘과부는 단봇짐 싸고
나(나이) 많은 과부는 한심하네

각설이 타령 2

자료코드 : 05_19_FOS_20090724_CHS_SOH_0002
조사장소 : 경상북도 청도군 금천면 오봉2리 1010번지 마을회관
조사일시 : 2009.7.24
조 사 자 : 천혜숙, 이선호, 김보라, 백민정
제 보 자 : 손옥화, 여, 77세
구연상황 : 좌중은 '베틀노래'를 부른 박동댁의 총기에 감탄하면서 잊어버린 노래들에 대
한 아쉬움을 토로했다. 제보자가 다시 박동댁에게 "각설이 해봐라"라고 권하
자 못한다고 사양하였다. 제보자가 자진해서 '각설이 타령'을 부르기 시작했
다. 제보자는 흥에 겨워 무릎으로 장단을 치면서 부르다가 사설이 생각이 나
지 않자 눈을 지긋이 감고 불렀다. 기억을 되살리려 노력했지만 더 이상 기억
나지 않아 결국 마무리를 하지 못했다.

품마하고도 잘한다
일자로 한 장 들고 보니
일선에 가신 우리 낭군
돌아오기만 기도린다(기다린다)
품~마나 품마

[웃음]

이자로 한 장 들고 보니
이-북에 김일성이
하로(하루) 바삐 손들어라~
품마하고도 잘한다

　　　삼자로 한 장 들고 보니

아구 모꼬(뭔가)? 아구 잊었붔데이.

　　　삼천만은 우리 동포
　　　평화되기만 기도린다(기다린다)
　　　오자나 한 장 들고 보니
　　　옥에 갇힌 춘향이는

(청중 : 사자.)

　　　이도령 오기만 기두리고(기다리고)
　　　육자로 한 장 들고 보니
　　　육이오 사변에 집 태우고
　　　거러지(거지) 신세로 들어간다
　　　칠자로 한 장 들고 보니
　　　칠십에 나는 우리 엄마
　　　날 오도록만 기다린다
　　　팔자로 한 장 들고 보니
　　　팔십에 나는 우리 부모

머라 카드라?

　　　편지 오기만 기두린다
　　　구자로 한 장 들고 보니
　　　구십에 나는 우리 부모

아구, 머라 카드라? 잊았붔다.
[청중 잡담]

[말로]

장자로 한 장 들고 보니

장하도다 장하도다

우리 동포가 장하도다

애기 재우는 소리

자료코드 : 05_19_FOS_20090724_CHS_SOH_0003
조사장소 : 경상북도 청도군 금천면 오봉2리 1010번지 마을회관
조사일시 : 2009.7.24
조 사 자 : 천혜숙, 이선호, 김보라, 백민정
제 보 자 : 손옥화, 여, 77세
구연상황 : 서로 노래를 부르라고 권유했지만 특별히 나서는 분이 없었다. 조사자가 '항
　　　　　굴래비타령'을 아시냐고 물어보니 마을의 어느 어른이 잘했는데 돌아가셨다
　　　　　고 했다. 그러던 중에 제보자가 "이거 아니냐?"며 이 노래를 시작했다. 청중
　　　　　들은 제보자가 한 소절씩 부를 때마다 고개를 끄덕이며 경청하였다. 더 이상
　　　　　생각이 나지 않는다면서 마무리하지 못했다.

은자동아 금자동아

수명장수 부귀동아

은을 준들 너 사겠나

금을 준들 너 사겠나

귀비겉은 내 자슥에(자식에)

동방화초 내 사우야

아구, 보자, 뭐라 카니라?

나라에 충성하고

부모에 효도하고

일가친척 화목하고

형제간에 우애있고

부모에 효도하고

모노래 1

자료코드 : 05_19_FOS_20090723_CHS_SIS_0001
조사장소 : 경상북도 청도군 금천면 박곡리 976-1번지 동회관
조사일시 : 2009.7.23
조 사 자 : 천혜숙, 이선호, 김보라, 백민정
제 보 자 : 손인식, 여, 69세 외 6인
구연상황 : 본동의 두 번째 조사 첫날이다. 이장댁에 들렀더니 이장은 출타 중이었고, 부
인이 마을회관으로 안내해 주었다. 마을회관 2층에서 할머니들은 건강 체조
를 막 끝내고 쉬고 있었다. 1층으로 자리를 옮겨 이야기판을 마련했으나, 무
더운 날씨에다가 운동을 하고 난 직후라 할머니들은 연신 부채질만 해댔다.
그 사이에 합류한 이장이 교동댁에게 노래를 권했다. 목에 녹이 슬어서 소리
가 나오지 않는다고 주저하다가 "안섶 안에 해도 되나?"라며 이 노래를 시작
하였다. 교동댁이 운을 떼자, 너도나도 생각나는 사설을 한 편씩 보탰다. 이장
은 뒤에서 모를 심는 흉내를 내기도 하고, 까마귀 소리도 내면서 좌중을 흥겹
게 만들었다. 노래를 부르다가 막히거나 틀리면 청중들은 서로 귀띔을 해주었
고, 제보자, 선호댁, 지수댁, 박국현, 경동댁, 박순임, 파동댁이 주고받는 교환
창 형태의 모심기 소리가 길게 이어졌다.

임이 죽어서 연자가(제비가) 되여

천막 끝에 집을 지어

날며 보고 들며 봐도 으이

임이 오신 줄 모르누나

(조사자 : 좋습니다.)

[청중들이 박수를 친다.]

(조사자 : 또 있으시죠?)

많지예.

(조사자 : 다 하시면 됩니다. 생각나는 거 있으면 또.)

　　모야 모야 노랑모야
　　니 언제 커서 열매 열래
　　이달 크고 홋달 커서
　　내훗달에 열매 열지

[청중들이 박수를 치는 가운데 보조 제보자가 바로 구연을 시작하였다.]

　　알곰아삼삼 고운 독에 에이
　　누룩을 빚었다 백화주요

(보조 제보자 : 키후후우.)

　　기림을(그림을) 기렸다(그렸다) 유리잔에
　　나아('나비'인 듯함.) 한 쌍 권주하소

[청중들이 박수를 치는 와중에 보조 제보자가 구연을 시작하였다.]

　　낭창낭창 베루아(벼랑) 끝에
　　낙수질하는(낚시질하는) 저 오라바
　　나도 죽어 후생가여이
　　낭군님 한번 싱기(섬겨) 볼래

[청중들이 박수를 치는 와중에 보조 제보자가 구연을 시작하였다.]

　　낭창낭창 베로(벼랑) 끝에

[제보자가 함께 부르기 시작한다.]

　　무정도 하구나 저 오라바
　　난도 죽어 후성(후생) 가서 허이
　　낭군님버텅(낭군님부터) 싱길라네(섬기려네)

(보조 제보자 : 그거를 누구하나 선창을 내고 후창을 받고.)
(청중 : 그래, 그기 옳은 기다.)
(보조 제보자 : 그래, 그기 옳다.)
(제보자 : 그래, 딱 준비되가 있나?)
(보조 제보자 : 그기 인자 한 노래를 내만, 이야기를 하라니께.)
(보조 제보자 : 지수띡이야, ‘펄펄나는 금붕어 잡아’ 미기는데(메기는데) 뒤에 받을래?)
[보조 제보자의 물음에 지수댁이 모른다고 하면서 그냥 하라고 손짓했다.]
(청중 : 해봐라. 해보만 알지.)
(조사자 : 해보시소.)
[청중들의 이야기로 3초가량 노래가 중단되었다.]
(조사자 : 한번 시작해보시고 받을 분 없으면 계속하시고 그러면 되겠네요.)
(청중 : 받을 분 없으만 본인이 하고.)
(조사자 : 예, 받으면 받고, 그러시죠. 시작하시죠.)
(청중 : ‘모시야 적삼’ 해라.)
[보조 제보자가 청중의 이야기를 듣고 바로 부르기 시작한다.]

　　모시야 적삼 안섶 안에
　　분통겉은 저 젖보소

[보조 제보자가 받아서 구연하였다.]

　　　많이야 보면은 병날 끼고
　　　살낱('쌀낱'으로 아주 조금의 뜻임.) 만침만(만큼만) 보고 가소

[보조 제보자가 바로 부르기 시작했다.]

　　　낭창낭창 저 벼루(벼랑) 끝에 에이
　　　무정하다 울 오라바

[다시 보조 제보자가 받아서]

　　　나도 죽어 후성(후생) 가서
　　　낭군님 한번 싱기(섬겨) 볼래

(보조 제보자 : 또 시작하고.)
[보조 제보자가 바로 구연하였다.]

　　　서월이라(서울이라) 낭기 없어
　　　바늘○○고 ○○한다

(청중 : 시침바늘.)
[보조 제보자가 다시 부른다.]

　　　서월이라 ○○ 없어
　　　연지야

[갑자기 구연을 멈추고 가사를 물어보았다.]
(보조 제보자 : 뭐한다 카드노?)
[제보자가 구연을 시작한다.]

　　　서월이라 왕대밭에이
　　　금비들키 알을 낳어

[보조 제보자가 받아서 부른다.]

　　　그 알 한 개 내 줬이먼(줬으면) 허이
　　　금년 과개는(과거는) 내 할 꺼로(것을)

얼매나 좋으노?
[보조 제보자가 다시 부른다.]

　　　유자 감자 의논이 좋아
　　　한 꼭대기 둘이 연다

[보조 제보자가 받아서 부른다.]

　　　처녀야 총각 의논이 좋아 허이
　　　한 비개(베개) 비고(베고) 들누웠네

[보조 제보자가 다시 부른다.]

　　　유월이라
　　　유월이라 두 달이라
　　　첩을 팔아 부채 샀네

[보조 제보자가 받아서 부른다.]

　　　구시월이 다치오니(다가오니)

(청중 : 첩의 생각이 절로 나지.)

첩의 생각이 절로 난다

[보조 제보자가 다시 부른다.]

해 다 지고 저문 날에
우연(어쩐) 행상이 떠나가노

[보조 제보자가 받아서 부른다.]

이태백이 본처 죽어 허이
이물(이별) 행상이 떠나가네

[보조 제보자가 다시 부른다.]

명주바지 골미바지
몬따(못다) 입고 황천가네

[구연을 멈추고 보조 제보자를 가리키면서 받으라고 말한다.]
(보조 제보자 : 받으소.)
[보조 제보자가 받아서 부른다.]

팔십에 나는 노부모 두고
황천가는 날만 하나

(청중 : 니러(내려) 오니라. 니는 2층 올라앉아가 하노?)
[보조 제보자가 부르기 시작한다.]

서울가는 선보님요(선비님요)
우리 선보님 안 오던게

[보조 제보자가 받아서 부른다.]

오기이사('오기야'의 의미임.) 온다만은 허이
칠성판에 실리오네(실려오네)

(청중 : 죽어온단 말이다.)
(청중 : 박수 좀 쳐라.)
[청중들이 박수를 친다.]
[보조 제보자가 받아서 부른다.]

밀양아 삼당 궁노숲에 헤이
연밥따는 저 수자야(처자야)

(보조 제보자 : 받아라 또.)
[보조 제보자가 받아서 부른다.]

연밥줄밥 내 따주리
요내 품에 잠들거라

(보조 제보자 : 맞나?)
[보조 제보자가 받아서 부른다.]

초롱아 초롱 청사초롱 오이
임으야 방에 불 밝히라
임도 눕고 난도(나도) 눕고 으이
저 초롱불을 누가 끄꼬(끌까)

(청중 : 내 꺼주까?)
(보조 제보자 : 니 끌래?)
(청중 : 옛날에 슬픈 노래 여어(여기) 많다.)
[청중들의 이야기로 소란스러운 가운데 보조 제보자가 계속 구연을 한다.]

펄펄 나는

금봉아 ○○아 ○기리고이

춘향이 불러다 술 믹이라

[보조 제보자가 이어서 부른다.]

이 논빼미다 모를 심어

잎이 넓어 정자로다

[보조 제보자가 받아서 부른다.]

우리야 부모님 선산등에

솔을 심어서 정자동아

모노래 2

자료코드 : 05_19_FOS_20090723_CHS_SIS_0002
조사장소 : 경상북도 청도군 금천면 박곡리 976-1번지 동회관
조사일시 : 2009.7.23
조 사 자 : 천혜숙, 이선호, 김보라, 백민정
제 보 자 : 손인식, 여, 69세 외 4인
구연상황 : 옛날소리를 잘하던 마을의 지동양반에 대한 기억을 서로 나누다가 나실댁이
　　　　　지동양반과 함께 불렀던 '모노래'를 떠올렸다. 그러자 옆에서 교동댁이 '모노
　　　　　래'를 시작하였고, 청중이 모두 함께 참여했다. 서로 사설을 주고받기도 하고,
　　　　　사설에 대한 설명을 덧붙이기도 했다.

해다지고 저문 날에 헤이

골목골목에 연개(연기) 나네

(보조 제보자 : 오늘아 해가 다졌는가 골목골목에 연기나네.)

새로 하이소.

(조사자 : 조금 틀려도 상관없습니다.)

[보조 제보자가 구연을 시작한다.]

    오늘에 해가 다졌는가 하이

[청중이 함께 부르기 시작한다.]

    골목골목에 연기나네
    우리야 임은 어디로 가고
    연기낼 줄 모르는고

잘한다.

[보조 제보자가 구연을 시작한다.]

    탐방 탐방 찰수지비

[청중이 함께 부르면서 여러 가사가 뒤섞인다.]

    사우야(사위야) 반에 다 올랐네

[보조 제보자가 받아서 구연한다.]

    우리야 할마씨 어디로 가고

(청중 : 찰수지비 아이가?)

(보조 제보자 : 퐁당퐁당 찰수지비.)

첨에 시작할 때 잘못 했다.

(조사자 : 다시 한번 해보시죠. 퐁당퐁당.)

[보조 제보자와 함께 청중들이 다 같이 부른다.]

풍당풍당 찰수지비
사우야 반에 다 올랐네
우리야 할마니 어디로 가고
딸년

(조사자 : 딸년 동자를 시깄노.)

딸을 동기로 맽깄던고

[가사에 대한 이야기로 좌중이 소란스러워졌다.]
[보조 제보자가 구연을 시작하였다.]

서월이라(서울이라) 남정자아(남정자에)
점슴참이가(점심참이) 늦어오네
찹쌀 닷 말 멥쌀 닷 말
이니라꼬(이느라고) 늦어오네

일다 보니.
[보조 제보자가 부르기 시작한다.]

○○○○ 점심반찬
무슨 반찬이 올랐더노

[청중들이 함께 구연하기 시작한다.]

전라도라 독간재비
마리야 반씩 올랐더라('한마리 반'이 올랐다는 의미임.)

(보조 제보자 : 요새 이런 거 하지. 옛날에는 요런 거, 멸치 같은 거 그
런 거 하고 그랬다.)

찔레야꽃을 살콤 디치(살짝 데쳐)
임오야('임의' 의미임.) 버선을 잠볼걸어

[보조 제보자가 받아서 부른다.]

버선보고 임을 보니
버선 줄 맘이 전혀 없네

(보조 제보자 : 옛날에 원도 이 사람아. 날 있는데 그렇다고.)
옛날에 국지떡이(국지댁이) 시아바씨가(시아버지가) 모노래를 그래 하
이. 찔레야꽃튼.
(청중 : 석노꽃튼(석류꽃은) 장개(장가) 가고)
(청중 : 찔레꽃은 장개 가고 석노꽃은(석류꽃은) 요각(요객) 간다는 거,
그, 첫대가리, 하문 알아 봐라.)
[보조 제보자가 구연을 시작한다.]

찔레야 꽃튼 장가를 가고

[제보자가 함께 부르기 시작한다.]

석노야(석류야) 꽃튼 요각간다(요객간다)
만인간아 웃지를 마라~이
씨종재(씨종자) 바라 내가 간다

[제보자가 사설 내용에 대한 설명을 덧붙인다.]

늙은 사람, 젊은 아들은 아를(아이를) 못 놓이(낳으니) 장개를 몬 가고
늙은 할배가, 저 아부지가 장개를 가가 씨로 퍼자야(퍼뜨려야) 될 꺼 아이
가? 그래서 간다 카는 기라, 이기. 하하.

그래 '찔레꽃은 허여이(허옇게)[45] 장개를 가고 석류야 꽃은 요각을 따라가이 사람들이 웃을 꺼 아이가 그래. '웃지 마라. 씨종자 바래 내가 간다.' 이기라. 그거 다 뜻이 있다 카이.

댕기 노래

자료코드 : 05_19_FOS_20090723_CHS_CYG_0001
조사장소 : 경상북도 청도군 금천면 박곡리 976-1번지 동회관
조사일시 : 2009.7.23
조 사 자 : 천혜숙, 이선호, 김보라, 백민정
제 보 자 : 채연교, 여, 6세 외 1인
구연상황 : '장가 노래'가 끝나고 이장이 이 노래에 대한 설명을 자세하게 해 주었다. 이번에는 사골댁이 "댕기댕기 해보소."라며 선호댁에게 '댕기 노래'를 권하였다. 선호댁과 사골댁의 사설이 서로 엇갈리는 가운데 상호보완적으로 구연이 마무리되었다.

댕기댕기 곱은(고운) 댕기
우리 오빠

(청중 : 우리 아부지.)

어데, 아부지 안 나온다.
우리 오빠 사준 댕기.

(조사자 : 노래로, 노래로 하시죠.)
(보조 제보자 : 우리 아부지 사온 댕기)
[보조 제보자가 구연한다.]

---

45) 백발의 아버지가 장가를 가고 젊은 아들이 요객으로 따라가니 사람들이 웃는다는 의미이다.

우리 엄마 접은 댕기
우리 오빠 사랑 댕기

아이다(아니다.). 사랑댕기는, 엄마가 사랑댕기다.
(보조 제보자 : 어, 엄마가 접은 댕기.)
[청중이 가사에 대해 이야기하느라 소란스러운 가운데, 보조 제보자가
구연한다.]

우리 월끼(올케) 눈치댕기
우리 동생 눈물댕기
그래,

(청중 : 그래 해라.)

우리 월끼 눈치댕기
우리 동생 눈물댕기

(보조 제보자 : 우리 월끼 캐쌌데. 우리 월끼 그래, 눈치댕기,)
(청중 : 눈치 봤다 그래.)
[보조 제보자가 계속 구연한다.]

담장 안에 널뛰다가
담장 밖에 흘렀뿠네

[가사가 막힌 듯 얼버무리며]

도령도령

도령은?
[제보자가 정정하면서 말로 구연한다.]

군아군아 서당군아
요내 댕기 조었거든(주웠거든)
줌치집어 선물하께
내 댕기 도고(다오) 카이,

(보조 제보자 : 줏은 댕기 나를 주소.)
나를 주소 카이.
[목이 메인 듯 목청을 한번 가다듬고]
그래 뭐라 카드노, 조은(주운) 댕기.
[제보자가 말로 구연한다.]

마당 위에 덕석 피고
덕석 위에 초석 피고
초석 위에 초례상 놓고
암탉 장닭 마주 놓고
국황재배 부릴(부를) 직에(적에)

그때 주지 못 준다 카더라.
[보조 제보자가 받아서 부른다.]

국황재배 부른 뒤에

[다시 음을 넣어서]

아들 놓고 딸 놓고
살림살 적에 너 주꾸마

(보조 제보자 : 고래가 고기(그게) 끝일 끼다(게다). 또 있는가 몰라.)

사위 노래

자료코드 : 05_19_FOS_20090723_CHS_CYG_0002
조사장소 : 경상북도 청도군 금천면 박곡리 976-1번지 동회관
조사일시 : 2009.7.23
조 사 자 : 천혜숙, 이선호, 김보라, 백민정
제 보 자 : 채연교, 여, 67세
구연상황 : 앞의 노래가 끝나자 청중들이 박수를 쳤다. 교동댁이 박수를 치는 것이 건강
　　　　　에 좋다고 이야기를 하자 사골댁이 "그것도 안 있나?"고 박수를 치면서 노래
　　　　　를 시작했다.

우리 장인 날 왔다고
절 받기가 야단이고

우리 장모 뭐라 카노?
(청중 : 몰라, 하나도 모르겠다.)

우리 처남 날 왔다고
담배걱정도 매우하네
우리 처수('妻嫂'로 처남댁을 이른다.) 날 왔다고
반찬걱정도 매우하네
우리 처질('妻姪'로 처조카를 이른다.) 날 왔다고

[청중이 '좋다'라고 하며 박수를 친다.]

물총따당기 야단이고
우리 사랑 날 왔다고
숨바꼭질로 하고 있네

항굴레비 타령

자료코드 : 05_19_FOS_20090723_CHS_CYG_0006
조사장소 : 경상북도 청도군 금천면 박곡리 976-1번지 동회관
조사일시 : 2009.7.23
조 사 자 : 천혜숙, 이선호, 김보라, 백민정
제 보 자 : 채연교, 여, 67세
구연상황 : 앞의 이야기가 끝나자 사골댁이 교동댁에게 "메띠기(메뚜기) 타령 해 봐라."
라고 권했다. 교동댁은 노래를 다 잊어버려서 못한다며 다시 사골댁에게 권했
다. 사골댁은 "나도 잊았붔다."라고 했지만 바로 노래에 관한 설명부터 시작
했다.

엿장사가 인자, 엿 반티로(함지박을) 와(왜) 옛날에 젊어지고 이래 안
댕기나? 가다가 어데, 고개를 가다가 터억 받치놓고(받쳐놓고) 인자 오줌
을 눴어, 남자가. 오줌을 누이 항굴레비가 톡 튀어 나오거든.

그래가 항굴레비 쥐 와가지고, 요 좋으면 요래요래,

[두 팔로 아기를 안는 시늉을 하면서]

  자슥 자슥 내 자식
  만복을 타고 난 내 자식
  오줌타고 난 내 자식

이래 인자 가(갖고) 논다. 노이꺼네, 또 먹물이 와, 메띠기(메뚜기) 먹물
이 나오거든.

[웃음]

  동네 이장을 할라느냐
  먹물이 찔금 나느냐

눈이 디기(많이) 나왔거든. 무슨 안경을,

금티(금테) 안경을 쓸라느냐
눈알이 툭 나왔구나

이카고, 내 말보다도 더 예쁘기 하는데 내가 모르겠다. 마 그래가 뭐 저게,

이매도(이마도) 훌렁 까졌구나

동네 재물을 거다(거두어) 무울라고(먹으려고)
[웃음]
(청중 : 그 할마이 안 죽었으마.)

큰 애비를 닮았나
나름도(눈썹도) 질쑴하구나(길쭉하구나)

카는데, 내 자시((자세히) 모르겠다 함(한 번) 해봐라.
(보조 제보자 : 모린다. 니 금방 카이 고(그거) 쪼매(조금) 안다.)
[보조 제보자가 말로 구연함.]

동네 재물을 거다(거둬) 무울랑강(먹으려나)
이말도(이마도) 훌떡 까졌구나

(청중 : 그래가.)

4. 이서면

경상북도 청도군 이서면 학산2리

조사일시 : 2009.2.17~2009.2.18
조 사 자 : 이균옥, 박동철, 김유경, 이선호, 김보라

학산2리는 이서면 소재지 마을이다. 유리왕 대 신라에 병합된 이서국 (伊西國)에서 유래한 이서면은 청도군의 서쪽 평야 지대에 있다. 평야 지 대의 구비문학은 산악 지역과는 다를 것이라는 예상을 하고 이 마을을 조 사지로 택했다.

이서경로회관 이야기판

학산1리를 부리미(浮鯉尾), 모산(牟山), 학산2리를 주암(珠岩) 또는 학암 (鶴岩)이라고 부른다. 조선시대에는 모산동, 학암동으로 분리되어 있었다

가, 1914년 일제의 행정구역 개편 시 합동하면서 각각 한 자씩 따서 학산 리라고 하였다. 주암(珠岩)은 마을 가운데 두 개의 암강(岩岡)이 있어 그 사이로 길을 닦은 것이 구슬을 꿴 것 같다고 하여 유래된 이름이다. 학산 1리인 모산(牟山)에는 1560년경에 밀성인 박경인 공이 입촌하였다고 하 며, 2리 주암에는 임란 후 경주 이씨가 입촌했다고 하나 확실치 않다. 1800년대 초에 밀성 박씨 박윤덕 공이 주암에 정착한 이래로, 지금도 주 성을 이루고 산다.

200여 호 남짓 살고 있으며, 밀양 박씨 40여 호, 경주 이씨 10여 호, 나머지는 각성이다. 학산2리 일대는 들이 넓어 논농사를 많이 지었는데, 요즈음에는 버섯을 재배하는 농가도 늘어났다.

이서 면민들은 이서국의 역사적 전통에 대한 자부심이 청도군의 어느 지역보다 높다. 이를 반영하듯 학산2리 인근에는 서원이 세 개나 있다. 학산리 450번지에는 경상북도기념물 제129호인 용강서원(龍岡書院)이 있 는데, 청도에 정착해온 밀양(密陽) 박씨(朴氏) 문중에서 충숙공(忠肅公) 박 익(朴翊)과 임란 14의사(義士)를 기리고 후진을 양성하기 위해 건립한 것 이다. 또 금촌리의 금호서원(琴湖書院)은 임진왜란 때 원균(元均) 휘하에서 옥포만호(玉浦萬戶)의 신분으로 혁혁한 전공을 세워 경상우수사 겸 3도 수군통제사를 지낸 식성군(息城君) 이운룡(李雲龍, 1562~1610) 장군과 향 산(鄕山) 이백신(李白新) 선생을 기리기 위해 세운 서원이다. 마지막으로 이서면 서원리 85번지에 있는 자계서원(紫溪書院)은 조선 초 문신이자 학 자인 탁영(濯纓) 김일손(金馹孫) 선생을 배향하기 위해 중종 13년(1518년) 에 창건된 것으로, 창건 당시는 운계서원(雲溪書院)이라 하였다가 현종 2 년(1661년)에 자계서원으로 사액(賜額)되었다. 고종 8년(1871년) 서원 철 폐령에 의해 훼철되어 동·서재만 남아 있던 것을, 1924년 참봉 김용희 (金容禧)가 중건하였다.

이런 배경 때문인지 역사적 인물 전설을 구연하는 분이 많았으며, 논리

적이고 합리적인 이야기를 더 선호했다. 아니면 설화 구연을 거부하거나, 설화는 모른다고 하는 분도 있었다.

2009년 2월 17일 조사 첫날은 주암부녀경로회관을 방문하여 조사를 진행했는데, 점점 너무 많은 할머니들이 모여들어서 집중적인 조사를 하기 어려웠다. 본격적인 조사는 세 시간 정도 이루어졌다.

2월 18일, 다음날은 마을에 있는 할아버지 경로당을 찾았다. 이서경로회관이라고 한 이곳은 학산2리와 인근 마을인 수야리, 서원리, 고철리, 금촌리 등의 마을 노인들도 모이는 면 단위의 경로회관이다. 할아버지들은 오토바이나 자전거 등을 타고 이곳으로 모여 담소하다가 각기 마을로 돌아갔다. 조사팀이 방문했을 때에도 그 딸이나 며느리들이 자가용으로 할아버지를 회관으로 모시고 오는 것을 볼 수 있었다. 이 회관을 관리하는 송옥금 할머니의 안내를 받아 아홉 분의 할아버지를 대상으로 조사했다.

김갑석, 여, 1937년생

주 소 지 : 경상북도 청도군 이서면 학산2리
제보일시 : 2009.2.17
조 사 자 : 이균옥, 박동철, 김유경, 이선호, 김보라

이서면 문수리에서 생장했다. 20세에 중매를 통해 학산2리로 시집왔다. 슬하에 2남 3녀를 두었다. 조사 둘째 날 오후에 만나서, '줌치 노래' 1편을 제공했다. 제공한 자료는 10년 전 부녀자들이 모여 모심기를 할 때 듣고 익혔다고 한다. 모심기하면서 노래를 부르면 하루 종일 해도 지칠 줄 몰랐다고 기억한다. 자신의 목청이 좋지 않다고 생각하여 트로트를 비롯한 요즘의 노래는 배우지 않는다.

다른 제보자가 노래를 부를 때 개입을 많이 하는 것으로 보아 보유한 민요가 많을 것으로 생각되었으나, 시간이 늦어져 다음을 기약하고 헤어졌다. 조사에 협조적이인 편이었고, 노래를 더 가르쳐 주겠다며 자신의 연락처를 조사단에게 직접 적어주기도 했다.

제공 자료 목록
05_19_FOS_20090217_IGO_GGS_0001 줌치 노래

김복남, 여, 1922년생

주 소 지 : 경상북도 청도군 이서면 학산2리
제보일시 : 2009.2.17

조 사 자 : 이균옥, 박동철, 김유경, 이선호, 김보라

조사 둘째 날 오후에 마을회관의 여성 이
야기판에서 만났다. '현풍 곽씨 효부담'과
'과부에게 맞고 과거에 급제한 총각' 설화
두 편을 구연하였다. 노래판에서는 박수를
치며 열심히 장단만 맞추다가, 판이 이야기
판으로 넘어가자 적극적인 태도로 바뀌었다.
다른 제보자와 경쟁적으로 이야기를 구연하
려고도 했다. 자신이 구연한 이야기들이 실
화임을 강조하였다.

제공한 설화 두 편은 여덟 살 무렵 조모와 야학 선생님으로부터 들은
것이다. 고령임에도 말이 빠른 편이었고 목소리에 힘이 있었다.

제공 자료 목록
05_19_FOT_20090217_IGO_GBN_0001 현풍 곽씨 효부담
05_19_FOT_20090217_IGO_GBN_0002 과부에게 맞고 과거에 급제한 총각

김삼수, 여, 1932년생

주 소 지 : 경상북도 청도군 이서면 학산2리
제보일시 : 2009.2.17
조 사 자 : 이균옥, 박동철, 김유경, 이선호, 김보라

충청남도 청양군 정산면 백곡리에서 태어났다. 친정은 증조부가 종9품
의 참봉 벼슬을 지낸 만석꾼 집안이었다. 언니들은 중학교까지 다녔고,
제보자는 고등학교까지 마쳤다. 고등학교 졸업 후 대학에 진학하려고 했
으나 증조부가 '여자는 많이 배우면 안 된다'고 하여 뜻을 이루지 못했다.
대학 진학의 꿈을 접은 뒤 대구에 있는 타자학원과 양재학원을 다녔고,

의상실을 경영하기도 했다. 27세에 중매로 지금의 남편을 만났다. 반 년 동안 만나다가 혼인하여 이곳 학산2리로 들어왔다. 마을의 부녀회장과 이서면 부녀회장을 역임하였고, 최근 5년 동안은 여성유도회 청도군 지부장을 맡기도 했다.

8~9세 무렵에 문필이 있었던 조모로부터 많은 이야기와 노래를 들었다고 한다. 제공한 자료의 대부분은 그 때 들은 것이다. 어릴 적에 들은 이야기들이 자신의 자녀 교육에도 많은 도움이 되었다고 생각하고 있다.

젊은 시절 의상실을 운영했던 분답게 빨간 치마를 입고 분홍 빛 립스틱을 바른 모습이었다. 보통의 체격에 선해 보이는 인상이다.

구연한 자료는 설화 2편, 민요 3편이다. 기억력이 좋고 구연에도 조리가 있는 편이다. 설화 자료를 많이 보유하고 있는 듯 보였으나, 이야기판에서는 비교적 연배가 낮은 탓인지 선뜻 나서지 않고 조심스러워 했다. 그러나 구연의 기회가 주어지면 열심히 응했고, 다른 사람에게도 열심히 권했다.

제공 자료 목록
05_19_FOT_20090217_IGO_GSS_0003 삼천 궁녀가 된 처녀
05_19_FOT_20090217_IGO_GSS_0005 과부 며느리 헛장 치른 시어머니
05_19_FOS_20090217_IGO_GSS_0001 자장 노래
05_19_FOS_20090217_IGO_GSS_0002 새야 새야 파랑새야
05_19_FOS_20090217_IGO_GSS_0004 화투 노래

박구희, 여, 1919년생

주 소 지 : 경상북도 청도군 이서면 학산2리

제보일시 : 2009.2.17
조 사 자 : 이균옥, 박동철, 김유경, 이선호, 김보라

　마을에서 노래 잘하는 할머니로 통하는 분이다. 고령인데도 노래를 요청하기도 전에 녹음기에 가까이 다가앉아 구연하는 열정이 놀라웠다. 다만 귀가 어두워서 조사자나 청중들의 말을 잘 알아듣지 못했다.

　청도군 풍각면 흑석리에서 성장하여 18세에 각북면 오산으로 시집갔다. 만주로 이주하여 1년 정도 거주하다가, 해방 후 각북면 오산리로 돌아왔다. 슬하에 2남 4녀를 두었으며 농사를 지어 생계를 유지했다. 남편과 사별 후에 이 마을로 이주하여 연탄장사를 하면서 자녀들을 키우고 성가시켰다. 지금은 혼자 살고 있다.

　키가 크고 성격이 당차며 목청이 정정하다. 소학교를 6학년까지 다녔다. 구연한 이야기는 주로 책에서 본 것이고, 노래는 유성기를 통해서 배웠다고 했다. 주로 장편 이야기를 들려주었다. 노래에 애착이 강하며, 요즘은 특히 트로트와 유행가를 즐겨 듣고 부르는 편이다.

제공 자료 목록

05_19_FOS_20090217_IGO_BGH_0001 치야 칭칭나네

05_19_FOS_20090217_IGO_BGH_0002 너발 노래

05_19_FOS_20090217_IGO_BGH_0003 진주 낭군

05_19_FOS_20090217_IGO_BGH_0004 갈가마구 노래

박상현, 남, 1923년생

주 소 지 : 경상북도 청도군 이서면 학산2리

제보일시 : 2009.2.18

조 사 자 : 이균옥, 박동철, 김유경, 이선호, 김보라

밀양 박씨로, 이서면 수야1리 태생이다. 포항시 죽장면에서 어린 시절을 보냈으며, 한국전쟁 후 28세 되던 해 고향으로 돌아왔다. 중년 이후로는 문중 일을 주로 맡아 보고 있다. 슬하에 2남 2녀를 두었다.

제공한 설화는 어린 시절을 보낸 포항시 죽장면에서 들었다고 한다. 박문수를 비롯한 역사적 인물 전설을 주로 구연하였다. 글은 배우지 못했으나, 한 번 이야기를 들으면 잊어버리지 않는 총기가 있다고 자부한다.

마을에서 재담꾼으로 이름난 어른이다. 큰 키에 서글서글한 인상을 지녔고, 복색도 깔끔한 편이다. 조용하고 겸손한 성품이나, 알고 있는 이야기는 스스럼없이 구연하였다.

제공 자료 목록

05_19_FOT_20090218_IGO_BSH_0001 율곡 선생이 써 준 종의 명정

박재석, 남, 1923년생

주 소 지 : 경상북도 청도군 이서면 학산2리
제보일시 : 2009.2.18
조 사 자 : 이균옥, 박동철, 김유경, 이선호, 김보라

이서면 학산2리에서 3남 중 맏아들로 태어났다. 스물 다섯 살 이후로 여러 곳을 방랑하면서 어른들이 모이는 사랑방에 자주 드나들게 되었는데, 이 날 제공한 설화는 그 때 들은 것이라고 한다. 특히 짚신장수 이야기꾼 김부선으로부터 이야기를 많이 들었던 경험이 있다. 자신에 대해서

는, 놀기를 좋아해 어디라도 스스럼없이 끼어드는 '오입쟁이'라고 자평했다. '북소리로 가르친 부부 합궁' 설화 1편을 구연하였다. 구연하는 태도가 활달하고 구애가 없다. 또한 내용에 따라 음성을 조절하고 적절한 몸짓을 구사하는 구연능력을 지녔다. 우스운 부분에서는 자신이 먼저 큰소리로 웃었다. 보유한 민요도 많아 보였는데, 모임이 파하는 바람에 다음을 기약하고 돌아왔다.

제공 자료 목록
05_19_FOT_20090218_IGO_BJS_0001 북소리로 가르친 부부 합궁

송옥금, 여, 1934년생

주 소 지 : 경상북도 청도군 이서면 학산2리
제보일시 : 2009.2.18
조 사 자 : 이균옥, 박동철, 김유경, 이선호, 김보라

대구시 남산동에서 살다가 10년 전부터 학산2리로 이주하여 살고 있다. 남편이 한쪽 다리가 불편한 장애인이라는 사실도 모른 채 혼인하였다. 혼인 후에는 남편의 폭력을 견디지 못하고 가출하여, 행상, 국수장수, 농사품일 등의 직업을 전전했다. 35년 전부터 노인들을 대상으로 봉사활동을 해왔다. 그 봉사활동으로 상도 받고 TV에도 출연한 적이 있다.

한학과 언문에 능하며, 책을 출판하기도 했다. 지금은 학산2리 경로당 2층에서 거주하고 있다. 이서면 일대에서 노래 잘하기로 이름이 났고, 노래경연대회에서 상을 수상한 적도 있다. 노랫가락류의 놀이노래에 능한 분이다. 조사취지를 잘 이해했고, 노래판과 이야기판을 조성하는 데 주도적 역할을 했다. 마을분들을 모으고 구연을 권하기에 바빠 정작 자신의 노래를 제대로 들려 줄 기회를 갖지 못했던 점이 아쉬웠다. 조사 둘째 날 오후, 경로당에 모인 사람들이 거의 흩어진 후, '첫날밤 방귀 뀌어 소박당한 여자' 이야기 한 편을 들을 수 있었다.

마을분들의 휴대폰 번호를 정확하게 기억하고 있을 정도로 총기가 좋은 분이다. 작은 체구이지만 강단이 있어 보이는 모습이다. 조사단을 따뜻하게 맞아주었으며, 조사단이 떠날 때도 손을 흔들어 배웅해 주던 모습이 인상적이었다.

제공 자료 목록

05_19_FOT_20090218_IGO_SOG_0001 첫날밤 방귀 뀌어 소박당한 여자

이종필, 여, 1924년생

주 소 지 : 경상북도 청도군 이서면 학산2리
제보일시 : 2009.2.17
조 사 자 : 이균옥, 박동철, 김유경, 이선호, 김보라

이서면 흥선리에서 태어났다. 학교는 다니지 못하였고, 집에서 언문을 배웠다. 10세 무렵부터 무명과 삼베 길쌈을 배워서 했다. 19세에 이서면 서원리의 경주 최씨에게 시집 왔다. 혼인 후에는 벼농사와 사과 농사를 지으며 생계를 유지하였다. 슬하에 3남 1녀를 두었다. 현재는 남편과 둘이 살고 있다.

열 살 전 잠자리에서 조모로부터 옛날이야기를 많이 들었던 경험이 있

다. 이 날 구연한 설화도 조모로부터 들은 것이다. 시집 온 후에 동네사람들에게 어릴 적 들은 이야기를 즐겨 해주곤 했다. 또 젊은 시절에는 노래 듣는 것을 좋아하여 양판을 사 모으기도 했다. 요즘도 마을 관광을 가면 트로트를 부르며 허튼춤 추기를 즐긴다.

설화 1편 외에 '댕기 노래' 1편을 구연하였다. 처음에는 이야기판에 나서는 것을 꺼리다가 몇 분이 이야기를 구연하는 것을 보더니 "나도 한번 해보겠다."며 적극적인 태도로 바뀌었다. 옛날이야기야말로 소중하고 진실된 것이라고 믿고 있었으며, 요즘 이야기는 내용이 없다고 아쉬워했다.

왜소한 체격을 지녔으며, 목소리가 가늘고 말이 빠른 편이다. 본동 남성 이야기판에서 만난 최정근 씨와 부부간이다.

제공 자료 목록
05_19_FOT_20090217_IGO_IJP_0002 곱사등이 치료법
05_19_FOS_20090217_IGO_IJP_0001 댕기 노래

현풍 곽씨 효부담

자료코드 : 05_19_FOT_20090217_IGO_GBN_0001
조사장소 : 경상북도 청도군 이서면 학산2리 572-2번지 주암부녀경로회관
조사일시 : 2009.2.17
조 사 자 : 이균옥, 박동철, 김유경, 이선호, 김보라
제 보 자 : 김복남, 여, 88세
구연상황 : 김삼수 할머니의 '삼천 궁녀가 된 처녀' 이야기가 끝난 후, 그 이야기를 재미
있게 듣고 있던 제보자가 "효부 이야기를 하나 해 보겠다."면서 구연한 이야
기이다.
줄 거 리 : 어느 산골에 홀로 된 시어머니와 단둘이 사는 과부가 있었다. 이 과부가 무명
을 잣던 중 갑자기 범이 나타나 과부를 업고 갔다. 과부는 업혀가면서도 홀로
된 시어머니를 걱정하며 호랑이를 나무랬다. 범은 그 효성에 감동하여 과부를
집에 데려다 주었다. 이튿날 새벽이 되자 동네 청년들이 덫에 걸린 범을 잡으
러 간다고 부산했다. 과부는 자신을 살려준 범 생각이 나서 굳이 같이 가겠다
고 고집했다. 역시 그 범이었다. 범은 과부를 보자 눈물을 흘렸다. 과부는 범
을 자기가 사겠다고 하고 그 범을 살려주었다. 현풍 곽씨 문중에서는 그 며느
리의 효성을 기려 범이 조각된 비각을 세웠다.

옛날에 어는(어느) 산골에 저 신랑도 일찍이 죽고, 나(나이) 많은 시부
모, 시어마시를(시어머니를) 모시고 사는데.

그래 미영을 옛날, 명 잣았거든.

(청중 : 그렇지.)

명 잣고 있으이꺼네, 문이 화닥딱 열렸다 캐. 문이 바람에 화닥딱 열리
는 거로(것을), 그래가주고 '와 이런고?' 그런,

시어머니가 귀가 어둡고 연세 많고 구둘묵에 눕어 자고. 그래 명 잣는
며느리로 고만 범이 뭐 업고 갔뿄는 기라. 그래가주고 범이 마 업고 가는

데, 범 궁디를 뚜드리미시라(두드리면서),

"야 이 짐승아, 이 짐승아, 날로 잡고 가고 업고 가믄 우짜노? 우리 구둘묵에 남았는, 저 눕어 있는 우리 시어른은 우야라 카노? 어른은 우야라 카노? 우짜라 카노?" 이카이꺼네,

(청중 : 지 죽는 거는 아이고 시어른은 걱정이다.)

물리(물려) 가는 거는 걱정 없는데 시어른 걱정인 기라.

"내 없으면 아무 것도 모실 사람도 없는데."

이카미, 그래 카이께, 저 어디 자꾸 이래 범 궁디를 뚜드리미 자꾸 이카이께,

저 마침 중간쯤 가디, 가디 턱, 가마 생각하디만 니라 놓더라 캐. 니라 놓디이 한참 쉬디, 가마 생각하디 다부(다시) 업어다 주더라 카데예.

그래가주고 놀래기도 놀래고, 칩기도(춥기도) 칩고(춥고). 시어른은 아이(아직) 귀가 어둡어가 뭐, 며느리가 뭐 호식(虎食) 해 가는지도 모르고 그냥 자고 있는데. 그래서 가마 칩기도 칩고, 함 뻘뻘 떨고 있다가 살쿰 자고 나이, 날이 히붐하이 샐라 카는데,

밖에서 뭐 활활활활 소리가 나싸여. 소리 나싸이, 그래 무슨 소리인가 싶어 내다 보이꺼네,

그래가 동네 청년들이 동아불로 들고 저게 산 만디기에(꼭대기에) 저, 틀, 뭐꼬? 그거를 뭐라 카노? 범 치끼라꼬(끼이라고) 잡는 그거,

(청중 : 틀, 틀.)

틀을 놔 났는데,

(청중 : 범틀.)

그거를 뭐라 껀지('뭐라고 하는지'의 뜻임.), 지끔(지금) 그걸 표준말로 뭐라 큰지는('그러는지는'의 의미임.)

그거로? 그래 거게 칭기가주고('치어서'로, 범을 잡기 위해 놓은 덫에 범이 치었다는 뜻이다.) 범 잡으로 가는 질이라(길이라). 틀이 찍히, 한 쪽

발이 찡기가주, 가지도 몬하고 있는데.

그래가 사람들이 가서 잡을라 카이까 막 이캐사이 마, 눈이 벌거이 해가 이캐싸여 잡지도 못하고. 그래 집에, 저거는 인자 그래가주고 모두 여러키(여럿이) 인자, 온 동무이, 동문, 동물 해가 다 올라가는 질이라(길이라).

가마이 생각하이꺼네, 밤에 저거 자기, 범이 업고 가는 생각이 나가주고 그래 찾아 갔어.

"그래, 같이 따라간다."

"아이, 아지매는 몬 옵니더. 오지 마라." 카더란다.

"그래도 내가 가야 된다."

카매, 따라가매, 참 그 범이라.

그래, 그 업고, 그래 범이, 다른 사람은 가이께네 막 이래 자꾸 반항을 하는데, 아무 말도 안하고 가마이(가만히), 그 아줌마가 가이(가니) 꼬꾸라져서 눈물을 뚜둑뚜둑 흘리더란다.

그래가 가마이 생각하이께네, 그래, 그래 청년들한테,

"범 이거 내가 사자. 내가 산다. 내가 사꾸마. 내가 돈을 내가 지불할 테니까 범을 나둬라."

이카이꺼네, 그래 참 자기가 인자 범을, 범 돈을, 인자 잡아가주고 껍데기로 써야 되는데, 그래가 범 값을 주고 그 범은 보냈붔다 카데.

그래가주고 집에 니러(내려) 와가주고.

그래고, 그러고래 시어른은 죽고 자기는 죽었는데.

그래 저게 거게 어데 사람인고 하이께네, 저게 소래 곽씨, 곽씨라, 성이.

(청중 : 성이, 현풍.)

소래, 소래 어는 동네고, 거게?

(청중 : 현풍.)

현풍, 현풍, 아, 현풍. 소래 곽씨인데.

그래가주고 그러고 옳게 나이 많애가 죽었는데,

그래 현풍 소래 곽씨 가문에서는 그래 그거 저게 효부비로 씨왔는데(세 웠는데), 다른 사람은 축대로 싸가주 이래 비를 시웠는데(세웠는데), 이 비 만은 범을 조각해가주고 그래 시았단다(세웠단다).

[웃음]

그 효부라.

과부에게 맞고 과거에 급제한 총각

자료코드 : 05_19_FOT_20090217_IGO_GBN_0002
조사장소 : 경상북도 청도군 이서면 학산2리 572-2번지 주암부녀경로회관
조사일시 : 2009.2.17
조 사 자 : 이균옥, 박동철, 김유경, 이선호, 김보라
제 보 자 : 김복남, 여, 88세
구연상황 : '현풍 곽씨 효부담'을 진지하게 듣고 있던 청중들은 "옛날이야기는 실화다." 라는 말들을 했다. 이종필 할머니가 이야기 한 편을 구연하겠다고 하자 제보 자가 "내 끝나고 하나 해라."고 하면서 이 이야기를 구연했다.
줄 거 리 : 어떤 총각이 과거 공부를 하고 있었다. 총각은 옆집에 살고 있는 예쁜 과부를 좋아하여 담을 넘어 과부를 만나러 갔다. 과부는 총각에게 공부는 안 하고 왜 왔냐며 실컷 두들겨 패주었다. 총각은 분한 마음에 열심히 공부하여 과거에 합격했다. 돌아와 다시 그 과부를 찾아 갔다. 과부가 자기와 꼭 닮은 동생을 총각에게 중매하여 둘은 행복하게 잘 살았다.

어떤 사람이, 저 총각이 옛날에 과거 볼라고 시험을 치는데, 시험 보, 과거 보, 과거 볼라고 시험공부를 하고 있는데,

이웃에 저게 담에 넘는다고 보이께네, 이웃에 아주 예쁜 색시가 있었 어. 색시 있는데, 가마 소문을 들으이 그 색시가 청춘에 홀로 됐어. 청상 과부라.

그래가 하문은 맘맘같이 배라가주고('별러서'로 '단단히 마음을 먹고'의 의미이다.) 담을 월짝을(월장을) 해가주고 드가가주고 색시한테 가이꺼네, 색시가 놀래지도 안 하고,

"와 이래 왔노?" 카이께네,

"그래 그래 왔다." 카이께네,

"그래?"

가마 생각디,

"가마 앉았어라." 카더란다.

가마 앉았이이까는,

"내 잠시 볼일보고 오꾸마."

카미시로 과음도(고함도) 안 지르고 해차리를(회초리를) 이만치 해가 왔어, 해차리로. 그래가 마마, 이래 걷어나놓고 마, 자꾸 뚜드리(두들겨) 패는 기라.

"이늠우 자슥, 니 공부를 하라 카이 공부는 안하고 와 넘우(남의) 월장을 해가, 넘우 집 와 이래 나쁜 짓을 하노?"

막 죽기살기로 빌었다. 과음 지르믄 또 어른들 알믄 또 다 올 끼고. 마, 과음도 몬 지르고 울지도 몬하고 죽기살기로 빌었다 캐. 실컷 맞고.

그래 가마 한창(한참) 있디, 물로 한잔 갖다 준다 캐. 물로 한잔, 한 그릇 마시고.

"그래 대장부 남자가, 그래 저게 올 때는 월장을 해가 왔지만은 갈 때는 내가 대문을 열어 주꾸마." 카매,

대문을 열어 주더란다. 대문, 찌그르 소리 나잖애, 대문 열만? 소리 나, 대문 고 찌그리 이래 여 쭈르르 돌아가는 소리 나는 고게다 물로 짤금짤금 주가주고, 그라이끼네 여이께네 소리가 안 나더란다. 고래가 소리 안 나도록 열어 주는데 그래 갔다 캐.

가서 생각하이께 색시도 보지도 몬하고 실컷 뚜드리 맞아놓으이 어찌

분한지, 그래가 마 열심히 공부를 했다 캐. 열심히 공부를 해가주고, 참 그 담에 과게(과거) 시험에 합격이 됐어. 합격해 마, 그 여자한테 뚜디리 맞았는 그거 지 분해가주고. 합격이 돼가 저게 저 뭐 그때는 인자, 뭐 저 저 광, 관, 관기도 데리고 그래 뭐 사람도 마이 데리고, 필래래 불고('호적을 불고'의 뜻임.), 어사 모자 씨고(쓰고), 어사화 씨고 그래 막 말 타고 그래 니러(내려) 오이꺼네 마, 동네사람이 천부(전부) 나와가주고 전부 구경하고 마 잘 한다고 박수치고 마 야단이거든.

그래 이 여자가 가마이 보이 그래 비슬을(벼슬을) 해가 니러 오거든. 장원급제 해가주고. 그래가주고 그래가 얼매를(얼마를) 있다가 또 왔더란다. 또 왔다.

벼슬해가 그 와가주고 또 왔는 이야기 하는 거로 그래 잘 씨담어가주고(쓰다듬어서), 달개가주고(달래서) 그래, 그래 그래 그란다. 안, 안, 안, 저 나무래지도 안 하고 그래 앉치놓고,

"한 삼일만 기다리라." 카더란다.

그래 친정에, 그 사람은 누군고 하이꺼네 창녕 성씨(成氏)라. 성이, 창녕 성씬데, 자기 친정에 똑 자기와 같은 여동생이 하나 있었어. 여동생 고걸 중매를 해 주더라네.

그래 행복하게 잘 살았단다.

[청중 : 박수]

삼천 궁녀가 된 처녀

자료코드 : 05_19_FOT_20090217_IGO_GSS_0003
조사장소 : 경상북도 청도군 이서면 학산2리 572-2번지 주암부녀경로회관
조사일시 : 2009.2.17
조 사 자 : 이균옥, 박동철, 김유경, 이선호, 김보라

제 보 자 : 김삼수, 여, 78세
구연상황 : 노래 몇 편을 계속 구연한 박구희 할머니께 이번에는 이야기를 청했더니, "옛
날이야기를 하라꼬?"라고 하면서 잠시 망설였다. 그러자 옆에 앉았던 김삼수
할머니가 자청해서 들려준 이야기이다. 어린 시절 할머니로부터 들은 이야기
라고 했다. 할머니에게 들었으면 참으로 오래된 이야기라는 청중의 반응이 있
었다.
줄 거 리 : 아주 가난한 집 딸이 솜씨가 좋다는 소문을 들은 임금이 신하에게 그 처녀의
솜씨를 알아오라고 했다. 신하의 방문을 받은 처녀는 대접할 것이 없어 짚신
한 짝으로 정성스럽게 반찬을 만들어서 대접했다. 그 맛과 정성에 탄복한 신
하는 짚신으로 반찬을 만든 사연을 임금에게 고했다. 임금은 처녀의 지혜에
감탄하여 삼천 궁녀의 한 사람으로 불러들였다.

옛날에 어, 임금님이 어느 집, 아주 가난한 집에 딸이 참 솜씨가 좋다
카는 거를 듣고, 그래 인자 임금이 인자 밑에 부하를 시키가,

"그 집에 함(한번) 다녀오너라. 얼마나 솜씨 좋은 처녀가 있는공 다녀오
너라." 카미,

보내나놓으이,

참 그 집 처녀가, 임금, 높은 임금, 벼슬 시깄는 사람이 내 참 가난한
집에 와, 찾아 왔으니까, 반찬을 대접을 할라 카이 할 것이 없, 아무 것도
없어서.

'너무 할 기(할 것이) 없어서 우야노?' 싫어가주고, 청(마루) 밑을 드다
보이(들여다 보니) 짚신쪽이가 하나 있어. 짚을 가(가지고) 삼은 짚신. 그
짚신이 한 쪽이 있는 걸 꺼내가주고 깨끗하게 씻어서 말랴가(말려서), 막
방망이로가 뚜들, 두들겨가주고, 오새(요새) 명태 막 보드랍게 뚜드리가주
고 째가주고 반찬했듯이, 이 짚신짝을 그렇게 인자 깨끗하이 씻거가(씻어
서) 보드랍게 인자 해가 반찬을 해가 내나놓오니까, 거 참, 높은 데서 왔
는 분이 먹어 보이, 맛, 맛이 일품이거든.

"하, 그래. 이 뭘로가 이거를?"

(청중 : 그 재료가 뭐꼬?)

“재료가 뭐냐?”꼬,

“반찬 재료가 뭐냐?”꼬 물으이,

“아무 것도 내 놓을 꺼는 없고 해서, 어 마루 밑에 내 짚신짝이 하나 있는 거를 내가(내서), 내가 이렇게 씻거가 이래 만들었는데, 죄송합니더. 죄를 참 져었다면 저를 인자 묶어 가세요.”

카는 식끼로(式으로) 사죄를 하니까, 그래가 인자,

(청중 : 옛날에는 톱밥도 했다 카는 데 그 뭐했나 몰라.)

그래가 이 사람을 인자 거 보냈어. 인자 저 저 갔는 기라, 임금한테, 임금한테.

“이러이러한 처녀더라.” 카이끼네,

임금이 삼천 궁녀, 그 때 모실 때거든, 임금이.

그래 인자,

“불러 들라라(들여라).” 캐가주고,

삼천 궁녀의 한 사람으로 드갔는 기라, 그 아가씨가.

그래가 뭐, 뭐, 없는 집 친정도 살기(살게) 되고,

(청중 : 잘 살게 되고.)

솜씨가 있어가, 다 살기 되고.

(청중 : 궁녀가 됐구만은.)

삼천 궁녀의 한 사람이라.

과부 며느리 헛장 치른 시어머니

자료코드 : 05_19_FOT_20090217_IGO_GSS_0005
조사장소 : 경상북도 청도군 이서면 학산2리 572-2번지 주암부녀경로회관
조사일시 : 2009.2.17
조 사 자 : 이균옥, 박동철, 김유경, 이선호, 김보라

제 보 자 : 김삼수, 여, 78세

구연상황 : 제보자가 계속해서 구연한 이야기다. 제보자는 이 이야기가 실화임을 강조하
였다.

줄 거 리 : 시어머니와 며느리가 단 둘이 살고 있었다. 며느리와 종이 서로 눈이 맞은 것
을 눈치 챈 시어머니가 둘에게 경고를 했지만 듣지 않았다. 부자이자 큰사람
인 시어머니는 살림을 챙겨서 둘을 멀리 떠나 보낸 후, 며느리가 죽었다고 알
리고 헛 장례를 치렀다.

그래 누(누구) 집에 안(아무) 집에, 실(실제로) 아들도 죽고 영감도 죽고,
미느리(며느리), 혼자 있는 미느리하고 둘이 시어마씨하고 둘이 사는데.

그 집에 종이, 총각 종이 하나 있는데. 가마(가만히) 시동, 시어마씨 눈치를
보이, 아무케도(아무래도) 좀 둘이 좀 요래(둘 사이가 좀 이상하다는 뜻임.).

[청중 웃음]

그래가 '이래가 안 되겠다.' 싶어가지고. 저 미느리로 한방에 잤어. 며
느리를 안에 재우고, 저저저, 미느리를 큰 방 시어마이 방에 재우고. 시어
마이는 미느리 방에 자고, 작은 방에 자고 이랬는데.

하리(하루) 밤에 와여 뭣이 보를 덮어씌아(덮어씌워) 업고 갔붰어(가버
렸어).

(청중 : 참말로 ○○. 으하하.)

거어 떡 니라놓고(내려놓고) 보이 할마이거덩.

[모두 웃음]

"네 이놈들, 이래가 되나?" 카고 호통을 치고 왔거든.

"다신 그런 짓 하지 마라." 캤는데.

얼매 있다 또 보이 좀 여 또 좀좀 친해.

그래가지고 '큰일 났다.' 싶어가지고. 그래가 참 시오마씨가 참 큰 사람
이더라.

그래가지고 있는 살림에 큰 그 참 그 집에 참, 옛날에 비실도(버슬도)
마 홍살문도 있고. 큰 머 연당도 있고 별당도 있고 이렇대.

그래가 미느리로 한 살림 주가(주어서) 좋하고 진짜 마 둘이,

"처어(저), 살붐(살고 싶은 데로) 데로 먼 데, 먼 데, 먼 데 가 살어라."

그래 한 살림 주뿌고(줘버리고).

종들로 시기가지고(시켜가지고) 퍼떡 머 저저저저, 목공소 가여 관을 하나 사가 와가주고. 그래 거어다 돌밍이를(돌멩이를) 조오(주워) 옇어가 주고.

(청중 : 죽었다 카고.)

그래 저 저 며느리 방에 딱 갖다 놔놓고. 핑풍(병풍) 쳐 놓고, 판 채리 놓고. 그래 모두 향불 푸(피워) 놓고 촛불 푸 놓고. 그래 시오마이가 곡을 하고 앉아가.

그래가 종들을 시기가주고 또 미느리 친정에 통기를(통지를) 했어. 천 상 마, 딸이 죽었다꼬. 친정 어마씨가 와가주고 메칠(며칠) 전에,

그 참, 처머이(처음에) 또 이거를 잘 몬한다(이야기 순서가 바뀌었다는 말이다.).

처머이(처음에) 친정에는 가이끼네 친정을 가이께네 시집을 가라고 후 찼뿌제(쫓아버리지). 시집을 가이 이 친정 가라 후찼뿌제. 눈은 참 왔는데, 보딸(보따리) 하나를 쥐고 갔다가 왔다 엎어지고 자빠지고 상글(계속) 이 라더라.

그러다가 참 그래 인자 끅지 끝이 그래 됐는데.

그래가주고,

(청중 : 시어마이가 종놈을 붙이 줬다.)

어, 붙이가 떠나 보냈뿌고. 어데로 가라꼬, 거처 없이 가라 카고.

(청중 : 그래 잘했다.)

그래 종들이 가가지고 그래, 아씨가, 아가씨가 돌아가싰다고 이카이께네.

그래 친정 오매하고 아부지하고 모도 왔어.

"아이구, 죽은 기라도 함 보자. 원통해 죽겠다. 함 보자." 카이께네.

그래 시오마씨 하는 말이,

(청중 : 택도 없지.)

사돈 둘을 안고.

"우리 가문에 내 절대로 입관해 났는 거 띠는(떼는) 법은 없습니다. 절대 띠는 법은 없습니다."

카이 우짜노?

근그이(간신히) 말기가(말려서) 그래 초상을 씨고(치고).

미느리하고 그 종하고 거 멀리 멀리 가 잘 살었다.

(청중 : 큰일, 큰일 했제.)

[박수]

(청중 : 참 잘 했다.)

그 참 실화라.

(청중 : 그러이 관을 못 띠게 못질 했지.)

(청중 : 관 띠가(떼서) 되는가?)

시집을, 시집을 가이께네 친정가라고 후차제(내쫓지). 죽어도 그 집에 가 ('죽어라'가 생략되었다.) 후차제. 또 친정 가이께네 그 집에 가 죽으라고 후차제.

아이구 그 고생하더라.

율곡 선생이 써 준 종의 명정

자료코드 : 05_19_FOT_20090218_IGO_BSH_0001
조사장소 : 경상북도 청도군 이서면 학산2리 616-2번지 이서경로회관
조사일시 : 2009.2.18
조 사 자 : 이균옥, 박동철, 김유경, 이선호, 김보라
제 보 자 : 박상현, 남, 87세

구연상황 : 조사자가 "구전되는 옛날 노래나 이야기가 책에 기록된 내용보다 가치가 있
다."고 하며 이야기를 청했더니, 제보자가 공감을 표하면서 이 이야기를 들려
주었다.
줄 거 리 : 학식과 명성이 풍부한 송구봉의 어머니는 종이었다. 송구봉이 어머니 상을 당
하자, 고관대작 친구들이 문상을 왔다. 친구들은 '현비유인(顯妣孺人)'의 존칭
으로 어머니의 명정을 써주었지만 송구봉은 두 번이나 거절하였다. 나중에 율
곡 선생이 써 준 '사비막덕지구(私婢莫德之柩)'라는 명정으로 장례를 치렀다.

내가 송구봉에 내 이야길 하지.

송구봉 카는 어른이 여산 송씨인데, 관양은(貫鄕은) 여기 저기 여산인
데, 여산 송씨라. 여산 송씨 송 구봉이, 나기는 참 잘난 사람인데.

어디서 났노 하이끼네, 옛날에 종에 몸의 나(낳아), 종. 종 알제? 종은
내 집에 대가집에서 부리는 종의 몸에 났는데. 여산 송씨 송구봉이 났는
데, 이 양반이 참, 나기는 참말로 그 종의 몸에 나도 나기는, 사람은 참
잘난 사람이라.

그 모도(모두) 참, 대관들캉 같이 교제하고 놀고. 이래노이께네, 그 포
가(表가) 없고 그만치 이기 사회에 아주 참 들나고('드러나고'로, 천한 신
분의 티가 없이 빼어났다는 의미이다.) 이랬는 기라.

이랬는데, 그래 그 어마씨가 뚝 죽었단 말이라. 죽고 나이께네, 그 모도
그 친구들이 모도 아는 친구들 얼매나 상을 왔느냐 하마, 한정없이 왔는
기라.

와가주구랑 명정(銘旌)을 씰라(쓰려) 카는데. 명정을 써가주글랑 그래
참 들난 사람이 돼가주글랑, 바로 씨지를(쓰지를) 몬하겠고.

유비, 현비, 현비유인(顯妣孺人)이라고 쓴, 현비유인, 젤(제일) 존칭으로
현비유인이라고 써 줄 데가 없고('쓸 수밖에 없고'의 의미이다.).

현비유인이라고 써가주골랑, 명정을 써가 들라주이끼네, 상주가 보고
퇴장을 시깄부는 기라. 퇴장을 시깄부는 기라.

두 분(번) 또 써가주글랑 '이거 뭐 우예 머이 잘못됐노.' 싶어 써가주

들루이, 두 분 다 퇴장, 퇴장했붰는 기라.

그런께네, 낸제(나중에) 우예 써야 되겠노. 현비유인이로 들라보이 퇴장을 두 분 당했붰으이(당해버렸으니) 씰 도리가 없는 기라.

그래, 그 때 송구봉이 머라 카노 하이끼네,

"나의 명진(명정) 씰(쓸) 사람은 따리(따로) 있으이께네 걱정마라." 꼬, 이런 말 했는데.

그 때는 누가 와여(와서) 명정을 썼나? 율곡 선생이 와여, 율곡 선생이라고, 율곡, 율곡 선생이라고 다 알 끼라 말이지. 율곡 선생이 명정을 썼는데.

(청중 : 율곡 선생이캉 친구간이라.)

율곡 선생이 와여 명정을 씨는데. 머라고 썼는고 하이께네, 바로 내와 세와뿌는(세워버린) 기라.

'사비어막덕지구'라.46)

사가 집에, 그 저기,

(청중 : 종.)

종의 몸에 났는 오마씨라 말이지. 사가집에 어마, 종어마씨라 이 말이지.

'사비어막덕지구'라. 막덕이의 구(柩)라 말이라, 막덕이.

막덕이는 종이라, 종, 종을 가지고 말하는 기고.

그래가 바로 딱 내세뿌이께네.

그래가 송구봉이 거게 종의 몸에 나도 그럼치(그만큼) 세상에 들났부는(드러나버리는) 기라. 자기, 이 저기, 숨기줄, 다 모두 지 험을(흠을) 숨길라 카지 드러낼라 카는 사람 없거든.

송구봉이 자기 밑에 전부 다 드러내뿌는 기라. 확 들어내뿌고 나이께네. 그래가 송구봉이 그만치 들났다 카는 그런 얘기 있어.

---

46) 私婢(於)莫德之柩로, '사비 막덕의 널'이란 의미이다. '於'는 소유격의 조사 '의'를 한 자처럼 잘못 말한 것이니, 없애야 한다.

북소리로 가르친 부부 합궁

자료코드 : 05_19_FOT_20090218_IGO_BJS_0001

조사장소 : 경상북도 청도군 이서면 학산2리 572-2번지 주암부녀경로회관

조사일시 : 2009.2.18

조 사 자 : 이균옥, 박동철, 김유경, 이선호, 김보라

제 보 자 : 박재석, 남, 87세

구연상황 : 조태권 씨의 '모심기노래' 구연이 끝난 후 조사자가 다른 이야기를 해달라고
요청했다. 제보자가 귀가 잘 들리지 않는 조태권에게 큰 소리로 교훈적이고
색다른 이야기가 있으면 더 해보라고 권했다. 조태권 씨가 그런 이야기가 없
다고 하자, 자신이 '잡탕스러운 이야기'를 하나 하겠다고 나섰다.

줄 거 리 : 부부 합궁을 모르는 남자가 있었는데, 그것이 속상한 새댁이 친정에 가서 아
버지께 하소연했다. 친정아버지가 사랑방에 북을 준비하라고 하고는 직접 해
결해 주러 왔다. 밤이 되어 장인이 치는 북 소리에 맞춰 비로소 합궁을 했다.
그러자 남편은 북을 쳐야만 합궁이 되는 줄 알고 계속해서 북을 치라고 장인
을 채근했고, 절정의 열두 고개에 이르러서는 장인을 부를 여가가 없어서 직
접 "쟁쟁쟁쟁 쟁쟁쟁쟁" 소리를 쳤다.

옛날에 저 어떤 사람이 장가를 갔는데, 마누라를 몰라(부부 합궁에 대
해서 모른다는 뜻이다.). 마누라를, 마누라를 ○○기를 모리는데(모르는
데).

그래 이 시집 간 딸이 저거 친정엘 와가지고 저거 아부지한테,

"아부지, 다른 기 아이고, 그 아무개 서방님 이 일은 잘하고, 처리 잘하
는데, 색시를 모르는 거라."

"그래? 그래면은(그러면) 사랑방에다가 그 북을 하나 얻어 놔라. 그래놓
고 기다리라. 기다리문은(기다리면은), 저녁 묵고(먹고) 잠잘 때 되문은(되
면은), 내가 북을 한 분(번) 텅 칠 모양인께네 그래 신랑을 어떻기 하라는,
그래 해라."

이래 가르쳐 주거든.

그래서 참 사랑방에 북을 하나 떡 얻어 놔두고.

인자 친정 아부지 와계셨고.

그래 사우가(사위가) 나무를 한 짐 해다 턱 부라는데(부리는데), 보이까네, 나무를 한 짐 잘 해가 왔는데, 그 부라(부려) 놓고는 장인영감한테 인자 인사하고.

그 딸니미(딸내미) 또, 아부지도 와있고(오셨고) 한데, 닭을 한 마리 잡어 꽈가지고 떡 먹고. 그럭저럭 하다보이 저녁이 됐는 게라. 그래 저녁을 먹고 노다가(놀다가) 인자 잘 때가 됐거든.

그래 떡 잘 때가 됐는데, 뭐 내우간에(내외간에) 물론 옷이야 안 벗겠나 그쟈?

그러나 그 신랑이 마누라를 몰라.

그래서 사랑방에서 아부지가 북을 한번 툭 치거든. 그 북을 한번 떡 치이께네,

"왜 북은 왜 치느냐."

그이 인자 새애기가(새아기가) 시깄는(시킨) 기라.

"북을 한번 치거들랑, 어떻게 어떻게 하라."

그래 북을 통 치이께 인지 두 번째 쳤거든.

그이 인자,

[자신의 이야기가 쑥스러운 듯 웃으면서]

상놈말로 배 우에(위에) 떡 올렸거든.

그래 떡 하다 보이꺼네, 북을 통통 치거든.

[조사자를 바라보고 말하며 쑥스럽게 웃는다.]

그래서 아가씨는 들을 일 아인데.

그런데 북을 통통 치이꺼네, 그래 우예 해보라꼬, 이래 이래 요령을 떡 갈키(가르쳐) 주이께네, 아 이 삼(사람), 뭐 한번 놀리 보이('놀려 보니'로 부부 합궁을 해보았다는 뜻이다.) 재미가 있거든. 그래,

[잠깐 숨을 고르는 듯 멈추었다가]

뭐라 카는가 하만 이눔이 인자, 북 안 치만(치면) 안 되는 줄 아고.

[순간적으로 목소리를 높인다.]

"쟁인요(장인요), 북 치소. 쟁인요, 북 치소." 카더란다.

이눔우(이놈의) 자슥이(자식이) 열두 고개 넘어 갈라 카이꺼네, 그땐 쟁인 부를 여가 없고.

"쟁쟁쟁쟁 쟁쟁쟁쟁."

[청중과 제보자 모두 크게 웃는다.]

그래가 인자 색시 맛을 봤어, 그렇기 잘.

[재미있다는 듯이 웃는다.]

그, 그 이야기가 있는데.

[다시 목소리를 높인다.]

별 희안한 기(게) 그 이야기가 어디 나왔냐 하만(하면), 옛날에 마산 그 와(왜),

[잠깐 숨을 고르고 이야기한다.]

영감 할마이 지게에 절지고(무슨 뜻인지 알 수 없다.) 댕기미 팔고 했거든. 그 영감 할마이 그 이야기했다. 내 한 열, 열댓살 묵어(먹어) 들었는가? 그랬는데, 그 영감 할마이 유명한 이바구(이야기) 마이(많이) 안다고.

첫날밤 방귀 뀌어 소박당한 여자

자료코드 : 05_19_FOT_20090218_IGO_SOG_0001
조사장소 : 경상북도 청도군 이서면 학산2리 616-2번지 이서경로회관
조사일시 : 2009.2.18
조 사 자 : 이균옥, 박동철, 김유경, 이선호, 김보라
제 보 자 : 송옥금, 여, 76세
구연상황 : 박재석 씨의 '이진사 이야기'(채록하지 않음.)가 끝나자 제보자가 이야기를 시작했다. 박수도 치고 주인공 흉내를 실감나게 내기도 하여, 청중들이 많이 웃

었다.

줄 거 리 : 혼인 첫날밤에 신부가 방귀를 뀌어 신랑이 도망을 갔다. 소박을 맞은 신부는 친정어머니와 살면서 아들을 낳았다. 모녀는 방아를 찧으면서 소박당한 사연을 늘 노래로 불렀다. 노래의 의미를 알게 된 아들은 출세한 아버지의 집 근처로 가서, 아침에 심으면 저녁에 따먹고 저녁에 심으면 아침에 따먹을 수 있는 오이씨를 판다고 외쳤다. 이상하게 여긴 아버지가 오이씨를 구하러 아들을 따라오게 되어 가족이 재회했다. 아버지는 모자를 데리고 상경했다.

첫날 저녁에 방구 끼가(뀌어) 소박 당한 여자가 있는데.

[청중 웃음]

(조사자 : 거 재밌는 이야기다.)

결혼 해갖고 첫날 저녁에 신부 방에 자는데, 방구를 뽕~ 뀌거든.

신랑이 고만 소박을 시깄붔는 기라. 그 질로(길로) 마, 도망을 갔붔어. 신랑은 신랑대로 가고, 색시 놔두고 갔붔는데.

만날 모녀간에 사는 기라 인자.

그래 첫날 저녁에 우예 건드렀붔든동, 아아는 하나 뱄어. 배가, 놓으이 아들이라. 아들이 하나 낳았는데.

이거는('신랑'을 가리킨다.) 서울로 머, 저, 암행어사매로 머 돼가지고, 서울 있고.

인자 저 아들은 크미(크며), 만날 이래 인자 호박을(방아를) 찧거든. 절구로 가주고 인자 저거 엄마캉, 친정 어마이하고 인제 딸캉 만날 호박을 찌민(찧으며),

'첫날 저녁에 방구 끼가(뀌어) 소박 당했다. 소박 당했다. 만날 그거를 하는 기라. 노래를 부르는 기라 인자.'

이놈의 아가 가만히 들으이,

"첫날 저녁에 소박 당했다. 방구 끼가 소박 당했다." 카이,

이기 무슨 말인가 도대체가 모리겠다.

그래가지고 인자 저거 엄마한테는 못 묻고, 할매한테,

“할매, 할매, 첫날 저녁에 소박 당해, 그거 무신(무슨) 말고(말인고)?”
카이,

“야, 이늠아, 너거 엄마 첫날 저녁에 방구 끼다 쫓기, 소박 당했다.” 이
카거든.

그래, 그 사람이 어데 사람인공 모르죠, 어데 사람인공?

그래, 인자 이 색시는 아는 기라. 색시는, 암행어사 돼가 서울서 살고
있다 소문을 들었는데.

차마 갈 수도 없고. 소박 당해노이, 가도 몬하고 만내도 몬하고 있는데.

이 아들이 가마이 생각하이 괘씸하거든.

(조사자 : 아부지가?)

옛날에 게다(げた, 일본의 나막신을 일컫는 말이다.) 안 있나, 게다. 양
쪽에 딱 걸고,

[박수 치면서]

딱~딱~치면서 거 저, 암행어사 저저, 궁전에 드가가. 방아, 방에도 못
뜨고(들고), 이 저저, 담에서, 어, 돌아댕기매,

“첫날 지녁에 방구 끼는 소박 당했다.”

막 이카고 자꾸 댕기거든. 그래,

“오늘, 오늘 저녁에 숨궀는(심은) 오이는 낼 아침 되만 따 묵는다.” 카
거든.

그것도 이상한 일 아이가, 그거? 자꾸 거,

[박수 치면서]

“오늘 아침에 숨구만(심으면) 저녁에 따 묵고, 저녁에 숨구만 아침에 따
묵는 오이씨 사소. 오이씨 사.”

어, 이래가, 자꾸 오이씨 사라고 자꾸 돌아댕기는 기라.

그래 인제 암행어사 가만히 문구멍 들다 보고, 자꾸 카거든. 그래 인자
그 암행어사가 듣골랑(듣고서),

“그 아가 무슨 아안공(아이인지)? 오이씨 저녁에 숨으면 아침에 따 묵고, 아침에 숨으면 저녁에 따 묵는 오이씨 있다 카던데, 그게 무슨 말고?”

거 밖에 인자 문지기한테 보내가,

“거, 아아(아이) 좀 잡아가 오너라.” 캤는 기라.

이거는 마 드가기만 바랬는 기라.

“얼씨고, 좋다.” 카고 마, 드가노이께네,

“니, 그 오이씨 아침에 숨그면 저녁에 따묵고 카는 오이씨가 무슨 일고?” 카이,

“그거는요, 내 따라가야 씨를 구하지, 내 안 따라가면은 못나, 몬한다.” 카거든.

“어디로 가노?”

“어데 가건, 내 따라 가마 된다. 되마 이 오이씰 주꾸마.”

인자 이 낄고(끌고) 가는 기라.

그래 인제 저거 엄마 방 따로 있고 할매 방 따로 있고 지(제) 방 따로 있는데. 거 델고 가가

“내 따라 오라.” 캐가 딜고 드가, 그 방아 고마, 저거 엄마 방에다 밀어 옇었부는(넣어버리는) 기라 고마, 덮어 놓고.

그래 그 암행어사가 눈이 막, 깜짝 놀래겠거든. 응, 그래가지고 저거 엄마캉 인자 새로 인제 붙어가지고(만나서), 그 얘기를 하이. 자기 아들인 줄 그때사(그제사) 무르팍을(무릎을) 치민서,

“참, 내 아들이 대단하구나. 내 아들은 내 아들이다.” 카미,

그래가 새로 그 여자를 암행어사 가메(가마) 태아가지고 올라가드란다.

그, 그런 기 있어.

첫날 지녁에 방구 끼가 소박 당했다고 자꾸 카이께네, 지가 그랬는 거 맞거든.

(청중 : 머리가 좋다.)

맞으이께네, 인제 가가(가서) 저거 아버지 조 옇어(넣어) 놓고 막 그양
(그냥) 시깄부이께네.

옛날에 그런 기(게) 있어.

곱사등이 치료법

자료코드 : 05_19_FOT_20090217_IGO_IJP_0002
조사장소 : 경상북도 청도군 이서면 학산2리 572-2번지 주암부녀경로회관
조사일시 : 2009.2.17
조 사 자 : 이균옥, 박동철, 김유경, 이선호, 김보라
제 보 자 : 이종필, 여, 86세
구연상황 : 할머니들이 경로당에 십여 명 이상 모여 있었다. 조사가 시작된 지 두 시간이
지나고 있었다. 조사자가 할머니들에게 옛날이야기를 해 달라고 청했지만 선
뜻 나서는 사람이 없었다. 그러다 이종필 할머니가 나서서 구연을 시작하였
다. 청중들은 이야기를 무척 재미있어 했다.
줄 거 리 : 옛날 한 사람이 곱사를 낫게 해 준다고 소리치고 다녔다. 곱사등이 딸을 가진
집에서 청했더니 방석과 몽둥이를 준비하라고 했다. 시킨대로 하자, 곱사등이
딸을 엎드리게 하고는 "죽기는 죽는데 낫기는 낫는다."며 그 딸을 두들겨 패
고 달아났다.

옛날에 저 곱사 나, 곱사 낫우는('낫게 하는'의 뜻임.) 사람이 있었어.
그래 곱사로 낫운다고 막 이래쌓거든.

그래 누가 딸이 곱사가, 곱사가 돼가주고. 그래 곱사로, 곱사가 인제 하
나 키우고 있는데 그래,

"곱사 낫우메('낫게 합니다'의 이 지역 방언이다.). 곱사 낫우로 들어왔
다." 카거든.

그래 인제 '곱사로, 지그(자기) 집에 딸이 하나 있이이께 그거를 낫아야
다('낫게 해야겠다'의 뜻임.).' 싶어여 쑥 나가여.

그래가 인자

"곱사 낫운다('낫게 한다'의 뜻임.) 카이 그래 우에가(어떻게) 낫우노꼬? 그래 우리집에 딸이 곱사가 하나 있는데 좀 낫아 도라꼬(달라고)." 이카거든.

"그래 딴 기(게) 아니고 저 방세기를(방석을) 하나 갖다 피(펴) 놓고, 그래 몽딩이를 하나 가 오라." 카더란다.

몽둥이 하나 갖다 놓고.

[제보자가 크게 웃으며]

그래 인제 엎디리라 카거든.

"곱사는 딱 엎디리야 된다."카이.

그래 딱 엎디리 놓더란다. 그래 엎디리 놓고.

"그래 때리는('때리기는'을 빨리 말한 것이다.) 때리는데 죽기는 죽는다." 카고 그카더란다.

그래 우에가 낫우는가 싶어가 모리고 고마(가만) 있었거든.

고마 곱사를 막 둘고 팼붔어(패버렸어). 둘고 패나놓이께, 마 곱사가 막 과암을(고함을) 안 지르겠나. 이놈은 막 둘고 티가(튀어) 내빼뿌는(달아나 버리는) 기라.

"죽기는 죽는데 낫기는 낫는다." 카더란다.[47]

[제보자와 청중이 한바탕 웃음을 터뜨렸다.]

---

47) 곱사를 엎드려 놓고 패면 곱사가 죽기는 죽지만 굽혀진 곱사의 등은 펴진다는 의미이다.

줌치 노래

자료코드 : 05_19_FOS_20090217_IGO_GGS_0001
조사장소 : 경상북도 청도군 이서면 학산2리 572-2번지 주암부녀경로회관
조사일시 : 2009.2.17
조 사 자 : 이균옥, 박동철, 김유경, 이선호, 김보라
제 보 자 : 김갑석, 여, 74세
구연상황 : '줌치 노래'를 알고 있느냐는 조사자의 물음에 다 잊어버렸다고 하더니, 가사
를 부분적으로 읊조리기 시작했다. 조사자가 노래로 불러달라고 요청하자, 가
사 전체를 기억으로 되살려 본 후에 구연해 주었다.

낭글(나무를) 숭가(심어) 낭글 숭가

뿌리 없는 낭글 심어

그 나무가 자라나서

한 가지는 해양(해가) 열고

한 가지는 달이 열고

해는 따서 겉 받치고

달은 따서 안 받치고

대우팔사 끈을 끼어

줌치(주머니) 한 쌍 모아노니(주머니를 한 쌍으로 지었다는 의미
이다.)

서울이라 남대문에

줌치 팔러 가니

[가사가 막힌 듯 잠시 머뭇거리다가]

올라가는 신관들아

내려오는 구관들아

줌치 구경 하고 가소

줌치사(주머니야) 좋건만은

[말하듯이 읊는다.]

값이 얼마냐

안도 천냥 겉도 천냥 끈도 천냥

삼천 냥이 제값이요

자장 노래

자료코드 : 05_19_FOS_20090217_IGO_GSS_0001

조사장소 : 경상북도 청도군 이서면 학산2리 572-2번지 주암부녀경로회관

조사일시 : 2009.2.17

조 사 자 : 이균옥, 박동철, 김유경, 이선호, 김보라

제 보 자 : 김삼수, 여, 78세

구연상황 : 할머니들이 마을 경로당에 열 댓 분 정도 모여 있었다. 조사자가 "아기들 어릴 때 자장가 어떻게 불려줬냐"고 묻자 김삼수 할머니가 '애기 재우는 자장 노래'라고 하면서 이 노래를 구연하였다. 2행 시작 부분에서 청중 한 분이 합류하였다가 곧 그만두었다.

자장 자장 우리 아기 잘도 잔다

멍멍개야 짖지 말고 꼬꼬닭아 울지 마라

앞집 개도 짖지 말고 뒷집개도 짖지 마라

우리 아기 잘도 잔다 자장 자장 자장개야

새야 새야 파랑새야

자료코드 : 05_19_FOS_20090217_IGO_GSS_0002
조사장소 : 경상북도 청도군 이서면 학산2리 572-2번지 주암부녀경로회관
조사일시 : 2009.2.17
조 사 자 : 이균옥, 박동철, 김유경, 이선호, 김보라
제 보 자 : 김삼수, 여, 78세
구연상황 : 앞의 노래에 이어서 제보자가 먼저 박수를 치며 노래를 시작하니 청중들도
　　　　　모두 박수를 치며 함께 불렀다.

　　　새야 새야 파랑새야

　[청중들이 모두 함께 부른다.]

　　　　녹디낭게(녹두나무에) 앉지 마라
　　　　녹두꽃이 떨어지면
　　　　청포장사 울며 간다

화투 노래

자료코드 : 05_19_FOS_20090217_IGO_GSS_0004
조사장소 : 경상북도 청도군 이서면 학산2리 572-2번지 주암부녀경로회관
조사일시 : 2009.2.17
조 사 자 : 이균옥, 박동철, 김유경, 이선호, 김보라
제 보 자 : 김삼수, 여, 78세
구연상황 : 제보자가 '화투 노래'가 있다고 하며 박수와 함께 시작하였다. 노래가 시작되
　　　　　자 청중들은 박수를 함께 치며 장단을 맞추었다.

　　　　정월 솔가지('솔가지'로 땔감으로 쓰려고 꺾어서 말린 소나무 가
　　　　지.) 솔솔한 마음
　　　　이월 매조에 맺어놓고

삼월 사쿠라('さくら'로 벚꽃을 말한다.) 산란한 마음

사월 흑사리 흑산세월

오월 난초 날던 나비

육월 목단에 춤을 추네

칠월 홍돼지 홀로 누워

팔월 공산만 쳐다보네

구월 국화 피자 마자

시월 단풍에 다 떨어진다

오동추야 달 밝은 밤에

우산 씨고(쓰고) 산보가자

치야 칭칭나네

자료코드 : 05_19_FOS_20090217_IGO_BGH_0001
조사장소 : 경상북도 청도군 이서면 학산2리 572-2번지 주암부녀경로회관
조사일시 : 2009.2.17
조 사 자 : 이균옥, 박동철, 김유경, 이선호, 김보라
제 보 자 : 박구희, 여, 91세
구연상황 : 제보자가 경로당에 들어오자 청중들은 "옛날노래 잘하는 사람이 왔다."고
하면서 '베틀노래'를 권하였다. 제보자는 귀가 어두워 청중들의 소리를 못
듣고 "내 한 가지 하지."라며 기억을 더듬으면서 구연하였다. '베틀노래'를
앞소리로 구연하면서 '치야 칭칭나네'를 뒷소리로 부르자 좌중이 웃음바다
가 되었다.

선녀선녀 옥황선녀

치야 칭칭나네

[웃음]

세상에 나리와서(내려와서)

치야 칭칭나네

할 일이 전여(전혀) 없네

치야 칭칭나네

옥황선녀를 둘러보니

치야 칭칭나네

비(베) 한필이 짤 기(게) 있네

치야 칭칭나네

저 비 한필을 짤라(짜려) 하니

치야 칭칭나네

비틀(베틀) 여장(연장) 전여 없네

치야 칭칭나네

앞집에는 김대목아

치야 칭칭나네

뒤뜰에는 박대목아

치야 칭칭나네

비틀 여장(연장) 지어주게

치야 칭칭나네

나의 집에 들어 와여

치야 칭칭나네

[웃음]

술도 묵고 밥도 먹고

치야 칭칭나네

베틀대를 따듬어여(다듬어서)

치야 칭칭나네

담배 한대 피운 후에

치야 칭칭나네

뒷집에는 김대목이

치야 칭칭나네

은대퍽을(은대패를) 가져와여

은대피 가져와여

치야 칭칭나네

뒷집에는 금대포를(금대패를)

치야 칭칭나네

얼렁뚝딱 지어내어

치야 칭칭나네

비틀 여장 저져내네(지어내네)

치야 칭칭나네

비 한필을 짤라 하니

치야 칭칭나네

올라가는 북도[48] 없네

치야 칭칭나네

말코를[49] 찾는 양이

치야 칭칭나네

비 한필을 짤라 하니

치야 칭칭나네

---

48) '북'은 베를 짤 때 씨실의 꾸리를 넣고 북바늘로 고정하여 날실의 틈으로 왔다갔다
하게 하며 씨실을 풀어 주는 구실을 하는 배처럼 생긴 나무통이다.
49) '말코'는 베틀에 딸린 기구의 하나로 길쌈을 할 때에 베가 짜여져 나오면 피륙으로
감아 주는 대이다.

신발이 전여(전혀) 없어

치야 칭칭나네

이양 저저,

머꼬, 저, 은가락새.

은가락새는 사면피고

치야 칭칭나네

말코를 찾는 양이

치야 칭칭나네

말코에 북이 나듯

치야 칭칭나네

비 한필을 짤라(짜려) 했디(했더니)

치야 칭칭나네

얼렁뚝딱 지어내어

치야 칭칭나네

비 한필을 씻거다가(씻어다가)

치야 칭칭나네

뒷동산에 널어노니(널어놓으니)

치야 칭칭나네

박수릉같기도(무슨 의미인지 정확히 알 수 없다.) 하는구나

치야 칭칭나네

너발 노래

자료코드 : 05_19_FOS_20090217_IGO_BGH_0002

조사장소 : 경상북도 청도군 이서면 학산2리 572-2번지 주암부녀경로회관

조사일시 : 2009.2.17
조 사 자 : 이균옥, 박동철, 김유경, 이선호, 김보라
제 보 자 : 박구희, 여, 91세
구연상황 : 조사자가 베틀노래를 불러달라고 하자 베틀노래는 잊어버렸고, 다른 노래를
    해주겠다며 구연하였다. 노래를 부르는 틈틈이 노래의 유래도 덧붙여 주었다.
    처음 노래를 구연할 때 청중이 후렴구는 빼고 부르라고 하여 노래가 중단되
    었다. 다른 청중이 노래를 부르기도 하고, 그 노래에 손뼉을 치며 박자를 맞
    추기도 하여, 대체로 산만한 분위기였다.
줄 거 리 : 네 정승댁에서 며느리를 보고자 했는데 마땅한 며느리 감이 없었다. 신분이
    천한 집의 처자가 잘났다는 소문을 듣고 네 정승댁에서 모두 처자의 아비에게
    술을 먹여 취하게 해 놓고 사성을 써 주었다. 다음날 처자의 아비는 자신이 받
    아온 사성을 보고 어찌할 바를 몰라 죽을 결심을 했다. 처자가 말리면서 사연
    을 듣고는 네 집 모두 혼인날을 같은 날로 잡아 신랑들을 모이게 하고는 ‘너
    발 노래’를 부를 줄 아는 사람과 혼인할 것이라 했다. 3명은 그냥 돌아가고 늦
    게 온 가장 볼품없는 사람이 ‘너발 노래’를 불러 처자와 결혼할 수 있었다.

[청중들이 크게 웃는다.]

얼시구 좋다 참말로 좋다
이렇기 좋다가 딸 놓겠네.

[청중의 박수가 이어지자, 제보자는 노래 내용을 이야기로 구연한다.]
이거는 너발 노래 해가지고, 첨(처음) 먼지(먼저) 상놈집에, 요새는 상놈
양반이 없다 카지만도, 요새도 ○○ 양반 있고 상놈 안 있나?
상놈집에 딸로 잘 낳아났거든. 잘 낳아나노이, 정승들이 미느리를(며느
리를) 볼라 카이 미느리, 천지에 잘난 처자가 없어. 그래 그 집에 참 잘난
상놈집에 처자를 잘 낳았다는 소릴 듣고, 정승들이 처자 아바씨를(아버지
를) 불러내가 와여. 술로 흠뻑 믹이가주고(먹여서), 사성(‘四星’으로 사주
단자를 의미한다.)을 마 너이로(넷이서) 너이가(넷이) 다 써 줘삣어.
그래가 이 처자, 처자는 하난데, 자고 나이 사성이 너이거든(넷이거든).
보개또에(‘보개또’는 영어 ‘pocket’을 잘못 말한 것이다.) 사성이 너이라가

(넷이라서) 마, 시아바씨, 친정 아바씨가 죽을라꼬 막 칸다. 카이,

"아부지 와 죽을라 캅니꺼?"

"야야, 너는 알 꺼 아이다."

"아부지예, 진지 안 잡수만 저도 죽을랍니더." 이카이,

"야야, 그러만(그러면) 내가 할 수 없다. 내가 니한테 말로 해야 되겠다. 너는 하난데, 정승집에서러 너이가, 사성이 너이가 다 왔다. 이 일로 우예 하꼬(어떻게 하느냐)?" 이카거든.

이카이께네. 그래 저 그 처자가 하는 말이 있다가,

"아부지요, 사성 다 모도(모두) 받으이소. 받고, 날로, 날을('혼인날을'의 의미로 말한 것이다.) 똑같이 하고, 정반상도 똑같이 치고, 물 한잔 술 한 잔 고래가주고, 고래하고, 그래 하이소. 다 모도 하이소."

이카놔노이(이렇게 말하고 나니), 그러만 사성 다 모도(모두) 오라 칸다('사성을 모두 보내라고 했다'는 의미이다.).

사성을 받았다. 받아가지고 그래가 날로 정했다. 정하이께네, 뭐 장개(장가) 오는 사람조치랑('조치랑'은 '도' 또는 '까지'를 의미하는 방언임.), 철도 없는 사람조치랑, 느까(늦게) 일찌이(일찌기) 오는 사람조치랑, 젤로(제일로) 느까(늦게) 인자, 뺀땡이 그튼(같은) 기(기) 느까 하나 오그든.

쪼깨난(조그만) 신랑이 하나 오고 하이께네,

"그래, 신부의 말씀 들어보소. 너발 노래 실례로소 다 모도 오라 캤는데, 오라 캤는데 그래 실렌가 아인가 모르겠십니더. 너발 노래 하는 사람이라야 저한테 장개를 옵니더."이카거든.

그카이께네 그래,

"아, 너발 노래가 뭣이고?"

"아, 너발 노래가 뭣이고?"

[얼버무리며]

"에이, 나는 너발 노래 몬 하믄 가뿌지(가버리지) 뭐."

카미(하며) 가뿌고. 너발 노래 할 줄로 알아야지. 너발 노래 아무도 몬 하이께네.

쪼깨난(조그만) 뺀댕이 그튼(같은) 게 와가주고

"예, 지가(제가) 한번 하겠십니더." 이카그든. 그래,

"지가 한번 하겠십니더." 이카니까,

[노래로 구연한다.]

　　　덩닥덩닥더
　　　하느님은 한쪽이요 지왕님은 두쪽이요.
　　　무지개를 선동을 가는 그거 안 이가 한발이냐
　　　낙동강도 한쪽이요 대동강은 두쪽이요
　　　그거 안 이가 두발이냐
　　　빙자님도(빙장님도) 한쪽이요 빙모님은 두쪽이요

[청중이 큰소리로 웃으며 손뼉을 친다.]

　　　교배상에 선동을 가는 그거 한 이가 서발이냐

그래 또 인자,

　　　신령님은 한쪽이요 신부님은 두쪽이요.
　　　그거 한 이가 너발이냐

[다시 이야기를 시작한다.]

이카고 인자 이카이께네, 그래마 처자가 너발 노래 하라 칸 그기 실례라. 실례로써 상상을,

[잠깐 멈칫한다.]

할 수 없다 말이다. 너발 노래 하라 카는 사람 '네 이년'이라 캐나(말

해) 놓고. 그래가지고,

"너발 노래 했다."

하이께네 인자 처자가 하는 말이 있다가,

"신부하는 말씀 들어보소. 너발 노래 실례로써 청실홍실 인연 맺어."

인연을 맺으면, 이제 정승감사 아들도 돼야 안 되는가베.

그래가 경상감사 아들로 두고, 환갑 때가 돼나노이 그래 또 환갑을 했어.

그래가 환갑을 해가지고

"동래부산 사쿠라꽃튼 봄이 오만 싱글벙글 우리 집에 저 영감은,"

[갑자기 힘을 주어 가락을 붙여 노래로 불렀다.]

　　날만 보만 싱글벙글.

　　칸다.

[다시 구술로 바꾸어서]

할마이만 보만 싱글벙글 칼(할) 뱎이는(밖에는).

그래 그 노래가 있었는 기라.

진주 낭군

자료코드 : 05_19_FOS_20090217_IGO_BGH_0003
조사장소 : 경상북도 청도군 이서면 학산2리 572-2번지 주암부녀경로회관
조사일시 : 2009.2.17
조 사 자 : 이균옥, 박동철, 김유경, 이선호, 김보라
제 보 자 : 박구희, 여, 91세
구연상황 : 다른 분에게 노래를 요청하니 잊어버려 모른다고 했다. 제보자도 모르는 듯이
　　　　　앉아 있다가 조사자가 노래의 첫 부분을 환기시키자 생각난 듯 해주겠다고
　　　　　응했다. 청중들이 손뼉을 치며 노래의 박자를 맞추기도 하고, 따라 부르기도
　　　　　하면서 구연이 진행되었다. 구연이 끝나자 청중들이 박수를 쳐주었다. 노래에

대한 해설이 이어졌다.

울도 담도 없는 집에
시집 갔는 삼년 만에
시어머님 하는 말씀
야야야야 빨래를 해라

(청중 : 해라)

진주야 걸에(개울에) 가서러
어머님 시긴(시킨) 대로

[청중의 손뼉 소리가 끊겼다.]

진주야 걸에 빨래를 가니
돌도 좋고 물도 좋다
흰 빨래는 희기(희게) 씻고
껌둥 빨래 껌기(검게) 씻고
난데없는 재죽(발자욱) 써리(소리)
울극덜극 그림이 나네(그림자가 비친다는 뜻임.)
한쪽 옆으를(옆을) 치다보니
하늘 겉은(같은) 갓을

[청중이 다시 손뼉을 치기 시작했다.]

씨고(쓰고)
머릉('구름'을 잘못 말한 것이다.) 겉은 말을 타고
월극들극(말을 타고 들어가는 모양을 표현한 의태어이다.) 들어가네
껌둥 빨래 껌기(검게) 담고

흰 빨래는 희기 담고

[청중의 박수소리가 끊겼다.]

집으로 돌아오니
시어마님 하는 말씀
야야 야야 며늘아가
빨래를 내라(내려) 놓고
아릿방을(아랫방을) 들다봐라
빨래를 내리 놓고
아릿방문을(아랫방문을) 들여다보니
첩으야 기생을 물에다('무릎에다'를 얼버무려 말한 것이다.) 앉고
(앉히고)
수십 가지 술로 놓고
열두 가지 안주에다가
니(네) 묵으라(먹어라) 내 묵으라
허허낙낙 겉는(거리는) 거(것) 보고
작은방에 들어와여
석자 시치(세치) 명주수건을
대들보에 목에 걸고
죽고 나서

[가사를 잊은 듯 끊었다가 다시 불렀다.]

죽고 나서 서방님한테 하는 말씀
시어마님이 하는 말씀
야야 야야 작은 방문을 열어봐라

인적기가(인기척이) 없는노라

이 말이 머슨(무슨) 말고

마누라야 마누라야

죽는단 말이 왜얀(웬) 말고

삼십 전에 홀애비 생이가(신세가) 왜얀 말고

첩으야(첩이야) 기생은 삼년이고

본처야 정은 백년인데

이런 일이 있다 말가

하이고 지고 우는구나

갈가마구 노래

자료코드 : 05_19_FOS_20090217_IGO_BGH_0004
조사장소 : 경상북도 청도군 이서면 학산2리 572-2번지 주암부녀경로회관
조사일시 : 2009.2.17
조 사 자 : 이균옥, 박동철, 김유경, 이선호, 김보라
제 보 자 : 박구희, 여, 91세
구연상황 : 할머니들이 경로당에 십여 명 이상 모여 있었다. 조사자가 '갈가마구 노래'를
         청하자 망설이다 구연을 시작하였다. 청중들은 제보자의 노래를 듣고 있다가
         가락이 맞지 않자 웃음을 터트렸다. 제보자는 구연 도중에 가락이나 사설을
         잊었는지 잠시 멈췄다 다시 하기도 하였다.

구야 구야 친구야

나무하러 안 갈래

[처음에는 가락을 넣어하다가 갑자기 말로 해서 모두 웃었다.]

[청중 웃음]

[가락을 넣어 구연한다.]

갈가마구도 우는구나

구야 구야 갈가마구야

[약 5초 동안 쉬었다 다시 계속함.]

산골마중 찾아가여

갈가마구를 찾는구나

구야 구야 갈가마구야

얼씨구나 좋다 지화자 좋네

댕기 노래

자료코드 : 05_19_FOS_20090217_IGO_IJP_0001
조사장소 : 경상북도 청도군 이서면 학산2리 572-2번지 주암부녀경로회관
조사일시 : 2009.2.17
조 사 자 : 이균옥, 박동철, 김유경, 이선호, 김보라
제 보 자 : 이종필, 여, 86세
구연상황 : 제보자가 먼저 구연하겠다고 나섰다. 뒤쪽 소파에서 노래를 하겠다고 하자 주
　　　　　변에서 앞으로 나오라고 권했다. 가운데로 내려와서 구연했다. 청중들이 박수
　　　　　를 치며 호응해 주었다.

한냥 주고 떠온 댕기

두양(두냥) 주고 접었구나

우리 엄마 사랑댕기

우리 월끼(올케) 눈치 댕기

성문 앞에 널뛰다가

성문 안에 떨어졌네

군아군아 서당꾼아

조은(주운) 댕기 나를 주만(주면)
염낭 집어(기워) 은혜하지
줌치(주머니)

숨이 가빠 몬하겠다(못하겠다).

줌치 집어 은혜하지
성문 안에 조은(주운) 댕기
서문(소문) 없이 줄 수 있나
청실홍실 인연을 맺아(맺어)
암달(암탉) 장달(장닭) 갖추(갖춰) 놓고
청실홍실 맺을 직에(적에)
서문 없이 줌치로다('주리로다'를 잘못 말한 듯하다.)

5. 청도읍

경상북도 청도군 청도읍 원정2리

조사일시 : 2009.2.24~2009.2.25
조 사 자 : 천혜숙, 박동철, 김유경, 이선호, 김보라

　원정2리는 마을 앞에 산재한 지석묘군으로 보아 선사시대부터 사람이 거주했으리라 짐작된다. 그러나 고대에 사람이 정착한 역사에 관해서는 자세한 정황을 알 수 없다. 다만 이곳이 임란 공신인 식성군(息城君) 이운룡 장군(李雲龍, 1562~1610)의 출생지라는 사실로 미루어, 현존 마을이 정착한 역사는 적어도 4백 년은 넘었을 것으로 보인다. 개촌조는 재령(載寧) 이씨(李氏)이고, 이어 연안 주씨도 입향한 것으로 전해진다. 마을 뒤쪽에는 이운룡 장군의 공을 기려 선조가 하사한 장군 영정을 봉안해 둔 영정각(影幀閣)이 있다.

　이곳에 있었던 원당리, 정촌리, 제부리 마을을 합동하면서, 원(元)자와 정(井)자를 따서 마을 이름으로 삼았다고 한다. 원당, 정촌 외에도 모강, 능곡, 흑석, 통안 등의 자연마을들이 20번 국도를 사이에 두고 산재해 있다. 우물물이 좋은 곳이어서 마을 이름이 정촌(井村)이 되었다고 한다. 흑석(黑石)은 동리 앞의 지석묘 색깔이 검다고 해서 유래된 이름이다. 통안(統安)은 이 마을 출신인 식성군(息城君) 이운룡(李雲龍 : 1562~1610) 장군이 삼도수군통제사를 지내다 돌아가시자, 통제사(統制使)의 통(統)자와 평안히 내세로 가시라는 뜻의 안(安)자를 따서 마을 이름이 된 것이라고 한다.

　원정2리는 2007년 12월 31일 현재, 302세대, 800여 명의 주민이 거주하고 있다. 20~30년 전 이곳에 아파트가 들어서며서 인구가 대폭 늘어났다. 마을 어른들에 의하면 2009년 현재 세대수와 주민수를 정확하게 알

수는 없다고 한다. 마을에 들어선 공장들로 인해 마을 인구 이동이 심하기 때문이다. 재령 이씨, 여흥 민씨가 많이 사는 편이고 그 외에는 각성들이 살고 있다.

원정2리는 청도읍내와 인접한 거리에 있는 마을이지만 1970년대까지만해도 논농사와 밭농사 위주의 전형적인 농촌마을이었다. 그러다가 마을에 잠사공장이 들어오면서 많은 변화가 생겼다. 지금은 폐쇄되었지만 이 공장이 들어서면서 농업 위주의 마을에서 농업과 공업이 혼재하는 마을이 되었다. 그러나 청도의 여느 마을들처럼 벼농사 외에도 복숭아, 감, 사과 농사를 많이 짓고 있다. 특히 복숭아와 감은 30여 년전부터 이 마을의 주 소득 작물이 되었다.

원정2리에는 동쪽 매전면과 사이에 위치한 마을들의 학생들을 수용하는 중앙초등학교가 있다. 농촌의 마을들에서 급격하게 아동 수가 줄어들고 있지만 중앙초등학교는 이런 조건 때문에 지금도 학생 수가 많은 편이다. 그리고 마을 주민들 중에는 교회에 다니는 사람도 있지만, 아직도 불교 신자가 많은 마을이다.

정월 보름에 당제를 지냈으나, 어느 해 당제 기간에 초상이 난 것을 계기로 중단되었다. 마을 단위로 하는 정월 대보름 지신밟기, 윷놀이, 달집 태우기 행사는 그 후로로 행해졌지만, 지금은 사라졌다. 마을회관에 모인 70대 후반 노인들은 얼마 전까지도 지신밟기에 주도적인 역할을 한 사람들이다. 다만 마을의 상포계는 세 개의 조직으로 아직도 남아 있고, 2월 초하루에 모임을 갖는다고 한다.

원정2리는 청도읍내와 인접해 있는 농공 지역이어서 지역 환경의 변화에 따른 구비문학의 변화 추이를 파악할 수 있는 마을로 예상되었다. 그리고 한 조사자의 고향 마을이기에 쉽게 제보자를 찾을 수 있다고 생각하여 조사지로 택했다.

2009년 2월 8일에 청도군 매전면 두곡동에서 조사를 한 후 청도읍으로 나오면서 원정2리 조사를 시작했다. 먼저 이장을 만나 조사 취지를 말하고, 다음날 마을회관에서 남성 노인들을 조사할 수 있도록 섭외를 부탁하였다. 다음날인 9일 오전 원정2리 마을회관을 방문하였는데, 김윤학이 민요를 몇 편 구연한 외에는 제대로 조사가 이루어지지 못했다.

2009년 2월 24일에 각남면 화리 조사를 마치고, 25일 다시 원정2리를 찾았다. 이날은 마침 2월 초하룻날이어서 마을 어른들이 마을회관에서 많이 모여 계셨다. 두 팀으로 나누어 할아버지방과 할머니방에서 조사했다. 예상대로 경험담이 많은 편이었다. 이물(異物) 경험담을 다수 채록한 것이 수확이다. 오후에는 청도의 만석꾼으로 알려진 원정1리의 박이수 씨 댁을 찾아가 그 문중의 인물전설과 치부담을 들을 수 있었다.

원정2리 마을 입구의 쉼터

마춘성, 여, 1937년생

주 소 지 : 경상북도 청도군 청도읍 원정2리
제보일시 : 2009.2.25
조 사 자 : 박동철, 김유경, 이선호

경산시 평산동 출신이다. 19세에 혼인하
여 매전면 서원리에서 살다 이 마을로 이주
했다. 혼인 전부터 노래 부르기를 즐겼다.
마을회관에서 만났으며, 설화 1편을 구연하
였다. 줄곧 조사에 협조적이었다.

제공 자료 목록

05_19_MPN_20090225_BDC_MCS_0001 색시 도깨비에 홀린 경험담

박남명, 여, 1938년생

주 소 지 : 경상북도 청도군 청도읍 원정2리
제보일시 : 2009.2.25
조 사 자 : 천혜숙, 박동철, 김유경, 이선호, 김보라

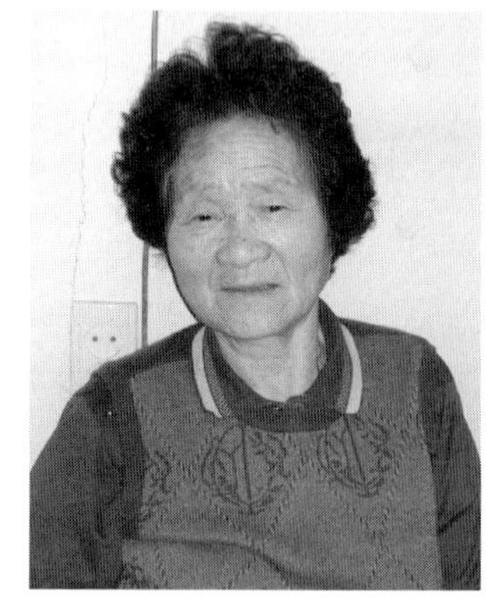

조사 둘째 날 오후에 여성들로 이루어진
이야기판에서 만났다. 조사에 협조적이었고
시종일관 웃는 얼굴이었다. 도깨비 경험담
과 '사위 노래' 한 편을 구연했다. 양옥순이
'배러띠기'를 이야기하자, 배러띠기가 낳은
아이가 몇인가 구연자와 실랑이를 벌이기도
했다. 이야기판의 중심 화제가 도깨비로 바

뀌자, '도깨비도 무시할 것이 못 된다.'며 자신이 들었던 도깨비 이야기를
해 주었다.

제공 자료 목록
05_19_MPN_20090225_BDC_BNM_0001 도깨비에 홀린 경험담 1
05_19_FOS_20090225_GYG_BNM_0001 사위 노래

박이수, 남, 1935년생

주 소 지 : 경상북도 청도군 청도읍 원정1리
제보일시 : 2009.2.25
조 사 자 : 천혜숙, 김보라

　본관은 죽산(竹山) 박씨로 원정1리 태생이다. 중학교부터 대학까지 서
울 유학을 했다. 혼인 후에도 서울에서 살다가 노후에 부인과 귀향하여
원정1리에서 살고 있다.

　청도에서 이름난 아흔 아홉 칸 만석꾼 집안의 후손이다. 원정2리 마을
회관에서 이 댁과 관련된 이야기들을 듣고 2리와 경계를 접하고 있는 고
택으로 찾아가서 만났다. 지금은 마흔 아홉간이라고는 했지만, 여전히 고
택의 위용이 남아 있었다. 제보자는 가문의 내력과 조상에 대해서 상당한
자부심을 가지고 있었으며, 그에 관련된 이야기나 정보들을 기꺼이 제공
해주었다. 이야기가 사실임을 강조하기 위해 증거물을 직접 보여주거나
자신이 보았다는 설명을 꼭 덧붙였다. 주로 문중의 선조와 관련된 인물전
설과 치부담을 구연했다.

제공 자료 목록
05_19_FOT_20090225_CHS_BIS_0001 대원군의 장자방이 된 박유붕
05_19_FOT_20090225_CHS_BIS_0002 아흔 아홉 칸 집 지은 박부자
05_19_FOT_20090225_CHS_BIS_0003 각남면 흉년 구휼한 박부자
05_19_FOT_20090225_CHS_BIS_0004 묘지 제공하여 적덕한 박부자

05_19_FOT_20090225_CHS_BIS_0005 청도 박부자와 대구 서부자의 대결담
05_19_FOT_20090225_CHS_BIS_0006 박부잣집이 당대에 만석꾼이 된 내력

박태규, 여, 1936년생

주 소 지 : 경상북도 청도군 청도읍 원정2리
제보일시 : 2009.2.25
조 사 자 : 천혜숙, 박동철, 김유경, 이선호, 김보라

조사 둘째 날 마을회관에 놀러 왔다가 조
사에 참여했다. 민요 2편과 설화 2편을 구
연했다. 연세에 비해 건강한 편이며 목청도
좋았다. 노래를 부르다 기억이 잘 나지 않자
청중들에게 도움을 청하기도 했다. 청중들
의 말소리 때문에 녹음이 잘 되지 않아, 한
번 더 불러주기를 청하자 거리낌 없이 다시
불러주었다. 구연한 이야기와 노래는 자신
이 어릴 적에 들은 것이라 한다. 시종일관 차분한 태도로 구연하였다.

제공 자료 목록

05_19_FOT_20090225_BDC_BTG_0003 시숙과 제수가 쥐 잡다가 생긴 일
05_19_MPN_20090225_BDC_BTG_0002 지킴이가 된 할아버지
05_19_FOS_20090225_BDC_BTG_0001 나무하는 총각 노래

양옥순, 여, 1936년생

주 소 지 : 경상북도 청도군 청도읍 원정2리
제보일시 : 2009.2.25
조 사 자 : 천혜숙, 박동철, 김유경, 이선호, 김보라

본동에서 태어나 18세 때 같은 마을의 재령(載寧) 이씨(李氏)에게 시집왔

다. 집안 어른들끼리 혼사를 정했으며, 어린 나이에 혼인이 무엇인지 몰라서 가지 않겠다고 서럽게 울었던 기억이 있다. 당시 시집은 너무 가난했고, 식구도 시어머니, 시누이 둘, 시동생 둘, 그리고 남편과 자신까지 모두 일곱 명이나 됐다. 첫 아기를 낳고 나서 바로 길쌈을 시작하여 생계를 도왔다. 경제적인 어려움 말고는 시집살이가 고된 편은 아니었다.

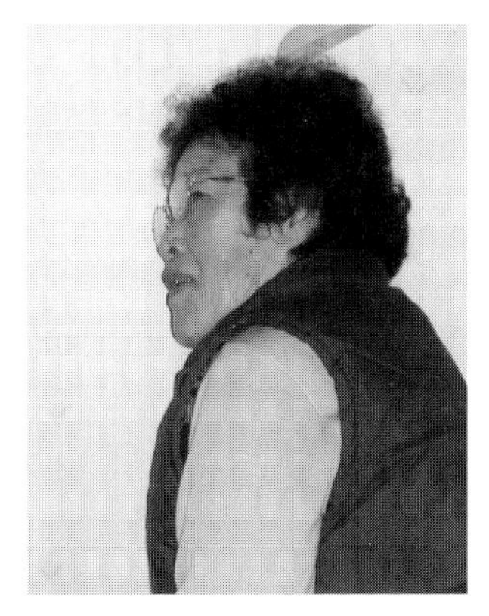

어린 시절에는 할머니로부터 이야기를 많이 들었다. 제공한 설화 대부분은 그 때 할머니로부터 들었던 것이다. 어릴 때는 노래를 듣고 부르는 것을 좋아하여, 친정 마을 입구의 정자나무 밑에서 노래판이 벌어지기라도 하면 쉬이 자리를 뜨지 못했던 경험이 있다. 새댁시절에는 화전놀이에서 노래를 맘껏 부를 수 있었다. 여자들이 모심기를 하는 현장에서 단연 선소리꾼의 역할을 맡았다. 중년 이후에는 마을 단체 관광을 가면 노래를 부르곤 하는데, 더 이상 옛날노래를 부르지 않고 주로 트로트를 부른다.

구연한 자료는 설화 11편과 민요 7편이다. '부인 바꾼 이야기'를 비롯한 여러 가지 동물담과 '쌩금노래', '꼬꾸랑 노래' 등의 민요를 제공했다. 이야기꾼 또는 소리꾼으로서 탁월한 구연능력을 보여준 분이다. 이야기 구성력도 뛰어난다. '김첨지, 나무하러 가세'와 같은 말이음 노래를 불러 좌중을 웃음바다로 만들기도 했다. 틈틈이 우스개 소리로 분위기를 살렸으며, 이야기와 노래 몇 편을 연달아 구연한 후에는 다른 분들에게 권하는 등으로 이야기판의 흐름을 배려했다. 또한 다른 제보자의 구연에는 적극적으로 개입하였고, 때로 다른 결말을 펼쳐보이기도 했다. 밝고 환한 인상과 강단이 있어 보이는 체격을 지녔다. 기억력이 매우 좋은 편이었으며 구연 도중 자주 웃었다. 보유한 이야기와 노래가 더 있어 보였으나 시간상의 문제로 다음을 기약해야 했다.

제공 자료 목록

05_19_FOT_20090225_BDC_YOS_0002 뱀이 된 시어머니

05_19_FOT_20090225_BDC_YOS_0004 부인 바꾼 이야기

05_19_FOT_20090225_BDC_YOS_0006 곰티재 호랑이

05_19_FOT_20090225_CHS_YOS_0001 구렁덩덩 신선비

05_19_FOT_20090225_CHS_YOS_0002 원수를 갚기 위해 아들로 태어난 거미

05_19_FOT_20090225_GYG_YOS_0001 용 못된 꽝철이

05_19_FOT_20090225_GYG_YOS_0002 원수 갚으려고 쌍둥이 아들로 태어난 뱀

05_19_FOT_20090225_GYG_YOS_0007 은혜 갚은 두꺼비

05_19_FOT_20090225_GYG_YOS_0008 방귀 잘 뀌는 며느리

05_19_FOT_20090225_GYG_YOS_0010 배등밭에 배러띠기

05_19_MPN_20090225_BDC_YOS_0003 뱀신 모셔주고 동티 면한 포크레인 기사

05_19_MPN_20090225_BDC_YOS_0005 도깨비는 없다

05_19_FOS_20090225_BDC_YOS_0001 화투 뒤풀이

05_19_FOS_20090225_GYG_YOS_0003 모심기 소리

05_19_FOS_20090225_GYG_YOS_0004 쌍금쌍금 쌍가락지

05_19_FOS_20090225_GYG_YOS_0005 말이음 노래

05_19_FOS_20090225_GYG_YOS_0006 한글 뒤풀이

05_19_FOS_20090225_GYG_YOS_0009 꼬꾸랑 노래

05_19_FOS_20090225_GYG_YOS_0011 그네 노래

05_19_FOS_20090225_GYG_BNM_0001 사위 노래

용산댁, 여, 1927년생

주 소 지 : 경상북도 청도군 청도읍 원정2리

제보일시 : 2009.2.25

조 사 자 : 천혜숙, 박동철, 김유경, 이선호, 김보라

　　원산에서 태어나 17세에 중매로 매전면 용산리로 시집 갔다. 24세 되던 해에 6·25전쟁이 났는데 당시 빨갱이들에게 밥을 해 주었다고 살던 집에 불을 놓아서, 이 마을로 이주했다. 이 마을에 와서 낳은 장남을 비롯하여, 슬하에 3남 1녀를 두었다. 소작빈농으로 살림이 어려웠고 시집살이

도 힘들었지만, 감내하고 살았다. 시어머니로부터 길쌈을 배운 후에, 자신이 직접 짠 베를 팔아 가계에 보탰다.

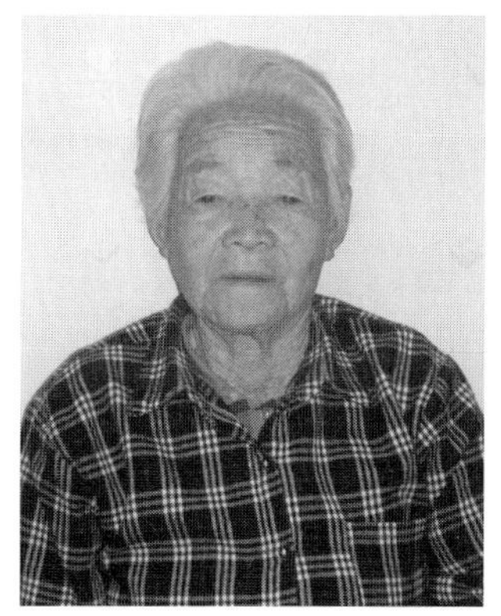

본동 조사 두번 째 날 만나서 설화 11편을 들었다. 이 분이 제공한 이야기들은 지킴이 등의 '동물 이물(異物)'과 관련된 경험담이 대부분이다. 민속신앙과 관련된 전승지식이 특히 풍부하였고, 자신이 구연한 이야기에 대한 믿음도 강한 편이다. '짐승을 해치면 안 된다.'는 자연친화적 사고가 이야기 전반에 깔려 있다. 민요 보유량도 가늠이 되었으나, 목청이 잘 넘어가지 않는다며 노래 부르기를 꺼렸다. 그러나 다른 제보자가 노래를 부르면 작은 목소리로 따라 부르기도 했다.

고령임에도 이름, 지명, 연도를 정확하게 기억할 정도로 머리가 비상하다. 작은 체구이지만 다부지고 또렷한 목소리로 구연했다. 탄탄한 서사구조와 실감나는 묘사가 돋보인 분이다.

제공 자료 목록

05_19_MPN_20090225_BDC_YSD_0001 운동회만 하면 비가 오는 까닭
05_19_MPN_20090225_CHS_YSD_0001 제삿밥 먹으러 온 혼령
05_19_MPN_20090225_CHS_YSD_0002 석월산 납딱바리의 죽음
05_19_MPN_20090225_CHS_YSD_0003 집이 망할 때면 나타나는 구렁이
05_19_MPN_20090225_CHS_YSD_0004 방천 지킴이 잡고 망한 집안
05_19_MPN_20090225_CHS_YSD_0005 방구 밑 물 먹고 뱀 낳은 죽천댁
05_19_MPN_20090225_CHS_YSD_0006 보약 먹고 병신 된 아들

임당댁, 여, 출생년 미상

주 소 지 : 경상북도 청도군 청도읍 원정2리
제보일시 : 2009.2.25

조 사 자 : 천혜숙, 박동철, 김유경, 이선호, 김보라

이 마을 태생으로 농사를 지으며 살고 있다. 주로 용산댁의 이야기를 들으면서 이야기 내용에 적극적으로 동의하거나 맞장구를 쳐 주는 청중 역할을 했다. 다른 사람의 이야기를 듣고 기억난 경험담을 두 편 구연했다. 침착하고 기억력도 좋은 편이었다. 그러나 부끄러움이 많고 자신을 내보이는 것을 꺼려서 사진 촬영도, 이름을 밝히기도 거부했다.

제공 자료 목록
05_19_MPN_20090225_CHS_IDD_0001 작은집으로 옮겨간 집지킴이
05_19_MPN_20090225_CHS_IDD_0002 예수 믿는 사람은 괜찮다

장금순, 여, 1923년생

주 소 지 : 경상북도 청도군 청도읍 원정2리
제보일시 : 2009.2.25
조 사 자 : 천혜숙, 박동철, 김유경, 이선호, 김보라

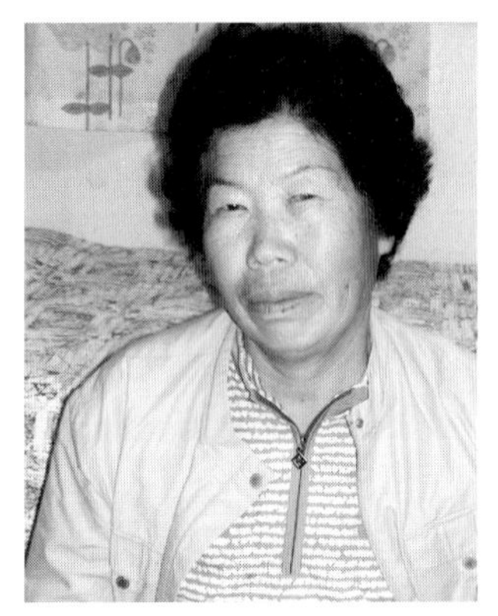

화양읍 진라리에서 3남 1녀 중 셋째로 태어났다. 공부를 하고 싶었으나, "여자는 공부하면 안 된다. 밤 공부는 더 더욱 안 된다."는 친정 할머니의 만류로 보통학교는커녕, 당시 마을에 개설된 야학에도 다닐 수 없었다. 대신 가사노동과 길쌈일을 주로 했으며, 소꼴도 뜯으러 다녔다. 18세에 혼례를 올리고 '묵신행'으로 이 마을에 와서 지금까지 살고 있다. 자녀들은 성가하여 모두 외지에 살고, 현재는 남편과 함께 산다.

제공한 설화의 대부분은 열살 무렵에 조모로부터 들은 것이다. 노래는

대부분 혼인 후 '삼둘게'에서 익힌 것이다. 특히 노래 부르기를 좋아하여 노래판이 벌어지는 곳이면 반드시 참여했다. 지금은 트로트를 즐겨 부른다.

도깨비 이야기 외에 몇 편의 동물담을 구연했는데, 주로 경험담이다. 제보자는 이야기에 등장하는 뱀의 영험함을 믿고 있고, 모두 실화임을 강조하였다. 양옥순의 구연에도 계속 개입하여 이야기를 거들었으며, 그 과정에서 자신의 기억을 되살려 구연했다.

마른 체구를 지녔으며, 말이 빠른 편이다. 양옥순과 함께 이야기판의 분위기를 주도했다. 이야기와 노래의 구연 뿐 아니라 민속신앙에 관한 전승지식도 상당한 분이다.

제공 자료 목록
05_19_MPN_20090225_BDC_JSG_0001 뱀신 모셔준 인부들
05_19_MPN_20090225_BDC_JSG_0002 도깨비에 홀린 경험담 2
05_19_FOS_20090225_GYG_YOS_0003 모심기 소리

대원군의 장자방이 된 박유붕

자료코드 : 05_19_FOT_20090225_CHS_BIS_0001
조사장소 : 경상북도 청도군 청도읍 원정1리 802번지
조사일시 : 2009.2.25
조 사 자 : 천혜숙, 김보라
제 보 자 : 박이수, 남, 75세
구연상황 : 집안 족보를 보며 집안 내력을 듣다가 조사자가 아흔 아홉 칸 집이 어떻게 지어졌는지에 대해 물었다. "지금 퀘션(question)이예요."라고 서두를 떼면서 그 집을 지은 선조에 대한 이야기를 시작했다.
줄 거 리 : 임진왜란 때 귀화한 두사춘(杜思春)이 중국에서 관상학과 풍수지리학에 대한 책을 가져왔다. 그와 사돈지간이었던 박유붕이 그 책을 훔쳐서 공부한 후 고종을 보고 '임금상'이라고 했다. 고종이 그 말을 듣고 아버지인 대원군에게 고하여, 박유붕이 잡혀 갔다. 박유붕은 대원군에게도 미친 짓을 하며 몸을 보중하라고 충고하면서, 대원군의 '장자방' 역할을 했다.

(조사자 : 이 저택은 어떤 분이 지으셨어요?)

요거는 인제 우리 할아버지가 지었는데요.

(조사자 : 병자 숙자(박병숙) 어르신?)

[족보를 가리키며]

아이라(아니야), 고 밑에, 영자 재자(박영재).

지었는데, 이 터를 누가 봤느냐가 지금 퀘션이에요.50)

(조사자 : 그게 아주 궁금한 사람들이 많은.)

지금 전국적으로 다 궁금해 해요.

왜 그러냐면은, 유자 붕자(朴有鵬) 할아버지가 우리나라 관상하고 풍수

---

50) question, 수수께끼라는 뜻으로 말한 것이다.

지리학의 대갑니다.

(조사자 : 그렇습니까?)

혹시 두사춘(杜思春)[51]이라는 거 알아요? 중국분인데.

(조사자 : 듣기는 했는데 자세히는 모르겠습니다.)

아, 중국 사람인데, 우리나라에 귀화했어요. 임진왜란 후에, 중국서. 두
사춘 씨 묘가 대구에 있습니다.

우륵 김씨 카는 건 알아요?

(조사자 : 우륵 김씨, 들었습니다.)

고는 일본사람인데 귀화했잖아.

(조사자 : 대구에 역시, 대구 근교에.)

가창 가면 있거든.

그분이 이제 중국에 두사춘 카는 분이 중국에서 무관이야. 무관인데.

역사를 나한테 좀 배우세요.

(조사자 : 견문이 제가 약해서.)

이분이 우리나라엔 책이 없었고. 중국서 유명한 관상학하고 풍수지리하
고 가져왔어요.

그래서 그걸 우리 할아버지가 훔쳐왔어요. 유자 붕자 할아버지가.

근데 그 우리 할아버지가 유자 붕자 할아버지는 전라우수군절도사니깐,
고 깃대가 내가 있습니다, 고 기(旗)가, 전라우, 호남우수군사령.

지금 겉으면 장성이 왜 스타별이 돼 있고, 대통령은 용황 무늬 있고.

그때도 그런 게 있었어,

그래서 전라호남우수령 카는 깃대를 내가 가지고 있습니다.

가지고 있는데,

그 어른이 처가가 그 집이야.[52] 두사춘 카는, 우리 할머니가. 그래서 고

---

51) 杜思春은 임진왜란 때 명나라 이여송(李如松) 장군을 따라 참전하였다가 임란 후 귀화
한 장수이다.

게서 훔쳐왔다고. 훔쳐 와서, 훔쳐오니까 우리 장인 되시는 분이,

"그거 가져가면 안 된다. 너 너그 집 망하고 니 죽고, 대대로 망할 수다."

"왜 그렇습니까?" 이카이.

"쪼금만 잘못 해득을(鮮讀을) 하면은 완전히 달라, 달라진다."

그래도 훔쳐 오셔가지고 그걸 늘 보시다가, 이제 그 할아버지가 서울에 호남우수령이니까네 그 무슨 회의나 이런 데 서울 가시잖아요?

대원군네[53] 아들을 봤습니다, 고종(高宗)을.

그건 역사에도 나와요.

그래서 '아! 임금상이다.' 이렇게 됐어요.

대원군에 꼭 우리 할아버지가 나옵니다.[54] 눈이 하나 없지, 이렇게.

[한쪽 눈을 가리키면서]

"임금이다."

그래서 대원군을('고종'을 잘못 말한 것이다.). 그러고 인자,

"몸을 조심하십시오."

그러고 가면서, 갔는데, 고종이 뛰어가서 애기를 했는 기야.

"아부지, 누가 나보고 임금상이라던데."

"당장 잡아들여라." 이렇게 됐지.

그래 우리 할아버지 불려갔어요. 불려갔는데,

"어떻게 된 거냐?"

사실을 애기했어.

"그러고 대원군도 조심을 하십시오."

"뭐를 조심하까?"

---

52) 박유봉의 장인이 두산춘이었다는 말이다.
53) '흥선대원군(興宣大院君)'은 고종의 아버지로, 아들이 왕위에 오르자 섭정한 인물이다.
54) 대원군에 관한 역사기록에 박유봉이 나온다는 의미이다.

"하여튼 미친 짓 하든지 뭐 그런 짓 하든지 해라."

그래 대원군이 좀 그런 게 있죠?

(조사자 : 그래서 대원군이 파락호처럼 그런…)

할아버지가 장자방이[55] 됐어요.

그래가주고, 죽 그거 하고 보니까 진짜 아드님이 임금이 됐거든.

불려 갔거든. 완전 장자방을 했어요.[56]

그래서 보면 저 조선일보에 보면은, 백운학이, 백운학이가, 바로 우리 할아버지가 백운학이 아니냐? 옛날에 관상 젤 잘 보는, 서울에서 말이지.

그런 말도 있다고.

아흔 아홉 칸 집 지은 박 부자

자료코드 : 05_19_FOT_20090225_CHS_BIS_0002
조사장소 : 경상북도 청도군 청도읍 원정1리 802번지
조사일시 : 2009.2.25
조 사 자 : 천혜숙, 김보라
제 보 자 : 박이수, 남, 75세
구연상황 : 집안을 여기 저기 안내하며 설명하다가, 자연스럽게 이야기가 집이 지어진 내력
　　　　　으로 이어졌다. 아흔 아홉 칸이었던 박 부자댁은 지금 마은 아홉 칸만 남아 있다.
줄 거 리 : 이 집을 지을 때 작은 나무 하나라도 모두 돈을 지불했다. 겨울에 농사일이
　　　　　없는 소작인들이 박 부자의 산에서 나무를 해 오면 일일이 돈을 쳐서 사 주
　　　　　었다. 그래서 해방 후에도 집이 무사할 수 있었다. 먼 산의 나무는 박 부자가
　　　　　놉을 사서 충당했다. 그래서 집을 짓는 데 오래 걸렸다.

요 집을 지을 때 또 특이하게 지었다고, 이 집을 질 때. 요거 하나라도 가져오면 돈을 줬어, 현장에서, 우리 할아버지가.

---

55) 장자방(張子房)은 한나라 고조 유방의 공신이었던 장량(張良)을 호로 일컬은 것으로,
　　선견지명이 있는 책사로 유명한 인물이다.
56) 할아버지가 장자방처럼 대원군의 책사 역할을 했다는 뜻이다.

(조사자 : 그런 이야기를)

요고 하나라도. 요거 산에 가서 말이지 옛날에는 껄이라고 그러거든, 나무 탁 깎는 거를.

나무를 요기다 탁 긁으면 요게 껍데기 벗겨지잖아. 그러면,

"요거는 아, 이거는 오원."

"또 이렇게 긁은 건 이건 십원."

(조사자 : 일종의 적덕(積德)이네요. 적덕을 하셨네.)

"저런 거는 백원."

이렇게 써가주고('나무를 사서'의 의미이다.),

"산에 가서 해라. 아무데 어데 산에 가면 우리 나무가 얼마가 있다."

그러면 인제 소작인들이 겨울에 할 일 없잖아. 옛날에는 완전 놀았거든. 가는 거야.

"야 부잣집 그 저거 해 주러 가자."

그래 가가주고 뭐 오원어치 가져오는 사람은 여 문 앞에서 오원 주고. 구루마로 막 실고 오면은 백원 주고.

뭐 그런 식으로 이 집을 지었어요.

그래서 인제 우리는 그 소작인을 전연 활용을 안 했죠.

(조사자 : 덕을, 덕을 베푸신 거죠.)

예. 그래가주고 영천 가면 이희우 씨라고 옛날에 법무장관하신 분. 그 집은 소작인들 시켜서 가져와서, 해방되고 소작인들이 바로 저 기둥을 땡기가주고(당겨서) 엉겠붰잖아(뭉개버렸잖아.). 그래 그 집 없어졌잖아.

그것도 유명한 집인데, 영천 이씨고, 이부잣집이라고 그래가지고. 우리는 고런 건 없어요. 인제 특이하게 이 집을 지을 때 나무 하나라또 가주오는 사람한테 그 노임을 지불했지.

(조사자 : 대가를 지불하고 인제.)

그래서 요 집을 지을 때 좀 특이하게 지었다. 전국적으로 그렇게 지은

집이 없거든.

(조사자 : 잘 없죠.)

나무 사가(사서) 짓고 이렇지.

요 근처에 있는 거, 멀리 있는 거는 우리가 놉을 해가[57] 가져오고. 요게 있는 거는 이 근처 산에 있는 거는 가가주고 마름이 딱 깎아가주고 얼마.

그래가주고 이게 아주 오래 걸렸어요. 오년 육년 이상 걸렸어요, 집짓는 데.

각남면 흉년 구휼한 박 부자

자료코드 : 05_19_FOT_20090225_CHS_BIS_0003
조사장소 : 경상북도 청도군 청도읍 원정1리 802번지
조사일시 : 2009.2.25
조 사 자 : 천혜숙, 김보라
제 보 자 : 박이수, 남, 75세
구연상황 : 제보자의 집 마당을 둘러보다 가문에 전해지는 다른 이야기가 없느냐고 조사
자가 묻자 이 이야기를 들려주었다. 조부(박영재)에 대한 긍지가 목소리에 강
하게 배어있었다.
줄 거 리 : 각남면에 흉년이 들자 곳간에 곡식이 가득차 있었던 박 부자는 마을 사람들
에게 이자를 받지 않고 곡식을 풀었다. 이듬해에 풍년이 들자 마을 사람들은
박 부자의 송덕비를 세웠다. 박 부자는 운명하기 전 그 송덕비를 자신의 어머
니 묘 앞에다 옮겨 놓았다.

각남면이 흉년이 들어가주고, 인제 먹을 게 없었던 말이야.

그런데 인자 이미 우리 창고에 육할, 육십 프로 정도 차가주고 있었다고, 벼가.

그래서 인제 마름, 마름 카는 게 누구냐 하면 우리 총.

---

57) '놉'은 하루하루 품삯을 받고 일하는 품팔이 일꾼 또는 그 일꾼을 부리는 일을 말한다.

(조사자 : 농사 감독.)

감독하는 감독관이 할아버지한테 말씀드리는 거야.

"아이고 각남에 지금 흉년이 들어가주고."

각남이 아주 한건(旱乾)한데.

우리 청도로서는 수리시설이 하나도 없고 개울에 나가는 물, 그것 가주고만 천연수가주고 농사를 지었단 말이야.

"그러면 아, 그 놈들 다 죽으면 우리 농사지을 놈 없잖아?"

우리 할아버지가 그래 말씀하셨는 게라, 마름한데.

"야 이놈아, 니도 머리가 밥통이다. 그 굶어 죽어부렀부면 누가 우리 농사 짓노? 당장 풀어가주고 줘라."

그래가지고 창고에 꽉 있는 거를 육십 프로를 그냥 풀어서 그냥 줬어. 그전 같으면 있는 사람이 더 흉하다고, 주면 이자를 많이 받았거든. 그런데 우리는 이자를 안 받고 풀어 줬붔단(줘버렸단) 말이야.

그러니까 그 사람들이, 그런데 또 그 이듬해 아주 풍년이 들었다고.

그래서 그 창고를 만(滿) 창고 가득해 놓고는.

"그 어른이 너무 고마우니까네 우리가 비석을 세우자."고.

그래서 송덕비(頌德碑)를 세웠다고.

근데 그 어른이 돌아가실 때 내가 그때 나이가 서른 몇 살인데.

그 송덕비를 할아버지가,

"좀 가져오너라." 그러더라고.

그래 캐가지고 오니까네 동네사람들이 와 나와가지고,

"야 이놈아, 그 왜 가지고 가냐?" 이렇게 됐어.

"그래 본인이 달라 그래서 가지고 간다."

"그면 그 어른 손자 맞냐?"

"맞다." 그래가주고.

"그러면 좋단 말이야, 가주 가라."

그래가주고 그걸 내가 가주 왔다고. 가주와서, 그 어른 우리 할아버지, 그 할머니는, 딴 어른들은 다 벼슬했기 때문에 비석이 있는데 할머니한테 는 비석이 없잖아. 같이 합봉을 안 했으니까네. 그래서 그 할머니한테, 어 머니 앞에58) 그 비석을 갖다 놨어.

(조사자 : 묘에다가?)

어(응), 어. 그런 게 있어.

묘지 제공하여 적덕한 박 부자

자료코드 : 05_19_FOT_20090225_CHS_BIS_0004
조사장소 : 경상북도 청도군 청도읍 원정1리 802번지
조사일시 : 2009.2.25
조 사 자 : 천혜숙, 김보라
제 보 자 : 박이수, 남, 75세
구연상황 : 계속 안채 마당에서 이야기를 나누던 중 제보자가 바로 마주 보이는 앞산을
　　　　　　가리키면서 들려준 이야기이다.
줄 거 리 : 박 부자네는 산이 많았다. 박부자는 그 산들에 누구나 묘를 쓰도록 해주었다.
　　　　　　그래서 박 부자네 산에는 민묘가 이삼백 개씩 있는 것이 보통이다.

우리가 산이 많았어. 내가 많이 팔아먹었는데.

그 산지기가 온다고, 할아버지한데 와가.

"할아버지, 어른, 저 산에 어떤 놈이 묘 씁니다." 카면,

"어 산이 그 동네 없나?" 카면,

"산이 좀 많이 없습니다." 카면,

우리가 많이 사 났으니깐.

"거 없어가주고 누가 쓰는데." 카면,

"니는 영장 거 방에 놔 둘래?"

---

58) 조부의 어머니로 제보자의 증조모를 말한 것이다.

우리 할아버지가,

"너거는 니그 아부지 죽으면 영장 방에 놔 둘래? 산에 안 갖다 묻고 어디 갖다 묻을래? 놔뒀부라 마."

그래서 우리 산에는 묘가 보통 이백 개 삼백 개씩 다 있어, 우리 산은. 조금 산이 좀 좋다, 좀 좋다 이러면 다 있어. 이백 개는 다 있어.

청도 박부자와 대구 서부자의 대결담

자료코드 : 05_19_FOT_20090225_CHS_BIS_0005
조사장소 : 경상북도 청도군 청도읍 원정1리 802번지
조사일시 : 2009.2.25
조 사 자 : 천혜숙, 김보라
제 보 자 : 박이수, 남, 75세
구연상황 : 박 부자댁의 사랑채 쪽으로 발길을 옮겼다. 제보자는 중사랑채의 독특한 기능을 설명하면서 다른 반가에서는 보기 드문 것이라고 자랑했다. 다른 가문담이 없느냐고 다시 물었더니 이 이야기를 시작했다.
줄 거 리 : 박 부자는 이만석꾼이었던 대구 서 부자가 청도 이서의 땅을 사들이는 것을 알고 내심 기분이 좋지 않았다. 그래서 서 부자가 산 땅 바로 옆의 땅을 더 비싼 값으로 사들여, 소작인들에게 세를 받지 않고 부치게 했다. 소작할 이를 구할 수 없어 3년 동안 땅을 묵히게 된 서 부자는 결국 땅을 헐값에 내놓았고, 그 땅을 박 부자가 모두 사들였다.

또 한 가지는 인제 여기 서 부자가, 아세요?

(조사자 : 서 부자는 못 들었습니다.)

어, 조흥은행 창시자입니다, 대구.

(조사자 : 거 청도 출신입니까?)

아니 청도 사람 아니, 대구 사람이에요.

(조사자 : 아, 달성 서씨?)

에, 에, 그 서부자 아니야? 이만석꾼이거든.

이만석꾼이 우리 청도를 언자 넓힐라고. 대구서 청도의 경계를 넘어와서 땅을 샀어요. 그래 집의 할아버지가 기분이 아주 나쁘거든.

[제보자의 부인이 방으로 들어오라 권하여 잠시 이야기가 중단되었다.]

그래가주고 이서(청도군 이서면을 가리킨다.) 카는 데 그 땅을 더 넓힐라고 샀는데. 그래 집의 할아버지가 가만 보니 기분이 나쁘잖아.

'여기 청도서는 내가 그래도 제법 산다고 그러는데, 지그가 좀 많다고 말이야, 산다.' 이래가주고.

그 옆에다가 우리 할아버지가 땅을 또 샀뿄는(사버린) 게라. 그러니까 서 부자가 뭐 이거 한 만평쯤 사면 우리는 한 이천평인가 요래 사가, 샀뿄어.

"그래 서 부자가 천원 줬으면 우린 천 백원이다. 팔으라."

딱 팔았어.59)

그래가주고 좀 적으이까네 삼분의 일 정도 사 버렸어.

그래가지고 서 부자가 인제 거 세를 받잖아요? 곡식을 받는데.

우리 할아버지는,

"야 이 공꼬로(공짜로) 지(지어)무라(먹어라) 니그(너희), 까진놈의 거 말야, 공꼬로."

(조사자 : 아, 그릇이 아주 크셨던 할아버지네.)

"왜 그러시냐?"

"아 이놈들이 어디 여기 들어와가지고 말이야, 내 고을에 들어와 카느냐, 한번 당해 봐야 된다."

삼년을 묵혔다고 서 부자들이.

"아니 저 집에서는 공꼬로 주는데 너그 집에는 뭐 받노?"

그러니까 아무도 안 지을라 카는 기라. 그래 서부자가 그거를 똥값에

---

59) 서 부자보다 좀 더 비싸게 주고 땅을 샀다는 뜻이다.

파는데 우리 할아버지가 샀거든. 그래가지고 뭐 천원에, 천백원에 샀는 거 가주고 그거보다 배도 더. 그거를 마이(많이) 샀으니까 삼분의 이나 샀으니까네. 그렇게 해서 막 모았어.

그러니까 땅, 타고을에 있는 사람은 여게 손을 못 댔지.

"너그만 돈 있는 거 아니다 나도 산다 그거는."

박부잣집이 당대 만석꾼이 된 내력

자료코드 : 05_19_FOT_20090225_CHS_BIS_0006
조사장소 : 경상북도 청도군 청도읍 원정1리 802번지
조사일시 : 2009.2.25
조 사 자 : 천혜숙, 박동철, 김유경, 이선호, 김보라
제 보 자 : 박이수, 남, 75세
구연상황 : 조사자들이 작별인사를 하러 다시 제보자의 집에 들렀을 때, "빠뜨린 이야기가 있다"고 하면서 대문에 선 채 들려준 이야기다. 제보자의 할아버지가 당대에 만석꾼이 된 이야기라고 서두를 뗐다.
줄 거 리 : 일제 식민정부는 한국인에게 돈을 빌려주고 그것을 못 갚으면 땅을 대신 빼앗았다. 그러자 박 부자는 돈을 못 갚는 사람들의 땅을 사주어 빚을 갚게 해주었다. 그리고 땅을 판 사람에게 다시 소작을 주었다. 이렇게 땅을 사들여 박 부자는 당대에 만석꾼이 될 수 있었다.

일제시대 때 조선척식회사('東洋拓殖株式會社'를 말한 것이다.)라는 게 있었어. 그게 청도에 들왔다고. 그래서 막 땅을 일본이 점령하기 위해서 샀잖아요? 샀는 게 아니고 돈을 빌려주, 고리채로 빌려주고 그날 못 갚으면은 전부 다 법원에서 공탁 걸어가주고 자기네가 가주 갔단 말이야.

그런데 집의 조부님이 일본 와세다대학(早稻田大學) 법과대학을 나오셨거든, 그때 당시에. 그때는 경상북도에 한 외국에 유학한 사람 두 사람 정도 있었다더만. 그래서 그걸 아시기 때문에,

"한국의 땅을 갖다 일본놈들한테 뺏길 순 없다."

이래셔가지고 여 공고 비슷하게 했다고.

그때는 처음에 이천 오백석인데.

"누구든지 일본놈한테 땅이 잽혔으면(잡혔으면) 나한테 와서 얘기하라."

그러이게 인제 돈을 못 갚으니까 우리 할아버지한테 왔다고.

"자, 이거는 열 마지기인데 얼마에 잽혔습니다. 그래 몇월 며칠까지 돈을 못 갚으면은 일본한테 넘어간다."

"그러면 너 그 땅을 얼매에 팔래?"

그러니까 인제 당장 자기 돈도 필요하고.

그런데 일본놈이 말이야, 그 땅을 뺐으면 절대 소작을 그 사람을 안 조(줘). 완전 딴 사람을 준다고. 그래야만이 그거하고 연관이 없거든.

근데 우리 할아버지는 그 사람한테 사고,

"땅 너 부쳐 먹어라."

그러이까 동민들도 팔았는지 모르는 거야. 그러이 자기들도 떳떳하고. 그러이까 자꾸 가져오니까 나중에는 못 사는 거라. 돈이 없어가주고.

그러니까 그 일년 만에 금방 소문, 소문나서 그거를 그렇게 많이 모았어요.

시숙과 제수가 쥐 잡다가 생긴 일

자료코드 : 05_19_FOT_20090225_BDC_BTG_0003
조사장소 : 경상북도 청도군 청도읍 원정2리 599번지 마을회관
조사일시 : 2009.2.25
조 사 자 : 박동철, 김유경, 김보라
제보자 1 : 박태규, 여, 74세
제보자 2 : 양옥순, 여, 74세
구연상황 : "쥐가 이혼을 시킨 이야기다."라며 제보자가 자청해서 들려준 이야기다. 이야

기 도중 청중들의 개입이 잦았다. 특히 서동댁이 보조 제보자로 나서서 제보
자와는 다른 결말을 고집했다.

줄 거 리 : 소장사를 하는 동생이 돌아오지 않자 걱정이 된 형이 동생 집을 찾았는데 갑
자기 쥐가 나타났다. 시숙과 제수가 함께 쥐를 잡던 중 실수로 불이 꺼지고
제수의 옷고름이 떨어졌다. 장사를 마치고 돌아온 동생이 이 광경을 보고 오
해하여 바로 이혼을 했다.

옛날에 쥐가 그래 이혼시긴다 카데. 쥐가 인자 이혼을 시키는데.

저 뭣이고, 시숙이, 언자 동생은 소 장사를 하고. 그래 인자 동생이 장
아(장에) 가뿌고 없는 녁에 하도 늦어가고 안 와가주고,

그래가 인자 시숙이, 시숙, 혼차 있는데, ‘동생이 왔나, 안 왔나.’ 싶어
가 인자 가보러 떡 갔거든. 가 보러 떡 갔는데,

고놈의 요놈우 난데없이 쥐가 어데서 나와가주고 고마 쥐 잡는다꼬. 옛
날에 호롱불 써 놓고 요랬는데. 쥐 잡는다고 작당을 지기다가,

작당을 지기다가 고마 마침 신랑이 들왔는데 마마, 이래 마 이래 하다
보이,

[청중 웃음]

조오 옷고름이 뚝 떨어졌붔다.

[청중 웃음]

옷고름도 떨어졌부리고,

(청중 : 아이고 야.)

신랑은, 고마 마 불은 툭 꺼졌부고, 쥐 잡다가 보이. 그래가,

(청중 : 신랑이? 그래 시숙이네 그라마(그러면).)

그래 시숙이지.

시숙캉(시숙과) 언자 지수캉(제수와) 붙어가 쥐를 잡았지. 잡았는데, 인
자 고만이 신랑이 고때사(그때마침) 돌오이꺼네,

고마 그거 했분다 안 카나 으요. 보고,

(보조 제보자 : 두 말도 안 하, 두 말도 안하고 자살했분다 카매.)

고마 이혼 시켰분다 안 카나. 이혼했붔다 안 카나.

(보조 제보자 : 자살해, 자살했다 카디만은, 이혼하기는?)

그거 참 얼매나 억울하겠노.

(보조 제보자 : 자살했다. 자살해가 그 사람이 대번 갔부더라 그카는데.)

그래가 마, 그거 했붔다 카대, 이혼을 했붔다 카대.

(보조 제보자 : 그런데 그기 시숙캉 쥐 잡다가 불로 껐부나놓이, 그래 실, 뭐 신랑이 노다가 방문 앞에 들오이 불로 꺼졌부러나놓이. 그래 뭐 대 번 자살했다 카데.)

[난처한 상황에 대한 청중들의 잡담이 이어졌다.]

뱀이 된 시어머니

자료코드 : 05_19_FOT_20090225_BDC_YOS_0002
조사장소 : 경상북도 청도군 청도읍 원정2리 599번지 마을회관
조사일시 : 2009.2.25
조 사 자 : 박동철, 김유경, 이선호
제 보 자 : 양옥순, 여, 74세
구연상황 : '지킴이가 된 할아버지' 이야기가 끝난 후 청중들은 실제로 그런 일이 많았다고 입을 모았다. 서동댁이 비슷한 줄거리를 가진 이 이야기를 자연스럽게 시작하였다.
줄 거 리 : 시어머니가 늘 밥할 쌀을 조금씩 떠내 주었다. 시어머니가 죽은 후 며느리가 쌀을 내려 갔더니, 쌀단지 뒤에서 '쩍곡 쩍곡'하는 소리가 들렸다. 신랑을 데리고 가도 마찬가지였다. 이상하게 여긴 신랑이 쌀단지를 들어내니 그 밑에 뱀이 한 마리 있었다. 신랑은 그 뱀을 어머니라고 믿고 궤에다 넣어 짊어지고 조선팔도를 구경하러 다녔다. 어느 날 절 대문채에 궤를 놔두고 들어갔다 나오니 뱀이 나가버리고 없었다. 평생을 아껴 사는 데만 골몰하고 좋은 곳을 구경 한 번 못하고 죽어서 뱀이 된 어머니가 아들 덕에 조선팔도를 잘 구경하고 간 것이다.

나는 이바구(이야기) 들었는데.

시어마씨가, 시어마씨가 만날(매일) 미느리(며느리) 쌀로 장(늘) 떠내준다 카데. 장 떠내주고 만날 작기(적게) 묵어라 카고 만날 떠내주고 이라는데.

그 시어마씨가 죽어부맀던 게라, 죽어부렸는데. 며느리 쌀만 내로 가만 쌀 단지 뒤에서 '쩍곡 쩍곡 쩍곡' 자꾸 소리난다 카데.

그래 신랑인테 카이,

"씰데없는 소리도 한다."

뭐뭐 이카미('이렇게 말하면서'의 뜻이다.), 나무래싸가주고(나무라곤 해서).

그래 하문(한번) 신랑을 데리고 갔다 카이.

데리고 가니, 사무(사뭇) 쌀단지 뒤에서 '쩍곡 쩍곡 쩍곡' 자꾸 소리난다 소리난다 카데. 그래면 쌀단지 싹 끄집어내이께, 마 그 밑에 쌀단지 밑에 마 배암이 한 마리 딱 있다 카데.

(청중 : 아이고 무시라.)

그래 마 그 아들이 칸다, 아들이 칸다 안 카나.

"이거 우리 엄마다. 우리 엄만데, 날로 그래……"

그래 귀로[60] 하나 딱 따담아가지고(다듬어서),

그 배암을 귀에다 딱 넣어가지고 딱 짊어지고.

"날 오늘 돈 좀 돌라." 카더란다.

"내 올 때까지 날 찾지 말고 돈만 좀 돌라." 카더란다.

그래가 언자 돈만 좀 얻어가지고 귀로(케를) 따듬어가지고 귀로 맨들어가 짊어지고, 온 조선팔도로 다 당기(다녀), 구경을 다 시켰다 카데.

다 시키가주고 어느 절간에 이래 드가민서로(들어가면서) 대문채에 놔두고 절에 갔다 나오이꺼네, 그 귀 안에 배암이 언제 나가뿠던동 나갔부

---

60) 물건을 넣도록 나무로 네모나게 만든 그릇이란 뜻의 '궤'를 '귀'로 발음한 것이다.

고 없다 카데. 그래 인자 그래 인자 마, 만날 미느리 미느리 쌀 내러 가만, 맨날 쌀 작기 내라 하는 그것만 관심 하지 생긴에(생전에) 구경도 한 번 안 해보이, 좋은 데로 몬 가가 배암이 돼 와가주고. 그래가 인자 아들이 짊어지고 온 조선팔도로 다 댕기며(다니며) 구경을 씨기(시켜) 조(줘) 놔놓이께네. 그래 인자 마 자기대로 갔부리고 없다 카데.

(청중 : 그 참 좋은 일했다 그제?)

갔부고 없다 카데.

(청중 : 그 전에 누가 뭐 그 전에 누가 미점 하이끼네(뫼점을 보았더니). 나는 죽어 좋은데 저 지옥을 못 가가 살아 생전에.)

(청중 : 죽어 저승가이께네 뭐 저거는 구경가도 나는 오라 소리 안 한다 안 카던게?(합디까?))

(청중 : 그래 살아 생전에 너무 귀경 안 가도.)

(청중 : 요새 사람들은 마 너무 귀경가고 너무 놀라(놀러) 당기싸이 전부 다.)

(청중 : 죽어가 배암 돼가 좋은 데 몬 가가 집안에 맨 배암이 돌고 배암 ○하고 이래쌓데.)

부인 바꾼 이야기

자료코드 : 05_19_FOT_20090225_BDC_YOS_0004
조사장소 : 경상북도 청도군 청도읍 원정2리 599번지 마을회관
조사일시 : 2009.2.25
조 사 자 : 박동철, 김유경, 이선호
제 보 자 : 양옥순, 여, 74세
구연상황 : 조사자가 "부인을 걸고 내기를 했다는 이야기도 있다"고 하자 용산댁이 "내기는 몰라도 옛날에 놀음쟁이들 그래 뭐, 여자 팔아먹는다고 하데."라고 하면서 이 이야기를 시작하였다.

줄 거 리 : 꾀 많은 남자와 그렇지 못한 남자가 서로 친구였다. 두 사람은 부인을 바꿔서
하룻밤을 보내기로 약속했다. 꾀 많은 남자는 그날 밤 자기 부인에게 불을 끄
지 말라고 했다. 그래서 다른 한 남자는 그 방에 들어가지 못했다. 반면 꾀
많은 남자는 불이 꺼진 친구 부인의 방에 들어가 하룻밤을 보냈다.

옛날 누가 꾀 많은 사람이 친구래,

"참, 오늘 밤에는 내 마누래는 니가 들고(데리고) 자고, 니 마누래는 내
가 들고 자고." 약속을 딱 했어, 해가주고.

그래 인자 한 사람으는 꾀가 많은 사람으는,

"오늘 밤에는 함불에(애초에) 밤에 불 끄지 말고 자라. 자라." 캤거든.
캐나놓으이까네,

그래 한 사람은 마, 불을 끄고 자뿌랬는 기라.

그래 한 사람은 막 마누래 마, 친구 마누래 따무뿌고.61)

한 사람은(꾀가 많은 사람의 친구는) 와가(와서) 불, 불로 안 꺼나놓으
이 드가지도(들어가지도) 몬(못) 하고.

[웃으며]

그래 자기 마누래로 뺏기뿼다(빼앗겨버렸다).

[청중 웃음]

곰티재 호랑이

자료코드 : 05_19_FOT_20090225_BDC_YOS_0006
조사장소 : 경상북도 청도군 청도읍 원정2리 599번지 마을회관
조사일시 : 2009.2.25
조 사 자 : 박동철, 김유경, 이선호
제 보 자 : 양옥순, 여, 74세
구연상황 : 할머니들이 마을회관에 십여 분 이상 모여 있었다. 조사자가 "옛날에는 호랑

---

61) '따먹어버리고'의 방언으로, 여자의 정조를 빼앗았다는 뜻의 속된 표현이다.

이가 사람도 도와 줬다”고 하자 서동댁이 “해코지도 하고 도와주는 수도 있고”라고 하면서 이야기를 시작하였다.

줄 거 리 : 여자 혼자 ‘곰티재’를 넘어가는데 호랑이가 입을 벌리고 다가왔다. 벌린 호랑이 입 안을 보니 비녀가 걸려 있어 여자가 그것을 빼주었다. 호랑이가 보은으로 터를 하나 잡아주었다. 그 곳에 묘를 쓰고 난 후 부자가 되었다.

요기 곰티재라 카든가, 어데 재인데. 거 호랑이가 하나 그래 저 저 여자 하나 짙에(곁에) 왔다 카더나? 오이께네, 호랑이 입을 쩍 벌리고 자꾸 있다 카데. 지(자기) 잡아 물랑가(먹을까) 싶어가 겁을 내가(내서) 있으이까네, 자꾸 입을 벌리가주고 자꾸 자꾸 설친다 칸다 카데.

그래가주고 낸중에(나중에) 보이꺼네, 입 안에 거게 여자 머리를 잡아 묵고(먹고) 비네가(비녀가) 걸리가(걸려서) 있다 칸다 카데.

(청중 : 어이고 무세라(무서워라).)

비네가 걸렸는, 비네 그거를.

(청중 : 그거를 몬(못) 넘어갔다. 몬 빼줬다.)

그래 비네 그거를 빼주고 나이끼네, 그래 그 뭐 어데 터를 하나 잡아준다 카는데 갔는데. 거 미를(뫼를) 하나 쓰고 놓고 나이까네, 그 집에 부자 된다 카더라.

(보조 조사자 : 터를 잡아줘가주고, 미를(묘를) 써 준다고?)

(청중 : 미터(묘터) 잡아준다고.)

그거는 인자 짐승으를 언자 은혜를 해 놔놓으이, 지가 인자 또 그 은혜를 받는 기라.

그래 터를 하나 잡아 줬는데, 그 미를 하나 쓰고 나이 그래 뭐 집에 부자 된다.

구렁덩덩 신선비

자료코드 : 05_19_FOT_20090225_CHS_YOS_0001
조사장소 : 경상북도 청도군 청도읍 원정2리 599번지 마을회관
조사일시 : 2009.2.25
조 사 자 : 천혜숙, 박동철, 김유경, 이선호, 김보라
제 보 자 : 양옥순, 여, 74세
구연상황 : 오전에 용산댁으로부터 이야기 몇 편을 들은 후, 오후에 안노인들이 따로 모
인 방을 다시 방문하였다. 십여 분이 모여 화투놀이를 하거나 쉬고 있었다.
조사자가 옛날이야기와 노래를 청하였더니, 쉬고 있던 서동댁이 '자장가'를
불렀다. 임당댁이 "여(여기) 있는 사람들 이바구나 노래 하나씩 해야 된다."며
권유하자 오전 이야기판에 참여한 안노인들은 "우리는 벌써 다 했다."며 웃음
을 터뜨렸다. 서동댁에게 다시 '베틀노래'를 청하자 다소 시큰둥한 반응을 보
이다가, "서동댁이 잘한다"는 청중들의 권유에 "노래 대신 이바구나 하나 하
께."라며 이 이야기를 구연했다. 화투놀이에 참여하지 않은 안노인들은 서동
댁의 이야기를 진지하게 들었다. 화투판의 소란이 계속되자, 서동댁은 "내 이
바구나 하게 좀 있어 봐라."며 화를 내기도 했다.
줄 거 리 : 어떤 집에서 구렁이가 태어났다. 이웃에 사는 대감 딸들이 구렁이를 구경하러
왔다. 대감의 첫째 딸과 둘째 딸은 구렁이를 보고, 사람이 어떻게 구렁이를
낳을 수 있냐며 보자마자 가버렸지만 셋째 딸만은 그 구렁이를 보고 대감이
라고 말해 주었다. 구렁이는 어머니를 졸라 셋째 딸에게 장가를 들었다. 첫날
밤 구렁이는 간장과 밀가루 등에 굴러 허물을 벗고 일등 신사로 변했다. 신사
로 변한 구렁이는 자신이 벗은 허물과 거울을 셋째 딸에게 주면서 잘 간직하
라 일러주고 떠났다. 언니들이 그 허물을 태워버리자 거울이 캄캄해졌다. 셋
째 딸은 중이 되어 신랑을 찾으러 나섰다. 어느 마을에서 달을 보고 화답하다
가 서로를 알아본 두 사람이 마침내 만나서 행복하게 잘 살았다.

옛날에 저게, 애를 놓는다(낳는다) 카는 기 구리로(구렁이를) 낳아뿌렸
어. 나, 낳아나 놓으이꺼네 이웃에서(이웃에서) 대감 딸이 와가주고, 구경
하러 왔는 기라. 오이,

"그래, 구리로 낳아 났노? 아이고 얄궂어라. 사람이 우예 구리이로 놓
노?" 카미,

대감 큰딸이 그카고 갔부렸는데.

또 뒤에, 뒷집에 또 대감 딸이, 둘째딸이 와가주고 그래 또 인자 구경하러 와나놓으이,

"사람이 우예 구리로 놓노?"

이카고 또 갔부렸는 기라.

그래가 또 인자 셋째 딸이 오디만은,

"아이고, 이 집에는 저, 대감 낳아 났네."

카든가 뭐 그카이꺼네, 그래 마 그카고 갔붔는데.

그래 그 구리이가(구렁이가) 저 엄마한테 와가주고 그래,

"뒷집에 대감 딸한테 날 장개 안 보내주면은 나왔던 구녕을('구멍으로') 다부(도로) 드갈란다." 이캐나놓으이께,

그래 인자 그 엄마가, 구리이(구렁이) 낳았는 엄마가 인제 뒷집에 대감, '내 아무래도 대감한테 가야 맞어 죽어도 그기 낫겠다.' 싶어 대감 집에 가서 얘기로, 얘기를 했는 거라.

[소란한 청중에게 조용하라고 면박을 준다.]

가이까(가니까), 그래 대감 인제 셋째 딸이 시집갈라 카는 기라. 갈라 캐가주고, 그래 인자 날로 받아가 인자,

"장개가는 날은 아무 것도 하지 말고, 우리 집에 하고 그 집에 하고 담에 여게서(여기서) 막대기만 하나 걸치 나라." 카거든.

그래 막대기만 하나 걸치 나라 캐가 그 인자 그 막대기를 타고 장개로 갔는 기라.

그래 지녁에 인자 신방을 채리났는데, 신방을 채리났는데. 그래 인자 그날 저녁에 새딕이한테(새댁에게),

"그래, 이 집에는 그래, 간장은 어데 있고, 밀가루 단지는 어디 있고, 그래깍, 꽉지똥은 어디있노?" 꼬 물으이께네,

"그래 어데 어더메 있다."

그러고 신부가 갈치 주는 기라.

그래 거어(거기) 가여(가서) 인자, 장을 한번 찍어 묵고, 밀가리에 돌돌 구부러가 꽉지똥에 가여 허물로 싹 벗으니까 마, 마 일등신사 마, 총각이 나왔어.

그래, 그 집에 하마(벌써) 셋째 딸은 뭔가 알고, 알고 갈라 캤는 기라.

그래가 인자 그 허물을 인자 이 사람게, 저저 맽기놓으민서로,

"그래, 나 인자 서울 저저 과거 보, 공부해가 과거 볼 모양이꺼네, 그래, 이 허물을랑 잘 간수해가주고 없애지 말고 잘 간수해 나라." 카미시로,

그래 거울 하나 주민서로,

"이 허물을 없앴부면은, 이 거울로 보면은 아무것도 캄캄하이 안 보일 께라."

카미, 거울로 하나 주고 갔는데.

그래, 저거 언니들이 막 그 구리이 있는 그 인자 인자 껍디기 그거를 인자 물에 띠(떼) 옇을라꼬(넣으려고) 자꾸 따라댕기는 기라. 따라댕기이, 그래 지는 인자 안, 안 뺏길라꼬 이 저구리 안고름에다 딱 매났는 기라. 매났는 거 마, 요래 저구리 벗어가주고 머릴 감는데 싹 뺏어가주고 마, 싹 풀어가주고 마 부석에('부엌의 아궁이에'를 뜻함.) 옇었부렸는 기라.

그래, 탔부렀어. 탔부고 나이꺼네, 그래 거, 거울을 총각 인제 참, 신랑 거울 주는 거로 보이꺼네, 캄캄하이 아무것도 안 보이는 기라. 그래 아무 것도 안 보이가주고 그래 인자,

"그거 잃었부면은 날 몬(못) 볼 줄 알아라."

칸다 칸다 카는 기라.

그래나놓으이꺼네, 그래 인자 마, 치마로 옛날에 열두 폭 치마로, 한폭 따가 바랑 짓고, 한폭 따가 고깔 짓고. 그래, 열두폭을 따가주고 전부 다 인자 해가, 그래 인자 머리 깎고 인자 중질로 나서는 기라.

그래 방방곡곡이 다 댕기미(다니며) 인자, 자기 신랑 찾을라고. 그래 인

자 그래 어는, 어는 고을로 드가가 어는 마실로 드가가주고, 그래 드가이께네. 들에 인자 새 보는 아이들이 그래,

"아무것이 저, 후야후야 오늘은 우리 논에 까무도(까먹어도) 내일이는 저 아무것이 논에 까무라. 정에 정대룡(정도령) 장개 가는 거 구경하구로." 이카거든.

그래, 거 가서 인자 물었는 기라.

"정에 정대룡(정도령) 찾아 갈라 카믄 어데로 찾아가야 되노?" 카이,

"그래, 저게 비(벼) 허여이('허옇게'로 추수하고 난 뒤의 모습을 표현한 것이다.) 널어 났는 그 집만 찾아가믄 될 께라." 카매,

그런 그 집에 가가 인자,

"그래, 중 시주하러 왔으이꺼네, 뭐를 좀 달라."꼬 카이꺼네,

그래 뭐라도 쪼매(조금) 부어주는데. 그래 자리에(자루에) 인자, 뚫버진(뚫어진) 자리로 받아 놓으이 다 흘러뿌렀는 기라. 그래, 그거를 하니쑥(하나씩) 하나쑥 줍고 있으이꺼네,

그래 주인이 하도 보이꺼네 너무 그 해가주고,

"아이고 중아, 중아, 그거 그라지 말고 모지랑 빗자리 가주고 싹싹 씰어(쓸어) 우리 칭이에 싹싹 까불려가 가지, 그거 하나 두나, 오늘 해도 다 저물어가는데 언제 조오(주워) 갈라 카노?" 카이,

"그래, 우리 절에 부처님은 그래, 쓱쓱 씰어가(쓸어서) 쓱쓱 까부리는 그것도 안 잡숫고, 그래, 놋저가치로(놋젓가락으로) 하나씩 두나쑥 조아아(주워야) 된다." 이카이께네,

"그래, 놋저가치나 하나 돌라." 카더란다.

그래 놋저가치를 하나 주는 기라. 주는 거 하나쑥 하나쑥 줍다가(줍다가) 보이께네 그래 인자 해가 저물었는 기라. 해가 저물어가주고 그래 인자 거기서,

[질래맥이 들어오는 바람에 소란해졌다.]

그래 거서 인자 해로 보내고 저물어가주고,

"어데 좀 재아(재워) 달라." 카이께네,

"잘 데가 엄다(없다)." 카는 기라.

"그래, 나는 아무데라도 아무데라도 자이(자도) 좋으니까, 그래 아무데
나 좀 재아 달라, 하룻밤만 재아 돌라." 카이,

그래 어데 방을 하나 주는데 거서 인자, 거게(거기), 거게 드가가 자다
가 달이 하도 밝어가 마당에 이래 나와 보이꺼네, 그래 자기 인자 신랑
되는 사람이 사랑아서(사랑에서) 공부하다가 그래 밖에 나와 마당 나오디
만은,

"달도 밝다. 별도 밝다. 저 달 밑에 따라가마 우리 액시('애기씨'로, 색
시를 의미함.) 볼랑강." 이카거든.

그래 나와 글카고(그러고) 드갔는데.

또 인자 이 새댁이도 나와가주고,

"달도 좋다. 별도 좋다. 저 달 밑에 따라가마 우리 정에 정대롱(정도령)
볼란강." 이카이,

그래 신랑 각시가 인자 이얘기로 들어보이께네, 자기 참 본, 그 했는
그 마누라로 만났어. 만나가주고 그래, 그래 만내가 그래 잘 살드래여.

원수 갚기 위해 아들로 태어난 거미

자료코드 : 05_19_FOT_20090225_CHS_YOS_0002
조사장소 : 경상북도 청도군 청도읍 원정2리 599번지 마을회관
조사일시 : 2009.2.25
조 사 자 : 천혜숙, 박동철, 김유경, 이선호, 김보라
제 보 자 : 양옥순, 여, 74세
구연상황 : 새각댁이 트로트 한 곡(채록하지 않음.)을 부른 후, 잠시 동안 정적이 흘렀다.
　　　　　조사자가 청중들에게 '도깨비 이야기'를 청하자 대부분이 전부 다 잊어버리고

모른다는 반응이었다. 조사자가 서동댁에게 '아기장수 이야기'를 들려주며 비슷한 이야기를 아느냐고 물으니, "내 한 자리 더 하께."라며 다음 이야기를 구연했다.

줄 거 리 : 아이가 없는 한 여자가 밭을 매다가 알집을 안고 기어가는 거미를 보고 자신의 신세보다 낫다며 호미로 쪼아 죽였다. 그 후 아들을 하나 낳았는데, 그 아들은 커서도 엄마 젖을 계속 빨아먹었다. 그 때문에 죽을 지경에 이른 여자가 점을 쳤더니, 점쟁이가 아들을 산중에 나두고 몸을 숨기고 지켜보라고 했다. 바위틈에 숨어 아들을 지켜보았는데, 갑자기 소나기가 따루더니 아들이 큰 거미가 되어 엄마를 애타게 찾았다. 끝내 여자가 나가지 않았더니 거미는 원수를 갚지 못하고 간다며 물에 떠내려 갔다. 그래서 여자는 목숨을 구할 수 있었다.

옛날에 저저 노인도 아이고(아니고) 아줌마가 하나, 그래 인자 저 밭을 맸는 기라.

밭을 매이 거무가(거미가) 한 마리 설설 기이(기어) 나오는 거로, 호매이(호미로) 가(가지고). 알을 딱 안고 댕기거든. 알을 한 뭉티기 낳아가 안고 이래 다니니까. 그래 호매이 가 콕콕 쫒어(쪼아) 직이믄서로(죽이면서),

"니는 내카믄(나보다) 낫다."

그 아줌마는 아아를 하나 못 낳았어.

"그런데 너는 우예 자식을 요롷게 안고 댕기노?"

카미시로(하면서), 호매이로 콕콕 쫒어(쪼아) 직이(죽여) 뿌렸는 기라.

쫒어 직이 뿌리나놓으이, 고기 인자 원수가 맺히갖고, 그래 이 아줌마한테 아아가(아기가) 하나 들어섰어. 들어서가 인자 놓으이끼네, 아들로 하나 낳았는 기라. 그래 아들로 낳았는데.

그래 이놈우 자식이 마 얼매로 커도 자꾸 즈그(저희) 엄마한테 젖을 자꾸 빨아 묵어. 그래 뭐 산에 가이 나무도 한 짐 해다 놓고 또 엄마 젖을 또 빨어 묵고 또 빨어 묵고 이래가, 하도 빨어 무우싸이(먹어대니) 이 엄마가 죽기가 됐는 기라.

그래 인자 어데로 나가서 인자 점바치한테 점을 했는 기라. 하이꺼네,

"그래, 당신이 살라 카거들랑 내 말로 들어라."

"그래 들으면은 그래 야를(애를) 외가집에 간다 카고 데리고 가가 그래, 저 어느 산길로, 짚은(깊은) 산을 드가가주고, 그래, 내가 대변보고 올 모냥이꺼네 그래 잠시 요오(여기) 있으라 카미 놔두고 가에 방구틈에(바위틈에) 가에 가만 숨어가 있으면은, 그래, 아를 볼 일 있어도 암만 불러도 나오지 마라."

카는 기라. 나오면은 몬 산단다꼬.

"살라 카거들랑 내 말로 들어라." 카이.

그래가 인자, 인자,

"아무것이야, 오늘 너거 외갓집에 가자."

카미, 데리고 가가, 그래 어느 산길로 가가 방구틈에(바위틈에) 가마(가만히) 숨어가,

"내 저 뒤 좀 보구 오꾸마('변을 보고 오마'의 의미이다.)."

카미 방구틈에 가여 숨어 있으이꺼네.

막 난데없이 막 구름이 콱 끼드만, 마 소낙비가 막 따루이꺼네 꼴짝(골짝) 물이 확 내려오는 기라. 내려오는데, 그래 큰 거무가(거미가) 하나 되가 내려가, 떠내려가믄시로,

"이년 원수를 내가 갚아, 다 갚아가는데, 갚을라 캤디만은." 카미시로.

그래가 거서 참 막 '엄마야'꼬 막 산천 떠나가도록 울미 불러도 그래 인자 이 엄마가 안 나왔어.

안 나왔디만은, 그래 마 비가 와가 꼴짝 물이 싹 내려가는데, 그래 큰 거무가 돼가 떠내려가믄시로,

"원수를 내가 갚을라 캤디만은 내가 원수를 몬 갚고 간다." 카매,

그래 떠내려가고 이 아줌마는 살았다 카는 기라.

용 못된 꽝철이

자료코드 : 05_19_FOT_20090225_GYG_YOS_0001

조사장소 : 경상북도 청도군 청도읍 원정2리 599번지 마을회관

조사일시 : 2009.2.25

조 사 자 : 김유경, 김보라

제 보 자 : 양옥순, 여, 74세

구연상황 : 조사자가 '꽝철이 이야기'를 해달라고 청하자 제보자는 모른다고 했다. 조사
자가 줄거리를 약간 환기시켜 주었더니 제보자가 구연을 시작하였다. 함께 있
던 할머니들은 하던 이야기를 멈추고 제보자의 이야기에 귀를 기울였다.

줄 거 리 : 큰 구렁이는 '용님' 소리 세 번만 들으면 하늘로 올라가 용이 되는데 그렇지
못하면 꽝철이가 된다.

(조사자 : 할머니 그 꽝철이 애기 좀 해 주세요.)

난 그런 거 잘 몰라.

(조사자 : 용이 뭐 이래 안 되고 뭐 이래…….)

그래 용이 안 되면 꽝철이 된다 하거든. 용 못된 기(게) 꽝철이 되는 기
라. 꽝철이 되는 기라.

(조사자 : 꽝철이가 되는 거네요. 용 못되는 게 꽝철이네요.)

용 못된 게 꽝철이 된다 하는 기라.

(조사자 : 왜 용이 못 됐을까요? 왜 용 못되고 왜 꽝철이가 됐을까요,
용이 안 되고?)

옛날에는 큰 구리이 그게 용님 소리 세 분만(번만) 들으면 하늘에 득천
해가지고 용 된다 카데, 그게.

그래 인제 그것도 인제 꽝철이 그것도 용이 몬 되이까, 용이 몬 되놓이까.

(청중 : 용 카는 나는 그거 참 배암(뱀) 그리 큰 거 생전 처음 봤다.)

[목소리를 높이며]

배암 큰 게 그게 세 분만(번만) '용님', '용님' 소리 들으만,

구리(구렁이), 그 구리 보면은,

“아이고 용님 봐라.”

이 소리 세 분만 들으면 하늘에 득천해가 용 된다 카데.

원수 갚으려고 쌍둥이 아들로 태어난 뱀

자료코드 : 05_19_FOT_20090225_GYG_YOS_0002
조사장소 : 경상북도 청도군 청도읍 원정2리 599번지 마을회관
조사일시 : 2009.2.25
조 사 자 : 김유경, 김보라
제 보 자 : 양옥순, 여, 74세
구연상황 : 새각댁의 ‘못지킴이 이야기’를 듣고 있던 서동댁이 이야기 도중에 끼어들어
　　　　　이 이야기를 구연했다.
줄 거 리 : 못가의 나무를 벤 영감이 쌍둥이 형제를 얻어 장가를 보냈는데, 그 형제는 밤
　　　　　만 되면 몰래 밖에 나갔다가 싸늘해진 몸으로 돌아오곤 했다. 이를 이상하게
　　　　　여긴 부인들이 밤에 쌍둥이 형제를 따라가 보았더니 못으로 가서 헤엄을 치
　　　　　며 원수를 갚겠다고 다짐하는 것이었다. 이 사실을 며느리들로부터 들은 시아
　　　　　버지가 머리카락을 두 가마니 모으고 생일을 가장하여 형제에게 술을 먹이라
　　　　　고 했다. 술에 취해 떨어진 형제를 도장에 가두고 모아둔 머리카락으로 불을
　　　　　질렀더니 큰 뱀 두 마리가 죽어 있었다.

　옛날에 그래 저저 영감이 못가에, 못가에 큰 나무가 하나 있었는데, 그
래 그 나무를 비이뿌렸는(베어버린) 기라.

　비이뿌리 나놓으이꺼네, 그래 인자 아들로 한 탯줄에 둘로 낳았어. 낳
았는데, 그래 장개꺼정(장가까지) 딜있어(들였어). 장개꺼정 딜이났는데.

　가마이, 마느래가 가마 보이꺼네, 한밤중 돼 마 어데로 간다 카는 기라.
갔다가 와가주고 들오는데 몸이 성글해져가(서늘해져서) 들와가 자고, 들
와가 자고 이랬다.

　두 형제간에 인자 똑같이 나간다 카네. 그래, 동시찔에(동서끼리) 인자,
“그래, 오늘 저녁에 둘이 뒤로 한번 밟아 보자.”

"그래, 어데서 무슨 짓을 하다 오건데라(오길래), 그래 오면은 서느름하이(서늘하게) 그런고?"

"그래 그렇다." 이카믄서로.

그래가 인자, 뒤에 또 뒷날 저녁에는 동시찔에 인자 살살 뒤로 탔어('뒤를 밟았어'의 의미이다.). 타보이, 그래 못가에 가디, 못가에 가디만은 옷을 고마 홀락 벗어나놓고, 두 마리가 드가여 마, 막 못에 가여 막 헤엄을 치고 막 이카미,

"그래 인자 우리가 원수를 갚아야지, 원수를 갚아야지." 카더란다.

그카미시로 그래 놀고 또 오고.

오는 도중에 저거는 마, 동시찔에는(동서끼리는) 앞에 퍼뜩 와가 눕아 자는 채, 눕어 자고 이랬는데.

그래가 인자 하문은(한번은) 시아바시한테 이얘기를 했어.

"그래 우리가 자, 저 자다가 따라나가 보이꺼네, 못에 그래 배암이 되가주고 두 마리들이 여, 그래 원수 갚을란다 카미 댕기더라."

카면서 그캐 이바구를 해놓이.

저거 아부지, 시아바시가 알어채고,

"그래, 너거가 머리끄댕이로(끄댕이를) 한 두 가마이쯤(가마니쯤) 모다라(모아라)." 카거든.

그래 인자 머리카락을 인자, 한 두 가마이 모았어.

"모아놓고 나거들랑 그래, 찹쌀술로 그래 큰 독에다 한 독 해옇어(해넣어) 가주고, 아무 날은 날로 받어가 내 생일이라 카고, 그래 저 형제간에 술을 마이 믹이라(먹여라)." 캐나놓이께,

그래 인자 찹쌀술로 해가주고 동동주로 해가주고 마 두 형제간에 그 날은 마, 대이(많이) 잔뜩 믹있어.

믹이가주고 마 히뜩히뜩 모도(모두) 누워자는 거로, 그래 막 도장에다가 막 머리카락 두 잘개이('자루'의 뜻임.) 모다난(모아놓은) 그거로 마,

도장 갖다 여나(넣어놓아) 놓고. 둘이 눕어잤는, 둘이 거다 엫어가주고 마문을 잠가뿌고 불을 질러 부렀는 기라.

불을 질러뿌나이. 그래가 그 구리이가(구렁이가) 노랑내 맡고 그 자리에서 다 죽어있는데, 큰 배암이 두 마리 죽어 있더란다.

은혜 갚은 두꺼비

자료코드 : 05_19_FOT_20090225_GYG_YOS_0007
조사장소 : 경상북도 청도군 청도읍 원정2리 599번지 마을회관
조사일시 : 2009.2.25
조 사 자 : 김유경, 김보라
제 보 자 : 양옥순, 여, 74세
구연상황 : 앞 이야기가 끝난 후 서동댁과 질래댁이 일상적인 대화를 나누었다. 조사자가
　　　　　두 분에게 "옛날에 구렁이나 지네에게 처녀를 제물로 바쳤다면서요?"라고 묻
　　　　　자, 서동댁이 "제물로 바쳤는 거, 그 이바구 하까?"며 바로 이야기를 시작했다.
줄 거 리 : 일 년에 한 번씩 처녀를 당에 제물로 바쳐야 하는 마을에 한 처녀가 살고 있
　　　　　었다. 절에 공양주로 있던 그 처녀는 아침마다 나타나는 두꺼비에게 늘 쌀을
　　　　　조금씩 주었다. 마침내 처녀가 당산제의 제물로 바쳐질 순서가 되었다. 마을
　　　　　사람들이 처녀를 신당에 넣고 떠난 후에 보니 두꺼비가 처녀의 치마폭에 싸
　　　　　여 있었다. 두꺼비는 처녀를 살리기 위해 밤새도록 지네와 싸왔다. 두꺼비가
　　　　　밤새 내뿜은 독 때문에 지네는 죽고, 지친 두꺼비도 따라 죽었다. 짐승을 구
　　　　　제하면 은혜를 갚는다는 말이 있다.

옛날에는 또 여, 욜로(이리로), 또 낭게에(나무에) 당산 지내는 사람 있고. 또 산에 이렇게 이래 막처럼 지어나놓고 또 거게다가 인자 저 당산 지내는 사람 있거든.

그래 어는 마을에, 고는 요래 집을 딱, 그런데 그 마을에는 언제든지 일 년에 한 분씩(번씩) 처자를 하나 갖다 옇어야(넣어야) 그 마을이 편타 카는 기라.

편는데(편한데), 그래 인자 요 처자는 절에 장(늘) 고양주로('供養主'를 말한 것으로, 절에서 밥 짓는 일을 주로 하는 사람을 뜻한다.) 있는데. 아침마다 쌀을 내가면은 뚜개비가(뚜꺼비가) 한 마리쓱 나온다 카는 기라. 한 마리가 나왔다가 한 마리가 나오면은 그래 쌀을 한 움큼 주만 묵고 드가고, 묵고 드가고. 만날 지 인자 아침밥, 밥쌀 가 나오만 한 움큼 집어주고 가고, 집어주고 가고.

요런 인자 요래 같이 컸는 인자 뚜깨비가 있어. 있는데, 그래 이 처자가 인자 그 당산에 고(그) 해 인자 지가, 고날 지녁어 지가 팔리 드가는기라. 팔리 드가면은 고게 당산에 옇어놔(넣어놔). 옇어나놓고 문을 잠가뿌른 고날 밤에 아침에 가여 동네 사람이 문을 열어보면은, 뼈만 남어가 있고. 뼈만 남아 있, 고날 밤에 녹하뿌는(녹여버리는) 기라.

그런데 그래 이 처녀는 인자 고날 밤에 고 드가이꺼네, 드가가 마 마을 사람 마이 문을 딱 잠가놓고 나가고 난 뒤에 보이꺼네, 지 처매(치마에) 그 뚜개비가 와 여 앉었더래. 그래 싸여 앉었더란다.

그래가 가마, 밤에 가마 앉아가 보이꺼네, 뚜깨비 입에 그저 요래 짐이(김이) 솔솔솔솔 나온다 카데. 나오는데, 밤새도록 있어도 죽는다 카는데 죽지도 안 하고 밤새도록 있으이, 있으이꺼네,

아침에 날이 샜는 기라. 날이 새가주고 그래 동네 사람이 인자 와여 문을 여이꺼네, 전부 죽어가 그날 밤 뼈만 남어가 있는데, 처자가 고대로 고냥(그냥) 인자 살아가 있는 기라.

"히안하다." 카미,

"니가 어째서 이러노?"

카이 그카이꺼네, 그래,

(청중 : 이거 진짜 전설 이야기다.)

그래 뚜깨비가,

(청중 : 옛날 그 얘기 있었다.)

뚜끼비하고 그래,

"천장을 한번 채리(쳐다) 보라." 카더란다.

천장을 채려(쳐다) 보이꺼네, 짐짝만한 지네가 한 마리 떡 붙어가 있는데, 건디리이꺼네(건드렸더니) 지네 그기,

(청중 : 지네가 아이다.)

지네라. 지네가 툭 떨어졌는데 꺼풀만(껍질만) 남았다 카데.

그래 뚜끼비 독하고 지네 독하고 밤새도록 싸왔는 기라. 싸왔는데, 이 뚜끼비가 이깄는 기라. 이깄는데. 지는 인자 너무 지가 그거를 다 품고 나이꺼네 아침에 지는, 뚜깨비는 죽었부고.

그래 옛날부텅 인간을 구지를(구제를) 하마 앙문이(악운이) 돌아오고, 짐승을 구지를 하마 은혜가 돌아온다꼬. 그래 두고 하는 소리라.

그래 인자 지가(제가, 처녀를 가리킨다.) 뚜끼비 그거를 지가, 인자 그거를 구제를 해나놓이, 그래 지 사람 은혜 한다꼬, 그래 인자 지네캉 밤새도록 서로 독을 풀어가, 품어가주고 인자 싸왔는 기라.

(청중 : 뚜끼비가 죽었다 안 카더나?)

그래 인자, 그래 인자 지네는 그날 밤에 인자 전부 꺼풀만 남기가 직있는데(죽였는데). 지도 너무 그거를 독을 품어 나놓으이꺼네, 저, 저거 직이주고 지는 또 지도 죽어뿐다 카데.

그래 인자 이 처녀는, 이 처녀는 살아나왔다 카이께네. 살아나왔는데.

그라고는 그 마을에 인자 밤에 처자를 안 갖다 옇어도 아무, 무사히 다 넘어 가는 기라. 넘어 가는데.

(청중 : 그래가 사람이, 인간을 구제를 하믄 인자 그거 하고 그런 기, 옛날부터 우리 쪼매끔(조그만) 할 때 그 얘기를 들었다꼬. 전설이더라 참말로. 그 얘기.)

(보조 조사자 : 은혜를 갚았네요, 두꺼비가.)

(청중 : 그렇지. 뚜깨비가 은혜 갚았다 카이. 우예 그 처자가 살았나 하

든 만날 그 그 고양주로 있으이, 쌀로 한 웅쿰씩 줬거든. 그래 지 그래 배
고픈데 밥을 묵고 했으이, 은혜를 안 갚겠나. 그래 전설이다. 옛날에 나만
(나이 많은) 사람, 우리 조모님한테 그 얘기 마이(많이) 들었다.)

그런 소리 들었다.

(보조 조사자 : 그럼 전설이네요?)

(청중 : 전설이다. 우리 쪼매끔(조그만) 할 직에(적에) 들었다.)

방귀 잘 뀌는 며느리

자료코드 : 05_19_FOT_20090225_GYG_YOS_0008
조사장소 : 경상북도 청도군 청도읍 원정2리 599번지 마을회관
조사일시 : 2009.2.25
조 사 자 : 천혜숙, 박동철, 김유경, 이선호, 김보라
제 보 자 : 양옥순, 여, 74세
구연상황 : 청중들에게 '방귀 뀐 며느리' 이야기를 청했더니 청중 중 한 분이 "방구 못
끼가 얼굴이 노랬다."는 이야기를 들은 적이 있다고 했다. 제보자는 "내 하나
하까?" 하면서 구연을 시작했다. 제보자는 구연 중 참지 못하고 크게 웃음을
터뜨렸으며, 같은 이야기를 한번 더 되풀이 했다. 질래맥도 이야기를 거들었
고 좌중이 웃음판이 되었다.
줄 거 리 : 옛날에 방귀를 잘 뀌는 며느리가 있었는데, 방귀를 너무 크게 뀌어 집이 날아
갈 정도였다. 시아버지는 이래서는 안 되겠다며 며느리를 친정으로 도로 데리
고 갔다. 친정 가는 길에 살구가 탐스럽게 열린 살구나무가 있었다. 살구를
먹고 싶어 하는 시아버지를 위해 며느리가 방귀를 뀌었더니 나무에 달린 살
구가 모두 떨어졌다. 시아버지는 며느리 방구가 씨알 방구라며 도로 집으로
데리고 왔다.

옛날에 미느릴 하나 봐놔아놓이, 방구를(방귀를) 하도 크게 끼뿌사가주
고(뀌어대서) 집도 넘어 가겠거든.

이래, 이래가주고 인자 그 집에서 인자 시아바시가(시아버지가),

"야야, 아마(아무래도) 안 되겠다. 너거 친정을 데려다 줘야 되겠다."

카미시로,

[웃음]

그래 미느리를 데리고 인자, 친정 보내, 친정 보낼라꼬 가다가.

그래 어는 마실에 이래 진을 치다 보이꺼네, 살구 낭게(나무에) 살구가 누러이(누렇게) 마이(많이) 있거든.

"아따 살구 그거 참 맛 좋겠다." 카이,

"그래, 아버님 살구 그거 먹고 싶어요?"

"그래, 함(한번) 무(먹어) 봤으면 좋겠다."

그이, 살구나무 밑에 가이 마, 방구를(방귀를) 하나 마, 떡 끼나놓으이 께네 마 살구가 줄 흐리거든(흐르거든).

[청중 웃음]

그래 마, 시아바시 두루매기(두루마기) 벗어가주고 마, 살구를 마 두루 매기, 한 두루매기.

[큰소리로 웃으면서]

"아이고 야야, 방구(방귀) 그거 씨알 방구다(방귀다). 우리 집에 가자."

그래 그캤다 캐.

"우리집 다부(도로) 가자." 카매,

그래 그 미느리 데리고 오더란다.

(청중 : 그래 방구도 잘 뀌가 그기이 되고. 그래가 또 하나 방구를 못 뀌가 얼굴이 또 노라이 마, 그래 되뿐다 안 카더나.)

그래, 하도 얼굴이, 하도 얼굴이 노래가주고 참 시아바시가 물었다 카이.

"야야, 니가 얼굴이 와 그래 철색이 지노?" 카이께네,

"아버님, 방구(방귀)를 만날 뀌다가 방구를 몬 뀌이꺼네, 그래 저 얼굴 이 철색이 진다." 이카이,

"아이고 그럼 야야 방구를 끼라,"

(청중 : 집 날라 갔다 카데.)

"방구를 뀌라." 카이,

마 방구를 퉁 끼 놓이 마, 집이 덜렁 넘어갔다 카이.

"아이고 야, 안 되겠다. 너그 친정에 데려다 줘야 되지. 이래가 안 되겠다."카미,

친정에 데리고 가다가 그래, 살구나무 밑에 가이 방구를 하나 뀌뿌놓이, 살구를,

(청중 : 살구나무도 날라 가고)

두루매기로 벗어가 한 두루매기로 싸가주고 마,

"아이고 씨알 방구다. 가자. 우리 집에 다부(도로) 가자."

[모두 큰소리로 웃는다.]

(청중 : 그래, 옛날에 그래 얘기 했다. 그래가 얼굴이 상이 노랗길래, 그래 와 그러노? 카이께네, "내 방구를 옳기 마음대로."('못 뀌어서 그렇다'가 생략되었다.) 그러믄 저 혼자 가가 모서리 가이 마, 이능우 자석 얼마나 뀌놓이 집이 삐딱 한 춤 날아가부렸다 그 얘기다.)

(청중 : 그런 이바구 있데.)

(청중 : 그런 이바구 안 있든교 그래?)

(청중 : 그런 이바구 있데.)

(청중 : 그런 얘기 있더만. 그래 여 안 듣고 카, 거짓말로 붙여가 하겠나? 들은 이바구가 그긴데.)

배등밭에 배러띠기

자료코드 : 05_19_FOT_20090225_GYG_YOS_0010
조사장소 : 경상북도 청도군 청도읍 원정2리 599번지 마을회관
조사일시 : 2009.2.25
조 사 자 : 김유경, 김보라

제 보 자 : 양옥순, 여, 74세

구연상황 : 서동댁이 '성주풀이'를 아주 짧게 부른 후, 청중들 사이에서 '성주풀이'는 금
　　　　　 동댁이 제일 잘한다는 말이 오고 갔다. 조사자가 서동댁에게 다른 노래도 불
　　　　　 러줄 것을 청하자, 서동댁은 "다른 사람들도 해보라"며 미루었다. 조사자가
　　　　　 서동댁에게 '바리데기 이야기'를 아느냐고 물었더니 바로 이야기를 시작했다.
　　　　　 이야기 도중에 청중들의 개입이 잦았다. '배러띠기'가 낳은 아이의 수와 약물
　　　　　 을 구하러 간 곳에 대해 논쟁이 벌어지기도 했다. 서사무가 '바리데기'와 내
　　　　　 용이 다소 달랐지만, '바리데기' 무가가 설화화된 자료로 생각된다.

줄 거 리 : 어떤 아버지가 계속 딸만 낳자, 막내인 넷째 딸을 배등밭에 버렸다. 어느 날
　　　　　 아버지가 병이 들어 세 딸에게 수양산 약물을 구해 달라 부탁하니 딸들은 바
　　　　　 쁘다며 가지 않았다. 넷째 딸 배러띠기에게 사정을 이야기하니 선뜻 가겠다고
　　　　　 나섰다. 배러띠기는 아이를 배고, 한 아이는 업고 약물을 구하러 다녔다. 사람
　　　　　 들에게 약물이 있는 곳을 물으니 일을 다 해 줘야 가르쳐 준다고 했다. 배러
　　　　　 띠기는 갖은 일을 다 했으나 아무도 가르쳐 주지 않았다. 그렇게 세월이 흘렀
　　　　　 는데 마지막으로 한 사람에게 약물이 있는 곳을 물었더니, 수영산골이라 가르
　　　　　 쳐 주었다. 수영산 약물을 구해 고향에 들어서니 아버지의 행상이 나타났다.
　　　　　 배러띠기는 구해 온 약물을 먹여 죽은 아버지를 살렸다.

　딸을 세치로(셋을) 낳아 놓이, 그래 인자, 넷째 딸을 인자 딸이라꼬 배
등밭에 갖다 버리뿌렀어(버려버렸어).

　(청중 : 그기이 효자다.)

　버리나놓이(버려놓으니), 인자 저거 아버지가 인자 병이 들었는 기라.
병이 들어가주고, 그래 인자 큰 딸한테 적은 딸한테 중간 딸한테 다 다니
도 다 바뿌다꼬.

　그래, 저거 아버지,

　"저 수영산 산골에 약물이 좋다 카는데 그 약물 좀 구해 돌라." 카이,
다 바쁘다고 안 간다 카거든.

　(청중 : 서동댁이 머리 좋은 사람이다.)

　그래가주 인자 배등밭, '배등밭에 배러띠기'라 카는, 그 인자 버렀는 딸
로 '배등밭에 배러띠기'라고 맨들어났는 기라.

그래 배등밭에 배러띠기한테 가여 애기를 하이꺼네,

"그럼 내가 가(갈) 끼요(게요)." 카는 기라.

그래 애기를 하나 데리고 하나, 하나 배고 이래가,

(청중 : 거어(거기) 가서 및 해나 안 돌아와가 거서 아 낳았다 카던데.)

그래 내 말, 내 말 들어 봐라.

[청중 웃음]

그래 인자 하나 배고. 하나 업고 이래가 가미(가면서),

또 인자 거 어데 가이꺼네 밭에 또 밭 매는 사람인테(사람한테) 물으이꺼네,

"내 밭 다 매주만 가르키(가르쳐) 주꾸마." 캐여.

그래가 그 밭 다 매주고 나이꺼네 또,

"저 사람인테 물어 보라." 캐사,

또 저 사람인테 가 물으이,

"또, 내 일 다 해주만 가르키 주꾸마." 캐.

또 그 일로 다 해주고 나이, 또 저 사람한테 물어 보… 그러구 그러 그러구로 마, 세월이 다 갔부고.

그래가 인자 마지막에 한 사람이 인자 가르켜 주는 기라.

"조오(저기) 어는 산골에 가면은 고 약물이 있을 끼라. 고 약물을 가가라." 카매,

그 약물을 버, 참,

(청중 : 서천서역국이다, 서천서역국.)

그게 약물로 옇어주고 오미(오며), 인자 또 아 하나 낳았어.

또 인자 머슴아를 하나 업고 가, 업고 갔는데,

하나 또 낳아가 또 안고 업고 인자 그래가 그래가,

(청중 : 거서 아 낳았다 카더라.)

거 하나 낳아가 인자 그르이,

(청중 : 아 낳아주만 갈차줄라고(가르쳐주려고).)

(청중 : 그래.)

(청중 : 하나 놓으이(낳으니) 안 갈차주고, 두나 낳아도 안 갈, 서이 낳아도.)

아이, 하나 배가,

(청중 : 하나 배가 갔어.)

하나 배가 갔는데 뭐 서이 놓기는 뭐 서이 낳아. 일로 다 해줘야 갈키준다 캐 그 일로 다 해주고 나이, 또 저 사람인테(사람한테) 물어보라 캐. 그래가 시간이 다 끝는(끄는) 기라. 그래가 인자 하나 낳아가,

(청중 : 배동밭도 언간이(어지간히) 머든(멀던) 갑다.)

선동이 후동이라꼬 인자 그래 이름, 이름을,

(청중 : 배동밭이 언가이 머든 갑다.)

배등밭은, 멀기는.

그기이 배등밭이가 수영 산골, 수영 산골 약물이라 카는 약물 구하러 간다 카는데, 이거는 인자 배등밭에 버리가, 버리뿌린 아가 인자 커가주고 야가(얘가) 갔는 기라.

그래가 갔는데, 그래 저거 고향 들어서가주고 저저 산만대이 이래 넘어서이께네, 그래, 행상(行喪)이 하나 인자 쑥 올라 오더란다.

(청중 : 저거 아부지 맞다.)

그래 보이, 저거 아부지가 죽어가 하마(벌써) 행상 나오는 기라.

"그래, 아부지 좀, 내리 돌라." 카이께네,

저거 아부지 그래,

"아부지요, 아부지요, 수영 산골…"

수영 산골이라 카드라.

"수영 산골 약물 구해가 왔는데." 카미시로,

그래 목에다 그 물을 떠옇으이께네 마, 저거 아버지가 일난다(일어난다)

안 카나. 그렇다고, 그래 인자 그 버렸는, 배등밭에 버렸는 딸이,

　(청중 : 그기 효자질 했다.)

　효자질 해가,

　(청중 : 그기 저거 아버지 살리가주고.)

　그래 저거 아부지 살렸다고.

　(보조 조사자 : 버린 딸이 효자질 했네요. 아무도 안 했는데.)

　(청중 : 그렇지.)

　그렇지. 잘 키왔는 딸은 아무도 바쁘다고 안 갈라 카는데, 그 버렸는 딸이 약물 구해와 저거 아부지 구했는 기라.

　(청중 : 옛날 얘기다.)

　(청중 : 그 참, 옛날얘기라도 그런 얘기 했다 카데.)

　(청중 : 눈먼 자식이 효자질 했다 안 카나.)

　(청중 : 쪼매라도 엉킀는 거는 거짓말은 안 되거든.)

　(청중 : 곱게 키우는 거는 효자 모한다 이거지.)

　(청중 : 그래가 죽으라고, 딸 그런 설움 받어 내삐러 놓은 딸이 효자다.)

　그래, 다리이(다른 사람이), 다리이가 조다(주워다) 키왔다 카데. 조다 키왔는 딸한테 갔대.

　(청중 : 그기 효자 됐다 안 카나.)

　그기 인자 배등밭에 배러띠기라 카데.

색시 도깨비에 홀린 경험담

자료코드 : 05_19_MPN_20090225_BDC_MCS_0001
조사장소 : 경상북도 청도군 청도읍 원정2리 599번지 마을회관
조사일시 : 2009.2.25
조 사 자 : 박동철, 김유경, 이선호
제 보 자 : 마춘성, 여, 73세
구연상황 : 도깨비 이야기를 해달라고 조사자가 요청했다. 청중이 각자 이야기를 하느라
소란스러웠는데, 제보자가 큰소리로 좌중의 소란을 진정시키고 구연을 시작
했다.
줄 거 리 : 집안 아저씨가 술에 취해 가다가 시냇가에서 소복한 색시가 자꾸 길을 막아
서 성냥불로 물리쳤다.

우리 저게 옛날에, 작을(어릴) 찍에(적에) 젊은, 마을에 이우제(이웃에)
저게 집안의 아재가 술을 한잔 묵고 삐딱삐딱 이래 올라가이께네.

[청중의 잡담으로 주변이 시끄러워져 10초가량 이야기가 중단되었다.]

색시가, 뽀한62) 색시가 시냇가에 앉아가주고.

옛날에 웅디(웅덩이) 안 있십니꺼?

(청중 : 그렇지.)

거어 앉어가 저녁에, 밤에 뚝딱 빨래를 씻는 기라. 뽀한 빨래를, 뽀하이
(뽀얗게) 씻고 소복을 해가, 고래 씻고.

이기이(이것이) 뭐이, 가지도 오지도 안하고 술도 취해가 이카이께네.
고만 뭐 우리 아재가(아저씨가) 가이께네, 딱 앞을 나서는기라.

(청중 : 구신이다.)

딱 길을 막는다 카데. 길을 딱 막아가,

---

62) ‘뽀얀’의 방언인데, 여기서는 ‘소복한’의 의미로 말했다.

"이거 참 곤란하네. 이거 왜 이래 자꾸 앞을 막쿠노(막고), 괴롭히노?"
카면서러,

요리(이리) 가이(가니) 요리 따라와 앞을 막쿠고, 조리(저리) 가이 조리
앞을 막쿠고 이래가.

'아이구 이거 마 안 되겠다. 담배나 한 대 풋자(피우자).' 싶어가주고,

성냥을 하나 기렸더만63) 고마 어디 갔는동 없다 카데.

(청중 : 불한테는 인제 놀래가, 불한테는 놀랐는갑지.)

하두 인제 기가 차여(차서), 자꾸 따라댕기이 괴롭더라네, 괴로버가주고
(괴로워서).

도깨비에 홀린 경험담 1

자료코드 : 05_19_MPN_20090225_BDC_BNM_0001
조사장소 : 경상북도 청도군 청도읍 원정2리 599번지 마을회관
조사일시 : 2009.2.25
조 사 자 : 박동철, 김유경, 이선호
제 보 자 : 박남명, 여, 72세
구연상황 : 서동댁의 '도깨비' 이야기가 끝나자 도깨비의 존재에 대해 청중들 간에 토론
　　　　　이 벌어졌다. 도깨비에 대한 생각이 서동댁과 다른 양산댁이 이야기를 자청했
　　　　　다. 이야기가 끝날 무렵 한 청중이 다른 이야기를 시작하여 분위기가 산만해
　　　　　졌다.
줄 거 리 : 양산댁의 바깥어른이 술에 취해 밤에 돌아오는 길에 논둑길에서 도깨비에 홀
　　　　　려 다니다가 상처투성이로 새벽에 돌아왔다는 이야기이다.

우리 집에 영감쟁이도 저 밝을 때 실컷 놀았거든. 놀다가 지금 말하면,
한 열두 시가 넘어가 한시나 됐는 모냥이라(모양이라). 노다가, 밤에 영감
쟁이 혼자 간 크다.

---

63) '그렸더니만'의 방언으로, 성냥을 그어 불을 켰다는 뜻이다.

이래 올라왔는데. 못둑에 썩 올라서이께네 뭣이 자기가 좀 이상하다 카데. 귀가 쭝글쭝글하이 이렇디마는,

뭐 어데로 누가 뭣이 나와가 가자 캤던동. 자꾸 따라댕기다 보이, 마 마 가시밭에고 들 ○○도 있고, 방구들도(바위들도) 있고.

그 뭐 올라오만 더럽거던. 질도(길도) 없고 전시이(전부가) 산인데.

그래 얄궂은데 마 얼매나 그래는동 새북에 돌아오는데 마 전신에 마 옷 이거 다 잡아째고.

(청중 : 그래 홀리만(홀리면) 오래 못산다 카데.)

이래가 옛날에 그때 왜 칭지이 집안 아지매, 그 집에 아지매가, 새촌 아지매가,

"그래 이 사람 이래가지고 안 된다." 카미,

살무리로('살모사'인지 정확히는 알 수 없다.) 갈아주데.

○○갈아가주고, 그래 우리 영감 한 숟갈 떠매에고(떠먹이고).

사람이 마 척 늘어져가주고 전부 갈아부치가(온몸에 타박상을 입었다는 뜻이다.) 엉망이라 카이, 사람이.

[좌중이 소란스러워져서 5초가량 이야기가 중단되었다.]

그래 계속 댕깄는 갑데('다녔던가 보다'는 의미이다.). 그래 댕기다 새벽에 왔더라 카이. 왔는데 얄궂도 안 하더라 카이. 마 마 옷이 마 천부(전부) 다 째져가주고(찢어져서) 마 얄궂도 안 하더라 카이.

그래 그저 뭐 내가 뭔 일 있는 줄 알았다 카이.

[청중 가운데 한사람이 다른 경험담을 시작한다.]

그래도 우리 영감쟁이 여 여 살무리 갈아가 여 살렸다 그래도.

지킴이가 된 할아버지

자료코드 : 05_19_MPN_20090225_BDC_BTG_0002
조사장소 : 경상북도 청도군 청도읍 원정2리 599번지 마을회관
조사일시 : 2009.2.25
조 사 자 : 박동철, 김유경, 이선호
제 보 자 : 박태규, 여, 74세
구연상황 : '나무하는 총각' 노래가 끝나고 옛날이야기를 청하자, "새월댁이 이야기 하나
더 해라"는 청중들의 권유가 이어졌다. 제보자(새월댁)는 자신의 경험담이라
며 이 이야기를 시작했다. 청중들 대부분은 이야기 속의 뱀이 무섭다는 반응
을 보였다.
줄 거 리 : 어린 시절 새월댁이 삼을 삼는 친구 집에 놀러 가서 마당에 뱀이 들어오는
것을 보았다. 친구는 자기 할아버지가 좋은 곳으로 못 가고 뱀이 되어 집의
곳간에 머물고 있다고 했다.

어릴 적에 들은 애긴데.

(청중 : 어릴 때믄 옛날이지, 옛날.)

그기 옛날이가?

(청중 : 어릴 직에, 새월댁이가 어릴 적에 옛날이지.)

[청중 웃음]

(청중 : 글 때 젊을 때 했나? 그렇지 뭐.)

(청중 : 젊을 때 했다 캐도 과거는 아니다.)

그래가 어데 놀러를 갔는데, 친구 집에 놀러를 떡 갔는데. 인자 친구가
삼을 삼드라고. 나는 삼도 안 삼고 저저 놀러만 갔지.

가가 있으이꺼네, 마당아 뱀이 막,

(청중 : 우야꼬?)

살래살래 살래이 요래 들어오는 기라.

"왜 저기, 저거, 저거 뭔데?" 카매,

"아이고 무시라." 이카고,

"한 대양에(대낮에). 아이고 무시라. 왜 저기, 배암이 저래 돌오노(들어

오나)?” 이카이꺼네,

그래 인자 그 옆에 있던 친구가 삼을 삼다가,

“아이고 가마 있거라, 야야. 우리 할부지다, 야야.” 이카는 기라.

우리 할아부지라.

“우리 할아부지가 뱀이 돼가주고 그래 돌온다(들어온다).” 이카는 기라.

(청중 : 무시라(무서워라).)

그래가 인자 할아부지 인자,

“가마이 있거라. 우리 할아부지다.” 이카믄서 카는데,

그래가 인자 지가 카는 기라.

“우리 할아부지, 할아부지예, 저 창고에 가만, 산대미 이렇게 해났으이까, 할아부지 거 가여(가서) 상치이소(좌정하시라는 의미인 듯하다.).” 이카더라.

그래가 그 할아부지가 저 할부지라 카데.

(청중 : 에구야.)

그래 내가 ‘아이구야꼬.’ 그기이 만날 생각히가,

“아이고 무시브라(무서워라). 저거 할부지가 왜 저래 되노?”

“우리 할부지가 좋은 데를 몬 가가 그렇다.” 이카데.

좋은 데를 몬 가가 뱀이 되가 자꾸 집에 와야 좌중을(좌정을) 한다 카는 기라. 시시로(수시로) 와가.

(청중 : 그런 수가 있다.)

(청중 : 참, 진짜로 그런 옛날 그런 얘기 있었다.)

(청중 : 그래, 배암을 우옜는데(어쨌는데)? 기양(그냥)?)

그러믄 기양 놔두믄 또 자기가 뭐뭐 도장문 열어 놓으만, 도장문 열어 놓으만 언제 갔부던 동 갔부는 기라 또. 갔다가 한 분(번) 오고 싶으믄 오고 마 이런.

뱀신 모셔주고 동티 면한 포크레인 기사

자료코드 : 05_19_MPN_20090225_BDC_YOS_0003
조사장소 : 경상북도 청도군 청도읍 원정2리 599번지 마을회관
조사일시 : 2009.2.25
조 사 자 : 박동철, 김유경, 이선호
제 보 자 : 양옥순, 여, 74세
구연상황 : 뱀과 관련된 경험담이 오가느라 소란스러웠는데, 잠시 이야기가 끊긴 틈을 타
서 서동댁이 이 이야기를 시작하였다.
줄 거 리 : 부산의 어느 절을 철거할 때 포크레인 기사의 꿈에 한 노인이 나타나 "어디
로 가라고 절을 철거하느냐"고 하소연했다. 이튿날 절을 철거할 때 커다란 구
렁이가 나타나자, 포크레인 기사는 꿈이 생각나서 구렁이를 잘 모시고 절을
하였다. 그 구렁이를 잡으려는 사람을 말리기도 했다. 그 후로 그 기사는 하
는 일이 잘 되었다.

저 부산에 거게, ○○○ 전설 있는데,

어는 그래 자그마한 아, 저 절이 하나 있다 카데. 암자가 하나 있다 카
데.

그래 인자 낼이는(내일은) 그 암자를 인제 뜯는, 뜯는 날이라. 뜯는 날
인데, 그 포크레인 기사 밤에 꿈에 허연 노인이 나와가주고.

그기 한 봄쭘 된다 카더라. 봄쭘 되는데, 그런 허연 노인이 나와가, 기
사 꿈에.

"그래 날로, 오세(요새) 아이꺼정(아직까지) 날 해동도(解凍도) 안 하고
이래 춥은(추운) 날에, 날 어더로 가라꼬? 어더로 가라꼬?" 카미,

그래 꿈에 그래 빈다(보인다). 그래 비이가(보여서).

그래 참 그날 암자를 확 땡긴께네(당기니까), 거어 큰 구리이가 한 마리
가 나왔다 카데.

(청중 : 무시라.)

그래 구리이가 한 마리가 나오는데. 그래 가마떼기로, 지가 꾼 꿈이 있
기 때문에, 가마떼기를 이래 하나 갖다 피미서러(펴면서).

(청중 : 지서로(무슨 말인지 알 수 없다.) 진짜 당했다, 그자?)

그래 참,

"거어 올라앉으라." 카이꺼네,

그래 거어 참 올라가더란다. 그래 거 절로 너붓이 하문(한번) 했다 카더란다. 하고, 그래 뭐하고 오이꺼네, 마 감차뿌고('자취를 감추어버리고'의 뜻이다.) 어데로(어디로) 갔는지 흔적이 없다 칸다 카데.

근데 그 기사는 마, 그라고는 마 아무리 일로 해도 사고 하문(한번) 안 나고 그래 일이 잘 되고 그래 잘 되더라 카데.

그래 그걸 망 안에, 그래 누가 또 배암을 잡아 갈라 카더란다. 절대로 못 잡아 가구로 말리고 그랬다 칸다 카데. 그랬디마는(그랬더니만) 그래 그 기사가 그래 잘 됐다 카데.

도깨비는 없다

자료코드 : 05_19_MPN_20090225_BDC_YOS_0005
조사장소 : 경상북도 청도군 청도읍 원정2리 599번지 마을회관
조사일시 : 2009.2.25
조 사 자 : 박동철, 김유경, 이선호
제 보 자 : 양옥순, 여, 74세
구연상황 : 평산댁의 구연이 끝나지 않았는데, 제보자가 이야기를 끊으면서 구연을 시작
했다. 도깨비가 실제 있는 것이 아니라 술에 취해서 사물을 잘못 보고 도깨비
라고 한다는 생각을 먼저 말하고, 그 예로 이 이야기를 들려주었다.
줄 거 리 : 동네 국지양반이 술에 취해 논두렁을 말로 착각하고 타고 갔는데, 마침 부인
이 구해 주었기에 다행이었지, 조금만 더 가도록 두었으면 웅덩이에 빠질 뻔
했다는 이야기이다.

토째비가 토째비 아이라, 술에 채고(취하고) 나면은 자꾸 지 맘이 헛갈
리가주고(헷갈려서), 자꾸 여 뭐 뭐가 잘못 비가(보여서) 그렇다 카이께네.

여 국지양반 그래 저 아래 삼거리에 소가(小家) 정해 놓고 있을 직에(적에), 그 술에 콱 취해가주고, 논두렁을 타고 인자 말 탔다 카믄서러(하면서), 논두렁을 타고 말 탔다 카믄, 자꾸 *끄떡거리지는* 기라.[64]

끄떡거리지면서러 그기(그게) 인제 살라 카이 그렇든동. 우예(어떻게) 밤에 부리는(부르는) 소리에 마누래(마누라) 들고 쫓아와서 불로 써가 쫓아가이께네,

인제 쪼매만 더 *끄떡거리고* 나오만 큰 웅디이가(웅덩이가) 하나 있는데, 웅디이 거 얼매 안 오더란다.

자꾸 *끄떡거리고* 나오는데. 지는 말 탔다꼬 말 타고 *끄떡거리는* 거 맨치로(것 같이) 그렇더란다. 논두렁 그게 말 탔는 걸다 칸다 카더라.

그래가 마누래가 델꼬(데리고) 갔는데, 거가 안 델꼬 갔으면 그날 웅디이 빠지는 기라. 쪼매만 더 가면 웅디이라. 웅디이 거 빠져, 빠진다 카데.

운동회만 하면 비가 오는 까닭

자료코드 : 05_19_MPN_20090225_BDC_YSD_0001
조사장소 : 경상북도 청도군 청도읍 원정2리 599번지 마을회관
조사일시 : 2009.2.25
조 사 자 : 박동철, 김유경, 이선호
제 보 자 : 용산댁, 여, 93세
구연상황 : 할머니들이 마을회관에 십여 분 이상 모여 있었다. 질래댁이 '뱀신 모셔주고 동티 면한 포크레인 기사' 이야기를 마치자 청중들이 그 이야기 내용에 대한 생각들을 나누었다. 자연스럽게 용산댁이 비슷한 이야기를 떠올렸다. 구연을 마친 후 다시 토론이 분분했다.
줄 거 리 : 청도초등학교가 생길 때 길을 닦으면서 큰 나무 하나를 베었다. 그 속에 살던 구렁이의 몸이 갈라져 죽어버렸다. 그 후로 청도초등학교에서는 운동회만 하면 비가 온다.

---

64) 술에 취해 말을 탄 듯이 비틀거리고 걸어가는 모양을 묘사한 것이다.

청도국민학교, 그래 저 그거 학교 들어설라고 그래 길 닦고, 터 닦으이 꺼네. 그 큰 나무 비이까네(베니까) 그 이런 구리이가(구렁이가) 나와가주 고. 그 구리이 그거를 마 뭐 몸을 마 이래 갈라부렀다.

그래 청도국민학교 운동하만('운동회만 하면'을 잘못 말한 것이다.) 비 온단다.

(청중 : 그래 그것도 전설, 전설이라 카이. 그거를 와 그래 큰집에서 와 (왜) 톱으로 끊어뿠는고 그래?)

(청중 : 모르고 그랬지 뭐.)

나만(나이 많은) 사람이 몬(못) 하구로(하게) 해야 되는데 모도 젊은 사 람이…

(청중 : 비 안 옵디다. 우리는 아들 거게 손자들 서이 너이. 국민학교 옛 날에 그랬는고, 요새는 비 안 오더라.)

(청중 : 요새는 안 와, 옛날에.)

(청중 : 옛날에 그 운동만 하만 비온다 캐쌓고.)

(청중 : 우리 어릴 때 캐샀다.)

(청중 : 무시라, 톱가(톱으로) 쓱싹하니 복판에 있는 게(나무 속에 있던 구렁이를 말한다.) 넘어갔뿠다, 그쟈. 그지? 비있뿠다(베어버렸다.). 하이고 몸서리야.)

(청중 : 운동만 할라 하면 비 온다이까네.)

(청중 : 그래 참 큰일 할라 하만 비가 와싸니 그것도 예삿일이 아이다.)

제삿밥 먹으러 온 혼령

자료코드 : 05_19_MPN_20090225_CHS_YSD_0001
조사장소 : 경상북도 청도군 청도읍 원정2리 599번지 마을회관
조사일시 : 2009.2.25

조 사 자 : 천혜숙, 박동철, 김유경, 이선호, 김보라

제 보 자 : 용산댁, 여, 93세

구연상황 : 혹시 도깨비 서방을 얻어 부자 된 이야기를 들어 보셨냐는 조사자의 질문에, ‘도깨비에 홀린 이야기’ 또는 “어디 어디에 도깨비가 많이 산다”는 내용의 이야기들이 쏟아졌다. 용산댁이 자신의 조카사위가 직접 겪은 이야기라며 이 이야기를 시작했다. 술을 안 먹어도 도깨비에 홀릴 수 있다는 말로 구연이 끝이 났다.

줄 거 리 : 용산댁의 조카사위가 장에 갔다가 집으로 돌아오는 길에 어떤 여자가 집안 제사에 늦었다며 가는 길까지만 오토바이에 태워 달라고 청했다. 여자를 태우고 가던 중 뒷좌석이 이상하여 확인해 보니 아무 것도 없었다. 후에 여자가 없어진 길목에 있는 한 집에서 그 날 밤 제사를 지냈다고 들었다.

우리 작은 집 저저, 질서(姪壻)가, 저 두호리 있는데. 경산에 저저 만날 ○○ 사러 갔다가 저녁에 저물다가 온다 카이. 그때는 또 차도 없고 오도바이 타고 댕겼다 카이.

그래가주고 여 아랫 정거장에 연탄 머 공장이 있다 카든가, 거 연탄공장 있는 데, 아래 쩌어(저기), 아래 정거정어. 거 오이께네 아주 햇쟁반 겉은 색시가 보하이 입고,[65]

“아저씨요.” 카더란다.

그래,

“야.” 카이,

“아저씨 어데까지 가는개(갑니까)?”

“난 요 밑에 월곡꺼징 간다.” 카이,

“고꺼정이라도(거기까지라도) 태워다 주소. 우리 친정 올 지녁에(저녁에) 지사가(제사를) 지내는데, 지사를 지내는데 늦지 싶으구매.” 이칸다 카는 기라.

“타소.”

---

65) ‘보얗게 입고’로 소복을 했다는 의미이다.

그래 인자 저저, 월곡 가가주고 그 전에 광태 집에 고 어데 가마 들어가면 고 그기(집이) 둘이 있거든. 그러고,

"난 요리 갈 챔인데(참인데) 니리소." 이카는 기라.

뭣이, 저저 그기 뭐꼬,

오토바 그거 앉일 때 거어가 뭣이, 휘~떡 하더란다. '이기 또 오다가 안 흘맀붔나' 싶어가 오도바이를 타고 또 돌아여(돌아서) 여꺼지 오이께네, 뒤돌아 오이께네 아무 꿋도 없어.

'아, 토깨비가 있다 카디 그기 토깨빈갑다.'

그래 인자 이튿날이라 카든가, 미칠 있다가. 그래 인제 그 밑에 누구 무슨 동네라 카더노.

"그래 그 저게, 그날 밤에 누가 거 지사(제사) 들었나?" 카이.

"아, 우리 큰 집에 지사 들었다." 이칸다 카데.

그러이 이기 친정을 갔는강, 시가집을 갔는강 색시는, 그건 모르겠고. 그래가,

"아이구, 이거 올 지녁 클났다(큰일났다). 이거. 저 넘우 색시 태워다 주다가 널짜뿠으만(떨어뜨려버렸으면) 마이(많이) 안 다치나."

그래 고만 오도바이를 돌리고 뒤안쪽꺼지 오이께네마 흔적이 없어.

'아아, 이거 이기 토깨빈갑다.'

술 안 무도(먹어도) 그렇다 카더라.

그래 우리 질서가, 그래 추럭(트럭) 그거 사가주고 그래 마 타고, 머 그 없일 꺼, 없이가 올꺼 참, 나무 쪼개이라도(쪼가리가도) 뭐 없이가 올 꺼 있으마 없이가 오고 그라는데.

[큰 소리로]

그래 마 그 여차(여자) 생각하니 머리가 쭈뼛하니 무섭더란다.

[웃음]

(조사자 : 이야기 잘 하시네.)

[웃음]

(조사자 : 말씀하시는 거 보고 알았다.)

마 무섭다 안 카나 그래.

(조사자 : 질서가 직접 겪었다 그죠?)

응?

(조사자 : 질서가 직접 겪었네요.)

그렇지! 저 월곡 있는데.

(청중 : 그러만 오도바 타고 지녁에 못 가겠다.)

오도바이 타고 가도 그래 저저, 그런갑데.

(조사자 : 그라만 그 흰옷 입은 둘째딸.)

그기, 그기.

(조사자 : 제삿밥 무러(먹으러) 왔던가요?)

그렇지! 그기 구신이라 카이께네. 그렇지, 그렇지. 없는 거 보만, 내 눈에 휘떡해도, 휘떡하긴데 보이께네, 어데 갔는 동 없는 기라 고만.

그래 그 탄 그 자리까지 쫓아가이께네 머, 흔적이 없다 카는데.

'하, 토깨비가 있다 카디 이게 토깨빈갑다.' 싶어가, 그래 어느 마실이라 카더노?

그래 저저, 자기 친구들로 친구를 만나가,

"그날 밤에 누가 지사 지낸다 카디, 지사 지낸다."

"아, 그 집에 아무 그 집에 그날 밤 지사 지냈다." 카미.

그래 친, 구신이라도 친정을 갔는강, 시가집을 갔는강 그건 모리고.

(조사자 : 아주 재밌는 이야기네요.)

그칸다 카이. 술 안 먹어도 그런갑더매.

석월산 납딱바리의 죽음

자료코드 : 05_19_MPN_20090225_CHS_YSD_0002
조사장소 : 경상북도 청도군 청도읍 원정2리 599번지 마을회관
조사일시 : 2009.2.25
조 사 자 : 천혜숙, 박동철, 김유경, 이선호, 김보라
제 보 자 : 용산댁, 여, 93세
구연상황 : 마을에서 멀지 않은 석월산에 호랑이가 있었느냐는 조사자의 질문에 '납딱바리'가 살다가 죽은 이야기를 들려주었다. 이야기 속에 석월산 납딱바리를 고양인 줄 알고 집으로 안고 왔다가 되돌려 주었다는 경험담이 들어있다. 그래서 끝부분에 납딱바리의 죽음이 한 번 더 구연되었다.
줄 거 리 : 이웃집 양반이 젊었을 적에 석월산에 갔다가 석월산 납딱바리를 고양이 새끼인 줄 알고 집으로 데리고 왔다. 부잣집 어른이 도로 갖다 놓으라는 말을 듣고 있었던 자리에 두고 석월산을 내려오는 도중에 호랑이가 크게 우는 소리를 들었다.

(조사자 : 여기 석월산이 가깝습니까?)

저거 아이가!

(조사자 : 바로 앞에 저 산입니까?)

저 저저저저 내다보면 여서 골목에 내다보면 저 우에 높은 그기 있다 카이께네.

(조사자 : 그 산이예요?)

청도선 전부 그 산이 젤 높우다는데, 이 산이.

그래가 그거 인자 거게서 많이, 그기 많이 온다 카데, 전기가.

(청중 : 안테나.)

그래.

(조사자 : 그 산에 옛날에 호랭이 살았습니까?)

[웃음]

(청중 : 호랭이.)

호랭이 있었지. 석월산에 호랭이 있어가주고. 호랭이 새끼 머머, 납딱바

리 있어가 그래, 웅딩이(웅덩이)에 빠져 죽었다 안 카든교.

(청중 : 사람이?)

어데(아니), 호랭이.

(청중 : 호랭이가 빠져 죽었다꼬?)

여 들마에 저저, 저저 그 전에 와 저저, 저거 내동 의원 머 무신 의원고, 이름? 그 사람들 거 살 적에 그래, 납딱바리 그 저저 웅딩이 빠져 죽었다 아이가? 그라고('그리고 나서'의 뜻이다.) 여 범 없어요.

(청중 : 죽었구나.)

(청중 : 그기 약빠른데, 그기 와 빠져 죽노?)

몰라요. 그 전에 우리는 그때는 여 안 살았지만은 말이 그렇데.

지비슬양반이 그 전에 저저 부잣집에 넘우(남의) 집을 살았어, 옛날에 젊을 직에. 그래 저저 그 산에 그래 풀 뜯으러 가이께네. 고래 고냉이(고양이) 겉은 기, 괴냉이(고양이) 겉은 기 나온다 카데. 하두 참하여(참해서) 젊은 마음에 안고 왔어.

안고 집에 오이께네, 그 참 금방 부잣집에 거어서 부잣집에 어른이 그래 보더만은,

"어데 있더노? 갖다 놔라." 칸다 카더라.

"그래 있더라."

요 읍에 여 나가면 마지막 봉, 저저 산이 요래 요래 있다, 요 밑에. 그래 방구 밑에 갖다 놓으라 칸다 카데. 갖다 놓고.

(청중 : 머를 갖다 놓노?)

새끼 고, 고게 범 새끼던 기라.

그래 인제 지비슬 양반이 거 갖다 놓고 내리오이께네, 큰 범이 어디 있었는동 어~홍 건다 카데. 큰 범이 지 새끼를 거어(거기) 갖다 놓으이, 좋다 싶어가 으흥~ 칸다 카데요.

그라고 여 저 없다 카더라, 범 없다 카데.

(조사자 : 납딱바리가 뭔데예?)

납딱바리, 그거 저저 큰 범이 아이고 쪼맨한(조그만) 거.

(조사자 : 쪼맨한 범을 납딱바리라 그래요?)

야. 야. 그래 그 전에,

(청중 : 그래 범 새끼를 어데 가 주워가지고 갖다 줬노?)

응?

(청중 : 어데가 주워 왔노?)

석월산에 여여 저저, 여이 영호 집 우에 그 얼매나 까팔지노(가파른가) 그래. 그 우에 거 있다 카데요.

그래 그 범 새끼 안 죽었을 직에는(적에는) 만날 여 지녁을로((저녁으로) 그래,

하도떡에 여 새월양반이 옛날에 대구 공부하러 댕기미 그래 카데. 그래 저저, 화도떡이가 그땐 아들 용 참 니일(내일) 죽나, 모레 죽나 칼 찍에(적에).

나는 그래도 그 후로 참, 그 때만 해도 대구 공부하러 댕기는 거는 자기 아들 뿌이라 카는 기라. 그래 새복에도 역에꺼징(역까지) 딜다주고 아를. 또 인자 지녁 먹고 나면 또 한 아홉시나 되면 또 딜로 나가고 그랬다 카데, 화도떡이가.

그랬는데.

고(그) 시간은(무렵에는) 그래 있었는데. 그래 고거 물에 빠져 죽고는 범 없다 카데.

그래 그 전에 핵이 적엄매라고 안 있었나?

그래 요 위에 누 집에 손 비비러 오이꺼네,

잡새기 아이가? ('잡색'으로 비손 등을 해준 무녀의 의미로 말한 듯하다.)

손 비비러 오이께네,

온갖 이야기 다 나온다.

손 비비러 오이께네 그래,

우리 영감이 호랑씨를 요래 한 쪽에 짚고 앉아 요래 오이께네,

"아이구야꼬, 저기 범이다."

[웃음]

'저 불도 새파랗지, 걸음도 그렇제, 아이구, 저기 범이다. 우야꼬?' 싶어 가주고.

그라고 내리오이께네. 올라갔다 카든가, 내리왔다 카든가 오이께네,

[웃으며]

사람이라 안 카는개(합니까)?

그래 웅딩이 빠져 죽고는 없다 카데요. 여 없다 카데.

여여 구매도 보면은 가면은 그 건네 얼매나 그래, 거어 발 못 붙이느매(붙입니다), 아무나.

얼매나 까팔지고 미끄럽운개?

(조사자 : 그 웅덩이가?)

웅딩이 내리 와 뭐를 잡아 무울라고(먹으려고) 참, 니리옸는강. 그래 웅딩이 빠져 죽었다 카데.

만도 거 저게, 그 침 주고 들마 안 있었는개?

[잠시 멈춤]

(보조 조사자 : 할머니 그 호랑이가 해꼬지하고 이런 거, 그런 거.)

(청중 : 지한테 해꼬지하고.)

(보조 조사자 : 해꼬지는 안 해요? 호랑이가 사람한테.)

쪼맨을 직에는 반들반들하이 참 이쁘지. 뭐 고양이, 지끔 괘냉이메로(고양이같이).

우리, 죽었지만은 우리 동상이, 싯째(셋째) 동상이(동생이) 여 저저 지비 슬 뒷산에 집실 여 만뎅이라고 풀 뜯으로 오이께네, 방구(바위) 밑에 두

마리가 요래 딱 내다본다 카는 기라. 큰 범은 없고, 내나 그기 새끼라. 고 거는 두 마리 더는 안 놓는다네.

요래 딱 니라다, 그 참, 그 젊은 아들 찍에는 곱고 살갑고 그래가주고 안고 오이께네,

그래 마실에 어른들이,

"어데 조옸노? 어디 있더노?"

"거기 있다." 카이께네,

갖다 놓으라 칸다 카는 기라.

그래 갖다 놓고. 새끼 안고 올 찍에는 큰 범이 없디만은. 그래 갖다 놓고 니러오이 어홍~ 칸다. 그래 범새끼라 카이.

(청중 : 그래 만약 집에 가왔으면 해코지한다.)

고 방구 밑이 있다. 고 가만 방구가 이래 많이 큰데, 그 밑에 거어 있다 카는 기라.

그래가 아아들 마음에, 요새 고냉이가 많이 있지, 그 때 있었나 그자? 아아들 마음에 '고냉이가 이래 사는 갑다' 싶어 몰고 오이께네. 안고 오이께네 나(나이) 많은 사람이 갖다 놓으라 칸다 카데요, 범새끼라고.

(청중 : 집에 갖다났으면 해꼬지한다.)

(보조 조사자 : 그래, 맞아 맞아.)

인자 여어 범 없다 카데.

집이 망할 때면 나타나는 구렁이

자료코드 : 05_19_MPN_20090225_CHS_YSD_0003
조사장소 : 경상북도 청도군 청도읍 원정2리 599번지 마을회관
조사일시 : 2009.2.25
조 사 자 : 천혜숙, 박동철, 김유경, 이선호, 김보라

제 보 자 : 용산댁, 여, 93세
구연상황 : 구렁이 이야기를 청했더니, 집지킴이 구렁이 이야기를 들려주었다. 끝에 가서
　　　　　는 집과 마주 보게 묘터를 써서 집이 망하게 된 이야기로 바뀌었다.
줄 거 리 : 집이 망하게 되면 집지킴이인 구렁이가 집 주인에게 보인다고 한다.

(보조 조사자 : 할머니 그럼 옛날에 구렁이나 이런 거 있잖아요. 구렁이
나 요런 거, 구렁이. 돌아온다더라고요. 고게 다 집으로. 그런 머, 개나,
머 이런 거.)

(청중 : 그건 모르고.)

(보조 조사자 : 그래가지고 나중에 이제, 집에 다 복수를 하고 이란다고
그러더라고요.)

아~, 그런 수가 있지.

큰 거는 집지낌이 그러고.

(보조 조사자 : 예, 집지킴이.)

그런 수가 있어.

그래 인제 그 집이 망할라 카마 그 구렁이가 비인다느매(보인답니다),
집 임재가('집 임자에게만 보인다'는 의미이다.). 그 전에 그래 다른이는
안 비이도(보여도) 그래 저저 집 임자는 빈다고.

여여, 거연떡이도 그 전에 그래 시어마씨 미(묘) 여 써 놓고 그래 맨날
집에 백야시(백여우) 온다 카고 안 캐쌌나?

(청중 : 미 어데 썼는데?)

석월산에 고 올라가마 거, 저저 여여여 판수 감밭에 내리다 보마 고어
내리다 보마 머머 똑(꼭) 소구리(소쿠리) 엎어 놨는 거매로(것처럼) 안 있
는교?

(청중 : 지금도?)

지금도 있지요.

그래 그 저저, 그래 어른 미고 형제 간 미고, 미로 쓰만. 여 우리 사는

집캉(집과) 여 미캉(묘와) 요래 딱 바로 탱기만('바로 마주보면'의 뜻이다.) 안 좋다느매.

그래 그 집에도 미뜽이 보면 지금은 집을 짜더라(많다는 의미의 경상도 방언이다.) 져가(지어) 안 비지만은(보이지만).

그 전에 미뜽에 거어서 보만 그래 집이 비인다(보인다) 카데요.

그래 거연댁이 그래 맨날 백야시 나온다 카고 안 캐쌓았는개?

[잠시 멈춤]

(보조 조사자 : 백야시 나온다구요?)

(조사자 : 여우.)

방천지킴이 잡고 망한 집안

자료코드 : 05_19_MPN_20090225_CHS_YSD_0004
조사장소 : 경상북도 청도군 청도읍 원정2리 599번지 마을회관
조사일시 : 2009.2.25
조 사 자 : 천혜숙, 박동철, 김유경, 이선호, 김보라
제 보 자 : 용산댁, 여, 93세
구연상황 : 이번에는 화제가 지킴이를 잡고 망한 이야기로 바뀌었다.
줄 거 리 : 용산댁의 집안 아주머니가 빨래를 하다가 큰구렁이를 보고 영감(또는 아들)에
          게 잡게 했다. 그 후로 그 집이 쫄딱 망했다.

저저, 누리미(청도군 청도읍 '눌미동'을 가리킨다.) 우리 집안 아지매 친정인데, 누루미 말새에 있는데.

빨래하러 가이께네, 어느 거는 방천 찌낌이라고(지킴이라고) 말이 안 있나?

그 불멕아지 아지에 빨래할 데가 있는데. 빨래하러 가이께네, 막 구렁이가 막, 구렁이가 이만해. 실제 집등만 해.

그래가 인자 막 '저거 약하만 좋다 카더라' 싶어가주고 빨래버지기를 놔두고 집에 가여(가서) 영감한테 가여, 영감이라 카든가, 아들한테 가여 잡으라 캤어. 잡아가주고, 그래 인자 그 날 저물어가 못 삶았던동 그건 몰라도.

(청중 : 아구 무시라.)

그래가 그래가 마마, 여 불끈 매가주고. 닐(내일) 어데 팔러 갈라꼬, 읍에 여어, 팔러 갈라꼬, 감낭기에다(감나무에다) 매놓이 밤새도록 찍~찍~ 하거든.

그래가 인제 머 여여 읍에 여게 머 팔러 왔다 카든가, 우옜다 카든가? 무섭아(무서워서) 못 무가(먹어서).

그런데, 고마 손자 죽고 저거 아배 죽고 머머, 그 집 마 쫄딱 망했다.

(청중 : 팔았구만, 어데 가.)

팔았는 모양이라.

내 그 얘기 다는 못 들었다.

그래 잡아가주고 밤새도록 여 달아놓으이 것두 찍찍 한다 카대. 그래가 주고 이튿날 마 묵진 않았어, 저어가(저희가).

그 마할라꼬(뭣하려고) 여자가 빨래바지기 놔두고 또 집에 잡을라고 그래 쫓아오노 그래. 그 버이(벌써) 집안 망할라고 그렇다고 그랬다 까이끼네, 망할라꼬.

어는 거는 방천찌께미라고 말이 안 있는개?

(청중 : 털만(털면) 방천구리 이 털듯이 턴다 카데.)

방구 밑 물 먹고 뱀 낳은 죽천댁

자료코드 : 05_19_MPN_20090225_CHS_YSD_0005
조사장소 : 경상북도 청도군 청도읍 원정2리 599번지 마을회관

조사일시 : 2009.2.25
조 사 자 : 천혜숙, 박동철, 김유경, 이선호, 김보라
제 보 자 : 용산댁, 여, 93세
구연상황 : 할머니들이 마을회관에 네 분 정도 모여 있었다. 임산부가 짐승을 해하면 안
        된다는 이야기, 뱀이 아이 입으로 들어가 결국 아이가 죽었다는 이야기가 오
        갔다. 자연스럽게 용산댁이 뱀을 낳은 이웃사람 이야기를 구연하였다.
줄 거 리 : 죽천댁이 나물 뜯으러 갔다가 바위 밑에 고인 물을 먹었다. 그 뒤로 배가 불
        러왔지만 그냥 임신이라고 생각했다. 그러나 증세가 이상하여 병원에 가 보니
        배 안에 뱀 새끼가 가득 들어 있었다. 그 뒤로 죽천댁은 아이를 더 이상 낳지
        않았다.

여 지금 죽었지만 죽천띡이 아제(알지)? 죽천띡이 모리는개? 니 모리나?
요 덕흘띡이 대일띡이캉(대일댁과) 종동서찔이라.

그래가 결태(곁에) 살미(살며), 나물 뜯으러 가여 저 방구(바위의 경상도
방언이다.) 밑에, 고기(그게) 약물이다. 방구 밑에 가이 물 묵고 나이끼네.
마 배가 살살 불러 올로(올라)온다 카데요.

그래도 영감이 있으이 여사(예사) 참 '임신인 갑다' 싶어가 있으이.

(청중 : 아이고 무시라.)

고놈이 한 반색(半朔) 되이꺼네('반달이 지나니'의 의미이다.) 자꾸 속을
깔근작 깔근작 파묵는 모양이라.

그래가주고 그거 오새 겉으만 빙원에 가만 알 긴데 그때는 뭐, 병원 있
다고 해 봐야 송의사 그거뿐이라 캐.

(청중 : 송의원은 수의사지.)

월춘띡이, 월춘띡이 아릿방에 있이미.

그래가 암마 캐도 이 참 알라(아이) 뱄는 카마 달라가주고 그래 빙원에
가이께네 마.

[목소리 높이며]

전부 배암(뱀) 새끼라.

(청중 : 아이고 무시라.)

두 집 바가이 저 저 놓더라느매(낳더랍니다).

그라고 저 그거 뭐꼬,

(청중 : 아이고 무서워라.)

죽천댁이 알라는 더 안 낳았다.

아들 하나 놓을라꼬 내('내리'의 뜻) 딸로 많이 낳았다 카이. 너이(넷)인가 그 집이 딸이 그렇다 지금.

(청중 : 저 누말말따나(누구말처럼) 방구 밑에 물 그기 배암(뱀) 그거 붙었는 기라.)

그렇지.

(조사자 : 뱀 알이 들어갔는가?)

니리가는(내려가는) 물은 먹어도 되지만은 저 개핀(고인) 물은 못 먹구러(먹게) 안 하는교, 어른들이. 개핀 물은 못 묵구로(먹게) 안 하나.

(조사자 : 할머니 민속지식이 엄청나다.)

(청중 : 아이고 무서워 배암 끄잡아 낼 때는 사람 안 죽었는가? 기절 안 했는가?)

그래도 뭐 우쨌든동 그래도 및 해 살았다. 및 해 살았다.

보약 먹고 병신 된 아들

자료코드 : 05_19_MPN_20090225_CHS_YSD_0006
조사장소 : 경상북도 청도군 청도읍 원정2리 599번지 마을회관
조사일시 : 2009.2.25
조 사 자 : 천혜숙, 박동철, 김유경, 이선호, 김보라
제 보 자 : 용산댁, 여, 93세
구연상황 : 아이가 잘 안 된 다른 사례가 떠오른 모양인지, 바로 이어서 구연했다.
줄 거 리 : 시숙모의 딸이 아들을 낳았는데 얼른 키우려고 보약을 먹였다. 아이는 머리만

큰 병신이 되었다. 열 살 안에 보약을 먹이면 좋지 않다.

우리 시숙모가 서울 있는데. 딸만 하나 낳았는데, 딸만 하나 낳아가 치우고, 아들은 못 낳았는데. 그래, 딸이 알라로 낳아가주고 어떡('얼른'의 경상도 방언이다.) 키울라고.

열 살 안쪽에 보약 무우만(먹으면) 안 된다 카데. 그래가 알라로 낳아가주고. 그래 인자 사물탕 그거로 사물탕이 뭣이던동 우리야 이름만 들었지, 아나? 그래 여 알라로 크라고 믹이놓으이.

[큰소리로]

대가리가 막 막 이렇거든. 이거로 대가리가 머리 이기 무겁어가 이 아랫두리가 휘청휘청 걸어가 이래가. 만날 대가리가, 머리만 컸지, 아 체격은 마이(많이) 안 커.

(청중 : 그래 전에 들마 그런 사람 안 있었나?)

[소리를 낮추며]

그래가주고, 그래가주고 참, 얼마 안 있다가 죽었붔다.

그러이 사람은 머리 크만 빙신인 줄 알아야 돼.

그러고 우리 시숙모 딸만 그래 치와갖구는, 딸로 그래 키와 보냈는데.

알라를 그랬다 카이.

"그래, 와(왜) 이렇노?" 카이,

의사가 칸다 카데.

"열 살 안 쭉에는(쪽에는) 알라, 암만 그래도 보약을 안 믹이야 되지. 전부 우로(위로) 치설라가(치솟아서), 약성이."

(청중 : 마할라꼬(뭐하려고), 우리 위손지(외손자) 보약 믹이쌓더라. 하두 밥을 안 무싸노이('먹으니'를 강조하는 경상도 방언이다.) 믹이더라 카이 께네. 안 믹이야 되는구나.)

작은집으로 옮겨간 집지킴이

자료코드 : 05_19_MPN_20090225_CHS_IDD_0001
조사장소 : 경상북도 청도군 청도읍 원정2리 599번지 마을회관
조사일시 : 2009.2.25
조 사 자 : 천혜숙, 박동철, 김유경, 이선호, 김보라
제 보 자 : 임당댁, 여, 출생년 미상
구연상황 : 용산댁이 앞의 '집이 망할 때면 나타나는 구렁이' 이야기를 마치자 마자 임당
　　　　　댁이 들려 준 이야기다.
줄 거 리 : 임당댁의 올케가 새벽에 작은집으로 들어가는 집지킴이를 봤다. 집지킴이가
　　　　　들어간 작은집은 흥하고, 집지킴이가 나간 큰 집은 망했다.

우리 마실에 그 전에, 친정곳에, 친구 저거, 저거 친정인데.

저 월끼가(올케가) 밀양서 왔거든. 밀양서 와서 저 큰 월끼 죽고. 둘째 월끼도 아파가지고. 이래 영~, 그 때는 머 몬(못) 꿈직이고 이럴 정돈 아 닌데.

옛날에 와(왜) 보살(보리쌀) 씻으러 새복에(새벽에) 안 나오나.

(청중 : 그렇지!)

새복에 이래 보쌀 씻구러 나오면,

저 큰 월끼 죽고지 싶어.66)

보쌀 씻구러 나오면 요만~한 기 집을 뱅뱅 돈다 카데. 집을 이래 한 바꾸(바퀴) 돌고 서낭을 이래. 꼭 보쌀 씻구러 나올 때 그때 돌더라 카데. 그래 돌고, 뒤 안에 한 바꾸 빙~ 돌다가 마, 대문 밖에도 나가고 나가고 이란다 카데.

그래 '이상하다' 싶어 월끼가 그런 내풍은(내색은) 안 하고 혼자만 키왔는.

그때 그 이름 머시고, 이 빨갱이 머라 그 때 사람 마실에 많이 안 죽었나.

(청중 : 그래.)

---

66) '죽고 나서인 듯하다'의 의미로, 그 일이 일어난 때를 큰 올케의 죽음 이후로 추정한 것이다.

그래. 글때라 카이. 글 때 큰 오빠, 작은 오빠 다 죽었뿠다. 그 멀에(무렵에) 여 곰티재 마느래까지 다 죽었거든.

그래노이께. '이상하다, 이상하다.' 자기 혼자만 생각하다가.

그래, 한분은 참 그기(그게) 미칠만에 카던가, 미칠만에 한 바꾸 빙 돌아보디이, 마당 복판에 떡 서가 있다 카데. 마당 복판에 서가 있디만 마막 팬하이(휑하니) 대문 밖을 나가더라 카데.

그러다가 이 사람 보쌀 씻다가 내삐리뿌고 막 따라 갔다 카데. 따라가 보이 저게 작은집이 고 바로 잩에(곁에) 있구만은 고오. 싯(세) 집 건넨강(건넌가) 고래 있는데. 작은집에 딱 가더니 헛간으로 쑥 드가뿌드라 카데.

암만 바라꼬(바래고) 서 있어도 안 나오더래. 안 나오이,

'이상하다, 이상하다.' 싶어가.

자기 빙들아(병들어) 죽을 때 그 말 하더라 카이.

"절대 우리 집은 안 되는 집, 우리 집은 안 될 끼고, 안 되고, 우리 작은집은 인지 살고."

저거 작은집은 불꽃같이 살림이 일어가주고. 그 집에 살다가, 그 헌 집에 살다가, 저 밖에 새 집 지가(지어) 나갔다 카이께네.

그때 머 자게도 죽었부고. 우예노. 쫄딱 망했다, 쫄딱 망코.

또 자게 동생도 그때 풍이 없는데, 또 풍병이 들리가주고. 지금은 아아이(아직), 큰 동생카면은(동생보다는) 나가(나이가) 한 살 작거든.

그때 밀양, 그 밀양 그 어데 또 그런 ○○○○○ 있는 갑데. 거 가가 있고 집 내 비아(비워) 놓고 그 집에 사람 안 드가데. 우리 클 때 그래, 그래가 그 집 비와 놨는 기(게), 내~ 동네 복판인데 사람 안 드가데. 무섭다고. 그래 집구석이 망하이께네 그 집 안 드가는 기라.

요새는 보이 누가 살더라. 요새는 살더라.

그래 크다고 지낌이 그. 자게는 생각에 '이상하다' 싶어여 또 따라가 봤겠지.

(청중 : 그렇지.)

따라가이께 솔솔솔솔 가디이, 고마 작은집에 퇴비장에 고 마 쏙 들어갔분다 카데.

예수 믿는 사람은 괜찮다

자료코드 : 05_19_MPN_20090225_CHS_IDD_0002
조사장소 : 경상북도 청도군 청도읍 원정2리 599번지 마을회관
조사일시 : 2009.2.25
조 사 자 : 천혜숙, 박동철, 김유경, 이선호, 김보라
제보자 1 : 임당댁, 여, 출생년 미상
제보자 2 : 용산댁, 여, 93세
구연상황 : 용산댁이 계속해서 뱀, 노루 등의 짐승에게 해코지하여 좋지 않았던 사람들의
         실제 사례들을 들려주었다. 그러자 임당댁이 자신의 외숙모 이야기로 반론을
         시작했다.
줄 거 리 : 임당댁의 외숙모가 예수를 믿고 있었다. 임신 중에 뱀이 방에 들어오자 때려
         서 죽였다. 그 후에 아들을 낳았는데도 아무 탈이 없었고 똑똑하기만 했다.

몰라, 전에 우리 외숙모가 예수 믿거든. 예수 믿는데, 배가 이만치 불러
가주고.

그때는 머 저저 뱀 겉은 거, 촌에도 이런 데 보면은 방아도(방에도) 들
어온데이.

(보조 제보자 : 그래. 그래. 방에 들어오고 말고.)

이놈우 독사가 방에 들어와가주고.

우리 외숙모가 교회를,

원래 배암 보면 죽인다 카는데. 아~따라 머머 쫓아, 때려가지고 죽이이.

우리 외할배가,

"아이구 놔또라, 살리 보내라. 살리 보내라."

알라 낳아노이 똑똑기만 똑똑치. 그래 직이도(죽여도) 똑똑기만 똑똑더라.

(보조 제보자 : 몰라요. 그래도 대략 봐서는 그런 거 안 비야(봐야) 된다 카데, 여자는. 오래 못 산대요.)

젊은 사람, 있는 사람, 있는 사람은, 그래가 고것도 바래다가 낳았거든.

(보조 제보자 : 누가 머 알라(아기) 방에 눕히놓고, 인자 문을 나오지 말라고 딱 잠과놓고. 뒷문만 열어 놓고. 저래 저저, 보리타작하다가 아가 울어싸이 가보이께네, 뒷문을 저리 돌아가아(아기) 입에 배암 드가더라 안 카는개(합니까?). 입에 배암 드간 거는 암만 땡기도(당겨도) 안 나온다느매(나온답니다.). 이거를(옷을 가리키며) 벗어가주고 턱 덮어 놓오마 나온다 카데요. 만치만(만지면) 그렇게 꺼끄럽고, 꺼끄럽고. 암만 땡기도(당겨도) 안 나온다 카데요.)

비늘이 까꾸로 서가(서서).

(보조 제보자 : 비늘을 바싹 요래 선다 카데. 무섭어라.)

(청중 : 그럼 죽었겠네.)

(보조 제보자 : 죽었지요. 혹시 그럴 수가 안 있나, 그자? 혹시 그래 방에 나아 눕히 놓는 기 안 있겠나, 그래.)

그래 방에 들어가 잡았다 캐, 잡고. 외사촌 똑똑기만 똑똑, 머머 얼마나 똑똑도.

(보조 제보자 : 그 집엔 참 재수있는 사람이다.)

예수 믿는 사람이 되노이께네 그런 거 안 가리지.

(조사자 : 안 가려서 그런갑다.)

우리 외할매 막 머머 거 오년 만에 낳았는가, 그래 낳았거든.

"아이구, 저 거 절단났다. 절단났다."

배는 요만치 놓을(낳을) 달이거든.

놓고 나이께네 과연 다리부터 다 들셔봤다 카디이.

'뭣이, 배암 행세 안하는가?' 싶어가주고.

괘안타꼬(괜찮다고).

놓으이(낳으니) 얼매나 똑똑다꼬.

뱀신 모셔준 인부들

자료코드 : 05_19_MPN_20090225_BDC_JSG_0001
조사장소 : 경상북도 청도군 청도읍 원정2리 599번지 마을회관
조사일시 : 2009.2.25
조 사 자 : 박동철, 김유경, 이선호
제 보 자 : 장금순, 여, 87세
구연상황 : 서동댁의 '뱀신 모셔주고 동티 면한 포크레인 기사' 이야기가 끝나자 마자 바로 이 이야기를 구연했다. 구연 초반 새로운 청중이 들어와 분위기가 잠시 소란스러워졌다. 제보자는 실화임을 강조하고 실제 장소를 청중에게 확인시키면서 좌중을 자신에게 주목하게 만들었다. 이야기 도중 청중에게 질문도 하면서 주의를 집중시켰다. 이야기가 끝난 후 당나무를 캐내고 난 후일담이 이어졌다.

줄 거 리 : 경산 어느 곳에서 길을 닦으려고 당나무 한 켠을 베었다. 그날 밤 한 인부의 꿈에 도마뱀들이 나타나 짝을 찾아서 맞춰줄 것을 부탁하였다. 이튿날 남은 나무를 마저 베려고 톱질하고 있는데 꿈에서 본 것처럼 큰 뱀 세 마리와 작은 뱀 한 마리가 나왔다. 기사가 자리를 깔아서 잘 모시고는 술을 치고 절을 했다. 공사를 중단하기로 하고 인부들이 자리를 비운 사이 그 뱀들이 사라졌다. 인부들은 뱀들이 다시 나무뿌리 밑으로 들어갔으리라 여기고 시멘트를 바른 자리에 건궁을 떠 놓았다. 이후로 그 인부들은 사고를 당하지 않았다.

여 여게 경산에 여어는(여기는) 진실로 한 오년 전에, 경산에 여 오데(어디) 버스종점 올라가만 당나무 옛날에 큰 거 안 있었나?

(청중 : 그래.)

그거 있었는데, 이거는 진실로 들은 거야. 내가 경산에 여게(여기),

[당나무에 관한 이야기로 좌중이 소란하여 구연이 4초간 중단되었다.]

그거로 질로(길을) 닦을라고 한 쭉을(쪽을) 빘다(베었다) 카이.

(청중 : 인제 없앴붔다(없애버렸다) 카이.)

비있붔는데('베어버렸는데'의 뜻임.).

고 기사가 고 날 밤에 꿈을 꾸이(꾸니), 고 비이가주고('꿈에 보여서'의 의미이다.). 그 기사가 포크레인 안 하나, 그쟈? 이래 비이가주고 그날 밤에 꿈에 선명하이 나서더라 캐.

우얀(어쩐) 도매배암(도마뱀)이라 카미 크게 양쭉에(양쪽에) 시(세) 개가 이래, 이렇게 있는데,

"나는 한쭉 짝꿍이 하나 없는데, 이거 떨어져가 나가뿌가지고(나가버려서) 이래가주고 딴 데 어데 몬(못) 가이(가니), 이거로 좀 맞차(맞춰) 돌라, 찾아돌라고."

그래가 꿈에 선명하이 비더란다(보이더란다).

그래가 이래 그 기사가 이래 나무를 마자(마저) 끊어가 팔 낀데(것인데), 마자 인자 톱으로 찔러가 하는 대로 하이께네, 쪼매난(조그만) 가지가 요래 하나 있는데, 참 도마뱀이 하나 있더란다.

있고, 이쪽으로 고 날 꺼(것) 다 파고 하이께네, ○○○ 나물(나무를) 다 팔것 아이가(아닌가)? 파고 있으이께네. 고 배암이 참 도마뱀이 큰 기(게) 시(세) 바리가(마리가) 진짜 나오더라 카데.

나와가주고 참, 지산띡이(지산댁의) 말맞따나(말처럼), 그 보리바꾸(큰 종이상자를 의미함.) 안 있나? 그 기사들 씨고(쓰고) 누버가(누워서) 안 자나? 그거를, 우알(어쩔) 수 없어,

"하이고, 이 중한 짐승이 나왔는데, 이거 맨 땅에 보내가(보내서) 우리 안 된다." 카믄서나,

그래 그 자리를 참 이래 깔고, 수건, 그 덮어쓰는 수건 안 있나? 그거로 이래 둥그러비(둥그렇게) 해가주고 그 착 고래 놔두이 이짜아(이쪽에) 와서 건네서 이래 담배를 피고 보이께네, 참 지(제) 꿈캉(꿈과) 똑 같이 시 마리가 나오더란다. 쪼매 실그러가 하나 나오고,[67] 니(네) 바리가(마리가)

그래 있더란다.

그래 인자 요거로 인자,

"이 중한 참, 그거 이 저저 어더로 모실까요?" 카미,

참 절로 시(세) 분이나(번이나) 하고 참 술로 갖다 받아 벗코(붓고) 막,

"그래 우리 이래가 할 끼(게) 아이다(아니다). 우리가 좀 쉬이가(쉬어서) 오자."

무겁어여 들고 갈 수도 없고.

밤에 또 이상하다고. [청취불능]

한 마리는 쪼깬코(조그만하고) 그렇더란다. 시(세) 바리는 크고. 영상 꿈캉 같다 카데.

그래 그 술 한 빙 받아와여 거어 절로(절을) 하고,

"일, 오늘 일 우리 몬한다." 카미,

"나가자." 카미,

일꾼들 델꼬(데리고) 쉬가주고 지녁때 오후에 한 세 시 반쯤 돼가 그래,

"기계나 챙기가 오자." 카고.

가보이께 하나도 없더란다, 다 어디 가뿔고(가버리고). 하나도, 그 시 바리가 수건만 딱, 따비(똬리) 해 논 거고 고것만 있고,[68] 어디로 갔는지 흔적이 없더라 카데. 흔적이 없어.

그래가 그 사람 그거 그래 그거 하고는, 그래 거어 인자 그기 있다 카이. 인자, 그거 마자(마저) 뿌리를 못 캐냈는 갑데. '다부(도로) 안 드갔겠나?' 카민서, 몬 캐내고.

언제꺼이 그 와(왜) 뿌리 반튼(반) 안 있었나? 그래 그 뿌리 결국 못 캐내고.

---

67) 조금 시간을 두고 한 마리가 나왔다는 의미이다.

68) 수건으로 똬리를 만들어 뱀을 모셔두었는데, 뱀은 사라지고 수건만 남아있었다는 의미이다.

(청중 : 뭐 하나 실제로 하나 심어 놨데.)

인자 없어, 인자 아무것도 없어, 없어.

그래도 결국은 그거 없으이 맘, 시멘하미(시멘트로 포장하면서) 또 그 삼들이, 그 기사가 또 와가주고 거어 또 술로 또 쳐놓고,

"이거로가(이것으로) 건궁을 떠 놔야 된다."69) 카민서러,

수채(수저) 놓는 거 맨치로(같이) 우에(위에) 고갤 대듯 이래 건궁을 떠 놨다 카데. 떠놓고 이래 어느 걸 갖다가,

그래가 그 사람들이 암만 일해도 그기이 없더란다. 상처가 한분 안 난다 캐. 사고 한번 안 난다 그래, 그 사람들 기사일 해도, 그 삼들 공사일을 해도.

그러이(그러니) 그 혼도 없다 소리는 모한다(못한다) 카이.

(청중 : 못 비구로(베게) 그랬다.)

못 비구로, 그래 그 사람들이 정신 들이 그래 해놓고 나이 그카이께네, "이게 그냥 할 끼 아이다." 카믄서러,

그래 이 공구리(콘크리트) 응그룽하이, 그 보기에 아무것도 안 없더나? 밑에 건궁이 쪼매(조금) 떠가 있다 카데. 떠가 있다 카데.

그래도 그 무슨 그게 있길래 그카지(그러지).

그 사람들이 그래 그 공사를 크기 그래 해도 사고 한번 안 치고. 만날 도로공사해도 그기 없단다.

하이튼(하여튼) 정, 그런 큰 나무도 너무 미련대가주고.

(청중 : 다 죽었뿠는데 뭐.)

한쪽에 비다(베다) 및 넌 그래 안 있었나.

결국에는 그 사람들이 와여 다 그래 했다 카데.

(청중 : 죽어가주고 또 나무를 새로 하나 심었다 카데.)

---

69) '건궁'은 神体가 없이 신을 모시는 것을 이르는 말로, 비록 나무를 베고 시멘트로 발랐지만 그 자리를 건궁으로 모셨다는 의미이다.

[청중의 말이 끝나기도 전에 제보자가 끊으면서 말했다.]

안 산다 카데.

(청중 : 심어놔 놓이, 안 살아가주고.)

어 안 살고, 결국은 그 밑에는 건궁이 좀 떠가 있었다 카이.

도깨비에 홀린 경험담 2

자료코드 : 05_19_MPN_20090225_BDC_JSG_0002

조사장소 : 경상북도 청도군 청도읍 원정2리 599번지 마을회관

조사일시 : 2009.2.25

조 사 자 : 박동철, 김유경, 이선호

제 보 자 : 장순금, 여, 87세

구연상황 : 양산댁의 이야기가 덜 끝난 상태에서 이야기를 시작했다. 청중의 주의를 환기
　　　　　시키기 위해 이야기의 서두 부분에 질문을 던지기도 하고, 지명과 관련하여
　　　　　동의를 구하기도 했다.

줄 거 리 : 질래댁의 친정 집안어른이 술에 취해 도깨비에 홀린 경험담이다. 자신을 유인
　　　　　한 도깨비를 집게칼로 찌르고 집으로 돌아온 그 어른이 부인에게 이야기하고
　　　　　자러 들어갔다. 어른의 부인이 아침에 그 자리에 가보았더니 모지랑 빗자루에
　　　　　칼이 꽂혀 있었다는 이야기다.

그래 내 또 얘기 하께, 들은 얘기.

질래 고기(거기) 우리 친정, 나캉(나와) 재종간 되는데. 거도 술로 참 마
이(많이) 묵었다 카이. 술이 채가(취해서) 만날 여 와(왜) 질래 도 올라가
만 ○○○ 저 납딱바우 안 있나?

거 모리이(모퉁이) 돌아오이께네 막, 집에 건니가야 거 집에로 드가는
데. 그래가 자꾸 누가 참 이래 서어(서서) 막,

"니 오늘 내 따라 안 오만 올 저녁에 죽을 줄 알아라."

그래가 막 자꾸 철뚝까지 자꾸 올라갔다. 따라올라 가이, 어디고, 이래

보이,

"여어 좀 쉬이가자."

그때 정신이 좀 돌아오길래 쉬어가자 카지, 내 맘은. 내가 좀 좀 쉬이가자꼬 떡 앉았으이,

'이놈우 자슥 이거 온(오늘) 저녁에 내가 안 되겠다.' 카미,

(청중 : 토째비 없단 말이라.)

그래 갯주머이에(호주머니에), 쪼깨만한(조그마한) 찌깨칼을 예전에 주머니에 달아가 댕긴다, 그 할배가. 달아가 댕겼는데,

"내가 올 전에('저녁에'를 빨리 말한 것이다.) 니 죽고 내죽자" 카미,

칼로 갖다가 그다(거기다가) 마, 폭 칼로다가 찔렀붔다(찔러버렸다.).

찔렀부고는 인제 한참 쉬고 이래 앉아, 인제 정신이,

'니도 내한테는 그거 했으이…'

그거 참 얼매나 밤새도록 그거 하고, 새벽에 참 당도했는데.

할마이가 인자,

"온 저녁에는 저거 읍에, 청도 정거정어 간다는 사람이 이렇게 안 오고 있다." 카믄서,

소죽을 꾫일라(끓이려) 카이께네,

그래가 막 옷을 보이 막 다 뜯어가, 막 그래가,

"와 인자 이래 인제 오는데?" 카이께네,

"하이고 내가 온(오늘) 지녁에(저녁에) 밤에 댕기미(다니며), 저게 안찔래 앞에서 철뚝 ○○○ 거게서 내가, 토깨비를 하나 잡아 놓고 왔는데, 온 지녁에 아들 델꼬 그 놈 토깨비나 잡아오자." 카는 기라.

"그거 잡는다고 내 이때까지 시간이 걸렸다. 큰 거 내 하나 잡, 내가 칼로 가주고, 작은 칼로 찔러 놓고 이래 왔는데, 그거 하나 죽었을 끼다. 가보자."

그 질로(길로) 방에 눕어가(누워서) 자고.

토깨비를 잡았다고. 그래가 참 가보이, 할마씨가. 참, 그 밭이 하나 있더란다. 갈대밭에 함(한번) 가보이께네, 가보이께네, 모지랑 빗자리가[70] 가운데 하나 있더란다. 밭 시벌, 갈밭 시벌에.

[청중의 잡담으로 3초가량 이야기가 중단되었다.]

그래가 모지랑 빗자리가 이래 하나 있는데, 거 참 영감 칼이 콕 꼽 꼽히가 있더란다.

(청중 : 그카지 옛날에 모지랑 빗자리, 토깨비가 고짜로(그 쪽으로) 고만 모지랑 빗자리.)

"그래가 니캉(너랑) 내캉(나랑) 올(오늘) 저녁에 죽자." 카미,

"내가 그거를 하나 했다." 카민서러,

칼로가 푹 찔렀는데, 모지랑 빗자루 복판에 있어가지고 거 푹 꼽아놓고. 고 바리(바로) 감밭에 거 그래 가서, 저거 전답이라, 저거 전답.

그러이꺼네 빗자리 그게 뭐 토깨비 뭐, 씬 거[71] 그거 뭐 그런 거지.

옷을 전부 다 째져가, 영감재이가.

(청중 : 그 모지랑 빗자리 내삐리지(내버리지) 마고(말고) ○○ 해라.)

[청중들이 도깨비 실체에 대해 논란이 분분하다.]

그래가 참 인자 와가주고, 그래 그게 인자 토깨비가 됐다 카데, 토깨비다.

(청중 : 여자들이 깔고 앉으만, 맨스 있을 때 깔고 앉으만, 그기 묻어뿌만(묻어버리면) 그기(그것이) 토째비 된다 이카데.)

참말로 그래 되는가?

---

70) 끝이 다 닳아서 무디어진 빗자루를 말한다.
71) '씌인 것'의 방언으로, 도깨비에 홀렸다는 뜻이다.

사위 노래

자료코드 : 05_19_FOS_20090225_GYG_BNM_0001
조사장소 : 경상북도 청도군 청도읍 원정2리 599번지 마을회관
조사일시 : 2009.2.25
조 사 자 : 김유경, 이선호
제보자 1 : 박남명, 여, 72세
제보자 2 : 양옥순, 여, 74세
구연상황 : '배러띠기' 이야기를 하고 난 후 양동댁이 '사위 노래'를 모르냐며 구연을 시
　　　　　작했다. 그러나 가사를 잘 기억하지 못해 수시로 청중들에게 묻고 확인했다.
　　　　　서동댁이 가사를 일러주다가, 결국 본격적인 구연도 주도했다.

　　　내 딸 죽고 내 사우야(사위야)

　(보조 제보자 : 울고 갈 길을 왜 왔노 카지.)
　[청중들이 크게 웃는다.]

　　　내 딸 죽고 내 사우야

　(보조 제보자 : "울고 갈 길을 왜 왔더냐, 기왕지사 왔는 김에, 발 길 잠
이나 자고 가자." 그카이. 그 앞에 꺼 그래 빼뿌고(빼버리고) 뭐 뒤에 꺼
만(것만) 하이(하니) 뭐 있노?)
　(조사자 : 노래로 해주세요.)
　[청중들이 권유하여 제보자가 다시 구연을 시작한다.]

　　　내 딸 죽고 내 사우야
　　　이왕지사

[제보자가 가사를 또 잊어버리자, 청중들이 서로 아는 가사를 이야기한다.]

(청중 : 울고 갈 길을 카고. 내 딸 죽고 내 사위야, 울고 갈 길을 왜왔느냐. 이왕지사 온 걸음에 하룻밤만 자고 가소.)

(보조 제보자 : "발채(발치) 잠이나 자고 가소" 캤다.)

[보조 제보자가 노래를 부른다.]

내 딸 죽고 내 사우야
울고 갈 길을 왜 왔느뇨
이왕지사(已往之事) 완(온) 걸음에
하룻밤만 자고 가소
자믄(자면) 자고 말면 말지
하룻밤 자기는 내가 싫소

나무하는 총각 노래

자료코드 : 05_19_FOS_20090225_BDC_BTG_0001
조사장소 : 경상북도 청도군 청도읍 원정2리 599번지 마을회관
조사일시 : 2009.2.25
조 사 자 : 박동철, 김유경, 이선호
제 보 자 : 박태규, 여, 74세
구연상황 : 할머니들이 서로 한 번 노래를 해 보라고 권했는데 새월댁이 나서서 박수를 치면서 노래를 시작했다. 짧은 노래였지만 청중도 박수를 치며 장단을 맞춰 주었다.

저 건네라 남산 밑에
나무 베는 남도령아
온갖 잡나무 다 베어나따나
오죽대 한 쌍만 남겨 노소

(청중 : 좋다.)

　　명년 길러 우명년 길러
　　연땅(연당) 안에

[사설을 잊어버려 한 청중이 알려주었다.]

　　별당 안에 옥단 춘향이를 낚가리라(낚으리라)

(청중 : 좋다. 잘한다.)

화투 뒤풀이

자료코드 : 05_19_FOS_20090225_BDC_YOS_0001
조사장소 : 경상북도 청도군 청도읍 원정2리 599번지 마을회관
조사일시 : 2009.2.25
조 사 자 : 박동철, 김유경, 이선호
제 보 자 : 양옥순, 여, 74세
구연상황 : 조사자가 민요를 해 달라고 청하자 서로 해보라고 권하고 미루다가, 결국 서
　　　　　동댁이 나서서 이 노래를 시작했다. 다른 할머니들도 함께 따라 불렀다. 모두
　　　　　박수를 치면서 신명을 냈다.

　　정월 솔가지(솔가지) 솔솔한 마음
　　이월 매조에 맺어드니
　　삼월 사쿠라(‘さくら’로 벚꽃을 말한다.) 산란한 마음

(청중 : 오월. 사월 흑사리 흩어졌다. 오월 난초.)

　　오월 난초 날던 나비가
　　유월 목단에 춤을 춘다
　　칠월 홍돼지 홀로 누워

　　　팔월 공산에 달도 밝다

　　　구월 국화 굳은 마음이

　　　시월 단풍에 떨어졌네

(청중 : 잘한다.)

[목소리를 높이며]

　　　오동추야 달 밝았네

　　　이태백이 절로 난다

　　　얼씨구 절씨구 지화자 좋네

(청중 : 약쟁이(약장수) 왔다.)

　　　아니 놀지는 못하리라

모심기 소리

자료코드 : 05_19_FOS_20090225_GYG_YOS_0003

조사장소 : 경상북도 청도군 청도읍 원정2리 599번지 마을회관

조사일시 : 2009.2.25

조 사 자 : 김유경, 이선호

제보자 1 : 양옥순, 여, 74세

제보자 2 : 장순금, 여, 87세

구연상황 : 서동댁, 질래댁, 새각댁이 서로 주고받으면서 구연이 진행되었다. 처음에는
　　　　　다른 사람이 잘한다고 구연을 미루었으나, 시작한 후에는 서로 나서서 적극적
　　　　　으로 구연했다.

　　　낭창 낭창 저 벼르(벼랑) 끝에

　　　무정하다 울 오라바(오라버니)

[제보자가 구연 중 쑥쓰럽게 웃자, 보조 제보자가 받아서 구연한다.]

　　난도 죽어 후승 가서('나도 죽어 다음 생에 가서'의 의미이다.)
　　낭군님버텅(낭군님부터) 심기(섬겨) 볼래

(보조 제보자 : 하만 꼬랑댕이를(꼬리를) 마저 붙이야 되지.)
[보조 제보자가 다시 이어받아 구연한다.]

　　찔래야 꽃튼 장개(장가) 가고
　　석류꽃튼 유각(요객) 가네
　　만인간아 윗저(웃지) 마소
　　씨종재(씨종자, '후사'를 의미함.)

(청중 : 크게 말해라.)

　　바래 나는 가요

[10초가량 다른 이야기로 구연이 중단되었다.]

　　이 물깨(물꼬) 저 물깨 폭 파놓고
　　주인네 양반

[가사를 잊은 듯 얼버무리며 말하듯이 읊는다.]
어더로 갔다 카더노(하더나), 뭐라 카드노?
[보조 제보자가 다시 이어받아 부른다.]

　　이 물끼(물꼬) 저 물끼 폭 파놓고

[보조 제보자가 부르는 도중에 제보자가 함께 부르기 시작한다.]

　　주인네 양반 어더로 갔소

문에야(문어야)

[가사를 잊은 듯 잠깐 멈칫한다.]

대장북(대전복) 손에 들고
첩으야(첩의) 집에 놀로 갔소

[제보자가 이어받아 손뼉을 치며 부르기 시작한다.]

유월이라 두 달인데
첩을 팔아 부채 사네
구시월이 다치(닥쳐) 오이면(오면)
첩우 생각 절로 나네

[보조 제보자가 다시 이어받아서 부른다.]

유월이라 새벽달에
처녀 둘이 난질(나들이) 가네

[제보자가 구연 도중에 참여하여 함께 부른다.]

석자 수건 목에 걸고
총각 둘이 뒤따리네(뒤따르네)

[청중 몇 명이 손뼉을 치며 잘한다고 소리 지른다.]
(청중 : 잘한다.)

퐁당퐁당 찰수지비(찰수제비)
사우야('사우'는 사위의 방언임.) 반에(盤에) 다 올랐네
저늠우(저놈의) 할마씨 어디 가고

딸을 동재('童子'로, 여기서는 딸에게 일을 시켰다는 뜻이다.) 시
겼던고

쌍금쌍금 쌍가락지

자료코드 : 05_19_FOS_20090225_GYG_YOS_0004
조사장소 : 경상북도 청도군 청도읍 원정2리 599번지 마을회관
조사일시 : 2009.2.25
조 사 자 : 김유경, 이선호
제 보 자 : 양옥순, 여, 74세
구연상황 : '모심기 소리'가 끝나자 청중들이 서로 잘한다며 다른 사람에게 해보라며 권
했다. 조사자가 노래의 제목들을 말하자 말을 끊으며 제보자가 구연을 시작했
다. 중반이 넘어가자 점차 빨리 부르기 시작하였고, 청중들이 재미있다는 듯
이 웃었다.

쌍금쌍금 쌍가락지
호작질을72) 닦아놓고
먼 데 보니 달일레라
젙에(곁에) 보니 처잘레라

[점차 빠르게 구연하기 시작한다.]

그 처자 자는 방에

[잠시 숨을 고르고 구연한다.]

숨소리가 둘일레라

[청중의 웃음소리와 박수소리에 노래 소리가 묻혔다.]

---

72) 호작질로, '호작질'은 낙서 또는 쓸데없는 장난을 뜻하는 방언임.

북풍이 내리불어

풍지 떠는 소리로다

쪼끄만한(조그만한) 재피방에

[여기서부터는 말하듯이 빠르게 읊는다.]

열두 가지 옷을 입고

열두 가지 약을 묵고(먹고)

자는 듯이 죽고지라(‘자는 듯이 죽고 싶다’는 뜻이다.)

날랑 날랑 죽거들랑

바깥에다 묻지 말고

○○에도 묻지 말고

말이음 노래

자료코드 : 05_19_FOS_20090225_GYG_YOS_0005
조사장소 : 경상북도 청도군 청도읍 원정2리 599번지 마을회관
조사일시 : 2009.2.25
조 사 자 : 김유경, 이선호
제 보 자 : 양옥순, 여, 74세
구연상황 : ‘쌍금노래’에 이어 ‘김첨지 나무하러 가세’ 노래를 해보겠다며 말하듯이 불렀
다. 노래를 부르는 도중에도 청중들의 웃음이 끊이지 않았다. 말을 이어가는
어희요(語戲謠)로 보인다.

[말로 한다.]

저 건네 김첨지 나무하러 가세 카이

등 굽어가 못 간다 카는기라

[아주 빠른 소리로 말하듯이 구송한다.]

등 굽으믄 질매가지(소등에 얹어 짐 싣는 도구를 말한다.)

질매가지는 니(네) 구무(구멍)

니 구무는 통시래('변소래'로, '통시'는 변소의 경상도 방언임.)

통시래는 검지

검으믄 까마구지

까마구는 높으지

높으믄 무당이지

[청중 웃음]

무당은 뛰지

뛰믄 배로지

배로는 붉지

붉으믄 대추지

대추는 달지

달믄 엿이지

엿은 붙지

붙으믄 첩이지

한글 뒤풀이

자료코드 : 05_19_FOS_20090225_GYG_YOS_0006

조사장소 : 경상북도 청도군 청도읍 원정2리 599번지 마을회관

조사일시 : 2009.2.25

조 사 자 : 김유경, 이선호

제 보 자 : 양옥순, 여, 74세

구연상황 : 제보자에게 '한글 뒤풀이'를 청하자 조금밖에 모른다며 불러준 노래다.

가이가 가스나야

거이거 거(거기) 있거라

고이고 고기 잡아

구이구 국 끓이라(끓여라)

너이너 너도 묵고

나이나 나도 묵고

꼬꾸랑 노래

자료코드 : 05_19_FOS_20090225_GYG_YOS_0009
조사장소 : 경상북도 청도군 청도읍 원정2리 599번지 마을회관
조사일시 : 2009.2.25
조 사 자 : 김유경, 이선호
제 보 자 : 양옥순, 여, 74세
구연상황 : '방구 잘 뀌는 며느리' 이야기가 끝나고 청중들이 예전에 불렀던 노래가 많았
다는 이야기를 서로 나누었다. 그러던 중 청중 가운데 한 분이 꼬꾸랑 작대기
이야기를 하자, 아는 노래가 없다고 하던 제보자도 기억이 난 듯 이 노래를
시작했다. 가락을 넣지 않고 가사만 읊조리듯이 불렀다.

(청중 : 꼬꾸랑 작대기)

꼬꾸랑 할마이가

꼬꾸랑 작대기를 짚고

꼬꾸랑 길로 올라가이

꼬꾸랑 똥을 하나 노놨어

꼬꾸랑 똥을 조오(주워) 묵고

꼬꾸랑깽 내 똥 묵고 죽는 사람

꼬꾸랑깽

칸다 카더라. 이바구(이야기) 하라 카마 그런 이바구가 있어.

(청중 : 전에 뭐 노래 있었나? 이야기 할라(하려) 카믄(하면) 온갖 애기 다하고, 그런 애기 다하고.)

꼬꾸랑 강아지가 나와가(나와서)
꼬구랑 똥을 조오(주워) 먹었다 카더라
꼬꾸랑 똥을 조오 먹고
꼬꾸랑 작대기로 때리조나이(때려주었더니)
내 똥 묵고 죽는 사람 꼬꾸랑깽
칸단다(한단다).

그네 노래

자료코드 : 05_19_FOS_20090225_GYG_YOS_0011
조사장소 : 경상북도 청도군 청도읍 원정2리 599번지 마을회관
조사일시 : 2009.2.25
조 사 자 : 김유경, 이선호
제 보 자 : 양옥순, 여, 74세
구연상황 : 제보자가 이야기판의 한쪽에서 화투치던 것을 중단하고 노래를 하자며 주위
　　　　　를 독려했다. 그래도 하겠다는 사람이 없자 먼저 한곡 부르겠다고 나섰다. 도
　　　　　중에 잊어버리면 도와달라고 청중에게 부탁하고 이 노래를 불렀다. 손뼉을 치
　　　　　고 따라 부르는 등 청중의 호응이 대단했다.

유천강 세모시 낭개(나무)
가지 떨어질라 그네를 매어
임이 뛰면 내가 밀고
내가 타면은 임이 민다
임아 임아 줄 미지(밀지) 말어라
줄 떨어지면 정 떨어진다

6. 화양읍

증편 한국구비문학대계 ● 경상북도 청도군

경상북도 청도군 화양읍 소라리

조사일시 : 2009.7.16
조 사 자 : 천혜숙, 박동철, 김유경, 이선호, 김보라

　청도군 화양읍에 있는 마을이다. 대구부산고속도로의 청도 IC로 나와서 20번 국도로 달리다가 송북리 쪽으로 꺾어들어 소라교를 건너면 마을에 닿을 수 있다. 화양읍 일대가 신라에 병합된 이서국(伊西國)의 터전이었던 점, 소라리 마을 동편에 있는 주구산((走狗山)에 이서산성이 있었던 점 등으로 미루어 마을의 역사는 상고대로 소급될 수 있겠지만, 기록상으로 마을의 이름이 나타나는 것은 조선조에 이르러서다. 『동국여지승람』에 의하면, 조선조 소라리는 청도현 상읍면에 속해 있었다. 1914년 일제가 행한 행정개편 이후에는 상읍면과 차읍면을 합한 화양면에 속했다가, 1979년 화양면이 읍으로 승격하면서 화양읍에 속하게 됐다.

　화양읍은 신라 유리왕 때 신라에 병합된 이서국의 옛터로 추정된다. 이 마을의 동북쪽에 있는 주구산에는 견성(犬城) 또는 폐성(吠城)이라고도 불리는 이서산성이 있었다. 이서산성에 관해서는 태조 왕건이 보양선사의 도움으로 이곳에 웅거하던 도적을 물리쳤다는 『동국여지승람』의 기록과, 신라 유리왕이 보양의 도움으로 이서국 군대를 물리쳤다는 『오산지(鰲山志)』(1673)의 기록이 공존하고 있다. 일단 신라가 이서국을 쳐서 병합한 사건, 태조 왕건의 창업을 위한 전쟁 및 보양선사와의 특별한 인연은 역사적으로 확인되는 사실이므로 위의 상이한 기록들은 모두 주구산과 관련된 역사적 전설로 볼 수 있다. 이서산성에서 왜구를 막았다고 하는 전설도 들을 수 있었는데, 주구산 삼면이 절벽인 데다 남쪽으로 청도천이 흘러서 천혜의 요새로 일컬어진 점을 고려하면, 시대에 따라 다른 싸움의

역사가 이곳에서 이루어졌을 가능성을 배제할 수 없다.

원래는 산성터에 있던 산성리 마을에 살던 사람들이 소라리 쪽으로 이주하면서 마을이 형성되었다는 말도 있으나, 당시 주민들의 성씨와 마을의 규모에 관해서는 정확히 알 수 없다. 소라리의 개촌과 관련해서는 1567년 경주 이씨 이정한(李廷翰) 공이 정촌(현 원정리)에서 이곳으로 이주하여 터를 잡았다고 전한다. 마을 입구 왼편에는 개촌조 이정한 공을 모신 모운재(慕雲齋, 1959년 건립)가 있다. 지금은 60여 호 살고 있으며, 그 가운데 경주 이씨가 40호로 가장 대성이다. 그 외에도 청도 김씨, 의흥 예씨, 밀양 박씨, 기타 각성들이 산다.

소라리는 원래 마을 뒷산이 아름다워서 나산(羅山)으로 불리었다는 설, 청도천의 소(沼)를 매립하여 들을 조성했기 때문에 소라가 되었다는 설이 있다. 그러나 지명은 소라(所羅)로 쓰고 있으니 이 설은 견강부회의 민간어원설일 뿐이다.

마을 뒷산이 마을을 병풍처럼 둘러싸고 있고, 마을 앞쪽으로는 청도천이 흐르는 전형적인 배산임수의 형국이다. 그리고 그 청도천변으로 비옥한 '소라봇들'이 넓게 펼쳐져 있다. 조선조 문헌에 의하면 이 마을은 당시에도 소라제(所羅堤)가 있었을 뿐 아니라, 지금도 몽리면적 34ha에 달하는 소라보(所羅洑)가 있어 수리에 유리한 입지조건을 갖추었다. 거기다 '소라봇들'은 해가 오래 비치는 양지바른 곳이어서 특히 농사가 잘 된다고 한다. 이 마을이 부(富)를 일구게 된 것도 그러한 입지와 관련이 있다. 쌀 농사 외에도, 특수작물로 복숭아와 감을 생산한다. 마을의 '하나유통영농조합법인'에서는 씨가 없고 달기로 유명한 청도감을 반건시, 감말랭이로 상품화하는 사업을 하고 있다. 일제강점기에는 이 마을에 우뭇가사리로 실한천을 만드는 자연한천공장이 두 개나 들어섰다. 낮이 따뜻하고 밤이 추운 기후조건이 한천을 얼리고 말리는 데 적합했기 때문이다. 지금도 마을의 '청도한천' 공장에서 기계로 한천을 생산하고 있다.

소라리는 청도지역의 고을 풍수에서 중요한 위치를 점하는 곳이다. 마을의 주구산은 달리는 개의 형상을 하고 있어 주구(走狗)라는 이름이 붙여졌다. 그런데 개가 밀양을 향하여 달리고 있어서, 그 개를 머물게 해야 청도에 좋다고 하여 비보(裨補)로 세운 절이 동편 끝자락에 있는 떡절이다. 달리는 개가 고을 밖으로 달려나가 밀양 쪽으로 가버리면 산세가 빠지고 청도가 번영하지 못할 것으로 보았던 것이다. 그래서 개가 좋아하는 떡을 주어 머물게 한다는 의미에서 절을 세우고 그 절 이름을 떡절이라고 했다. 1576년에 창사된 절이라고 하니, 풍수설의 역사도 오래되었음을 알 수 있다. 그래서 이곳이 청도에서 가장 기가 센 곳이라고도 하는 모양이다. 떡절은 한자로 병사(餅寺)로 불리다가 후에 덕사(德寺)로 전와되었다. 마을 사람들은 덕사나 병사보다 떡절이란 이름이 더 친숙하다. 송북리 들판을 비롯하여 마을 인근에는 떡에 해당하는 조산이 세 군데 있다고도 한다.

소라리에는 '똥메띠기(똥무더기)'라고 일컬어지는 조산도 있다. 마을 동편에 있는 산성공굴 쪽이 막혀야 마을이 부자가 된다고 해서 마을 어른들이 등짐을 해와서 땅을 돋우고 나무를 심어서 인공 조산을 만들었다. 1990년대 새 길이 나면서 산성공굴 아래쪽이 거의 막히는 바람에 소라리가 확실히 가려지는 좋은 결과가 되었다고 한다.

새 길이 나고 소라리는 교통이 더 나아졌다. 그리고 과거에는 고수리에 있는 청도장을 이용해야 했지만, 요즘은 군청이 있는 범곡리로 나가면 슈퍼마켓, 음식점, 병원 등을 손쉽게 이용할 수 있어 생활에 불편함이 없다. 범곡리에 있는 청도초등학교를 다닌 사람들이 대부분이다. 중등 교육도 극히 소수가 대구나 부산으로 나가 학교가 다녔을 뿐, 대부분은 범곡리에 있는 모계중고등학교를 다녔다. 요즘 소라리는 귀농인구도 늘고 있다. 마을 서쪽 언덕으로 이주한 사람들이 지은 전원 주택들이 줄을 지어 들어서고 있는 중이다.

　이서국 및 주구산의 전설을 듣고 싶어서 이 마을을 조사지로 택했지만, 정확히 아는 분이 드물었다. 주구산의 지명 유래와 관련된 파편적 전설을 얻었을 뿐이다. 마을 동제의 전승은 중단되었다. 마을회관 앞에 당목이 있었다고 했다. 그리고 지금은 사라졌지만 풋구와 화전의 전통이 있었던 마을이어서, 노래문화가 풍부하였다. 특히 마을의 안어른들로부터 부요, 유희요, 신민요를 다수 채록했다. 순수민담도 그런대로 전승되고 있는 편이었다. 다만 전통민요는 희미해진 기억을 떠올려 불렀고, 신민요는 7~80대 고령층의 경우 즐겁게 놀면서 불렀다. 그리고 70대 아래 세대의 노래는 역시 대중가요-트로트였다. 노래문화의 변화를 일목요연하게 볼 수 있는 마을이었다.

소라리 전경

구분연, 여, 1933년생

주 소 지 : 경상북도 청도군 화양읍 소라리
제보일시 : 2009.7.16
조 사 자 : 천혜숙, 박동철, 김유경, 이선호, 김보라

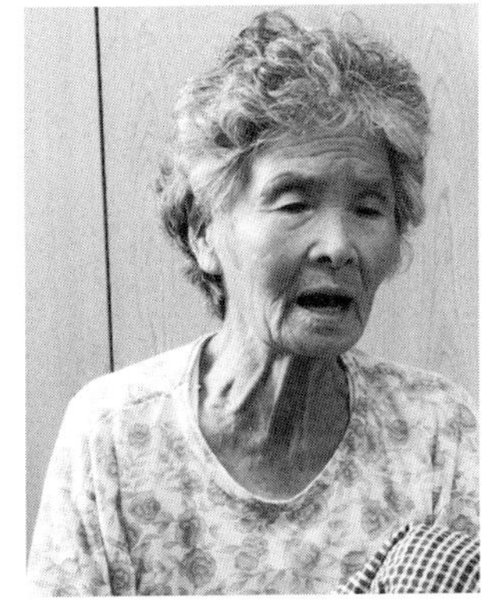

이서면 고철리 태생으로 열여덟 살 때 이 마을로 시집 왔다. 슬하에 5남매를 두었다. 일찍 남편과 사별한 후 홀로 생계를 책임졌을 뿐 아니라, 엄한 시어머니를 오랜 세월 동안 봉양한 효부로 마을에서 칭송이 자자했다. 지금은 자녀들의 효도와 정성으로 마음 편히 살고 있다고 한다.

마르고 호리호리한 체형에 가는 목소리를 가졌지만, 이야기나 노래 구연에 대한 열성이 많다. 노래를 부르면서 숨이 가빠 힘들어지자, 박수를 치면서 좌중의 흥을 돋워 주는 훌륭한 청중 역할도 했다.

조사 취지를 잘 이해하여 처음으로 이야기를 제공한 분이다. 이야기판의 흐름이 끊어지면 직접 나서서 구연이 이어지도록 노력했다. ‘모노래’의 보조 제보자로 참여하였고, ‘시댁 묘터 빼앗은 딸’, ‘환생한 동물의 복수’ 이야기를 구연하였다.

제공 자료 목록
05_19_FOT_20090716_CHS_GBY_0001 시댁 묘터 빼앗은 딸
05_19_FOT_20090716_CHS_GBY_0002 환생한 동물의 복수

김윤선, 여, 1933년생

주 소 지 : 경상북도 청도군 화양읍 소라리
제보일시 : 2009.7.16
조 사 자 : 천혜숙, 박동철, 김유경, 이선호, 김보라

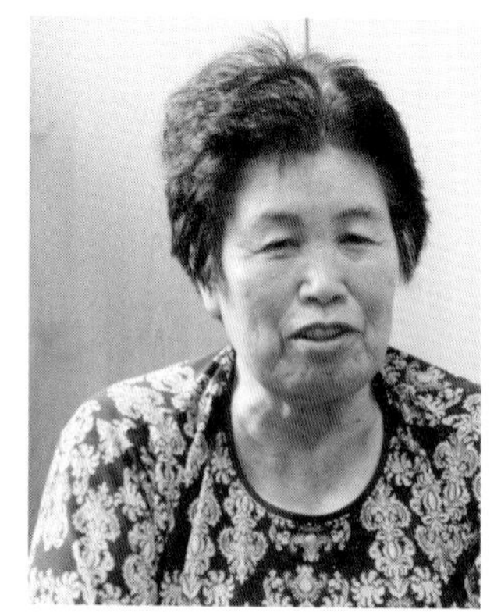

　　청도 김씨로 이 마을에서 생장했다. 열
살 무렵 청도공립보통학교(현 청도초등학교)
에 입학하였으나 집안 형편이 어려워 1년도
다니지 못하고 그만두었다. 스무 살이 되던
해 중매로 직업군인을 만나 혼인했다. 1년
동안 남편의 고향인 청도읍 신도리에서 신
접살림을 살다가, 부산으로 이주하여 군인
이었던 남편을 10년 동안 뒷바라지했다. 남
편이 제대하면서 고향인 청도로 돌아 왔다. 귀향 후에는 남편의 고향인
신도리에서 잠깐 살다가 자신의 고향인 소라리로 이주하여 현재까지 살
고 있다. 슬하에 1남 1녀를 두었다. 손자, 손녀의 학비를 보태느라 지금도
들깨 농사를 짓고 있다. 택호가 신도댁이다.

　　구연한 자료는 설화 5편, 민요 4편이다. 마을에서 가장 많은 자료를 제
공해 준 분으로, 풍부한 민속지식을 지녔다. 처음에는 마을과 관련된 정
보만 짧게 제공했으나, 일단 물꼬가 트이자 해학적인 민담도 구연했다.
이상철과 예병억 양씨가 마을과 주변의 지명 유래에 대해 이야기할 때도
여성분들 가운데 유일하게 개입하여 맞장구를 쳤다.

　　민요 가창력도 뛰어나서, ‘모심기 소리’를 비롯하여 ‘청춘가’, ‘노랫가
락’, ‘칭칭이’를 막힘없이 불렀다. 레퍼토리가 토속민요와 통속민요, 트로
트까지 걸쳐 있다. 트로트를 부르다 신명이 나면 어깨춤을 추기도 했다.
“마이크를 내 앞에 갖다 두라.”고 조사자에게 주문하는 등, 장태분 씨가
나타나기 전까지 노래판의 좌장 역할을 했다. 다른 분들에게도 적극적으

로 노래를 권하다가, 나서는 사람이 없으면 자신이 부르곤 했다. '칭칭이'
는 혼인 후 회초에서 북을 치며 부른 노래라고 했다. 주변에서 '각설이
타령'도 잘한다고 했으나 자신이 너무 많이 불렀다면서 사양했다. 요즘은
단체관광을 가면 트로트를 주로 부른다고 했다.

　몸집이 좋고 건강한 편이며 긍정적인 사고를 지녔다. 이야기를 구연할
때는 자주 크게 웃었다. 노래도 유쾌하고 시원하게 불러주었다.

제공 자료 목록

05_19_FOT_20090716_CHS_GYS_0001 양반 딸과 혼인한 머슴
05_19_FOT_20090716_CHS_GYS_0002 갓 거꾸로 쓰고 찾은 황소
05_19_FOT_20090716_CHS_GYS_0004 꾀 많은 토끼
05_19_FOT_20090716_CHS_GYS_0005 방귀쟁이 며느리
05_19_FOS_20090716_CHS_GYS_0003 창부타령
05_19_FOS_20090716_CHS_GYS_0006 칭칭이

김필조, 여, 1923년생

주 소 지 : 경상북도 청도군 화양읍 소라리
제보일시 : 2009.7.16
조 사 자 : 천혜숙, 박동철, 김유경, 이선호, 김보라

　김해(金海) 김씨(金氏)로 매전면 용각산
부근 마을에서 태어났다. 어릴 적에 친정 오
빠들로부터 "영천 백암생이(염소)한테 시집
보낸다."는 말을 자주 들었는데, 18세에 이
곳으로 시집오게 되었다고 했다. 혼인 후 농
사를 지으며 살다가 36세에 남편과 사별하
였다. 혼자가 된 후로는 남의 집 품팔이를
하여 육남매를 길러냈다. 지금은 모두 성가

하여 외지에 살고 있다.

조사 첫날 마을회관에서 만났다. 시집오기 전에 길쌈을 하면서 배운 노래를 들려주었다. 시집을 온 후로는 생계 마련에 노심초사하느라 놀 여가가 없어서 혼자 부르곤 했던 노래라고 했다. 자신의 고단한 젊은 시절 이야기는 소설책을 쓸 정도라며 눈물을 훔쳤지만 현재는 여유 있는 삶을 누리고 있다고 밝게 웃었다.

처음에는 얌전히 앉아서 듣고만 있었는데 노래를 시작하면서 전혀 다른 모습을 보였다. 노래판에 적극적으로 참여했고, 흥에 겨워 어깨춤을 추기도 하였다. 나름의 독특한 신명이 있었다. 두 편의 부요를 제공하였는데, 모두 '창부타령' 곡조로 불렀다.

제공 자료 목록
05_19_FOS_20090716_CHS_GPJ_0001 사위 노래 1
05_19_FOS_20090716_CHS_GPJ_0002 시집살이 노래

예병억, 남, 1936년생

주 소 지 : 경상북도 청도군 화양읍 소라리
제보일시 : 2009.7.16
조 사 자 : 천혜숙, 박동철, 김유경, 이선호, 김보라

의흥(義興) 예씨(芮氏)로 이 마을에서 생장하여 현재까지 농사를 짓고 살고 있다. 스무 살 때 중매로 혼인하여, 슬하에 2남 3녀를 두었다. 부인은 매전면 예전리 출신이다. 이십 대 후반부터 새마을지도자를 맡았으며, 삼십 대 중반에는 새마을운동 화양읍 지부의 회장도 역임하였다. 1990년대 후반, 이

른바 '녹색혁명'이 일어날 당시는 청도군 농민대표로도 활약했다. 그 때 나이가 마흔 셋이었다. 이후로 오랫동안 소라리 이장직을 맡기도 했다.

본동 조사 첫날, 마을회관에 놀러 나왔다가 이야기판에 합류했다. 이 분이 들어오자 다른 분들은 이야기 구연을 멈추었다. 이 마을 출신인 데다 새마을지도자와 이장을 오래 해서 마을의 사정을 훤히 알고 있었기 때문이었다. 이야기와 서두와 끝 부분에서 자신의 이야기가 마을 어른들 어깨너머로 들은 것임을 강조했다. 이상철 씨와 이야기를 번갈아가면서 주고받았는데, 자기 이야기만 하려 들지 않고 상대방의 이야기에도 귀를 기울이는 훌륭한 청중 역할도 했다. 웃는 인상에 후한 인심이 느껴지는 얼굴이다. 그리고 목소리가 또렷하고 이야기 솜씨도 좋은 편이다. 주로 마을과 인근 지역의 전설을 구연했다.

제공 자료 목록

05_19_FOT_20090716_CHS_YBE_0001 소라리 마을 풍수
05_19_FOT_20090716_CHS_YBE_0002 기후 좋고 농사 잘되는 소라리

이상철, 남, 1936년생

주 소 지 : 경상북도 청도군 화양읍 소라리
제보일시 : 2009.7.16
조 사 자 : 천혜숙, 박동철, 김유경, 이선호, 김보라

경주(慶州) 이씨(李氏)로, 이 마을 태생이다. 어린 시절 한학을 배웠으며, 대구대학교 법학과를 졸업했다. 21세 때 매전면 하평리 모은정 출신의 부인과 중매로 혼인했다. 그래서 마을에서는 '모은양반'의 택호로 불린다. 혼인 후 얼마 안 되어 군 영장이 나왔으

나 기피하였다가, 스물여덟 살 때 국토건설대로 투입되어 군생활을 마쳤
다. 제대 후에는 대구에서 경찰 생활을 하다가 그만두고, 다시 울진 군청
에서 30년 동안 공무원 생활을 하였다. 퇴직 후 귀향하여 농사를 짓고 살
고 있다. 슬하에 2남 2녀를 두었다. 장남은 대구에서 교편을 잡고 있다.

지금도 한학과 독서를 좋아하여 밤새도록 사전을 보면서 공부한다. 일
기도 매일 쓰고 있다. 수수한 옷차림이지만, 거동과 말씨에 품위가 있다.

알려진 대로 마을의 역사에 밝았으나 이야기 솜씨는 좋은 편이 아니었
다. 작은 목소리로 성실하게 구연에 응하였다. 청도 토박이지만 학력과
이주 경력 때문인지 사투리를 거의 쓰지 않았다. 단독으로 구연한 것은
'납딱바위' 한 편이고, 나머지는 예병억 씨의 이야기를 보조한 것이다. 예
병억 씨의 구연에 개입할 때도 사실을 강조하고 문헌을 인용하는 등 객관
적인 입장을 견지하는 편이다. 무엇보다 사실적 근거가 있는 이야기를 선
호하였다. 주로 마을과 인근 지역의 지명 유래에 대해 이야기하였으며,
지명과 인명은 손가락으로 한자를 써 가며 설명해 주었다.

제공 자료 목록
05_19_FOT_20090716_CHS_ICC_0001 납딱바위

임동주, 여, 1930년생

주 소 지 : 경상북도 청도군 화양읍 소라리
제보일시 : 2009.7.16
조 사 자 : 천혜숙, 박동철, 김유경, 이선호, 김보라

대구광역시 달성군 가창에서 8남매 중 막내로 태어났다. 가정형편이 어
려워 학교는 다니지 못했으나, 독학으로 한글을 익혔다. 17세 때 이 마을
의 청도 김씨와 혼인했다. 슬하에 2남 3녀를 두었다. 맏아들인 남편을 만
나 맏며느리 역할을 하느라 고된 삶을 살았다. 시아버지는 혼인 후 3년

만에 세상을 떠났고, 시어머니는 91세까지
병환 중에 있었다. 시어머니 병수발로 한 평
생을 다 보냈다. 게다가 남편이 한국전쟁 당
시 병역 의무를 기피하여 평생을 숨어 지내
야 했다. 남편을 사별하고 현재는 혼자 살고
있다. 작년에 한 쪽 다리를 수술한 후로 거
동이 다소 불편한 상태이다.

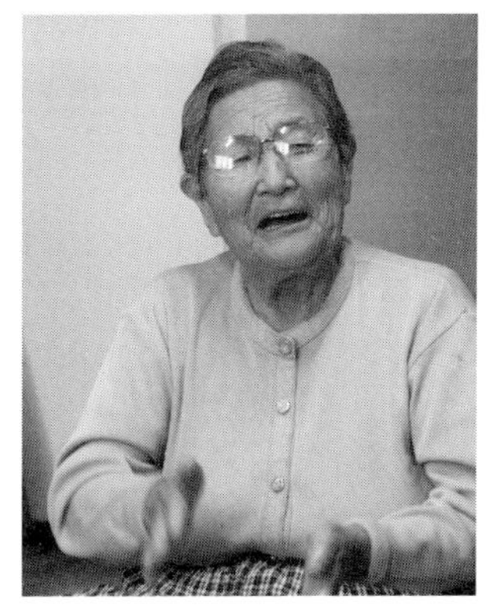

왜소한 체구에 가늘고 떨리는 목소리를
지녔다. 청중들이 적극적으로 이 분을 추천했으나, 목청이 넘어가지 않는
다는 이유로 처음에는 구연을 망설였다. 조사자가 적극적으로 노래를 청
하자 짧게 '모노래'를 불렀다. '모노래'는 이 마을로 시집온 후 모심기를
하면서 안노인들로부터 배운 것이라고 했다. '모노래'를 부른 후 어느 정
도 자신감이 생기자, '청춘가', '사위 노래', '고사리 노래'를 연이어 불렀
다. '사위 노래'는 사위를 본 후, 직접 사위에게 불러준 것이라고 했다.

긴 모노래의 사설들을 잊어버린 것을 아쉬워하면서, 자신의 흩어진 기
억을 더듬어 구연에 열심히 응해 준 분이다. 다른 이의 노래에 자주 개입
하여 노래를 바로잡거나 끊어진 부분을 잇는 데 도움을 주기도 했다. 다
른 분들에 비해 민요에 관한 전승지식이 많은 편이었다. 그러나 노래판이
트로트로 바뀌면서 이 분은 침묵을 지켰다. 민요 보유량은 많아보였으나,
자주 숨이 차고 목소리가 떨려서 구연이 지속되지 못한 것이 못내 안타까
웠던 분이다. 설화 1편과 민요 5편을 구연했다.

제공 자료 목록

05_19_FOT_20090716_CHS_IDJ_0001 친정 모친 죽고 중이 된 며느리

05_19_FOS_20090716_CHS_IDJ_0002 모노래

05_19_FOS_20090716_CHS_IDJ_0003 청춘가

05_19_FOS_20090716_CHS_IDJ_0004 도라지 노래

05_19_FOS_20090716_CHS_IDJ_0005 사위 노래 2
05_19_FOS_20090716_CHS_IDJ_0006 고사리 노래

장태분, 여, 1934년생

주 소 지 : 경상북도 청도군 화양읍 소라리
제보일시 : 2009.7.16
조 사 자 : 천혜숙, 박동철, 김유경, 이선호, 김보라

각남면 칠성2리에서 생장했다. 무학이다. 스물한 살에 혼례를 하여, 이듬해 이 마을로 신행해 왔다. 혼인 당시 남편은 경제적 능력이 없는 늦깎이 고등학생이었고, 시동생은 좌골 신경통을 앓고 있어 제보자가 가족의 생계를 책임져야 했다. 주로 빗이나 옷 등을 파는 보따리 장사로 나서서 생활비와 시동생의 병원비를 마련했다. 시동생은 병원을 다니면서 증세가 호전되는 듯 보였으나, 이내 세상을 떠났고, 동생을 보낸 슬픔으로 남편은 매일 술을 마셨다. 결국 위암 판정을 받고 두 차례 대수술을 했던 남편도 49세의 나이로 생을 마감했다.

홀로 된 제보자는 자녀들의 학비를 벌기 위하여 젖소농사를 시작했다. 열 마리의 젖소를 키워 두 아들을 대학까지 보냈다. 장남은 대학 졸업 후 6년 동안 고시 공부를 하여 서른한 살에 검사가 되었다. 장남이 고시 합격하던 날, 제보자는 지금까지의 서러움이 밀려와 남편 묘에 가서 마구 뒹굴었다고 한다. 차남은 증권회사에 다니고 있으며, 두 딸들도 출가하여 가정을 꾸렸다.

제보자는 어렸을 때부터 혼자 노래 부르기를 즐겼지만, 처녀시절에는 어른들이 '여자가 노래하면 상놈'이라고 해서 제대로 노래를 부르지 못했

다. 더욱이 또래끼리 어울려 노래를 부르는 일은 상상도 할 수 없었다. 혼인 후 화전놀이를 하면서 비로소 노래와 춤을 배우고 즐길 수 있었다. 이날 이 분이 구연한 노래들은 대부분 화전놀이 때 불렀던 것이라고 한다. 텔레비전이나 라디오에서 민요를 듣고 배운 적은 없다고 했다. 그러면서도 자신이 한 번 들은 소리는 잊지 않는다고 강조하는 것을 보면, 실제 노래판의 경험이 아주 많았던 것을 알 수 있다.

본동 조사 첫날 만났다. 이야기판이 한창 무르익었을 무렵, 마을에서 '노래박사'로 통하는 이 분이 등장하자 청중들은 "노래 잘하는 사람이 왔다."며 열렬히 환영했다. '화전놀이 때 마이크를 쥐고 놓지 않았던 분'이라고도 소개했다. 늦게 참여하여 구연할 기회는 적었으나 열성과 실력을 보였던 분이다.

'노랫가락', '모노래', '각설이 타령'을 구연했다. 처음에는 트로트를 위주로 불렀으나, 조사자와 청중이 민요를 적극적으로 권하자, 이 노래들을 불렀다. 목소리가 크고 흥이 많아 이 분이 노래를 부를 때면 청중의 호응이 높았고 이목이 집중되었다. 늦게 참여하여 노래판의 좌장 역할을 했다. 제보자가 '얄궂은 노래'라고 망설이다 불러 준 '각설이 타령'이 특히 일품이었다.

보통 키에 건강한 몸집이며, 활달한 성격이다. 조사자들에게 자신의 생애를 구술하면서 눈물을 훔치기도 했다. 보유한 민요가 많아 보여서 재조사가 요청되는 분이다.

제공 자료 목록
05_19_FOS_20090716_CHS_JTB_0001 노랫가락 외
05_19_FOS_20090716_CHS_JTB_0002 각설이 타령

시댁 묘터 빼앗은 딸

자료코드 : 05_19_FOT_20090716_CHS_GBY_0001
조사장소 : 경상북도 청도군 화양읍 소라리 308-7번지 마을회관
조사일시 : 2009.7.16
조 사 자 : 천혜숙, 박동철, 김유경, 이선호, 김보라
제 보 자 : 구분연, 여, 77세
구연상황 : 오후 2시경 마을회관을 찾아갔다. 바깥어른들은 보이지 않았고, 안노인들이
열두 분 정도 모여 앉아 이야기를 나누고 있었다. 조사의 취지와 목적을 밝히
고 소라의 지명 유래를 물었더니, "우리는 부지깽이 운전이나 할 줄 알지, 역
사에 대해서는 아무 것도 모른다."며 바깥어른들에게나 가보라고 했다. 조사
자가 화제를 바꾸어 호랑이나 도깨비 이야기를 아느냐고 물어도 서로 눈치를
보면서 미루었다. 눌촌댁이 모은양반이라 불리는 이상철 씨에게 전화를 걸어
회관으로 와줄 것을 부탁했다. 부산한 분위기가 계속되었다. 조사자가 청중들
에게 군이 옛날이야기가 아니어도 좋다며 명당에 관한 이야기를 청했더니 제
보자가 "옛날에 고성이씨가 그랬다고 들었다."며 이 이야기를 바로 구연했다.
이야기가 끝난 후, 청중들 간에 유동 연못 부근에서 실제 있었던 일이라며 의
견이 분분했다.
줄 거 리 : 시부모를 모시려고 잡아 놓은 묘자리에, 며느리가 밤새 물을 길어다 부었다.
그리고는 그 자리에다 친정아버지를 모신 후에 친정이 잘 살게 됐다.

버들네 이씨들 옛날에 그랬다 카대예.

저게 뭐꼬, 부모가 친정 부모 죽고 시부모 죽고 그랬는데, 같이 죽우가
지고, 한꺼뻔에 죽우가지고. 인자 시부모 씰라꼬(쓰려고), 그거 뭐꼬, 산소
를 딜일라고 그거를 해 났는데, 저저 그걸 파 났는데, 메로(묘로) 이래가
미(묘) 쓸라꼬 파났는데, 그래가 그 딸년이 옛날부터 도둑년이라 하는 기
라예.

그래 써 났는데 저그(저희) 시부모 씰라고 그래났는데, 친정 부모가 참

좀 못 살았는 기라예. 못 살어놓으니까네, 그 색시가 밤새두룩 신을 꺼꾸리(거꾸로) 신고, 그 구단일(구덩이를) 할라고 그걸 파 놨는데,

밤새두룩 신을 거꾸리 신고 그 물로 한거(가득) 여다 버가(부어),

이튿날 인제 어른을 그거를 산소를 디릴라 카는데, 그래가 하는 말이,

그래 참 아부지는, 저그 친정에는 몬살고 저그 어른들집에는 잘 사이까네,

"여는 뭐 좋은데 딴 데 미터로(묘터를) 새로 잡아가 하고 이거 우리 아버지를 주소."

이래 돼가주고 그래가주고 그래 저그 아버지를 거어(거기) 썼다 그런 말이 있대예.

(청중 : 그런 말이 있는 기 아이라, 실지로 그랬다.)

실지로 그랬다 카는 소리가 있십디더.

(청중 : 그 그래가 미(묘) 써가(써서) 살기(살게) 됐다 안 카나. 딸은 살기 되고.)

환생한 동물의 복수

자료코드 : 05_19_FOT_20090716_CHS_GBY_0002
조사장소 : 경상북도 청도군 화양읍 소라리 308-7번지 마을회관
조사일시 : 2009.7.16
조 사 자 : 천혜숙, 박동철, 김유경, 이선호, 김보라
제 보 자 : 구분연, 여, 77세
구연상황 : 각산댁은 '사위 노래'를 부른 뒤 신명이 멈추지 않아 트로트 한 곡을 더 불렀다. 조사자가 '시어머니를 길들인 며느리' 이야기를 아느냐고 물었더니 각산댁이 자신의 시집살이 경험담을 이야기했다. 좌중의 공감과 호응이 대단했다. 새로운 청중의 등장으로 생애담 구술이 중단되었다. 신도댁에게 옛날이야기를 다시 청했으나 더 이상 생각나지 않는다며 손을 내저었다. 청중들에게 동물과 관련된 이야기를 아느냐고 물으니 제보자는 잠시 생각하다가 "이 이야기도 될 지 모르겠다."며 시작했다. 좌중에게 동의를 구하는 말투로 군데군데

손짓을 섞어가며 구연했다.

줄 거 리 : 옛날에 선비와 봉사가 과거 길에 동행했다. 선비가 봉사의 끼니를 정성으로 챙겨주었지만 의심 많은 봉사는 늘 밥상을 더듬거리며 확인했다. 화가 난 선비가 봉사의 머리를 담뱃대로 때렸는데 봉사가 그만 죽고 말았다. 선비는 시신을 산중에 대충 묻고 과거를 보러 갔다. 돌아오는 길에 그 곳에 들렀더니 묘에서 큰 구렁이 한 마리가 나왔다. 놀란 선비는 절로 도망가서 큰 독에 숨었다. 따라온 구렁이가 그 독을 칭칭 감아서 선비를 녹여버리고는 절 뒤쪽의 바위 밑으로 사라졌다. 절 사람들이 선비의 뼈를 찾아 묻어주었다. 몇 년 후 그 자리에서 돼지 한 마리가 나타나서는 바위 밑으로 찾아가 구렁이를 죽이고 자신도 죽었다. 알고 보니 죽은 선비가 다시 돼지로 태어나 구렁이에게 원수를 갚은 것이었다.

옛날에 오새로는(요새로는) 뭐 서울이고 모두 이카는, 옛날에 인자 한양 간다꼬 공부했는 사람이 한양 간다꼬 갔, 간데. 글 때는 차도 없고 걸어갔다 아입니꺼? 걸어가이께네,

그래 가다가 우중에(雨中에) 이래 쉬이가주고 또 자가미('자가면서'로, 유숙을 하며 갔다는 뜻임.) 이래 갔는데.

가다가 보이꺼네 참, 앞 몬(못) 보는 봉사를 한 사람 만냈어예. 봉사로 한 사람 만내가주고, 그래 지캉(저와) 그래 도양('동행'을 잘못 발음한 것이다.) 하자 캐가주고,

"그래 같이 가자." 이래 됐는데.

그래 같이 도양을 하다 가민서러 인자, 해는 저물고 여관에 가여 밥을 이래가주고 참 묵기 되마,

그래 그 한양 과게하러(과거하러) 가는 사람이 그 봉사도 같이, 지캉(저와) 같이 사주고, 같이 묵고 이래가 갔는데. 어데 참, 마 한, 저 한양꺼정(한양까지) 간다고 가다가,

그래 자꾸 인자 낮에 저임(점심) 때 되마 또 저임 사주고, 뭐 지녁(저녁) 때 되마 저녁 사주고 자가미 이래 갔는데.

자꾸 그라다가 보이께네 이 봉사, 앞 못 보는 사람이 그 한양 과게하는

사람 상에다 다 같이 상을 이래 채리가주고(차려서) 밥을 사줬는데, 그 과 게하는 사람 상에다가 자꾸 이 봉사가 더듬거리 본다 카는 기라예. '지는 못 주고 지는 잘, 그 사람은 잘 묵는가' 싶어가.

이래 더듬거리싸아가주고('자꾸 더듬어서'의 의미임.). 이래가 마, 처음에 하문(한번) 칼(그럴) 때는 내삐놔뒀는데, 자꾸 그 신구이(무슨 의미인지 알 수 없다.), 그래 갈따나('가는 내내'의 의미임.) 신구이 그래싸가(더듬는 행위가 계속되었다는 뜻이다.),

그래 이 한양가는 참, 이 양반이 옛날에는 뭐 대도 있었는가, 이래가 대꾸바리라(담뱃대라) 카든가, 머리를 탁 때리조놓이, 마 그 사람이 죽었붔는 기라예.

(청중 : 아이구야.)

그 사람 이래 죽었붔는데. 죽어놓으이께네, 그래 어데 산질꺼지(산기슭까지) 가다가 쉬다가 그래 됐는데.

그래 막 그 산지슭꺼지 거 가다가, 그 마, 우중에 산에 마 이런 거, 참 손가(손으로) 뭐 크기 묻겠십니꺼? 이렇게 묻어놓고.

그래 한양 과게를 보고 그래 오민서나 '우예 됐는공?' 싶어여, 그 인자 무덤에 들다보러 갔어예, 가이께네.

그래 거어 서가주고, 이래 소리가 뭐 부시럭부시럭 나샀디만은, 큰 짐승 이런 거, 구리이가(구렁이가) 한 마리 그 미에(묘에) 거어서 나온다 카는 기라예.

나와가 그래 이 사람이,

"아이구, 걸음아 날 살리라." 카고,

막 죽을판 살판 오이께네 뒤에 자꾸 따라 오는 기라예, 그 구리이가.

따라와 어데 어데라꼬 오이께네, 절이 하나 떡 마대칬어예(마주쳤어요). 절이 하나 마대치가, 그래 이 사람이 절에 쑥 드가가, 과게해가 오는 사람 이 절에 쑥 드가가,

“그래 사람 좀 살리돌라.” 이카이께네,

그래 그 절에서여 큰 질(‘질솥’의 뜻임.) 겉은 독이 있는데,

“저어 드가라.” 카는데,

거어를, 그래 이래 드으, 옇어가주고 마, 소두뱅이(솥뚜껑) 큰 거를 트으 덮어 놓는 기라예. 그래가 덮어 놔이께네,

그러이 참, 수시끔(‘한참’의 의미임.) 있으이, 구리이가 그 절에 온다 카는 기라예. 와가주고, 그래가 그 온 돌 안, 절 돌 안에 돌디만은도,

그래 그 마 독에 가여(가서) 칭칭 이래 감는다 카는 기라예. 그래 칭칭 감어가 그래 수시꿈 감고 있디만은 고마 후치끈 풀어가주고 나가는데.

그래 절에서 보이꺼네 그래가,

(청중 : 아이가, 사람이 마 죽었겠다.)

녹했지(녹였지).

(청중 : 녹했붔다(녹여버렸다).)

‘어데 가는공’ 싶어 보이, 뒤, 절 뒤에 이런 큰 방구가(바위가) 있는데, 방구 밑에 드갔붔다 카는 기라예.

(청중 : 그런 전설이, 이야기가 있었다.)

예. 방구 밑에 드갔부리가주고 그래가 인자 이 절에서여, 참 그 독을 들씨보이꺼네(들추어보니까) 다 녹었부고 뼈(뼈) 뿐이고, 물뿐이고 이런 기라예. 그래가주고 인자 그 참, 뼈간지로(뼈를) 그래가 내어, 독에서 내어 가주고 절 앞에(옆에) 묻어 줖어예.

절 앞에 묻어놓이께네, 고오서(거기서) 또 메철(며칠) 되이꺼네, 토시뼈 째기만한(정확히 알 수 없으나 ‘조그만’의 의미인 듯하다.) 돼지가 한 마리 꼬불꼬불거리미 온다 카는, 나온다 카는 기라예.

나와가주고 그래 고기이(그것이) 인자 절에서 이래가 밥을 주고 요래싸이꺼네, 그기이 좀 인자 돼지가 크이꺼네,

그래 하문은(한번은) 나가디만은 아,

그래가주고 나가가 수시꿈 있다가 보이꺼네, 온 전시이(전신에), 귀때기 흘로(흙을) 묻혀가주고 이래가 들온다 카는 기라.

그래, '이상타.' 싶어가주고.

그래가주고 인자 뒤에 자꾸 그래가 또 날 날수록(날이 갈수록) 나가사이, 뒤에는 따라가봤다 카는 기라.

'어데 가는공?' 싶어 따라가 보이께네 거 방구에 간다 카는 기라예.

그 방구 밑에, 구리이 드갔는 방구 밑에 거 드가가 자꾸 자꾸 이래 떠등붙이이꺼네.

또 돼지는 니리간에 안 떠등붙인다 카네. 치간에 떠등붙이이꺼네(머리를 내리 들이받지 않고 치켜 들이받는다는 뜻이다.) 그기이 방구가 안 들씨는(들리는) 기라예.

안 들씨이꺼네 인자 절에서 이래가 좀 부축을 해줬어예. 이래 부축을 해주이꺼네, 부축을 해가 뭐 발로가(발로) 이래 부축을 해줬다 카든가 해주이. 참, 그거 방구를 뜰시놓으이, 큰 멧방시이겉이(멧방석같이) 그래가, 방구가 그래가 들앉았다 그래. 들앉어놔이,

(청중 : 돼지 그기이 구리이라.)

응?

(청중 : 돼지 그기이 구리이다.)

돼지가 구리이 아이지. 봉사가 구리이지. 돼지 그거는 과게 하는, 한양 과게하러 갔는 사람, 그 삼들이 그 독에 또 녹했부리노이, 고 사람들이 옆에 묻어노이 고 삼들이 돼지가 됐고. 그래 그렇지예.

(조사자 : 그래가주고?)

예. 그래가 인제 떠등붙이는꺼네, 그래 큰 멧당새기매로(멧방석처럼) 그래가 들앉어놔아노이꺼네.

그래 그 돼지가예 그 구리이로 동가리 동가리 물어 시로(혀로) 끊어놓고, 지도 죽고 그 구리이도 죽고 그렇다. 그러고 원수로 갚더랍니다.

양반 딸과 혼인한 머슴

자료코드 : 05_19_FOT_20090716_CHS_GYS_0001
조사장소 : 경상북도 청도군 화양읍 소라리 308-7번지 마을회관
조사일시 : 2009.7.16
조 사 자 : 천혜숙, 박동철, 김유경, 이선호, 김보라
제 보 자 : 김윤선, 여, 77세
구연상황 : 조사자가 '과부 보쌈한 이야기'를 물어 보았더니 좌중의 대부분이 그런 이야
기는 들어보지 못했다고 했다. 제보자는 조사자의 물음에 한 손으로 입을 가
리며 크게 웃다가 바로 이 이야기를 시작했다. 구연 동안 좌중에는 웃음이 끊
이지 않았으며, 제보자도 연신 웃어댔다. 힘 있는 목소리로 양손을 써 가며
실감나게 구연하였다. 머슴이 타작하는 흉내를 내기도 했다. 청중들은 처녀의
아버지를 큰 인물이라고 평가했다.
줄 거 리 : 양반집의 머슴이 일을 하다가 갈퀴로 그 집 딸의 속곳을 걸어 와서 입고 타
작을 했다. 그 모습을 본 양반이 연유를 묻자 머슴은 그 딸과 함께 자다가 급
하게 나오느라 속곳을 바꿔 입고 나왔다고 대답했다. 양반이 논과 돈을 주며
다른 곳으로 가 함께 살게 했다. 그 후로 머슴은 "천냥짜리 내 까꾸리 만냥짜
리 내 까꾸리"라며 노래를 불렀다. 둘이 아들 딸 낳고 잘 살았다.

　　옛날 양반이 딸이 사는데. 그래가 양, 머슴을 들이가주고 이래 일로 하
는데.

　　그래 은당 안에 빌당(별당) 안에 이래 키우는데.

　　머슴이 마 타작하다가 까꾸리('갈퀴'의 사투리이다.) 가주고, 그 은당
안에 빌당 안에 크는 처녀 팬치를(팬티를) 이래 걸어 나왔어, 속옷을. 걸
어나와가주고 머슴이 인자 입고 타작을,

　　"에이사, 에이사."

　　[웃으면서]

　　하이꺼네, 그래 하이꺼네.

　　(청중 : 머슴이 입고?)

　　어, 머슴이 인자 그 옷을 입고 하이꺼네.

　　(청중 : 그케 말이라.)

그래 인자 적(자기) 아부지가, 양반에 적 아부지가 보이(보니) 얼척없거든(어처구니가 없거든).

"이 사람, 니 입은 거 뭐어꼬?" 카이께네,

"뭣이고 당코 뭐, 저게, 둘이 자다가 마 날이 새갖고, 새가주고 지 옷인동 내 옷인동 모리고 아무 해나(것이나), 입고 나왔심더." 이카이.

막 어른 몰리게(모르게) 마실 몰리게 막 논캉(논이랑) 돈 이런 거 엽전 한굼(가득) 마 짊어지고 마, 딴 데 마 해가 둘이 살기 됐어.

그래놓이 지게목발 뚜드리미 나무하러 가마,

"천 냥짜리 내 까꾸리, 만 냥짜리 내 까꾸리."

[제보자와 청중 모두 웃는다.]

그래가주고 양반이 딸로 뺏들어가('빼앗겨서'를 잘못 말한 것이다.)

[웃음을 참지 못하며]

그래가 뺏들어가 그래 잘 산다 안 캅니까.

(조사자 : 그런 이야기 너무 좋은 이야깁니다.)

천 냥짜리, 나무하러 가만,

"천 냥짜리 내 까꾸리, 만 냥짜리 내 까꾸리." 카미.

(청중 : 인자 까꾸리 그거까 했다고.)

춤을 추미(추며) 막, 그래가 아들 놓고 딸 놓고 잘 산다 카데.

(조사자 : 아우 어르신, 감사합니다.)

(청중 : 그거 다 큰내기라서 그렇지.)

그케, 맞아죽었다, 양반의 집에.

갓 거꾸로 쓰고 찾은 황소

자료코드 : 05_19_FOT_20090716_CHS_GYS_0002
조사장소 : 경상북도 청도군 화양읍 소라리 308-7번지 마을회관

조사일시 : 2009.7.16.

조 사 자 : 천혜숙, 박동철, 김유경, 이선호, 김보라

제 보 자 : 김윤선, 여, 77세

구연상황 : 앞 이야기가 끝난 후 머슴이 양반집 딸과 혼인한 이야기가 더 없느냐고 물었
더니, 제보자는 주변의 눈치를 보면서 이야기하기를 주저했다. 청중들도 아는
이야기가 없다고 했다. 화제를 바꾸어 동제에 관해 물어보고 있는데, 제보자
는 무엇인가 생각난 듯 옆에 앉은 사람에게 "황소이야기를 해도 될까?"하고
조심스럽게 물어보았다. 동제 조사를 끝내고, 좌중에게 다시 옛날이야기를 들
려달라고 청했더니 제보자는 머뭇거리다 이 이야기를 했다. 웃음기 있는 목소
리로 구연했다.

줄 거 리 : 옛날 한 창녕 사람이 황소를 잃어버려 점을 치러 갔다. 갓을 거꾸로 쓰고 어
디든지 다니면 소를 찾는다는 점괘대로 행했더니, 어떤 총각이 소의 행방을
일러주어 소를 찾았다.

옛날, 옛날에 여 창녕 사람이 소를 잃었붕리가주고 막 그거를 못 찾어가.

주막집마중(주막집마다) 마 마 내 가여(가서) 술로 묵고, 인자 소 소식
알라꼬. 그래 인자 마 주막집마중 온 전신이(전부) 이래 댕기이,

큰 황소를 믹이다가 잃어부리가.

그래가주고,

'이래가 안되겠다.' 카미, '어데 점 하러(치러) 가야다(가야겠다)' 카미,
당수로(단수를) 빼이꺼네,

"소를 찾겠다." 카거든.

그래가,

"이 우에가(어떻게) 소로 찾겠노?" 카이,

"갓을 꺼꾸리(거꾸로) 씨고(쓰고) 논이맨(논이면) 논, 밭이만 밭, 마 발
길 놓는 데로 가라."

카는, 카는 기라예.

그래 발길 놓는 대로 가이꺼네, 꺼꾸리 이래 갓을 씨고 가이꺼네,

그래 산을 올라 가이꺼네 소로 그 잡을라꼬 방아다가(방에다가) 몰고

드가는 거.

그래가주고 우안(어떤) 총각 하나가 나무로 해 오다가,

"헤이, 어데는 갓을 꺼꾸루 씨고 드가는(들어가는) 것도 안('봤네'를 잘못 말한 것이다.), 봤네."

"또, 소로 방아 몰고 드가는 것도 봤네." 카이,

"어데 그런 거 있더노?" 카이꺼네,

"요 넘에(넘어) 가마 있다." 카디.

그래 소를 찾았다 카데.

꾀 많은 토끼

자료코드 : 05_19_FOT_20090716_CHS_GYS_0004
조사장소 : 경상북도 청도군 화양읍 소라리 308-7번지 마을회관
조사일시 : 2009.7.16
조 사 자 : 천혜숙, 박동철, 김유경, 이선호, 김보라
제 보 자 : 김윤선, 여, 77세
구연상황 : 앞 민요의 구연이 끝나고, 누군가 트로트를 부르기 시작했다. 돌아가면서 불렀는데, 어느새 합창이 될 정도로 호응이 대단했다. 30분 정도 조사가 중단되었다. 두 시간 정도 진행되었던 터라 약간은 지친 분위기였다. 조사자가 쉬고 있는 신도댁에게 '꾀 많은 토끼' 이야기를 아느냐고 물었더니 바로 이 이야기를 했다. 제보자는 시작부터 웃음을 터뜨렸으며, 토끼가 범을 골려주는 대목에서는 더 크게 웃었다. 몇 분 정도만 관심 있게 이야기를 들었다.
줄 거 리 : 토끼와 범이 쑥떡을 주웠는데, 서로 먹으려고 다투었다. 토끼가 꾀를 내어서 범에게 두루마기에 쑥떡을 넣고 구르면 맛있다고 속였다. 범이 굴러 내려오다 떨어뜨린 쑥떡을 토끼가 혼자 먹고 범을 놀려댔다.

토끼캉(토끼와) 범캉 만냈는데.

[청중과 제보자가 함께 웃음]

쑥떡을 한 넙디기 조웠는데(주웠는데). 서리(서로) 무울라고(먹으려고),

범캉, 범캉 토끼캉 싸움을 하다가,

토끼가 꾀가 많애가주고 여, 두루매기라(두루마기라) 카는 ○○○, 요래 뚫버진 데 있는데.

그래, 토끼가 하는 말이,

"아저씨, 아저씨, 저게 이거로 여어(여기) 옇어가주고 놔뒀다가 무우만(먹으면) 맛있다." 이카거든예.

그 범은 축구라놓이께네('畜狗'는 바보라는 의미임.),

"어흥." 카미,

"옇어라." 캐나놓이,

"거 옇어가 두불두불 구부러(굴러) 니러가마(내려가면) 맛이 있다." 캐 노이,

마, 니러가다가 저게 쑥떡 그기이 요래 널져(떨어져) 놓이 토끼가 묵고 마,

"아이구 내 좆 봐라."

[크게 웃음]

카미 올로(올라) 가고. 기냥 범은 두불두불 구부려 니러오이, 어딨노 마, 토끼가 다 무웄뿠어(먹어버렸어).

[웃음]

방귀쟁이 며느리

자료코드 : 05_19_FOT_20090716_CHS_GYS_0005
조사장소 : 경상북도 청도군 화양읍 소라리 308-7번지 마을회관
조사일시 : 2009.7.16
조 사 자 : 천혜숙, 박동철, 김유경, 이선호, 김보라
제 보 자 : 김윤선, 여, 77세
구연상황 : 앞 노래가 끝난 후 '사위 노래'를 청했다. 사위에게 불러준 기억은 있으나 갑자기 하려니 생각나지 않는다고 했다. 약간의 정적이 흐른 뒤 조사자가 '방귀

쟁이 며느리’ 이야기를 아느냐고 물었더니 모두가 박장대소했다. 제보자는 이 이야기를 하는 동안 시종일관 웃었으며, 상황에 따라 손짓도 섞어가며 했다. 옆에서 금동댁이 계속 ‘사위 노래’ 사설을 중얼거리고 있었다. 그래서인지 제보자는 서둘러 구연을 마쳤다.

줄 거 리 : 시집 온 며느리의 안색이 노랬다. 그 연유를 알게 된 시부가 방귀를 맘껏 뀌라고 했다. 며느리가 방귀를 뀌니 집이 한쪽으로 기울었다. 그래서 다음에는 반대 쪽에서 방귀를 뀌어 집을 바로 세우게 했다.

옛날 한 사람이 미늘로(며느리를) 봐 놔놓으이 얼굴이가 노오랗거든예.

[제보자와 청중 웃음]

“와(왜), 미늘아.” 시어른이,

“얼굴이가 노라노?” 카이.

“하이고 아버님, 방구를(방귀를) 아버님 앞에 못 끼이가주고 그래가주고 노랗심더.” 카이.

“방구 끼라(뀌라).” 카는 기라.

[웃음]

“내 가여(가서) 바치(받쳐) 주꾸마.”

방구로 저 짜아서(쪽에서) 끼놔놓으이,

[웃으며]

집이 휘뜩, 터가 허뜩. 그래가,

“아이고 미늘아, 집 넘어간다. 이짜아(이쪽에) 와여 바라라(‘반대쪽으로 와서 바로 잡아라’라는 뜻임.)” 캐놓이,

이짜아(이쪽에) 와여(와서) 쪼매(쪼금) 끼어놓으이 마 고래 딱 바리다(바르다) 카대예. [웃음]

소라리 마을 풍수

자료코드 : 05_19_FOT_20090716_CHS_YBE_0001
조사장소 : 경상북도 청도군 화양읍 소라리 308-7번지 마을회관
조사일시 : 2009.7.16
조 사 자 : 천혜숙, 박동철, 김유경, 이선호, 김보라
제 보 자 : 예병억, 남, 74세 외 1인
구연상황 : 신도댁의 '갓 거꾸로 쓰고 찾은 황소' 이야기가 끝나갈 무렵 기다리던 예병억
　　　　　씨가 나타났다. 청중들은 오랫동안 이장을 맡아왔던 이 분에게 소라의 역사에
　　　　　관한 이야기를 하라고 권했다. 청중 한 분이 '똥매띠기'(똥무더기) 이야기를
　　　　　해보라고 하자 할아버지에게 어깨너머로 들은 소리라고 운을 뗀 뒤 이 이야
　　　　　기를 했다. 이야기 도중 청중의 참견이 심한 것으로 보아, 대부분이 이 이야
　　　　　기를 알고 있는 듯 보였다. 청중의 개입이 많아지자 제보자의 목소리가 점차
　　　　　높아졌다.
줄 거 리 : 산성공굴 아래쪽으로 마을이 가려야 소라마을이 부자가 된다는 설이 있다.

　지금 산성 공굴 밑이 저기 우리 소라에서는예, 저어가(저기가) 갈리야
(가려야) 부자가 된다꼬.

　지금은 지금 인자 우회도로가 안 났입니까, 농협에서 가는 데?

　저 길 나고 고속도로 나고 하이, 저기 지금 공골 밑에 거어가(거기가)
거반(거의) 다 믹힜붓심더(막혀버렸습니다.). 다 가맀뿟습니다(가려졌다),
소라에서 보만.

　(청중 : 다 묻혔지예.)

　그래가주고,

　(청중 : 그래가 부자가 안 난다 카데.)

　지금도 좀 아는 분들이,

　"저기 막힌 따문에(때문에) 소라 나도 부자 될 끼다." 그기고예(그것이
고요).

　옛날 할아부이 때 요고 인자 이거 정지나무 밑에 모단는(모았는) 그거
는 마, 등짐으로 해와도 나무 숭구고(심고) 마이 동, 갈맀십니더.

지금 맨치(만큼) 저거 맨침 안 갈리도(가려도).

(조사자 : 왜 모다셨는고(모으셨는고), 할아버지께서?)

그기 인자 저 짝에(쪽에) 동편 쪽에 산성 공굴 쪽에 확 터짔부만(터져버리면) 동네가 부자가 안 되고, 동네가 자꾸 마,

(조사자 : 보(補), 보, 보, 보한다고?)

예, 예, 그기 옛날 지리학설에 고래 나와 있어예. 역사가 그렇다 카이. 공굴 쪽이 막히아(막혀야) 소라는 부자가 되여.

(보조 제보자 : 개 주딩이가(주둥이가), 인자 똥매띠기카만(똥무더기처럼) 요래 돌아져가주고, 요 인자 이라만, 갈리만(가리면) 여게 잘 살고(청도 소라리가 잘 살고), 밀양을 이래 마 내치만(밀양 쪽으로 뻗히면) 인자 밀양사람이 잘 산다 카는 그 역사라.)

기후 좋고 농사 잘되는 소라리

자료코드 : 05_19_FOT_20090716_CHS_YBE_0002
조사장소 : 경상북도 청도군 화양읍 소라리 308-7번지 마을회관
조사일시 : 2009.7.16
조 사 자 : 천혜숙, 박동철, 김유경, 이선호, 김보라
제 보 자 : 예병억, 남, 74세
구연상황 : 조사자가 마을 형국에 대해 묻자 제보자는 바로 이 이야기를 구술했다. 앞 이
　　　　　야기에 적극적인 반응을 보이던 청중들은 지명 유래에 관한 이야기가 계속되
　　　　　자 지루해 했다. 몇 분 정도만 관심 있게 이야기를 들었고, 나머지 분들은 잡
　　　　　담을 나누거나 자리를 떴다. 전화연락을 받고 합류한 이상철 씨가 이야기를
　　　　　거들었다.
줄 거 리 : 소라리는 기후가 좋아 일제시대에 자연 한천공장이 있었다. 또한 마을 앞에
　　　　　있는 봇들도 햇빛이 풍부하여 농사가 잘 된다.

여 인자 소라가 유명한 거는예.

요고 하나 들어 놓이소, 마 앞으로 인자 학생들이 배아야(배워야) 될 낀데. 그 지리적인 여건이 상당히 좋습니다.

북쪽에는 펭풍(병풍) 맨치로(처럼) 갈리가(갈리어) 있고예. 앞에는 냇가가 있고, 고리(그리) 건네가고. 겨울에 기온이 상당히 따십니다.

일제시대 대한민국에서 제일 기후 좋은 자리를 택한, 이 한천공장이, 자연 한천공장이 있는데.

지금 인자 과학 한천은, 옛날에 사람이 전부 그 그 실한천 서리고(썰고), 얼아가(얼려서) 말루고(말리고) 이래 했는데예.

대한민국 일제시댑니다.

일제시대에 일본사람이 한국을, 대한민국을 다 돌아가도(돌아다녀도) 소라만한 위치가 없어예. 낮은 따시고(따습고) 밤은 얼어가주고 얼음이 녹고. 요렇기(이렇게) 기후 좋은 데가 없다 캅니더, 소라에. 기후, 기후가 좋고.

앞에 여 평야지대 여 소라 봇뜰 카만 소라에서도 알아줍니다. 와(왜) 소라 봇뜰이 보가(洑가) 좋오노 하만, 앞에 이 들이예, 해가 아침에 떠가주고 해질 때꺼정(때까지) 들에 햇빛이 있이야 그릉지(그림자), 음지가 덜해야 농사가 잘 됩니더. 청도군에도 소라뜰이 농사가 잘 된다는 원인이 햇빛을 많이 받아가 그렇고.

그런 뭐, 그런 원인이 있습니다.

납딱바위

자료코드 : 05_19_FOT_20090716_CHS_ICC_0001
조사장소 : 경상북도 청도군 화양읍 소라리 308-7번지 마을회관
조사일시 : 2009.7.16
조 사 자 : 천혜숙, 박동철, 김유경, 이선호, 김보라
제 보 자 : 이상철, 남, 74세 외 1인

구연상황 : '왜구 막은 주구산성' 이야기가 끝난 뒤에는 예병억 씨와 이상철 씨가 소라마
            을 주변의 지명 유래담을 서로 주고 받았다. 동신에 대해서도 짧은 이야기가
            오갔다. 이야기판의 주제가 동제로 바뀌자 잠자코 있던 청중들이 한두 마디씩
            거들었다. 조사자가 청도 납딱바위에 대해 물었더니, 예병억씨가 "역전에 납딱
            바위가 있었다."고 하면서 말머리를 잡았다. 예병억 씨와 이상철 씨가 계속 이
            야기를 주고받으며 판의 분위기를 주도해나가자 아예 듣지 않는 분도 있었고,
            옆 사람에게 작은 목소리로 "이제 그만 좀 하지."라고 말하는 분도 있었다.
줄 거 리 : 청도 납딱바위는 국내뿐 아니라 일본까지도 유명했다. "청도 납딱바위에서 왔
            다"고 하면, 싸우려던 사람도 항복할 정도였다고 한다.

(보조 제보자 : 납딱바위는 청도 여, 역 있는 데 고오 가만(거기 가면)
납딱바위가 있어요.)

(조사자 : 전설 같은 거는?)

(보조 제보자 : 예, 그 바람에 청도 납딱바우서 왔다 카지, 서울 가만(가
면), 납딱바위서.)

근데 서울이 문제가 아이고(아니고) 일본서도.

(보조 제보자 : 전국적으로 돈대, 그런 말이.)

일본서도, 일본서도.

"당신 어디서 왔소?" 카만(하면),

"청도 납딱바우 있소." 카만,

겁을 내가 몬(못) 달게(달겨) 든다 카이.

지금 현재 그 철로 ○○○○ 드갔뿄는데(철도 만들 때 들어가버렸다는
뜻인 듯하다.),

납딱바우는 이만해, 이만해요. 이만한데.

이기 인자, 거어서 전부 술 묵고(먹고), 술 묵고 거어서 뭐 싸움 겉은
거 하고, 데이트하고 그런 장손데.

바위가 넙떡하다 캐가주고. 바로 길가에 있거든.

지금은 뭐, 저, 저, 인제 경부고속, 부산, 대구 대구 부산 저 도로 났지

만, 철도, 철도 확장됐고 하이 다 맥히부렀어(막혀버렸어).

예, 청도 납딱바우는.

(조사자 : 예, 전설 같은 거는?)

(보조 제보자 : 전설이 있었어, 옛날에 있었어요.)

"청도 있다." 카면은,

"청도 어딨노?" 카만, 거 납딱바우 있다 카마 손 못 댑니다.

일본서도 청도 납딱바위 카미 눈 딱 뿔시마(부릅뜨면) 손 못대요.

그런 위험한 그런 전설이 있어요.

친정 모친 죽고 중이 된 며느리

자료코드 : 05_19_FOT_20090716_CHS_IDJ_0001
조사장소 : 경상북도 청도군 화양읍 소라리 308-7번지 마을회관
조사일시 : 2009.7.16
조 사 자 : 천혜숙, 박동철, 김유경, 이선호, 김보라
제 보 자 : 임동주, 여, 80세
구연상황 : 각산댁이 '팔조령의 술 나는 샘(채록하지 않음.)'을 짧게 구연했고, 이어서 이
          상철 씨가 펜으로 한자를 써가며 팔조령에 대해 길게 설명했다. 구연 도중 제
          보자는 조사자를 바라보며 "생각나는 게 있다"고 하더니, 이상철 씨의 이야기
          가 끝나자 바로 이 이야기를 했다. 몸이 아파 목소리가 잘 나오지 않는다며
          미안해했다. 서사민요 '시집살이 노래'를 이야기로 구연한 것인데 내용의 변
          이가 흥미롭다.
줄 거 리 : 고된 시집살이를 하던 며느리가 밭을 매고 있었다. 밭에 종이를 맨 파랑새가
          날아와서 펴 보니 친정어머니의 부고였다. 그 길로 친정집을 찾아갔지만 장사
          를 다 지내고 난 뒤였다. 올케는 늦게 왔다며 구박을 하고 밥도 한 숟가락 주
          지 않고 내쫓아버렸다. 시집으로 돌아온 며느리는 산으로 들어가 중이 되었다.

옛날에 시집을 갔거든.

하도 시집살이가 디이가주고(고되서) 그래 밭을 매러 갔거든.

[구송으로]

불겉이라 더운 날에 미겉이라, 지선 밭을,

한 골 매고 두 골 매고,

삼시 시(세) 골 매고 나이,

[다시 구술로 바꾸어서]

파랑새가 한 마리 포로록 날라 오거든.

내가 아퍼가주고 말이 지대로 안 된다.

(보조 조사자 : 아니에요. 잘 들려요, 할머니.)

저, 저, 파랑새가 파르르 날라와가(날아와서), 보이(보니) 발에 종이가 하얗기 붙었거든.

붙어가(붙어서) 풀어보이, 조고(자기) 옴마(엄마) 죽었다고 부고(訃告) 지고 왔거든.

그래, 매던 호멩이(호미) 떤졌부고(던져버리고).

인자 옛날에는 차도 없고 걸어갔거든. 걸어가이께네, 보이 장사 했붔거든.

그래 월끼가(올케가) 하는 말이,

"에라이, 요년 물러쳐라. 어제 아래 왔으마 너거(네) 옴마로(엄마를) 볼낀데, 오늘 와가 너거 옴마도 못 본다." 이카미,

"돌리서라(돌아서라)." 카거든.

그래 이, 밥도 한 숟가락 몬(못) 얻어묵고 하는 말이,

[구송으로]

"밥 한 술을 자짔으마(자셨으면),

꾸중물이(구정물이) 남았으마,

니(네) 소 주지, 내 소 주나."

[다시 구술로 바꾸어서]

"아, 누룬밥이(누룽지가) 남았으만,

니 개 주지, 내 개 주나."

그카민서 그래 집에 돌아와가,

[구송으로]

여덟 폭 채매(치마), 한,

한 폭 따여(따서) 꼬깔 짓고,

한 폭 따여 바랑 짓고,

[다시 구술로 바꾸어서]

그래가 절로 걸어 나섰단다.

나서가 그래 가여, 절에 가가주고 중질하고 그래 살었단다.

[웃음]

(보조 조사자 : 아, 그래서 집 나왔어요, 그 며느리가?)

응, 미느리가.

(보조 조사자 : 그래, 중이 됐어요?)

중이 됐다 카데. 그래, 전설에 이야기가 있어가.

창부타령

자료코드 : 05_19_FOS_20090716_CHS_GYS_0003
조사장소 : 경상북도 청도군 화양읍 소라리 308-7번지 마을회관
조사일시 : 2009.7.16
조 사 자 : 천혜숙, 박동철, 김유경, 이선호, 김보라
제 보 자 : 김윤선, 여, 77세
구연상황 : 예병억 씨와 이상철 씨가 자리를 뜨자 청중들은 자리를 마음대로 바꾸거나
편히 쉬거나 했다. 조사자가 "노랫가락이나 중년소리 잘하시는 분 안 계십니
까?"라고 물으면서 "아니 아니 노지는 못하리라"라고 운을 떼었더니, 제보자
가 이 노래를 불렀다. 적극적 창자에 속하는 제보자는 "마이크를 내 앞에 갖
다 대라."고 주문하기도 했다. 노래를 마친 제보자에게 "이 노래가 청춘가냐,
노랫가락이냐"고 물었더니, 제보자는 금방 대답하지 못했다. 청중 한 분이
'청춘가'라고 했다.

아니 아니 노지는 못하리라

하늘과 같이 높은 사랑

하늘같이도 반견(반긴) 사랑

칠년대한(七年大旱) 가문 날에

빗방울같이도 반견 사령(사랑)

양귀~왕에 양귀비는

이도령의 춘양이라(춘향이라)

칭칭이

자료코드 : 05_19_FOS_20090716_CHS_GYS_0006

조사장소 : 경상북도 청도군 화양읍 소라리 308-7번지 마을회관
조사일시 : 2009.7.16
조 사 자 : 천혜숙, 박동철, 김유경, 이선호, 김보라
제 보 자 : 김윤선, 여, 77세
구연상황 : 조사자가 상여 소리 앞소리꾼이 계시는가 물었더니, 제보자는 "칭칭이나 한 번 해보자."면서 시작했다. 제보자가 앞소리를 부르고 좌중이 모두 손뼉을 치며 소리를 받았다. 혼인 후 어울려 놀면서 배운 노래라고 했다. 옆에 앉은 근천댁이 "옛날에 북치고 놀 때 칭칭이 했다."고 덧붙였다. 신부의 부고를 듣고 장가든 총각 이야기가 담긴 긴 서사민요이다.

치야칭칭 나네이
얼씨구나 절씨구나~
치야칭칭 나네~
한 살 무여(먹어) 어미 죽고

[청중들이 박수를 치며 후렴을 받았다.]

치야칭칭 나네~
두 살 무여 아범 죽고
치야칭칭 나네~
삼오시에(삼오십오) 열다섯에
치야칭칭 나네~
장개길로 시젓더니
치야칭칭 나네~
앞에

[숨이 차는 듯 들이쉬며 가사를 얼버무렸다.]

일랑('앞집엘랑'을 끊어 말한 것임.) 책력보고
치야칭칭 나네~

뒷집에는 달력을 보니

치야칭칭 나네~

달력에도 못 갈 장가

치야칭칭 나네~

아범일랑 뒷시우고(뒤세우고)

치야칭칭 나네~

한님은('하님은'으로 '하인'을 뜻함.) 앞시우고(앞세우고)

치야칭칭 나네~

한 모랑이(모롱이) 돌아가니

치야칭칭 나네~

까막깐치 진동하고

치야칭칭 나네~

두 모랑이 돌아가니

치야칭칭 나네~

연자(제비) 새끼가 진동하고

치야칭칭 나네~

시(세) 모랑이 돌아가니

치야칭칭 나네~

소쩍새가 진동하고

치야칭칭 나네~

다섯 모랭이 돌아가니

치야칭칭 나네~

부고장을 만났구나

치야칭칭 나네~

인손에(왼손에) 받아 쥐고

치야칭칭 나네~

오른손에 피어보니
치야칭칭 나네~
신부 죽은 부고지라
치야칭칭 나네~
아범도 돌아서소
치야칭칭 나네~
한님도 돌아서소
치야칭칭 나네~
내 혼차만(혼자만) 다녀오리
치야칭칭 나네~
한 대문을 열고 가니
치야칭칭 나네~
인생소리가 진동하고
치야칭칭 나네~
두 대문을 열고 가니
치야칭칭 나네~
백간자리가 왕래하고
치야칭칭 나네~
시(세) 대문을 열고 가니
치야칭칭 나네~
신부 죽은 방이로세
치야칭칭 나네~
사우(사위) 사우 내 사위야
치야칭칭 나네~
날짜가 걸러(걸려) 그러한가
치야칭칭 나네~

달짜가 걸러(걸려) 그러한가

치야칭칭 나네~

이왕지사 왔일(왔을) 망정

치야칭칭 나네~

얼굴따나(얼굴이나) 보고 가세

치야칭칭 나네~

화촉평퐁(화촉병풍) 둘러천 거(둘러친 것)

치야칭칭 나네~

히꺼(히껏) 들치고(들추고) 들때(들여다) 보니

치야칭칭 나네~

아침이슬 꽃 본 듯고

치야칭칭 나네~

우쭈그리 하는 말은

치야칭칭 나네~

홍고름 홍짓에다가('홍깃에다'의 뜻임.)

치야칭칭 나네~

반달긑이(반달같이) 갈아입고

치야칭칭 나네~

연분홍 입채맬라[73]

치야칭칭 나네~

나부긑이(나비같이) 주름을 잡아

치야칭칭 나네~

색맹생걑이도(색명주같이도) 둘러 입고

치야칭칭 나네~

---

73) '입치말랑'으로, '입치마'에다 '~일랑'의 조사를 붙여 의미를 강조한 것이다.

아홉 가치(갈래) 땋은 머리
치야칭칭 나네~
홍, 어

[잠시 가사가 막힌 듯 멈칫 한다.]

홍고름에 홍짓에다가
치야칭칭 나네~
색밍생겉이도 둘러입고
치야칭칭 나네~
풍수풍수 대풍수야
치야칭칭 나네~
명산이라 잡거들랑
치야칭칭 나네~
앞산에도 잡지 말고
치야칭칭 나네~
뒷산에도 잡지 말고
치야칭칭 나네~
연대(蓮塘) 속에 잡어주소
치야칭칭 나네~
너는 죽어 꽃이 되고
치야칭칭 나네~
나는 죽어 나비가 되어
치야칭칭 나네~
이승따나(이승에서는) 못 살망정
치야칭칭 나네~

후승따나(후생에서는) 살어 보자

치야칭칭 나네~

내 딸 죽고 내사우야

치야칭칭 나네~

이왕지사 왔을망정

치야칭칭 나네~

발채잠이나[74] 자고 가소

치야칭칭 나네~

못자겠소 못자겠소

치야칭칭 나네~

발채잠을 못자겠소

치야칭칭 나네~

대장군 남자가 되어

치야칭칭 나네~

발채잠이 왠말이냐

치야칭칭 나네~

[구연을 마치며 힘이 드는 듯이 말한다.]

아이고 많이, 많이 진데(긴데) 모(못) 하겠다.

사위 노래 1

자료코드 : 05_19_FOS_20090716_CHS_GPJ_0001

조사장소 : 경상북도 청도군 화양읍 소라리 308-7번지 마을회관

조사일시 : 2009.7.16

---

74) '발채잠'은 남의 발치에서 편치 않게 자는 잠을 뜻한다.

조 사 자 : 천혜숙, 박동철, 김유경, 이선호, 김보라
제 보 자 : 김필조, 여, 87세
구연상황 : 금동댁은 앞 이야기가 끝나자마자 각산댁을 가리키며 '사위 노래'를 한 번 해
보라고 권했다. 제보자는 기다렸다는 듯 바로 이 노래를 불렀다. 쑥스러운 듯
한 손으로 허벅지를 비비면서 녹음기만 쳐다보고 불렀다. 잡음이 많아 한 번
더 불러주기를 청하자 처음과는 달리 손뼉을 치며 적극적으로 불러주었다. 청
중 몇 분이 함께 손뼉을 치며 장단을 맞추었다. 노래 끝에 "딸 키워서 사위한
테 다 뺏긴다."고 덧붙였다.

동방화초 달밝은데

성인군자 내 사위야

찹쌀 백미 삼백 석에

자취 가린 ○○○○('내 사위야'인 듯하나 청취불능이다.)

진주남강 숲 속에

구슬같은 내 사위야

은잔 놋잔 유리잔에

철철 부어 잔에 들고

자네그게(자네에게) 다 맽깄네(맡겼네)

내 딸 책엄(책임) 다 맽깄네

성금성채는 자네들이 하고

일편단심 굳은 마음

변치 말고 살아주게

시집살이 노래

자료코드 : 05_19_FOS_20090716_CHS_GPJ_0002
조사장소 : 경상북도 청도군 화양읍 소라리 308-7번지 마을회관
조사일시 : 2009.7.16

조 사 자 : 천혜숙, 박동철, 김유경, 이선호, 김보라
제 보 자 : 김필조, 여, 87세
구연상황 : '청춘가'가 교환창으로 이어진 후, 장태분 씨가 주도하는 트롯트판이 벌어졌
다. 다시 잡담이 난무하는 가운데 제보자가 무언가 말하려는 눈치를 보이다가
"내 시집 살았던 이야기하께."라며 이 노래를 시작했다. 창부타령 곡조로 불
렀다. 이 노래는 청중들의 시선과 관심을 불러 모았고, 몇 분은 가사 내용에
공감하는 듯 크게 웃기도 했다. 노래 끝에 제보자는 자신의 시집살이 이야기
를 덧붙였다.

저 하늘이 높다만 해도
우리집의 시아바이보다 덜 높우네
뒷동산 호래이가(호랑이가) 무섭더라만 해도
우리집의 시오마이보다 덜 무섭네
저 앞강물이 겁난다 해도
우리집 맏시숙보다 덜 겁나네
봄배추가 포리더라만(푸르더라고) 해도
우리집 맏동시 입수구리보다는('입술보다는'의 의미로, '입수구리'
는 '입술'의 경상도 방언이다.) 덜 푸리네

[청중 웃음]

뒷동산에 토란이 굵더러만 해도
우리집 시동상 눈까리보다는 덜 굵구나

[청중 웃음]

밭에 고추가 맵더라만 해도
우리집에 시누부보다 덜 맵구나
우리집에 낭군님은
날만 보면은 벙실벙실

앞사랑 뒷사랑 백년의 사령(사랑)

잊지 못할 정든 사령(사랑)

얼씨구나 좋네 지화자 좋네

이렇기도 좋다면 왜 못사노 으이

모노래

자료코드 : 05_19_FOS_20090716_CHS_IDJ_0002

조사장소 : 경상북도 청도군 화양읍 소라리 308-7번지 마을회관

조사일시 : 2009.7.16

조 사 자 : 천혜숙, 박동철, 김유경, 이선호, 김보라

제 보 자 : 임동주, 여, 80세 외 3인

구연상황 : 제보자는 앞 이야기를 끝내고, 다소 시끄러운 분위기 속에서 모노래를 시작했다. 부르다가 가사가 막히자 "원래는 모노래를 억수로(굉장히) 잘했는데, 몸이 아파 못하겠다."며 멈추었다. 조사자가 "임도 눕고 나도 눕고"라고 거들자, 구송으로 몇 구절을 더했다. 조사자가 좌중에게 "아시는 분 있으면 받아서 하시죠."라고 권했더니, 신도댁과 칠곡댁, 근천댁, 각산댁이 차례로 받았다. 이상철 씨는 "목소리를 크게 하라."는 등, 참견을 계속했다. 좌중의 대부분이 이 노래를 알고 있었으며, 가창방식은 한 사람이 4음보 2행의 몇 소절을 부르면, 다른 사람이 또 다른 소절들을 잇는 교환창의 방식으로 계속되었다.

이 논배미 모를 심어

잎이 넙어서(넓어서) 정자로다

우리야 부모님 선산등에

솔을 심어 정자로다

[박수와 잡담이 이어졌다.]

['초롱아 초롱아 양사초롱'으로 노래하다가 가사가 막히자, 말로 구연한다.]

불 밝히라 불 밝히라

양사초롱 불 밝히라

임도 눕고 나도 눕고

저 초롱불 누가 *끄꼬*

[보조 제보자가 구연한다.]

낭창낭창 저 비리 끝에

무정하다 울 오라바

난도 죽어 후성가서

낭군님부텅 싱기(섬겨) 볼래

[보조 제보자가 구연한다.]

모야 모야 노랑모야

니 언제 커서 열매 열래

이달 가고 훗달 가면

내훗달에 열매 연다

[잡담과 함께, 서로 노래하기를 권한다.]
[보조 제보자가 구연한다.]

경주야 바지 찬졸배기(무슨 뜻인지 정확히 알 수 없다.)

고운 때 안 묻어 황천가네(젊어서 죽었다는 의미인 듯하다.)

칠십에 나는('칠십이 된'의 의미이다.) 노부모 두고

황천 가는 날만 하랴

[보조 제보자가 구연한다.]

알곰아 삼삼 고은(고운) 독에
누룩을 찔러 백화주요
기림을(그림을) 기렀다(그렸다) 유리잔에
청천나비가 건주하네(권주하네)

[보조 제보자가 구연한다.]

사래야 질고(길고) 광 넙은(넓은) 밭에
목화 따는 저 큰아가
그 목화를 내 따줌세
시간살이(세간살이) 나캉 살자 ('혼인을 해서 같이 살자'는 의미이
다.)

"새빌 겉은 저 밭고래." 캐라(해라).
[보조 제보자가 구연한다.]

낭짱낭짱 새별 끝에
무정하다 울 오라바
나도 죽어 후성 가여
낭군님버텅 싱거(섬겨) 볼래

(보조 제보자 : 또 생각히는(생각나는) 대로 해 봐라. 생각히거든(생각나
거든). 나는 안 생각히 몬하겠다.)
[보조 제보자가 구연한다.]

해 다지고 다 저문 날에이
우야나('어떤'의 의미임.) 행상이 떠나오노
이태백이 본처죽고

임우 행상이 떠나오네

(보조 제보자 : 또 해라.)
[보조 제보자가 구연한다.]

찔레야 꽃튼 장가로 가고으이
석노꽃튼(석류꽃은) 요가로 간다('요객 간다'로, 곧 상객으로 간다
는 뜻임.)

(청중 : 만인간아.)
[보조 제보자가 구연한다.]

오늘 낮에 점슴반찬(점심반찬)
무거나(무슨) 반찬 올랐던게('올랐던교'로 '올랐던가요'의 경상도
방언이다.)
진주울산 꽃간재비
마리바리 올랐더매(올랐습니다)

(보조 제보자 : 해라.)
[보조 제보자가 구연한다.]

밀양아 삼당 궁노숲에
연밥훑는 저 큰아가
연밥울밥 내 따주께
시간살이 나캉(나와) 하자

[보조 제보자가 구연한다.]

밀양아 삼당 궁노숲에이

경피(쟁피) 훑는 저 큰아가
날 마다꼬(마다고) 가더만은
훑던 경피 다시 훑네

여든 여덟인데, 그것도 참 잘한다.
[보조 제보자가 구연한다.]

오늘 해가 다 졌는강
산골마다 연기나네
우리야 부모님 어데 가고
연기낼줄 모르던고

(보조 제보자 : 황천 가노이 연기 낼 줄 아나? 그자(그지)?)

청춘가

자료코드 : 05_19_FOS_20090716_CHS_IDJ_0003
조사장소 : 경상북도 청도군 화양읍 소라리 308-7번지 마을회관
조사일시 : 2009.7.16
조 사 자 : 천혜숙, 박동철, 김유경, 이선호, 김보라
제 보 자 : 임동주, 여, 80세 외 3인
구연상황 : 앞의 노래가 끝나고 청중들이 잡담을 나누고 있는 사이, 금동댁이 자청해서
　　　　　 이 노래를 불렀다. 신도댁과 칠곡댁, 눌촌댁이 이어 불렀다. 서로 권하기도 하
　　　　　 고, 사설이 막히면 옆에 앉은 청중에게 물어서 이어나갔다. 청중들은 박수를
　　　　　 치며 장단을 맞추었다. 흥겨운 분위기였다.

꽃이 고와도~ 청춘아 단절인데~
당신이 살라도 좋다 이팔청춘뿐이로다~
노자 놉시다~ 저젊어 놉시다

내 늙고 니 늙으만~ 못 노납니다~

니 또 하나 해라.

[보조 제보자가 박수를 치면서 구연한다.]

경주 인경아~ 산천을 울리고
말 못한 환금은(황금은)~ 나를 울린다

(청중 : 좋다~)
(보조 제보자 : 저어(저기), 또 한 번 대 보이소(마이크를 갖다 대란 뜻
이다).)
[보조 제보자가 구연한다.]

낙동강 칠백 리 뚝 떨어져 살아도~

(보조 제보자 : 머러 카노 또?)

정든 님 떨어지고~ 나 못 사리라(살리라)~

[보조 제보자가 구연한다.]

청춘 하늘에요~ 잔빌도(잔별도) 많고요~
이내야 가슴에~ 수심도 많더라~

도라지 노래

자료코드 : 05_19_FOS_20090716_CHS_IDJ_0004
조사장소 : 경상북도 청도군 화양읍 소라리 308-7번지 마을회관
조사일시 : 2009.7.16

조 사 자 : 천혜숙, 박동철, 김유경, 이선호, 김보라
제 보 자 : 임동주, 여, 80세
구연상황 : 제보자는 자신의 생애이야기를 하던 중 "노래를 하나 하겠다."며 이 노래를
　　　　　시작했다. 노래 도중에 사설이 막히자 옆에 앉은 청중이 가사를 일러주었는
　　　　　데, 그 가사가 틀렸다며 다시 처음부터 구연했다. 가락 없이 사설만 읊었다.
　　　　　예전에는 '쌍금노래'와 '그네 노래'도 불렀는데 잊어버렸다고 했다.

　　　　도라지 핀 연다지(연당) 안에

　　　　잠든 큰아가 문열어라

　　　　바람불고 비오는 날

　　　　날 올줄 모르고 문 걸었나

　　　　버선발로 뛰어나와

　　　　오시던 님을 손을 잡고

　　　　은당 안에 들어가서

　　　　꼬꼬닭이 울어뿌리가주고

　　　　이짓도 저짓도 못 해봤네

　　　[웃음]

사위 노래 2

자료코드 : 05_19_FOS_20090716_CHS_IDJ_0005
조사장소 : 경상북도 청도군 화양읍 소라리 308-7번지 마을회관
조사일시 : 2009.7.16
조 사 자 : 천혜숙, 박동철, 김유경, 이선호, 김보라
제 보 자 : 임동주, 여, 80세
구연상황 : 조사가 오랜 시간동안 진행된 탓인지 더 이상 이야기가 나오지 않았다. 조사
　　　　　자가 제보자들의 기억을 환기시키기 위하여 '첫날밤에 소박 받은 며느리 이
　　　　　야기'를 구연했다. 청중들에게 다시 노래를 청했더니 제보자는 "잘 생각이 안
　　　　　난다."고 머리를 긁적이며 이 노래를 불렀다. 가늘고 떨리는 목소리였으나 발

음은 분명했다. "예전에는 이런 소리 많이 했다."는 반응이 있었다.

동방화초 달밝은데

서연군자(성인군자) 내 사우야(사위야)

내 딸 사랑은 자네가 하고

자네 술잔은 나를 주게

얼씨구나~좋다 지화자~좋네

아니 노지는 못하리라

고사리 노래

자료코드 : 05_19_FOS_20090716_CHS_IDJ_0006
조사장소 : 경상북도 청도군 화양읍 소라리 308-7번지 마을회관
조사일시 : 2009.7.16
조 사 자 : 천혜숙, 박동철, 김유경, 이선호, 김보라
제 보 자 : 임동주, 여, 80세
구연상황 : 조사자가 샌촌댁에게 '고사리 노래'를 아느냐고 물었더니, '올라가는 올고사
리'밖에 모른다고 했다. 금동댁이 이를 이어받아 말하듯이 구연했다. 나물하
러 갈 때 부르는 노래라고 했으며, 원래 긴 노래인데, 조금 밖에 알지 못한다
고 했다. 좌중의 대부분이 모르는 노래였다.

올라가는 올고사리

니리오는 늦고사리

아궁자궁 꺾어다가

새빌겉은 솥에다가

아글다글 볶어가주고

고래 지사(제사) 지냈다 카는…

[웃음]

(보조 조사자 : 할머니 노래로 해주세요.)

잊았붔다(잊어버렸다.) 그것도 좀 진데(긴데) 잊아뺐어.

노랫가락 외

자료코드 : 05_19_FOS_20090716_CHS_JTB_0001
조사장소 : 경상북도 청도군 화양읍 소라리 308-7번지 마을회관
조사일시 : 2009.7.16
조 사 자 : 천혜숙, 박동철, 김유경, 이선호, 김보라
제 보 자 : 장태분, 여, 76세 외 4인
구연상황 : '천냉이 이야기'(채록하지 않음.)가 30분 넘게 구연되면서 이야기판이 점차 산만해졌다. 다른 이야기가 더 나올 것 같지 않아, 삶은 감자와 음료수를 먹으며 잠시 휴식을 취했다. 그러다 새로 등장한 제보자에게 한 청중이 "녹음기 앞에 갖다 놨으니 한 번 해봐라."며 노래를 권했다. 제보자는 "할라 카이 없다."며 호탕하게 웃은 뒤 트로트 두 곡을 불렀다. 조사자가 "좀 더 올라가 '청춘가'나 '노랫가락' 한 번 불러 달라."고 청하자 제보자는 한참을 생각하더니 '노랫가락'부터 시작했다. 노래가 청춘가로 바뀌면서 신도댁, 근천댁, 금동댁이 합류했다. 노래판이 무르익자 신명난 눌촌댁이 일어나 춤을 추기 시작했다. 한 분이 "회관 노래방 기계를 돌려라."고 말하기도 했다. 청중들은 흥이 나서 "좋다"는 소리를 연발했다. "오늘 같이 좋은 때도 없다."고 말하는 분도 있었다.

노세 노세 젊어서 놀아~

늙고 병들면 못 노나니

인생은 일자춘몽에(一場春夢에)

아니 노지는 못하리라~

[잠시 멈춤]

자룡아(자룡아, 『삼국지』의 '조자룡'을 이른 것이다.) 말 놓고

　　　창 수지(쓰지) 마라

　　　만인장졸이 다 놀랜다

　　　창창은(장창은) 어데나 두고

　　　두러나보니(둘러보니) 청금일세

[웃음]

목청이 안 넘어 간다.

(청중 : 그만치 넘어가면 되지.)

(조사자 : 부드러우신데요.)

(보조 제보자 : ‘잡으시오’ 하든지.)

　　　꿈아 무정한 꿈아

　　　오시는 그 임은 왜 보내노

　　　일후에(日後에) 그 임 오거든

　　　자는 이 몸을 깨와(깨워) 주소

또 뭐 끊어졌부고.

[‘꿈아’에 대해서 문답이 이어진 후, 청춘가로 바꾸어 불렀다.]

　　　청춘에 할 일이~ 뭣이 없어서

　　　더러운 술애미~ 이 짓을 하는고

　　　한 수심(愁心) 하더라~ 한 수심 하더라

　　　우리야 여자 몸이~ 한 수심 하더라

밀양댁이 하나 해라.

(청중 : 나는 모른다.)

(보조 제보자 : ‘갈 때’ 해라.)

갈 때~ 가더라도~ 간단 말 말구요~
올 때~ 오더라도~ 온단 말 말어라~

(보조 제보자 : '싫거든 두어라' 캐라.)

싫거든 두여라(두어라)~

(보조 제보자 : 좋다.)

너 하나뿐이냐~
산 넘에(넘어) 산 있고~ 물 넘에 물 있다
우수야 경찹에(경칩에)~ 대동강 푸르지요

(청중 : 오늘 마짐(만큼) 좋은 때 있겠나?)

우리야 이 몸은

모르겠데이, 이거.
[보조 제보자가 구연한다.]

경주야 인경은 어이호~ 산천을 울리고

(보조 제보자 : 아구, 모르겠데이.)

말 못할 황금은 나를 울린다

[보조 제보자가 구연함.]

우수 경칩에~ 대동강 풀리고

좋다.

정든 님 한 말씀에 좋다 내 마음 풀어진다

(보조 제보자 : 해라 또.)
[보조 제보자가 구연한다.]

아~ 싫거든 두어라 너 하나뿐이냐

(청중 : 총각들 들으마 윗읍겠다(우습겠다).)

산 넘에 산 있고 물 넘에 물 있다

(청중 : 좋다.)
[보조 제보자가 구연을 시작하자 모두 따라 부른다.]

청천 하늘에~

와 아이라(왜 아니냐), 와 아이라('왜 아니냐'로, 신명이 고조되어 하는
소리이다.)

잔별도 많구요
이내야 가슴에 좋다 수심도 많더라

[보조 제보자가 구연한다.]

높은 상상봉 외로이 소나무
까막까치도 좋다 ○○○○

(청중 : 내 춤 하문(한번) 추꾸마.)
[제보자가 다시 구연한다.]

초르나 놉세다 젊어서 놉세다~

늙고 병들만 못 노닙니다~

나를 울리네~ 나를 울리네~

돈 없는 환금 작가(무슨 뜻인지 정확히 알 수 없다.) 나를 울리네

니가 날 바리고(바래고)~ 사랑을 준다면

가시밭이 천리라도 신 벗고 가노라

[보조 제보자가 구연한다.]

꽃이 고와도~ 청춘아 단절(斷絕)인데~

(청중 : 흔들어라.)

○○○○도 내 청춘뿐이로다

산이 높아야~ 골도나 짚지요(깊지요)

조그만한 여자속이 깊을 수 있느냐~

[보조 제보자가 구연한다.]

우수 경첩에~ 흰 양산 들고요~

아릿골목 웃골목 좋다 임 찾아 댕기네~

(청중 : 노래가 나와야 춤을 추제.)

[웃음]

각설이 타령

자료코드 : 05_19_FOS_20090716_CHS_JTB_0002

조사장소 : 경상북도 청도군 화양읍 소라리 308-7번지 마을회관

조사일시 : 2009.7.16

조 사 자 : 천혜숙, 박동철, 김유경, 이선호, 김보라
제 보 자 : 장태분, 여, 76세
구연상황 : 청중들은 '칭칭이'를 부른 신도댁이 "각설이도 잘한다."고 추켜세웠다. 조사
자가 신도댁에게 '각설이 타령'을 청했더니 신도댁은 웃음을 참지 못하다가,
제보자 샌촌댁을 가리키며 "저기가 더 잘한다."고 했다. 신도댁은 "저 사람은
놀러 가면 마이크를 쥐고 설쳤다."며 제보자를 소개했다. 제보자는 '각설이
타령'이 얄궂은 노래라며 부르기를 망설였다. 조사자가 "얄궂은 게 좋다."며
적극적으로 권유하자 "요새 잊어버리고 아는가 모르겠다."며 시작했다. 가사
가 막힐 때는 신도댁이 거들었다. "신도댁도 불러라."고 청중들이 권하기도
했다. 좌중은 손뼉을 치며 신명을 돋우었다. 노래를 마친 제보자가 "요새 각
설이는 안 그렇더라. 옛날 각설이라 재미가 없다."는 말을 덧붙였지만, 후렴
구가 독특한 '각설이' 유형으로 보인다. 제보자의 총기에 감탄하는 분위기였다.

들어간다 들어간다

이 각설이가 들어간다

작년에 왔던 각설이가

죽지도 않고 또 왔네

품마나 품마나 각설아

일자나 저자나 날리고

일자나 한 자 들고나 봐

일선에 가신 우리야 낭군

돌아오기만 기다리네

품마나 품마나 각설아

유자나 탱자나 날리고

그 위에도 높은 자

이자나 한 자 들고나 봐

이승만 박사가 대통령

이주산은 부대통령

품마나 품마나 각설아

유자나 탱자나 날리고

그 위에도 높은 자

삼자나 한 자 들고나 봐

삼 동가리('세 토막'을 의미함.) 늦추때(놋촛대)

신랑각시 자는 밤에

촛불 서기만(켜기만) 늦어온다

품마나 품마나 각설아

유자나 탱자나 날리고

그 위에도 높은 자

사자나 한 자나 들고나 봐

사시(四時)야 장천(長天) 가는 길에

외다리 한 늠을(놈을) 만나서

점슴참이 늦어오네

품마나 품마나 각설아

유자나 탱자나 날리고

그 위에도 높은 자

오자나 한 자나 들고나 보니

오쭐오쭐 크는 아기

젖 돌라고 나를 찾네

품마나 품마나 각설아

유자나 탱자나 날리고

그 위에도 높은 자

육자나 한 자 들고나 봐

육군대장 칼을 차고

조선나라 구할라고

칼날 날이 춤을 추네

품마나 품마나 각설아
유자나 탱자나 날리고
그 위에도 높은 자
칠자나 한 자나 들고나 보니
칠년대왕(七年大旱) 가무름에(가뭄에)
난데없는 비가 와여
만인간이 춤을 추네
품마나 품마나 각설아
유자나 탱자나 날리고
그 위에도 높은 자
팔자나 한 자 들고나보니
우리야 형지(형제) 팔 형지(형제)
진주사완을 다 냉기도
과게(과거) 하나 몬(못) 하고

아구, 그카고(그러고) 뭐라 카노?
[청중 웃음]
됐나 고마 캐도?
(조사자 : 천자 한 권을 못 떼고.)
(청중 : 천자 캐야 된다, 아주.)

진주나 사왕 첫 사왕
과게하기만(과거하기만) 힘을 씨네(쓰네)
품마나 품마나 각설아
유자나 탱자나 날리고
그 위에도 높은 자

구자나 한 자 들고나 보니

구십에 났는('구십 세가 된'의 의미이다.) 노인이

구들막에 똥을 싸여

누구한테 미루꼬

손자한테 미루지

품마나 품마나 각설아

유자나 탱자나 날리고

그 위에도 높은 자

장자나 한 자 들고나 봐

장솔 밭에 범 한 바리(마리)

일자포수 다 모아도

그 범 한 바리 못 잡고

들어간다 들어간다

미르치전을(멸치전을) 들어간다

품마나 품마나 각설아

[청중이 웃음과 박수로 호응한다.]

■ 엮은이 소개

천혜숙 계명대학교 국어국문학과를 졸업하고 동 대학원에서 문학박사 학위를 받았
다. 현재 안동대학교 인문대학 민속학과 교수로 재직 중이며, 경상북도 문화
재위원, 문화재청 문화재전문위원이다. 주요 저서로 『한국구비문학의 이해』
(공저, 월인, 2000), 『동해안 마을의 신당과 제의』(민속원, 2007) 등이 있다.

이균옥 경북대학교 국어국문학과를 졸업하고 동 대학원에서 문학박사 학위를 받았
다. 현재 안동대학교 민속학연구소 연구교수로 재직 중이다. (사)한국민족예
술인총연합 대구지회장, (사)대구사회연구소 부소장 등을 역임하였다. 주요
저서로 『동해안 지역 무극 연구』(박이정, 1998), 『동해안 별신굿』(박이정,
1998), 『나영래 1923년 2월 14일생』(눈빛, 2008) 등이 있다.

박동철 안동대학교 민속학과를 졸업하고 동 대학원에서 박사과정을 수료하였다. 현
재 한국국학진흥원 '이야기할머니사업단'에서 근무 중이다.

김유경 안동대학교 민속학과 문학석사 학위를 받았다. 서울역사박물관 연구원, 인천
발전연구원 전문연구원으로 재직하였다.

증편 한국구비문학대계 7-19
경상북도 청도군

초판 인쇄 2013년 10월 21일
초판 발행 2013년 10월 28일

엮 은 이 천혜숙 이균옥 박동철 김유경
엮 은 곳 한국학중앙연구원 어문생활사연구소
출판기획 장노현

펴 낸 이 이대현
펴 낸 곳 도서출판 역락
편   집 권분옥
디 자 인 이홍주

주   소 서울시 서초구 반포4동 577-25 문창빌딩 2층
등   록 1999년 4월 19일 제303-2002-000014호
전   화 02-3409-2058, 2060
팩   스 02-3409-2059
이 메 일 youkrack@hanmail.net

값 44,000원

ISBN 978-89-5556-091-6 94810
      978-89-5556-084-8(세트)